L'OMBRE DE PARIS

Du même auteur
chez Sonatine Éditions

La Société royale, traduit de l'anglais par Fabrice Pointeau, 2023.

Robert J. Lloyd

L'OMBRE DE PARIS

Traduit de l'anglais
par Paul Simon Bouffartigue

SONATINE ÉDITIONS

Directeur de collection : Arnaud Hofmarcher
Coordination éditoriale : Marie Misandeau
et Pierre Delacolonge

Titre original : *The Poison Machine*
Éditeur original : Melville House Publishing

Sonatine Éditions
92, avenue de France
75013 Paris
lisezsonatine.com

Ouvrage réalisé par Cursives à Paris

ISBN 978-2-38399-153-3
N° d'édition : 1153 – Dépôt légal : octobre 2024

À Kate, avec tout mon amour

PERSONNAGES

M. HARRY HUNT, observateur de la Société royale de Londres établie pour l'enrichissement de la science naturelle, enquêteur pour le conseil de l'artillerie.

M. ROBERT HOOKE, responsable des expériences à la Société royale de Londres établie pour l'enrichissement de la science naturelle, professeur de géométrie au Gresham's College, architecte et arpenteur-géomètre pour la Cité de Londres.

Mlle GRACE HOOKE, nièce de Robert Hooke.

Mme MARY ROBINSON, gouvernante de Robert Hooke.

Colonel MICHAEL FIELDS, pasteur anabaptiste, vieux soldat du Parlement.

Mme ELIZABETH HANNAM, logeuse de Harry Hunt.

Sir JONAS MOORE, arpenteur en chef du conseil de l'artillerie.

M. ISAAC NEWTON, professeur lucasien de mathématiques au Trinity College de Cambridge.

HORTENSE MANCINI, duchesse de Mazarin, la plus belle femme du royaume.

M. MOUSTAPHA, domestique d'Hortense.

THOMAS OSBORNE, comte de Danby, lord grand trésorier.

M. RICHARD MERRITT, homme de confiance de Danby.

M. MICHEL CHASSE, également connu sous le nom de LEFÈVRE, un assassin.

M. JOSEPH BOILOT, un autre assassin.

M. CHARLES VERDIER, un troisième assassin.

Mme PRISCILLA LEACH, une gouvernante.

M. JAPHIA BENNETT, un vieux marin.

MARIE-ANNE MANCINI, duchesse de Bouillon, sœur d'Hortense.

M. ÉTIENNE MERCIER, majordome de Marie-Anne.

M. GABRIEL NICOLAS DE LA REYNIE, lieutenant général de police de Paris.

M. BARTHOLOMEW SLOUGH, un homme plein de ressources.

Capitaine EUGÈNE DE BEAUCHENE, un capitaine de navire.

M. JACOB BESNIER, un homme volant.

M. FRANÇOIS DE LA POTERIE, un bibliothécaire.

M. HENRI SARAZEN, un assistant bibliothécaire.

MM. THERIOT, GAUTHIER et DRAGAUD, antimonarchistes français.

Sr. PERAS, un capitaine de bateau de pêche au chalut espagnol.

Reine CATHERINE DE BRAGANCE, reine d'Angleterre, d'Écosse et d'Irlande (plus communément appelée REINE CATHERINE).

Capitaine MACWILLIAM, des fantassins du roi.

Colonel SACKVILLE, des fantassins du roi.

UN SERGENT, des fantassins du roi.

DEUX FEMMES FRISSONNANTES, prostituées sur le Strand.

DIVERS *FELLOWS* de la Société royale, dont sir CHRISTOPHER WREN.

DIVERS INTELLECTUELS FRANÇAIS, participant au salon de Marie-Anne.

DIVERS GARDIENS DE PRISON, du Grand Châtelet et de la Bastille.

DIVERS SERVITEURS ET CUISINIERS, à Somerset House.

DIVERS PRISONNIERS CATHOLIQUES, condamnés à être exécutés.

LIVRE I

Ô Seigneur, qui nous a révélé les pièges que la mort nous tendait et délivrés d'eux ; puisses-tu être éternellement notre puissant protecteur et éloigner nos ennemis qui se repaissent de sang, détourner et défaire leurs plans, mettre à bas leur orgueil, dissiper leur malice et semer la confusion dans leurs desseins.

Livre de la prière commune (1662)

1

Les trois assassins

La barque qui glissait sur l'eau passa devant deux brigantins amarrés non loin du quai. Les trois hommes se trouvant à son bord étaient chacun vêtus d'un manteau noir dont ils avaient relevé le col jusqu'à leur menton, tant pour dissimuler leur visage que pour se protéger de la pluie.

La lune était voilée par les nuages, et cette épaisse obscurité nocturne leur convenait parfaitement.

L'un des hommes, assis tout à l'avant de la barque, indiquait en chuchotant la direction à emprunter. L'homme nettement plus corpulent auquel il donnait ses instructions tirait sur les rames de ses mains robustes, tout en veillant à ne pas faire le moindre bruit. Le troisième passager était assis à l'arrière.

Derrière eux, une corde halait une seconde barque, identique à la première. Alourdie par divers paquets, elle semblait s'enfoncer dangereusement dans l'eau. On voyait nettement la toile qui enveloppait ces paquets s'étirer aux endroits où ce qu'elle recouvrait faisait saillie, tandis que dépassaient en dessous des tuyaux enroulés sur eux-mêmes. Malgré sa taille et son indéniable force, le rameur peinait quelque peu à remonter le fleuve à contre-courant.

Le vent faisait danser les vagues, soumettant les bateaux à un tangage ininterrompu.

L'homme qui faisait office de guide était nu-tête, les cheveux attachés en arrière, révélant un front haut et copieusement taché de suie. Le rameur portait un petit chapeau de marin et une solide paire de gants.

Le troisième passager avait un chapeau noir circulaire à large bord, qui le protégeait des regards.

Sans lanterne, le navigateur ne pouvait se fier qu'aux différentes nuances d'obscurité qu'il voyait. Par-delà la silhouette menaçante de la Tour, la plus sombre de toutes, se cachait la masse de la ville, qui se déployait en longueur comme en hauteur depuis les rives de la Tamise. Sur la terre ferme, seules quelques lumières, qui se reflétaient vaguement dans l'eau – des lampes, des bougies ou un garde de nuit en train de faire les cent pas sa lanterne à la main – indiquaient que, là-bas, il y avait de la vie.

Au-dessus d'eux se dressaient les coques incurvées des brigantins, à bord desquels on ne décelait pas le moindre mouvement ni le moindre bruit de pas révélant que l'on y montait la garde. Il s'agissait de navires de la Compagnie des Indes orientales de retour de la Barbade. Sous les assauts paresseux de l'eau, ils dialoguaient en grinçant et cliquetant, s'exhortant au départ, comme si l'océan leur manquait.

Tandis que leurs embarcations passaient silencieusement à proximité des brigantins, les trois hommes cessèrent de respirer afin de ne pas trahir leur présence. Une odeur de café torréfié provenant de l'intérieur du navire le plus proche vint chatouiller leurs narines.

Ils comptaient sur le froid et la pluie pour dissuader les éventuelles sentinelles des bateaux à quai d'en arpenter les ponts et leur préférer la lueur réconfortante d'un poêle.

Ils passèrent devant l'*Erebus*, un deuxième rang de la marine anglaise, que l'on venait tout juste d'affréter et dont le bordage scintillait avec magnificence. Une seule lanterne installée à sa poupe, bien au-dessus d'eux, éclairait l'endroit où le bateau mouillait ; le navigateur veilla à ce que leur barque reste bien à distance, dans l'obscurité, hors de portée de ce halo lumineux. Des odeurs de goudron, de chanvre, d'huile et de cire flottaient par effluves au-dessus de l'eau. Le navire attendait que ses effectifs soient au complet, et les hommes qui allaient – qu'ils le sachent déjà ou non – bientôt embarquer à bord étaient presque tous étalés, ivres morts, bras en croix et jambes écartées, le long de Wapping High Street.

À l'ouest, sous le pont de Londres, le battement des roues hydrauliques de Morice, qui propulsaient l'eau dans les canalisations de la ville, se faisait de plus en plus sonore. À l'est, les hommes pouvaient distinguer les vastes entrepôts de la marine de Storehouse Yard et King Henry's Yard, où attendaient des provisions destinées à plusieurs mois de voyage en mer. Ils dépassèrent d'autres portes d'eau, d'autres embarcadères et d'autres escaliers d'accès au fleuve rendus glissants par l'écoulement des eaux usées.

Les barques avançaient, lentement, leur sillage zébrant l'eau d'une traînée blanche. Comme ils se trouvaient presque à ses pieds, la silhouette de la Tour s'était dilatée jusqu'à en devenir terrifiante.

Le navigateur se retourna et pointa du doigt un débarcadère qui partait du nouveau mur du quai et dont la charpente fragile et branlante émergeait de l'eau. Le rameur ralentit et prit la direction de l'endroit indiqué.

« Hé ! » cria une voix au-dessus d'eux, depuis le bord du quai.

Les trois hommes se tinrent parfaitement immobiles, la tête baissée vers le fond du bateau.

L'obscurité ne leur avait pas été d'un secours suffisant.

Un visage apparut par-dessus le mur.

« Êtes-vous d'honnêtes hommes ? »

L'individu agita une lanterne dont le cadre de métal cliqueta au bout d'une perche.

Le navigateur pressa le rameur.

« *Va aussi vite que tu peux jusqu'à cette jetée** [1] *!* »

À présent, le rameur se fichait bien de faire du bruit. Ses puissants coups de rame propulsèrent les trois hommes à pleine

1. Tous les mots ou expressions en italique suivis d'un astérisque sont en français dans le texte original. *(Toutes les notes sont du traducteur.)*

vitesse en direction d'une jetée à l'air peu solide qui partait du quai. Ils allaient devoir courir jusqu'à l'escalier St Katherine. Se cramponnant au plat-bord de la barque qui se mettait à tanguer dangereusement, le navigateur, Boilot, cria à l'homme au chapeau :

« *Que fait-on ?*

– *Nous devons le tuer. Il nous a vus** », répondit l'autre.

Derrière lui, Verdier, le rameur, tirait de toutes ses forces sur ses rames ; mais Boilot savait très bien qu'il suffirait au guetteur de courir sur le quai pour les rattraper. La voix lui avait semblé plutôt âgée, peut-être était-ce celle d'un de ces gardes londoniens que l'on engage uniquement pour ne pas les envoyer à l'hospice.

Ils franchirent la distance qui les séparait du petit débarcadère, à peine plus élevé que le niveau de l'eau. Heurtant ses madriers, la barque vira brutalement sur le côté. Boilot bondit sur la plate-forme mais glissa sur le bois détrempé. Il tomba sur le dos, les pieds dans le fleuve, l'impact lui coupant le souffle. Verdier lâcha ses rames pour le rejoindre à tâtons et se dépêcha d'amarrer leurs embarcations. Le troisième homme tendit les bras vers le quai, plus en hauteur, et parvint à y grimper avec autant de rapidité que de facilité. Boilot se releva et glissa une nouvelle fois.

Boilot et Verdier traversèrent l'embarcadère à toute vitesse et tournèrent sur le quai où leur compagnon les attendait en s'impatientant. Ils arrivèrent tous les trois au pied de l'escalier St Katherine qui montait en pente raide jusqu'aux docks, l'endroit même depuis lequel le garde les avait hélés.

L'homme au chapeau fit signe à Boilot d'y aller, et c'est le souffle court que celui-ci atteignit la dernière marche et se retrouva sur les docks.

Il ne vit personne. S'efforçant de garder un pas léger, il se faufila entre deux entrepôts, là où il faisait le plus sombre. L'odeur de graisse de viande – rapportée par un baleinier groenlandais et mise à bouillir le jour même sur le quai – manqua de le faire tourner de l'œil.

Comme ses acolytes s'approchaient de lui, Boilot leur fit signe d'être silencieux en pressant son doigt sur ses lèvres. Il se concentra sur les ténèbres qui les entouraient, fouillant celles-ci en quête d'un bruit de bottes ou du cliquetis d'une arme.

La seule chose qu'il entendait, c'étaient les roues hydrauliques de Morice et la pluie qui martelait le sol. Mais vint vite s'ajouter un nouveau bruit : le claquement de sabots martelant des pavés, suivi du bourdonnement des roues qui les suivaient.

Tiraillé entre l'envie de fuir le vacarme de l'attelage et celle de se lancer à la recherche du garde, Boilot choisit de rester parfaitement immobile. Devant eux, tout au bout de la ruelle, le cocher, après avoir montré une légère hésitation, fit ralentir les chevaux et la voiture finit par s'arrêter, faisant gémir et crisser simultanément le bois, le cuir et le fer de ses armatures.

Les trois hommes collèrent leur dos au mur de l'entrepôt.

Une lanterne à la main, le cocher sauta de son siège. Il était grand et maigre et portait une cape violette.

Alors même qu'ils s'apprêtaient à bondir sur lui depuis les ténèbres, l'homme au chapeau le reconnut.

« *C'est M. Merritt ! L'homme de lord Danby**. »

Il entra dans la lumière et ôta son chapeau, révélant un étrange visage qui, d'un large front barré par un unique sourcil, rétrécissait jusqu'à une petite bouche et un menton pointu.

Richard Merritt tendit la main et fut surpris par la mollesse de la poigne du Français.

La voix du garde se fit à nouveau entendre.

« Hé ! »

Le bruit de ses bottes indiquait qu'il se rapprochait.

Boilot avança le long du quai, marchant doucement et étouffant un juron lorsqu'il trébucha sur un pavé descellé. Il tira un couteau du fourreau attaché à sa hanche et le serra le long de son corps.

Il arriva à la hauteur d'un bachot que l'on avait renversé et dressé sur des dalles pour le réparer. La lumière de la lanterne du garde glissa sur ses planches humides, jusqu'à en éclairer la partie courbe.

Elle illumina le visage de Boilot.

À la vue de cet homme, apparu comme s'il avait surgi par magie d'entre les ténèbres, le garde se mit à hurler. Boilot bondit en avant, voulant se saisir de lui, mais manqua son coup et, à la place, attrapa sa perche, sur laquelle il tira de toutes ses forces.

Le garde tomba lourdement sur le flanc.

« Pour l'amour de Jésus, épargnez-moi, supplia-t-il. Et pour l'amour de votre prochain. »

Il replia ses jambes, protégeant sa tête de ses mains. N'osant pas lever les yeux vers Boilot, il pressa son visage contre les pavés humides et râpeux.

Il était vieux et chétif. Il avait simplement eu la malchance de se trouver là, à faire son devoir, en haut de l'escalier St Katherine au moment où les trois Français arrivaient à Londres.

Boilot tendit la main et caressa les cheveux du garde. De son autre main, il fit glisser la pointe de son couteau à travers son manteau, à la recherche d'un morceau de chair tendre, inclinant la lame pour qu'elle passe bien entre les côtes.

Le couteau continua à s'enfoncer et fouilla à l'intérieur, entaillant le poumon.

Résigné à mourir, le garde leva les yeux et croisa le regard de Boilot. Il serra ses deux mains l'une contre l'autre.

« ... Préserver... défendre... la vraie religion réformée protestante », râla-t-il.

Il sentait le goût du sang dans sa bouche. Il essaya de se relever, mais n'y parvint pas. Boilot l'y aida, l'asseyant contre le bachot pour qu'il puisse regarder le fleuve qu'éclairaient les lumières de Southwark.

Les yeux du garde devinrent vitreux. Sa respiration ralentit, puis s'arrêta. Sa tête bascula en arrière pour cesser définitivement de bouger, tandis que sa mâchoire pendait sur le côté.

Verdier rejoignit Boilot. Ils examinèrent tous les deux le garde comme s'ils étaient en quête d'une révélation sur la nature même de la mort. Mais il n'y avait là qu'une masse immobile. Verdier attrapa alors le cadavre par les aisselles, tandis que Boilot le prenait par les pieds. Ils le portèrent jusqu'au bord du quai. Verdier ramassa deux pavés descellés et les plaça dans les poches du mort.

S'approchant doucement d'eux, l'homme au sourcil unique et au menton pointu manifesta son assentiment. Boilot et Verdier jetèrent le mort à l'eau, puis firent de même avec sa perche et sa lanterne.

2

La lettre malvenue

M. Robert Hooke, responsable des expériences, mais aussi secrétaire *pro tempore* de la Société royale de Londres pour l'enrichissement de la science naturelle, remontait Pig Street d'un pas pressé. Cet homme particulièrement occupé était également professeur de géométrie au Gresham's College et arpenteur-géomètre pour la Cité de Londres. Il œuvrait en outre comme architecte et avait le visage recouvert de poussière de plâtre à cause des travaux en cours à Somerset House. La reine Catherine souhaitait que ceux-ci soient terminés avant sa grande consultation, et craignait que le temps manque.

Avec ses yeux argentés et ses cheveux gris, sa silhouette pâle et éthérée qui se précipitait en direction du collège avait quelque chose de spectral.

Dans sa main, une lettre. Il la serrait contre lui, comme si c'était elle qui guidait ses pas.

Après la pluie de la nuit passée, le soleil faisait s'élever des pavés une légère brume et réchauffait son dos voûté mais n'améliorait en rien son humeur.

Hooke était passablement agacé, même si, se disait-il, il n'avait aucun droit de l'être.

Il renifla, les fosses nasales remplies d'une matière gluante. Puis il émit un sifflement de mécontentement.

Pourquoi s'énerver ainsi ? Il n'avait aucune autorité sur le destinataire de cette lettre, sinon en tant que mentor et, espérons-le, en tant qu'ami. Mais aussi en tant que personne qui veillait à le protéger de lui-même – quoique Hooke eût souvent échoué dans ce domaine, le jeune homme étant d'une nature particulièrement obstinée.

Obstiné, certes, il l'était, mais il avait acquis la réputation d'être un philosophe naturel des plus compétents; et qui désirait ardemment remplacer Hooke en qualité de responsable des expériences – Hooke étant, après le décès tragique de Henry Oldenburg, devenu secrétaire de la Société royale, il était donc trop occupé désormais pour remplir les deux fonctions[1]. Tout cela devait naturellement être ratifié par le conseil, et Hooke ne pouvait faire état d'aucune préférence. La Société royale avait besoin du meilleur. Il y avait bien un ou deux autres candidats potentiels : pas aussi compétents, pas aussi méticuleux, mais dépourvus de ce malheureux penchant pour l'obstination. Donc, moins susceptibles de... *poser problème.*

Hooke passa devant une boutique dont la vitrine avait été brisée. C'était la deuxième qu'il voyait ce jour-là. Une famille se tenait devant, en train de contempler, indignée, les dégâts. Leurs marchandises et même leurs meubles gisaient en morceaux sur la chaussée.

Des catholiques, supposa-t-il. Il leur adressa un hochement de tête en signe de sympathie, mais ne reçut en retour que des regards noirs.

Mal à l'aise, il accéléra le pas. À présent qu'il empruntait Broad Street, ses pensées en revinrent vite à la lettre. Il l'avait récupérée au café Garraway sur Exchange Alley, où il se trouvait pour boire son habituel chocolat chaud et jeter un coup d'œil au bulletin d'information de Muddiman. Il se fit à nouveau la réflexion qu'il était passablement curieux qu'elle ait été envoyée là-bas. Le sceau en cire – trois canons surmontés chacun d'un boulet – et l'écriture facilement reconnaissable indiquaient de façon limpide qu'elle était de sir Jonas Moore, arpenteur en chef du conseil de l'artillerie.

1. Voir le premier tome, *La Société royale* (Sonatine Éditions, 2023).

Donc, en déduisit Hooke, sir Jonas se trouvait hors de Londres, et n'avait pas été en mesure de se faire préciser l'adresse exacte à laquelle il voulait faire parvenir sa lettre. Et il ne l'avait pas envoyée au Gresham's College. Ce qui signifiait probablement qu'il espérait que Hooke n'en ait pas connaissance. Il ne faisait toutefois nul doute que sir Jonas avait envisagé qu'il en ait malgré tout connaissance – ce qui signifiait que cette lettre était suffisamment importante pour qu'il prenne quand même le risque de l'envoyer. L'adresser au Garraway's ne constituait qu'une tentative maladroite de le contourner, se dit Hooke. Peut-être était-ce par égard pour ses sentiments – l'envoyeur étant ordinairement quelqu'un qui se souciait des autres.

Sir Jonas se souciait toutefois peu des conséquences de cette lettre, Hooke en était convaincu.

Elle constituait une menace : pour la paix, pour la continuité et le bien-être de la Société royale. Ainsi que pour le jeune homme qui allait bientôt l'ouvrir. Son envoi revenait à pincer un fil tendu, et à le faire vibrer sur toute sa longueur.

Hooke laissa derrière lui l'église St Peter le Poer, tourna pour passer sous l'arche menant à Gresham's, comme il l'avait fait des milliers de fois auparavant, puis traversa la cour des écuries, profitant de l'ombre fraîche de la galerie à colonnade qui entourait la cour carrée, et gagna enfin ses appartements situés dans le coin sud-est du collège.

D'un air réprobateur, il regarda une nouvelle fois le nom figurant sur la lettre.

Assise sur la banquette à la fenêtre de la salle à manger de son oncle, Grace Hooke jeta un coup d'œil en bas, sur la cour carrée. Un bruit de pas avait détourné son attention du globe terrestre sur lequel elle était en train de tracer d'un doigt mélancolique les voyages qu'elle aurait aimé accomplir. Le seul qu'elle ait effectué jusqu'alors l'avait conduite de chez sa mère, sur l'île de Wight, à la maison de son oncle, à Londres.

Elle se tourna vers l'homme en compagnie duquel elle se trouvait, lequel était installé à la grande table à manger et occupé à travailler au milieu de tout un fatras d'instruments philosophiques, de livres et autres curiosités.

Fronçant les sourcils en la voyant bouger, il leva ses lunettes ; il commençait à désespérer de son dessin. La lumière du soleil ruisselait sur la jeune fille assise en amazone sous la fenêtre. Et c'était précisément cette lumière qu'il cherchait à reproduire, se répétait-il, sans se soucier des reflets qu'elle dessinait sur le tissu de sa robe, révélant de manière suggestive certaines parties de sa silhouette.

« Mon oncle est de retour, annonça-t-elle. Il n'a pas l'air content. »

Ils entendirent Hooke entrer dans la maison, puis reconnurent sa façon si caractéristique, traînante et irrégulière, de monter l'escalier. Il entra dans la salle à manger, retirant consciencieusement du bout des doigts le plâtre qui s'était incrusté dans ses sourcils.

Hooke les fixa tous les deux du regard, dans l'espoir de deviner le passé immédiat, de quoi ils avaient parlé, ou – ce qui était bien pire à imaginer – ce qu'ils avaient fait. Il ne pouvait voir d'un bon œil la proximité qui s'était instaurée entre Harry et Grace, même si, c'était évident, ils s'appréciaient beaucoup l'un l'autre. N'ayant rien subodoré d'inconvenant – en dépit de l'immodestie de la robe dont avait choisi de se vêtir Grace –, il donna la lettre à Harry. Affectant la plus grande sérénité, il alla régler sa nouvelle pendule de nuit – dont les chiffres étaient illuminés par une lampe installée derrière le cadran – qu'avait fabriquée pour lui, d'après ses plans, Edward East.

Harry examina le sceau avec ses canons et ses boulets, puis l'écriture.

M. Henry Hunt
Au Garraway's, sur Exchange Alley, Cornhill, Londres

« C'est de sir Jonas Moore, dit Harry.

– Notre vice-président, répondit Hooke. Mais cela n'a rien à voir avec la Société royale. »

Il fit semblant d'oublier cette histoire de lettre et, visiblement satisfait du fonctionnement de sa pendule, alla accrocher son manteau.

Grace lança un regard à Harry. Qu'il reçoive une lettre était quelque chose d'inhabituel. Qu'il s'agisse d'une lettre de sir Jonas était proprement extraordinaire. Et qu'elle ait été envoyée au Garraway's, et non pas chez Harry, à Half Moon Alley, ou à Gresham's, était étrange, pensa-t-elle.

Harry répondit à son regard par une grimace à la Polichinelle, arracha la cire et ouvrit la lettre.

15 mars 1678/79

Monsieur,

Je me trouve dans les Fens, dans le Norfolkshire, à l'endroit que l'on nomme Denver, où l'on a découvert un mort, non loin de l'Écluse. Je désirerais connaître votre Opinion à ce sujet. Je n'en dirai guère plus, afin que votre Esprit soit vierge de toute idée préalable. Vos Talents et votre Personnalité font de vous l'homme idoine pour cette affaire. Je vous conjure de me prêter assistance. J'aimerais que vous travailliez à mes côtés en tant qu'Enquêteur pour le Conseil de l'Artillerie, comme vous l'avez déjà fait auparavant. J'ai reçu de la part du maître général l'autorisation de vous verser trois fois le Salaire que vous percevez à la Société royale.

Ne réfléchissez pas trop longtemps. Le corps n'attendra pas.

Votre ami,

Jonas Moore

Ayant du mal à dissimuler la terrible envie qu'il avait de connaître le contenu de la lettre, Hooke ouvrit un exemplaire manuscrit du *Treatise of Logick* de John Wallis, que ce dernier lui avait demandé de relire. Cela faisait plusieurs années que le cryptographe du roi travaillait à cet ouvrage et il pensait qu'il était enfin prêt à être publié.

Harry passa la lettre à Hooke afin qu'il la lise et observa le changement d'expression qui s'opérait sur le visage de son aîné.

« Je suis toujours contre l'idée de travailler pour le conseil de l'artillerie, lui assura Harry. La seule chose que je veux, c'est être responsable des expériences. Même si, à dire vrai, il s'agit là d'une offre fort généreuse. »

Hooke lui répondit d'une voix calme :

« La Société royale ne pourra jamais autant rémunérer un observateur.

– Pourrait-elle augmenter le salaire du responsable des expériences ? » demanda Grace à son oncle.

Hooke se pressa le bout du nez.

« Je m'en enquerrai auprès de M. Colwall, mais il nous arrive bien trop peu de souscriptions.

– Ce n'est pas une question d'argent, monsieur Hooke, dit Harry, ce qui fit lever les yeux au ciel à Grace. J'ai déjà été mêlé aux affaires du conseil de l'artillerie. Je n'ai aucune envie de recommencer. » Il désigna l'horloge. « C'est presque l'heure de ma démonstration. »

3
La démonstration expérimentale

Comme l'on était en train de repeindre la salle de lecture, c'est-à-dire le lieu où se déroulaient d'ordinaire les démonstrations de Hooke, on utilisait provisoirement la réserve du collège en lieu et place de celle-ci. C'était une pièce aussi profonde qu'étroite d'un peu plus de trois mètres de large et dont la longueur correspondait à celle de la galerie ouest de Gresham's. Les fenêtres avaient beau être grandes ouvertes, l'endroit sentait le renfermé. Un nuage voilait l'éclat du soleil matinal; la lumière grise avait quelque chose d'oppressant. Avec tous les *fellows* tassés les uns contre les autres au milieu des raretés philosophiques, installées sur les étagères qui se dressaient le long des murs ou entreposées dans les commodes et les armoires à vitrine, il restait peu de place pour respirer.

Les membres du Nouveau Club philosophique de Hooke étaient venus soutenir Harry. Tous voulaient que ce soit lui qui remplace Hooke au poste de responsable des expériences, car ils connaissaient ses multiples talents. Que d'autres *fellows*, moins versés dans l'expérimentation que dans la politique, puissent empêcher sa nomination les contrariait au plus haut point. Depuis la mort du secrétaire Oldenburg – des suites d'une fièvre, d'après le certificat du coroner –, la politicaillerie battait son plein. Le président, le vicomte Brouncker, avait vite été évincé, et Hooke se trouvait désormais à la tête du clan qui voulait attirer davantage de *fellows*, et donc de souscripteurs, afin de rendre la Société à nouveau viable. Tous tenaient Oldenburg et Brouncker pour responsables du déclin de l'institution.

Le conseil était divisé, les *fellows* toujours scindés en différents groupes. Des amitiés avaient été mises à rude épreuve, certaines avaient même été rompues.

Les membres du groupe de Hooke s'assirent ensemble. Il y avait son grand ami, le mathématicien et architecte sir Christopher Wren ; le *master in chancery* et baronnet sir John Hoskyns ; Thomas Henshaw, alchimiste et sous-secrétaire du roi à la langue française ; Daniel Colwall, marchand et trésorier de la Société royale ; Nehemiah Grew, médecin et botaniste, qui consacrait ses journées à dresser l'inventaire de la collection de la réserve et dont on disait qu'il pourrait éventuellement devenir secrétaire adjoint auprès de Hooke, une fois le titre de ce dernier officialisé ; Edmund Wylde, membre du Parlement et *commissioner* à la marine ; et le toujours impécunieux antiquaire John Aubrey.

Était également présent Denis Papin, dont l'amitié avec Harry avait souffert après que sir Joseph Williamson, le nouveau président, avait annoncé qu'il avait sa préférence en tant que prochain responsable des expériences. Papin avait travaillé comme assistant auprès de Robert Boyle pendant près de cinq ans. Savoir qu'ils étaient concurrents les rendait tous deux excessivement polis l'un envers l'autre. Leurs conversations, autrefois tout à fait naturelles, s'en trouvaient désormais réduites à quelques civilités et observations d'ordre météorologique.

Sir Christopher était assis à côté d'un jeune garçon conservé dans la saumure et Aubrey, d'une caisse de poissons vidés de leur sang. Il y avait également un monstrueux veau à deux têtes, un perroquet africain empaillé, des os d'alligator qui avaient besoin d'être triés, diverses tumeurs retirées à des humains ou à des animaux, des coquillages, des insectes, des arbustes et des plantes, des métaux et des minerais, des sels et des soufres, des fossiles – indices pétrifiés d'animaux disparus depuis longtemps –, des pierres précieuses, dont des diamants, toujours dans l'état brut où on les avait trouvés.

La réserve abritait également toute une série d'appareils. Un moteur à condensation, une horloge météorologique, un télescope réfléchissant conçu par Isaac Newton, professeur lucasien au Trinity College de Cambridge. Une *terrella*, façonnée sur le modèle de celle de William Gilbert, afin de reproduire le magnétisme de la Terre. Et la pompe à air de Hooke que l'on avait réparée et rapportée des caves de Gresham's, où elle avait autrefois contenu le garçon vidé de son sang.

Sir Joseph, à côté duquel se trouvait un crâne humain encore recouvert de peau, les salua d'un hochement de tête. Il semblait dans tous ses états et sa perruque était de travers. Depuis qu'il avait publiquement qualifié Israel Tonge, l'associé de Titus Oates, de fou, les deux hommes avaient pris leur revanche. Comme on pouvait donc s'y attendre, le nom de sir Joseph figurait désormais dans les articles, dont le nombre ne cessait de croître, où les deux hommes dressaient la liste de tous les dangers inhérents à la malfaisance des catholiques.

C'est Londres tout entier qui était sous la coupe d'Oates et Tonge tandis qu'étaient dévoilés, l'un après l'autre, les noms de nouveaux comploteurs. Peu nombreux étaient ceux qui osaient prendre la parole contre les deux fanatiques, par crainte de finir eux-mêmes sur le banc des accusés.

Tenant dans les mains une maquette d'aile d'oiseau, avec des ressorts en guise de muscles, Hooke entra dans la réserve en maintenant la porte ouverte avec son pied. Il s'attendait à ce que Harry le suive, mais ce dernier se trouvait retenu par Grace. Harry se pencha pour l'embrasser mais, au dernier moment, elle se détourna. En riant et en faisant glisser ses doigts le long de son bras, elle le laissa entrer à l'intérieur de cet endroit réservé aux hommes.

Harry s'inclina respectueusement devant les *fellows*, puis monta sur l'estrade. Il avait apporté un support et une boîte. Cette expérience qu'il était sur le point de présenter, il y avait réfléchi jusqu'à l'épuisement : elle devait être inédite, elle devait être divertissante, mais aussi suffisamment sérieuse pour pousser à la réflexion. Il ne pouvait être question que d'un simple son et lumière, d'un simple spectacle. L'expérience devrait *intriguer* ses spectateurs.

Il sortit de sa boîte un bocal. Puis un autre, et encore deux autres. Il plaça le support fabriqué par ses soins sur le bureau qu'il avait choisi suffisamment grand pour pouvoir y effectuer sa démonstration, mais aussi suffisamment petit pour que les *fellows* aient assez de place pour se rassembler autour. Son support était équipé d'un étrier doté d'une poignée à main, destiné à exercer une pression sur le matériau placé à l'intérieur de celui-ci.

Du premier bocal, Harry sortit des petits cristaux blancs, qu'il versa dans une assiette creuse à l'aide d'une cuillère. Il avait les mains qui tremblaient et était convaincu que les *fellows* l'avaient remarqué.

« Il y a toujours à apprendre des expériences qui échouent », tenta de le rassurer Hooke, mais les mots qu'il avait choisis furent plutôt loin de l'encourager.

Le premier des autres bocaux contenait des cristaux de quartz, le deuxième du sucre de canne et le troisième un sel préparé par Harry. Enfin, il sortit un morceau de fémur de porc dont il avait scié les deux extrémités, lui donnant ainsi l'aspect d'un cylindre irrégulier. Il fit signe aux *fellows* de s'approcher.

« Du sel de Rochelle ? conjectura sir Christopher, regardant de près les cristaux blancs qui se trouvaient dans l'assiette.

– Préparé à la manière de M. Seignette, répondit Harry.

– Qu'allons-nous donc voir, Harry ? » demanda Hooke.

Depuis plusieurs jours, Harry avait délibérément gardé le silence concernant sa démonstration, espérant ainsi attiser la curiosité de ses spectateurs.

« Laissez-moi d'abord procéder à l'expérience, afin que vous puissiez l'observer en toute objectivité. »

Plaçant l'os à l'intérieur de l'étrier, il effectua plusieurs tours de vis afin de bien le maintenir en place, avant de sortir de sa boîte une fine feuille d'or qu'il tint à la verticale, au-dessus du support, de manière qu'elle touche presque l'os.

Il tourna la vis. Le bois grinça tandis qu'elle se frayait un chemin dans son filetage. Il observa attentivement la feuille d'or. Les *fellows* n'étaient à ses yeux plus que de vagues silhouettes agglutinées autour de lui. Rien ne sembla se passer. Il força sur la poignée pour la tourner encore davantage.

Cela avait pourtant parfaitement fonctionné chez lui, à Half Moon Alley, ainsi que la veille au soir, avec l'aide de Grace, dans le laboratoire de Gresham's : ils avaient tous les deux vu et bien vu la feuille d'or dévier sous l'effet de l'os. Depuis les recherches de William Gilbert, tous les *fellows* avaient entendu parler de l'électricité, puisque c'était ainsi que Thomas Browne avait baptisé ce phénomène. Du temps de Thalès, on avait déjà observé l'effet du frottement de la fourrure sur l'ambre. Mais l'idée de produire de l'électricité à partir d'une *pression* émanait entièrement de Harry.

Il fallait que ça marche à nouveau. Il le fallait.

La température qui régnait dans la réserve avait beau être résolument fraîche, Harry se mit à transpirer.

Peut-être que la distance entre l'os et l'or était trop grande. Harry y remédia, les rapprochant l'un de l'autre, et tourna à nouveau la vis. Le support en bois crissa.

La pression exercée sur l'os n'eut toujours pas le moindre effet.

Il n'y avait rien à observer.

Quelques *fellows* se mirent à marmonner entre eux.

« Peut-être est-ce le quartz ? suggéra Hooke. Si je savais ce que vous cherchez à obtenir, je pourrais vous être plus utile. »

Il avait l'air agacé.

« Je vais donner un tour supplémentaire au dispositif, monsieur Hooke. »

Harry avait besoin que les *fellows* le considèrent comme un individu à part entière, et non pas comme l'éternel assistant de Hooke.

Sa main moite glissa de la vis de serrage. Il avait trop bien poli le bois de la poignée, voulant ainsi faire la démonstration de toute sa dextérité. Il aurait mieux valu une surface plus rugueuse. Il s'en souviendrait pour la version améliorée. Il la tourna à nouveau.

Un horrible craquement émana du support. Il avait trop serré la vis. Le bois résistait. L'étrier de Harry se brisa en deux. Le support se renversa. Étrier et os tombèrent du bureau. La vis de serrage lui glissa des mains et rebondit sur le sol.

Choisissant ce moment-là pour faire son apparition, la lumière du soleil illumina cruellement le bureau, le support de Harry reposant en travers de celui-ci tandis que l'étrier brisé gisait sur l'estrade, et le fémur de porc au pied de la porte, comme s'il cherchait à fuir la réserve. Pas la moindre trace de la vis de serrage.

Son expérience terminée, Harry se redressa, lentement. Les visages qui lui faisaient face arboraient tout un florilège d'expressions.

Certains, les yeux écarquillés, semblaient horrifiés. Edmund Wylde avait la main sur la bouche. Sir Christopher faisait la grimace, comme s'il avait mal quelque part. D'autres paraissaient navrés pour Harry et la situation délicate dans laquelle il se trouvait, ce qui le mit en colère, sans qu'il y ait pourtant la moindre raison à cela. John Aubrey le soutenait, il le savait, mais il semblait pourtant réprimer un fou rire.

Était-ce un regard complice qu'adressait le président, sir Joseph, à Denis Papin ?

Les épaules de Harry s'affaissèrent.

Des taches rouges commençaient à colorer ses joues.

Robert Hooke fut le premier à prendre la parole.

« Harry, vous pouvez poursuivre votre expérience sur le pressage des os si l'étrier que j'ai dans mon laboratoire est adapté. Il sert actuellement à soutenir mon sélénoscope. Même forme, même taille, et je dirais qu'il est plus robuste.

– De toute évidence, il en faut un plus solide », ajouta Papin.

Hooke se dirigea vers la porte, l'ouvrit, et adressa à Harry un geste de la main l'invitant à l'accompagner.

« Allez, Harry. Allez chercher mon étrier. Nous allons présenter une autre expérience, et vous pourrez à nouveau tenter la vôtre, à votre retour. Monsieur Papin, vous avez, vous aussi, une expérience à nous proposer ? »

Harry ramassa les morceaux d'étrier qui traînaient sur l'estrade, puis remit en place son support sur le bureau.

« Ne vous donnez pas cette peine, dit Papin. Je dois l'enlever pour effectuer ma démonstration, qui a besoin de plus d'espace que la vôtre. »

Harry tourna le dos aux *fellows*, qui ne le quittaient pas des yeux, et sortit de la réserve.

Tandis qu'il retournait aux appartements de Hooke en empruntant la galerie à colonnade, il sentit que ses yeux commençaient à picoter. Il les essuya. Que faire ? Alors oui, il allait utiliser l'étrier de Hooke. Quelle autre possibilité avait-il ? Il ne pouvait pas se mettre tout simplement à bouder, même si c'était à présent la seule chose à laquelle il aspirait.

Quand il fut de retour dans la salle à manger de Hooke, Grace vit son air dévasté et se précipita vers lui.

Incapable de parler, même à Grace, il lui pressa la main, puis grimpa l'escalier qui menait à l'observatoire, une plate-forme aménagée sur le toit du collège, au-dessus des appartements de Hooke. Il entreprit de dégager le sélénoscope de son étrier, luttant quelque peu pour le desserrer.

Les toits qui s'alignaient le long de Bishopsgate se mirent alors à tournoyer. Il se sentait mal. La sensation soudaine que sa poitrine se comprimait. Et cette idée terrifiante que son destin était de tomber du haut de l'observatoire pour s'écraser dans la cour carrée.

Cela faisait près d'un an, depuis sa mésaventure au sommet de la colonne de Fish Street, qu'il était de temps à autre sujet à ces crises de vertiges. Il n'arrivait pas à croire que cela lui arrivait au moment même où il avait plus que jamais besoin d'impressionner les *fellows*.

Il s'agenouilla et posa ses mains à plat sur le plancher en bois. Il usa de toute sa volonté pour se calmer, implorant son propre corps. Lentement, sa respiration reprit un rythme normal. Enfin, il parvint à se remettre debout et à porter le support de Hooke avec son étrier jusqu'à la salle à manger où l'attendait Grace.

« Je vais réessayer », dit Harry.

Elle lui donna un baiser.

Harry resta un moment derrière la porte de la réserve à écouter ce qui s'y passait. La pièce semblait plongée dans le silence, ce qui était plutôt curieux. Puisque personne ne parlait, personne ne serait interrompu par son entrée ; il ouvrit donc la porte aussi discrètement que possible.

Le bruit sourd d'un choc contre le mur, près de lui, fut suivi par un tonnerre d'applaudissements des *fellows*. Quelque peu déconcerté, Harry se risqua à entrer. Il vit Denis Papin, qui se tenait à l'autre bout de la salle, pointant un pistolet en direction du mur, juste à côté de la porte. En se retournant, Harry vit une cible en bois. Elle était en train de se balancer après avoir été frappée d'une balle, mais le pistolet n'avait pas fait le moindre bruit. Papin leva son arme afin que tous les *fellows* puissent la voir, puis la brandit en direction de Harry quand celui-ci entra.

« Mon pistolet à air comprimé, Harry. »

Harry se tourna à nouveau vers la cible, au milieu de laquelle on distinguait plusieurs impacts rapprochés les uns des autres.

Sir Joseph s'avança afin d'escorter Harry vers le fond de la salle.

« M. Papin nous a fait la démonstration de la précision et du silence de son pistolet à air, et M. Hooke nous a présenté son aile volante. Monsieur Hunt, êtes-vous prêt à tenter de nouveau votre pression sur os ? »

Harry souleva le support de Hooke ainsi que son étrier afin de bien lui montrer qu'il les avait pris. La lumière du soleil brillait à travers le trou de l'étrier destiné à faire passer la vis de serrage. Harry examina le filetage à l'intérieur du bois. Il était relativement usé tant Hooke s'en était servi pour effectuer ses expériences ici, dans la réserve, mais aussi dans la salle de lecture, la galerie, son laboratoire, sa salle à manger ou tout là-haut, dans son observatoire.

La lumière faisait ressortir le relief de chaque courbe de la spirale du filetage.

Il expira tout l'air qu'il avait dans les poumons et appuya ses doigts sur son cuir chevelu.

« Il faut que j'y retourne, dit-il aux *fellows* d'un air désespéré. J'ai oublié la vis de serrage.

– Ne vous en faites pas, dit sir Joseph sans malveillance particulière. Quel dommage pour moi de ne pas pouvoir assister à votre expérience. Je dois repartir pour Whitehall afin de voir le roi. Il ne croit pas ce que dit Titus Oates et pense que je peux lui être d'une certaine aide contre ce dernier. Nous pourrons observer les effets résolument étranges de la pression sur l'os un autre jour. »

4
Le toast des *fellows*

Harry était assis seul dans son box, vêtu de son manteau de cuir. D'autres clients étaient agglutinés aussi près de la cheminée qu'ils le pouvaient. Dès que quelqu'un ouvrait la porte, tout ce monde était assailli par le vent glacial qui soufflait dans Fleet Street. À l'extérieur, une des chaînes à laquelle était accrochée l'enseigne du Bell's était brisée. Chaque fois qu'elle heurtait le mur, on entendait un claquement sourd. Aucun employé n'était prêt à braver les éléments pour sortir la réparer.

Si, après une deuxième pinte de bière, ses pensées étaient devenues confuses, Harry continuait à grimacer dès qu'il repensait à son dispositif éparpillé sur le sol, ou au moment où il s'était rendu compte qu'il avait oublié la vis de serrage.

Son échec lui brûlait les joues.

Qu'est-ce qui lui avait pris d'imaginer qu'exercer une pression sur un bout d'os de porc aurait pu susciter l'intérêt des *fellows* ? Ils avaient également assisté à la démonstration d'un pistolet à air comprimé et à celle d'un nouveau dispositif – au moins le trentième – imaginé par Hooke pour pouvoir voler. Harry avait les yeux fixés sur son verre, observant la mousse s'effondrer tandis que les bulles s'en échappaient.

Un nouveau courant d'air en provenance de la porte lui fit lever la tête. C'était Robert Hooke qui entrait, accompagné de sir Christopher, ancien professeur d'astronomie à Gresham's et désormais arpenteur-géomètre des travaux du roi. C'était lui qui avait fait construire le Bell's, pour accueillir les ouvriers qui travaillaient à la rénovation de l'église Sainte-Bride, détruite lors du Grand Incendie.

Sir Christopher le vit, lui adressa un signe de la main et, se frayant un chemin à travers la taverne pleine à craquer, guida Hooke vers son box.

En regardant le secrétaire approcher, Harry pensa au lourd tribut qu'avait payé Hooke à son expérimentalisme. Enfant, Hooke se tenait aussi droit que n'importe qui mais, à force d'être constamment penché sur ses machines ou pour procéder à ses observations, son dos avait fini par se courber. S'il n'était pas ainsi devenu progressivement bossu, il aurait été nettement plus grand que sir Christopher.

« On cherche du réconfort, Harry ? » lui demanda ce dernier, comme les deux hommes arrivaient à sa table. Il conservait un visage juvénile sur lequel l'âge n'avait pas imprimé la moindre ride. « Encore un peu de clairet, Robert ? Ou avez-vous soif de porto ? » Wren tapota ses joues rougies. « Il fait anormalement froid pour la saison ! C'était agréable cet après-midi. Ce vent !

– Je vais commencer par du cidre arrosé », répondit Hooke après avoir bruyamment éternué dans son mouchoir.

Il avait déjà partagé deux bouteilles de clairet avec Wren à la Devil Tavern.

Sir Christopher approcha son visage de celui de Harry, lui envoyant un peu de buée dans la figure.

« Harry ?

– Du vin de paille de Dantzig, répondit celui-ci d'un ton lugubre.

– Après la bière ? En tant que remède à votre fierté blessée, cela peut s'avérer efficace, mais uniquement avec modération. Autrement, cela ne fera que substituer un chagrin à un autre. » Wren pivota vers Hooke pour lui dire, du coin des lèvres : « Il veut se punir lui-même de l'échec de son expérience. » Puis il se tourna à nouveau face à Harry et posa sa main sur son avant-bras. « Qu'espériez-vous nous montrer ? Presser un os. Très mystérieux. Je n'arrive pas à imaginer quoi que ce soit.

– J'ai pu observer qu'un os dégageait de l'électricité quand on le pressait suffisamment fort, répondit Harry. Et que le quartz, le sucre et le sel de Rochelle en produisaient également.

– Simplement en le pressant ? Que cela peut-il bien signifier ?

– J'aurais justement souhaité susciter quelques discussions à ce sujet. »

Hooke posa sa main sur la nuque de Harry en un geste de sympathie.

« Vous ne devez pas laisser cela vous décourager.

– Je nourrissais quelque espoir de devenir responsable des expériences. C'est M. Papin qui va décrocher le poste, j'en suis certain. Le président a assisté à mon humiliation.

– Aucune décision n'a été prise à ce sujet, déclara fermement sir Christopher. Papin est un philosophe naturel de valeur, cela ne fait aucun doute, mais sir Joseph a actuellement d'autres chats à fouetter. Il est en effet enferré dans cette histoire de complot papiste. » Il se tourna vers Hooke. « Harry est en train de s'apitoyer sur son sort, n'est-ce pas ? C'est bien ce que vous disiez, Robert. C'est bien ce que vous disiez. Ayons donc la gueule de bois en son honneur ! »

Hooke leva un verre imaginaire.

« *L'alcool entraîne la maturité et la maturité entraîne l'alcool.*

– *Une barrique de vin accomplit davantage de miracles qu'une église remplie de saints* », proposa Harry.

Sir Christopher le regarda, comme gagné par le doute, se demandant si Harry pouvait être accusé de blasphème. Avant qu'il ait pu trancher, il repéra le patron, M. Danvers. Il le héla et lui expliqua la situation.

« Du vin de paille pour M. Hunt. M. Hooke ne souhaite que du cidre allongé. Pour moi, ce sera de l'eau-de-vie de pêche hollandaise.

– Elle est particulièrement goûteuse, répondit Danvers. De plus, sir Christopher, j'ai enfin pu, grâce à mon homme de Perth, avoir de l'*aqua vitae* de Greyfriars.

– Il se peut que le chemin que nous emprunterons jusqu'à Greyfriars soit des plus sinueux, répondit sir Christopher. Mais nous finirons par y arriver au bout du compte. »

Lorsque Danvers fut de retour, apportant bouteilles, chopes et verres, sir Christopher prit à nouveau les rênes de la conversation. Il était conscient que Hooke, qui commençait à donner l'impression que le clairet qu'ils avaient bu un peu plus tôt ne passait pas, n'était pas d'humeur loquace. Il en était manifestement de même pour Harry.

« On pourrait récupérer le cerveau du cadavre d'une personne sobre et le comparer à celui d'un ivrogne. Voilà un sujet qui conviendrait à vos recherches microscopiques, n'est-ce pas, monsieur Hooke ? Ou bien ne serait-ce pas une meilleure expérience encore que de prendre deux abstinents de longue date et d'inoculer, seulement à l'un d'eux et peu avant sa mort, un alcool fort ? D'aucuns pourraient considérer que ce ne serait pas chrétien – je dis tout cela en partie pour plaisanter. »

Les spéculations philosophiques de sir Christopher furent interrompues par l'arrivée de Daniel Colwall, le trésorier de la Société royale, qui ramenait avec lui Thomas Henshaw.

« Harry, vous avez l'air aussi misérable que Prométhée sur son rocher, dit Colwall. Je suis vraiment tout à fait désolé pour votre expérience. »

Il avait l'apparence soignée et les habits discrètement à la mode d'un homme particulièrement aisé.

« Il devrait remplacer M. Hooke en tant que responsable des expériences, affirma Henshaw. Malgré son infortune d'aujourd'hui. Nous savons qu'il en a les capacités.

– Reste encore à en convaincre sir Joseph, fit remarquer Wren. Ce qu'aurait pu faire l'électricité émanant de l'os.

– D'autres perspectives lui sont permises. » La voix de Hooke s'était légèrement brisée et il baissa les yeux sur son cidre allongé. Il se leva, brandit sa chope face au groupe, puis engloutit d'un trait ce qui restait dans son verre. « Eau-de-vie ! »

Sir Christopher, que cette interjection avait légèrement désarçonné, s'empressa de lui en verser. Hooke prit le verre et le vida d'un coup sec.

« Je vois que ça ne plaisante pas ici, dit Colwall en retirant son manteau. Je vais commander la même chose. Souhaitez-vous vous joindre à nous, monsieur Henshaw ? »

Henshaw considéra un instant la question en frottant ses bajoues.

« Un peu de genièvre, je crois. »

Colwall gagna le comptoir et négocia le montant de son crédit.

« Faites-moi savoir quand nous aurons tout dépensé, monsieur Danvers. »

Le patron semblait stupéfait. Le trésorier Colwall était rarement vanté pour sa générosité.

Il revint avec une bouteille de genièvre et plusieurs de clairet.

« Du genièvre, monsieur Henshaw ? demanda sir Christopher en s'installant à sa place. Un authentique remède, n'est-ce pas ? Inventé par Silvius en guise de diurétique. Pensez-vous que cela marche sur l'orgueil ? Car celui de Harry, ici présent, est blessé.

– J'ai été témoin des dégâts qu'il a subis à Gresham's, répondit Henshaw en sortant une pipe indienne. Cela avait tout l'air d'une expérience fort intrigante.

– Je vais la refaire en améliorant l'étrier, répondit Harry.

– Métal plutôt que bois, dit Hooke, dont le visage était devenu légèrement verdâtre. Moins de rizques que za caze.

– Et la poignée était trop lisse, se rappela Harry.

– Z'avais remarqué », répondit Hooke beaucoup trop fort.

Il y eut des bruits de récipients qui tintent et de liquide versé, puis les cinq hommes levèrent leurs verres les uns contre les autres et burent au succès de la future expérience de Harry.

« À Harry !

– Harry !

– À Harry, futur responsable des expériences de la Société Royale ! »

Un raffut particulièrement sonore leur fit quitter leur verre des yeux. Edmund Wylde et John Aubrey essayaient de passer en même temps par l'embrasure de la porte, aucun des deux ne voulant céder le passage à l'autre. Leur rire dominait à présent le brouhaha de la taverne. Un autre homme se faufila entre les deux en forçant son chemin. Déboulant tel un morceau de viande coincé dans la trachée et brutalement régurgité, le Dr William Croone passa en revue l'intérieur du Bell's ainsi que toutes les personnes qui s'y trouvaient, lesquelles fixèrent à leur tour du regard cet élément perturbateur, en se plaignant du courant d'air froid qu'il faisait entrer par la porte encore ouverte. Les jambes de Croone ployaient sous le poids des deux pintes de porto qu'il avait éclusées avec son dîner. Deux autres *fellows*, Abraham Hill et John Hoskyns, franchirent la porte à sa suite : cette fois-ci ce fut l'un après l'autre, mais ils semblaient tous deux aussi peu stables que Croone.

Les trois nouveaux venus ôtèrent leurs perruques pour se rafraîchir la tête, incapables de supporter plus longtemps, même au nom des convenances, les suées de l'alcool. Ils restèrent un instant à étudier les différents box et les différentes tablées, essayant de trouver d'autres membres du Nouveau Club philosophique. Wylde et Aubrey se soutenaient l'un l'autre, craignant de s'échouer sur le sol.

Le groupe était d'un certain âge, avec des cheveux grisonnants, à l'exception de Croone qui possédait une impressionnante calvitie. Les sillons qui ridaient son cuir chevelu, comme si celui-ci adhérait irrégulièrement à son crâne, faisaient penser au delta d'un fleuve dessiné sur une carte.

Ce fut Wylde qui vit en premier Hooke, Wren, Colwall, Henshaw et Harry ; il fit signe à ses collègues de le suivre.

« Il faut que j'aille pisser, annonça-t-il, comme les deux groupes se réunissaient. J'exige une relubrification dès mon retour.

– Du Rumbullion ! hurla Aubrey. Souhaitez-vous la même chose ?

– Du Rumbullion, plutôt deux fois qu'une ! »

Wylde tourna les talons et disparut au fond de la taverne.

Aubrey s'accrocha aux épaules de sir Christopher afin de pouvoir l'enjamber et s'asseoir entre Harry et ce dernier. Comme il menaçait de s'écrouler, Harry le soutint.

« Vous êtes déjà bien lubrifié, observa sir Christopher. Nous allons devoir rattraper notre retard.

– C'est là la malheureuse influence qu'exerce Wylde sur moi, répondit piteusement Aubrey.

– L'alcool est une influence bien plus malheureuse, fit remarquer sir Christopher.

– La combinaison des deux l'est donc doublement. Pourriez-vous me venir en aide ? Je n'ai plus de monnaie.

– C'est moi qui invite, dit Colwall, qui était en train de disparaître dans la fumée de sa pipe. Du Rumbullion, dites-vous ?

– C'est fort aimable. » Aubrey regarda autour de lui, puis en direction de Harry. « Vous rebaptisez votre âme avec du vin de paille, Harry ?

– *Materialis causa* en un verre, ajouta Croone, qui était, lui aussi, en train de grimper par-dessus sir Christopher, lequel subissait cet assaut avec une certaine exaspération. Satanée malchance que votre expérience n'ait pas marché. Ne soyez pas trop découragé. »

Hill et Hoskyns demeuraient à l'autre extrémité de la longue table, débattant de leur éventuelle capacité à accomplir le même périple que leurs collègues. Finalement, ils passèrent devant Hooke, qui se leva en titubant afin de leur permettre de gagner le bout de la table.

« Nous portions un toazt à Harry, expliqua Hooke une fois que tout le monde fut installé. À la réitérazion plus heureuse de l'expérienze de prezion sur l'os.

– Et au sel de Rochelle, ajouta sir Christopher. Préparé à la manière de M. Seignette.

– Y avait-il aussi du sucre ? demanda Aubrey.

– Et du quartz », ajouta Harry, plein d'amertume.

Croone s'appuya sur la table et massa son crâne chauve en fermant très fort les yeux.

« Un toast ! Quelle admirable raison de boire ! » Il avait un peu de retard sur la conversation. « Il y a de nombreuses raisons de boire, certes. L'une d'elles est assurément le plaisir d'un bon vin. Une autre, c'est de fêter un ami, toujours... Une autre raison ? » Il fouilla en lui-même, son front était devenu un amas de rides de concentration qui envahissait tout l'hémisphère rosâtre de sa tête. « On peut considérer qu'une autre raison serait tout simplement la soif. Non pas que j'aie moi-même besoin d'une telle raison car je suis aussi plein qu'un tonneau, mais la vôtre, monsieur Hooke, conviendra assurément. »

À la fin de son discours, Croone avait perdu toute son énergie ainsi que l'usage de ses lèvres.

Quand Wylde fut de retour, quelques taches d'urine ornant le devant de ses hauts-de-chausses, tous portèrent un toast en l'honneur de Harry, chaque homme ajoutant sa propre variante quant à l'espoir que son expérience serait une réussite la prochaine fois qu'il en ferait la présentation.

Le toast de Wylde consista en une citation de Gautier Map : « *Si je meurs, laissez-moi mourir buvant en une auberge.* »

Ils vidèrent leur verre. Sir Christopher héla une serveuse afin qu'elle les fournisse à nouveau en boisson. Comme elle les écoutait faire toute une histoire de ce que serait leur prochain choix, Aubrey lui adressa un sourire stupide. Elle était jeune et affichait un air extrêmement sérieux. Elle les regardait froidement de ses yeux noirs ; elle avait, au cours de sa courte vie, été déjà suffisamment témoin de la bêtise des hommes.

« Vous n'avez aucune chance avec elle, monsieur Aubrey, affirma Wylde une fois qu'elle fut partie. Vous êtes assez âgé pour être son grand-père. Vous n'avez pas un sou. Et vous êtes complètement ivre. Vous seriez incapable de faire ce pour quoi la nature vous a conçu, même si elle vous accompagnait dehors. »

Sir Christopher afficha un air réprobateur.

« Vous parlez de cette fille comme s'il s'agissait d'une putain.

– Je ne voulais nullement lui porter offense, sir Kit ! J'entendais seulement annoncer à M. Aubrey qu'il n'était pas en état de faire la bête à deux dos.

– Vous voulez dire que ses eff-f-f-forts sont inutiles ? bégaya Hill, trouble dont il était affligé dès sa deuxième bouteille de vin.

– Exactement ! Une entreprise vouée à l'échec sur tous les fronts, répliqua Wylde.

– C-c-c-comme Harry a échoué aujourd'hui.

– Ah, pauvre Harry, je suis désolé pour vos difficultés, dit Wylde en secouant vigoureusement la tête. Votre os a glissé.

– D'après mes souvenirs, il est tombé, rectifia Henshaw, tirant joyeusement sur sa pipe.

– Il s'est éparpillé sur le sol, ajouta Colwall, sursautant comme il se prenait au jeu.

– Votre matériel vous a trahi, dit Croone, ouvrant enfin les yeux.

– De la verticale à l'horizontale, en un clin d'œil, intervint Aubrey, apparemment satisfait de sa contribution.

– Il ne soutenait assurément pas la comparaison avec l'arme de M. Papin, déclara Hoskyns.

– Il n'avait pas sa v-v-v-vis de serrage. »

Hill oscillait, ne sachant pas s'il devait rire ou être malade.

Les hommes gonflèrent les joues, serrèrent les lèvres et se mirent à regarder leurs mains, au bord des larmes. Même sir Christopher et – ce qui était plus blessant que tout – Robert Hooke.

Grandement offensé, Harry se leva, boutonna son manteau, adressa un salut à chacun des hommes qui étaient avec lui et, titubant de bière et de vin de paille, se fraya un chemin à travers la foule.

Derrière lui, les *fellows* ne purent contenir davantage leurs rires. Ce fut comme une explosion : sonore, bruyante et blessante.

Harry claqua la porte et emprunta Fleet Street, sans même s'arrêter lorsque l'enseigne du Bell's s'écrasa juste devant lui, arrachée du mur par le vent.

Son cadre métallique fit jaillir quelques étincelles sur les pavés.

Il l'enjamba et repartit d'un pas raide vers son appartement de Half Moon Alley, à Bishopsgate Without.

5

Les nouveaux amoureux

À la lueur pâle et brumeuse d'une lanterne qui lui indiquait le passage, Harry franchit une des brèches creusées au Moyen Âge dans l'ancien mur romain, afin de couper par le domaine de l'hôpital Bethlehem. Récemment bâti au milieu d'un grand parc aménagé sur des terres marécageuses asséchées, le vaste édifice occupa soudain tout son champ de vision.

D'habitude, quand il passait par là, Harry était transporté de fierté. Il avait en effet aidé M. Hooke à concevoir et bâtir cet hôpital, aux chambres lumineuses et aérées, où l'on accordait avec compassion les soins les plus modernes aux aliénés de Londres. Mais avec les rires des *fellows* qui continuaient de résonner à l'intérieur de son crâne et l'horloge de l'hôpital qui sonnait les neuf coups métalliques indiquant la fin des visites, le bâtiment, dont les ailes semblaient lui tendre les bras, prenait une allure sinistre.

Vacillant à cause de l'alcool, nauséeux, ne faisant que ressasser l'indélicatesse dont avaient fait preuve les *fellows* – aucun d'entre eux ne s'était adressé à lui en tant que M. Hunt car pour ces gens il serait éternellement Harry –, il arriva au cimetière et traversa le terrain irrégulier où se dressait jadis l'hôpital. Les branches des arbres s'agitaient en sifflant sous les assauts du vent, comme si elles cherchaient à lui dire de s'en aller. Ce n'est que lorsqu'il tourna pour emprunter Rose and Crown Court, puis Half Moon Alley, qu'il laissa derrière lui cette atmosphère inquiétante. Des maisons ordinaires, modestes, qui avaient été préservées du Grand Incendie, séparées les unes des autres par d'étroits passages, et des étages qui faisaient saillie et surplombaient la rue.

Un étranger aurait pu leur trouver quelque chose d'intimidant, mais Harry puisait un véritable réconfort dans tout ce qu'elles avaient de familier pour lui.

Alors qu'il bataillait avec la serrure de son appartement, il entendit un pas lourd et décidé, auquel succéda une ouverture de porte tenant presque de l'explosion.

Apparut le colonel Michael Fields, dont la tête chauve et tavelée arborait une oreille à laquelle manquait la partie supérieure.

Soldat au service du Parlement pendant les guerres civiles, niveleur[1] devenu pasteur anabaptiste, Fields passait de plus en plus de temps ici. Même s'ils entretenaient désormais une solide amitié, Harry savait que ce n'était pas lui que le vieil homme venait voir. Ce qui motivait les visites de ce dernier, c'était sa logeuse, Mme Elizabeth Hannam.

Malgré sa maigreur, elle était indéniablement séduisante. Que son mari ait pu jouir aussi longtemps de son affection était proprement miraculeux. Sa tendresse grandissante à l'égard de Fields avait précipité l'exclusion de M. Hannam hors de son existence. La malheureuse incapacité de cet homme à gagner de l'argent, ou à conserver le peu qui pouvait parvenir jusque dans leur foyer – et ce, principalement du fait de ses efforts à elle –, avait fini par la convaincre qu'il lui fallait s'endurcir le cœur. La dernière chose que Harry avait vue dudit mari, de retour d'un séjour en prison pour dettes, avait été son visage incrédule lorsqu'elle l'avait chassé de la maison.

« Content de vous voir, encore une fois », dit Harry en entrant et en appuyant une main contre le mur pour conserver son équilibre.

Il y avait eu à peine une petite pause avant la fin de sa phrase mais le colonel avait compris.

« C'est devenu une habitude. » Il regarda Harry d'un air presque embarrassé. « Bien ! J'ai comme le sentiment que je devrais vous

1. Les « niveleurs » constituaient un courant politique anglais né du temps des guerres civiles qui professait entre autres l'égalité entre les hommes et la liberté religieuse.

demander votre permission – peut-être parce qu'il n'y a personne d'autre à qui la demander.

– Ma permission ? Pour voir Mme Hannam ? Je n'ai aucunement mon mot à dire là-dessus.

– Je ne parle pas seulement de la *voir.* » Fields laissa sa bouche s'épanouir en un sourire, auquel se substitua un de ses formidables éclats de rire, aussi brefs que sonores. « Je lui ai demandé si elle voulait bien devenir ma femme ! »

Harry se sentit submergé d'affection pour le vieil homme.

« Elle a accepté ?

– Oui. Je me suis risqué à lui faire ma demande, même si j'étais convaincu qu'elle m'éconduirait. Quelques démarches d'ordre juridique doivent encore la séparer officiellement de son premier mari, après quoi je serai le second !

– Ceci est bien soudain, colonel, mais je suis ravi. Pour vous deux. »

Fields lui tendit les bras, et Harry se réfugia dans sa solide étreinte. L'odeur du manteau de Fields et celle de son tabac lui prodiguèrent un sentiment de sécurité comme il en éprouvait rarement. Une fois qu'il se fut dégagé de ses bras, il se rendit compte que ses yeux étaient humides, ce que Fields prit pour la joie que suscitait son annonce chez son ami.

« *Car j'avais faim, et elle m'a donné à manger. J'avais soif, et elle m'a donné à boire. J'étais un étranger, et elle m'a accueilli.* Je suis un homme chanceux, Harry, de trouver enfin l'affection. J'ai été seul si longtemps. Je pensais que le temps qui me restait ne serait peuplé que par la solitude – ah ! mon amour !

– Souhaiterais-tu me ranger avec les brebis, Michael ? » demanda Mme Hannam, qui avait bien remarqué qu'il avait quelque peu modifié les paroles de Matthieu.

Elle venait de faire son apparition à la porte qui donnait sur le salon, la main posée sur le cadre de celle-ci et un sourire malicieux aux lèvres.

« Eh bien, tu n'es pas une chèvre. »

Fields laissa échapper un petit rire. Pendant un instant, et à sa grande consternation, Harry eut l'impression qu'il allait la pincer quelque part, mais le vieil homme se retint.

« Tu l'as annoncé à Harry, à ce que j'entends », dit Mme Hannam, lançant un regard timide à son locataire.

Harry se dirigea vers elle pour l'étreindre comme Fields l'avait étreint lui-même, mais son déplacement fut des plus maladroits, surtout étant donné l'étroitesse du couloir. Elle esquiva son embrassade, voulant échapper à son souffle imbibé d'alcool, et ramena Fields dans le salon.

Harry demeura dans le petit couloir, se démenant pour extraire son bras de la manche de son manteau.

Quand il les rejoignit, Mme Hannam était assise dans son fauteuil près de l'âtre, et Fields était debout, un coude posé sur le manteau de la cheminée, occupé à bourrer sa pipe. Harry regarda la petite horloge accrochée au mur, une horloge lanterne en cuivre qu'il avait lui-même modifiée en y ajoutant un pendule doté d'un mécanisme à ressort, ce qui la rendait plus précise qu'elle ne l'était avec ses poids d'origine. Il était un peu plus de 21 heures, mais il avait l'impression qu'il était nettement plus tard. Il s'assit lourdement à la table, qui lui sembla basculer d'un côté puis de l'autre, comme si elle était suspendue à la manière d'une balançoire.

Mme Hannam lui décocha un regard empreint de sévérité. Elle avait considérablement souffert du penchant de M. Hannam pour les tavernes. Harry sentit la honte le piquer, mais celle-ci céda la place à un certain ressentiment face à l'excessive dureté d'un tel jugement.

Fields remarqua le regard qu'ils venaient d'échanger et haussa ses sourcils broussailleux.

« *Et on oublie, quand on est ivre, de se conduire en ami avec les amis et les frères, et en peu de temps on tire les couteaux.* » Il pointa sa pipe en direction de Harry. « Il est rare, Harry, de vous voir ivre.

– C'est un jour rare, colonel. J'ai cherché du réconfort dans la boisson. Je suis en outre tombé sur M. Hooke et d'autres *fellows*. Ce sont des hommes à qui il est difficile de dire non.

– Du réconfort ? C'est un chemin dangereux que vous empruntez là. L'alcool fort ne tarde pas à devenir un compagnon indispensable, vers lequel on se tourne au moindre prétexte.

– J'avais suffisamment de prétextes ce soir. Car j'ai décidé de quitter la Société royale et de travailler pour sir Jonas Moore.

– Ai-je bien entendu ? Pour le conseil de l'artillerie ? » Fields tira sur sa pipe. « Vous avez refusé son offre par le passé.

– J'estime que la Société ne fait pas preuve de beaucoup de considération à mon égard.

– M. Hooke vous aime comme un fils, dit Mme Hannam. Demain, vous vous réveillerez sobre, et plus raisonnable.

– Cet après-midi, j'ai perdu toute chance d'être responsable des expériences. Ce soir, les *fellows* se sont moqués de moi. Même M. Hooke. Il est temps de partir. Sir Jonas me demande de me rendre aux Fens. »

Fields se frotta le bras, une vieille blessure qui continuait à le gêner, surtout au printemps.

« Les Fens ? Un bien sinistre endroit. J'y ai passé un certain temps, pendant les guerres. Comment les habitants des tourbières peuvent-ils supporter de vivre là-bas, même s'ils sont devenus insensibles aux morsures de tous ces moustiques ? Cela demeure pour moi un mystère. »

Fields lança un coup d'œil à Mme Hannam, qui lui adressa un signe de tête.

« Écoutez ce que vous dit Elizabeth. Laissez-vous le temps de reprendre vos esprits. La Société est toute votre vie. » Ayant tiré sur sa pipe au mauvais moment, Fields eut une quinte de toux. « Vous ne pouvez pas vouloir échanger Gresham's College contre les Fens, dit-il, une fois qu'il se fut remis. Dans quel coin des *Fens* sir Jonas désire-t-il exactement vous envoyer ? »

Le dégoût qu'éprouvait Fields au seul fait de prononcer ce nom était patent.

« À l'écluse de Denver, là où l'on travaille à drainer les marais. On y a découvert un cadavre. »

Mme Hannam se leva, prête à se retirer.

« Je vais vous laisser entre hommes, car je n'aime pas entendre parler de cadavres. Harry, comme je vous l'ai dit, ne prenez pas la moindre décision avant demain matin. Je vous souhaite une bonne nuit à tous deux.

– Elizabeth ! Attends, mon amour, dit Fields. Je viens avec toi. » Il éteignit sa pipe en la tapant à l'intérieur de l'âtre. « Donc, réfléchissez bien, Harry. Il faut toujours être circonspect dans des moments pareils, car c'est le genre de décision qui peut façonner toute une vie. » De temps en temps, depuis les guerres, Fields souffrait de tremblements et, à ce moment précis, sa tête fut prise d'une brève convulsion. « Croyez-moi, voulez-vous, croyez la sagesse acquise au cours de plusieurs années de tumulte et du fait d'avoir survécu à celles-ci. Et, par ailleurs, vous êtes ivre mort. »

Il prit Mme Hannam par la main, et tous deux laissèrent Harry aux prises avec ses pensées.

Harry put entendre au-dessus de lui la voix du colonel qui chuchotait, mais impossible de distinguer ce qu'il disait depuis le salon. Il s'assit en travers de son fauteuil, relevant les genoux qu'il coinça contre sa poitrine en les enserrant de ses bras.

Le dernier tison du feu brilla, passant de l'orange au rouge.

Lorsqu'il s'endormit, Harry savait que sa décision était déjà prise.

6
Les passagers inattendus

Toujours pas le moindre signe de la voiture. Harry avait beau être arrivé en avance, il n'était pas le premier. Près d'une demi-douzaine d'autres voyageurs en partance pour le nord étaient eux aussi en train de frissonner à côté de la pompe Standard, leurs bagages empilés à leurs pieds.

Il avait déjà eu le temps de passer le matin même à l'armurerie de la Tour de Londres pour accepter l'offre d'emploi de sir Jonas Moore. Là-bas l'attendait une note, ce qui prouvait que sir Jonas était convaincu que Harry y répondrait positivement. Ladite note demandait que l'on remette en avance à M. Henry Hunt son premier trimestre de salaire, auquel il fallait ajouter ses frais de voyage. Il avait ensuite été envoyé à la trésorerie, afin de récupérer son argent, heureux que, dans ce genre d'endroits, il soit peu nécessaire de parler, car il avait encore très mal à la tête après sa soirée au Bell's.

Le tintement des pièces à l'intérieur du sac qui alourdissait sa poche était bien agréable. Alors qu'il en vérifiait le contenu comme il l'avait déjà fait à plusieurs reprises, il remarqua un jeune homme qui se tenait à l'écart de la foule. Attendant l'arrivée de la voiture à côté de la London Stone, il semblait vouloir attirer l'attention de Harry. Une fine mèche de cheveux blonds s'échappait de son tricorne. L'air quelque peu amusé qu'affichait son visage ne manqua pas d'irriter Harry, car il paraissait exprimer un sentiment de supériorité.

Une protection, peut-être, de la part de sir Jonas ? Mais non, certainement pas : ce dernier, ou l'un de ses hommes de l'armurerie, l'aurait prévenu d'un potentiel danger.

Plus Harry le regardait, plus il se dit qu'il devait le connaître. Mais pas par le collège. Ce n'était pas un mécanicien, ni un élève opérateur.

Harry sursauta comme une main lourde se posait sur son épaule.

« Eh bien ! Bien le bonjour, Harry !

– Bien le bonjour, colonel », répondit Harry, oubliant alors l'inconnu.

Il ressentit la même vive émotion que lorsqu'ils s'étaient étreints la veille au soir. Que Fields soit venu assister à son départ le touchait davantage qu'il l'aurait imaginé.

Fields semblait revigoré par la fraîcheur matinale. Il était coiffé de son montero préféré, portait son vieux manteau de guerre et avait ciré ses bottes. Une longue écharpe lui tenait chaud ; elle était d'un orange vif, rappelant son engagement passé au service du Parlement. Son épée dépassait de son manteau, la pointe du fourreau raclant le mur qui se trouvait derrière lui. Un sac en toile était accroché à son épaule.

S'apercevant que Fields semblait lui-même fin prêt à partir en voyage, Harry haussa un sourcil. Fields sourit.

« Vous avez fait votre choix. Je ne m'y opposerai pas, car c'est le vôtre, et seulement le vôtre. Et j'ai moi aussi pris le temps de réfléchir à la question. »

Harry ne précisa pas qu'il s'était endormi dans le fauteuil de sa logeuse dès que Fields et elle étaient allés se coucher, ni qu'il n'avait pas réfléchi une seule seconde à la question. L'offre de sir Jonas était trop séduisante pour être refusée. Depuis son réveil, sa détermination à quitter M. Hooke, le Gresham's College et son travail au sein de la Société royale n'avait fait que se renforcer, sans même qu'il ait besoin d'y réfléchir davantage. Il avait fait le bon choix, il le sentait ; sa décision était confortablement ancrée en lui, quelque part entre sa poitrine et son estomac.

Hooke aurait été atterré par un tel sentiment. Par une telle absurdité. Mais Harry n'en avait désormais plus rien à faire. La dernière fois qu'il avait vu Hooke, au Bell's, pendant que les *fellows* se moquaient de lui, son visage avait arboré une expression de jouissance insensible.

Fields sortit sa pipe et, à une vitesse résultant d'une pratique de toute une vie, fit bientôt rougeoyer le tabac dans son fourneau. Il toussa bruyamment, cracha et regarda autour d'eux, passant les autres voyageurs en revue. Harry ne savait pas vraiment ce qu'il cherchait mais, une fois son inspection achevée, il parut satisfait ; il tapota sur sa pipe pour manifester son contentement.

« J'y ai réfléchi, moi aussi, comme je vous l'ai dit. Puisque votre choix est arrêté, j'ai une suggestion à vous faire. Je pourrais venir avec vous. » Fields interpréta le silence de Harry comme de la réticence. « J'ai une certaine expérience, vous savez, laquelle pourrait vous être utile.

– Mais, et Mme Hannam ? réussit à dire Harry. Vous allez sacrément lui manquer. »

Fields eut un air désolé, semblable à celui qu'il avait affiché quand il en avait discuté avec elle le matin même.

« J'ai rassuré Elizabeth en lui expliquant que nous ne partions par pour longtemps, ce dont je ne doute pas. Quitter M. Hooke et la sécurité du Gresham's College est peut-être ce qui fera de vous un homme. Mais, de toute évidence, je peux vous être d'une grande aide, étant donné que vous n'êtes pas particulièrement versé dans ce genre d'affaires. Elizabeth est une femme compréhensive. Je pense qu'elle veut que je profite d'une ultime aventure, comme si notre mariage n'en constituait pas suffisamment une. Qu'en pensez-vous, Harry ? Prendrez-vous ce vieillard avec vous ?

– Mais vous m'avez dépeint les Fens comme un endroit horrible, dit Harry, affichant un énorme sourire. Vous êtes sûr de vouloir venir ?

– J'espère que ce sont mes souvenirs qui les ont transformés ainsi. Oui, j'en suis sûr. Si vous voulez bien de moi. »

Ils entendirent arriver la voiture au moment où elle roulait pesamment devant le Royal Exchange. Paraissant bien trop lourde pour ses malheureux chevaux, elle était suffisamment grande pour accueillir huit personnes à l'intérieur, plus quatre à l'arrière, dans ce qui n'était guère plus qu'un panier en osier à la merci des éléments. La peinture usée du véhicule s'écaillait, et des traînées de boue s'étalaient de chaque côté. Harry remarqua qu'elle n'était pas équipée de ressorts destinés à amortir les cahots de la route. Il espéra que le capitonnage serait généreux.

Le conseil de l'artillerie lui avait réservé une des places à l'intérieur. Harry tendit la lettre au cocher pour l'en informer. Fort heureusement, il y avait également de la place pour le colonel Fields.

En montant à bord de la voiture tandis que l'on installait ses bagages sur le toit, à côté du postillon, Harry se sentit très important. Puis comme il laissait Fields s'asseoir à côté de la fenêtre, serré contre lui, son accès de jubilation – son voyage était sur le point de commencer et le colonel l'accompagnait – connut une fin brutale : la dureté de la banquette sous son coccyx se faisait sentir. Le voyage jusqu'à Cambridge durait ordinairement une quinzaine d'heures ; on était au tout début de la saison, les chemins étaient boueux, on avancerait donc lentement.

Sa situation ne tarda pas à empirer. Un homme corpulent, dénué de cou et qui sentait le lait tourné s'assit à côté de lui, sans se préoccuper de la pression qu'il exerçait sur la cuisse de son futur compagnon de voyage.

Puis un autre passager s'assit, en face de lui, ses bottes cognant les siennes. Harry recula ses pieds et lui lança un regard noir.

Il s'agissait du jeune homme au tricorne qu'il avait remarqué quelques instants plus tôt. Non seulement ce jeune homme ne le quittait pas des yeux, ce qui était parfaitement impoli, mais il se pencha en avant, s'approchant de lui de façon très embarrassante. Harry recula sur son siège, serrant instinctivement le poing face à cette familiarité excessive.

« Bonjour, Harry », fit la voix de Grace Hooke.

Fields se détourna de sa fenêtre et laissa échapper un rire tonitruant.

Grace posa sa main sur le genou de Harry.

« Si je vous l'avais demandé, vous auriez répondu non. Je ne vous l'ai donc pas demandé. »

Elle portait des hauts-de-chausses, un gilet matelassé et un élégant manteau fait d'un tissu bleu qui semblait particulièrement coûteux.

« Vous êtes déguisée !... En homme ! »

L'étonnement de Harry le rendait idiot. Cet étonnement se transforma vite en colère. Il lui avait fait ses adieux à Gresham's le matin même, après lui avoir annoncé sa décision de rejoindre sir Jonas Moore. Rien n'avait alors laissé entrevoir qu'elle s'apprêtait à le suivre.

« C'est plus facile, répliqua-t-elle d'un ton aussi enjoué qu'agaçant. Et ça fait plus... *aventureux*.

– Vous avez été débordé sur votre flanc, Harry », dit le colonel.

Grace tendit une lettre à Harry.

« De la part de mon oncle. Pour M. Newton, à Trinity College. Il vous demande de la lui remettre.

– Suis-je censé être son facteur ? J'imagine qu'il ne se doutait absolument pas que vous alliez partir avec sa lettre. Il va être furieux. »

Elle semblait totalement indifférente aux sentiments de son oncle sur cette affaire.

« Il n'est pas sûr pour vous de voyager avec nous, dit Harry d'un ton pincé.

– Alors, il peut tout autant être peu sûr pour vous de voyager avec moi. »

À l'extérieur se fit entendre une discussion entre le cocher et un de ses collègues sur les difficultés qu'il y avait à traverser Whitechapel. Puis la voiture se mit en mouvement, se balançant et cahotant sur le pavement irrégulier.

« Trop tard, dit Grace. Il va vous falloir supporter ma compagnie. »

Pour la première fois, Harry lui sourit, obligé de reconnaître qu'il était heureux qu'elle soit là.

« En vérité, je n'ai jamais eu à *supporter* votre compagnie.

– Avez-vous déjà entendu des paroles aussi délicieuses, colonel Fields ?

– C'est un garçon délicieux, répondit Fields en lui adressant un clin d'œil.

– N'importe quelle fille serait enchantée.

– Vous êtes donc toujours une fille ? lui demanda Harry.

– Vous frisez l'indélicatesse, monsieur. »

Grace appuya le dos de sa main contre sa propre joue, en une caricature de raffinement patricien, comme si elle était sur le point de défaillir.

Ils quittèrent Cornhill et ses élégantes maisons bâties suivant la nouvelle réglementation en vigueur depuis l'Incendie et dont l'emplacement avait été fixé, pour la plupart d'entre elles, par l'homme qu'ils laissaient derrière eux, Robert Hooke. La voiture les fit sortir par Bishopsgate puis traverser les faubourgs.

Quand ils eurent atteint Hackney, Fields leur désigna ce qu'il restait des redoutes qui avaient fait partie du système de défense mis en place contre les royalistes du temps des guerres civiles.

Ils gagnèrent la Grande Route du Nord – l'ancienne Ermine Street –, quittant ainsi définitivement Londres.

7
La mort du traître

Les couinements suraigus des enfants. Les cris perçants et les jurons de leurs mères qui veillaient à les éloigner de la cohue. Les menaces proférées par les hommes qui protégeaient leur famille. Les hurlements de ceux qui vendaient à manger, à boire ou des projectiles.

L'échafaud, solidement dressé sur sa charpente, faisait penser à un navire à l'ancre au milieu d'une mer humaine. Parmi la foule, certains essayaient d'en escalader les poutres, même s'ils n'avaient aucune idée de ce qu'ils pourraient voir une fois arrivés. Être tout près, c'était la seule chose qui importait. Peut-être le besoin de ressentir était-il plus fort que celui de voir.

Pour un prix indécent, les riches s'étaient loué des estrades. Pour moins cher, il y avait les charrettes, tirées par des chevaux au regard aussi halluciné que celui des piétons qu'ils écartaient en agitant la tête. Les curieux parvenaient à se frayer un chemin jusqu'à des endroits impossibles. Certains grimpaient sur les charrettes pour finir repoussés, voire frappés par ceux qui avaient payé leur place. L'une d'elles se retrouva ainsi violemment secouée, son cocher ayant semble-t-il irrité les piétons. Son cheval se cabra, ruant au visage des badauds les plus proches.

Les fantassins du roi, chapeau noir et manteau rouge, ne parvenaient pas à calmer la foule. À force de recevoir des coups de crosse, les gens devenaient querelleurs. On frappait sournoisement le dos d'un uniforme. On décochait en catimini un coup de pied à la cheville d'un soldat. Et lorsqu'il se retournait, la foule n'était qu'innocence. Et devenait pure indignation s'il ripostait par une gifle.

Il y aurait trop peu de soldats pour disperser toute cette masse si elle choisissait de devenir véritablement turbulente. Ceux qui surveillaient les abords du périmètre, les plus éloignés du sinistre échafaud, jetaient des coups d'œil nerveux en direction de la Tour, espérant l'arrivée de renforts.

Enfin, il fit son apparition. Le traître William Howard, premier vicomte Stafford. Penché en avant, la tête inclinée sur la poitrine. Des soldats étaient là pour l'escorter au milieu de toute cette cohue.

Un grondement parcourut la foule. Voilà la raison pour laquelle ils étaient venus, la raison pour laquelle ils couraient le risque de finir écrasés les uns contre les autres. L'instant libérateur – celui de la purge – était imminent. Tout le monde frissonna d'excitation.

Pour lui, sa dernière chance de dire la vérité. De parler devant Dieu.

Puis ce serait la mort.

Stafford entendait à peine le bruit qui l'entourait et était à peine conscient de la masse humaine autour de lui. Malgré la foule et malgré toute cette bousculade, la seule chose qu'il vit au moment où il arriva sur l'échafaud, ce fut la rampe de l'escalier. Elle avait été sciée à la hâte ; le bois était rugueux sous la paume de sa main, qu'il ne tarda pas à retirer par peur des échardes. Absurde, pensa-t-il, alors qu'il montait les marches. Mais c'était la réaction naturelle de son corps.

Ce mouvement sec de la main lui fit reprendre conscience. Certains détails qui l'entouraient devinrent aussi nets et essentiels que s'il les avait observés à travers un télescope. Un drapeau qui claquait dans le vent au sommet de la tour Blanche. Une femme penchée à une fenêtre de Muscovy House. Les retardataires qui se frayaient un chemin dans Seething Lane. Le moindre bruit prenait également une ampleur phénoménale. Les cloches de la nouvelle tour de All Hallows Barking en train de sonner. Un homme qui lui hurlait des obscénités. Des mouettes qui braillaient au-dessus de sa tête.

Et l'échafaud qui grinçait sous les assauts du vent.

Pendant son procès, les accusations portées contre lui l'avaient laissé totalement abasourdi, tandis que ses deux accusateurs avançaient, reculaient, chacun à leur tour, pareils à des jouets mécaniques.

Le pire d'entre eux, ce Titus Oates, était le diable incarné, capable de se rappeler toutes les idées extravagantes de la machination qu'il avait mise au point. Quant à l'autre, Israel Tonge, il ne faisait que proférer des absurdités.

En haut des marches, Stafford s'arrêta. Un homme était en train de dresser un bloc de bois, neuf et scintillant.

Il avait sur lui un autre objet que reconnut Stafford, bien qu'il fût à l'intérieur d'un sac. Accordé par le roi miséricordieux.

Poussé par le soldat qui se trouvait derrière lui, Stafford posa le pied sur le bord de l'échafaud. Le bourreau reposa le bloc, puis le recouvrit de feutrine noire. Stafford fouilla dans son manteau et en sortit deux guinées. Les deux hommes hochèrent la tête pour témoigner qu'ils s'étaient compris.

Stafford adressa également un hochement de tête aux greffiers, qui se tenaient là, dignement, la plume à la main. Il leur tendit des feuilles de papier, afin de leur épargner le travail : y figuraient les paroles qu'il avait prévu de prononcer. Le pasteur le fusilla du regard.

Stafford s'avança vers la balustrade. Comme ils étaient nombreux à être venus à Tower Hill ! La foule s'étendait sous ses yeux, presque jusqu'aux douves. Il l'observa, tournant lentement la tête. Comme tous se taisaient afin de pouvoir l'entendre, il se pencha en avant et se cramponna à la balustrade, craignant que sa voix ne le trahisse.

« Puisque tel est le souhait... » À peine plus qu'un filet de voix éraillée. Aucune chance que ceux de devant aient pu l'entendre, et encore moins ceux qui se trouvaient derrière. Il se racla la gorge et reprit : « Puisque tel est le souhait... de notre Dieu tout-puissant... On m'a amené ici pour recevoir la mort, comme si j'étais coupable de haute trahison... »

Le vent le fit frissonner. Ses genoux menaçaient de céder. Certains se mirent à conspuer sa tentative de prise de parole, jugeant qu'elle ne faisait pas le poids à côté de ce qu'avaient pu dire ses prédécesseurs.

Il parvint à prendre une voix plus grave, plus puissante.

« Devant notre Dieu éternel et omniscient, je proclame que je suis aussi innocent que peut l'être un homme. »

Sa parole était à présent plus solide et gagnait en rythme ; la foule commença à se calmer.

« Aurais-je mille vies, je renoncerais à toutes plutôt que de porter de fausses accusations à mon encontre, ou à l'encontre de quiconque. Car je n'aurais alors aucun espoir de salut... »

Il continua de parler jusqu'à ce que le pasteur, souhaitant qu'il abrège, tousse dans son dos. Stafford se retourna et fixa du regard l'homme qui était en train d'inonder de sueur son costume de cérémonie, puis, lentement, il entreprit de faire à nouveau face à la foule.

« J'abhorre et ai toujours abhorré le meurtre ! Si je pouvais me libérer et établir la religion que je souhaite, le gouvernement que je souhaite, tout cela par la mort des parjures qui m'ont conduit ici, jamais je n'accepterais de provoquer leur mort. »

S'impatientant, le pasteur fit un pas en avant.

« Reniez-vous les indulgences de l'Église romaine ?

– Je n'ai pas honte de ma religion, répondit Stafford d'une voix toujours forte, pour que la foule l'entende. Elle n'enseigne rien d'autre que la juste vénération de Dieu et l'obéissance au roi. Je crois en l'existence d'un seul Dieu, d'un seul Sauveur, d'une seule sainte Église, et c'est comme membre de celle-ci que, par la grâce de Dieu, je vais mourir. »

Stafford se retourna, retira ses bagues, sa montre – il était 10 heures juste passées – et le crucifix qu'il avait autour du cou.

Il remit tous ces objets à un capitaine des fantassins, qui l'aida à enlever son manteau. Le bourreau lui remit un bonnet de soie. Après avoir retiré sa perruque et soigneusement ajusté le bonnet afin qu'il recouvre bien ses cheveux, Stafford s'agenouilla sur le tissu noir et plaça son front sur le billot.

Le bois en était à la fois lisse et rêche.

Il tendit le cou en avant.

Le bourreau sortit son épée du sac et la retira de son fourreau.

« Quel sera votre signal ?

– Aucun signal, répondit Stafford. Faites comme vous l'entendez. La volonté de Dieu sera faite.

– Pardonnez-moi.

– Je vous pardonne. »

À l'exception d'un peu de peau et d'un morceau de trachée, un seul et unique coup sépara la tête de Stafford de son corps. Le bourreau trancha ce qui restait avec son couteau, puis brandit la tête pour la montrer à la foule.

« Des paroles courageuses », observa Richard Merritt, qui se tenait au pied de l'échafaud. Le sang avait éclaboussé l'épaule de son manteau. « Il a fini par s'attirer une certaine sympathie. »

Il se tut un instant, se demandant si la tête de Stafford avait encore conscience du monde extérieur ou bien si ses pensées avaient été soufflées d'un seul coup.

Remarquant l'air réprobateur de son maître, il tenta d'amadouer ce dernier.

« Un papiste de plus envoyé *ad patres*.

– Un seul à la fois, c'est trop lent », répondit le lord grand trésorier Danby.

8
Le professeur lucasien

La campagne devint de moins en moins vallonnée, jusqu'à adopter une saisissante absence de relief. Même dans ces conditions, la nuit était déjà tombée lorsqu'ils arrivèrent à Cambridge après avoir passé vingt heures dans un véhicule branlant sur des routes qui n'étaient souvent que des bourbiers.

Alors qu'ils quittaient le Hartfordshire pour entrer dans le Cambridgeshire, les plaines apparemment sans fin et le vaste ciel qui formait une voûte au-dessus d'eux emplissaient Harry de crainte. Toute cette quantité d'air qui pesait sur sa tête suscitait en lui une sensation de fragilité, comme si son être allait se dissoudre dans le vide du paysage. L'étroitesse des rues londoniennes vous donnait l'impression d'être entouré de murailles et le sentiment d'être ancré quelque part. Leur étreinte vous conférait un sentiment de sécurité. Même la proximité du colonel, assis à côté de lui, et la présence de Grace, qui occupait la place face à la sienne – et le fait qu'elle soit si près ne manquait pas de le troubler –, n'atténuaient en rien l'impression qu'il avait de se fragmenter. Comme une variante, plus calme, de la panique qui s'était emparée de lui quand il était monté à l'observatoire de Robert Hooke, tout en haut de Gresham's College.

Le colonel avait passé la majeure partie du trajet à lire son *Livre de la prière commune,* cadeau d'Elizabeth Hannam. Il déplorait encore la perte de sa *Bible de poche du soldat* qu'il avait conservée depuis les guerres mais qui avait été détruite lors de l'incendie de sa chapelle anabaptiste.

Grace regardait la campagne. Parce qu'il y avait dans cette voiture des étrangers susceptibles d'écouter le moindre mot que l'on pouvait y prononcer, il était plutôt difficile à Harry de lui dire tout ce qu'il avait envie de lui dire, raison pour laquelle le voyage se déroula essentiellement dans le silence.

Enfin, ils descendirent de la voiture, adressèrent un hochement de tête soulagé en guise d'au revoir à l'homme qui sentait le lait aigre et se rendirent à l'Eagle and Child, une auberge assez agréable où il restait deux chambres libres. Harry et Fields en prirent une, et Grace l'autre. Au moment où ils s'apprêtaient à gagner leurs lits respectifs, Harry et elle se regardèrent fugacement. Grace prit une bougie, expliquant qu'elle avait peur du noir.

Dans la lumière grise d'un nouveau matin froid, Fields ouvrait la marche. Sa façon d'agir témoignait de sa capacité à s'orienter et de son incapacité à écouter les autres lorsqu'il était concentré sur sa mission. Il allait les emmener à Trinity, leur avait-il assuré, insistant sur le fait que, fondamentalement, toutes les villes étaient semblables : une rivière, un pont qui enjambait celle-ci et une église. « Tout le reste n'est que variantes et répétitions. »

Il était plus facile de le suivre que de chercher à discuter. Harry et Grace échangèrent un regard où se mêlaient la frustration et l'amusement lorsque Fields les amena sur la place du marché pour s'acheter du tabac en précisant bien que c'était à Harry de le payer de sa bourse, si bien garnie par le conseil de l'artillerie. Il leur fit ensuite faire demi-tour pour remonter Trumpington Street.

Tandis qu'il suivait le dos imposant du colonel, Cambridge apparut à Harry comme une ville éteinte et sans joie, aux murs délavés et crasseux. Des bâtiments relativement bas qui se déployaient sur un terrain marécageux avec, pour point culminant, le château en ruine qui surplombait le reste des habitations. Fields le désigna de son éternelle pipe.

« Cambridge était le quartier général de l'association des comtés de l'Est, expliqua-t-il. Le château a été démantelé, en 1647 ou quelque chose comme ça, sur ordre d'Oliver Cromwell, afin que les royalistes ne puissent pas en faire usage.

– Vous n'êtes jamais venu ici ? lui demanda Harry.

– Et je n'en éprouve aucun regret. »

Les bâtiments délabrés de la ville faisaient pâle figure à côté de ceux des collèges qui, eux, ressemblaient à des palais. Pas besoin d'un Fields réprobateur et ancien niveleur les pointant de sa pipe pour remarquer la différence de prospérité. Les étudiants qui passaient par là – dont les robes, noires, bleues, violettes ou écarlates, ainsi que les chapeaux ornés de toutes sortes de garnitures et de pampilles, indiquaient le collège où ils étudiaient, quels étaient leurs diplômes ainsi que tout un éventail de rangs et de statuts que seul un initié pouvait comprendre – semblaient susciter chez les habitants de la ville une indifférence teintée d'hostilité.

Ils passèrent devant la chapelle de King's College, avant de tourner à gauche pour descendre Trinity Lane, à l'ombre des hauts murs qui se dressaient de chaque côté de leur route. Une autre chapelle apparut à leur droite, puis ils se retrouvèrent face à une immense porterie. Celle-ci comprenait une large porte destinée aux voitures et aux chevaux, et une autre, plus petite, réservée aux piétons. Au-dessus les regardait de toute sa hauteur une statue d'Henri VIII qui agrippait son sceptre comme s'il avait peur de le laisser tomber.

L'allée était embouteillée par toute une file de charrettes à l'intérieur desquelles s'empilaient divers matériaux de construction. Plusieurs hommes au physique particulièrement impressionnant attendaient qu'on les laisse entrer, se frottant les mains à cause du froid.

« Trinity ? » aboya Fields, cherchant confirmation auprès d'un étudiant vêtu de violet qui sortait par la petite porte.

Il reçut un hochement de tête apeuré en guise de réponse.

Une brève conversation avec un ouvrier leur apprit que le collège était en pleine rénovation. Harry savait que l'on avait commandé à sir Christopher la construction d'une nouvelle bibliothèque. L'homme avec lequel il s'entretint avait été engagé pour en poser les fondations, pas loin de la rivière. On était également en train d'agrandir la cour Nevile, et l'on avait presque terminé de bâtir le Bishop's Hostel.

Un vieux portier ouvrit la grande porte pour laisser entrer les maçons. Harry adressa à Fields et Grace un geste signifiant qu'ils allaient en profiter pour passer avec eux, ce qui ne constitua pas un grand défi, le portier croyant qu'ils faisaient partie des ouvriers; son regard s'attarda toutefois un peu plus longtemps sur Grace, qui portait toujours ses vêtements d'homme, mais il congédia aussitôt la sensation d'étrangeté qu'il venait d'éprouver.

Apparut devant eux la grande cour carrée de Trinity, entourée de ses résidences universitaires aux hautes façades style Tudor surmontées de leurs imposantes cheminées. Au milieu de celle-ci se dressait une curieuse construction en pierre qui se révéla être une fontaine. Trinity était une version beaucoup plus vaste et grandiose de Gresham's College, chacun de ses côtés faisant près du double des galeries de ce dernier. Harry avait par ailleurs appris en discutant avec le maçon qu'il y avait encore d'autres bâtiments qu'ils ne pouvaient pas voir de là où ils se trouvaient.

« *Les préoccupations de ce monde, l'attrait trompeur des richesses étouffent la parole* », observa, en regardant tout autour de lui, un Fields particulièrement caustique.

Les ouvriers allant là où les attendait leur devoir et le portier ayant disparu, ils se dirigèrent vers la personne la plus proche, laquelle était occupée à laver ses vêtements dans la fontaine. Harry lui demanda où ils pourraient trouver M. Isaac Newton.

L'étudiant leur désigna du doigt un endroit juste à gauche de la porte qu'ils venaient de franchir – à droite, c'était la bibliothèque.

« En haut du premier escalier. Cherchez une porte avec deux trous au niveau du sol. Un gros, un petit – comme pour notre grand portail. »

Harry, que ces indications ne manquèrent pas d'interloquer, se demanda si l'étudiant n'était pas en train de se moquer d'eux.

Le colonel insista de nouveau pour ouvrir la marche, même si c'était Harry qui les avait fait entrer et s'était débrouillé pour savoir où trouver Newton. Ils traversèrent une nouvelle fois la cour, gravirent le sombre escalier et virent une porte sur leur droite. Comme le leur avait annoncé l'étudiant, il y avait, découpée à l'intérieur de celle-ci, une autre porte, plus petite, presque un demi-cercle. Et à côté, une seconde, qui faisait à peu près la moitié de sa voisine. À titre d'expérimentation, Harry poussa la plus petite avec le pied; montée sur ressorts, elle s'ouvrit avant de se refermer en claquant, quand il recula la jambe.

« Aaargh ! »

Avoir tenté d'ouvrir cette porte semblait malvenu. Ils entendirent des bruits de pas rapides. Soudain, un homme au visage long, au teint pâle, et dont la bouche tordue indiquait clairement qu'il était en colère les fixait du regard.

L'homme pointa du doigt la petite porte, puis fit un geste de la main, comme s'il désirait balayer ses visiteurs. La porte principale se referma aussi brusquement qu'elle s'était ouverte.

Agglutinés devant celle-ci, Harry, Fields et Grace se regardèrent. Hésitant, Harry toqua à la plus grande porte, celle qui avait été fabriquée à taille humaine.

« Aaaargh ! » Ils entendirent encore une fois des bruits de pas, plus lents cette fois-ci. « Mmmmmmh ! »

La porte s'ouvrit à nouveau. Les yeux cernés de rouge de l'homme les regardèrent avec attention, avant qu'il renifle bruyamment.

« Monsieur Newton ? » demanda Harry.

L'homme prit une longue et profonde inspiration.

« Mmmh ? »

Harry conclut qu'il s'agissait d'un oui.

« J'ai pour vous une lettre de votre ami M. Robert Hooke, qui vous tient en haute estime. »

L'homme les regarda à nouveau tous les trois, l'un après l'autre, puis renifla.

« Le responsable des expériences de la Société royale. Et également son secrétaire, ajouta Harry, espérant ainsi obtenir davantage l'attention du professeur lucasien.

– Vous me gênez dans mon travail, répliqua Newton. Mais une lettre de M. Hooke ? Elles sont toujours les bienvenues.

– Je suis confus d'avoir ouvert la petite porte, dit Harry. J'étais curieux de savoir à quoi elle pouvait servir.

– Tous ceux qui passent devant ont envie de s'amuser avec », se lamenta Newton.

Le professeur était un homme grand au visage chevalin. Ses yeux, les cernes qui les entouraient et sa bouche à l'arc généreux étaient du même rouge, et ses lèvres brillaient constamment, car il passait régulièrement sa langue dessus, surtout lorsqu'il regardait Grace. Il ne portait pas de perruque. Il avait les cheveux longs et bien que, à ce qu'estima Harry, il ne dût avoir que dans les trente-cinq ans, ils étaient intégralement blancs.

Harry expliqua qui il était, prenant soin de ne pas mentionner le conseil de l'artillerie. Après quoi il présenta le colonel, puis Grace, censée être le neveu de Robert Hooke. Newton ne manifesta pas le moindre intérêt pour Harry ou pour le colonel, ni la moindre curiosité quant à la raison pour laquelle un observateur de la Société royale voyageait en compagnie d'un vieux soldat. Il se montra beaucoup plus attentif à Grace, sur laquelle son regard s'arrêtait constamment.

Les appartements de Newton rappelaient à Harry ceux de Robert Hooke, avec leurs papiers et leurs appareils en pagaille. Une robe couleur lie de vin avait été négligemment jetée sur une chaise. La pièce donnait sur un jardin entretenu avec soin dans lequel on avait construit, contre un des murs du collège, une grande cabane ; Harry put voir que, au pied des fenêtres de celle-ci, l'herbe avait revêtu diverses couleurs, révélant les endroits où Newton s'était débarrassé de ses mixtures chimiques.

Le savant s'approcha de lui et hocha la tête en direction de la baraque.

« Mon laboratoire. Trinity ne veut pas me laisser mener mes expériences à l'intérieur du collège. Il y a eu un ou deux... accidents.

– J'aimerais beaucoup le visiter. »

Newton parut quelque peu gêné et répondit d'un évasif :

« Peut-être, peut-être. On verra. »

Il proposa de l'*audit ale* à ses visiteurs avant de s'affairer à la chercher. Il fut totalement accaparé par cette tâche qu'il effectua dans le plus grand silence, préférant s'agiter au milieu de ses invités imprévus plutôt que de leur adresser la parole.

Lorsque ses visiteurs furent assis à table avec leur bière – et à la façon dont Grace sirotait la sienne, il était évident qu'elle n'appréciait pas ce breuvage –, Newton ouvrit la lettre de Hooke. Il ne s'assit pas pour la lire, préférant faire les cent pas à travers la pièce. Sa chatte tigrée sauta sur les genoux de Fields, appuyant sa face contre sa main tandis qu'il la caressait.

Harry ramassa un morceau de cristal d'Islande sur la table, examinant ses propriétés de double réfraction, mais un regard noir de Newton l'invita à le reposer immédiatement.

Une fois sa lecture terminée, Newton replia la lettre et prit soin d'en bien marquer les bords avec ses doigts.

« M. Hooke parle de vous en termes très élogieux dans sa lettre. »

Surpris, Harry sursauta. Le visage de Grace indiquait qu'elle ignorait également comment Robert Hooke y présentait son disciple.

Tout ce que Harry trouva à dire en guise de réponse fut :

« J'ai été son apprenti. »

Après quoi, il y eut un silence qui menaça de devenir embarrassant.

« Pourquoi y a-t-il deux trous dans votre porte, monsieur Newton ? » finit par demander Grace.

Newton lui adressa un regard irrité, mais comme il contemplait à nouveau son visage, son expression s'adoucit.

« La chatte, qui est assise, là, sur le colonel, a eu des petits. »

Harry hésita à poser la question suivante. Il se risqua à lancer un regard à Grace, puis à Fields, sachant qu'ils se demandaient la même chose.

« Je vais vous le dire, fit Newton en reniflant, puisque tout le monde se pose la question. » Ses déplacements à travers la pièce devinrent de plus en plus rapides. Il semblait proche de la surexcitation. « Je souffre d'un manque de sommeil, un mal qui m'affecte relativement souvent, mon esprit étant accaparé par la question de la lumière et de sa réfrangibilité – c'est l'objet de ma discussion avec M. Hooke, là-dedans. » Il agita la lettre dans leur direction. « J'ai découpé la deuxième ouverture alors que j'étais dans un profond état d'hébétude. *Bien sûr* je savais que les chatons pouvaient utiliser le trou que j'avais découpé pour leur mère. *Bien sûr* je savais que ses chatons allaient finir par devenir trop grands pour la deuxième ouverture. »

Il fit une grimace, étirant les traits de son visage, comme pour dire : « Na ! »

« Je devrais condamner ces portes. Elles constituent plus un désagrément qu'un avantage. »

Sa voix était en train de gagner en volume, et ses mouvements de langue étaient de plus en plus fréquents.

Harry se dit qu'il serait bien inspiré de faire dévier la conversation de la question des trous et des petites portes qui les camouflaient, car, enfin, il avait la chance de parler avec un homme qui suscitait l'admiration de l'ensemble de la Société royale. La lunette astronomique de Newton occupait ainsi une place de choix dans la réserve de Gresham's, même si Hooke n'avait pas manqué d'indigner son concepteur en en pointant les défauts.

Toutefois, à présent qu'il lui avait remis la lettre, Harry voulait que les choses avancent, pour retrouver au plus vite sir Jonas, ce qui était la véritable raison de son voyage aux Fens.

De plus, Newton ne manifestait pas la moindre volonté de discuter philosophie naturelle avec lui. Au lieu de cela, et à sa grande surprise, il préféra s'intéresser au colonel.

« Vous étiez pour le Parlement ?

– Oui », répondit Fields, tout en continuant à caresser la chatte et aucunement perturbé par le ton rugueux de Newton.

Celui-ci cracha plus qu'il ne dit :

« Edward Montagu[1] a purgé ces collèges. La moitié de leurs directeurs et de leurs *fellows* ont été contraints de partir. Nous avons été purifiés de tous nos monuments dédiés à l'*idolâtrie* et à la *superstition*.

– Tout comme la ville, cela ne fait aucun doute, répondit Fields, toujours imperturbable. Une époque pleine d'exaltation. Vous ne deviez être alors qu'un petit garçon. »

Newton ignora sa remarque.

« Oliver Cromwell venait régulièrement à Cambridge.

– À vous entendre, il s'agissait d'un crime. » Fields arborait un léger sourire, comme si la situation l'amusait. « Cela n'a rien de surprenant, car sa famille est originaire des environs. Je sais que, pendant un certain temps, l'association des comtés de l'Est avait son siège à la Bear Inn, près du Sidney Sussex College, où il avait été étudiant. Elle s'est également servie du château, jusqu'à ce qu'on le détruise.

– Avez-vous passé du temps ici ? demanda Newton. Pendant les guerres ? »

La chatte miaula et s'étira.

« Jamais, répondit doucement Fields en frottant son ancienne blessure au bras. Mon service dans l'armée m'a emmené ailleurs. »

Harry eut de la peine pour son ami qui, sous un extérieur inquiétant, était le plus aimable des hommes.

Fields n'avait pas besoin de la sollicitude de Harry.

« Si vous vous rappelez bien, Cromwell a protégé ces collèges et a défendu le principe de la libre discussion, dit-il. Il a encouragé les débats religieux. »

---

1. Edward Montagu, comte de Manchester ; un des chefs du camp parlementaire pendant la guerre civile anglaise.

Newton parut indigné. Puis il regarda Grace une fois de plus, soupira et leur tourna tout simplement le dos.

Il était temps de partir.

Une fois dehors, comme ils quittaient Trinity, ils se mirent à rire un peu bêtement de ce drôle de Newton et de sa si flagrante admiration pour le neveu fictif de Hooke.

« Vous faites un beau jeune homme, Grace, dit Fields en riant, qui ne se rase pas encore. »

Toujours sous sa direction, ils se mirent en route vers l'endroit où ils pourraient trouver un moyen de transport qui leur permettrait de gagner l'écluse de Denver en empruntant la rivière, mais cette fois-ci, le colonel parvint à les égarer. Ils se retrouvèrent de retour dans la ville.

« Une rivière, un pont, une église », le taquina Grace, alors qu'ils demandaient le chemin de la Cam.

Fields ne rit pas mais devint de plus en plus mal luné tandis qu'ils se dirigeaient vers les Backs. Il semblait encore épuisé par leur long voyage de la veille. Peut-être aussi avait-il été plus affecté qu'il voulait bien le montrer par l'animosité dont Newton avait fait preuve à son égard. Harry se sentit coupable d'avoir accepté que le vieil homme l'accompagne, même si c'était lui qui le lui avait proposé et que cela semblait lui faire plaisir.

Une dernière aventure, avait-il dit alors qu'ils attendaient la voiture.

Ils trouvèrent une petite barge en partance pour King's Lynn.

La rivière, calme, serpentait au milieu des noues, et les vaches baguenaudaient avec force éclaboussures sur les terres gorgées d'eau.

9

L'écluse de Denver

À Pope's Corner, au sud de la ville d'Ely, ils franchirent la ligne imaginaire où la Cam devient la Great Ouse. Le batelier, dont un œil bougeait dans tous les sens tandis que l'autre restait parfaitement immobile, se plaignit des restrictions en matière de taille et de tirant d'eau imposées par la structure vers laquelle ils se dirigeaient. Depuis qu'on avait construit l'écluse de Denver et drainé les Fens, le niveau de l'eau avait en effet considérablement baissé.

Ils longèrent le hameau de Ten Mile Bank. À leur gauche, ils gagnèrent la rivière New Bedford, invraisemblable ligne droite qui coupait le paysage en deux. Harry songea qu'il pourrait s'en servir pour évaluer la courbure de la Terre, tout en essayant d'imaginer un moyen de surmonter le problème de la réfraction de la lumière dans l'air – si on utilisait, par exemple, un télescope – afin de mesurer avec exactitude l'inclinaison de la surface de l'eau.

« Creusée pour l'essentiel par des prisonniers capturés après la bataille de Dunbar », l'informa le colonel Fields, interrompant ses pensées.

Impatient d'arriver à King's Lynn, le batelier leur expliqua qu'il allait barrer à proximité de la rive afin de les y déposer ; ils ne méritaient pas un arrêt complet. Comme il ralentissait, Harry le remercia de la main et sauta sur le chemin de halage. Il se retourna pour aider Grace, mais elle bondit avec tout autant d'agilité et aussi loin que lui. Ce fut Fields qui eut besoin de tendre la main pour attraper le bras de Harry quand il effectua son saut, atterrissant légèrement vacillant et penché en avant, les mains sur les genoux.

« Ça ne va pas, colonel ?

– Les voyages sur l'eau ne me réussissent pas vraiment. Depuis celui que j'ai fait pour l'Irlande, pendant la guerre, leur roulis et moi entretenons quelques désaccords. »

Harry songea à son propre effroi à l'idée d'être confronté au vide.

« Inspirez profondément, colonel. Renouvelez l'air à l'intérieur de vos poumons. »

Fields se redressa, soufflant entre ses joues. Il semblait avoir honte de s'être montré dans un tel état de faiblesse.

« Vous allez mieux ? lui demanda Harry. Nous devons à présent retrouver sir Jonas. »

Fields hocha la tête en tremblant et Grace lui prit la main. Ensemble, ils s'éloignèrent de la rivière en descendant la berge.

L'assèchement des Fens avait entraîné la disparition d'une partie des tourbières ainsi qu'un abaissement du sol. Les cours d'eau, qui étaient donc à présent plus hauts que les terrains au milieu desquels ils serpentaient, étaient bordés de remblais. Face à la pente abrupte qu'ils étaient en train de descendre, les marais se déployaient, rappelant une courtepointe, véritable patchwork désordonné d'îles couvertes de roseaux et de joncs, avec ses saules qui tremblaient, ses aulnes et ses aubépines tordues s'élevant, l'air maussade, au milieu des marécages. Certains arbres s'arrangeaient pour se protéger les uns les autres des vents féroces qui balayaient violemment cette infinité plate. D'autres se dressaient solitaires, comme des déserteurs en quête d'un endroit plus sûr. Harry entendit un son étrange ; Fields affirma qu'il s'agissait du chevrotement d'une bécassine. Un épervier qui semblait s'intéresser à eux descendit en piqué. Ces plaines étaient tellement plates que l'on pouvait distinguer à plusieurs kilomètres à la ronde des flèches d'églises, des moulins à vent et des pompes éoliennes destinées à évacuer l'eau. Par endroits, là où l'herbe avait été arrachée, la terre était balafrée d'étendues de tourbe noire. De petits monticules, des cheminées crachant un filet de fumée noire se dressaient de la terre humide et marécageuse ; Harry se demanda quel genre de vie pouvaient avoir les gens qui habitaient sur ces terres, et ce qu'ils pouvaient bien tirer de celles-ci.

Ils arrivèrent à l'écluse de Denver, construite près de trente ans plus tôt par le Hollandais Cornelius Vermuyden. Harry se l'était imaginée beaucoup plus imposante qu'elle ne l'était en réalité. Elle n'avait au bout du compte que trois arches, chacune juste assez grande pour permettre aux petites embarcations ou aux petites barges de naviguer sur l'Ouse ou sur la Cam ; elle lui sembla en outre étonnamment basse.

Plusieurs hommes munis de pioches, de pelles et de brouettes étaient affairés à reconstruire la berge qui avait été emportée par un glissement de terrain. Là où celui-ci redevenait plat, ils virent un groupe de soldats en uniforme rouge et trois tentes autour d'un feu qui fumait par intermittence. Les soldats avaient dressé leur camp sur un petit îlot de tourbe dans laquelle était enfoncée la proue d'une chaloupe échouée là.

On ne pouvait accéder à cet endroit qu'en traversant à gué ; ils se résolurent donc à se mouiller les pieds et se dirigèrent vers le campement, faisant gicler quantité d'eau sous leurs pas.

Un cheval annonça leur arrivée en hennissant. Sir Jonas les attendait devant la première tente, deux de ses soldats à ses côtés.

Il les accueillit tous les trois par une vigoureuse poignée de main puis fit signe à Harry et Fields de s'approcher de la chaloupe.

« On m'a prévenu de votre arrivée, leur dit-il. Et je suis venu à votre rencontre. »

Comme Grace s'avançait avec eux en direction de la chaloupe, il leva la main.

« Vous, vous restez là, mademoiselle Hooke, ou jamais votre oncle ne me le pardonnerait. »

« Ce cours d'eau, la New Bedford, est également surnommé le drain de cent pieds, en raison de la distance qui sépare ses deux rives. Ici, la berge s'est rompue. » Malgré toutes les années qu'il avait passées à Londres, sir Jonas n'avait rien perdu de son accent du Lancashire. « La tourbe a séché, elle s'est racornie, la berge s'est effondrée, l'eau a débordé. Et, à cause du courant, cette chaloupe engloutie est réapparue.

– Et avec, le corps dont vous m'avez parlé, dit Harry.

– À l'intérieur, oui. Nous l'avons traînée jusqu'ici, pour la sortir de l'eau. Regardez de plus près dans le fond, Harry. Je n'en dirai pas plus, car je voudrais que vos observations soient vierges de toute idée préconçue. »

Harry pataugea jusqu'à l'embarcation qui, hormis sa proue, était enfoncée dans une eau à hauteur de tibias. Il restait suffisamment de lettres peintes sur la poupe pour déchiffrer le nom du navire auquel elle avait appartenu : *Incassable**. Ce n'est que lorsqu'il regarda par-dessus le plat-bord que Harry vit le cadavre. Il se rendit compte au même instant que sir Jonas avait quelque peu rusé dans sa lettre, afin de le faire venir ici au plus vite. Le corps aurait en effet parfaitement pu attendre car il n'en restait guère plus qu'un squelette maintenu par ses vêtements, gisant entre les planches qui faisaient office de bancs. Il était à moitié immergé dans l'eau qui remplissait l'intérieur de la coque.

Il était petit. Encore un garçonnet, comme celui découvert l'année précédente dans la Fleet ?

Un boulet de canon, posé sur ce qui avait été son estomac, retenait le squelette au fond de la chaloupe ; il s'était enfoncé dans les vêtements en lambeaux, moisis à force d'être restés sous l'eau. Ce qui était encore accroché aux os avait tout l'air d'un uniforme militaire. Harry vit qu'il s'agissait d'un manteau en peau de chamois, dont les fermoirs métalliques étaient totalement rouillés. Le pantalon, qui avait dû être noir ou gris foncé, était fait d'une épaisse laine feutrée. Les restes d'une écharpe pendaient du cadavre. Impossible de deviner de quelle couleur elle avait pu être. Un chapeau de cuir à large bord, ceint d'une bande de tissu, décolorée elle aussi, gisait à côté de lui, coincé sous le siège.

Pourquoi cet enfant portait-il un uniforme ?

Le crâne, que sa longue immersion dans l'eau avait entièrement nettoyé, avait un éclat terne et permettait de voir clairement la cause de la mort : un gros objet rond, d'environ douze centimètres de diamètre, avait fracassé l'os frontal au-dessus de l'œil gauche.

Fields rejoignit Harry près de la chaloupe et examina le corps avec lui.

« *Si nous confessons nos péchés, il est fidèle et juste pour nous les pardonner, et pour nous purifier de toute iniquité.* » Il regarda Harry, en quête de son assentiment mais, ne le recevant pas, il désigna les vêtements en décomposition. « Rien qui permette de le relier à un régiment. Il arrivait souvent qu'un homme choisisse ses couleurs en fonction de ses goûts personnels. »

Harry tendit la main et tira sur les jambes du cadavre afin de voir ses pieds, cachés sous le banc.

« Il a des éperons à ses bottes.

– Il s'agissait donc, semble-t-il, d'un officier de cavalerie.

– Au service du Parlement ou du roi ?

– Ces restes ne me disent absolument rien. » Fields ramassa le chapeau et essuya la boue de la bande de tissu qui l'entourait. « Souvent, vous ne pouviez pas le savoir même sur le champ de bataille. »

Il montra le tissu à Harry.

« Il est broché d'or, observa ce dernier.

– Certains – dans les deux camps – avaient quelque penchant pour l'ostentation. D'autres préféraient la simplicité. » Fields rejeta l'étoffe dans la chaloupe. « Quel qu'ait pu être cet individu, quelqu'un avait une dent contre lui. »

Fields souleva le boulet de canon de ce qui restait de l'estomac et le plaça là où le crâne avait été enfoncé. Correspondance parfaite.

« Ce boulet lui a fait quitter ce monde, mais l'a fait rester là où il se trouvait. » Il le tendit à Harry qui poussa un grognement, n'étant pas préparé à un tel poids. « Ils étaient plus lourds dans mes souvenirs, dit Fields. C'est un boulet de couleuvrine. Il pèse quinze livres. »

Harry secoua le boulet entre ses mains, évaluant son poids comme s'il s'apprêtait à le lancer. Il fit glisser ses doigts sur le métal grêlé, que la rouille avait rendu encore plus rugueux.

« Le moulage est médiocre, dit-il.

– Fabriqué avec les moyens du bord. Les canons envoient tout ce qui peut se trouver devant leur charge. Ils peuvent tirer des boulets chaînés… enchaînés l'un à l'autre. Imaginez un peu ça en train de vous fondre dessus en tournoyant ! Mais aussi de la mitraille, des petits boulets à l'intérieur d'un sac qui se retrouvent projetés dans toutes les directions. Sans oublier les barres de fer, tout particulièrement pendant les combats en mer, pour détruire les voiles et les gréements. Parfois même, on les chauffe, pour mettre feu à l'ennemi.

– Il faut qu'une couleuvrine soit plutôt grande pour envoyer un boulet pareil.

– Longue comme deux hommes, peut-être. Il faut huit chevaux pour en tracter une.

– Ce cadavre étant dans la chaloupe d'un navire, ce boulet doit vraisemblablement provenir du navire à laquelle elle appartenait. Ce navire étant *L'Incassable*, j'imagine. »

Sir Jonas écoutait tout cela attentivement, sans rien dire, se contentant simplement d'acquiescer de temps à autre.

Harry ramassa des bouts de tissu collés au boulet et les passa à Fields qui les manipula entre ses doigts.

« De la toile, observa le vieil homme. Ce qui reste du sac sur lequel on a posé le boulet, après s'en être servi pour le tuer. »

Fields souleva son propre sac de toile, pour signifier qu'il s'agissait du même modèle.

Harry reposa le boulet au sol ; celui-ci commença à s'enfoncer dans la terre gorgée d'eau.

« Cette embarcation est trop grande pour que le garçon ait pu la manœuvrer tout seul à la rame.

– Elle est petite pour une chaloupe, répondit Fields. À peine un peu plus grande qu'un canot. Je dirais qu'un bateau de cette taille est fait pour accueillir quatre rameurs.

– Pensez-vous qu'un homme grand, un homme fort, pourrait le manœuvrer tout seul ? En l'occurrence à contre-courant, s'il venait de son navire d'origine. »

Fields se frotta à nouveau le bras.

« Un homme fort, peut-être.

– Celui qui l'a tué, vous pensez ? »

Fields se contenta de hausser les épaules sans rien dire.

S'approchant du corps, Harry examina le crâne, tâtant l'endroit où celui-ci avait été enfoncé, pour sentir les éclats d'os. Quelques esquilles tombèrent dans la cavité produite par le coup de boulet. Il étudia ensuite la boîte crânienne elle-même, passant sa main sur ses fissures et ses sutures. Il regarda les deux espaces sombres qui avaient autrefois contenu les yeux. Il tira sur les dents.

Il se tourna vers sir Jonas.

« A-t-on trouvé autre chose en plus de ce corps ? »

Sir Jonas lui présenta un sac de cuir dont la lanière était cassée.

« Seulement ce petit sac, accroché à sa taille. Il n'y avait rien d'autre dans la chaloupe. Pour la couler, on a percé la coque avec une épée ou un poignard. Nous n'avons rien trouvé sous le corps quand nous l'avons soulevé. Nous l'avons ensuite reposé exactement là où nous l'avions trouvé. Et nous vous avons attendu. »

Il lança le sac de cuir à Harry, qui parvint à le rattraper avec habileté.

Savoir que l'arpenteur en chef du conseil de l'artillerie avait gardé ce cadavre en l'état pour lui le fit rougir de plaisir.

Il ouvrit le petit sac, en relativement bon état malgré ses années d'immersion. Il contenait encore quelques pièces de monnaie ainsi qu'un petit couteau glissé dans une gaine, qui ressemblait davantage à un coupe-papier qu'à une arme digne de ce nom.

Sur le pommeau de son manche recouvert d'argent étaient gravées deux lettres : J. H.

Les pièces étaient un mélange de monnaies anglaise et française, auquel s'ajoutaient différentes sortes de jetons. Aucun ne portait une date postérieure à 1644. Harry les donna à Fields, qui passa un moment à les examiner, les triant en petits tas dans une main, tout en se grattant de l'autre les cheveux qui commençaient à pousser sur son crâne.

« Alors ! Voilà pour vous un nouveau mystère, datant du temps des guerres civiles, dit Fields. Qui était cet enfant ?

– Ce n'était pas un enfant, colonel. »

Suivant les instructions de Harry, les trois hommes sortirent le corps de la chaloupe et le déposèrent sur une toile dépliée au milieu des tentes, sur la partie plus élevée de l'îlot. C'est là que les attendait Grace, qui semblait passablement irritée. Les soldats s'étaient regroupés autour d'elle, mais elle n'avait pas donné suite à leurs tentatives d'entamer la conversation. Sir Jonas la maintint éloignée de l'examen du cadavre.

Harry découpa l'uniforme avec un couteau emprunté au colonel en s'efforçant de démantibuler le moins possible le squelette. Seulement, il restait si peu de tendons et de tissus conjonctifs que les os se détachèrent les uns des autres. Harry les disposa sur la toile de manière à reconstituer le plus fidèlement possible leur configuration d'origine, en accordant une attention toute particulière aux côtes. Il manquait certains os, qui avaient été emportés par le courant pendant que la chaloupe était restée sous l'eau.

« Dites-moi pourquoi ce n'était pas un enfant », demanda sir Jonas à Harry, une fois que celui-ci fut satisfait de la façon dont il avait agencé les ossements.

Toujours à genoux à côté du corps, Harry attira leur attention sur la voûte crânienne.

« Ces différentes plaques, l'os frontal, l'os pariétal, l'os occipital, l'os sphénoïde, se soudent avec l'âge. Quand nous sommes enfants, ils ne sont pas fixés l'un à l'autre, afin de laisser notre cerveau grandir à l'intérieur.

– À l'inverse, ceux-ci sont bien soudés, dit sir Jonas.

– Mais pas autant qu'à un âge avancé, répondit Harry. J'ai examiné de nombreux squelettes quand j'ai aidé M. Hooke à rebâtir des églises. Leurs pierres tombales nous indiquaient combien de temps ils avaient vécu et, quand on les sortait de leur caveau, les différences sautaient aux yeux. »

Il ramassa la mâchoire inférieure et la brandit devant eux.

« Regardez aussi les dents. Les dents de sagesse sont encore là, mais toute la dentition est usée. »

Il prit ensuite une côte de la poitrine écrasée.

« Vous voyez son extrémité, là où elle était autrefois reliée au sternum ? Chez un enfant, l'extrémité des côtes est parfaitement lisse. Celle-ci est rêche et irrégulière. »

Sir Jonas prit la côte et l'étudia, la tournant dans un sens puis dans l'autre.

« Tous ces indices nous apprennent par conséquent qu'il avait achevé sa croissance.

– Sa croissance ! Il ne faisait même pas soixante centimètres de haut ! s'exclama Fields.

– Un nain, donc, dit sir Jonas, veillant à conserver un visage impassible.

– La plupart des nains ont des membres trop courts par rapport à leur corps, ou un corps trop petit par rapport à leurs membres, observa Fields. Cet homme est comme vous et moi, mais en miniature.

– Êtes-vous d'accord qu'il s'agit d'un nain, Harry ? demanda sir Jonas.

– Ça n'était pas un enfant, ça je le sais. D'après mes estimations… il avait une trentaine d'années. »

Sir Jonas remit la côte en place. Il observa le jeune homme qu'il avait convoqué avec une expression où l'amusement macabre se mêlait à l'admiration.

« Vous savez de qui il s'agit, dit Harry.

– Vos observations ont confirmé mes soupçons. Au moins, à ma grande satis… »

Fields explosa de colère.

« Pourquoi faire venir Harry dans ces marais inhospitaliers pour identifier un nain mort dont vous connaissez déjà le nom ? »

Sir Jonas leva la main en signe d'apaisement.

« Vos connaissances en matière d'os, Harry, prouvent qu'il s'agissait d'un adulte. L'uniforme de soldat, la petite taille du corps et les initiales sur le couteau, tout m'annonçait que cet homme était Jeffrey Hudson. Comme vous l'avez deviné, colonel Fields, c'était un officier de cavalerie, un capitaine, au service du roi. »

Fields afficha un air moqueur, montrant clairement par là qu'il avait quelques doutes quant au fait que Hudson ait jamais mérité le rang qui était le sien.

« Vous le connaissez, colonel ? demanda Harry.

– Je *l'ai* connu, répondit Fields. C'était le nain de la reine, qui lui a été présenté dans un gâteau, lors de je ne sais quel banquet. Elle le surnommait *Lord Minimus.* » Il fronça le nez. « Le jouet d'Henriette-Marie. Un jouet humain. Quel manque de dignité.

– Il était devenu le premier de ses favoris, précisa sir Jonas. Presque toujours à ses côtés, même pendant les guerres.

– D'où le fait qu'il était accoutré à la manière d'un soldat, comme une poupée.

– Vous êtes injuste envers lui, dit sir Jonas. Lorsque la reine l'a emmené aux Pays-Bas, puis en France, afin de collecter de l'argent pour financer la guerre de son mari contre le Parlement, il s'est révélé être un authentique guerrier. Hudson était un excellent cavalier et un tireur hors pair. En France, il a tué un homme en duel : Charles Crofts, le frère du grand écuyer de la reine. Celui-ci l'avait sous-estimé et insulté, tout comme vous. Hudson l'a abattu d'une balle en plein cœur. »

Harry se redressa, essuyant la boue sombre qui maculait ses genoux.

« J'ai moi aussi entendu parler de Jeffrey Hudson car j'ai vu son costume de soie bleue, ainsi qu'une de ses paires de bottes. Elles font partie de la collection de babioles de M. Ashmole à Oxford.

Je l'ai visitée avec M. Hooke. Le costume dont je me souviens pourrait tout à fait convenir à cet homme. »

Après avoir longuement parcouru du regard la plate étendue qui se déployait devant eux, il posa à nouveau ses yeux sur sir Jonas.

« Si vous saviez qu'il s'agissait de Hudson, pourquoi m'avoir fait venir ici ? Son cadavre gît là depuis les guerres. Comme beaucoup d'autres.

– Absolument, convint Fields. On voit constamment réapparaître des cadavres de cette époque. Pourquoi se donner tant de peine pour cet homme en particulier ? Même si c'était le nain de la reine ? »

Sir Jonas décocha un regard glacial au colonel.

« Comme les Français voyaient les duels d'un mauvais œil, Hudson est tombé en disgrâce et a été renvoyé chez lui. Alors qu'il traversait la Manche, il a été capturé par des corsaires barbaresques – des pirates, ni plus, ni moins – et a été contraint de servir en mer à leurs côtés. C'est du moins ce qu'il a raconté. Il est revenu en Angleterre il y a près de dix ans de cela, sa rançon ayant été payée, à la suite d'une demande officielle du gouvernement. Il reçoit une pension de la part du roi. »

Harry se passa la main dans les cheveux.

« Vous êtes en train de dire que Hudson est encore en vie ?

– Eh bien, du moins, un homme qui se fait appeler Jeffrey Hudson. Depuis son retour, il réside dans la maison de Hudson, à Oakham, dans le comté de Rutland.

– Un deuxième nain, qui vit en se faisant passer pour celui-ci ? » La voix de Fields était remplie d'étonnement. « Sans aucun doute un postulant au rôle d'assassin du véritable capitaine Hudson.

– La même idée m'est venue, colonel. » Sir Jonas changea de posture, comme s'il était mal à l'aise. « Et ce n'est pas tout. Il se trouve qu'il travaille pour le conseil de l'artillerie – autrement dit pour moi – en tant qu'agent de renseignement.

– Il vous fournit des renseignements à propos de quoi ? demanda Harry.

– Sa connaissance de la France est particulièrement utile. Il entretient des relations avec des gens importants, et même certains membres de la cour. Je me figurais qu'il s'agissait d'amitiés qu'il avait nouées à l'époque où il avait vécu là-bas avec la reine. Pour continuer à faire semblant d'être Hudson, il a probablement dupé tous ces gens. Comme il m'a dupé, moi.

– Il a donc certainement aussi dupé les corsaires, s'ils l'ont libéré sur instruction du gouvernement », dit Fields.

Sir Jonas esquissa un sourire maussade.

« Voilà qui me réconforte au moins quelque peu.

– Il faut interroger cet homme, dit Harry, même s'il ne comprenait toujours pas pourquoi sir Jonas l'avait fait venir. Pour voir si l'on peut démonter son histoire.

– Nous voici parfaitement d'accord, Harry. » Sir Jonas passa son bras dans le dos du jeune homme afin de l'attirer plus près de lui. « C'est exactement ce que je veux. Seulement, il a disparu. Je souhaite que vous m'aidiez à le retrouver. »

10
La bibliothèque de l'imposteur

Après avoir dormi à Denver, où ils achetèrent des tapis de selle et louèrent des chevaux, ils passèrent la journée sur leurs montures pour se rendre à Oakham. À l'approche du crépuscule, alors qu'ils étaient non loin de Stamford, Fields trouva un endroit où ils pourraient dresser leur camp, sous un arbre, au bord d'une rivière. Harry, qui n'avait pas l'habitude de monter à cheval, descendit du sien le dos endolori et le coccyx demandant grâce.

« *Heureux celui qui prendra son repas dans le royaume de Dieu !* » annonça Fields, s'asseyant près du feu, devant un menu composé de pain et d'un malheureux lapin abandonné sur la route par un renard qui avait fui à leur approche.

Pendant qu'ils mangeaient, Fields leur fit, pour leur plus grand bonheur, le récit de ses exploits guerriers. Le clair de lune faisait briller ses yeux et ses dents comme de l'argent. Après leur avoir raconté les combats du West Country, la bataille de Worcester et ses voyages en Irlande, il évoqua son ami John Lilburne, plus connu sous le nom de Freeborn John le niveleur, et qui s'était dressé contre Charles Ier, puis contre Oliver Cromwell.

« Je suis allé le voir au château de Douvres, quand il était prisonnier là-bas, dit Fields, avalant son dernier morceau de lapin et sortant son tabac. Sa détermination demeurait intacte, car il s'opposait à Cromwell non pas pour ses propres intérêts, mais pour ceux du peuple. » Fields pointa sa pipe en direction de Harry. « *Je ne connais rien d'autre qui fasse d'un homme un magistrat pour moi que la loi, et s'il suit les règles de cette loi qui font de lui un magistrat, je le reconnaîtrai comme un magistrat, mais quand il les foule aux pieds et qu'il suit la loi de sa propre volonté, je ne peux plus, pour ma part, le reconnaître comme un magistrat.*

– Pourquoi braquez-vous votre pipe sur moi ? demanda Harry avec animosité.

– Eh bien, répondit Fields, vous admettrez que vous n'avez pas été lent à vous mettre au service de sir Jonas. Il faut veiller à ne pas être l'escalier que d'autres graviront pour obtenir de la reconnaissance.

– Je rends service en échange d'une rémunération, comme le font la plupart des hommes. J'ai travaillé pour la Société royale jusqu'à ce que sir Jonas me fasse une offre plus généreuse. »

Fields souffla un panache de fumée moqueur par-dessus son épaule.

Agacé par ce geste, Harry sentit l'emportement le gagner.

« Vous avez été soldat, vous pouvez donc difficilement prétendre avoir été indépendant.

– J'y ai consenti pleinement et bien volontiers. Et ce n'était certainement pas en quête d'une récompense, car, bien souvent, je n'étais pas payé. » Fields baissa sa pipe. « Nous sommes fatigués. Je suis fatigué. Je ne voulais absolument pas vous offenser. Dormons. Nous serons moins irritables demain matin. »

Avec ses dents, Grace tira sur ce qui restait de viande sur son os ; celle-ci se déchira en filaments graisseux.

« Je suis d'accord avec Michael. Vous, Harry, vous tenez beaucoup trop à impressionner ceux qui sont au-dessus de vous. Et vous vous montrez trop susceptible quand ils ne sont pas d'accord avec vous. Ou quand ils vous taquinent, comme l'ont fait les *fellows*. »

Harry serra les dents. Fields avait raison : il était fatigué et n'avait pas envie de dire à Grace, ni d'ailleurs à aucun des deux, quelque chose qu'il pourrait regretter par la suite.

« Vous êtes encore vexée parce que sir Jonas a refusé de vous laisser voir le corps. Dormons, comme l'a dit le colonel, et soyons moins désagréables quand nous nous réveillerons.

– Je suis désagréable ?

– Non, je veux dire que nous ne sommes pas d'accord…

– Effectivement. Car je ne suis pas vexée, même pas un tout petit peu, par le fait que sir Jonas m'ait écartée de votre cadavre. Pourquoi le serais-je ? Chaque jour, je suis mise à l'écart et traitée avec condescendance à cause des prescriptions imposées à mon sexe. J'y suis parfaitement habituée, alors pourquoi devrais-je être vexée ?

– Parce que vous vous êtes habillée en homme, et que vous vous attendiez à être traitée comme tel. Mais vous êtes une fille. »

Elle jeta son os de lapin.

« Parce que *vous* vous habillez comme un homme, vous vous attendez à être traité comme tel. Mais vous n'êtes qu'un gamin. »

Harry n'avait pas osé poser la question, mais il était à présent parfaitement d'humeur à le faire.

« Qui vous a prêté les vêtements que vous portez ? »

La réponse fut celle qu'il craignait.

« Eh bien, c'est mon excellent ami Denis Papin. »

Le froid avait pénétré par effraction à l'intérieur de sa couverture et avait envahi son corps jusqu'à la moelle. Il avait caressé l'espoir de pouvoir chercher un peu de chaleur auprès de Grace mais, lorsqu'ils s'étaient installés pour la nuit, elle avait pris soin de se mettre à côté du colonel, qui s'était donc retrouvé entre ses deux jeunes compagnons de voyage.

À présent, elle galopait en tête. Dans la lumière matinale, avec ses vêtements d'homme – les vêtements de Denis Papin –, elle ne ressemblait en rien à la nièce du célèbre M. Robert Hooke, éduquée à grands frais et objet de spéculations pour nombre de gentilshommes londoniens, parmi lesquels certains nourrissaient quelques espérances.

Ce n'était pas sa faute à lui si sir Jonas avait insisté pour la tenir à distance, se disait Harry. À ses yeux, les observations qu'elle aurait pu formuler concernant le squelette du nain auraient été les bienvenues.

Il finit malgré tout par décider qu'elle ne faisait que le distraire de sa quête de l'homme qui se faisait appeler Jeffrey Hudson.

Ils se retrouvèrent bientôt face à une multitude d'oies blanches comme neige qui, en route pour Londres, avançaient dans leur direction, conduites par deux hommes seulement. Il devait y en avoir au moins mille ; toutes ces ailes et tous ces becs faisaient un bruit strident. Les chevaux furent terrifiés, ce qui rendit Grace extrêmement nerveuse. Elle dut donc mettre pied à terre, marcher à côté de sa monture afin de la calmer tout en tirant fort sur ses rênes pour qu'elle cesse de s'agiter.

À leur arrivée à Oakham – alors que Harry continuait à se demander s'il était le guide ou bien l'oie –, Fields les conduisit à travers la ville en sifflant joyeusement. Revigoré par sa nuit de sommeil et par le fait de se trouver à nouveau à cheval, il se retourna sur sa selle et adressa un clin d'œil à Harry.

« Eh bien ! Trouvons la maison de Jeffrey Hudson. »

Les sabots de leurs chevaux résonnèrent devant l'église All Saints, qui dominait tous les autres bâtiments de la ville.

Sur la place du marché, une femme les renvoya vers la rue principale, où ils arrivèrent devant une maison étonnamment grande qui donnait directement sur la chaussée. Son chaume semblait récent, la façade était immaculée et des pensées en pot en égayaient les fenêtres.

Ils mirent pied à terre et lièrent leurs chevaux à la barre d'attache.

Après que Harry eut toqué, une vieille femme qui, en dépit de son âge, se tenait parfaitement droite, et était aussi soignée que la demeure dont elle s'occupait, leur ouvrit la porte. Ses cheveux étaient cachés sous une coiffe à l'aspect austère et passée de mode, étroitement nouée autour de son crâne. La seule chose qui n'était pas aussi impeccable que le reste était ses yeux, rougis comme s'ils l'avaient dérangée en train de pleurer.

Harry lui tendit une lettre signée par sir Jonas, qui le présentait comme faisant partie du conseil de l'artillerie. Il se montra assez vague s'agissant des deux personnes qui l'accompagnaient, espérant qu'elle partirait du principe que la lettre parlait également pour eux.

« Vous souhaitez retrouver l'un des vôtres », dit-elle.

Elle leur fit signe d'avancer, la porte d'entrée donnant directement sur une salle à manger meublée avec une grande simplicité.

Elle se présenta comme Mme Leach, la gouvernante du capitaine Hudson.

« Vous avez fait le voyage pour rien, car le capitaine est parti.

– Parti pour où ? » demanda Fields d'un ton dont la brusquerie à l'égard de cette dame surprit Harry.

Saisie de peur, elle recula pour s'éloigner de ce chauve imposant avec sa cicatrice autour de la tête et sa moitié d'oreille.

« A-t-il dit pour où il partait ? demanda Harry avec plus de douceur et en adressant à Fields un regard de semonce.

– Non. »

Comme il était arrivé avec le colonel, elle se montra également glaciale avec Harry.

« Cela fait longtemps que vous travaillez pour le capitaine Hudson ?

– Dix ans, ou quelque chose comme ça. Depuis la mort de mon mari. »

Elle avait beau être gouvernante, elle s'exprimait comme une dame ayant reçu la meilleure des éducations.

Harry supposa que le train de vie de cette femme, assuré par son mari, s'était considérablement réduit avec son veuvage.

« Dix ans ? Juste après que les barbaresques l'ont libéré.

– Peu de temps après, acquiesça-t-elle.

– Le connaissiez-vous déjà avant ? »

Elle regarda attentivement Harry. Ce jeune homme n'avait rien des caractéristiques habituelles d'un membre du conseil. Ceux qui venaient voir le capitaine se montraient généralement plus brusques, adoptant les mêmes manières que le colonel.

« Nous avons grandi ensemble, ici, à Oakham. À cause de sa petite taille, c'était une célébrité dans notre ville. Aujourd'hui, ce qui fait la célébrité de la ville, c'est d'être le lieu où est né Titus Oates.

– Le sauveur de la nation, dit spontanément Harry, d'un ton qui trahissait toute sa répugnance.

– Vous n'êtes pas en phase avec l'opinion dominante », déclara-t-elle, sans demander confirmation de sa part.

On était là en terrain dangereux, duquel les tira Grace.

« Alors, vous avez connu Jeffrey Hudson lorsqu'il était enfant, madame Leach, dit-elle d'un ton enjoué.

– J'étais un peu plus jeune que lui, mais je le connaissais bien, jusqu'à ce qu'il parte avec la reine.

– Il a échangé une forme de servitude contre une autre, dit Fields, en jetant à Harry un regard triomphant.

– Pour vous, être au service de la reine équivaut à être enlevé par des pirates ? demanda Harry, piqué par cette allusion sournoise à leur conversation de la veille.

– L'avez-vous trouvé beaucoup changé à son retour ? » demanda doucement Grace, qui sentait bien qu'il fallait s'interposer entre les deux hommes.

Les yeux de Mme Leach, qui comprenait que, contrairement aux deux autres, Grace faisait preuve de sympathie à son égard, se mirent à briller.

« Allons dans la bibliothèque. »

Elle les emmena dans une pièce aussi longue qu'étroite dont les murs étaient de part et d'autre tapissés de livres. Tout au fond se dressait un bureau, avec un fauteuil qui faisait face à la porte par laquelle ils étaient entrés. La plus haute des étagères arrivait à la poitrine de Harry. Il y avait également un tabouret, assez solide pour que l'on puisse monter dessus.

« Le capitaine est... » Grace s'interrompit, cherchant ses mots : « ... *très* petit, n'est-ce pas ?

– On a tôt fait de ne plus s'en rendre compte, répondit Mme Leach, qui parvint à esquisser un sourire. C'est un homme si intéressant, aux manières si agréables, que cela devient ce à quoi l'on fait le moins attention chez lui. »

Elle regardait ostensiblement Fields.

« Quelle taille fait-il ? lui demanda Grace.

– Eh bien... » Elle se dirigea vers une étagère et en montra la hauteur. « Je dirais comme ceci. »

Harry regarda la distance depuis le sol.

« À peu près un mètre. » Le mort dans le bateau faisait soixante centimètres tout au plus. Minuscule, en comparaison. « J'avais entendu dire qu'il était plus petit.

– Bizarrement, c'était le cas, avant. » La gouvernante avait commencé à se montrer moins froide vis-à-vis de Harry. « Il a grandi pendant son absence. Il explique que c'est parce que son régime alimentaire est devenu moins riche, plus frugal. Il a depuis conservé l'habitude de se nourrir simplement. Quand il était avec les corsaires, sa taille a presque doublé. Ce qui lui a fait particulièrement plaisir. »

Pendant qu'elle parlait, Harry parcourut toute la longueur de la pièce jusqu'au bureau, en examinant attentivement les livres. Il y avait beaucoup d'ouvrages français. Il se rendit compte qu'ils étaient classés méthodiquement et avec le plus grand soin. Une bibliothèque, avait-il lu quelque part, avait autant besoin d'ordre qu'une armée, faute de quoi elle n'en méritait pas le nom.

Sans ordre, un palais n'est qu'un amas de briques et de pierres.

À l'extrémité de la bibliothèque se trouvaient les ouvrages théologiques de Hudson : bibles, exégèses bibliques, différents commentaires de scolastiques ou d'historiens, suivis d'écrits portant sur les hérétiques et les hérésies. Après la théologie venaient les livres consacrés à la physique, puis au droit, et, sur une étagère plus basse, les livres de mathématiques. Les ouvrages suivants avaient trait aux humanités. Comme pour toutes les autres catégories, on partait du plus universel et du plus ancien. Harry vit ainsi des textes antiques, des livres d'histoire antique puis, au fil du temps, ceux concernant des faits plus récents – en particulier, remarqua-t-il, tout ce qui pouvait avoir trait à la France : ses querelles religieuses, sa monarchie, ses hommes politiques célèbres dont les cardinaux Richelieu et Mazarin.

La philosophie commençait par Hermès Trismégiste, se poursuivait avec Platon, Aristote, puis Lulle, pour se terminer avec Bacon, Gilbert et Gassendi. Il y avait également des livres de philologie sur les langues anciennes et actuelles.

Au-dessus de tous ces ouvrages se trouvaient, bien calés les uns contre les autres, des manuscrits en rouleaux. Harry remarqua qu'ils étaient aussi soigneusement rangés que les livres, par thème plutôt que par auteur ; ils avaient été placés en hauteur pour éviter de se détériorer.

« Comme vous pouvez le voir, le capitaine est un bibliophile, dit Mme Leach.

– Il a toujours été un grand lecteur ? demanda Harry.

– À son retour de captivité, il avait changé. Comment aurait-il pu en être autrement ? Il avait été prisonnier des pirates pendant un quart de siècle. Il n'aspirait qu'à une vie tranquille, loin des ennuis et du danger. J'imagine que son amour des livres s'inscrit dans cette logique.

– Il ne lisait donc pas lorsqu'il était jeune garçon, dit Fields.

– Ce n'était absolument pas un lecteur, autant que je me souvienne.

– Ces livres sont entretenus avec un soin admirable, remarqua Grace. Pas un grain de poussière ni une trace de graisse.

– J'ai toujours aimé l'aider à s'occuper de sa bibliothèque.

– Est-ce vous qui rangez ces livres avec une telle méticulosité ? » demanda Harry.

Mme Leach éclata de rire.

« Oh non ! Je suis les instructions du capitaine, même si nous avons eu de nombreuses et agréables conversations sur la façon la plus appropriée de les ranger. »

Son sourire se mua rapidement en un froncement de sourcils. Elle venait de voir quelque chose près de la fenêtre, dont la largeur était occupée par un siège garni de coussins. C'était un livre, qu'on avait laissé sur le siège en question ; elle alla le ramasser et le remit à sa place, tapotant sa tranche pour qu'il réintègre bien sa place d'origine.

Fields regarda autour de lui l'ordre et le confort qui régnaient dans cette bibliothèque.

« Hudson a-t-il trouvé ici la vie tranquille à laquelle il aspirait ? »

Mme Leach garda le silence quelques instants avant de répondre :

« Oui. »

Fields eut soudain l'air ému, comme s'il retenait ses larmes. Harry comprit que c'était sa nouvelle maison de Half Moon Alley et Elizabeth Hannam qui lui manquaient.

Mme Leach donnait elle aussi l'impression qu'elle allait se remettre à pleurer.

« Jusqu'à il y a peu, je dirais que c'était le cas. À part ses lectures, ici même (elle désigna le siège sous la fenêtre), ses promenades en ville qu'il appréciait tant ou son courrier qu'il rédigeait, installé à son bureau, ou les repas frugaux que nous prenions ensemble dans la cuisine, rien ne venait troubler le calme absolu qui régnait ici. Nous appréciions la routine. Nous y trouvions tous deux un certain réconfort. »

Elle se tut. Il existait de toute évidence une réelle proximité entre la gouvernante et son maître. Bien plus qu'entre la plupart des employés et leurs employeurs, se dit Harry.

Grace tendit la main pour caresser celle de Mme Leach, tavelée et sillonnée de veines bleues. La peau avait perdu de son élasticité et se creusa légèrement à son contact.

Mme Leach la regarda avec tristesse.

« Un calme absolu, jusqu'à ce que des Français viennent séjourner ici. Trois. Cela a fait une semaine, hier.

– Des Français ?

– Ils ont dit s'appeler Verdier, Boilot, et le troisième, Chasse. Leur venue a énormément troublé le capitaine.

– Comment cela ? lui demanda Grace.

– Ils avaient d'assez étranges bagages. » Mme Leach remarqua le regard interrogateur de Harry. « Je n'ai rien vu, car ils ont tout rangé dans la remise. Ils n'ont pas dit au capitaine de quoi il s'agissait. Lorsqu'il leur a posé la question, ils l'ont sommé de ne pas aborder le sujet. Chasse a même pris et gardé sur lui la clé de la remise. Une véritable brute, cet homme. Je ne sais pas ce qu'étaient ces bagages, mais ils étaient particulièrement volumineux. Et lourds. Quand ils les ont emportés, ils ont laissé de profondes marques dans le sol.

– Comment ces hommes se sont-ils retrouvés ici ? demanda Harry.

– J'ai pensé que c'était sur instruction du conseil de l'artillerie. »

Elle regarda les deux hommes d'un air dubitatif.

« Voilà qui pourrait expliquer pourquoi Hudson a toléré un pareil affront dans sa propre maison, dit Fields.

– Je pensais que vous auriez la réponse puisque vous faites partie du conseil. » Mme Leach s'interrompit soudain et se pinça les ailes du nez jusqu'à ce qu'elle ait repris le contrôle de ses émotions. « Leur chef, Chasse, avait une apparence étrange. »

Ils la regardèrent tous d'un air interrogatif.

« Il avait un seul long sourcil qui lui barrait le front. Il était tout velu. Comme si sa peau rebutait les rasoirs. »

Harry sentit sa peau le picoter. Ce portrait lui était familier.

« Oh, et un autre homme est venu, se rappela-t-elle. Grand, mince. Il portait une cape violette. C'était un Anglais. Je n'ai jamais pu savoir son nom. Quand ils sont repartis, le capitaine s'en est allé à son tour, peu de temps après, mais sans laisser le moindre mot. Il a veillé à ne pas le faire. Il a brûlé ses lettres dans le jardin.

– Des lettres compromettantes, sans aucun doute, dit Fields.

– Vous n'avez aucune idée de l'endroit où il pourrait se trouver à présent ? demanda Grace.

– Pas plus que je ne sais s'il est vivant ou mort. » Et enfin, toute la volonté de la vieille dame vola en éclats. Ses épaules se mirent à tressauter et ses larmes à couler. Elle posa sa tête sur l'épaule de Grace. « Pourquoi vous habillez-vous en homme, ma chère ? lui demanda-t-elle. Vous êtes si jolie. »

Grace lui sourit.

« C'est plus facile sur les routes. Cela permet de ne pas attirer l'attention, quand on ne le veut pas.

– Vraiment ? J'ai deviné ce qu'il en était dès que je vous ai vue.

– Pourriez-vous nous montrer l'endroit où les Français ont entreposé les bagages en question ? » lui demanda Harry.

Tout en reniflant, Mme Leach les fit sortir de la bibliothèque, puis traverser la maison pour gagner la remise.

Pendant que les autres la suivaient – Grace lui ayant, lorsqu'elle passa devant lui, fait part de sa réprobation quant à l'insensibilité dont il faisait preuve –, Harry s'approcha de l'étagère pour voir quel était le livre que la gouvernante avait subrepticement remis en place.

Il héla Mme Leach.

« *Ordo est maxime qui memoriae lumen adfert.*

– L'ordre est ce qui peut le plus sûrement éclairer la mémoire, traduisit-elle pour le colonel, dont le visage trahissait la pauvreté du latin. Vous connaissez votre Cicéron, monsieur Hunt ?

– Un peu », répondit Harry.

Après avoir examiné les entailles creusées, visiblement par du métal, dans les pavés de la remise – ces traces indiquaient qu'il s'agissait là de l'œuvre de plusieurs sacs ou paquets particulièrement lourds –, ils firent leurs adieux à Mme Leach.

« Estimez-vous que notre visite a été utile, Harry ? » demanda Fields, faisant avancer son cheval dans la rue principale, en quête d'un endroit où manger.

Sa question prit au dépourvu Harry, dont l'esprit était totalement accaparé par le souvenir de leur conversation avec la gouvernante et de la bibliothèque du capitaine Hudson. Il lui fallut un petit moment avant de pouvoir répondre.

« Quand j'ai vu les livres, j'ai reconnu leur méthode de rangement. Hudson – ou, plutôt, l'homme qui prétend être Hudson – range sa bibliothèque en suivant la méthode de Gabriel Naudé. Naudé était le bibliothécaire du cardinal Richelieu, avant d'être celui du cardinal Mazarin, dont il a constitué la grandiose collection de livres, qui est à présent conservée à la bibliothèque Mazarine, à Paris.

– Vous vous y connaissez en matière de livres, Harry, je vous l'accorde », dit Fields, bâillant par-dessus l'encolure de son cheval, et se demandant pourquoi Harry, d'habitude si discret s'agissant de la quantité d'informations entreposées à l'intérieur de son cerveau qui retenait tant de choses, leur parlait d'un bibliothécaire français. N'aurait-il pas dû être davantage préoccupé par les bagages dont leur avait parlé Mme Leach, ainsi que par les Français qui les transportaient ?

« Je connais Naudé, poursuivit Harry, à qui le peu d'intérêt de Fields pour la question échappait totalement, car j'ai lu son livre *Advis pour dresser une bibliothèque*, traduit par M. Evelyn, un *fellow* de la Société royale, sous le titre *Instructions Concerning Erecting of a Library.* » Se sentant soudain épuisé, Harry se frotta le visage avec les mains. « *Ordo est maxime qui memoriae lumen adfert*, ai-je dit, et Mme Leach m'a demandé si je connaissais mon Cicéron. Mais si je connais cette phrase, c'est uniquement parce que j'ai lu *Instructions Concerning Erecting of a Library.* Naudé y cite Cicéron et M. Evelyn en a conservé le latin. »

Fields et Grace regardaient tous les deux Harry en se demandant quelle serait la suite. Harry afficha un sourire en coin, reconnaissant avoir dévié de là où il voulait en venir.

« Le livre que Mme Leach a remis à sa place alors que nous étions dans la bibliothèque était *Advis pour dresser une bibliothèque.* Sir Jeffrey était en train de le lire près de la fenêtre. »

Ceci parut ne faire ni chaud ni froid à Fields.

« Vous pensez que le fait qu'il ait laissé ce livre sur le siège de sa fenêtre a une quelconque importance ? »

Grace tira sur les rênes de son cheval, une bête nerveuse qui continuait à lui donner du fil à retordre.

« N'auriez-vous pas accordé la même importance à n'importe quel livre sorti de son rayon ?

– C'est possible, concéda Harry. Mais cela a été fait à dessein.

– Peut-être que, devant partir précipitamment, il n'a pas eu le temps de remettre le livre en place, suggéra Grace, ou que Hudson a pris quelque chose à l'intérieur, puis l'a laissé là, sans le ranger.

– Qu'aurait-il pu prendre à l'intérieur ? » lui demanda Harry.

Grace fronça les sourcils.

« Une note ? Une liste ? Un nom ? Que sais-je ?

– Il m'est venu une idée, annonça Fields. Vous avez tous les deux une intelligence que je n'ai pas et je ne serai donc pas vexé si vous n'y souscrivez pas. Nous nous accrochons à l'hypothèse selon laquelle le squelette est celui de Jeffrey Hudson et que l'homme vivant est l'imposteur. Mais peut-être l'homme connu sous le nom de Hudson a-t-il au contraire toute légitimité à porter ce nom. Peut-être que l'autre a été tué parce que *lui* était un imposteur.

– Mais si Jeffrey Hudson vivait au su de tous dans sa propre maison, pourquoi aurait-il pris la fuite lorsqu'on a découvert le nain mort ? demanda Harry.

– Eh bien, mon opinion est que c'est Hudson qui l'a tué. Il a peur que son crime soit découvert. »

Grace s'immobilisa, et son cheval l'imita. Fields et Harry s'arrêtèrent à leur tour.

« Mme Leach a dit que le capitaine avait changé, rappela-t-elle. Elle a même expliqué qu'il était plus grand que quand il était parti. Mais elle s'est montrée suffisamment observatrice pour deviner immédiatement que je portais un déguisement. Elle sait donc très bien qu'il ne s'agit pas du même homme.

– Cette idée semble vous plaire, dit Harry.

– Je pense qu'elle préfère le nouveau à l'ancien, c'est tout. »

Fields sortit sa pipe.

« On peut être prêt à tout faire par amour. Et aussi à tout accepter », dit-il en pointant du doigt une auberge. Ils purent sentir l'odeur du porc et des pommes de terre en train de rôtir. « Reste la question : où est le Jeffrey Hudson que nous cherchons ? Que ce soit le Jeffrey Hudson original ou non.

– Qui sont ces Français ? dit Harry. Que transportaient-ils ?

– Et qui est l'homme grand et mince à la cape violette ? » ajouta Grace.

Tous tacitement d'accord sur le fait qu'ils avaient trouvé l'endroit où ils allaient manger, ils attachèrent leurs chevaux à un mûrier sauvage qui poussait à côté de l'auberge.

« Hudson a fui la France après son duel, réfléchit Harry à haute voix. À bord de *L'Incassable*, un navire très probablement français puisqu'il porte un nom français. La bibliothèque, qui contient des livres français, est rangée comme le recommande Gabriel Naudé, un Français. Des livres qui portent sur la France, et sur le cardinal Mazarin, l'homme pour lequel Naudé travaillait à Paris. Un exemplaire de son *Advis pour dresser une bibliothèque* laissé sur le siège de la fenêtre. Trois Français avec leurs bagages qui contenaient je ne sais quoi. Sir Jonas qui nous a dit que le capitaine Hudson lui livrait des renseignements concernant les affaires françaises. Je me demande, par conséquent, s'il ne serait pas parti pour la France.

– Plutôt maigre, vous ne trouvez pas ? observa Fields. M. Hooke ne considérerait pas cela comme une preuve.

– Je ne travaille plus pour M. Hooke », lui fit remarquer Harry.

Fields leva la main en signe de reddition.

« Et donc ! Quelle est la suite ?

– Le port le plus proche est King's Lynn. Si le Hudson vivant a fui le pays, peut-être pour la France, c'est sans doute là-bas que l'on pourra obtenir des informations à son sujet.

– C'est de là que devait venir le mort pour arriver à l'écluse de Denver, dit Grace. Il aura remonté le fleuve. »

Harry lui adressa un regard plein de gratitude.

« On pourra également en apprendre davantage à propos du Hudson mort.

– Au bout de tant d'années, vous ne découvrirez absolument rien », dit Fields, se frottant tristement l'endroit où se trouvait auparavant le haut de son oreille.

Cette poussée de pessimisme de la part du colonel ne lui ressemblait pas. Harry regarda le vieil homme et soupira, prenant soudain conscience de ce qu'était Fields : un vieillard. Même s'il était encore en forme pour son âge, le vieux parlementaire avait acquis l'expérience de toute une vie, dont l'essentiel avait été des plus rudes. Il avait été usé par les guerres, qui se rejouaient si souvent dans son esprit.

« Vous n'êtes pas obligé de venir, dit Harry. Vous pourriez rentrer à Londres. »

Fields ne répondit rien, restant un long moment absorbé par ses pensées.

Harry se tourna vers Grace, qui retirait une callosité de la jambe avant de son cheval, prise dans les ronces.

« Viendrez-vous avec moi ?

– Volontiers », fit-elle avec un sourire.

Ce fut comme si le soleil avait percé à travers les nuages. Harry se sentit soudain fou de joie, malgré le fait qu'il n'arrivait pas toujours à suivre Grace ni à prévoir ses sautes d'humeur. Elle lui avait apparemment pardonné ce qui l'avait agacée ou, du moins, elle avait laissé tout cela de côté. C'était probablement d'avoir interrogé Mme Leach qui l'avait mise dans de si bonnes dispositions.

« Pardonnez-moi, dit Fields, heureux que ses compagnons se soient réconciliés. Je ne voulais pas être aussi sinistre. C'est l'âge, j'imagine, et le fait d'être loin d'Elizabeth. Bien sûr que je vais venir avec vous, Harry. Et je vais m'efforcer de vous être d'une plus grande utilité. »

11
Le *Kontor* de la Hanse

Deux jours plus tard, après avoir emprunté la Fen Causeway, l'ancienne voie romaine qui partait de Water Newton, et passé une nouvelle nuit à la belle étoile pas loin de March, ils arrivèrent en vue de King's Lynn. Harry commençait à s'habituer à ces longs voyages à cheval. Il n'avait désormais plus ni mal au dos ni mal aux cuisses, et les mouvements de sa monture avaient cessé de l'inquiéter pour aller jusqu'à plutôt lui prodiguer un certain réconfort.

Il faisait encore particulièrement froid pour la saison. Le gel rendait la route glissante pour leurs chevaux. Le second matin, celui de Grace s'était mis à boiter. Elle partageait à présent la selle de Harry, assise devant lui. Son corps ne manqua pas de réagir à cette proximité; il lui fut impossible de le cacher, mais elle n'y fit aucune allusion. Fields leur adressait de temps en temps un sourire espiègle, sans cependant aller plus loin dans ses taquineries.

Reste que, malgré la proximité physique de Grace, ces marécages apparemment sans fin continuaient à mettre Harry mal à l'aise, à cause de l'absence totale de relief et de l'immensité du ciel.

Quand ils en franchirent la porte sud, ils virent que King's Lynn était une ville aux rues parfaitement entretenues, où l'on pouvait trouver des maisons de marchands datant du Moyen Âge, des *guildhalls*, des entrepôts ainsi qu'une vaste place de marché. L'endroit bourdonnait d'activité commerciale. Harry s'y sentit totalement détendu. C'était un petit Londres, se dit-il, un endroit bien plus accueillant que leurs rudes bivouacs sous ce ciel si intimidant, la petitesse campagnarde d'Oakham ou même Cambridge et ses collèges, avec leurs hauts murs et leurs portes massives qui les séparaient du reste de la ville.

Au port, ils pourraient poser des questions au sujet de *L'Incassable*. À quand remontait la dernière fois qu'il y avait fait commerce ? Quelqu'un se souvenait-il de sa venue en 1644, l'année où il avait amené le malheureux Jeffrey Hudson ? Harry continuait de penser que c'était bien le cadavre du véritable Hudson que l'on avait découvert dans la chaloupe du navire, à l'écluse de Denver.

Trouver leur chemin vers le port fut une mission des plus faciles, sans qu'il y ait besoin du colonel Fields pour les guider, car les mâts des navires dépassaient des toits de tous les bâtiments de la ville, hormis celui de l'église Sainte-Marguerite, dont la pierre brillait d'un jaune éclatant dans la lumière de cette fin d'après-midi. Avec ses trois tours carrées et crénelées, elle ressemblait d'ailleurs davantage à une forteresse.

Lorsqu'ils arrivèrent sur le port, ils subirent de plein fouet les assauts du violent vent de nord-est qui se mit à les cingler comme s'il allait leur arracher la peau. Des flaques d'eau glacée guettaient les imprudents. Avec toutes les marchandises que l'on était en train de décharger des navires, il était difficile de trouver un endroit où s'abriter. Des dockers à l'air épuisé soulevaient des sacs, des boîtes, des tonneaux de la taille d'un homme et des paquets recouverts de toile solidement attachée par des cordes.

Il y avait à l'ancre toute une variété de navires. Une flûte hollandaise dégorgeait des poutres en bois qui se balançaient au bout d'une grue. Un grand navire marchand était arrivé chargé de tonneaux de vin que son équipage échangeait à une vitesse impressionnante contre de la laine. Un brick apportait du charbon de la côte de Newcastle. Un trois-mâts était en train de recevoir des céréales cultivées dans la partie assainie du Fenland. Sur un élégant chebec – car c'est ainsi que, d'après Fields, se nommait ce type de navire inconnu de Harry – s'activait un équipage à la peau foncée, à la barbe fournie et coiffé de turbans. Ces matelots rappelèrent à Harry que Hudson avait été enlevé par des corsaires venus d'Afrique du Nord, avant de revenir, transformé en un autre homme.

Enfin, bataillant pour avoir droit à un peu d'espace, il y avait les plus petits navires : barges et péniches, ketchs à deux mâts et *hog boats* dont on déchargeait du hareng.

Harry cherchait un bureau où il pourrait poser des questions au sujet de *L'Incassable*. Il savait que Fields, toujours à l'aise, se serait déjà trouvé en grande conversation avec quelqu'un s'il n'avait laissé Harry prendre les choses en main. Il se rendait également compte que Grace commençait à s'impatienter, c'est pourquoi il interrompit assez grossièrement une discussion entre un homme vêtu d'un costume sombre – sans doute un marchand –, qui se tenait les hanches en avant comme s'il était en train de se soulager, et son interlocuteur, qui devait certainement être la personne la plus âgée présente sur le quai.

Le vieil homme, coiffé d'un chapeau aussi large qu'un parapluie, regarda Harry de ses yeux chassieux, mais poursuivit sa conversation.

Fields se montra plus direct et toussa discrètement, ce qui suffit à faire taire l'homme.

« J'aurais voulu savoir si vous connaissiez un navire nommé *L'Incassable* ? » s'enquit-il.

Harry se demanda si cette intervention de Fields était censée le contrarier, ou s'il devait l'en remercier.

« *Incassable* », dit le vieil homme, un filet de bave coulant à la commissure de ses lèvres.

L'homme en noir qui se trouvait avec lui esquissa un sourire en coin.

« Oui, je crois que c'est comme cela que l'on dit, répondit Fields. Un bateau français.

– *Incassable.* » L'homme aspira de l'air entre le peu de dents qui lui restaient. « Pas *L'Incassable*. Simplement *Incassable*.

– Vous le connaissez ?

– Je l'ai connu, ça remonte à longtemps. » Il se gratta le menton. « Allez demander au *Kontor*. C'était un "navire hanséatique". »

Il désigna la partie du quai par où ils étaient arrivés, puis donna à son doigt une légère impulsion vers la gauche.

Harry et Grace emboîtèrent consciencieusement le pas à Fields qui se dirigeait à grandes enjambées vers l'allée que leur avait indiquée le vieil homme, où se dressait un entrepôt tout en longueur, relativement bas et à ossature en bois. Devant le bâtiment faisaient la queue plusieurs charrettes à bras chargées de marchandises provenant des docks ou sur le point d'y être chargées.

Une fois à l'intérieur, on leur confirma qu'il s'agissait bien du comptoir de la ligue hanséatique et on leur indiqua une petite pièce enfumée où ils trouvèrent un homme plongé dans la lecture de volumineux livres de comptes installés sur des étagères derrière son bureau. Il attrapait un registre, griffonnait rapidement quelques mots, consultait une liste incroyablement longue, puis retournait à ses étagères pour en prendre un autre.

Sans sa pipe sur laquelle il tirait régulièrement, on l'aurait facilement pris pour un automate.

Imitant Fields, Harry toussa fort. L'homme leva la main, lui signifiant d'attendre un instant, puis changea d'avis. Il remit le registre à sa place.

« Excusez-moi. Une fois on commence, c'est difficile arrêter. »

L'agent de la Hanse avait les cheveux sombres et le teint blafard. Des poches striées de ridules s'affaissaient sous ses yeux.

« Nous sommes à la recherche de *L'Inc*... Nous souhaiterions avoir des renseignements au sujet d'un navire nommé *Incassable*.

– Français. Vieux, répondit l'homme, en clignant des yeux pour faire remonter ses souvenirs. Pas vraiment navire hanséatique – c'est pourquoi vous venez ici ? Mais ces choses sont... » Il mima un mouvement d'oscillation avec la main. « Nous l'avons engagé. Ou une partie, je devrais dire. Pour transporter notre fret. Drôle de bateau. Allure étrange. Deux mâts. Gréé comme un lougre, mais sa coque comme celle d'une goélette. Un peu disgracieux, pour moi. Mais rapide. Allé partout. Suède. Danemark. Écosse. Irlande. Provinces-Unies. Pays-Bas espagnols. France, évidemment. Royaumes d'Espagne. Galice. Portugal. Jusqu'à chérifat de Marrakech. » Il tira longuement sur sa pipe. « Tenerife...

– Et donc, quand était-ce ? » l'interrompit Harry.

L'homme ferma les yeux.

« À partir août 1627... et dernière fois... » Il se tapota la lèvre avec son index. « ... février 1666.

– Vous n'avez pas besoin de consulter vos registres ? »

Harry était stupéfait.

Cela fit rire l'homme.

« Vous être plus impressionné que vous devez. Je pourrais vous laisser comme ça. Non, non, je ne ferai pas. Je me souviens lui parce qu'on l'a utilisé pour première fois au moment du siège de La Rochelle. Sûr, j'étais pas là-bas alors. Mon père faisait travail devant moi. Il me fait lire les vieilles choses. On l'a utilisé dernière fois dans la guerre contre les Hollandais.

– Que lui est-il arrivé ?

– La marine anglaise l'a capturé, pris pour hollandais. Une action en justice a été faite. » Il renifla. « Par la Hanse, dont il transportait cargaisons, et ses armateurs français. Il a servi de brûlot, pendant feu de joie de sir Robert Holmes, au mois d'août d'après – c'était son raid sur les Pays-Bas. Cent quarante bateaux incendiés. Une fin glorieuse, j'suppose. »

Harry se tourna vers Grace, qui leva le menton dans sa direction. Sir Robert Holmes, à présent gouverneur de l'île de Wight, lui avait fait la cour. Son oncle avait tenté de négocier un mariage, mais elle avait refusé l'une comme l'autre.

Harry reporta son attention sur l'agent de la Hanse.

« Vous souvenez-vous si cet *Incassable* est venu à King's Lynn pendant la guerre civile ?

– Oui. Le commerce s'arrête pas à cause difficultés locales. » Il nota le regard de Harry, lequel témoignait de toute son ignorance. « Au début, King's Lynn était pour le Parlement, mais la ville a changé de camp. Le Parlement est venu s'emparer de la ville.

Assiégée trois semaines avant de se rendre. Même comme ça, des biens sont introduits clandestinement.

– Mais pas au bénéfice de la ville ou de ses habitants », affirma Fields.

L'agent parut mal à l'aise.

« Le commerce doit continuer. *Une partie* était pour la ville.

– Pour ceux qui avaient de quoi payer vos prix... plutôt salés, indéniablement. »

Fields semblait assez bouleversé; Grace posa la main sur son bras pour le calmer.

« Le navire était-il ici, à King's Lynn, en octobre 1644 ? demanda Harry.

– Maintenant je *va* devoir regarder. » L'homme battit des paupières, heureux de l'intervention de Harry. Il bondit de son bureau et alla tout droit à un grand registre situé en haut de ses étagères. Il le descendit tout aussi prestement et en essuya le cuir. « Octobre 1644 ? »

Ils regardèrent son doigt glisser le long des centaines de lignes qui indiquaient les marchandises embarquées ou déchargées.

« Oui, affirma-t-il sèchement. Tabac. Et indigo, c'est écrit ici. Parti du Havre. Pas grand-chose d'autre je vous peux dire. Je parie il avait aussi des huguenots, seulement cette cargaison n'est pas enregistrée. Mais le nom du capitaine, c'est capitaine Eugène de Beauchene. À la retraite, maintenant, je crois, et vit à Paris. Pas un homme en bonne santé, j'ai entendu. »

L'employé haussa les épaules comme pour s'excuser, ayant le sentiment qu'il les avait suffisamment aidés.

« Besoin de continuer. Il y a un homme à King's Lynn qui peut aider vous. Vieux Japhia Bennett. Sa caboche est plus ce qu'elle était, mais il a servi à bord d'*Incassable*. Demandez sur le quai. »

Comme ils se dirigeaient vers la sortie du *Kontor*, ils ne remarquèrent pas un grand homme à la peau noire qui se détacha du mur derrière eux, et se mit à les suivre.

12
Le vieux marin

De retour sur le quai, ils demandèrent où ils pourraient trouver Japhia Bennett. Les dockers, qui se méfiaient des étrangers, n'eurent à leur offrir que des silences et des regards noirs. Alors qu'ils étaient sur le point d'abandonner, un vieux soldat assis sur un muret, et qui avait installé sa jambe de bois devant lui de façon assez bizarre, leur indiqua une taverne.

Fields désigna la bourse de Harry.

« *Sauvez le misérable et l'indigent, Délivrez-les de la main des méchants.* »

À la plus grande stupéfaction du soldat, Harry lui donna une pièce de six pence, n'ayant rien de plus petit.

La taverne de la Turk's Head surplombait la mer et ses murs étaient implacablement rongés par le sel. L'intérieur empestait le tabac, et un nuage de fumée semblait comme accroché au plafond. Derrière son comptoir, le patron était occupé à essuyer des taches imaginaires. Aucun client n'interrompit sa conversation ou ne quitta son verre des yeux.

« Ils n'aiment pas trop qu'on leur pose de questions, dit Fields. Vous comprendrez donc pourquoi nous ne sommes pas les bienvenus. »

Il alla directement se planter en face du patron et se pencha vers lui, leurs nez venant presque à se toucher. L'homme n'eut d'autre choix que de lever les yeux de son comptoir.

« Nous cherchons Japhia Bennett, lui dit Fields. Comme moi, il est trop vieux pour servir en mer. »

En voyant l'âge du colonel, son visage ravagé et son oreille incomplète, l'homme se montra plus courageux, presque belliqueux.

« Vous n'êtes pas de King's Lynn. »

Fields poussa un grognement.

Harry, considérant qu'une approche moins conflictuelle engendrerait de meilleurs résultats et une atmosphère plus agréable pour tout le monde, posa doucement sa main sur l'avant-bras de Fields.

« Nous avons besoin de renseignements, rien de plus, dit-il au patron. Bennett peut nous aider au sujet d'un navire qui a fait escale ici. »

Le patron plia soigneusement son torchon, le posa sur le comptoir et les regarda sans prononcer un mot. Grace se faufila entre les deux hommes et lui présenta une nouvelle pièce de six pence, qu'elle conserva encore quelques instants entre ses doigts, tant le patron était surpris, tout comme Harry et Fields, de la générosité de ce pourboire.

« Le long du fleuve, allez vers le nord au-delà de la chapelle Saint-Nicolas. » L'homme se montrait soudain particulièrement empressé de les satisfaire. « Vous verrez plein de bateaux de pêche. Cherchez celui qui s'appelle le *Rediviva*. C'est un dogre, au cas où ça vous dirait quelque chose. Proue large et arrondie. Deux mâts. Un grand et un petit. »

Cette partie de la rive de l'Ouse était dévolue au fumage et à la salaison. L'odeur s'introduisit dans la gorge de Harry et sembla bien décidée à y rester. Traverser le quai leur prit un certain temps car ils durent se frayer un chemin au milieu de filets enroulés sur eux-mêmes ou étalés au sol en attendant d'être ravaudés. D'autres filets encore, suspendus suffisamment haut pour que Harry, le colonel et Grace puissent passer au-dessous, débordaient de différents séchoirs, comme si ceux-ci les vomissaient. Les voyageurs durent en outre éviter tous les autres rebuts propres à une flotte de pêche : tonneaux, caisses, lignes ou casiers.

Lorsqu'ils demandèrent où était le *Rediviva*, on leur indiqua le nord, à la lointaine périphérie de la flotte.

Enfin, ils trouvèrent le bateau. Comme givrée par le sel, sa peinture s'écaillait et gondolait, tentant désespérément de rester accrochée au bois. Il n'y avait personne sur le pont mais, ayant senti une odeur de poix de pin et entendu des coups de marteau, ils firent le tour de l'embarcation et virent un homme qui s'affairait sur un petit canot. Il était en train d'en calfater la coque, enfonçant de l'étoupe entre ses planches afin de la rendre bien étanche.

Quand ils les vit, il laissa son maillet suspendu en l'air. C'était le vieil homme aux yeux chassieux qui les avait dirigés vers le comptoir de la Hanse.

À présent qu'il était tête nue, son chapeau large posé à côté de lui, on pouvait voir que ses cheveux étaient un amas désordonné de petites boucles grises. Il leur adressa un sourire édenté.

« Vous en avez appris davantage sur *Incassable* ? »

Harry hocha la tête, réprimant tout l'agacement que suscitait chez lui le petit jeu de ce vieillard.

« On nous a dit que vous aviez fait partie de son équipage. Nous nous intéressons à l'époque de la guerre et à un homme qui a voyagé à son bord. »

Bennett posa son maillet à côté de son pot de poix et se leva, en étirant son vieux dos. Il fit le tour de son canot et serra la main de Harry ; une poigne forte mais agitée de tremblements. Il serra également celle du colonel – avec plus de réticence, trouva Harry – mais, lorsqu'il arriva devant Grace, il lui prit le poignet et lui fit un baisemain.

« Vous vous habillez comme un homme pour échapper aux incidences de votre sexe. J'ai connu des femmes telles que vous, qui servaient en mer, avec nous autres, les hommes. Beaucoup étaient nos égales, et n'avaient pas besoin qu'on leur accorde d'égards particuliers. »

Grace retira sa main, cette admiration exprimée en toute franchise la faisant sourire. Le vieux marin se tourna de nouveau vers Harry et afficha un air nettement plus sérieux.

« Vous parlez là d'affaires qui feraient mieux de rester dans l'oubli.

– Cette affaire en est sortie toute seule, dit Harry. Une visite du passé. Avez-vous entendu parler du capitaine Jeffrey Hudson ? Nous pensons qu'il est revenu de France à bord d'*Incassable* en octobre 1644. Il serait parti du Havre. »

Bennett lui adressa un regard dénué de toute expression.

« Udson ? Je ne me souviens pas...

– Un nain, l'interrompit sèchement Fields. La créature de la reine. Comme le compagnon d'une sorcière. »

Tout le monde put se rendre compte qu'en entendant ces paroles, Bennett se détendit.

« Vous n'avez pas beaucoup d'affection pour cette reine, hein ? Vous étiez pour le Parlement ? Nous sommes donc du même avis. J'ai cru que vous étiez un homme du roi.

– J'ai servi aux côtés de Cromwell en personne, grogna Fields. Pourquoi m'avez-vous pris pour un royaliste ?

– Je me suis trompé, comme cela m'arrive souvent à présent. J'aurais dû le deviner à votre écharpe. » Il ramassa un peu de chanvre qu'il jeta dans sa casserole et l'enfonça dans la poix épaisse. « C'était une époque mouvementée. J'ai rencontré beaucoup de gens, et oublié la plupart d'entre eux. Mais, oui, je me souviens d'un nain. Aucune idée de son nom. Je m'en souviens, parce que c'était drôle de voir un type aussi petit habillé comme un soldat.

– Quelle taille faisait-il ? » demanda Harry.

L'homme sembla perplexe.

« C'était un nain. Aussi petit qu'il le fallait.

– Petit comment ? Exactement ? Il se peut que ce soit d'une grande importance.

– Tout petit. Mais pas difforme, comme d'autres. Exactement comme vous et moi, mais en taille réduite, comme si on le voyait de très loin. Pas plus de soixante centimètres, je dirais. Peut-être même encore plus petit. »

Bennett prit son cordage de chanvre trempé dans la poix et le plaça contre le bordage fritté du canot.

« Je me souviens du vol de la chaloupe, continua-t-il. C'était le plus petit des canots d'*Incassable*, qu'en avait trois. Un vol comme ça constituait quand même un crime très grave contre l'équipage.

– Hudson n'a pas pu la voler tout seul, dit Harry. Elle est trop grande pour être manœuvrée par quelqu'un d'aussi petit.

– Je me souviens pas s'il y avait d'autres gens avec lui, si c'est ça que vous me demandez.

– Une seule autre personne aurait-elle pu la manœuvrer, ou en fallait-il plusieurs ? »

Bennett regarda derrière eux, en direction du quai.

« Une seule personne aurait pu le faire, j'imagine, si elle était assez grande et assez forte. »

Harry décocha un regard entendu à Fields.

« C'est ce que nous nous sommes dit à l'écluse de Denver.

– Un seul homme, c'est possible, mais il est plus probable qu'ils étaient plusieurs avec lui », grogna Fields.

Bennett ramassa son maillet et le pointa en l'air.

« Qui c'est, celui qui vous surveille ? Cet Africain, là-haut, sur le quai ? »

13
Le grand Africain

L'homme semblait parfaitement détendu. Quelle menace pouvaient-ils représenter pour lui ? Harry était jeune et n'était résolument pas un guerrier. Fields avait beau avoir été soldat, il ne ferait pas le poids face à lui, grand, musclé et dans la fleur de l'âge. Et si fougueuse qu'elle soit, Grace n'était qu'une jeune femme.

En évaluant ainsi les choses, Harry se rendit compte à quel point ils étaient vulnérables, à parcourir le pays avec la seule autorité du conseil de l'artillerie pour les protéger. Face à n'importe quel véritable danger, ils étaient sans défense.

Mme Leach avait parlé d'un quatrième homme, grand et mince. Cet homme qui les regardait était grand et mince, mais n'aurait-elle pas évoqué sa couleur de peau ? À voir celle-ci, on comprenait immédiatement qu'il s'agissait d'un Africain.

Harry pensa tout d'abord qu'il faisait partie de l'équipage du chebec à l'ancre, mais il suffisait de l'examiner un peu plus attentivement pour voir qu'il n'avait pas grand-chose d'un marin. Ses habits étaient coûteux, et semblaient constituer un uniforme : un gilet turquoise sur une chemise blanche impeccable, des hauts-de-chausses également turquoise et des chaussures noires, cirées avec le plus grand soin. Malgré le froid, il ne portait ni manteau ni chapeau. Il avait les cheveux coupés très court. Ses traits étaient délicats et sa peau d'un brun pourpre et brillant, plus sombre que celle de tous les autres Africains que Harry avait pu croiser à Londres.

L'homme n'esquissa aucun geste, hostile ou autre. Malgré tout, s'avançant vers lui et s'écartant de Bennett, Harry passa instinctivement devant Grace. Fields, dont le souffle dégageait de la buée, ne put marcher aussi vite que lui sur ce sol de schiste argileux particulièrement glissant. Pour passer de la rive à la route, il n'y avait qu'à gravir une haute marche en bois envahie par les mauvaises herbes. Harry le fit en s'appuyant sur un poteau d'amarrage. Il s'apprêta à aider Grace mais se retourna presque aussitôt en entendant l'homme s'approcher.

Sa réaction paniquée fit sourire l'Africain. Il tendit son bras à Grace, qui l'accepta. Ensemble, ils attendirent Fields et l'aidèrent à gravir la marche.

« Je m'appelle Moustapha, dit l'homme. Ma maîtresse souhaiterait vous rencontrer. »

Harry serra la main que lui tendait Moustapha. Il avait la peau douce. Ce n'était pas un ouvrier. Certainement pas un marin.

« Votre maîtresse ?

– La duchesse de Mazarin. »

Harry le regarda ahuri, stupéfait. Le roi l'avait présenté à la duchesse, au palais de Whitehall, quand Harry enquêtait sur le meurtrier qui vidait des enfants de leur sang.

« Je suis ici, à King's Lynn, en mission pour le conseil de l'artillerie, dit-il après s'être ressaisi.

– Elle est déjà au courant de tout cela. » Voyant que Harry semblait toujours totalement perdu, Moustapha lui donna davantage d'explications : « Le roi l'en a informée. »

Et c'était sir Jonas qui avait dû informer le roi, ayant jugé que la découverte du corps de Hudson et la disparition de son remplaçant était une affaire suffisamment importante pour que Charles II soit au courant.

« Il se pourrait bien que je ne retourne pas à Londres avant un certain temps », dit Harry.

Une nouvelle fois, Moustapha sourit.

« C'est pourquoi elle est venue ici, à King's Lynn, afin de pouvoir vous rencontrer. »

14
La belle duchesse

Une fois revenus dans le centre-ville de King's Lynn, ils durent attendre dans le salon des appartements qu'occupait la duchesse de Mazarin à l'auberge du Globe, sur la place du marché. À travers les carreaux couverts de givre, ils pouvaient voir les stalactites qui pendaient en gouttant de l'avant-toit. Entre ces cônes de glace, le marché et les gens qui s'y affairaient leur apparaissaient déformés, comme fragmentés. À l'intérieur, le charbon de mer crépitait dans le berceau à bûches, les flammes projetant des grains de suie dans l'âtre.

Moustapha était occupé à entretenir le feu, y ajoutant du bout des doigts des morceaux de charbon qu'il dispersait ensuite paresseusement avec un tisonnier.

La duchesse fit son entrée, venant de ce qui, avait conclu Harry, était une chambre à coucher. Elle laissa la porte grande ouverte et l'on put apercevoir des draps roulés en boule, comme si elle les avait repoussés d'un coup de pied. La pièce était parsemée d'habits essayés puis écartés, avant d'être jetés négligemment un peu partout. Une table était jonchée de cartes à jouer, de petits tas de pièces de monnaie, de bouteilles vides et de verres à vin que l'on n'avait pas encore débarrassés.

Les vêtements qu'elle avait finalement choisis étaient simples et masculins. Un pantalon, un gilet et un modeste chemisier boutonné au cou, tout cela élégamment coupé afin d'épouser parfaitement son corps mince et athlétique. Par comparaison, dans les habits de Denis Papin, Grace semblait presque grosse.

La duchesse était telle que Harry se la rappelait, pareille à la dernière fois qu'il l'avait vue : spectaculaire. Elle avait un teint impeccable, de hautes pommettes, des yeux dont les pupilles étaient presque entièrement noires et une large bouche parfaitement dessinée. Des hommes s'étaient battus en duel rien que pour posséder un de ses portraits : on l'avait peinte en Cléopâtre, en Aphrodite, en Diane, et elle était ainsi exposée dans différents palais, châteaux et grandes demeures d'Europe.

Harry toussa pour s'éclaircir la gorge; elle était sèche et le piquait. Grace le regarda en plissant les yeux.

« Harry ! »

La duchesse avait une voix grave, mais enjouée et pleine d'assurance. Comme si ceux qui se trouvaient là n'étaient que ses jouets, destinés à accomplir ses volontés. Son accent italien se délectait des voyelles et roulait les doubles *r*, rendant le banal exotique. *Haarrry.*

« Votre Grâce, dit Harry, qui regarda machinalement par terre en prenant la parole.

– Hortense, je vous en prie. En m'appelant autrement, vous instaurez entre nous une distance qui n'a pas lieu d'être. »

Au grand étonnement de Harry, elle s'approcha de lui et, sans préambule, l'embrassa sur les deux joues. Puis elle se tourna et embrassa également Fields.

« Colonel *Feeeyalds*, dit-elle en étirant son nom jusqu'à lui donner une longueur extraordinaire. Le roi vous présente ses respects, même si vous avez combattu son père. »

Le colonel marmonna un salut inintelligible. Harry lui adressa un sourire, amusé par la confusion qui avait gagné le vieil homme, et qui ne faisait que refléter la sienne.

« Et qui est cette personne ? » Hortense était en train d'examiner Grace. « Qui que vous soyez, vous êtes magnifique, même si vous faites tout votre possible pour le cacher. Je vous ai déjà vue, alors que vous vous promeniez à St James's Park. » Elle caressa la joue de Grace du dos de ses doigts puis la conduisit vers le canapé installé face à la cheminée. « *Trrrrès* belle. Nous nous en étions tous fait la remarque.

– Je suis Grace Hooke. »

Grace avait dit cela sur un ton presque hautain, s'efforçant de ne pas se sentir flattée par l'attention que lui portait la duchesse. S'asseyant aussi élégamment que cela lui avait été enseigné lors de ses leçons de maintien, elle ne demanda pas qui étaient les gens qui s'étaient fait la remarque en question.

« Ah ! La nièce. »

Hortense enleva le chapeau de Grace pour observer la façon dont elle s'était attaché les cheveux. Une fois satisfaite, elle s'assit de façon beaucoup plus élégante sur le même canapé puis leva les pieds comme si elle était sur une balançoire. D'un geste, elle invita Harry et Fields à s'asseoir également.

« Voulez-vous du vin ? Nous avons aussi des cerises glacées. »

Elle avait pour manie de serrer très brièvement les lèvres, comme si elle cherchait à réprimer un éclat de rire.

Harry et Fields, chacun un verre de bourgogne à la main, avaient approché deux chaises du canapé. Moustapha, qui se tenait nonchalamment près de la fenêtre, était également en train de siroter du vin, dont il s'était versé un plein verre. Harry se demanda qui avait bien pu jouer aux cartes avec la duchesse dans sa chambre.

« Vous désirez savoir pourquoi je suis ici, dit Hortense sur un ton impérieux, comme s'il ne pouvait en être autrement. À King's Lynn. »

Harry s'apprêta à lui répondre, mais elle le coupa aussitôt.

« Vous avez vu le nain. Je vais vous dire pourquoi il m'intéresse. Avez-vous fouillé son cadavre ?

– Oui, répondit Harry. Même si sir Jonas Moore l'avait déjà fait.

– Vous n'y avez rien trouvé de valeur ? »

Harry regarda Fields, dont le visage demeura impassible, et secoua la tête.

« Du matériel de soldat. Quelques pièces de monnaie datant de nos guerres civiles et dont certaines étaient françaises. Nous savons, grâce à la chaloupe dans laquelle se trouvait son cadavre, qu'il avait voyagé à bord d'un navire français, l'*Incassable*.

– *Incassable* ? »

Hortense traduisit le mot en anglais en passant lentement sa langue sur ses dents. Un effet que Harry estima calculé, mais quand même très efficace.

« Vous vous attendiez à ce que l'on trouve un objet de valeur sur le corps.

– Ma question manquait de finesse, n'est-ce pas ? C'est pour cela que je perds toujours à la manille. Je pensais que le capitaine Hudson avait sur lui quelque chose de grande valeur. D'extrêmement précieux. Quelque chose qui m'appartient. Quelque chose qui appartient à ma famille, pour être plus exacte, car c'était la propriété de mon oncle. Le cardinal Giulio Raimondo Mazzarino. » Elle tapota le siège moelleux du canapé. « Qu'en France, on appelle Mazarin. Venez vous asseoir ici. À côté de moi. »

Avec une légère hésitation, Harry quitta sa chaise et fit ce qu'elle lui avait ordonné, Hortense se retrouvant ainsi entre Grace et lui.

Elle pressa ses mains ensemble, comme si elle priait, touchant son menton du bout des doigts. Harry se rendait plus que jamais compte du charisme qu'elle irradiait.

« Les catholiques ne supportent pas les protestants, déclara-t-elle. Les protestants ne supportent pas les catholiques.

– En vérité, je respecte toutes les espèces de culte », protesta Harry.

De la main, elle lui fit signe de se taire.

« Je parle en général, bien sûr, ce que vous me permettrez, car nous sommes amis. La tolérance vous rend vulnérable. Avec tous les mensonges que répand Titus Oates, les catholiques, dont je suis, le sont doublement. Restez fidèle à votre foi protestante.

Vous échapperez ainsi aux soupçons. Faute de quoi vous deviendriez un récusant[1]. Quant à vous, colonel Fields, je sais que vous êtes plutôt un esprit libre. Un anabaptiste.

– Nous devrions choisir notre religion en toute liberté, voilà ce que je pense, répondit Fields. C'est pourquoi je suis contre le baptême des enfants.

– Votre foi vous vaut la détestation des catholiques comme des protestants. Voilà une chose qui lie ces deux religions : la haine des autres. La religion est par nature source de conflits. Vous savez déjà tout cela, car vous n'êtes plus des enfants. Si je prends la peine de vous le dire, c'est parce que ces conflits sont à l'origine de plusieurs siècles de guerres au cours desquelles une religion en a combattu une autre. Tous ces affrontements ont fait énormément de morts. Ils ont également – et c'est là que je veux en venir – eu un coût financier. »

Elle vida son verre, qu'elle remplit de nouveau elle-même. Moustapha n'avait en effet amorcé aucun geste laissant présager qu'il allait le faire, et elle n'avait aucunement manifesté qu'elle en attendait tant de sa part.

« Il faut dépenser de l'argent pour mener une guerre. Souvent, il faut en emprunter. Il y a ainsi des gens versés dans les affaires qui prêtent de l'argent à d'autres gens pour qu'ils puissent partir en guerre. Ce qui est complètement fou dans cette histoire, c'est que l'argent remboursé par un camp finit souvent directement dans la poche du camp ennemi. Et tout le monde le sait ! Reste qu'en temps de guerre, l'argent liquide, le crédit, les investissements, la propriété perdent de leur fiabilité. De leur stabilité. Mais il y a une valeur d'échange en laquelle les gens continuent d'avoir confiance, même en temps de guerre, et que, par conséquent, ils convoitent âprement.

1. Nom donné aux Anglais, essentiellement catholiques, qui refusaient d'adhérer à l'anglicanisme ; ils étaient exposés à des condamnations civiles.

– Vous voulez parler des pierres précieuses, dit Fields. Et en particulier des diamants.

– Oui ! Les diamants ! Pour eux, les gens sont prêts à payer des sommes inimaginables, bien au-delà de toute évaluation raisonnable de leur valeur. Et on peut également les mettre en gage. C'est la mise en gage de diamants qui a financé les guerres européennes. » Elle leur adressa un sourire, à chacun, mais c'est à Harry qu'elle accorda le plus spectaculaire. « Il y a un diamant, en particulier, qui m'intéresse.

– De quel diamant s'agit-il ? demanda Harry d'une voix devenue rauque.

– Du Sancy. Vous en avez entendu parler ?

– C'est le plus gros diamant d'Europe, intervint soudain Grace, en regardant froidement Harry de l'autre côté de la duchesse. Taillé en Inde. Il a fait partie des joyaux de la Couronne avant d'être vendu aux Français. »

Hortense plissa le nez en signe d'appréciation.

« Aussi clair que l'eau, bien que légèrement jaune. Il provient d'un endroit nommé Golconde, dans la partie sud de l'Inde. Une région montagneuse. Après les pluies, les gens explorent les ruisseaux de montagne à la recherche de diamants qui attendent d'être ramassés.

« De Golconde, il a été introduit clandestinement à Venise, il y a longtemps, au XIVe siècle. Il faisait partie de la dot que le duc de Milan a donnée au duc d'Orléans quand celui-ci a épousé sa fille. Les hommes étant ce qu'ils sont, le duc de Bourgogne a fait assassiner ce même duc d'Orléans. Sur son lit de mort, sa veuve a fait jurer à ses enfants de venger la mort de leur père.

« Son fils s'est servi des bijoux de sa mère pour monter une armée, mais il a été vaincu. Le duc de Bourgogne s'est emparé de tous les bijoux en question, dont le Sancy. Il l'a transmis à son fils, Philippe le Bon, mais le fils de ce dernier, Charles le Téméraire, l'a perdu en combattant les Suisses à Grandson. Les soldats ont mis la main sur presque tous les biens des Bourguignons. Le Sancy a disparu.

« J'ignore comment il s'est retrouvé en sa possession mais, plusieurs années plus tard, l'évêque de Bâle l'a vendu au banquier du pape, un homme nommé Fugger. Fugger l'a fait couper en deux, chacun des morceaux demeurant encore plus volumineux que n'importe quel autre diamant connu. C'est le chemin du plus gros des deux que nous suivrons. Fugger l'a échangé avec le roi du Portugal contre le monopole de l'importation du poivre indien.

« Même après la bataille de l'Alcazar Kébir, à la suite de laquelle la noblesse portugaise s'est retrouvée réduite en servitude, le Sancy est resté au Portugal. Le pays a dû réunir l'argent destiné à payer la rançon de ses nobles ; et comment a-t-il fait ? En vendant les bijoux de ses plus riches sujets, bien sûr – mais toujours pas le Sancy. Même dans ces circonstances, le Portugal ne s'en est pas séparé.

« Le roi Antoine de Portugal s'est réfugié en France. Le roi de France n'avait pas l'argent pour l'aider, mais un de ses ambassadeurs, Nicolas de Harlay de Sancy, oui. Il a réglé les dettes d'Antoine et s'est retrouvé propriétaire du diamant.

« Quand Henri de Navarre est devenu roi, il était, bien entendu, après avoir passé tant d'années à se battre lors des guerres de religion françaises, lui aussi à court d'argent, car il avait vendu tous ses joyaux à la reine d'Angleterre, Élisabeth. Du fait de l'immense fortune qui était la sienne, Sancy a pu continuer d'exercer une certaine influence sur le roi. Grâce à la valeur du diamant, il a levé une armée pour aller combattre les Suisses. Lorsqu'il a remis le diamant au prêteur sur gages, son domestique a été assassiné par des voleurs. Sancy l'a fait disséquer. On a récupéré le diamant dans la gorge du domestique.

« Sancy a perdu les faveurs du roi. Ce dernier lui devait de l'argent, ce qui est rarement le gage d'une grande amitié. Sancy a essayé de vendre le diamant, mais personne n'était prêt à verser tant d'argent, considérant qu'il appartenait toujours à la maison de Bourgogne.

« Élisabeth, la reine d'Angleterre, était la seule personne qui aurait pu l'acheter à son véritable prix, mais elle est morte.

Au bout du compte, Sancy est parvenu à le vendre au nouveau roi, Jacques Ier. Qui l'a porté au chapeau. »

Elle remplit à nouveau son verre, après avoir joué de façon extrêmement raffinée la surprise en s'apercevant qu'il était vide. Elle remplit également celui de Harry, mais Fields et Grace déclinèrent son offre.

« Lorsqu'ont débuté les guerres civiles anglaises, la reine Henriette-Marie, en quête d'argent pour aider son mari à combattre le Parlement, a emporté les joyaux de la Couronne en Hollande. Elle était accompagnée du capitaine Hudson, l'homme que l'on a retrouvé mort dans la chaloupe. Mais le prince d'Orange, protestant, lui a battu froid, et les marchands d'Amsterdam ne voulaient pas toucher aux joyaux de la Couronne, estimant que ce n'était pas à la reine consort de les mettre en gage.

– Elle s'est donc servie de ses bijoux à elle afin d'acheter des canons et de la poudre pour approvisionner l'armée de son époux », dit Fields. Il brossa méticuleusement son manteau du bord de la main, comme s'il voulait débarrasser celui-ci de tout vestige du passé. « Au même moment, il brandissait son étendard à Nottingham. Quand elle a tenté de le rejoindre en débarquant à Bridlington, la marine du Parlement lui a tiré dessus depuis la mer.

– Elle a pris la fuite, vêtue seulement d'une chemise de nuit et pieds nus, dit Hortense avec admiration.

– Elle s'est elle-même surnommée *Sa Majesté madame la généralissime.* » Fields avait quasiment craché les mots qu'il venait de prononcer. « Le Parlement l'a déclarée traîtresse.

– Henriette-Marie était farouchement loyale envers son mari. Elle l'a rejoint à Oxford. Mais comme une épidémie de typhoïde sévissait là-bas, elle est retournée en France.

– Toujours avec le Sancy ? » demanda Harry.

Hortense hocha la tête, posa sa main sur la jambe de son jeune voisin, en haut de la cuisse, et ne la retira pas, même après avoir vu la réaction de Grace.

« Ainsi qu'avec Hudson. Ils ont pris la fuite en passant par la Cornouailles. Leur navire a essuyé une tempête, mais ils sont parvenus à atteindre la Bretagne, et ont dû escalader les rochers pour arriver à terre. Le petit Louis n'avait que quatre ans, la France était donc sous le contrôle de sa mère. Et du cardinal Mazarin, l'homme le plus riche de France. Mon oncle. »

Elle avait accompagné ces dernières paroles d'une petite moue. Hortense remarqua la perplexité de Harry.

« J'avais très peu d'affection pour lui. Un homme cruel, vaniteux et cupide. J'ai été très heureuse quand il a passé l'arme à gauche. Quoi qu'il en soit, il a refusé d'aider Henriette-Marie, ne voulant pas se faire un ennemi du Parlement anglais. Elle s'est installée à Nevers, où l'ont rejointe d'autres réfugiés anglais, dont son grand écuyer, William Crofts, et le frère de ce dernier, Charles.

– C'est Charles qui a insulté Hudson et l'a affronté en duel, dit Harry en se souvenant de ce que leur avait raconté sir Jonas Moore à l'écluse de Denver.

– Le nain avait accompagné la reine dans toutes ses aventures, fit remarquer Fields. Peut-être était-il jaloux de ces nouveaux arrivants.

– Les courtisans d'Henriette-Marie ont cru que ce duel était une formidable blague, expliqua Hortense. Le seul à le prendre au sérieux était Hudson. Ils se sont chargés l'un l'autre à cheval.

– Hudson a tué Crofts, dit Harry.

– En l'atteignant en pleine tête, répliqua gaiement Hortense. Mon oncle avait interdit ce genre de duels, alors, pour ne pas tomber en disgrâce, la reine a banni Hudson.

– Je ne serais pas étonné qu'elle ait fait cela pour le protéger », dit Fields.

Il fut parcouru d'un de ses habituels frissons et fit claquer ses lèvres, comme s'il se débarrassait d'un goût désagréable.

« En défendant son honneur, il a tout perdu. Sa place auprès de la reine, ses revenus et son statut. »

Harry s'aperçut que son verre était vide. Ses pensées devenaient embrouillées, ce que ne faisait qu'accentuer la sensation de la main d'Hortense sur sa cuisse.

« Mais le duel ne lui a pas tout pris. Vous pensez qu'il avait le Sancy. »

Hortense lui pinça légèrement la cuisse.

« Henriette-Marie avait accepté de le vendre à mon oncle. Lui n'a pas eu les scrupules des marchands d'Amsterdam, car elle avait baissé son prix. Des documents ont été rédigés. Elle lui en a transmis la propriété. Il avait payé, mais on ne lui en avait pas encore fait la livraison. Il ne l'a jamais eu, car le diamant a disparu en même temps que Hudson.

– Aucune trace d'un diamant lorsque nous avons fouillé son corps, lui dit Harry.

– Vous ne l'avez pas cherché, n'est-ce pas ? Il était donc facile de le manquer.

– Difficile de manquer le plus gros diamant qui ait jamais existé.

– Il l'aura caché.

– Et à présent, vous convoitez vous aussi le Sancy », dit Grace.

Hortense éclata de rire, enchantée par cette remarque.

« Eh bien, pas tant le diamant lui-même que sa valeur. Je le vendrai. Voyez-vous, le fait d'épouser mon mari a uni nos fortunes, mais cela a pour conséquence que ce qui m'appartenait, à moi, lui appartient désormais. Il souffre de jalousie, ce qui le rend méfiant. Il m'a envoyée dans un couvent mais, déguisée en homme – comme vous, Grace –, j'ai pris la fuite pour l'Angleterre. Mon ami Charles m'a accordé l'asile, au nom de notre amitié – nous avons failli nous marier jadis, avant qu'il remonte sur le trône. Mais mon oncle n'avait pas voulu de lui. Sans argent et sans pouvoir, Charles constituait une bien maigre perspective. Quand il a été de nouveau fait roi, mon oncle a vite changé d'avis. Le vieux Mazarin lui a proposé cinq millions de livres pour m'épouser. Vendue comme un morceau de viande.

– Un morceau fort cher, dit Fields d'un ton pince-sans-rire.

– Mais pas assez. » Hortense leva son verre en souvenir du passé. « Charles a décliné son offre. Il ne pouvait pas pardonner l'humiliation qu'avait été le premier refus de mon oncle. Mais, dans sa grande gentillesse, il m'a permis de vivre à Londres et m'octroie une petite pension. Légalement, le Sancy m'appartient, ou du moins en partie, car mon oncle l'a légué à moi et mes trois sœurs. Il est facile de léguer un diamant que l'on ne possède pas. Un quart de sa valeur ferait de moi une femme riche jusqu'à la fin de mes jours. Si vous m'aidez, je vous paierai. Seriez-vous prêts à retourner à l'écluse de Denver pour voir si Hudson avait le diamant sur lui ?

– Il a été assassiné, dit Harry. On peut supposer qu'on lui a pris le diamant.

– Mais qui aurait pu savoir qu'il l'avait en sa possession ? l'interrogea Hortense. Henriette-Marie n'a parlé de sa disparition qu'à mon oncle, et plusieurs jours après. Il a ordonné que l'on mène une enquête, a envoyé ses agents à la poursuite de Hudson. Ils ne l'ont jamais retrouvé, pas plus que le diamant.

– Ils ne savaient rien de son voyage à bord de l'*Incassable* ? lui demanda Harry.

– Personne n'avait entendu dire quoi que ce soit à ce sujet.

– Jusqu'à ce qu'on se mette à raconter qu'il avait été capturé par des corsaires et qu'il avait servi en mer à leurs côtés. »

Elle acquiesça.

« J'ignorais tout de cela jusqu'à ce que le roi me parle de la découverte de sir Jonas. Je n'ai jamais su que Hudson était revenu – ou du moins un homme qui prétendait être Hudson.

– Il menait une vie discrète à Oakham, dit Fields. Et ce de façon semble-t-il tout à fait délibérée. »

Hortense quitta le canapé. La cuisse de Harry ressentait encore la chaleur de sa main.

« Vous pourriez effectuer vos propres recherches pour moi ? » Elle passa à nouveau sa langue sur ses dents. « Afin de trouver le diamant ? »

À présent qu'Hortense ne se trouvait plus entre eux, Harry regarda Grace, qui se détourna de lui, puis Fields, qui était assis sur la chaise en face, l'observant attentivement, en attente de sa réponse.

« L'homme qui se fait passer pour Hudson n'en a tiré aucun bénéfice. Sa maison est trop modeste. À part ses livres, il a peu de choses de valeur.

– Je n'ai pas dit que ce serait facile, précisa Hortense. Cherchez le diamant à l'écluse de Denver. Si vous ne le trouvez pas là-bas, seriez-vous disposé à mener votre propre enquête pour savoir où il se trouve ?

– La tâche qui m'a été assignée par le conseil de l'artillerie est de retrouver le remplaçant de Hudson. Je pense qu'il est parti pour la France. Et j'ai voulu interroger les gens ici, sur le port, pour savoir si quelqu'un l'avait vu.

– Vous *avez voulu*. À présent, je peux vous le dire, ce que vous *voulez*, c'est trouver mon diamant. Si vous pensez que Hudson est en France, je vous paierai le voyage. Ma sœur, Marie-Anne, vit à Paris. Elle aussi, je le sais, sera particulièrement désireuse de vous aider.

– Jamais vous ne retrouverez le diamant au bout de tant d'années, Harry, dit Fields. Et vous ne pouvez pas oublier vos obligations envers sir Jonas.

– Pourquoi ne pas continuer ce que vous faites ? interrogea Hortense. Seulement, cherchez également le diamant. Le nain sait ce qu'il en est, j'en suis certaine. » Elle leva le menton comme si elle les mettait au défi de ne pas être d'accord avec elle, et comme si le simple fait de dire la chose en faisait une réalité. « Le feriez-vous, pour, disons, cinq cents livres, Harry ? »

Ses joues ayant soudain perdu la moindre couleur, Harry regarda Fields, puis Grace. Tous deux semblaient aussi estomaqués que lui. Son salaire d'observateur de la Société était de quarante livres par an. Il avait espéré devenir responsable des expériences pour gagner un peu plus. Le conseil de l'artillerie le rémunérait à présent à hauteur de cent vingt livres.

« Pouvez-vous vous permettre une telle somme même s'il ne trouve pas le diamant ? » demanda Fields à Hortense.

Elle sembla avoir du mal à comprendre cette question.

« Bien sûr, répondit-elle, sa notion de la pauvreté étant nettement différente de la leur. Et si vous le trouvez, je vous paierai quatre fois plus. »

15

Le diamant disparu

La surface de l'eau reflétait le ciel couleur lapis-lazuli et les fines volutes des cirrus tandis que les ondulations que dessinait la brise y faisaient étinceler la lumière du soleil. L'étrange cri d'un butor retentit dans les roseaux qui se balançaient en s'effleurant les uns les autres.

La chaloupe était toujours là, à moitié immergée, sa proue enfoncée dans la terre et sa poupe oscillant doucement. On n'y avait apparemment pas touché depuis que sir Jonas Moore et ses hommes avaient levé le camp en emportant ce qu'il restait de Hudson.

Harry plongea la main dans l'eau qui remplissait la chaloupe, troublant sa surface semblable à un miroir ; le froid lui engourdit aussitôt les doigts. Il explora les planches que les algues avaient rendues glissantes à la recherche de quelque chose de suffisamment gros pour contenir le Sancy, allant jusqu'à espérer sentir la surface même du diamant. La vase s'agitait dans l'eau, qu'elle rendait totalement opaque. À part le trou que l'on avait percé dans la coque pour faire couler le canot, il ne tomba que sur d'autres lambeaux du sac de Hudson. Sir Jonas Moore n'avait pas jugé bon de récupérer ces vieux morceaux de tissu.

Le colonel Fields se tenait à la poupe de la chaloupe, là où était peint le mot *Incassable* dont les lettres étaient désormais usées et délavées. Plissant les yeux à cause du soleil qui l'éblouissait, il balayait du regard l'ensemble du paysage comme si le diamant avait pu simplement lui apparaître au milieu d'un massif de roseaux ou sur la branche d'un arbre rachitique et tordu, scintillant pour lui dans cette lumière éclatante. Avec ce temps aussi clair que glacial, le moindre détail du panorama plat jusqu'à l'infini se distinguait avec netteté, comme s'il voulait s'imprimer sur l'œil, à la manière de l'aiguille de M. Newton.

Les ouvriers avaient terminé de combler la brèche qui s'était ouverte dans la berge et étaient repartis. Tout était calme ; ils ne virent que deux bateaux emprunter l'Ouse. Le niveau de l'eau était le même de part et d'autre de l'écluse, ce qui leur permettait de naviguer librement. L'une des embarcations remontait le fleuve en direction de Cambridge, l'autre le descendait pour gagner King's Lynn, que Harry, Fields et Grace avaient quitté à cheval le matin même.

Grace se tenait à l'écart des deux hommes et loin du bateau mais, cette fois-ci, c'est elle qui l'avait voulu. Elle n'avait pratiquement pas réussi à dormir de la nuit, ressassant leur entretien avec la duchesse. Harry s'était comporté comme un petit caniche, qui voulait à tout prix lui plaire et qu'elle lui prête une attention particulière. Hortense avait même laissé un long moment sa main posée sur sa cuisse, et il n'avait pas esquissé le moindre geste pour qu'elle la retire. Et quand ils s'étaient dit au revoir, la proposition que lui avait faite la duchesse – et étant donné que rien ne laissait entrevoir qu'elle puisse s'attendre à un refus, il s'agissait donc en réalité plutôt d'un ordre –, à savoir qu'elles rentrent ensemble à Londres, n'avait par ailleurs rien fait pour atténuer sa rancœur. Grace n'avait pas plus envie d'être son amie que son jouet. Les points communs que l'on pouvait leur trouver – leur choix de s'habiller en homme si les circonstances le réclamaient, ou les tractations de leurs oncles respectifs pour leur trouver le mariage le plus glorieux possible – étaient insignifiants en comparaison de ce qui les différenciait. Grace avait eu vent des rumeurs qui couraient au sujet de la relation, scandaleuse, qu'entretenait la duchesse avec la fille du roi, Anne, comtesse de Sussex. D'ailleurs, qui n'en avait pas entendu parler ? La rumeur en bruissait à travers tout Londres.

N'ayant absolument aucune idée des pensées qui occupaient l'esprit de Grace, Harry continua à fouiller l'intérieur de la chaloupe, sans le moindre résultat. Rien sous les sièges ou à l'intérieur du compartiment aménagé sous la poupe.

Il se releva, frissonnant, secouant son bras engourdi pour se débarrasser de l'eau, et redescendit sa manche.

« Que faire, colonel ?

– Jamais nous ne le trouverons, lui répondit Fields sur un ton lugubre. Regardez à quelle distance du canal ce bateau a été entraîné. Le diamant a pu tomber n'importe où entre ici et là-bas. » Le colonel désigna l'endroit où la berge s'était effondrée, là où le bateau avait été comme recraché par la New Bedford. « Tout cela en supposant que le nain l'avait sur lui. »

Harry parcourut du regard la ligne que formait le bras tendu de Fields. Le vieil homme avait raison, bien sûr. Mais la somme d'argent que leur offrait la duchesse allait changer son destin. En guise de réponse, il s'accroupit derrière le bateau et chercha en tâtonnant dans les roseaux quelque chose de dur, de pointu et taillé à l'indienne.

Fields leva les yeux au ciel et contracta les muscles de sa mâchoire de façon impressionnante, mais se pencha lui aussi sur le sol mouillé et entreprit de chercher sous le canot. Prenant chacun l'embarcation par une extrémité, ils la soulevèrent en poussant un grognement et la déplacèrent. Le vieux bois s'affaissait, la chaloupe était sur le point de tomber en morceaux. Ils cherchèrent dans le creux laissé par la coque, mais ne trouvèrent rien qui en valait la peine. Ils ne firent que déranger une vipère, qui s'enfuit précipitamment juste avant que Harry ne pose la main dessus.

Grace les observa pendant un moment tandis qu'ils poursuivaient ce qui promettait d'être une recherche infructueuse, avant de décider qu'elle ne pouvait pas rester comme ça les bras croisés. Elle avança, dépassa le colonel Fields tout en veillant à se tenir à bonne distance de Harry, et se mit à balayer le sol sous l'eau. Ses doigts ne rencontrèrent que des brindilles et des pierres.

Tous les trois, ils cherchèrent autour du bateau. Parfois, l'un d'eux remontait quelque chose, le nettoyait dans l'eau avant de le sécher en le secouant. Ils ne trouvèrent rien. Aucun autre objet : pas de pièce de monnaie, pas de morceau de tissu et certainement pas le Sancy. Harry ramassa même le vieux boulet de canon qui avait servi à assassiner Hudson, tout en sachant pertinemment que le diamant ne pouvait pas être au-dessous, car c'était lui-même qui l'avait posé là.

Ils parcoururent consciencieusement l'espace qui séparait le canot de la berge, au cas où le diamant se serait échappé lorsque la chaloupe avait glissé jusqu'à l'endroit où elle s'était échouée. Explorer ces quelques mètres leur prit près de deux heures. Lorsqu'ils eurent examiné le sommet du remblai qui venait d'être réparé, ils regardèrent l'eau sombre de la rivière qui coulait devant eux.

« Même vous, Harry, devriez abandonner à présent », dit le colonel Fields, que tous ces efforts faisaient grimacer et qui essayait de ramener ses genoux à la vie en appuyant dessus. Son visage était pâle et ses yeux humides. « Ce n'est que le vent, dit-il en réponse au regard inquiet de Grace.

– Nous avons suffisamment cherché, Harry, affirma celle-ci, regardant ses doigts ridés et gourds en lieu et place de celui à qui elle s'adressait. Il faudrait une armée pour avoir une chance de le trouver, si tant est qu'il soit ici. Que le capitaine Hudson l'ait eu en sa possession n'est qu'une supposition de la duchesse. Abandonnez maintenant, ou cette recherche va vous rendre fou. »

Harry ne répondit pas ; au lieu de cela, il regarda tout autour d'eux, recroquevillant ses orteils à l'intérieur de ses bottes humides. Il ne sentait plus ses mains.

« Alors, Harry, quelle est la suite ? » demanda Fields, toujours penché en avant, les mains cramponnées à ses genoux.

Une sombre sensation envahit l'estomac de Harry, bilieuse et noire, accompagnée de la certitude que, quelle que soit sa décision, ce serait la mauvaise.

Deux mille livres.

« Rentrons à Londres », dit-il.

16
Le pénible retour

C'était le siège le plus inconfortable sur lequel il se soit jamais assis.

Harry méditait là-dessus depuis plusieurs kilomètres, tandis qu'ils étaient ballottés sur une route cahoteuse. Les coussins n'étaient d'aucune efficacité. Leur rembourrage ne consistait plus qu'en quelques boules compactes et irrégulières qui lui pénétraient cruellement dans les fesses. Chaque fois que la roue de la voiture rencontrait un trou, une ornière ou une pierre, le choc faisait craquer tout son corps. Il avait le bassin totalement endolori et, à chaque secousse, il sentait des picotements en bas de sa colonne vertébrale. Lorsque les chevaux ralentissaient, pour repartir ensuite de plus belle, les embardées des brancards le projetaient en avant, puis en arrière. Tous les occupants de la voiture étaient constamment en train de se tortiller en quête d'une position qui soulagerait leur inconfort. De temps à autre, l'un d'eux émettait un grognement quand de l'air s'échappait de sa bouche. Plus rude était le choc, plus ils étaient nombreux à grogner de concert, échangeant des regards pour se signifier mutuellement toute leur compassion.

Il y avait bien longtemps que la moindre conversation s'était tarie. Grace, qui était en face de lui, n'avait pas prononcé un mot de tout le trajet, choisissant de fixer un endroit où le revêtement en tissu de la voiture commençait à partir en lambeaux. Ses mains étaient posées sur ses genoux, les doigts étroitement serrés.

Harry contemplait la forme de son poignet qui disparaissait de la façon la plus tentante qui soit à l'intérieur de sa manche, ainsi que le fin lacis de ses veines sous sa peau pâle et douce.

Elle sentit son regard et releva légèrement la tête, mouvement qui suffit à témoigner de l'ampleur de son mécontentement.

Harry poussa un énorme soupir. Il retira ses lunettes et frotta la partie de son nez sur laquelle elles reposaient. Il n'arrivait pas à croire que Grace puisse se comporter ainsi simplement à cause du petit jeu de séduction de la duchesse. Telle était la nature d'Hortense – elle aurait agi de la même façon avec n'importe qui d'autre. Grace ne pouvait-elle pas comprendre cela ?

À côté de lui, le colonel Fields, le visage gris, haletant, éreinté par tous ces déplacements, était plongé dans son *Livre de la prière commune*. Chercher le diamant dans le sol gorgé d'eau avait épuisé ses dernières réserves d'énergie. Le colonel avait beau avoir insisté pour partir avec lui, Harry continuait à se sentir coupable d'avoir exposé le vieil homme à de telles épreuves au lieu de le laisser à la chaleur de Half Moon Alley en compagnie de Mme Hannam.

Harry écarta le rideau qui battait contre la fenêtre. Pour ce qui était d'empêcher le froid d'entrer, celui-ci était parfaitement inutile, par conséquent personne ne s'en plaignit. Il regarda défiler la campagne. De petits villages, des champs et des fermes apparaissaient pour aussitôt disparaître. Au bout d'un moment, Harry finit par avoir l'illusion que tout avançait dans leur direction tandis que la voiture restait immobile.

À mesure que l'on approchait de Londres, le paysage devint de moins en moins plat. Il laissa retomber le rideau, cachant aux autres la vue du riche village de Tottenham, avec ses grandes maisons, ses moulins et les charmantes prairies qui l'entouraient.

Ils n'avaient pas trouvé le Sancy, mais cela ne contredisait pas l'hypothèse de la duchesse selon laquelle le capitaine Hudson l'avait sur lui, car le diamant pouvait facilement leur avoir échappé. Ou bien Hudson avait pu l'envoyer quelque part, ou encore l'entreposer ailleurs. Mais le retrouver semblait tout aussi probable que voir Tottenham devenir une ville française.

Cela ne faisait que le distraire de sa mission, décida Harry, le distraire inutilement et il fallait arrêter d'y penser. Le Sancy pouvait être n'importe où. Il travaillait désormais pour le conseil de l'artillerie et devait suivre les instructions de sir Jonas Moore, pas celles d'Hortense Mancini.

Il s'aperçut que Fields lui souriait.

« Vous ne m'avez pas entendu, car vous étiez plongé dans vos pensées.

– Désolé, colonel.

– Je peux deviner quelles étaient ces pensées. Je parie que je ne serais pas loin de toucher en plein dans le mille.

– Je suis en train de me remémorer tout ce que nous avons appris jusqu'à présent, afin d'être prêt à faire mon rapport à sir Jonas.

– Vous pensiez plutôt au diamant, n'est-ce pas ? »

Harry fit la grimace.

« Je ne peux pas me le permettre. Je dois retrouver l'homme qui prétend être le capitaine Hudson. Tel est le souhait de sir Jonas. Je dois interroger Eugène de Beauchene, le capitaine de l'*Incassable.* Il a peut-être des informations au sujet du véritable Hudson. Il vit à Paris, c'est du moins ce qu'on nous a dit au comptoir de la Hanse. Je me demande si sir Jonas serait prêt à me payer le voyage jusqu'à Paris.

– Ne préférerait-il pas envoyer une lettre ? Je remarque que vous avez dit "me payer". Si sir Jonas vous ordonne de partir là-bas, me permettriez-vous de vous accompagner ?

– Je vois combien être venu dans les Fens vous a déjà fatigué.

– Il semblerait en effet que je doive désormais tenir compte de mon âge. C'est une réalité déprimante sur laquelle je ne tiens pas à m'appesantir. Je crois que je peux encore vous aider si vous voulez bien que je vienne avec vous.

– Si ce n'est que pour me tenir compagnie, je serais heureux que vous partiez avec moi. Mais je suis persuadé qu'en réalité vous ne vous contenterez pas de simplement faire acte de présence. »

Fields regarda tristement Harry. L'expression de son visage ne s'égaya guère, pas plus que sa voix.

« Le nain et le diamant. Trouver l'un pourrait mener à l'autre.

– Cette pensée semble vous attrister.

– Je ne voudrais pas vous décourager. C'est un pressentiment, peut-être. Vous vous exposez à bien des dangers. Et cela ne me procure aucune joie. » Fields retira ses incisives, celles d'un mort qu'on lui avait greffées après la bataille d'Alton. « Je pense que la duchesse le sait. C'est pour cela qu'elle vous a promis une si forte récompense.

– Si jamais nous trouvons le Sancy, je partagerai avec vous, bien sûr. »

Grace changea de position sur la banquette de la diligence avec autant de raffinement que d'ostentation et, pour la première fois de leur long voyage, elle prit la parole. Sa voix était tendue.

« Vous êtes bien généreux, n'est-ce pas ? Je remarque qu'aucun d'entre vous n'a évoqué le fait que *je* poursuive l'aventure avec vous. »

Harry écarquilla les yeux comme si elle venait de le gifler.

« Il est totalement saugrenu d'envisager que je puisse vous emmener en France. C'est bien trop dangereux. Vous avez participé à cette expédition en usant d'un subterfuge. Et sans y avoir été invitée.

– Sans y avoir été invitée ? » Son visage avait viré à l'écarlate. « Je vois. »

Il y eut un long silence, uniquement troublé par le cliquetis des roues et la respiration difficile des deux passagers en colère. Les autres voyageurs entassés en leur compagnie à l'intérieur de la voiture ne disaient pas un mot, trop occupés à écouter leur prise de bec.

« Ça n'a pas grande importance, finit par dire Grace, ramenant son regard sur le tissu déchiré. J'ai d'autres admirateurs. Peut-être eux m'emmèneront-ils là où j'ai envie d'aller. »

17
La convocation à Whitehall

Harry accueillit avec autant de plaisir le vacarme de la ville que son aspect oppressant. Il avait trouvé le silence des Fens bien trop perturbant ; ça l'avait d'ailleurs empêché de dormir. Même à Cambridge et King's Lynn, deux villes plutôt animées, l'absence d'un véritable brouhaha l'avait fortement dérangé. Sentir à nouveau les parfums de Londres, où dominaient l'odeur de sang et de viande crue de Leadenhall Market, agrémentée de celles du marché aux herbes, lui prodigua également du réconfort.

Leur véhicule remonta lentement le long de Cornhill et s'arrêta au poste. Mme Hannam, le visage luisant à cause du froid, les y attendait. Quand elle aperçut Harry à la fenêtre de la voiture, elle se mit à agiter frénétiquement les bras. Il s'écarta pour laisser Fields descendre le premier et veilla à ne pas effleurer Grace, qui semblait toujours énervée contre lui.

Fields, heureux de remettre le pied sur la terre ferme, trotta jusqu'à Mme Hannam. Elle se laissa engloutir par son étreinte, s'engouffrant dans son manteau de militaire tout décati et relevant son montero pour mieux voir son visage et l'embrasser joyeusement.

« J'ai eu un curieux pressentiment, dit-elle. Je savais que vous seriez dans cette voiture-là. Je suis venue tout spécialement vérifier. »

Mme Hannam avait toujours été superstitieuse. Harry se demanda si, au lieu d'avoir un quelconque lien mystique avec le colonel, elle n'était en fait pas venue à Cornhill chaque jour qu'avait duré leur voyage, en espérant son retour.

Harry laissa Grace descendre avant lui. C'est presque au pas de course qu'elle dévala les marches qu'avait installées le cocher, sans regarder une seule fois derrière elle. La dernière chose que Harry vit d'elle fut le tricorne qu'elle avait emprunté à Denis Papin flottant devant la façade criarde de l'East India House.

Harry se passa la main dans les cheveux d'un air abattu. Il préféra attendre que l'on détache et descende leurs bagages du toit de la voiture plutôt que de s'approcher du torrent de passion du colonel et Mme Hannam. Ils continuaient à se toucher avec affection et chacun regardait au plus profond des yeux de l'autre, comme pour vérifier que l'objet de son amour était exactement tel qu'il l'avait quitté. Les voir étaler ainsi leurs sentiments le mettait mal à l'aise. Il lui vint à l'esprit qu'il serait temps de se trouver un nouveau logement.

Enfin, le couple se sépara. Mme Hannam voulant passer par Princes Street pour acheter un chou, ils remontèrent Cornhill ensemble. Harry ouvrait la marche, portant ses bagages et ceux de Grace. Dans son dos, Mme Hannam et Fields discutaient, surexcités, se coupant la parole, terminant chacun les phrases de l'autre, comme des amoureux deux fois plus jeunes. Fields parla des Fens, de Cambridge et de King's Lynn, et précisa qu'il n'avait *absolument pas* souffert de tous les efforts physiques auxquels il avait été soumis. De fait, lui expliqua-t-il, il se sentait revigoré par son voyage et rajeuni par le temps qu'il avait passé à cheval, qui lui avaient rappelé l'homme qu'il était autrefois – il dit cela en riant après qu'elle l'eut pincé d'un air malicieux, lui faisant comprendre qu'il n'en avait pas terminé avec les activités physiques.

Harry savait qu'il aurait dû être plus heureux pour eux. Mais il ne ressentait qu'une bien peu reluisante jalousie. Une mesquinerie tout à fait honteuse, mais irrépressible, qui remontait à la surface comme l'eau de Turnmill Brook.

Lorsqu'ils passèrent devant le Royal Exchange, un homme vêtu d'une cape violette et qui attendait au coin de Pope's Head Alley traversa la rue dans leur direction. Grand, mince, les joues creuses, il portait sa ceinture d'épée non pas en bandoulière mais à la française, autour de la taille.

Harry, pressentant que cet homme voulait lui parler, commença à ralentir. L'assurance dont faisait preuve l'inconnu indiquait qu'il ne s'agissait pas d'un voyageur souhaitant demander son chemin.

« Vous êtes M. Henry Hunt. »

Une affirmation plutôt qu'une question, prononcée sur un ton monocorde.

« Oui », répondit machinalement Harry.

L'idée ne lui était pas venue qu'il aurait peut-être été préférable de dire non. Cela n'aurait sans doute pas changé grand-chose car l'homme aurait facilement pu le retrouver à un autre moment. Chez lui à Half Moon Alley, ou à Gresham's College. Ou plutôt, désormais, se fit-il la réflexion, à l'armurerie de la Tour, siège du conseil de l'artillerie.

« Je vous prie donc de venir avec moi, s'il vous plaît. À Whitehall. Le lord grand trésorier Danby souhaite vous poser quelques questions.

– Lui poser quelques questions ? Pourquoi ? » demanda Fields, venant s'interposer entre Harry et l'inconnu.

Mme Hannam resta en retrait, la main devant sa bouche ouverte.

« Sont-ce vos affaires ? demanda la voix monocorde.

– Il est en état d'arrestation ?

– Non, non, répondit l'homme. Il ne s'agit pas d'une arrestation. Mais d'une sollicitation. »

Fields rapprocha son visage de celui de son interlocuteur, jusqu'à en paraître menaçant.

« Avec Danby, ça ne fait aucune différence.

– C'est vous qui l'avez dit, monsieur, pas moi. Qui êtes-vous ? »

L'homme n'avait pas reculé d'un pouce.

« Je ne connais pas cet homme, dit Harry à l'inconnu, en repoussant Fields. Merci de votre intervention, monsieur, mais je vais aller avec lui.

– Non, non, Harry, ne me dites pas non. Je tiens à venir avec vous. J'insiste. »

Fields se tourna pour étreindre brièvement Mme Hannam, qui semblait particulièrement inquiète. L'homme de confiance de lord Danby, Richard Merritt, haussa les épaules : cela lui était parfaitement égal.

18
Le bureau de lord Danby

Le palais ne se trouvait qu'à un peu plus de trois kilomètres de Cornhill. Le carrosse de Merritt les emmena jusqu'à Whitehall, une rue si large qu'elle ressemblait davantage à une place. Ils passèrent devant la maison des Banquets, là où avait été dressé l'échafaud pour l'exécution de Charles Ier, puis franchirent la porte Holbein.

Ils descendirent du carrosse pour effectuer le reste du trajet à pied.

Par sa façon de se mouvoir, en balançant ses jambes longues et grêles, et avec ses genoux qui semblaient s'articuler en cliquetant à chaque pas, Merritt faisait penser à un insecte. Tout en le suivant, Harry et Fields échangèrent des regards inquiets. Mme Leach ne leur avait-elle pas parlé d'un homme grand et mince qui portait une cape violette ?

Le palais était constitué de tout un assortiment de bâtiments disparates. Comme ils empruntaient un étroit passage qui longeait le court de tennis coincé entre deux murs aussi hauts qu'oppressants, ils eurent l'impression de se rendre chez le lord grand trésorier en progressant à l'intérieur d'un entonnoir.

Merritt leur désigna la solide porte noire d'un modeste bâtiment de briques rouges, dont on voyait qu'il avait été construit tout récemment car sa façade n'avait pas encore subi les dégâts qu'infligeait l'air londonien. Rien, dans cette simple maison de quatre étages qui se dressait à la place des ruines du Cockpit Theatre, ne laissait présager du pouvoir de l'homme qui y résidait.

À l'intérieur, le vestibule de couleur vive était meublé avec sobriété : rien qui ne soit pas à sa place, des murs nus, sans la moindre fioriture. Impossible de déduire quoi que ce soit quant à la personnalité de Danby à partir de ce décor. Peut-être, supposa Harry, que cette simplicité reflétait le caractère de l'individu qu'il s'apprêtait à rencontrer.

Un jeune homme, encore plus jeune que Harry, leur adressa un sourire mal assuré, comme s'il avait changé d'avis au moment même où il l'esquissait.

« M. Henry Hunt ? » demanda-t-il d'une voix étonnamment grave, indiquant qu'il avait déjà commencé à muer.

Quand Harry eut acquiescé, il alla toquer doucement à une haute double porte parfaitement cirée et aux poignées en cuivre beaucoup trop grandes, derrière laquelle il s'engouffra.

Harry s'attendait à ce que le jeune homme revienne, mais il n'en fut rien. Merritt les abandonna à son tour pour se rendre dans un autre bureau, dont la porte était nettement plus petite. Harry et Fields se retrouvèrent à faire les cent pas à l'intérieur du vestibule, dans un silence qui n'avait d'égal que leur embarras. Il y avait une chaise installée contre le mur ; Harry se demanda si s'asseoir dessus serait mal vu. Repensant aux paroles de Grace – il accordait trop d'importance à ce que les autres pensaient de sa personne, surtout ceux qui étaient au-dessus de lui –, il continua malgré tout à se poser la question.

Avant qu'il ait pris sa décision, le jeune homme réapparut et fit signe à Harry, et seulement à lui, d'entrer. Au moment de franchir la porte, Harry se retourna pour adresser un regard plein d'inquiétude à Fields, qui lui répondit par un demi-salut.

Il pénétra dans le bureau de lord Danby.

Derrière la table, l'essentiel du mur était occupé par une énorme horloge qui aurait semblé davantage à sa place sur la façade d'une église. Elle indiquait – très clairement – qu'il était 19 h 10. L'aiguille des minutes se déplaçait en vibrant sur toute sa longueur, comme si elle tirait un plaisir sensuel du temps qui passait. Elle rappela à Harry la façon de marcher de Merritt.

Sous l'horloge était assis Thomas Osborne, comte de Danby.

Comme il n'y avait pas de chaise, Harry fut contraint de rester debout, face à lui, ce qui lui donna le sentiment d'être totalement à nu – et était indéniablement l'effet recherché. Danby avait un visage mince et allongé, orné d'une moustache sur laquelle il tirait tandis qu'il examinait Harry. Chargé de trouver de l'argent pour le roi et de contrôler ses dépenses, Danby avait plus de pouvoir que n'importe qui d'autre au sein du gouvernement, y compris, beaucoup en convenaient, le roi lui-même. Tout le monde savait que, pour affermir sa position, il disposait de tout un réseau d'espions, lesquels avaient autant pour fonction d'assurer la sécurité du souverain que la sienne. Il était extrêmement impopulaire à la cour, et l'on racontait qu'il n'avait aucun ami. Assis tel qu'il l'était sous son horloge, cela ne semblait absolument pas le déranger.

« Vous avez rencontré sir Jonas Moore. À l'écluse de Denver. »

Face à une entrée en matière aussi abrupte, Harry ne put qu'acquiescer.

Danby renifla brièvement, comme s'il respirait des sels.

« Vous auriez pu attraper une de ces fièvres qui vous abattent un homme, là-bas, au milieu des roseaux. Beaucoup ont trouvé la mort dans cette région inhospitalière. » Il parlait vite, entrecoupant ses phrases de courts silences. « C'était bien un de ces infortunés que vous êtes allé voir à l'invitation de sir Jonas Moore ? Même si, à ce que j'ai entendu, ce n'est pas la nature qui a mis un terme à la vie de cet individu, mais la main cruelle d'un de ses semblables. »

Harry, qui ne voulait pas porter tort à son nouvel employeur, ne savait pas ce qu'il pouvait révéler concernant les affaire de sir Jonas. Même le conseil de l'artillerie craignait la puissance de Danby.

« Les choses se sont passées comme vous le dites, milord. On a en effet découvert là-bas un cadavre. »

Cette réponse parcimonieuse sembla plaire à Danby, car sa bouche aux lèvres fines s'allongea sur son visage. Mais il n'y avait pas la moindre chaleur dans ses yeux, qui regardaient Harry avec détachement, comme il aurait observé se débattre un scarabée renversé sur le dos.

« C'est le capitaine Jeffrey Hudson que l'on a trouvé là-bas, monsieur Hunt. Lequel a jadis été le nain de la reine Henriette-Marie. » Il tira sur sa moustache. « Vous êtes l'assistant de Robert Hooke, n'est-ce pas ? En qualité de *Greshamite*.

– Plus maintenant, milord. Je travaille désormais pour le conseil de l'artillerie.

– À la suite de votre expérience qui s'est mal terminée. »

Était-ce sir Joseph Williamson, le président de la Société royale, qui avait parlé à Danby de sa tentative de produire de l'électricité en pressant un os ? En réalité, n'importe quel *fellow* aurait pu le faire, conclut Harry.

« Mon départ n'est pas dû à cela. »

Danby haussa un sourcil dubitatif.

« La proposition de sir Jonas était très généreuse.

– Il n'avait pas encore entendu parler de votre échec. Vous avez profité de son ignorance. Bravo. Vous avez très bien fait.

– Je pense qu'il m'aurait engagé même s'il en avait eu connaissance, milord », répondit sèchement Harry.

Danby lui décocha un sourire espiègle.

« Je vous taquine, monsieur Hunt. M. Hooke, je le sais, est tout le contraire d'un homme généreux.

– Mais, milord, ce n'était pas uniquement… »

La main levée de Danby mit fin aux protestations de Harry.

« La Société royale fait connaître les travaux des *virtuosi* aux curieux, aux commerçants, aux artisans. Des hommes pragmatiques, comme vous. » Il arbora son demi-sourire. « Le roi vous tient en haute estime pour votre pragmatisme. Depuis l'affaire du garçon vidé de son sang, l'année passée. Et surtout après ce qui est arrivé lors de la procession papale organisée par Shaftesbury. Que vos services méritent d'être onéreux, je suis parfaitement d'accord là-dessus avec sir Jonas. »

Danby avait beau avoir employé le mot « onéreux », Harry savait que le roi payait le lord grand trésorier cent fois plus qu'un observateur de la Société royale. Sans parler de l'argent que Danby engrangeait en monnayant certains services. Même avec le salaire majoré que lui versait désormais le conseil de l'artillerie, l'écart demeurait gigantesque.

Lord Danby continua :

« Tout comme Sa Majesté, je me préoccupe de votre avenir. Je vous ai fait venir ici afin de vous faire une proposition. Selon Titus Oates, dont le témoignage a retenu toute l'attention de la nation, Hudson… le second Hudson, devrais-je dire, puisque nous savons désormais qu'il s'agit d'un imposteur… serait un espion français. Sir Jonas pense de son côté qu'il travaille pour le conseil de l'artillerie et qu'il espionne à son profit.

– Croyez-vous Oates, milord ?

– Peu importe que je le croie ou non. Les gens doivent voir en moi quelqu'un qui fait tout son possible pour démasquer ces perfides catholiques. Faute de quoi je risquerais d'être accusé de ne pas en faire assez. Oates donne des noms aussi facilement qu'il lâche un pet. Il a rédigé quatre-vingt-un articles sur le complot des jésuites.

– Quatre-vingt-un, milord ? N'y en avait-il pas quarante-trois à l'origine ?

– Plus le complot est supposé prendre de l'ampleur, plus on peut dénombrer de preuves. De preuves de plans ourdis contre notre roi et la sûreté de notre nation.

– Il se surnomme lui-même sauveur de la nation.

– En effet. Et le peuple aussi. Il exerce une telle emprise sur l'imagination de la population que je crains que nous tombions tous avant que tout cela soit terminé. » Danby semblait tout sauf inquiet. Il sourit à nouveau, cette fois-ci en dévoilant ses dents. Ses yeux demeuraient toutefois aussi peu expressifs que ceux d'un poisson. « Oates dit que le nain a des sympathies catholiques. Un homme dangereux, donc, pour quelqu'un d'aussi petit. Et voilà qu'au moment précis où apparaissent les preuves d'Oates, le cadavre de l'homme dont il a prononcé le nom apparaît lui aussi. Et voilà qu'au moment précis où apparaît ce cadavre, l'homme qui utilise le nom de Hudson, lui, disparaît. À présent, écoutez-moi bien, car c'est pour cela que je vous ai fait amener ici. D'après mes renseignements, on a vu cet homme prendre la fuite à destination de la France. Il est parti de Clacton. Il y a là-bas beaucoup de contrebandiers, il lui était donc facile de trouver un capitaine prêt à l'emmener. Il a débarqué à Dunkerque, il y a trois jours de cela. Même si nous avons vendu le port aux Français, nous avons encore des agents là-bas. L'arrivée d'un nain anglais est quelque chose qui se remarque. Il a ensuite pris une voiture pour Paris. J'aimerais que *vous* alliez le retrouver là-bas.

– Je n'ai pas encore vu sir Jonas, et ne lui ai donc pas fait mon rapport, ni n'ai reçu d'instructions de sa part.

– Sir Jonas a laissé ce nain le duper. Il compte sur vous pour sauver sa réputation. Il n'a pas encore informé le roi de la trahison de cet individu, mais Sa Majesté finira tôt ou tard par le savoir. Toujours est-il que, tant que vous m'aidez moi, vous continuez à l'aider lui. Moi aussi, je désire retrouver l'homme qui se fait appeler Jeffrey Hudson. Même s'il n'en a aucun droit, mis à part le fait qu'il partage sa petite taille. »

Danby se leva. Debout, il était beaucoup plus grand que Harry.

« Vous aurez besoin d'une lettre d'introduction auprès du chef de la police de Paris. Son nom est M. Gabriel Nicolas de La Reynie. C'est un homme redoutable. Un érudit, également. Il aime Aristote. Je suis sûr que vous vous apprécierez mutuellement. Emmènerez-vous le vieux colonel, comme vous l'avez fait dans les Fens ?

– Je doute qu'il veuille venir avec moi en France, milord. »

Harry ne pouvait pas demander à Fields d'aller à Paris. Ce dernier devait rester à l'abri, chez lui, en compagnie de Mme Hannam.

« Demandez à sir Jonas une lettre pour assurer vos arrières à tous les deux, si le colonel accepte de vous accompagner. Vous aurez également besoin de passeports. Avez-vous bien retenu le nom ? La Reynie. »

Harry hocha la tête pour signifier que c'était bien le cas.

« Une dernière chose. Si Mlle Hooke souhaite vous accompagner, dites-lui non. Elle ne doit pas être impliquée dans cette affaire. »

Danby semblait tout savoir. Ses espions, qui qu'ils puissent être, étaient terriblement efficaces.

« Non, milord. Milord ? »

Danby le regarda de ses yeux vides.

« Je vois que vous prenez soin de ne pas écrire la lettre vous-même.

– Vous êtes très observateur, monsieur Hunt, exactement comme me l'avait dit Sa Majesté.

– Vous avez également veillé à ce que personne d'autre n'assiste à notre entretien.

– Cela ne fait que confirmer la confiance que j'ai en vous. Vous travaillez pour sir Jonas, pas pour moi. Cependant, n'oubliez jamais que vous travaillez pour moi.

– Que pensez-vous qu'il puisse arriver, pour instaurer une telle distance entre vous et cette affaire ? »

Pour la première fois, Danby parut mécontent.

« S'il y a la moindre merde, je préfère être à l'extérieur de la ferme. » Il appela en direction du couloir : « Assistant ! »

Merritt entra dans la pièce.

« M. Hunt s'apprête à partir à Paris, lui dit Danby. Il va avoir besoin d'argent français. Des pistoles. »

Merritt repartit pour se rendre à la chambre forte.

« Ramenez le nain à Londres, dit Danby à Harry. Je vous rendrai la vie difficile si vous ne le faites pas. »

En vibrant, la grande aiguille de l'horloge avança d'un cran.

19

Les eaux tumultueuses

Harry avait déjà entendu parler de La Reynie. Sa renommée avait gagné Londres par le biais des feuilles d'informations. On le connaissait sous le nom de *Monsieur de Paris**. Les lanternes qu'il avait fait installer dans les rues de la capitale française rendaient celle-ci beaucoup plus sûre que Londres, les malfaiteurs étant réticents à l'idée de travailler en pleine lumière.

Ici, en revanche, on était plongé dans l'obscurité. Le colonel Fields marchait silencieusement à ses côtés tandis qu'ils rentraient à Half Moon Alley. Quand ils se retrouvèrent sur le Strand et passèrent devant Somerset House, Fields prit enfin la parole.

« Pendant les guerres, j'ai rencontré le général Fairfax ici même. » Il désigna l'énorme bâtiment qui se dressait à côté d'eux. « C'était le commandant en chef de l'armée du Parlement. C'est également là que, plus tard, on a exposé la dépouille du lord protecteur Cromwell. Dans la grande salle. »

Les divagations du colonel laissaient entendre qu'il souhaitait aborder un autre sujet. C'est pour cela que Harry ne fut pas surpris lorsque, les yeux toujours fixés sur Somerset House, dont la façade était dissimulée par des échafaudages – c'était Robert Hooke qui dirigeait les travaux de rénovation –, Fields s'arrêta.

« Danby veut que vous alliez en France exécuter ses ordres.

– Oui, répondit Harry.

– Il est impossible de lui dire non.

– C'est un homme trop puissant pour qu'on lui refuse quoi que ce soit. » Harry regarda son ami d'un air soupçonneux. « D'ailleurs, nous pensions que Hudson était parti pour la France.

– C'est vous qui l'avez dit. Vous continuez à vouloir trouver ce diamant.

– Ce que je veux ne compte pas, ça n'a aucune importance. Le lord grand trésorier m'a ordonné de trouver l'homme qui se fait passer pour le capitaine Hudson. Comme sir Jonas.

– Mais vous allez le faire pour la duchesse de Mazarin. »

Agacé, Harry donna un coup de pied dans une pierre descellée qui traînait sur la chaussée.

« Quelle chance ai-je de trouver le Sancy ? On en a perdu toute trace depuis que Hudson l'a pris.

– Vous en avez parlé à Danby ?

– Je ne lui ai rien dit des préoccupations d'Hortense.

– D'Hortense, vous dites ? » Le colonel afficha un sourire sinistre. « Pas "de la duchesse" ? Faites attention, Harry. Vous vous embarquez sur des eaux tumultueuses.

– J'espérais que vous navigueriez sur celles-ci avec moi. Et Danby semble souhaiter lui aussi qu'il en soit ainsi.

– Ah oui ? » Fields parut mal à l'aise. « Venez, rentrons à Bishopsgate et auprès d'Elizabeth. Elle m'a terriblement manqué pendant notre périple dans les Fens, vous savez. Je dois me rattraper. »

Bien qu'il n'y ait eu aucune trace de grivoiserie dans la voix du colonel, Harry se surprit à rougir.

« Et vous devez bâtir un pont par-dessus le fossé qui vous sépare de Grace, ajouta Fields. *Celui qui couvre une faute cherche l'amour, et celui qui la rappelle dans ses discours divise les amis.*

– J'ai toujours ses bagages ; je dois aller à Gresham's avant toute chose.

– Quant à moi, je vais nous trouver un moyen de transport pour la France. »

Harry sentit ses yeux le picoter ; il était au bord des larmes.

« Merci, colonel. Votre amitié compte énormément pour moi. » Il étreignit le vieil homme. « Je ne peux cependant pas encore rentrer à la maison avec vous. Je dois aller à Saint James, voir Hortense... je veux dire, la duchesse. Nous avons besoin d'une autre lettre d'introduction, pour sa sœur qui vit à Paris. »

Lorsque le colonel Fields arriva à Half Moon Alley, Mme Hannam fut incapable de parler, tant elle s'était inquiétée de les voir emmenés subir un interrogatoire. Dans son soulagement, elle se cramponna à lui, aussi fort que l'avait fait Harry.

« Ce qu'on peut faire par amour », dit Fields, essuyant ses larmes de ses baisers.

20

La gouvernante indignée

Le lendemain matin, à Gresham's, la porte des appartements de Robert Hooke demeura obstinément close. Harry toqua de nouveau. Grace l'ignorait. D'ordinaire, à cette heure matinale, M. Hooke était déjà dehors, mais jamais sa nièce. Elle aimait faire la grasse matinée – un sujet à propos duquel son oncle et elle étaient souvent entrés en conflit – même si c'est sans l'ombre d'une hésitation qu'elle avait quitté son lit le matin où ils étaient partis pour Cambridge.

Il s'était comporté comme un imbécile. Cela faisait des années qu'il voulait être avec Grace Hooke. Et pourtant, lorsqu'elle les avait accompagnés, le colonel et lui, à Cambridge, Denver, Oakham puis King's Lynn, il n'avait pas arrêté de se montrer irrespectueux. Et tout particulièrement au cours de leur entrevue avec la duchesse de Mazarin. La sueur commença à lui piquer le dos quand il se rappela à quel point il avait manqué de délicatesse. Grace avait fait preuve d'un immense courage, supportant plusieurs jours de voyage en voiture et à cheval, allant même jusqu'à dormir à la dure au bord des routes. Elle s'était également révélée une interrogatrice hors pair. Elle avait arraché à Isaac Newton l'explication de ses portes à chats. Et si Mme Leach leur avait raconté tant de choses, c'était parce que Grace avait fait preuve à son égard d'une empathie totalement absente chez les deux hommes. À King's Lynn, elle avait trouvé un moyen très simple pour que le patron de la Turk's Head accepte de leur parler, même si cela signifiait dépenser l'argent du conseil de l'artillerie. N'eussent été les incidences de son sexe, pour reprendre l'expression de Japhia Bennett, le vieux marin – qui, lui aussi, s'était montré bien disposé à son égard –, elle aurait pu faire un enquêteur des plus efficaces dans ce genre d'affaires.

Elle avait raison d'être en colère contre lui. Il lui devait de profondes excuses. Et celles-ci seraient sincères, ça ne faisait pas l'ombre d'un doute.

Entendant quelqu'un traverser la place carrée, il se retourna. C'était Mary Robinson, la gouvernante de Robert Hooke, qui avait à la main un panier contenant des légumes et de l'échine de bœuf.

Elle ne lui souhaita pas la bienvenue après son lointain voyage. Au lieu de cela, elle lui décocha un regard plein de méfiance.

« Mary ! Il n'y a personne à l'intérieur ? »

Il souleva les bagages de Grace, ceux qu'elle avait laissés sur le toit de leur voiture.

« M. Hooke est déjà parti, pour s'occuper des travaux de Somerset House. » Elle sortit sa clé de son sac, puis baissa la voix. « Vous avez horriblement offensé Grace. Je le sais, parce qu'elle a inondé mon épaule de ses larmes. Vous avez vexé M. Hooke. Il vous tient pour responsable de l'état dans lequel elle se trouve. »

Harry interpréta la réponse de Mary comme la confirmation que Grace était chez elle.

« Je suis venu pour m'expliquer et lui dire que j'étais désolé. Je pars pour Paris ce matin même.

– Paris ? » Mary ne sembla nullement impressionnée, car la seule chose qui comptait, c'était ce qu'elle avait à lui dire. « Vous aurez besoin de bien plus qu'être désolé ! Vous l'avez prise avec vous, puis abandonnée ! Ce que vous avez pu faire avec elle, jamais elle ne le dira.

– Je ne l'ai pas prise avec moi. Elle m'a accompagné. Et je ne l'ai pas abandonnée. C'est elle qui m'a abandonné, avec ses bagages, au poste de Cornhill.

– Ah, les hommes ! Il est évident qu'elle s'attendait à ce que vous la suiviez. »

Harry lui jeta un regard désespéré.

« Je n'aurais pas pu la suivre. J'ai été convoqué par le lord grand trésorier Danby. »

Mary n'avait pas l'air de véritablement le croire. Harry choisit de ne pas préciser qu'il était parti avec Fields et Mme Hannam dans la direction opposée, l'homme de Danby ne les ayant interceptés qu'au moment où ils passaient devant le Royal Exchange.

« Vous vous imaginez des choses parce qu'elle ne dit rien, mais il n'y a rien à dire. Il ne s'est rien passé de honteux entre nous… si c'est ce que vous sous-entendez. »

Ces paroles n'apaisèrent en rien Mary.

« M. Hooke est furieux contre vous. Vous avez quitté la Société royale, malgré tous les projets qu'il nourrissait à votre égard et le fait qu'il a constamment veillé sur vous. Pour des raisons qu'il considère comme mercenaires. Et ensuite, vous emmenez sa nièce dans les Fens, vous l'exposez aux épreuves et aux dangers.

– Mais Mary, elle…

– Vous lui avez brisé le cœur. Je vous pensais plus digne d'elle. »

Là-dessus, Mary lui arracha les sacs de Grace des mains, puis ouvrit la porte, positionnant son corps massif de façon que Harry n'ait aucun espace à travers lequel se faufiler.

La porte se referma derrière elle. Le heurtoir rebondit dessus.

Abattu, Harry s'apprêta à frapper de nouveau, mais le bruit des pas lourds de Mary en train de gravir l'escalier était implacable.

Alors, il fit demi-tour et traversa lentement la cour carrée. Il entra dans la bibliothèque du collège, à la recherche d'un livre pour son voyage en France.

Lorsqu'il en sortit, il vit une silhouette familière devant la porte de chez Hooke.

Denis Papin lui adressa un signe de la main. Avec un demi-sourire, que Harry interpréta comme un aveu de culpabilité.

Pour lui, la porte était grande ouverte.

21
L'homme bestial

Jaillissant en piqué de la brume, une mouette le surprit de son cri perçant.

Harry était en train d'attendre le colonel Fields sur le quai, tout récemment conçu par Hooke. Son manteau en cuir se révélait peu efficace contre les assauts du vent. C'était une matinée froide. Et elle lui semblait encore plus froide après son passage à Gresham's.

Des nuages sombres paraient tout ce qu'il voyait d'un gris menaçant. L'humidité embuait ses lunettes.

Grace avait refusé de le voir et Papin était passé chez elle. Harry n'arrivait pas à penser à grand-chose d'autre, même lorsqu'il s'était rendu au conseil de l'artillerie, à la Tour de Londres. Sir Jonas, de retour de Denver, lui avait rapidement remis les lettres d'introduction et les passeports dont il avait besoin.

Harry avait gagné le port de Billingsgate dans un état second.

Les docks étaient particulièrement animés. Beaucoup plus trépidants, bruyants et peuplés qu'à King's Lynn. Il était cerné par les coffres, les tonneaux, les caisses, les sacs et les hommes qui les soulevaient. Les débardeurs montaient et descendaient les passerelles, portant en équilibre sur leur tête des charges qui semblaient impossibles. Ils s'exprimaient grossièrement, bruyamment, et avec toute l'arrogance que leur assuraient leur force et leur nombre.

Suivant les conseils de Fields, Harry voyageait léger. Il s'était acheté un sac en toile du même modèle que celui du colonel. Il palpa la bourse d'argent que lui avait remise Richard Merritt et eut l'impression que tous ceux qui le regardaient avaient deviné, tant son visage le trahissait, qu'avec la somme versée par le conseil de l'artillerie, il transportait sur lui l'équivalent d'au moins un an de salaire de la plupart des hommes qui travaillaient sur le port. Ils pouvaient l'en délester aussi facilement qu'ils faisaient rouler un tonneau.

Il s'était également muni de son pistolet amélioré, celui qui avait autrefois appartenu à Henry Oldenburg, le feu secrétaire de la Société royale, ainsi que d'un petit couteau que le colonel lui avait donné la veille au soir, avant de disparaître avec une Mme Hannam qui n'arrêtait pas d'éclater de rire.

Ses joues étaient engourdies, ses lèvres raides et gercées. Il regardait l'eau claquer contre le quai, observait la façon dont elle passait entre les pilotis qui soutenaient les passerelles en bois, les jetées et les débarcadères qui hérissaient le quai principal et restaient le seul moyen d'accéder à chacun des navires amarrés ici pour charger et décharger les marchandises. L'eau était agitée, le fleuve crachant une écume blanche qui lui éclaboussait parfois le visage.

Bientôt, la Tamise allait le mener vers la pleine mer. Il n'avait jamais fait un tel voyage. Il n'avait jamais descendu le fleuve au-delà de Tilbury, le jour où il avait accompagné Hooke pour observer les améliorations apportées à ses fortifications.

Fields était en retard, probablement encore à la recherche d'un capitaine qui accepterait de les emmener. Ils avaient convenu de se retrouver à 11 heures. Il était à présent 11 h 15 passées. Cette attente donna à Harry le temps de méditer sur ses peurs. Peur de Danby. Peur de partir pour la France. Peur de Paris, cette ville inconnue. Peur de *Monsieur de Paris**, La Reynie, qui semblait un homme redoutable. Peur de perdre Grace. Peur d'avoir blessé Robert Hooke – il aurait pu se mettre au service de sir Jonas Moore de façon moins brutale. Hooke, il le savait, était encore plus têtu que sa nièce. Il considérait le fait que Harry travaille pour le conseil de l'artillerie comme une trahison, et il ne lui pardonnerait que très difficilement d'avoir, par-dessus le marché, maltraité sa nièce – car c'était bien ainsi qu'il voyait les choses.

Enfin, Fields apparut, arborant son manteau habituel et son écharpe orange vif. Son épée rebondissait sur sa cuisse alors qu'il avançait vers lui à grands pas. Quand il vit Harry, il lui adressa un signe de la main et accéléra.

« Bon ! Il y a un navire, appelé le *Seraph.* » Il s'arrêta net, essuyant la sueur de son front. Il fit un rapide demi-tour, indiquant la direction d'où il arrivait. « Ils viennent tout juste de lancer un dernier appel aux passagers. »

Harry le suivit. En arrivant devant le bateau, ils virent que sa passerelle était toujours en place. Une famille était en train de la gravir, tâche que le nombre de leurs bagages rendait particulièrement délicate. Un débardeur était monté pour les aider.

Alors qu'ils attendaient, Harry aperçut trois hommes qui marchaient rapidement vers le navire. Des passagers de dernière minute, comme le colonel.

La famille ayant terminé son ascension, Harry et Fields commencèrent à emprunter la passerelle. Fields monta le premier, parfaitement à l'aise, ne manifestant pas la moindre crainte de faire un plongeon dans la Tamise. Harry était plus nerveux. Il lui était difficile de trouver l'équilibre avec son sac, peu commode ; et les retardataires avaient eux aussi commencé à gravir la passerelle, ce qui n'était pas non plus pour l'aider. Un homme d'équipage qui s'impatientait le houspilla. La planche rebondit et l'extrémité qui reposait sur le sol glissa en raclant la pierre. Profondément agacé par tous ces gens qui ne pensaient qu'à eux, Harry se retourna.

Le premier homme du trio avait un front d'une forme étrange : une surface plane tout en os qui se déployait au-dessus du nez, et des yeux particulièrement écartés du fait de la forme même de son crâne.

Il reconnut ce visage. Mais qu'il le voie ainsi à nouveau était totalement impossible. Car il appartenait à un homme qu'il savait décédé : il l'avait vu mourir, il y a de cela longtemps, tué à Aldgate par la foule londonienne.

Un assassin. Un homme dont il avait appris qu'il s'appelait Pierre Lefèvre.

« Courez, colonel ! »

Fields, qui se trouvait pratiquement en haut de la passerelle, n'en fit rien, mais se retourna pour regarder derrière lui.

« Courez ! » lui cria de nouveau Harry.

Au lieu de cela, Fields se campa fermement sur ses pieds et dégaina son épée. Harry le rattrapa et se retrouva en équilibre instable à côté de lui.

Lefèvre et les deux hommes qui le suivaient s'arrêtèrent. Lefèvre leva les deux mains pour montrer qu'il n'avait pas d'arme. Harry savait que cela ne voulait rien dire car il l'avait vu en action et avait appris qu'il ne se mouvait pas comme un homme normal. Lefèvre pouvait réduire l'espace qui les séparait en un instant.

« Un problème ? demanda l'homme d'équipage.

– Des voleurs », répondit Fields.

Harry recula, remontant à tâtons la pente raide de la passerelle, sans quitter Lefèvre des yeux. Il sentait son visage devenir blême. Il était pris du même vertige qui l'avait envahi sur l'observatoire de Robert Hooke. S'il ne quittait pas cette planche instable pour gagner la sécurité du navire, il allait tomber à l'eau.

Voyant l'état de faiblesse dans lequel il se trouvait, Lefèvre avança.

Fields réveilla Harry en l'entraînant avec lui en haut de la passerelle. Au-dessus d'eux, deux autres marins avaient rejoint leur camarade, regardant par-dessus le bastingage. L'un d'eux était armé d'une longue gaffe qu'il pointa en direction des trois individus.

Lefèvre et ses hommes s'arrêtèrent, puis se mirent à descendre lentement la passerelle, à reculons. Fields tenait toujours Harry, pour l'aider à monter. Un marin l'attrapa à son tour. Son geste fit lâcher son épée à Fields. Elle tomba dans la Tamise, provoquant une gerbe d'eau.

« Bon sang de bois ! » jura Fields à pleine voix, chose que Harry ne l'avait jamais entendu faire auparavant.

Le marin reposa sans ménagement ce dernier sur le pont.

Tout en levant la passerelle, l'homme d'équipage donna le signal du départ. Les derniers cordages amarrant le navire au quai furent détachés par les débardeurs, qui restèrent à bonne distance des trois inconnus. Surtout de celui qui était étrange, avec son air bestial. Quel était le problème, ils n'en savaient rien. Une querelle, ou quelque chose de ce genre, probablement une histoire d'argent.

Tandis que le *Seraph* s'éloignait, Harry et Fields demeuraient le regard fixé sur le quai. Il y avait quatre hommes à présent, car un autre les avait rejoints. Tous avaient les yeux rivés sur eux, sans s'en cacher : Lefèvre, les deux individus qui l'accompagnaient et l'homme de confiance du lord grand trésorier Danby, Richard Merritt.

Le visage de Lefèvre affichait une expression qui ressemblait de façon troublante à de la haine pure.

LIVRE II

… la relieure n'est rien qu'un accident & maniere de paroistre, sans laquelle, au moins si belle & somptueuse, les livres ne laissent pas d'estre utiles, commodes & recherchez : n'estant jamais arrivé qu'à des ignorans de faire cas d'un livre à cause de sa couverture, parce qu'il n'est pas des volumes comme des hommes, qui ne sont cognus & respectez que par leur robe & vestement…*

Gabriel Naudé, *Advis pour dresser une bibliothèque* (Paris, 1627)

22

Le prêtre têtu

« Nous sommes innocents. Notre mort est le fruit d'une injustice. Nous prions Dieu de pardonner à ceux qui en sont responsables.

– Toujours aussi têtu », marmonna le bourreau au capitaine des fantassins du roi, qui se tenait à côté de lui.

Le soldat ne répondit pas. Il ne tirait aucun plaisir de ce genre d'événement.

Le billot de boucher attendait devant l'échafaud et, face à lui, se tenaient le prêtre, William Ireland, et le laïc, John Grove. On les avait amenés en traîneau jusqu'à Tyburn et ils étaient déjà en sang, la foule les ayant bombardés de pierres pendant le trajet.

Les hommes qui devaient officier avaient leurs instruments à la main. L'un tenait un couperet. L'autre une scie. Un apprenti poussa le panier fait d'un solide osier au pied du billot. Le jeune garçon semblait pris de nausées. C'était sa première fois à Tyburn.

Ireland et Grove avaient été jugés coupables de complot contre la personne du roi. Ils avaient projeté de l'assassiner à Newmarket. C'est Titus Oates qui les avait entendus en discuter chez Grove, sur York Street, ainsi que dans une autre maison, à Wild Street, près de Covent Garden. Fort heureusement, avait-il déclaré lors du procès, au moment ultime, la pierre à fusil s'était révélée défectueuse. Quant aux autres témoins, ceux qui avaient apporté la preuve que William Ireland se trouvait au pays de Galles au moment où ces rencontres avaient eu lieu, on ne les avait pas crus. Oates avait en outre soudoyé une servante afin qu'elle corrobore son récit.

Le roi, sceptique, avait retardé l'exécution mais, craignant une explosion de colère populaire, il s'était résolu à lui donner son aval.

Ireland avait néanmoins fait un commencement d'aveu : il avait reconnu être un jésuite et avoir cherché à convertir à sa foi autant de personnes qu'il le pouvait.

Crime amplement suffisant.

Le bourreau donna le signal. La chute fut courte. Ce fut Ireland qui, vêtu de sa soutane de jésuite, s'agita le plus. Grove parut davantage accepter son destin.

Le bourreau les observa de près. Les deux hommes ne devaient être décrochés qu'une fois qu'ils ne manifestaient plus le moindre signe de vie, une marque de clémence spéciale, de la part du roi. Quand il fut sûr que tel était bien le cas, il ordonna que l'on dresse l'échelle, en haut de laquelle grimpa l'un de ses employés pour détacher les cadavres.

Grove fut descendu le premier, afin qu'on lui arrache le cœur. L'homme au couperet s'avança pour lui ouvrir la poitrine.

L'apprenti regarda ailleurs. Mais il lui fut impossible d'échapper au bruit.

23
Le fastidieux voyage

Ils traversèrent Wapping, où ils aperçurent un pirate pendu, puis, en croisant le chantier naval de Blackwall Dock, ils virent un navire de la marine dont la construction était presque achevée. Ce furent ensuite d'autres chantiers navals, ceux de Deptford et de Woolwich, puis les fortifications crénelées du port de Tilbury.

Fields continuait à ruminer la perte de son épée mais semblait tout autant ébranlé par sa propre grossièreté.

« *Ne jurez ni par le ciel, ni par la terre, ni par aucun autre serment. Mais que votre oui soit oui, et que votre non soit non, afin que vous ne tombiez pas sous le jugement* », déclara-t-il à Harry en guise d'excuse.

L'eau s'agitait légèrement sous l'effet de la brise. On quitta la Tamise pour la haute mer.

Au moment où le *Seraph* vira pour mettre le cap sur la France, le vent retomba et les voiles se relâchèrent. Peu après s'abattit un brouillard si dense que l'on n'arrivait presque plus à distinguer le gréement, enveloppé par d'épaisses torsades de brume. Leur destination était le port d'Étaples, la côte même où les Romains avaient chargé leur flotte pour envahir la Bretagne. L'équipage avait espéré faire le voyage en un jour. Mais le navire se retrouvant encalminé, ils eurent besoin de trois fastidieuses journées.

C'était la première fois de sa vie que Harry foulait un sol étranger. Les femmes portaient des charlottes et des tabliers tachés de sang de poisson ; les hommes étaient vêtus de blouses. Rares furent ceux qui leur prêtèrent la moindre attention, à lui ou à Fields. Si quelqu'un venait à se poser des questions sur cet étrange duo, l'allure du colonel, avec sa cicatrice qui lui faisait le tour du crâne et sa mine revêche, le dissuadait d'aller plus loin.

Chaque journée fut consacrée à voyager, et chaque nuit à dormir. À mesure que la campagne défilait sous leurs yeux, tout finit par se mélanger en une confusion d'images impossibles à resituer. Jour après jour, ce furent des prés à perte de vue, les mêmes maisons, les mêmes fermes, les mêmes champs que fauchaient des paysans à l'air tranquille et au visage hâlé par la lumière argentée, parfaitement indifférents à leur passage. L'air semblait plus clair, plus transparent, comme s'il était plus fin que celui de l'Angleterre – y compris celui des Fens. Harry lui préférait l'air londonien chargé de suie, celui qui vous collait obstinément à la peau et dont l'épaisseur le rassurait. Leurs étapes nocturnes étaient toutes les mêmes – pour l'essentiel de misérables auberges, malgré la bourse généreusement pourvue dont disposait Harry. Fields lui avait en effet expliqué avec insistance que voyager à plus grands frais risquait d'attirer une attention peu souhaitable.

À force de se déplacer comprimés contre d'autres passagers dans toute une succession de voitures étouffantes et de passer la nuit dans ces auberges, Harry et Fields en vinrent à se lasser l'un de l'autre. Tous les soirs, leur conversation était identique. Que ce soit à Abbeville, Amiens ou Beauvais, Harry ne cessait d'être tourmenté par la présence de Lefèvre à Billingsgate. Il avait pourtant bel et bien vu cet homme mourir.

Accepter leur situation n'avait pas été si difficile – après tout, l'ordre que lui avait donné Danby de retrouver l'homme qui se faisait passer pour le capitaine Jeffrey Hudson correspondait aux instructions de sir Jonas, et la récompense promise par la duchesse de Mazarin pour récupérer le Sancy était particulièrement généreuse –, mais tout était remis en question par la réapparition de Lefèvre ainsi que par la présence, sur le quai, au côté de cet assassin, de Merritt, l'homme de confiance du lord grand trésorier.

Ou bien Danby était au courant que Merritt allait retrouver Lefèvre, ou bien il ne l'était pas. S'il était au courant, soit il avait permis que cette rencontre ait lieu, soit elle s'était faite à son insu. Et s'il n'était pas au courant, c'était que son homme de main la lui avait cachée.

Cette absence de certitude le rendait nerveux. Fields le mit en garde : il était en train de perdre du poids. S'il voulait faire face aux défis qui les attendaient, il avait besoin de prendre des forces, lui expliqua-t-il.

Harry était également extrêmement contrarié par la façon dont il s'était séparé de Grace, surtout après ce que lui avait raconté Mary, et par la colère qu'avait suscitée chez Robert Hooke sa décision de quitter la Société royale. Tout cela commençait à agacer Fields quelque peu : c'était Harry, et seulement lui, qui avait pris la décision de partir, et il devait s'y tenir ; il s'était mal comporté avec Grace et n'avait pas suffisamment essayé d'arranger les choses ; il avait accepté avec trop d'empressement l'offre de sir Jonas et s'était laissé impressionner par la belle duchesse, Hortense Mancini. Il convenait en revanche qu'il aurait été impossible d'opposer un refus à Danby.

Les remontrances du colonel ne manquèrent pas de vexer passablement Harry, mais il n'avait d'autre choix que de reconnaître qu'il avait raison sur toute la ligne.

Fields, quant à lui, ne parlait quasiment que d'Elizabeth Hannam, ou alors il se plaignait d'avoir perdu son épée, sa vieille et fidèle compagne. Harry estimait qu'il aurait été plus utile d'aborder la question de ce qu'ils devraient faire à Paris, où ils allaient tenter de retrouver un homme parmi, avait-il entendu dire, un demi-million d'habitants.

Alors qu'ils passaient à nouveau devant un monastère ceint de jardins foisonnants qu'entretenaient avec soin des moines tonsurés, Harry observa à voix haute que la France ressemblait à l'Angleterre telle qu'elle était avant Henri VIII ; avant que ses monastères soient délibérément détruits, et toutes leurs pierres volées, il y avait déjà longtemps de cela. Cet héritage du protestantisme balafrait la campagne anglaise. Harry s'imagina revenir dans une Angleterre catholique, d'avant la rupture avec Rome. Fields récusa sèchement son fantasme, préférant plutôt rêver à l'accueil qui lui serait réservé à Half Moon Alley.

Lorsqu'ils arrivèrent en Île-de-France et commencèrent à traverser la campagne du nord de Paris, les cochers se montrèrent de plus en plus sur leurs gardes. Craignant d'être attaqués par des bandits, ils sortirent leurs armes, prêts à les utiliser à tout moment. À l'occasion d'une pause en bord de route, Harry revérifia son pistolet avant de le charger.

L'Isle-Adam n'était pas aussi paradisiaque que le suggérait son nom, même si l'Oise, qui serpentait jusqu'à son point de rencontre avec la Seine, semblait fraîche et vous invitait à fuir la chaleur et la sueur de la voiture.

Enfin, émergeant au loin du brouillard – d'abord les tours et les contreforts de Notre-Dame, puis toute l'étendue du Louvre et la masse trapue de la Bastille –, Paris se déploya devant eux. La Seine coulait nonchalamment de part et d'autre de l'île de la Cité qui, surplombant le fleuve, ressemblait à une barge remorquant la plus petite île Saint-Louis. L'île Louviers était quant à elle luxuriante de verdure. À partir des îles se déployaient les ponts et les rues de Paris, pareils aux rayons d'une immense roue, dont le périmètre aurait été les grands boulevards plantés d'arbres, aménagés à la place des fortifications abattues peu de temps auparavant, Louis XIV ayant estimé que sa ville n'était plus en danger. Au-delà de ces boulevards, la ville s'arrêtait de façon abrupte, avec seuls quelques bâtiments à l'extérieur parsemant ce qui aurait été la jante de cette roue. Tous les Parisiens ne partageaient apparemment pas la confiance du roi.

En traversant Montmartre, ils passèrent devant l'église Saint-Pierre, dont les pierres se teintaient de rouge dans la lumière du crépuscule, qui ricochait sur les vitraux.

Puis leur voiture roula sur une chaussée parfaitement lisse. Les maisons étaient davantage espacées que dans les rues surchargées de Londres, comme dans la ville idéale de Robert Hooke – celle qu'il avait rêvé de construire après le Grand Incendie. La chose ne s'était pas faite ; les Londoniens avaient insisté pour conserver leur topographie d'origine.

Lorsque la voiture les déposa devant le Louvre, il faisait presque nuit.

« *Si un homme parvenait à posséder le monde entier, à quoi cela lui servirait-il, s'il perd sa vie ?* » cita Fields, considérant avec aigreur le luxe démesuré du bâtiment.

Tandis que leur sang circulait au ralenti dans leurs jambes, ils passèrent devant le palais des Tuileries, dont les jardins constituaient une véritable leçon de géométrie. Des hommes juchés sur des échelles étaient affairés à allumer les lanternes accrochées aux murs ou aux corniches, celles-là mêmes qui faisaient de Paris une ville beaucoup plus éclairée que Londres.

Chargée d'odeurs et grouillante de monde, la ville exhalait une atmosphère qui rassura Harry. Il respira à pleins poumons cet air, qui lui semblait presque familier.

Pour une fois, Fields laissa Harry mener la marche.

« Cette ville a trop de ponts », dit-il.

Hortense Mancini avait expliqué à Harry comment se rendre à l'hôtel de Bouillon, où résidait sa sœur. En traversant le pont Rouge qui reliait l'île de la Cité à la rive gauche et dont les vieilles arches en bois étaient aussi tordues qu'instables, ils virent des yoles, des galiotes et des barges chargées de tonneaux. Comme il avait les yeux rivés sur le fleuve au lieu de regarder devant lui, Harry percuta un homme qui n'avait pas daigné s'écarter, ce qui le fit chanceler et se cogner à la rambarde de ce pont particulièrement étroit. Lorsque l'homme regarda Harry d'un air menaçant, Fields calma ses ardeurs par un mouvement de tête qui l'invita à battre en retraite.

L'homme poursuivit son chemin, sans leur adresser ni une parole ni un regard.

« Peut-être est-ce un avertissement s'agissant de ce que peut être Paris », dit Fields.

Harry rajusta son manteau et vérifia le contenu de ses poches. Le poids de sa bourse alourdissait toujours son gilet à l'endroit où il l'avait cachée, à l'intérieur de la doublure. Son pistolet était toujours dans son sac en toile.

Tournant sur le quai Malaquais, ils ne tardèrent pas à arriver devant l'hôtel de Bouillon. Deux ailes se déployaient perpendiculairement de part et d'autre du bâtiment principal et parvenaient presque jusqu'à la rue; ses fenêtres en ogive les regardaient, pleines de suffisance. À travers l'imposant portail en fer forgé, ils purent voir des buissons et des arbres bien taillés ainsi que la cour d'honneur, méticuleusement balayée et qu'éclairait la lumière émanant de l'intérieur de la maison. En essayant une poignée, Harry s'aperçut que l'une des portes n'était pas fermée. Ils se risquèrent à l'intérieur et croisèrent deux serviteurs, que leur présence ne parut aucunement troubler.

La façade du bâtiment, haute, large et richement décorée, emplissait tout leur champ de vision. Bâti à l'origine pour Macé Bertrand de La Bazinière, qui avait été trésorier du roi, l'hôtel était devenu la demeure d'Henriette-Marie, la tante de Louis XIV. Après la mort de celle-ci, il avait été racheté par le duc de Bouillon.

Une fois arrivés dans le large et lumineux vestibule, carrelé comme un échiquier, et qui faisait toute la hauteur de l'hôtel, ils furent accueillis par un autre domestique. Au vu de ses airs supérieurs et de son uniforme différent de celui des autres employés de la maison, il s'agissait probablement d'un majordome.

Avant qu'ils aient ouvert la bouche, il les salua dans un anglais très correct malgré un accent français prononcé. En voyant la surprise de Harry, l'homme les pointa du doigt.

« Vos habits. Vous ne pouvez être rien d'autre que des Anglais. »

Il inclinait la tête sur le côté en arborant un demi-sourire, comme si leur proposer ses services était bien au-dessous de sa condition, et qu'il ne le faisait que par jeu.

Harry fouilla dans la poche qui contenait son argent et ses lettres d'introduction, et lui présenta celle d'Hortense Mancini. Le majordome s'en saisit et alla les porter à sa maîtresse, les laissant attendre dans le vestibule.

Fields regarda Harry en arquant un sourcil. Il tira le bout de sa manche sur le talon de sa main pour essuyer un peu de crasse qui traînait sur la joue du jeune homme.

« Eh bien oui ! Vous devez être présentable, dit-il. Pour une duchesse. »

24
La deuxième duchesse

À leur grande surprise, ce ne fut pas le majordome qui les invita à se rendre dans le salon, mais la duchesse de Bouillon en personne. C'était incontestablement une Mancini : le sosie de sa sœur; légèrement plus en chair, avec un visage un peu plus lourd, mais le même teint et les mêmes yeux sombres. Toutefois, là où Hortense n'était que poses et langueur, Marie-Anne était nerveuse, agitée, et semblait une femme tourmentée. Elle ne portait pas de perruque et avait pour manie de se passer machinalement, l'une après l'autre, les mains dans les cheveux : la première pour les ébouriffer, la seconde pour les aplatir. Malgré son air éperdu, elle les accueillit avec un sourire éclatant, le même qu'Hortense.

Elle lut la lettre de sa sœur tout en traversant le vestibule. Quand elle arriva à la hauteur de Harry et Fields, elle avait décidé qu'ils étaient tous les deux des amis de longue date. Elle dit au majordome, qu'elle appela Mercier, d'aller chercher à boire et à manger. Mercier, qui sembla vexé de se voir donner un tel ordre, les regarda de travers avant de repartir.

« Venez, venez. »

Il y avait plus de souffle dans sa voix que dans celle d'Hortense, par ailleurs plus aiguë. Elle les mena dans une pièce où se trouvait le tapis le plus épais qu'ait jamais foulé Harry. Les murs étaient recouverts de tableaux – il en trouva plusieurs particulièrement lascifs – que l'on voyait à peine à la lumière des bougies. Un clavecin dont le coffre était orné de motifs chinois trônait au centre de la pièce. Son couvercle était relevé, dévoilant une assez scabreuse scène de chasse, peinte, par contraste, dans le style hollandais.

Marie-Anne prit place sur une méridienne, mais trouva vite cela inconfortable. Passablement agitée, elle n'arrêtait pas de changer de position tout en essayant de coincer une mèche rebelle derrière son oreille. Puis ses pieds se levèrent, presque automatiquement, jusqu'à ce qu'elle se retrouve allongée sur le côté. Elle souffla sur sa frange en avançant sa lèvre inférieure, avant de leur sourire à nouveau.

« J'ai du mal à être protocolaire ici, dans ma propre maison. »

Elle leur fit signe de s'asseoir, et ils s'installèrent sur une autre méridienne, face à la sienne. Le colonel jurait particulièrement sur ce somptueux meuble français.

« C'est ici que je tiens salon. Il y vient souvent des membres de l'Académie des sciences. Le mois dernier, j'ai eu pour invité Joseph-Guichard Duverney.

– Le célèbre anatomiste », répondit Harry.

Elle lui adressa un sourire rayonnant, heureuse qu'il connaisse ce nom.

« En fait, nous devons nous réunir demain soir. Ma sœur m'a parlé dans ses lettres de votre travail à la Société royale, monsieur Hunt. Il faut que vous soyez là. Dans notre immodestie, nous avons discuté de la nouvelle philosophie. » Elle se tortilla pour trouver une position plus confortable, puis désigna, à côté de la cheminée, un buste en pierre qui les regardait de ses yeux sans vie, du haut de son piédestal. « Il n'aurait pas approuvé qu'une simple femme s'intéresse à de telles choses.

– Votre oncle, le cardinal Mazarin ? demanda Harry.

– Oui, Jules Mazarin. Né Giulio Raimondo Mazzarino. J'ai bien envie de l'installer ailleurs. J'ai parfois l'impression qu'il m'observe. » Elle sourit, davantage pour elle-même que pour eux. « C'est lui qui a rendu tout cela possible. Ma richesse, et donc mon mariage. J'éprouve une certaine fierté à ce qu'il soit mon oncle. Mais je sais que c'était par ailleurs un homme impitoyable. Ce qui est une évidence, étant donné qu'il a été Premier ministre.

– Il s'est servi de son rang pour constituer sa fortune », déclara Fields sans autre forme de procès.

Marie-Anne n'en fut pas offensée.

« Il a remplacé son mentor, le cardinal Richelieu. Qui, lui aussi, s'est servi de son rang pour s'enrichir. Lequel des deux était le pire, je ne saurais trancher. » Elle s'agita de nouveau et décida une nouvelle fois de changer de position en passant de l'autre côté de sa méridienne. « Cela fait bien longtemps que je n'ai pas vu ma sœur, dit-elle gaiement. Comment va-t-elle ?

– Nous l'avons croisée à King's Lynn, il y a près de deux semaines, répondit Harry. Elle semblait en forme, n'est-ce pas, colonel ?

– *Très* en forme », confirma Fields.

Marie-Anne saisit l'insistance.

« Hortense arrive aisément à conquérir le cœur d'un homme, n'est-ce pas ? Mais elle ne donne jamais le sien. C'est ce qui fait son charme, je crois.

– Le cœur de Harry appartient à une autre, dit Fields.

– Un peu moins qu'avant, peut-être ?

– J'ai simplement répondu que la duchesse était en forme, répondit Harry d'un ton pincé, comme un enfant qui aurait interrompu une conversation entre adultes.

– Eh bien tant mieux ! » Marie-Anne montra sa dentition parfaite au colonel. Elle agita devant eux la lettre d'Hortense. « Et vous allez nous aider à trouver le Sancy. »

Elle avait dit cela comme si c'était un fait acquis.

« Nous sommes à Paris pour accomplir une autre tâche, qui passe en priorité, répondit Harry. Trouver le capitaine Jeffrey Hudson.

– Ou du moins l'homme qui se fait passer pour lui », précisa Fields.

À travers les fenêtres, regardant la cour d'honneur et par-delà les grilles, Harry pouvait voir les lumières de Paris et le quai Malaquais, toujours animé. Comment allait-il retrouver le Hudson disparu dans une ville étrangère, dont les habitants s'exprimaient dans une autre langue ? Sans parler d'un diamant volatilisé lui aussi depuis au moins un quart de siècle.

« Le nain de la reine, dit Marie-Anne, pensive. Je me souviens de récits à son sujet. Il a rencontré mon oncle.

– Ah bon ? Du temps où il accompagnait la reine ? demanda Harry.

– Tout à fait. Ici, à Paris. Mon oncle m'avait parlé de lui. Rencontrer quelqu'un d'aussi petit était quelque chose de mémorable.

– Le cardinal le soupçonnait-il d'avoir volé le diamant ? demanda Fields.

– Il en était convaincu. C'est ce que lui avait raconté la reine Henriette-Marie. Quand Hudson a tué un homme, elle l'a exclu de sa suite.

– Le cardinal avait payé, dit Harry, se rappelant le récit d'Hortense.

– Ce n'était pas une question d'argent, car il lui en restait vraiment beaucoup. Il ne désirait le diamant que pour ce qu'il était. Il en était obsédé. Et plus encore après sa disparition.

– Je me demande si la reine ne se serait pas livrée à une espèce de machination, se hasarda Harry. Après avoir touché l'argent de la vente, elle a peut-être renvoyé Hudson en Angleterre avec le diamant.

– C'est ce que pensait mon oncle. »

Fields frotta sa vieille blessure au bras, douloureuse après cette journée de voyage.

« Sa quête désespérée d'argent pour équiper l'armée de son mari l'a poussée à la malhonnêteté. »

Marie-Anne balança brusquement ses jambes de côté et se leva.

« Venez. On étouffe ici. »

Elle leur fit franchir les grandes portes donnant sur le jardin qui se déployait derrière la maison.

On avait allumé les lanternes, qui illuminaient les pelouses. Les haies préservaient la duchesse et les deux hommes de la rumeur de la ville. Sans le moindre souffle de vent, les arbres étaient tout aussi silencieux et semblaient les observer. Marie-Anne les invita à la suivre tandis qu'elle descendait un escalier de pierre menant à une pelouse entretenue de manière à être aussi lisse qu'un tapis et parsemée de statues. La duchesse regarda celles-ci d'un air méfiant, comme si elles aussi les observaient.

Ils traversèrent la pelouse, la duchesse marchant entre ses deux invités.

Elle leur adressa à tous les deux un sourire fatigué.

« Tout Londres est en ébullition à cause de complots contre votre roi, n'est-ce pas ? Les catholiques, en une terrible vengeance papiste, s'apprêtent à éliminer tous ceux qui s'opposent à eux.

– La rumeur dépasse de loin les menaces, répondit Harry. C'est un homme nommé Titus Oates qui affirme avoir entendu parler de tels projets. Ceux qui le croient ignorent totalement ceux qui ne le croient pas.

– Nous aussi, à Paris, sommes en proie à la peur. Ici, nous nous sommes tous affairés à nous empoisonner les uns les autres. Ou alors, nous accusons les autres de le faire. On raconte ainsi que je complote contre mon mari. » Marie-Anne secoua la tête. « Je n'apprécie pas cet homme, mais jamais je ne l'assassinerais. À Londres, vous avez Oates. À Paris, nous avons Catherine Monvoisin. *La Voisin*, comme on l'appelle, affirme avoir aidé la moitié de la cour à tuer qui son mari, qui son père ou n'importe quel autre indésirable. Elle appelle le poison dont elle se sert la "poudre de succession". J'ai moi-même été interrogée à l'Arsenal par le lieutenant général de police de Paris.

– La Reynie ? demanda Harry.

– Vous le connaissez ?

– Harry a en sa possession une lettre du conseil de l'artillerie pour nous introduire auprès de lui, lui expliqua Fields.

– Auprès de Gabriel Nicolas de La Reynie ? » Marie-Anne plaça ses mains pressées l'une contre l'autre, comme en prière, sous son menton, exactement comme l'avait fait sa sœur à King's Lynn. « Il saura déjà qui vous êtes. Les *mouches** de La Reynie bourdonnent dans tout Paris. Il voudra savoir pourquoi vous êtes venus ici. Vous devez aller le voir le plus tôt possible, sinon il se demandera pourquoi vous ne vous présentez pas à lui. Rendez-vous au Grand Châtelet. Dès demain matin. » Elle se drapa dans son châle. « La Reynie dirige la *Chambre ardente**.

– *Ardont ?* » reprit Harry en anglais.

Son accent la fit sourire.

« *Ardente**. Qui brûle, comme la passion, vous comprenez ? C'est un vieux nom. Il s'agit d'un tribunal. La Chambre ardente a envoyé des centaines de calvinistes à la mort. La Reynie l'a de nouveau convoquée pour ces empoisonnements. La Voisin se maintient en vie en accusant les autres. »

Elle s'interrompit soudainement, une idée lui ayant frappé l'esprit.

« Avez-vous parlé du Sancy au conseil de l'artillerie ?

– Absolument pas, la rassura Harry. Mes ordres sont de retrouver le Hudson qui a disparu. Il n'était pas nécessaire de parler du diamant.

– C'est parfait, dit-elle comme si elle l'encourageait. Il est important que vous le trouviez.

– Nous ne pourrons pas vous être d'une grande aide, l'avertit le colonel Fields. Nous sommes des étrangers. Comment allons-nous pouvoir trouver ce nain, même s'il est à Paris, sans parler d'un diamant qui a disparu depuis si longtemps ? »

Harry aurait préféré que Fields ne soit pas aussi direct, même s'il ne faisait qu'exprimer à haute voix exactement ce qu'il pensait.

À l'endroit le plus éloigné de la maison, devant le mur qui marquait le fond du jardin, ils firent demi-tour, empruntant un chemin méticuleusement ratissé.

« Laissez-moi vous proposer un marché, dit Marie-Anne en posant ses mains sur les épaules des deux hommes, les invitant ainsi à se rapprocher d'elle. Vous êtes des étrangers, comme vous l'avez dit, colonel Fields. Vous ne parlez pas notre langue. » Elle les regarda longuement dans les yeux, chacun à leur tour. « Mais *je* peux trouver un nain à Paris. » Elle leur sourit, révélant sa magnifique dentition mancinienne. « J'ai mes *mouches** à moi. Des gens intéressants, qui ont des amis intéressants. Je demeure une personne influente, et Hudson attire l'attention. Une personne aussi petite détonne, n'est-ce pas ?

– En échange de votre aide, vous souhaitez que nous tentions de trouver le diamant, dit Harry.

– Non, répondit-elle comme ils approchaient de la maison. Je souhaite que vous le trouviez. Si vous trouvez le nain, vous trouverez le diamant. Il sait ce qu'est le Sancy et où il se cache. »

Elle acquiesça d'un air résolu, comme pour faire de ce qu'elle venait de dire une réalité.

Exactement comme sa sœur, pensa Harry.

« J'accueille votre aide avec beaucoup de gratitude, répondit-il lentement, sans trop dissimuler qu'il cherchait à lui faire plaisir. Tout d'abord, j'aimerais interroger le commandant de l'*Incassable*. Je sais qu'il vit à Paris. L'*Incassable* était le navire à bord duquel Hudson a embarqué pour quitter la France.

– Vous irez lui rendre visite demain, répliqua Marie-Anne. Mais allez d'abord voir La Reynie. Vous avez de quoi vous protéger ? Avec toutes ses lumières, Paris regorge d'ombres.

– Oui, répondit Harry. Mais le colonel a perdu son épée.

– Prenez une de celles de mon mari, colonel. Il a une très belle collection d'armes. Choisissez n'importe laquelle, dans l'armurerie. »

Ils rentrèrent dans la maison. Le majordome les attendait dans le grand salon au clavecin, où il avait apporté de la nourriture, de l'eau et du vin.

Marie-Anne bâilla, couvrant sa bouche de la main.

« Mercier va vous montrer vos chambres. Et demain, il vous accompagnera au Châtelet, pour faire office d'interprète. Bonne nuit, Harry. Bonne nuit, colonel. »

Elle déposa un baiser sur chacune des joues des deux hommes, ce qui les fit rougir, et quitta la pièce.

Mercier, son majordome, laissa délibérément échapper un soupir particulièrement sonore.

25
La conversation tardive

Le feu, préparé et allumé par le majordome cauteleux, était bien trop petit par rapport à la taille de la pièce. Harry, assis sur son lit, et le colonel, installé dans un fauteuil, avaient tous les deux gardé leur manteau. Mercier leur avait donné à chacun une bougie, qui était en train de brûler au-dessus de la cheminée.

« Elle sera une alliée utile, murmura Fields.

– Elle nous propose l'aide de son majordome.

– Encore faut-il qu'il soit digne de confiance.

– Vous n'avez pas confiance en lui ?

– Je ne le connais pas.

– Il est à son service et fait ce qu'elle lui ordonne.

– Cela veut donc dire que vous faites confiance à cette duchesse ? » Le colonel se pencha en avant, posant les coudes sur ses genoux. « Elle est nerveuse. Comme un chat pendant un orage.

– À cause de ces accusations d'empoisonnement, sans aucun doute.

– Cet homme, La Reynie, a quelque chose d'intimidant. Vous devez faire attention, Harry.

– Vous dites "vous", colonel. J'ai la chance qu'il soit plutôt question d'un "nous", et que vous soyez là pour m'aider. »

Harry retira ses bottes.

« C'est vous que toutes ces personnes sont venues trouver », répondit Fields, fronçant le nez à l'odeur des pieds de Harry. Il se dépêcha de sortir sa pipe. « Sir Jonas. Lord Danby. Les sœurs

Mancini, Hortense et Marie-Anne. C'est votre cervelle que prisent ces gens, pas la mienne. »

Il fouilla son sac à la recherche de tabac.

« Ma cervelle a été cruellement mise en défaut. Je leur ai donné bien peu de réponses jusqu'à présent. Difficile d'avoir les idées claires après avoir revu Lefèvre.

– J'ai vu beaucoup d'hommes mourir. Je n'en ai jamais vu un seul ressusciter. C'est certainement votre esprit qui vous joue des tours. » Fields bourra sa pipe tout en parlant. « Vous voulez avertir le roi de la présence de ce Lazare à Londres, je le sais, car vous me l'avez dit pendant notre voyage. Mais si vous envoyez une lettre, vous prenez le risque que Danby la lise – c'est bien son homme de confiance que nous avons vu en compagnie de Lefèvre sur le quai de Billingsgate. Même le courrier diplomatique n'est pas à l'abri des espions de Danby ; dès lors, je n'enverrais rien, même par l'intermédiaire d'un émissaire du roi. Nous retournerons à Londres après avoir débusqué le nain, ce qui demeure la raison pour laquelle nous nous retrouvons tous les deux ici. »

Harry se frotta les pieds et jeta un coup d'œil à son ami. Il avait l'impression que Fields avait vieilli depuis le jour, pas si lointain, où ils avaient quitté Londres. Ses yeux étaient de plus en plus pâles, de plus en plus larmoyants, et la peau qui les entourait de plus en plus affaissée. Ses mains tremblaient, comme en témoignaient les soubresauts qui agitaient sa pipe. Une bouffée de tendresse envahit la poitrine de Harry. Il commença à regretter qu'ils se soient manifesté si peu d'égards l'un envers l'autre au cours de leur voyage.

Fields nota l'air plein de reconnaissance de Harry.

« J'ai beau être lent, être constamment à la traîne par rapport à votre célérité d'esprit, je suis en mesure d'appréhender les choses d'un autre point de vue. » Il adressa un hochement de tête à son jeune compagnon, afin de l'encourager à parler : « Alors ! Faites-moi part de votre raisonnement. »

Harry se concentra pour mettre de l'ordre dans les différents éléments de son enquête.

« Très bien. Premièrement, le corps du capitaine Hudson. Découvert dans la chaloupe d'un navire. Tué par un boulet de canon, avec lequel on lui a brisé le crâne. Probablement assassiné par un autre homme qui se trouvait avec lui et avait manœuvré la chaloupe. »

Fields hocha à nouveau la tête, soufflant de la fumée.

« Ou d'autres hommes. Il y avait de la place pour plusieurs personnes.

– Deuxièmement, la servante, Mme Leach, qui connaissait Hudson et a accueilli de bon cœur son remplaçant. Elle nous a montré sa remise où nous avons pu observer les traces d'un équipement très lourd qui avait laissé des entailles dans le sol. L'un des Français, nous a-t-elle dit, avait une apparence des plus étranges. Parlait-elle de Lefèvre ? Il ressemble en effet plus à une bête qu'à un homme. Elle a dit qu'il était accompagné de deux individus, comme sur le quai de Billingsgate.

– Je suis incapable d'affirmer avec certitude qui elle a vu, dit Fields. Il y avait certes trois hommes sur le quai et qui ont retrouvé là-bas le sbire de Danby. Mais comment savoir s'ils étaient français ?

– Nous détonnons en tant qu'Anglais aux yeux de qui est attentif à ce genre de choses. Mercier, le majordome, s'en est tout de suite aperçu.

– Comme de la moutarde dans un seau de charbon », abonda Fields.

Gardant ses hauts-de-chausses, Harry se glissa sous ses couvertures.

« Sir Jonas nous a révélé que Hudson travaillait pour le conseil de l'artillerie, auquel il livrait des renseignements sur la France. Mme Leach nous a dit la même chose. » Il enleva ses lunettes et se couvrit la bouche pour bâiller. « Troisièmement : Hortense Mancini qui désire trouver le Sancy.

– Qui désire que *vous* le trouviez. C'est une mission qu'elle vous a confiée. Cela ferait de vous un homme riche. »

Harry soupira.

« Elle aurait aussi bien fait de nous demander de lui rapporter la Lune. Hudson l'a-t-il emporté, quand il a été banni de France après son duel ?

– Nous l'aurions retrouvé en fouillant son corps et les alentours de la chaloupe.

– Nous aurions très facilement pu le manquer dans toute cette eau. Ou bien quelqu'un le lui a pris.

– C'est vrai, acquiesça Fields en tirant longuement sur sa pipe. N'importe qui aurait pu s'en emparer. Imaginez ce que le camp du roi aurait pu s'acheter avec un tel diamant.

– Ou le camp du Parlement.

– Le Parlement n'a jamais bénéficié de cet argent, répondit sèchement Fields. Cromwell l'aurait vendu, ça ne fait aucun doute, comme il a vendu les tableaux du roi et le reste de ses trésors. Y a-t-il un quatrièmement, Harry ? Car je ressens l'appel de mon lit.

– L'employé du comptoir de la Hanse, à King's Lynn. Grâce à lui, nous connaissons le nom du capitaine : Eugène de Beauchene. Nous devons l'interroger pour savoir s'il se rappelle avoir embarqué un nain à bord de son navire, et s'il savait que Hudson avait le diamant sur lui.

– Avec un peu de chance, sa mémoire sera moins atteinte que celle de Japhia Bennett. Celui-là n'a pas pu nous dire grand-chose. » Fields poussa un bâillement démesuré. « Difficile de garder un secret sur un bateau. Je parle d'expérience. Pensez à la proximité dans laquelle vivent ces hommes. Hudson a fini son périple la tête enfoncée par un boulet de canon. Peut-être est-ce un marin qui l'a assassiné, parce qu'il a su qu'il transportait le diamant.

– Peut-être. » Harry était allongé sur son lit. Le matelas était le plus moelleux, le plus confortable sur lequel il se soit jamais couché. « Si l'un de ses hommes d'équipage est parti avec sa chaloupe, le capitaine s'en souviendra.

– Cinquièmement ? »

Fields avait à présent les yeux fermés. Sa tête reposait sur le dossier du fauteuil et sa respiration avait ralenti. Sa pipe menaçait de s'échapper de sa main.

Mais, absorbé par la contemplation de la lueur orangée que le rougeoiement du feu projetait sur le plafond, Harry n'avait rien remarqué.

« Lord Danby a insisté pour que je vienne à Paris. Ses espions lui ont dit que l'imposteur se trouvait ici. Je me demande s'il n'en sait pas plus qu'il ne le prétend. »

Fields ouvrit un œil.

« S'il en savait plus, ne nous enverrait-il pas tout simplement là où se trouve le nain ? »

Harry haussa les épaules, l'air pensif.

« Il ne faut pas oublier de nous signaler au lieutenant général. Nous devons aller le voir demain.

– Demain matin, comme nous l'a conseillé la duchesse. Si nous cherchons à l'éviter et si ses *mouches** voient autant de choses qu'elle l'affirme, nous deviendrions vite suspects à ses yeux. » Fields toussa et se pencha en avant. « Outre cet homme que vous prenez pour Lefèvre, l'assassin ressuscité, il y a autre chose qui vous donne envie de retourner à Londres.

– Grace Hooke. Vous le savez bien.

– Je le sais bien. Et, à présent, je dois aller me coucher, car parler autant m'épuise, et le fait qu'Elizabeth me manque n'améliore en rien mon humeur. » Fields resta assis silencieusement pendant un moment, avant de se rendre compte que Harry était en train de ronfler. La journée avait été longue, une longue journée parmi beaucoup d'autres longues journées. « Je n'ai eu qu'un seul amour au cours de ma vie, se dit-il doucement à lui-même. Maintenant que je suis vieux, j'en ai trouvé un autre. Pour moi, c'est un miracle. » Il se redressa lentement, s'étira le dos, puis arrangea le dessus-de-lit de Harry et posa le manteau et le sac de ce dernier par terre, tout en le regardant avec tendresse. « Bonne nuit à vous, Harry. »

Fields récupéra sa bougie sur le manteau de la cheminée et sortit, fermant la porte derrière lui.

Le bruit tira Harry de son bref assoupissement. Se souvenant de l'argent que lui avaient remis sir Jonas et lord Danby, et de la somme, encore plus importante, que lui avait versée Hortense Mancini, il quitta son lit à moitié endormi pour aller verrouiller la porte, mais il n'y avait pas de clé. Le fauteuil dans lequel s'était assis Fields était trop bas pour bloquer la poignée avec son dossier. En entendant la porte du colonel se fermer un peu plus loin dans le couloir, il se sentit envahi par une peur inexplicable.

Il était parfaitement en sécurité à l'intérieur de l'hôtel de Bouillon, se dit-il.

Le danger, s'il devait y en avoir, serait pour demain.

Il fouilla dans son sac et en sortit le livre qu'il avait emprunté à la bibliothèque de Gresham's. Se remettant au lit, il en commença la lecture à la lueur de sa bougie solitaire.

C'était la traduction par John Evelyn de l'*Advis pour dresser une bibliothèque* de Gabriel Naudé. Il le lirait jusqu'à ce qu'il retrouve le sommeil.

Sa reliure était à présent bien usée; elle avait souffert du fait que Harry ait beaucoup compulsé l'ouvrage au cours de leur voyage. Pour autant, il ne savait absolument pas si ce livre allait l'aider ou non à retrouver l'homme qui se faisait passer pour le capitaine Jeffrey Hudson.

26
L'homme du Châtelet

Pour se rendre auprès du lieutenant général de police de Paris Gabriel Nicolas de La Reynie depuis l'hôtel de Bouillon, les trois hommes commencèrent par remonter le quai Malaquais serrés dans une brouette, sorte de chaise à porteurs équipée de roulettes, le colonel Fields et Harry bien calés l'un à côté de l'autre et, face à eux, le majordome de Marie-Anne. À travers une petite lucarne, ils pouvaient voir l'homme qui les tirait se faufiler avec adresse à travers la circulation.

Harry ne parvenait pas à se départir d'une certaine aversion envers Mercier, dont le visage exprimait un mélange soigneusement étudié d'amusement et d'insolence. Ses cheveux étaient bizarrement peignés sur le côté et recouverts d'une substance luisante qui servait à les maintenir à plat et à camoufler leur tendance naturelle à friser. Harry n'avait vu personne d'autre adopter ce style de coiffure à Paris. Un nouvel exemple de l'indépendance d'esprit de Mercier.

Le soleil brillait, mais la chaleur du jour à venir ne s'était pas encore installée. Sur leur gauche, des rampes descendaient en pente raide jusqu'à la Seine, encombrées d'hommes transportant des marchandises depuis et vers les embarcations amarrées le long du quai.

Alors qu'ils faisaient une embardée pour éviter une autre brouette, Harry espéra une nouvelle fois entendre le papier se froisser à l'intérieur de son manteau. Mais, comme il ne s'y attendait que trop, il n'y eut pas le moindre bruit.

Il avait perdu la lettre d'introduction du conseil de l'artillerie.

Leurs passeports avaient eux aussi disparu.

Pendant près d'une demi-heure, Harry et Fields avaient fouillé leurs chambres ainsi que le grand salon où ils s'étaient assis en compagnie de Marie-Anne la veille au soir. Ils avaient ensuite cherché dans le jardin.

Harry raidit un instant ses mains, pour les relâcher immédiatement après.

Son geste n'échappa pas à Fields.

« Je vous l'ai dit. Ils sont tombés de votre poche. Peut-être quand vous vous êtes cogné à cet homme, sur le pont. »

Harry était sûr d'avoir vérifié la veille au soir si la lettre était toujours là et d'avoir senti qu'elle se trouvait bel et bien à sa place habituelle, avec leurs passeports, et ce *après* la traversée du pont Rouge.

Avec force cliquetis, leur véhicule poursuivit sa route en direction de l'est et passa devant l'imposant collège des Quatre-Nations, fondé par le cardinal Mazarin. Mercier leur expliqua que ce bâtiment abritait la bibliothèque Mazarine, l'immense collection de livres du cardinal, qu'il avait léguée à la nation. Il en semblait particulièrement fier, comme s'il avait lui-même effectué cette donation.

« Je compte bien la visiter », lui dit Harry, dont les paroles ne rencontrèrent que la soudaine indifférence du majordome.

Devant le collège, un homme à l'air zélé et une lueur industrieuse dans le regard était affairé à gratter les affiches qui faisaient la publicité de divers remèdes, concerts, pièces de théâtre ou d'endroits où se restaurer, collées sur la façade. L'un de ces placards, dont l'aspect froissé indiquait qu'il avait été posé là à la va-vite, annonçait une *Exhibition de monstruosités** qui allait avoir lieu ces prochains soirs.

« Une exposition, lui dit Mercier lorsque Harry l'interrogea. À propos de... Je ne connais pas le terme anglais pour *Lusus naturæ*.

– Les malformations de la nature, suggéra Harry. Un jour, j'ai vu une Hollandaise désossée, à la foire de Bartholomew.

– Un divertissement indigne, grommela Fields. Montrer les malheureux en spectacle ! »

Quittant le quai de Conti, ils empruntèrent le pont Neuf. Ils virent glisser au-dessous d'eux une barge transportant de hautes piles de bois, au sommet desquelles étaient assis les hommes d'équipage, en équilibre précaire.

Le pont le plus large de Paris était également le plus fréquenté. L'homme qui tirait leur brouette suait et ahanait. En faisant brusquement monter son petit véhicule sur le trottoir afin d'éviter les charrettes et les carrosses, il força les piétons à reculer précipitamment et à se réfugier dans les corbeilles du pont.

« Nous serions allés plus vite à pied, observa Fields tandis qu'ils faisaient une nouvelle embardée au pied de la statue équestre d'Henri IV. Et il n'y aurait pas eu à atteler un homme pour nous transporter.

– Et il sera rétribué pour son travail. S'il pensait que ça ne valait pas le coup, il aurait choisi un autre métier. »

Fields jeta à Harry un regard rempli de pitié et parut sur le point de s'étendre sur la question mais, au lieu de cela, il serra les lèvres. Les tendons de son cou étaient raides comme des cordes sous tension. Harry détourna le regard pour échapper à l'habituelle rudesse matinale du colonel, que leurs recherches infructueuses n'avaient fait qu'aggraver.

Ils tournèrent sur le quai de la Ferraille, avec toutes ses quincailleries. Cette partie de Paris était nettement plus pauvre que celle d'où ils venaient. Les bâtiments étaient gris, leur façade s'effritait, leur charpente n'était pas entretenue. Il y régnait en outre l'odeur caractéristique du sang, témoignant de la proximité d'un abattoir, à laquelle s'ajoutait la puanteur des étendues de vase gluante qui constituaient les bords de Seine ; Harry dut se boucher le nez.

Il leva les yeux vers la face impassible de la prison du Grand Châtelet, grêlée par les intempéries et les fumées parisiennes. Elle lui rendit un regard vide, le scrutant comme elle avait scruté plusieurs milliers de malheureux avant lui.

On pénétrait dans l'enceinte du Châtelet en franchissant une solide porte cloutée. L'endroit était bondé : on y avait installé un marché, dont les étals disposés en cercle étaient surmontés d'auvents en toile maintenus en place par un poteau central.

D'un signe de tête, ils remercièrent leur conducteur qui avait retiré son harnais et faisait rouler ses épaules. Harry se proposa de le payer, mais Mercier refusa : c'étaient les instructions de la duchesse.

Comme ils passaient sous une arche qui marquait l'entrée du Châtelet en tant que tel, l'obscurité se substitua à la lumière du jour. Mercier demanda à un soldat où ils pouvaient trouver le lieutenant général.

L'homme avait, collé à la lèvre, un brin de tabac qui s'agitait comme la patte d'un insecte. Il examina les trois hommes face à lui : d'abord, le petit maigre à lunettes, Harry, dont il signifia en faisant la moue le peu d'intérêt qu'il lui accordait ; ensuite Mercier, à la vue duquel une vague lueur illumina son regard – cet homme lui disait sans doute quelque chose ; et enfin, le colonel Fields, dont il parut apprécier l'air détendu et le maintien tout militaire.

Ce fut d'ailleurs au colonel qu'il s'adressa.

« *Il a des affaires à régler avec vous** ? »

Fields se tourna vers Mercier, l'air interrogateur. Le garde plissa les yeux.

« *Il va en avoir**. »

Mercier s'était départi de son habituel air narquois.

« *Étrangers** ? »

Le soldat s'avança et les examina plus attentivement.

« *Anglais*, répondit Mercier. *De Londres. M. Henry Hunt et le colonel Michael Fields.*

– *Attendez** ! »

Le soldat fit demi-tour avant de s'enfoncer dans un couloir et de disparaître dans les ténèbres.

Mercier hocha la tête puis adressa un haussement d'épaules à Fields et Harry.

« Nous devons attendre. Comme vous pouvez vous en douter, le lieutenant général est un homme extrêmement occupé.

– Bien sûr, répondit Fields. C'est quelqu'un d'important, nous le savons. »

Harry adressa à son ami un regard angoissé.

« Nous n'avons plus la lettre…

– Il va nous recevoir », le rassura Fields.

Au bout d'au moins un quart d'heure, qui s'écoula dans un silence uniquement troublé par le bruit de leurs bottes grattant le sol en pierre, ce fut un autre homme qui revint. Un officier. Il était grand, imposant, et portait une éblouissante perruque blonde, généreusement bouclée.

« *Vous souhaitez voir le lieutenant général ? Vous êtes anglais* ? »

Il attendit un instant, puis reposa sa question dans leur langue.

« Nous sommes anglais, oui, répondit Fields, qui parut soulagé. Nous devons nous entretenir avec lui. »

L'officier scruta de la tête aux pieds ce vieil homme avec son antique manteau militaire, puis lui sourit poliment.

« Avez-vous vos papiers ?

– C'est le conseil de l'artillerie qui nous envoie », dit Harry, déglutissant nerveusement.

L'homme cessa de sourire.

« Avez-vous vos papiers ? répéta-t-il. Des documents ?

– Non, reconnut Harry. Nous avions une lettre d'introduction. Mais nous l'avons égarée. Elle était rédigée au nom de sir Jonas Moore, du conseil de l'artillerie, et adressée au lieutenant général.

– Nous devons rencontrer *Monsieur de Paris* », intervint Fields.

L'homme serra les lèvres, puis soupira.

« Vous connaissez donc ce nom. *Monsieur de Paris*… Imaginez un peu les responsabilités qui l'accompagnent et combien elles pèsent sur cet homme. Mais bon, nous devons tous accomplir notre devoir. Je ne peux pas vous laisser entrer si je ne sais pas qui vous êtes. Nous sommes très précautionneux s'agissant de la personne du lieutenant général. »

En mentionnant ce titre, l'homme se tint légèrement plus droit.

« Le lieutenant général nous attend, j'en suis sûr, ajouta Harry, qui pensait aux *mouches**.

– Que vous soyez attendus ou non, je ne peux pas vous laisser le voir si vous refusez de me prouver votre identité. Avez-vous vos *passeports** ? »

L'officier tendit la main.

Le colonel et Harry se regardèrent. Mercier les fixa à son tour, à sa manière habituelle, du coin de l'œil.

« Nous... Je veux dire, j'ai... également perdu nos passeports, dit Harry.

– On nous les a volés sur un pont », précisa Fields.

L'officier parut ennuyé pour eux.

« Sans votre lettre d'introduction, vous perdez toute chance de voir le lieutenant général. Sans vos *passeports**, vous perdez votre liberté. Vous voici dans une situation délicate. Fort délicate ! » Il secoua la tête en un geste théâtral qui fit tressauter sa perruque, puis tapota sa lèvre supérieure avec ses doigts, comme s'il était en train de réfléchir à un plan. « Voyons si je peux vous aider. »

Il désigna le sombre couloir dans l'obscurité duquel flottait la flamme vacillante d'une torche.

Alors qu'ils se dirigeaient vers celui-ci, il poussa une exclamation, s'étant apparemment rendu compte qu'il avait commis une bévue.

« Vous devez vous séparer de votre épée, colonel. Avez-vous vous aussi une arme, monsieur Hunt ? Je ne peux pas vous laisser approcher le lieutenant général armés. »

Harry n'avait pas apporté son pistolet modifié, ne voulant pas courir le risque de devoir le remettre à La Reynie. Fields déboucla le ceinturon auquel était accrochée l'épée qu'il avait empruntée à l'hôtel de Bouillon et le remit à l'homme à la perruque blonde, qui, d'un signe de tête, les invita à s'engouffrer dans le couloir.

Ils le suivirent ; Harry trébucha sur une dalle surélevée invisible à cause de l'obscurité. En sortant du couloir, ils se retrouvèrent dans une vaste cour remplie d'hommes – pas la moindre trace de femmes ici, nota Harry – qui marchaient tous d'un pas décidé et qui, à la vue de l'officier qui les emmenait voir La Reynie, semblèrent redoubler d'application à leur travail. Il leur fit emprunter un escalier en colimaçon jusqu'au sommet d'une tour. Quelques meurtrières laissaient passer de brillantes lames lumineuses qui ondulaient à leur passage.

Ils marchèrent sur un vieux plancher en chêne, creusé par des années de circulation, franchirent une imposante porte et pénétrèrent dans un bureau vivement éclairé.

Des étagères chargées de livres se dressaient le long des murs. Une grande horloge à balancier dont le mécanisme faisait vibrer le coffrage en bois émettait un bruyant *tic-tac*. Un feu de bois vert crépitait dans la cheminée.

Sur le bureau, un hibou empaillé sous un globe de verre les fixait du regard comme s'il leur reprochait le sort qui était le sien.

« Vous souhaitiez vous entretenir avec *Monsieur de Paris**, déclara l'homme, la voix pleine de regrets. Mais vous ne pouvez pas prouver qui vous êtes. »

Il posa l'épée du colonel sur le bureau et se laissa tomber dans son fauteuil.

Harry s'avança et s'inclina.

« Vous êtes le lieutenant général La Reynie.

– Qu'est-ce qui vous fait dire cela ?

– Vos livres. Je suis au fait de votre intérêt pour la philosophie antique. Beaucoup de ces ouvrages n'ont rien d'écrit sur leur reliure, mais je vois là Aristote, Plutarque, Ovide, Cicéron... »

L'officier afficha un large sourire.

« Mais aussi Virgile, Sénèque, Horace, Tite-Live, Tacite. Vous vous intéressez à ce genre de choses ?

– J'ai été l'assistant de M. Robert Hooke à la Société royale de Londres. Je suis devenu son responsable des expériences. J'ai lu tous ces auteurs au cours de mes années d'apprentissage.

– Je m'intéresse également aux idées plus récentes. J'ai ainsi des ouvrages de Galilée, de Descartes, de votre Francis Bacon et de votre Thomas Hobbes. Avez-vous déjà rencontré M. Hobbes ?

– J'ai lu son *Lux Mathematica* et son *Léviathan*, répondit Harry. M. Hooke, lui, l'a rencontré à plusieurs reprises. Il est malheureusement décédé il y a peu.

– Je l'ignorais. Triste nouvelle. Une chose scandaleuse que son *Léviathan*, n'est-ce pas ? Pas d'enfer ? Pas de purgatoire ? Je suppose qu'il sait à présent s'il avait raison ou non. Dans son état de nature, rien ne peut être considéré comme bon ou mauvais. Et donc, nous nous associons les uns aux autres, à grand renfort de compromis et de subterfuges, et ce dans notre propre intérêt. Même plier le genou devant un monarque absolu est ce qui, au bout du compte, sert le mieux ces intérêts. Une manière assez réductrice de voir les choses, non ? Nous serions tous semblables à de petites machines. »

Il repoussa une grosse pile de papiers sur le côté, prit une feuille blanche qu'il posa à l'endroit qu'il venait de libérer. La pièce avait beau recevoir toute la lumière du jour grâce à une grande fenêtre, une bougie brûlait sur son bureau ; Harry repensa à la Chambre ardente.

« Ces livres ne suffisent pas à prouver que je suis Gabriel Nicolas de La Reynie. Il y en a d'autres, au Châtelet, qui ont un bureau semblable au mien et partagent les mêmes centres d'intérêt. On ne s'attendrait pas à ce que cette prison soit un lieu aussi empreint de culture.

– Je l'ai également compris en voyant la réaction de ceux qui travaillent ici au moment où nous les avons croisés. »

La Reynie acquiesça, semblant heureux d'avoir été démasqué.

« Mes *robins** ? Quelle belle exhibition de professionnalisme de leur part, n'est-ce pas ? Je suis sans doute injuste. La plupart sont assez compétents. Et, dans l'ensemble, plutôt honnêtes. » Il se tourna vers Fields. « Vous aviez raison. J'étais déjà au courant de votre venue. Sir Henry Savile, l'envoyé extraordinaire anglais à Paris, m'a prévenu de votre arrivée. Ce serait peut-être une trop grande coïncidence que deux voyageurs anglais se retrouvent ici, mais permettez-moi de vérifier qui vous êtes. Je connais un peu M. Hooke. J'ai ici sa *Micrographia.* » Il pointa du doigt son exemplaire, relié en maroquin noir, sur l'étagère qui se trouvait derrière eux. « Il parle de voler, et prétend l'avoir fait. Comment a-t-il accompli ce remarquable exploit ?

– J'ai moi-même volé au moyen d'une machine conçue par M. Hooke, au-dessus de la cour carrée de Gresham's College. »

La Reynie émit un sifflement silencieux.

« Comment avez-vous fait pour que les ailes aient suffisamment de force ? Il parle de muscles artificiels, mais ne donne aucun détail.

– M. Hooke s'y connaît plus que n'importe qui au monde en matière de ressorts. Il s'en sert énormément, les faisant jouer les uns avec les autres, ou les uns contre les autres. »

Utilisant le papier, la plume et l'encre du lieutenant général, Harry esquissa un schéma de la machine volante qu'il avait construite en suivant les instructions de Hooke. Il ne précisa pas qu'il s'était cassé la cheville lors de l'atterrissage, qui n'avait pas été des plus concluants.

La Reynie examina son dessin.

« Vous l'avez fait d'un trait. Ce dessin témoigne d'une maîtrise considérable. » Il poussa un nouveau sifflement, sonore cette fois-ci : « D'accord ! »

Cet homme ne correspondait en rien au portrait qu'en avait fait Marie-Anne, se dit Harry. Il était accueillant, jovial et philosophe.

« Vous, colonel Fields, vous avez été soldat au service du Parlement, n'est-ce pas ? Une cause juste, dirais-je, que de combattre un despote. » La Reynie se rendit vite compte de ce qu'il venait de dire et se frappa la tête comme s'il voulait en chasser une telle idée. « Notre roi, Louis XIV, est un homme beaucoup plus avisé. Et bienveillant. Très bienveillant. » Il reprit sa plume. « Quel intéressant duo j'ai devant moi ! Un homme de science et un homme de guerre. »

Il semblait avoir oublié le troisième homme qui se trouvait avec eux, Mercier.

« Nous nous sommes rencontrés à l'occasion d'une autre affaire, lui expliqua Harry. Le colonel Fields m'est venu en aide, et nous sommes devenus amis.

– Une autre affaire ? »

La Reynie le fixa d'un regard perçant, aussi déstabilisant que celui du hibou à côté de lui.

« Un jeune enfant, un garçon. J'ai participé à l'enquête sur sa mort.

– Peut-être êtes-vous davantage fait pour appartenir à la *police**. » Il posa son coude sur son bureau, et son menton sur son poing. « Sir Henry Savile m'a expliqué pourquoi vous êtes venus à Paris. J'aimerais l'entendre de votre bouche, afin de voir si vous êtes bien d'accord. »

Était-ce Danby qui avait informé l'envoyé, ou bien le conseil de l'artillerie ? Harry savait que le lord grand trésorier voulait établir le plus de distance possible entre lui et la recherche de Hudson. Il en conclut qu'il valait mieux ne parler que du conseil de l'artillerie, puisque c'était là qu'avaient été rédigés la lettre et les passeports.

« Je mène une enquête pour le compte de sir Jonas Moore. J'ai pour mission de retrouver un homme : le capitaine Jeffrey Hudson. Ou plutôt l'homme qui prétend être ce dernier. On a en effet retrouvé le cadavre du véritable Hudson ; il est mort à l'époque des guerres civiles.

– Vous pensez qu'il se trouve ici, à Paris ? »

La Reynie n'avait pas l'air surpris, ce que Harry interpréta comme étant bon signe. Avec un peu de chance, cela signifiait que Henry Savile lui en avait parlé.

« Nous le pensons à cause de ce que nous a raconté sa gouvernante, quand nous sommes allés chez lui. Je souhaiterais également pouvoir m'entretenir avec le capitaine du navire qui a transporté Hudson depuis la France. Il habite ici, à Paris, nous a-t-on dit.

– Quel navire ?

– Il avait pour nom *Incassable.*

– Qui vous a dit cela ?

– Un marin qui a fait partie de l'équipage de l'*Incassable* et qui se souvient que Hudson a voyagé à bord.

– Jeffrey Hudson était une célébrité à l'époque où il a vécu. Un homme si petit qu'on l'a caché dans un gâteau. Seul un homme tout aussi minuscule pourrait se faire passer pour lui.

– L'imposteur est plus grand, il mesure près d'un mètre.

– Et malgré cela, il s'est fait passer pour Hudson en Angleterre ? »

Tout en posant cette question, La Reynie s'était mis à écrire.

« Il a expliqué que le nouveau régime alimentaire auquel il avait été soumis pendant qu'il était prisonnier des pirates barbaresques l'avait fait grandir.

– Cela me semble peu probable. Un nain peut-il vraiment grandir de cette manière alors que sa vie est déjà bien entamée ? »

Harry haussa les épaules.

« Tout cela n'a guère d'importance. Le premier Hudson a été assassiné. »

La Reynie se gratta le menton.

« Et c'est pour trouver l'imposteur que vous êtes venu ici avec le domestique du duc de Bouillon. »

Mercier sursauta et se racla la gorge, mais La Reynie lui fit signe de se taire.

« Le duc est comme bien souvent absent. Mais pas la duchesse. »

Le lieutenant général se leva brusquement et attrapa sa cire, qu'il fit fondre avec la bougie qui se trouvait sur son bureau, avant d'y imprimer son sceau avec sa bague.

« Je suis heureux que vous soyez qui vous prétendez être. » Il leur tendit les feuilles sur lesquelles il venait d'écrire. « Voici vos documents pour le temps que vous séjournerez à Paris. Si vous retrouvez votre lettre du conseil de l'artillerie, alors apportez-la-moi. Vous bénéficierez de ma protection pendant que vous chercherez ce nain. Je vous aiderai, si je le peux – si tant est que, comme vous le croyez, il se trouve bien à Paris. Mais, en échange... dans le cadre de notre "commonwealth", comme dirait Hobbes... je m'attends à ce que vous m'aidiez, vous aussi. Quelles sont vos connaissances en matière de poisons ?

– Dans le cadre de mes travaux en médecine et en chimie, il m'est souvent arrivé d'employer des substances qui, si on les utilise sans faire preuve de précaution, sont nocives. »

La réponse de Harry avait été hésitante, hachée, comme s'il s'inquiétait de l'endroit où était susceptible de l'emmener cet aveu.

« Nocives ? Votre hôtesse, Marie-Anne de Bouillon, projette d'utiliser du poison contre son mari. » La Reynie fit une pause, comme s'il s'attendait à ce que Harry dise quelque chose. Celui-ci n'en fit rien. « C'est du moins ce que nous a déclaré la Voisin. Elle nous a raconté que la duchesse l'avait consultée. Auriez-vous vu à l'hôtel de Bouillon quoi que ce soit susceptible de corroborer son témoignage ? »

Harry jeta un coup d'œil de côté à Fields.

« Nous n'avons passé qu'une seule nuit là-bas. Je n'ai vu aucun poison, et je n'ai vu aucun mari ; par conséquent ma réponse ne peut être que négative. D'ailleurs, avoir du poison chez soi ne signifie pas qu'on va l'utiliser contre quelqu'un pour lui faire du mal.

– Elle n'est pas médecin, elle n'est pas non plus chimiste. C'est une duchesse. Je tiens à ce que vous me disiez tout de ses affaires. Je déciderai alors si le fait qu'elle ait du poison chez elle est suspect ou non. »

La Reynie se saisit de l'épée que Marie-Anne avait prêtée à Fields et se dirigea vers la porte de son bureau, signifiant par là que leur entretien était terminé. Comme ils s'apprêtaient à sortir, il tendit le bras pour les arrêter.

« Je connais le capitaine de l'*Incassable*. Il habite place Royale. » Il regarda Mercier, qui indiqua qu'il allait les emmener là-bas. La Reynie donna à Harry sa lettre, ainsi qu'une deuxième feuille sur laquelle se trouvait l'adresse de Beauchene. « Vous me cachez des choses, je le sais, mais je vous en cache moi aussi. Je note par exemple que vous avez veillé à rester discret quant au fait que le lord grand trésorier Danby vous a demandé de venir à Paris. » Il rendit son épée à Fields. « Tant que vous êtes ici, vous viendrez, avant toute chose, me faire votre rapport chaque matin. N'oubliez pas que je désire être informé de tout ce qui a trait à la duchesse de Bouillon. »

27
Le capitaine mal en point

Pendant qu'ils marchaient, Mercier leur donna un cours d'histoire sur le Marais.

« Ce sont les Templiers qui ont asséché les marécages. Après que Charles V y a bâti son hôtel Saint-Pol, toute l'aristocratie s'est installée ici. À bonne distance des mauvaises odeurs de la ville. »

À mesure que s'élargissait la rue de la Verrerie, les maisons devinrent de plus en plus grandes, jusqu'à ce qu'il n'y ait plus que de vastes demeures ou des hôtels, chaque bâtiment s'enorgueillissant d'une façade plus magnifique, d'un portail plus richement décoré et d'une maçonnerie plus ouvragée que le précédent. Ceux qui circulaient dans la rue étaient soit leurs riches résidents, splendidement vêtus, soit leurs domestiques. Chaque maisonnée rivalisant pour faire mieux que ses voisines, ces derniers étaient eux aussi splendidement vêtus. Seule la rapidité de leurs déplacements indiquait qu'il s'agissait de serviteurs.

La rue s'élargit encore davantage, devenant un vaste boulevard à l'endroit où elle croisait la rue Saint-Antoine. Les petites tours de la Bastille se dressèrent face à eux – la voix de Mercier baissa d'un ton lorsqu'il prononça le nom de la prison. Il se hâta de les emmener rue Royale, laquelle menait à la place Royale où vivait le capitaine à la retraite.

Là, les maisons reposaient sur d'élégantes arcades de pierre blanche. Les étages les plus élevés étaient en briques rouges striées de roches plus claires. Les toits étaient couverts d'ardoises bleues auxquelles la lumière du soleil matinal donnait une teinte violette.

Aucun arbre sur cette vaste place, traversée par des allées qui se rejoignaient en leur milieu et dessinaient ainsi huit triangles de gazon parfaitement entretenu. Au centre se dressait une statue équestre en bronze de Louis XIII, sur laquelle les rayons du soleil ricochaient si fort que Harry, ébloui, dut se couvrir les yeux.

On pouvait voir à sa demeure que les affaires avaient été plutôt bonnes pour le capitaine de la marine marchande. Ils présentèrent à un portier la lettre de La Reynie, qui expliquait en détail qui ils étaient et attestait qu'ils bénéficiaient de la protection du lieutenant général. Beauchene demanda aussitôt qu'on lui amène les visiteurs. Ces derniers gravirent un impressionnant escalier derrière le valet, qui leur indiqua ensuite le vaste salon du premier étage où les attendait son maître.

Beauchene était assis près de la fenêtre ouverte, vêtu d'une chemise dont le col était déboutonné. La transpiration brunissait le coton qui lui collait à la peau. Il tourna vers eux son visage, révélant un abcès qui s'étendait du dessous de sa mâchoire jusqu'à son oreille droite. Ses joues étaient roses et sa peau pelait ; il se gratta et examina ensuite d'un air morose ce qui lui était resté sous les ongles. Malgré l'état d'inconfort dans lequel il se trouvait, Beauchene leur réserva un accueil plutôt chaleureux, son sourire laissant apparaître des dents espacées et pointues. Il leur fit signe de s'asseoir sur les autres chaises qui se trouvaient dans la pièce et, comme rien ne laissait présager qu'il allait quitter sa fenêtre, ils les apportèrent jusqu'à lui.

Beauchene gardait les yeux presque entièrement fermés. Même lorsqu'il détournait le regard de la fenêtre, sa sensibilité à la lumière le faisait grimacer. Harry devina que tous ses maux étaient dus à la syphilis et aux effets de son traitement ; il manifestait tous les signes d'une intoxication au mercure.

« *Messieurs**, dit Beauchene en agitant devant eux la lettre du lieutenant général, avant d'ajouter avec un accent prononcé : Ou devrais-je plutôt dire *sirs*... »

Sa voix, sonore sans qu'il ait besoin de faire le moindre effort, résonnait dans son salon comme elle avait autrefois résonné sur le pont de l'*Incassable*. Il adressa un signe de tête à Harry et à Mercier, puis fixa longuement le colonel Fields, à tel point que tous finirent par ressentir un certain malaise.

« Capitaine, dit Fields, s'interrogeant sur l'état dans lequel se trouvait cet homme. Vous sentez-vous suffisamment bien pour parler ?

– *Pardonnez-moi**. Il me semble avoir déjà rencontré vous, colonel. Dans un endroit appelé l'île de Ré, au port de Saint-Martin-de-Ré, vraiment.

– Non, monsieur, il n'en est rien, répondit Fields.

– Pas très loin de La Rochelle, insista Beauchene.

– Je ne suis jamais venu en France avant d'accompagner M. Hunt ici présent, lui assura Fields, tout en lançant à Harry un regard exaspéré.

– *Excusez**... il y a longtemps. Mon... » Il regarda Mercier en quête d'assistance. « *Cerveau ? Mémoire* ?* »

Mercier lui donna le terme en anglais.

« J'avais bonne mémoire, mais à présent, cela fonctionne moins bien. »

Cette faible capacité à se souvenir pouvait être due à la syphilis ou au mercure, considéra Harry, chez qui tous les espoirs qu'il avait placés dans cette rencontre venaient de s'effondrer d'un coup. Pourrait-on se fier aux réponses que leur ferait Beauchene au sujet de Hudson ?

« Nous avons rencontré un de vos homme d'équipage, qui nous a donné votre nom : Japhia Bennett.

– Japhia ? *Toujours vivant* ?* »

Beauchene parut ravi.

« Vivant, oui, et il habite dans le port de King's Lynn, répondit Fields.

– Je me souviens de Japhia.

– J'espère que vous vous souviendrez également de ceci, dit Harry. Nous avons retrouvé une chaloupe de l'*Incassable*. Avec un homme mort dedans. Assassiné. Il s'agissait du capitaine Jeffrey Hudson. »

Beauchene quitta précautionneusement sa fenêtre. Harry sentit son odeur tandis qu'il s'approchait de lui ; il aurait préféré qu'il reste sur son perchoir.

« *Le nain** ! Le petit homme ! Un *passager** à bord de mon navire, *une fois**. » Il les regarda d'un air féroce. « Après, j'apprends qu'il fuit Mazarin. Si je le sais, je ne le prends pas. Mais il me paye beaucoup, poursuivit-il dans son anglais approximatif.

– Où l'avez-vous emmené, capitaine ? demanda Harry.

– Là où vous avez rencontré Japhia. À King's Lynn. Heureux d'aller là-bas. Assez heureux. Il n'a pas le choix. C'est là où je vais. Je vais avec du vin. *Pour repartir avec de la laine**. »

Mercier traduisit.

« Vous êtes sûr de vos souvenirs ? demanda un Fields dubitatif.

– Il vole notre bateau ! Qui pourrait oublier un si grand *crime** contre l'*Incassable* ?

– Y a-t-il autre chose qui vous revienne à l'esprit à son sujet ? demanda Harry.

– Non », répondit Beauchene en gonflant les joues. Puis, fronçant les sourcils, il regarda le colonel Fields en faisant un immense effort de concentration. « Je vous ai déjà vu, je le sais. Vous aviez *cheveux**. »

Fields lâcha un petit rire, un son que Harry n'avait pas souvent entendu.

« Dans ce cas, c'était il y a très longtemps. Je vous assure que je n'ai jamais été en France auparavant.

– Pas en France, alors... mais quelque part. *Quelque part**.

– C'est possible, car j'ai beaucoup voyagé. Votre visage ne me dit rien. Rencontrer un capitaine français m'aurait marqué l'esprit, j'en suis sûr. »

Beauchene agita les mains, comme pour s'excuser.

« Hudson gardait-il un sac sur lui ? demanda Harry. On en a trouvé un sur son cadavre – comme celui qu'a le colonel Fields, j'imagine, même s'il n'en restait pas grand-chose. Avec une bandoulière.

– Trop longtemps, répondit Beauchene après que Mercier eut assuré la traduction, car le capitaine n'arrivait plus à suivre. Dans mes souvenirs, je le vois avec sac, et pas avec sac. Je ne sais pas quelle *image* est la vraie *image**.

– On l'a tué avec un boulet de canon. On lui a brisé le crâne. Un quinze livres, d'une couleuvrine. Si un boulet de ce type avait disparu, vous ne l'auriez pas remarqué.

– Là, vous vous trompez, dit Beauchene, dont le sourire dévoila la pointe des dents. *J'aurais certainement remarqué**. »

Mercier traduisit.

Ils le regardèrent, les yeux pleins d'espoir.

« Le plus gros canon que j'avais était *couleuvrine moyenne**. Tire un boulet juste *dix livres**. Si un boulet de couleuvrine normale avait disparu, il fallait d'abord qu'il apparaisse. Et ça, ça aurait été quelque chose de *mémorable**.

– En Angleterre, nous appelons cela des demi-couleuvrines, dit Fields, qui semblait ne pas véritablement croire Beauchene. Même si je sais que la *livre** française est un peu plus lourde que notre livre à nous.

– L'*Incassable* pas assez gros *pour des couleuvrines**.

– Donc, le boulet qui l'a tué ne venait pas de l'*Incassable*, dit lentement Harry. Je n'ai pas pensé à interroger Japhia Bennett sur la taille des canons de votre bateau. »

Beauchene grimaça de nouveau et agrippa son estomac.

Harry s'avança pour lui venir en aide ; le vieux capitaine bascula en avant, manquant de s'effondrer par terre. Il respirait par à-coups et son visage était trempé de sueur.

« Vous prenez du mercure ? » lui demanda Harry.

Beauchene acquiesça.

« Ce n'est pas le mercure qui détruit mon estomac. *Pardonnez-moi**.

– Il n'y a rien à vous pardonner, lui assura Harry. Qu'est-ce qui vous fait souffrir, si ce n'est pas le mercure ?

– Moi aussi je bénéficie autrefois de la protection du lieutenant général. Il investit dans le commerce. La laine, *surtout**. Nous amis. » Son visage s'assombrit. « Jusqu'à ce que je suis cité par la Voisin, qui dit que je vais la voir pour le poison d'arsenic. Jamais, je ne la rencontre ! » Il les regarda d'un air indigné. « Soudain, moi, je suis au Châtelet. La Reynie a une façon de poser des questions…

– Une façon ? dit Harry, qui voulait absolument en savoir plus.

– Il vous donne un verre rempli de l'eau. »

Le visage de Beauchene se fendit d'un sourire sinistre.

« Un bon hôte, oui ? Vous le finissez. Il vous dit prenez un autre. *Bien entendu**, vous, vous dites non. "Prenez un autre", il dit encore, *aimable** comme il est. "J'insiste." Vous prenez un autre. Parce que c'est *Monsieur de Paris**. Quand il vous dit : prenez-en un trois, vous savez que vous avez l'ennui. "Je vous ai tout dit", vous dites. "On va voir", il dit, le sourire sur le visage. "Monsieur La Reynie, il n'y a rien à dire de plus." "Quand on vous interroge, vous vous adressez à moi comme lieutenant général !" il crie. Vous prenez un autre verre, *encore**, deux de ses hommes vous tiennent, vous versent de l'eau dans vous. Vous voyez où je veux en venir ? »

Le colonel Fields tripotait son oreille blessée.

« Un interrogatoire aussi brutal n'aboutit qu'à un seul résultat. Au récit qui saura le mieux mettre un terme aux tourments de celui que l'on interroge. Pour ce qui est d'obtenir la vérité, c'est une méthode absolument imparfaite.

– Je ne mens pas, même pour lieutenant général La Reynie, déclara Beauchene. Il y a un interrogateur encore plus *effroyable** que lui. »

Il leva les yeux en direction du ciel.

Mercier leur traduisit le mot *effroyable* en tremblant, ce qui n'échappa à personne.

« *Finalement**, La Reynie est satisfait que je lui dise vérité. Un autre, *un homme inférieur**, un homme moins important, aurait continué avec l'"interrogatoire brutal", comme vous dites, colonel. »

Il se tut quelques instants, épuisé par ses souvenirs et le récit qu'il venait d'en faire.

« Je ne reproche pas. Il fait seulement son travail de lieutenant général. »

28
La bibliothèque du cardinal

Ils traversèrent à nouveau le pont Neuf, mais cette fois-ci à pied. Au moment où ils tournèrent sur le quai de Conti, Harry annonça à Fields et Mercier qu'il souhaitait se rendre à la bibliothèque Mazarine. Le colonel, qui était à bout de souffle et bâillait particulièrement fort, préféra rentrer à l'hôtel de Bouillon ; il avait besoin de repos, et voulait profiter de l'après-midi pour dormir. Le majordome était quant à lui certain que la duchesse avait incessamment besoin de ses services ; ils laissèrent donc Harry devant le collège des Quatre-Nations.

Harry chercha sur le mur l'affiche annonçant l'*Exhibition de monstruosités**.

À force de racler le briquetage, l'homme à l'air zélé avait retiré la plupart des placards qui s'y trouvaient ; il observa Harry d'un œil soupçonneux, son grattoir acéré à la main, se demandant si ce nouveau venu n'avait pas l'intention de coller une autre affiche.

Celle que Harry cherchait avait survécu. Ignorant l'homme qui le regardait fixement, il nota l'endroit : la butte des Copeaux.

Comme il venait tout juste d'être construit, le collège des Quatre-Nations n'accueillait pas encore d'étudiants. Mais Harry avait une lettre de Marie-Anne pour l'introduire auprès du bibliothécaire.

Sans les multiples talents de Fields ou la présence de Mercier pour jouer les interprètes, Harry se sentait seul mais pourtant étrangement libre. Comme si le fait qu'ils soient à ses côtés constituait un poids. Il ne chercha pas à interroger ce sentiment, se contentant simplement de l'éprouver, au moment où il arrivait au pied du grand escalier de pierre qui menait du spacieux vestibule à la salle de lecture.

La bibliothèque Mazarine était un immense espace en forme de L. De tous les côtés se dressaient des étagères chargées de livres qui surplombaient Harry de toute leur hauteur, rappelant les strates d'un flanc de falaise. Des échelles à l'air peu maniable étaient appuyées contre d'imposantes colonnes qui supportaient des balcons. Le parquet reflétait la lumière dorée d'un soleil de fin d'après-midi que laissaient entrer les fenêtres.

Des bustes en marbre se dressaient tout le long de la salle; des têtes sur leur socle, semblables à des trophées pris à des ennemis vaincus. Leurs yeux couleur de lait l'observèrent tandis qu'il se dirigeait vers le coude du grand L. Une fois arrivé là, Harry fit lentement demi-tour pour contempler l'immense espace qui se déployait au-dessus de lui et les milliers de livres qui l'entouraient. Ceux qui se trouvaient sur les rayonnages du mur le plus éloigné donnaient l'impression d'être bleus, comme teints par l'air. D'autres livres attendaient, empilés sur le sol, qu'on leur attribue leur emplacement final.

Rien n'attestait la présence d'une personne susceptible d'être un bibliothécaire, mais un bureau recouvert de papiers, de plusieurs tas de livres et d'une paire de lunettes que l'on avait laissée là indiquaient où celui-ci s'installait ordinairement. Harry avança au milieu des différentes rangées de tables, chacune d'elles suffisamment grande pour accueillir dix lecteurs et bénéficiant de son propre lustre, accroché au plafond par une très longue chaîne. Tous ces lustres se balançaient lentement au gré des courants d'air ou des vibrations qui ébranlaient la structure du bâtiment, rappelant à Harry la fois où Viviani était venu à Gresham's prouver le mouvement de rotation de la Terre au moyen d'un pendule.

Étaient seulement présents deux autres hommes, peut-être munis comme lui de lettres d'autorisation, assis à une table, un livre ouvert devant eux. L'un d'eux lui adressa un regard complice, lui signifiant que sa réaction avait été en grande partie la même la première fois qu'il avait posé le pied dans cette bibliothèque.

Harry reconnut un des bustes, car il était identique à celui qui se trouvait dans le salon de Marie-Anne. Le cardinal Mazarin était positionné de façon à pouvoir observer, même après sa mort, la plus grande partie de la salle. Sa collection de livres était un monument à son insatiable désir de possession. Et bien que la salle qui l'abritait soit immense, Harry trouva – ce qui était parfaitement contradictoire – qu'elle avait quelque chose d'oppressant. C'était l'avidité de Mazarin qui lui donnait cet aspect proprement écrasant. Tous les livres alignés le long des murs semblaient pencher dans sa direction.

L'exemplaire de l'*Advis pour dresser une bibliothèque* de Gabriel Naudé qu'il avait trouvé dans la bibliothèque de Hudson établissait un lien avec cet endroit. Et, par conséquent, avec Mazarin. Harry avait apporté la version anglaise de l'ouvrage. Si ce livre avait attiré son attention, c'est parce qu'il était le seul à ne pas se trouver à sa place tandis que tous les autres étaient méticuleusement rangés sur leur étagère. Mais peut-être avait-on simplement oublié de le remettre en rayon. Harry sentait que cela signifiait quelque chose, mais il ne voyait toujours pas quoi. Accordait-il trop d'importance au fait que ce livre ait été laissé sur la banquette de Hudson, comme l'avait suggéré Grace à Oakham ?

Il pensa une nouvelle fois à la maxime latine de Cicéron. « *Ordo est maxime qui memoriae lumen adfert.* »

L'ordre est ce qui peut le plus sûrement éclairer la mémoire.

C'était un extrait de *De Oratore*. Dans ce traité, Cicéron raconte l'histoire de Simonide qui, par chance, échappe à l'effondrement d'un toit ayant entraîné la mort de plusieurs participants à un banquet. Les victimes ont été tellement réduites en bouillie que l'on ne parvient pas à les reconnaître. Capable de se souvenir de l'endroit où était assis chaque invité, Simonide parvient alors à tous les identifier.

Harry n'avait pas remarqué qu'un homme se tenait près de lui, attendant poliment, avec le souci de ne pas interrompre les pensées de son prochain.

« *Bonsoir, monsieur. Je crains de devoir vous demander de partir. Je suis sur le point de fermer la bibliothèque**. »

L'homme s'exprimait lentement et calmement.

Harry sentit qu'il rougissait, comme si regarder les livres d'une bibliothèque avait été quelque chose de honteux. Il écarta les bras pour signifier qu'il en était désolé. L'homme d'une taille inférieure à la moyenne était donc plus petit que Harry, et sa perruque avait la couleur du vieux lin. Son visage était blême et la peau de sous ses yeux tirait vers le mauve. Difficile d'évaluer son âge, mais ses mouvements étaient guindés comme s'il réfléchissait mûrement à chacun d'eux avant de les exécuter. Il avait toutes les caractéristiques d'une créature d'intérieur. Harry subodora qu'il devait passer l'essentiel de sa vie dans cette bibliothèque.

« *Je suis anglais. Partir** *?* »

L'homme le regarda d'un air plein de gravité.

« *Oui, monsieur**. Cela signifie que vous devez vraiment vous en aller. »

Harry s'aperçut que les tables de lecture étaient vides. Il avait été tellement absorbé par ses propres pensées qu'il ne s'était même pas rendu compte que les autres lecteurs avaient quitté les lieux.

« *Vous êtes le... biblio... ?*

– *Bibliothécaire**. »

L'homme désigna d'un geste tout l'espace qui les entourait, comme si cette responsabilité pesait lourdement sur lui.

Harry lui présenta la lettre de Marie-Anne. Le bibliothécaire gagna son petit bureau et chaussa ses lunettes pour la lire. Il plaça le creux de sa main sous son menton, se mettant à le frotter doucement. Harry pouvait entendre sa barbe d'un jour gratter contre sa paume.

« *La Société royale** ? dit-il en repliant la lettre avant de la lui rendre. Je peux vous accorder un petit moment. Venez-vous pour un livre en particulier, ou pour voir la collection du cardinal ? »

Son anglais était d'une grande précision et, hormis un petit défaut pour ce qui était de la prononciation des *r*, quasiment impossible à distinguer de celui d'un Londonien bien éduqué.

Marie-Anne avait anticipé le fait qu'à la bibliothèque Mazarine, le nom de la Société royale aurait droit à un bien meilleur accueil que celui du conseil de l'artillerie.

« Je voulais voir l'endroit où tous ces livres sont entreposés, répondit Harry. Je m'intéresse également à la collection et à la façon dont elle est classée. J'ai un livre, une traduction anglaise de Gabriel Naudé, dans lequel il explique son système de rangement. »

Le bibliothécaire écarquilla les yeux et se montra aussitôt bien plus chaleureux.

« C'était le bibliothécaire du cardinal. » Il traversa la salle de lecture, s'attendant à ce que Harry le suive. « Mazarin m'a désigné pour être le successeur de Naudé. »

Ils passèrent devant trois grandes colonnes et il s'arrêta devant une étagère.

« Je suis François de La Poterie. » Il effectua une petite révérence. « J'ai eu pour tâche d'apporter tous ces livres ici depuis la maison du cardinal, rue de Richelieu. Il les a légués au collège. Nous avons ici le manuscrit original d'*Advis pour dresser une bibliothèque*, avec quelques notes supplémentaires de la main même de Naudé, ainsi que deux exemplaires de la première édition. »

Le débit de La Poterie s'était accéléré ; un bibliophile revigoré. Ayant écarté une échelle qui se trouvait devant le rayonnage, il tendit le bras aussi haut qu'il le pouvait avant de le laisser aussitôt retomber.

Il se retourna vers Harry, le visage révulsé. Harry crut qu'il allait éclater en sanglots.

« Qu'est-ce qui ne va pas, monsieur ? » lui demanda-t-il en levant les yeux vers l'étagère.

Le bibliothécaire prit une profonde inspiration avant de se ressaisir.

« Voilà qui est particulièrement troublant. Nous avions, comme je l'ai dit, deux premières éditions. Il semblerait que nous n'en ayons à présent plus qu'une. »

Harry s'aperçut qu'il y avait en effet un espace vide entre les livres.

« Quelqu'un l'a emprunté ?

– Non, non. Nous travaillons actuellement à remplir la bibliothèque en y apportant les livres du palais Mazarin ; personne n'est donc autorisé à y toucher excepté mes assistants et moi. Aucun livre n'est censé quitter ce bâtiment. Nous en avions deux. J'en suis certain. C'est moi-même qui les ai placés là. »

La Poterie tendit à Harry l'exemplaire restant, un mince volume relié en cuir rouge. Il le soupesa en glissant sa main dessous comme il l'aurait fait avec des fruits. Le voyant manipuler le livre de cette façon, le bibliothécaire, qui avait toujours l'air désespéré, fit la grimace.

Harry regarda le vide entre les livres, puis l'échelle qu'avait déplacée La Poterie.

« Où se trouvait exactement cette échelle ? »

Le bibliothécaire entreprit de la remettre là où il l'avait trouvée, la poussant un peu dans un sens, puis dans l'autre, jusqu'à ce que l'endroit lui semble le bon.

« Ici, je pense.

– Un peu à gauche du livre manquant ? »

Ils considérèrent tous les deux la longueur de l'échelle.

« Je n'ai pas eu besoin de l'échelle pour atteindre ce livre, dit le bibliothécaire. Et je ne suis pas un homme de grande taille.

– L'homme qui a utilisé cette échelle est donc encore plus petit que vous. »

L'après-midi laissait la place au soir, avec son ciel teinté de rose et le soleil couchant qui faisait scintiller les toits de Paris. Les mouettes, qui semblaient elles aussi être devenues roses et ne pas apprécier cela, produisaient les mêmes sons criards que leurs congénères londoniennes.

Marchant le long du quai de Conti, Harry était trop plongé dans ses réflexions pour les remarquer.

L'homme qui se faisait passer pour le capitaine Hudson aurait nécessairement eu besoin d'une échelle pour attraper les exemplaires d'*Advis pour dresser une bibliothèque* que La Poterie avait placés à une hauteur parfaitement accessible à un homme de taille moyenne. Nécessaire, mais pas suffisant, dirait M. Hooke, pour prouver que l'imposteur était bien venu là, car n'importe quel autre homme de petite taille aurait eu besoin d'une échelle.

Harry ne pouvait cependant s'empêcher de penser qu'il avait comme entrevu pour la première fois l'homme qu'il recherchait.

Il passa devant l'affiche qui annonçait l'*Exhibition de monstruosités**.

Sans doute cela vaudrait-il le coup d'y aller. Un nain anglais réfugié à Paris pourrait considérer que ce genre de kermesse serait l'endroit idéal où se cacher. Harry ne pouvait pas attendre des jours et des jours à la bibliothèque Mazarine dans l'espoir qu'il revienne – espoir qui s'appuyait uniquement sur l'endroit où avait été placée une échelle et sur le fait qu'un livre manquait. Il y avait d'autres moyens de retrouver le nain, et qui pouvaient se révéler bien plus efficaces.

Le bibliothécaire se tenait devant l'entrée du collège des Quatre-Nations. Il s'assura que Harry partait dans la direction opposée. Puis il descendit l'escalier quatre à quatre avant de traverser le pont Neuf.

29
Le salon de la duchesse

Comme l'avait promis Marie-Anne, son salon accueillait ce soir-là ses invités. Elle avait choisi de porter une perruque et ne pouvait donc plus jouer avec ses cheveux ; à la place, elle passait son temps à tripoter ses vêtements ou bien les meubles.

Harry était nerveux, lui aussi. Il était embêté de ne pas avoir d'habits adaptés pour l'occasion, mais son hôtesse coupa court à ses lamentations avec un grand éclat de rire, lui conseillant d'attendre de voir Racine.

Harry et Fields s'étaient faits aussi élégants que possible, mais leurs chemises avaient beau avoir été lavées et leurs chaussures soigneusement cirées, elles portaient encore les traces de plusieurs jours de voyage. Harry se sentait vraiment miteux, assis dans ce salon si raffiné, à côté du clavecin à la décoration licencieuse dont on avait rabattu le couvercle pour la soirée. Fields ne semblait quant à lui aucunement perturbé à l'idée de ne pas être assorti à la splendeur du décor, ce qui ne l'empêcha néanmoins pas de ranger sa pipe lorsque Marie-Anne lui adressa un regard réprobateur.

Le premier invité qu'annonça Mercier – le majordome, qui se tenait à la porte, s'empara de la carte du visiteur en un geste théâtral et la lut comme si on était à un bal de l'aristocratie – fut un homme rondelet au corps en forme de poire, et qui irradiait la tristesse. C'était Jean Racine en personne, l'homme dont leur avait parlé Marie-Anne. D'après les apartés qu'ils échangèrent en chuchotant, Harry comprit qu'il s'agissait d'un célèbre auteur dramatique, mais qu'il n'écrivait désormais plus de pièces, ne pouvant concilier le théâtre avec sa toute nouvelle ferveur chrétienne. Cette inclination lui était venue en même temps que sa nouvelle épouse, expliqua Marie-Anne à Harry, révélant tout l'éclat de la dentition Mancini. Racine avait alors accepté la charge d'historiographe du roi Louis XIV. En dépit du salaire mirobolant qui accompagnait ce rôle, l'homme était, comme l'avait annoncé Marie-Anne, remarquablement débraillé.

Racine les salua d'un hochement de tête puis s'installa dans une méridienne et se mit à fixer avec mélancolie ses souliers usés. La duchesse eut beau faire de son mieux pour lancer la conversation, il ne répondit que par monosyllabes, donnant l'impression qu'il aurait préféré se trouver ailleurs. Quand une domestique lui versa du thé, il s'absorba dans la contemplation de sa sous-tasse, qu'il ne quitta que rarement des yeux.

Il apparut qu'il avait appris que son rival Charles Perrault devait venir ce soir. Marie-Anne, toujours soucieuse d'alimenter la discussion, raconta à Harry et Fields la querelle qui opposait les deux hommes, ce qui ne fit qu'inciter Racine à s'affaler encore davantage dans sa méridienne. Il était le champion des Anciens, affirmant qu'on ne pouvait faire mieux que les imiter : imiter leurs idées, leurs rythmiques, leurs structures. Il pesta contre l'obsession de l'époque pour la nouveauté, surtout après que Marie-Anne eut employé le terme « nouvelle philosophie » en parlant à Harry. Perrault était, quant à lui, bien entendu, le champion des Modernes.

Harry s'efforça de se montrer neutre et diplomate, mais Fields le surprit en sautant à pieds joints dans le débat, se mettant à parler d'armes et de poudre à canon, mais aussi de l'invention de l'imprimerie. C'est l'imprimerie, dit-il, s'appuyant sur Marie-Anne pour assurer la traduction, qui avait permis au mouvement des niveleurs de se développer. Sans elle, il n'aurait jamais eu connaissance de l'égalitarisme professé par des hommes tels que Overton, Lilburne et Walwyn.

L'enthousiasme du colonel pour le concept de souveraineté populaire plongea Racine dans un silence encore plus profond. Pour l'en extraire, Marie-Anne lui demanda d'expliquer sa conception des trois unités : d'action – une pièce ne devait pas avoir de sous-intrigues ; de temps – l'action d'une pièce ne pouvait pas durer plus d'un jour et une nuit ; et de lieu – une pièce ne devait se dérouler que dans un seul endroit, la scène ne représentant qu'un unique espace physique. Racine la regarda d'un air mortifié, avant de lancer un regard implorant vers son majordome, qui esquissa son habituel sourire en coin, se délectant de la détresse de l'écrivain.

La personne qui arriva ensuite fut une femme bien en chair et débordante d'énergie que Marie-Anne présenta comme la poétesse Antoinette Deshoulières. L'annonce du majordome déprima Racine encore davantage. Il se trouve que cette dernière était en désaccord avec lui, considérant sa conception du théâtre comme inutilement restrictive. Se présentant très peu de temps après, le troisième invité était le tant attendu Charles Perrault, flamboyant auteur de contes de fées, qui accapara bruyamment la conversation pour ne plus la lâcher.

Racine s'anima enfin, martelant sa soucoupe avec sa tasse pour souligner la puissance de ses arguments. À mesure qu'il haussait le ton, en résistance à l'égocentrisme de Perrault qui estimait devoir être le centre de toutes les attentions, ce dernier en faisait de même.

« Tous les personnages doivent être dépeints non pas tels qu'ils devraient être, mais tels qu'ils sont réellement ! » finit presque par hurler Racine.

Fields se joignit à la discussion avec grand enthousiasme. Marie-Anne et Mercier assuraient tour à tour la traduction, essayant de suivre son rythme endiablé. Le vieux soldat ne tarda pas à devenir la vedette de la soirée, les invités ayant compris qu'ils pouvaient marquer des points les uns contre les autres en lui adressant un propos qu'il commentait ensuite avec toute la simplicité de son bon sens, au plus grand plaisir de l'assistance.

Lorsqu'arriva Ninon de Lenclos, une vieille fille qui s'empressa d'annoncer qu'elle était athée jusqu'au bout des ongles et qu'elle était convaincue de ne pas avoir d'âme, le salon était merveilleusement animé. Quand, à tout ce monde, s'ajouta Jean de La Fontaine, qui était encore plus dépenaillé que Racine, ce fut avec une grande satisfaction que Marie-Anne considéra sa petite réunion.

« Il est dangereux d'avoir autant d'écrivains dans une même pièce », prononça une voix près de Harry.

Celui-ci ne s'était pas rendu compte que Mercier venait tout juste de faire entrer un nouvel invité, l'annonce du majordome ayant été noyée sous les déclarations tonitruantes de Mme Deshoulières, selon qui c'était l'instinct de conservation qui gouvernait les actions que certains considéraient comme relevant du libre arbitre.

« Cela va-t-il se terminer en bagarre ? » demanda en souriant Harry au nouvel arrivant.

De même taille que lui quoique plus maigre, il avait un nez d'une longueur impressionnante et des cheveux blonds généreusement bouclés qui lui descendaient dans le dos.

« C'est la première fois que je viens ici, dans cette maison. C'est la première fois que je rencontre ces personnes. Je ne les connais que de réputation. Je dirais... » Il rendit son sourire à Harry. « ... oui. »

Son anglais était bon, de même que son accent. Harry eut honte que son français soit aussi médiocre. Il résolut d'y remédier.

« Je suis désolé, monsieur. Je n'ai pas entendu votre nom quand vous nous avez été présenté...

– Jacob Besnier. » L'homme lui tendit la main. « La duchesse m'a invité ici afin que je discute avec M. Henry Hunt. Vous êtes cette personne, n'est-ce pas ?

– Oui. J'ai comme l'impression que vous n'êtes pas écrivain.

– Ah oui ? Et pourquoi ne le serais-je pas ? »

Le regard de l'homme exprimait autant le défi que l'amusement.

« Aucune de vos mains ne présente de la corne entre le pouce et l'index, un signe qui indique que l'on a l'habitude de se servir d'une plume.

– Vous êtes très observateur. Consentiriez-vous alors à deviner ce que je fais ?

– Je dirais que vous êtes comme moi… un manuel. Mais vous ne travaillez pas le bois, car la poussière de bois laisse des taches sur la peau. Ce sera donc le métal. Votre peau est abîmée par l'huile et il y a de fines particules de métal sous votre épiderme. Vous coupez et limez du métal. » Harry le regarda, comme en s'excusant. « C'est là le plus loin où je peux aller.

– Pas mal. » Besnier lui tapa dans le dos. « Je suis *serrurier**. »

Il fit un mouvement de torsion avec sa main, mimant une clé tournant à l'intérieur d'une serrure.

« Je m'y connais un peu en serrures.

– C'est comme ça que je gagne ma vie. Mais ce n'est pas là ma passion. Ce n'est pas pour mes serrures que la duchesse m'a demandé de venir ici. Elle me dit que vous avez volé avec le célèbre Robert Hooke. » Il se redressa, devenant plus grand, et bomba fièrement le torse. « Moi aussi, j'ai expérimenté le vol.

– Je n'ai jamais volé avec M. Hooke », répondit Harry.

Le visage de Besnier se décomposa.

« Oh, monsieur, c'est pourtant ce qu'elle m'a raconté.

– M. Hooke est resté au sol, en sécurité. Il a conçu le planeur et je l'ai aidé à le fabriquer, mais c'est moi seul qui ai volé. »

Le visage de Besnier s'éclaira de nouveau.

« Venez. J'ai quelque chose à vous montrer. Et peut-être que vous pourrez m'aider. »

Harry le suivit dans le vestibule, puis jusque dans la cour, où était garée une simple charrette tractée par un unique cheval. Besnier retira la toile qui recouvrait le véhicule et se mit à tendre à Harry de longues baguettes en bois pourvues de crochets pour y attacher des courroies, ainsi que des fils et des panneaux de taffetas qu'il avait huilés afin de les rendre parfaitement étanches à l'air. Son appareil était beaucoup plus petit que le planeur de Hooke, lequel s'était révélé déjà suffisamment hasardeux.

Besnier lui fit signe de retourner à l'intérieur.

« La duchesse veut que je fasse une démonstration.

– Alors tâchez de ne pas la décevoir », dit Harry en le suivant.

Les deux hommes avaient les bras surchargés.

Une fois sanglé à son dispositif de vol dans le salon de Marie-Anne, Besnier eut droit à des exclamations admiratives de la part des Modernes. Même Racine eut l'air impressionné lorsque Besnier se présenta tel qu'il devait être en position de vol, après avoir attaché aux baguettes ses chevilles, ses épaules et ses poignets. Aux deux extrémités de chacune des baguettes, plus grandes que Besnier, était fixé un panneau de taffetas articulé. Ces panneaux s'ouvraient et se fermaient selon que l'on exerçait une poussée vers le haut ou une traction vers le bas, et Besnier, le regard enfiévré par la passion, expliqua que c'était en les contrôlant de cette manière que l'on manœuvrait l'appareil. Allongé sur une table, le nez pointé vers le sol, il montra la manière dont il bougeait les membres, comme s'il marchait dans les airs, afin d'exposer le maximum de toile au vent, et comment il pouvait changer de direction en se servant de l'air pour tourner. Harry se demanda à quel point il lui était effectivement possible de virer ou s'il était plus probable que Besnier se retrouve totalement à la merci du vent, au risque qu'une forte rafale le fasse tourbillonner et s'écraser au sol.

« Vous avez volé dans cette machine ? demanda Perrault d'une voix que l'émerveillement avait rendue haut perchée.

– Oui, monsieur, confirma Besnier.

– Vous êtes courageux, grommela Racine, comme si cela lui faisait mal de le dire.

– J'ai musclé mon courage, répondit modestement Besnier. J'ai d'abord sauté d'un tabouret. Puis, d'une table. Ensuite, d'une fenêtre et, enfin, d'un toit. J'ai survolé les maisons de mon quartier.

– Vous avez réussi à contrôler votre atterrissage ? lui demanda Harry.

– Je suis vivant, non ! » s'écria Besnier, ce qui fit glousser Mme de Lenclos, laissant ainsi entrevoir ses dents jaunes.

D'un geste, Fields réclama l'attention de tous.

« Harry, vous avez, vous aussi, quelque chose qui pourrait impressionner l'assistance.

– Quoi donc, colonel ? lui demanda quasi machinalement Harry, son esprit monopolisé par l'engin volant de Besnier et son indiscutable courage.

– Eh bien, votre pistolet. Vous l'avez modifié de manière qu'il tire à répétition, quatre coups d'affilée. »

Charles Perrault applaudit de joie. Il adressa un regard plein de reconnaissance à Marie-Anne qui, ce soir, s'était surpassée. Un homme volant et un pistolet à répétition ! Quel monde extraordinaire ! Et comme il avait de la chance de vivre pour voir cela !

Harry, sur lequel étaient braqués les yeux de Marie-Anne et de ses invités ainsi que le regard sournois de Mercier, fut dans l'impossibilité de refuser. Et c'est sans enthousiasme qu'il monta l'escalier menant à sa chambre et revint avec le pistolet d'Oldenburg. Il montra aux invités le quadruple canon, et comment celui-ci tournait de manière à pouvoir tirer la balle suivante.

Besnier portait encore son costume volant, qui se mit à cliqueter quand il entreprit de traverser le salon de Marie-Anne.

« Serait-il possible de vous montrer tout cela plus à notre aise dans le jardin, madame la duchesse ? » demanda-t-il.

30
Le Grand Châtelet

Le lendemain matin, 9 heures n'avaient pas sonné que Harry et Fields étaient de retour au Châtelet.

Le salon de Marie-Anne vivant à l'heure des écrivains, Harry se sentait vaseux à cause du manque de sommeil. On avait trop porté de toasts au succès de l'appareil volant de Besnier et des coups de feu successifs et bruyants de son pistolet. Ils avaient profité de la vaste étendue du jardin de la duchesse pour procéder à la démonstration de l'un et de l'autre. Besnier s'était envolé depuis la fenêtre d'un grenier. Avoir entamé ainsi sa réserve de munitions inquiétait Harry.

Fields, de son côté, n'avait jamais semblé aussi en forme depuis qu'ils étaient arrivés en France. Il déclarait qu'il s'était énormément amusé et espérait qu'ils allaient recommencer.

Alors qu'ils suivaient le même adjudant chiqueur de tabac à travers le long couloir qui menait au bureau du lieutenant général La Reynie, Harry sentit un nerf se contracter dans sa cuisse. Il repensait au brutal interrogatoire auquel avait été soumis le capitaine Eugène de Beauchene.

Le hibou le scrutait toujours d'un regard noir; il n'était pas devenu plus chaleureux depuis leur dernière visite. L'horloge du lieutenant général continuait à faire entendre son inquiétant *tic-tac.*

« Je n'ai toujours pas retrouvé ma lettre d'introduction », répondit Harry au salut que lui adressa La Reynie.

Ce dernier, assis derrière son bureau, hocha la tête – ce qui fit se balancer son impressionnante perruque – comme si cette information correspondait exactement à ce à quoi il s'attendait. Il afficha alors un air désolé et plein de regrets.

« Je dois donc vous demander de me remettre vos armes. »

Fields s'avança, détacha l'épée empruntée au duc de Bouillon, la déposa à plat sur le bureau et la tapota rapidement à deux reprises.

« Elle sera sous bonne garde, colonel, jusqu'à ce qu'elle vous soit rendue », le rassura La Reynie.

Fields acquiesça d'un air grave pour signifier que cet arrangement lui convenait.

« Je n'ai pas d'arme », dit Harry, faisant ainsi un usage parcimonieux de la vérité.

Il avait volontairement laissé une fois encore son pistolet dans sa chambre de l'hôtel de Bouillon.

« Ce sera donc seulement le colonel, semble-t-il, répondit La Reynie d'un ton ambigu.

– Je n'arrive pas à m'expliquer la disparition de cette lettre, lui dit Harry. Je me souviens clairement de l'avoir sentie dans ma poche quand nous sommes arrivés chez la duchesse de Bouillon.

– Cela n'a pas manqué de m'étonner la première fois que vous êtes venus. Et depuis, j'y ai réfléchi. Votre lettre d'introduction, dites-vous, est de sir Jonas Moore et m'est adressée à moi ; alors pourquoi vérifier le contenu de votre poche à ce moment-là ? Quel est votre lien avec la duchesse de Bouillon, pour que vous puissiez ainsi séjourner chez elle ? »

Harry avait pris soin de ne pas évoquer le fait qu'Hortense Mancini l'avait chargé de trouver le Sancy. Le dire à présent revenait à avouer au lieutenant général qu'il lui avait menti, ne serait-ce que par omission. Mais ne pas le faire, c'était risquer de s'attirer des foudres nettement plus terribles.

« En vérité, je cherchais une autre lettre, répondit Harry. Une lettre de la duchesse de Mazarin, Hortense, qui nous présentait à sa sœur, Marie-Anne. C'est elle qui nous a suggéré de séjourner à l'hôtel de Bouillon. »

La Reynie souleva l'épée de son bureau, comme s'il avait l'intention de la retirer de son fourreau. Mais au lieu de cela, il se contorsionna dans son fauteuil pour la poser avec précaution contre la bibliothèque derrière lui.

« Les fabuleuses nièces du cardinal. Aussi belles l'une que l'autre, chacune à sa manière. Ha ! Pour laquelle des sœurs est-il le plus avantageux que vous vous trouviez à Paris ? » La Reynie ramena par-devant une des extrémités de sa longue perruque, restée coincée derrière son épaule au moment où il s'était tourné. « Vous seriez donc plutôt en lien avec Hortense.

– Je l'ai rencontrée au palais de Whitehall, la résidence du roi d'Angleterre.

– Je sais où réside le roi d'Angleterre, monsieur Hunt. »

Le ton de La Reynie s'était durci.

Harry commençait à sentir la sueur couler le long de son dos.

« Le roi a son propre laboratoire, que j'ai visité en compagnie de M. Hooke. C'est le roi qui m'a présenté à la duchesse de Mazarin. »

Le hibou sembla écarquiller les yeux face à l'invraisemblance de cette histoire.

« Je vous crois, dit La Reynie d'un ton redevenu léger. Vous travailliez pour la Société royale. La Société personnelle du roi – je m'attendais à ce que vous l'ayez rencontré. Ce n'est pas comme notre roi. Un homme bien plus difficile à voir. Il y en a qui attendent des jours et des jours, au Louvre ou à Versailles, avant de pouvoir lui parler. L'Angleterre se vante d'avoir un monarque accessible. Malgré la crainte d'une insurrection catholique qui sévit actuellement chez vous, il aime se mêler à son peuple. Je vous crois quand vous me dites que c'est lui qui vous a présenté à la duchesse, car je n'ai aucune raison de ne pas vous croire. Ce qui est toutefois plus mystérieux à mes yeux – ce qui est davantage matière à interrogations –, c'est pourquoi Hortense Mancini rédigerait pour vous une lettre d'introduction à destination de sa sœur. Vous êtes venu à Paris pour enquêter sur le meurtre du capitaine Hudson, une affaire qui ne la concerne assurément en rien.

– C'était un geste amical. Elle a eu vent de mon prochain séjour à Paris.

– Je ne voudrais pas sembler irrespectueux, mais vous êtes un mécaniste. Un opérateur. Et de talent, j'en suis certain. Qui s'y connaît en philosophie naturelle. Mais elle… elle est la *duchesse de Mazarin**. Non, non, c'est dans un autre but qu'elle a rédigé votre lettre d'introduction. »

La Reynie se leva, ce qui fit reculer Harry, alors même que le lieutenant général ne s'était pas approché de lui.

« Peut-être vous a-t-elle caché ce but. Peut-être que non. Mais il y a, j'en suis convaincu, une raison toute particulière à ce "geste amical". » Il quitta son bureau. « Je vais écrire à lord Danby pour lui expliquer la situation délicate dans laquelle vous vous trouvez. Je sais qu'il désirait lui aussi que vous vous rendiez à Paris. Je lui demanderai de me confirmer votre identité. Jusqu'à ce que j'aie *sa* parole quant à celle-ci, vous devrez cesser de chercher le nain. Vous ne pourrez plus interroger qui que ce soit. Si Danby répond rapidement, vous n'aurez que quelques jours à attendre. » Il les fixa tous les deux du regard. « Ai-je votre parole que vous respecterez mes instructions ? Nous sommes entre gentlemen, n'est-ce pas ? »

Ils acquiescèrent.

« Nous pouvons néanmoins nous déplacer librement ? lui demanda Fields.

– Bien sûr. Vous êtes venus visiter Paris. Je ne vais pas vous enfermer dans l'hôtel de Bouillon. Allez voir le Louvre. Et Notre-Dame. Allez admirer le nouveau palais du roi à Versailles. Allez voir la machine de Marly à Bougival ; on vient d'en commencer la construction. Quand elle sera achevée, ce sera le plus grand dispositif de pompage de toute l'Europe ; elle alimentera en eau les fontaines du château. Philosophique, non ? Ce n'est qu'à une demi-journée de cheval. Ou sinon, vous pouvez aller à la bibliothèque Mazarine afin de satisfaire l'intérêt de M. Hunt pour les livres. »

L'expression qu'afficha Harry fit sourire La Reynie.

« Mes *mouches** sont partout. Si j'apprends que vous n'avez pas respecté votre parole, vous ne serez plus les bienvenus à Paris. Je vous interdis de vous munir de quelque arme que ce soit. Il y a dans cette ville certains endroits où il faut faire très attention si l'on n'est pas armé, mais je ne tolérerai pas que vous blessiez quelqu'un. »

31

*L'Exhibition de monstruosités**

Alors qu'ils étaient de retour à l'hôtel de Bouillon, Fields demanda à Harry ce qu'il avait l'intention de faire maintenant que La Reynie leur avait interdit d'enquêter sur le meurtre du capitaine Hudson.

« Je pensais aller ce soir au Jardin royal des plantes médicinales », répondit-il.

Après quoi il gagna sa chambre pour y faire la sieste, claquant la porte derrière lui.

Fields, qui se demandait pourquoi Harry voulait aller visiter un jardin le soir, passa le reste de la matinée chez Marie-Anne, étendu sur un banc, laissant le soleil lui réchauffer le visage, alternant petits sommes et lectures de son *Livre de la prière commune.*

Marie-Anne était absente, partie pour Villennes-sur-Seine rendre visite à une amie. Après que Harry eut émergé de sa sieste, Mercier leur servit le déjeuner, qu'ils prirent dans le *petit salon**. Harry se dit qu'en dépit de son nom, cette pièce pourrait contenir toute la maison de Mme Hannam.

Au cours du repas, les deux hommes n'échangèrent quasiment pas un mot, sauf quand Harry posa comme hypothèse que, puisque le boulet de canon qui avait servi à tuer le premier Hudson ne provenait pas de l'*Incassable,* c'était son assassin qui avait dû le transporter. Peut-être que celui-ci ne s'était jamais trouvé à bord de la chaloupe. Et peut-être aussi que le deuxième Hudson se servait de l'*Advis pour dresser une bibliothèque* de Naudé comme d'un moyen de communication. Mais pour communiquer avec qui ? Rien de tout cela ne parut intéresser Fields. Harry garda pour lui l'inquiétude que suscitaient dans son esprit la réponse que ferait Danby au courrier de La Reynie ainsi que le brusque changement d'attitude du lieutenant général envers leur enquête, au moment où il avait appris qu'ils étaient en relation avec Hortense.

L'après-midi, les deux hommes reprirent leurs activités de la matinée jusqu'à ce que Harry, habillé chaudement et ayant déjà enfilé son manteau, toque à la porte du colonel.

Malgré les ordres de La Reynie, il avait, sous son manteau, accroché à sa ceinture, son pistolet. *Avec toutes ses lumières, Paris regorge d'ombres*, avait dit Marie-Anne, et savoir que Fields n'avait plus son épée l'emplissait d'appréhension. Il s'était longuement demandé s'il devait le prendre ou non, mais il se sentait davantage en sécurité avec que sans. La Reynie ne le saurait que s'il devait s'en servir.

Le trajet jusqu'au Jardin royal des plantes médicinales, plus couramment appelé *Jardin du Roy**, consistait en une simple déambulation le long de la Seine. S'ils se retrouvaient à l'embouchure de la Bièvre, leur avait expliqué Mercier, c'est qu'ils étaient allés trop loin.

Fields réajusta son écharpe orange de soldat du Parlement pour se protéger du froid.

« Pourquoi cette sortie vespérale ? »

En guise de réponse, Harry se contenta d'esquisser un sourire énigmatique.

Avec la Seine qui irradiait la couleur du soleil couchant, l'arrivée du crépuscule avait transformé Paris en une ville d'or. Les fenêtres étincelaient tandis que la lumière semblait donner vie aux murs et aux toitures. Les nuages étaient teints de lignes cramoisies, comme des pansements appuyés sur des blessures.

Une fois arrivés dans le faubourg Saint-Victor où ils passèrent devant la vieille abbaye du même nom et son grand mur à arches, les deux hommes se dirigèrent vers une petite colline couronnée d'un moulin à vent; Harry supposa qu'il s'agissait de la butte des Çopeaux. Comme de nombreuses éminences du même genre qui entouraient la ville, elle était constituée de déchets que l'on avait jetés hors des remparts avant de les recouvrir de terre au XIVe siècle; la butte des Copeaux avait ainsi poussé sur les rebuts des chantiers navals du port Saint-Bernard qui se trouvait à proximité.

Longeant le mur du jardin, ils se mêlèrent à une foule bruyante qui convergeait vers la butte. En l'absence de Mercier, il leur était difficile de comprendre les conversations, bien trop rapides, qui se tenaient autour d'eux. Seuls quelques mots se détachaient de ce brouhaha.

Mercier les avait prévenus quant à la nature de l'endroit : tellement licencieux qu'il ne pouvait se permettre d'en dire davantage. Harry se rapprocha du colonel, dont la corpulence le rassurait.

La voix haut perchée d'un forain qui hurlait leur parvint aux oreilles, l'emportant sur le bourdonnement de la foule.

« *Admirez les possibilités de la nature. Méditez sur la frontière entre l'humanité et la bête. Les caprices de la naissance, qui peuvent produire des créatures singulières**. »

En haut de la butte, on avait disposé en cercle plusieurs petites scènes : des estrades en bois derrière lesquelles étaient tendues, entre deux poteaux, de simples toiles peintes, dont certaines avaient été découpées en arches et dont on avait noué les rabats avec des cordelettes.

« *Rendez grâce à Dieu que ces afflictions ne vous aient pas visités** ! »

Les démonstrations se dérouleraient dans le sens des aiguilles d'une montre. La foule était en train d'attendre la toute première, qui allait avoir lieu sur une scène ayant pour décor une grande banderole représentant deux filles vêtues d'une robe aux couleurs criardes. Comme le soleil se couchait, que les ombres devenaient plus épaisses et plus menaçantes, ce n'est que lorsqu'il regarda plus attentivement que Harry s'aperçut qu'il s'agissait de siamoises. Chacune d'elle détournait la tête, comme si l'attention que leur prêtait le peintre les intimidait. Des lettres aux couleurs délavées proclamaient qu'il s'agissait des « *plus belles sœurs fusionnées, Ysabeau et Pernelle** ».

Comment ces filles pouvaient-elles supporter de partager une telle intimité ? Elles ne connaissaient que cela, prisonnières à jamais du corps de l'autre. Harry se demandait s'il y avait parfois entre elles de longs silences pleins d'amertume.

On se servait de ces erreurs de la nature pour nier l'omnipotence de Dieu. Ou alors on affirmait que c'était Lui qui avait désiré ces malformations pour nous rappeler la bénédiction qui était la nôtre d'avoir été façonnés à Son image. On considérait que les responsables de ces naissances monstrueuses étaient les mères, dont les péchés, même s'ils n'avaient été commis qu'en pensée, avaient dû corrompre leurs embryons. On y voyait également des présages de malheurs à venir.

Un mouvement de foule poussa Harry vers la scène. Le rideau de toile était en train de se lever. Le forain monta sur l'estrade, les bras écartés pour accueillir son public. Il portait une longue robe rappelant celle d'un druide. Son crâne chauve reflétait la lueur des lanternes allumées tout autour de l'estrade.

Il se mit à faire le long récit de l'histoire des jumelles. Harry parvint à en comprendre les grandes lignes. Nées dans une famille pauvre de Valachie. Parents obligés de quitter leur village à cause de peurs superstitieuses. Père tué en cherchant à les protéger. Mère qui s'enfuit, transportant ses filles à travers la Bohême, puis la Prusse. Alors, comme si c'était là la volonté même de la bonne Providence, elle avait croisé la route de l'*Exhibition de monstruosités**, qui faisait étape dans la ville de Brunswick. Souhaitant les protéger de l'intolérance, et afin de célébrer leur singulière beauté, le forain les avait prises sous son aile.

Harry n'avait pas cru la moitié de ce qui venait d'être raconté. Depuis qu'il était allé à la foire de Bartholomew, il savait très bien comment on présentait les êtres exhibés dans ce genre de spectacle. Tous sans exception pouvaient se vanter d'avoir réussi une évasion spectaculaire, d'avoir subi bien des épreuves ou fait montre d'un extraordinaire courage. Immanquablement, l'exhibition avait été leur salut. Que ces foires soient perçues comme des refuges était censé atténuer la déplaisante culpabilité du spectateur. Harry subodora que chaque membre du public avait un prétexte pour justifier sa présence à ce spectacle.

Sa raison à lui était simple : il était à la recherche du nain qui prétendait être Hudson. Et pourtant, tandis qu'il tendait le cou, il se surprit à vouloir vérifier si les jumelles étaient aussi belles que le prétendait la banderole.

Le forain termina son récit et se dirigea rapidement vers la gauche de la scène en désignant la porte découpée dans le tissu.

« *Montrez-vous aux curieux, mesdames* ! »

Une silhouette enjamba avec hésitation le seuil en toile. Elle tourna son visage vers le public.

Ce n'étaient pas les jumelles. C'était une femme, d'une quarantaine d'années, mais qui était déjà voûtée et marchait d'un pas traînant. Elle ne s'était manifestement pas encore tout à fait remise de son périple depuis la Valachie. Elle rappela à Harry un vieil ours qu'il avait vu une fois à la ménagerie de la Tour et qui avait la même manière de fixer un point au-delà de ceux qui le regardaient, comme si les ignorer était le seul moyen de se cramponner à sa dignité.

« *Voici la mère de ces filles merveilleuses* ! »

La mère ne suscita que peu d'intérêt. La foule se mit à grommeler et à marmonner, n'ayant d'yeux que pour la toile qui se trouvait derrière elle, dans l'attente qu'elle s'ouvre à nouveau et laisse apparaître les jumelles.

Seraient-elles aussi belles que l'affirmait le forain ? La mère avait tellement mal vieilli qu'elle n'en laissait rien présager. Il lui manquait des dents, et ses joues concaves faisaient que son visage n'était que menton et pommettes.

Le bonimenteur sourit à la mère, puis à la foule, sachant parfaitement ce que les gens voulaient, et reconnaissant qu'il venait de leur jouer un tour.

« *Maintenant, vous allez voir les belles jumelles**. »

Le rabat de toile se souleva à nouveau. Enfin, les filles apparurent et entrèrent en scène, le visage incliné, de sorte que personne ne pouvait les voir. Elles avancèrent maladroitement, car elles étaient presque dos à dos, réunies par la base de leur épine dorsale et partageant une même hanche. Elles portaient une unique et ample robe qui, malgré ce qui était représenté sur la toile peinte, était parfaitement sobre, d'un vert olive foncé. Leurs cheveux étaient recouverts d'un bonnet de la même couleur. On avait l'impression qu'elles se rendaient à l'église.

L'une des sœurs avait les jambes de la même longueur, mais l'autre en traînait une décharnée et tordue qui ressemblait à une branche morte.

Les filles n'avaient pas encore levé les yeux. Étaient-elles identiques ? Ou bien, comme certains commençaient à le soupçonner parmi la foule, n'étaient-elles ni jumelles ni sœurs, mais simplement deux filles attachées l'une à l'autre sous une grande robe ?

Le forain avait déjà effectué ce numéro une centaine de fois. Il s'approcha des filles et s'immobilisa, sachant exactement à quel moment il allait révéler leurs visages au public. Il attendit que les murmures s'arrêtent, jusqu'à ce que règne un silence absolu.

Harry avait du mal à respirer, oppressé par l'attitude de la foule qui le cernait de toutes parts, mais aussi par tous ces corps agglutinés contre le sien. Collé à lui, Fields regardait semble-t-il lui aussi avec fascination la petite scène et les quatre personnes qui s'y trouvaient, même s'il affichait une expression de dégoût.

Le forain chauve prit doucement les deux filles par le menton. Lentement, il leva leurs visages pour les présenter à la foule.

Elles paraissaient avoir seize ou dix-sept ans. Leurs yeux étaient d'un même vert foncé, que la lumière des lanternes rendait encore plus profond. Lentement, pour échauffer encore davantage le public, elles retirèrent leurs bonnets, montrant que leur chevelure était également identique. Sombre, presque noire. Elles étaient parfaitement semblables.

Prenant tout leur temps, elles tournèrent sur elles-mêmes, pivotant autour de l'endroit où elles étaient jointes, pour s'exposer entièrement aux spectateurs. Pendant leur rotation, aucune des deux ne bougea la tête, de sorte que leurs visages tournaient en même temps que leurs corps.

Des « oh » et des « ah » s'élevèrent de la foule.

Leur tour terminé, les deux filles arborèrent le même sourire, exactement au même moment. Les lumières de la scène faisaient scintiller leurs dents. Elles entreprirent une nouvelle rotation, dans l'autre sens, faisant cette fois-ci se mouvoir leurs têtes indépendamment, chacune regardant une différente partie du public. Elles effectuèrent ce mouvement, soigneusement répété, tout en douceur.

Quelques applaudissements commencèrent à se faire entendre, mais une voix bourrue d'homme interpella le bonimenteur.

« *Elles sont jumelles, c'est évident ! Mais comment savons-nous qu'elles sont fusionnées* ? »

Harry se demanda si cela ne faisait pas partie du spectacle, si celui qui était intervenu n'était pas un complice du forain druidique. Que ce soit le cas ou non, ce dernier hocha gravement la tête, comme s'il étudiait sérieusement la question.

« *Pour préserver la dignité des filles, nous ne vous le montrons pas ici, sur cette plate-forme. Vous pouvez les voir en privé. Cela vous coûtera plus cher*. »

Les filles reculèrent vers le rabat, comme si elles remontaient le temps. Toujours en marchant en arrière, elles franchirent le trou et disparurent dans l'obscurité, à l'intérieur du cercle constitué par les estrades de l'exhibition.

Le forain désigna une tente plus petite située à droite de la scène. Ceux qui avaient besoin d'en voir plus, qui voulaient avoir des preuves de la jonction des deux filles, s'entassèrent à l'entrée. Que des hommes, observa Harry.

L'essentiel du public, se sentant floué, se dirigea vers la scène suivante. Harry tira sur le bras de Fields, afin de les rejoindre.

« Vous ne voulez pas aller voir, comme tous ces gens ? » lui demanda Fields avec mépris, pointant du doigt le petit groupe à qui deux forains musclés ordonnaient de faire correctement la queue.

Le ton du colonel piqua Harry au vif.

« Je veux trouver le nain.

– Ne restons pas ici plus longtemps que nécessaire. »

Des branches bruissèrent derrière eux. Un couple sortit des buissons en réajustant ses vêtements. La femme avait des taches de rouge à lèvre carmin plein les joues. Elle se mit à rire lorsque l'homme lui embrassa le derrière et ils disparurent dans la foule. Fields leur adressa un grognement plein de reproches.

La scène suivante présentait une famille d'hommes-poissons : un triton, une sirène et leurs enfants hybrides. Le forain, qui s'était caché au centre du cercle formé par les scènes, surgit de derrière la toile, sa robe se gonflant de façon spectaculaire ; puis il se mit à raconter comment il était venu au secours de ces créatures.

Harry et Fields se frayèrent un chemin parmi la foule jusqu'à ce que celle-ci soit clairsemée, réduite à quelques personnes assises par terre occupées à boire et à fumer autour d'un feu.

La banderole de la troisième scène montrait un homme contorsionné dans une position invraisemblable, chacune de ses articulations fléchissant ou se tordant de façon totalement anormale. Son cou était tellement penché que sa tête semblait sur le point de se détacher de son corps.

Derrière eux, le forain racontait comment un pêcheur avait capturé la sirène dans son filet, et comment le reste de sa famille l'avait rejointe pour faire partie de l'exhibition. Sa voix se fit de plus en plus lointaine et de moins en moins forte à mesure qu'ils s'enfonçaient progressivement dans l'obscurité, les scènes suivantes n'étant pas encore éclairées. Harry prit la dernière lanterne allumée qu'il restait, après avoir enveloppé sa main dans la manche de son manteau afin de la protéger de la poignée brûlante.

Ils examinèrent les peintures de chaque scène. L'une promettait une géante. Une autre, un garçon sans bras, mais capable d'écrire et de battre les cartes.

Ils comprirent que ces scènes faisaient aussi office de tentes pour les créatures. Harry se faufila entre elles pour s'aventurer au milieu du cercle.

« Vous ne devriez pas, dit Fields. Ceux qui se trouvent là-dedans pourraient s'en prendre à vous. »

Ses paroles ne tardèrent pas à se révéler prophétiques. Un grognement grave et guttural retentit derrière eux dans l'obscurité. Harry se retourna. La lanterne ne révéla qu'un espace vide, au sol accidenté et parsemé de touffes d'herbe.

Fields tira sur sa manche.

« Nous devrions retourner voir les sirènes.

– Allons voir la prochaine attraction. Nous aurons alors fait la moitié du tour complet, et il sera aussi rapide de continuer que de revenir en arrière. »

Le même grognement se fit entendre ; mais cette-fois ci il venait de derrière la tente de la géante, de l'espace secret de l'exhibition, là où les monstruosités attendaient avant de monter sur scène.

Puis ils l'entendirent à nouveau, sur leur droite, du côté de la butte qu'ils n'avaient pas encore explorée.

En plus du malaise que provoquaient chez lui ces grognements qui semblaient les cerner de toutes parts, Harry éprouvait une sensation bizarre, comme si son estomac s'était rétréci. Il y avait quelque chose qui clochait. Il lui manquait quelque chose, mais il était incapable de dire quoi. Écartant cette pensée, il avança jusqu'à la prochaine tente, Fields le suivant toujours de très près. La lumière de la lanterne révéla une peinture représentant un homme dont la peau était trop large pour son corps, pendouillant de celui-ci comme une couverture blanchâtre.

Encore une fois, il y eut le bruit. Plus féroce, plus insistant. Ils avaient l'impression que la chose était juste à côté d'eux, mais Harry agita sa lanterne dans tous les sens et ne vit rien.

Quoique ce fût un grognement, Harry savait qu'il était d'origine humaine. Chaque fois, il arrivait d'une direction différente, légèrement modulé. Plusieurs personnes qui faisaient le même bruit.

Les deux hommes s'attrapèrent le bras, comme si laisser partir l'autre les aurait précipités dans un abîme sans fond.

Ici, c'étaient eux les aberrations. Ils avaient choisi de quitter la foule et la lumière. Ils avaient ignoré le minutieux chronométrage du spectacle.

Ils marchaient en crabe, l'un à côté de l'autre, de la même manière que s'étaient présentées les jumelles, regardant chacun dans une direction différente les ténèbres qui se déployaient par-delà le halo de la lanterne. Hormis les arbres du Jardin du Roy qui se découpaient sur le ciel légèrement plus clair, ils baignaient dans une obscurité aussi totale qu'impassible.

Puis, soudain, un rougeoiement, et un homme qui ne portait rien d'autre qu'un pagne. Le rougeoiement, c'était la couleur de ses joues. Il cracha un morceau de charbon incandescent dans leur direction avant de disparaître aussi vite qu'il leur était apparu. Le morceau de charbon brûlant atterrit sur le manteau de Harry et commença à se frayer un chemin sous son col. Harry posa précipitamment sa lanterne et l'écarta de la main, se brûlant les doigts au passage. La braise tomba sur l'herbe drue et continua à se consumer en crachant des étincelles.

Fields tapota la chemise fumante de Harry.

« Que faire, colonel ? Avancer ou battre en retraite ?

– Continuer. Je pense qu'il ne nous reste que deux scènes avant de retourner à la civilisation. »

La scène suivante, l'avant-dernière, avait un cadre large et tarabiscoté duquel pendouillaient plusieurs cordes. Du matériel de jonglerie y était empilé, attendant l'arrivée du public qui, après les hommes-poissons, allaient voir le contorsionniste, la géante, le garçon sans bras et l'homme avec trop de peau.

La toile de fond était ornée d'une peinture nettement plus large que haute.

Des nains, à bord d'un navire, en train de grimper, de dégringoler, de jongler et de se battre à coups d'épées.

Le grognement.

Une femme énorme sortit par l'ouverture ménagée dans le tissu. D'un air résolu, elle traversa la scène en enjambant tout ce qui s'y trouvait et sauta de l'estrade. Mesurant facilement plus de deux mètres, elle avança dans leur direction, indiquant clairement qu'elle voulait qu'ils s'en aillent et qu'ils se contentent de continuer à faire le tour de la butte. Derrière elle apparut le garçon sans bras, accompagné d'un homme poilu dont le visage ne révélait pas la moindre parcelle de peau excepté ses paupières. L'homme à la peau trop grande marchait également vers eux, faisant claquer sa chair tandis que son torse, nu, ondulait et rebondissait. Le contorsionniste avança à quatre pattes, le ventre vers le ciel, tournant la tête en arrière, par-dessus son épaule, afin de pouvoir les regarder.

Et parmi eux, faisant deux pas quand la géante n'en faisait qu'un, couraient les nains : ils étaient près d'une dizaine et l'un exécuta un saut périlleux arrière dans leur direction.

Harry saisit son pistolet, mais il n'en sentit que l'étui, vide.

Il était comme enveloppé par le grognement qui résonnait à présent de façon continue. Le bruit venait du sol, de l'air, de n'importe où, de partout. Toutes les monstruosités montraient les dents en émettant leur bruit inquiétant.

Un autre morceau de charbon arriva sur Harry, manquant son front de justesse. Il vit les lampes suspendues à l'entrée de l'exhibition, et la foule venue voir les monstruosités, ignorant que la plupart d'entre elles étaient là, dans le noir, à vouloir chasser Harry et Fields de leur territoire.

Le large dos de Fields était déjà revenu sur le chemin, comme il s'éloignait en trottinant du grognement.

Harry se mit également à courir, laissant tomber la lanterne qu'il avait dérobée.

Lorsqu'il arriva à hauteur des lampes, les filles siamoises se tenaient près de l'entrée. Toutes deux le regardèrent passer. Leurs visages identiques fut la dernière chose qu'il vit en quittant la butte.

Quant à la dernière chose qu'il entendit, ce fut leur rire.

32

La mystérieuse disparition

Harry se tenait devant le pont Marie et guettait l'arrivée de Fields. Il était convaincu qu'à une telle distance de l'exhibition, celui-ci se serait arrêté pour l'attendre. Et pourtant, le colonel demeurait introuvable, même à la puissante lueur des lanternes suspendues le long des quais. Harry l'avait vu courir le long du Jardin du Roy, en direction de la Seine. Il avait dû tourner quelque part pour reprendre son souffle. Peut-être du côté du chantier naval. Ou alors rue du Faubourg, de l'autre côté de l'abbaye.

Harry attendit pendant une heure. Plusieurs Parisiens notèrent sa présence et le regardèrent d'un œil soupçonneux. Il y en eut même un qui l'interrogea. « *J'attends pour mon amour** », lui répondit-il. L'homme hocha la tête, lui pressa l'épaule avec sympathie, le prenant pour un Hollandais.

Lorsque Harry fut enfin, et bien à contrecœur, de retour à l'hôtel de Bouillon, Mercier parut amusé par le fait que les deux hommes se retrouvent ainsi séparés.

« Il s'est offert une femme. On en trouve à foison sur la butte des Copeaux.

– Non, non, répondit Harry, que cette idée fit presque sourire. Le colonel est un homme d'une grande piété. Un homme chaste. Je n'arrive pas à comprendre comment j'ai pu le perdre de vue. »

C'était comme si Fields avait disparu par magie. Harry se coucha, mais ne parvint à dormir que par intermittence, la moitié de son esprit occupée à guetter le bruit de l'éventuel retour de son ami.

Le lendemain matin, il alla toquer à la porte de la chambre de Fields, avant de se permettre d'y entrer. Pas le moindre signe indiquant que le colonel soit revenu.

L'inquiétude lui rongeant la poitrine, Harry quitta l'hôtel de Bouillon et repartit pour la butte des Copeaux.

Quand il fut de retour à l'*Exhibition de monstruosités**, toutes les tentes étaient fermées, et bien fermées. Harry ne dérangea pas ceux qui dormaient à l'intérieur. Il se résoudrait à les affronter une nouvelle fois seulement si la disparition du colonel se prolongeait. D'ailleurs, pourquoi Fields aurait-il rebroussé chemin ?

À la lumière du petit matin, les tentes semblaient défraîchies, crasseuses, même avec la rosée qui faisait scintiller leur toile. Les banderoles, si tape-à-l'œil à la lueur des lanternes, avaient l'air délavées et les dessins médiocrement exécutés. Elles paraissaient ridicules, surtout comparées à la réalité, que ce soit les véritables monstruosités exhibées sur les petites estrades en bois ou leurs grognements dans les ténèbres.

Seule la peinture des deux filles ressemblait à son modèle. Les mêmes yeux verts, dénués de la moindre expression, le fixaient implacablement depuis leur toile.

Il redescendit vers la Seine en longeant le Jardin du Roy. Comme il n'y avait presque personne, il en profita pour en escalader le mur, sans que personne le voie. Essuyant la rosée sur ses mains, il se retrouva au milieu de plantes alignées en rangées parfaitement ordonnées. Le jardin étant encore fermé, il n'y avait personne en train d'étudier ce qui poussait, ni aucun signe indiquant la présence d'un jardinier.

L'endroit était absolument désert. Harry eut donc la certitude que Fields n'était pas venu ici, où il aurait fait une chute à la suite de laquelle il se serait blessé et aurait été incapable de se relever. Il savait désormais aussi que, si quelqu'un l'avait attaqué, ce quelqu'un ne l'avait pas abandonné mourant dans le jardin.

Il se heurta à une porte dont la serrure lui résista. Il escalada à nouveau le mur pour atterrir sur la berge d'un des affluents nauséabonds de la Seine, se bouchant le nez pour se préserver de cette puanteur. Il se rappela l'avertissement de Mercier : s'ils se retrouvaient au bord de la Bièvre, c'est qu'ils étaient allés trop loin.

La boue était d'une répugnante couleur gris-brun veinée de grasses traînées écarlates. Le rebut des tanneries et des teintures de la manufacture des Gobelins parsemait l'eau de grosses taches. Le sol marécageux trempa ses bottes et, tandis qu'elles s'enfonçaient dans la boue, chacun de ses pas était accompagné d'un bruit de succion.

Des arbres s'alignaient le long de la berge. Il regarda derrière chacun d'entre eux, se demandant si Fields ne serait pas tombé après avoir trébuché sur une racine ou bien s'il ne s'était pas assis contre un tronc pour se laisser mourir. Il sentit une douleur aiguë lui tordre la poitrine à la pensée que son ami ait pu quitter la vie seul, par une nuit glaciale, sur une terre étrangère, parce qu'il avait été chassé de l'exhibition. Il aurait dû prendre davantage soin du vieux colonel, qui ne se trouvait là que parce qu'il avait souhaité qu'il vienne. Fields, lui, ne désirait qu'une chose : rester à Half Moon Alley auprès de Mme Hannam ; et pourtant il avait accepté d'accompagner Harry à Paris pour se lancer dans la quête, vaine, d'un nain.

L'odeur de la Bièvre lui donnait la nausée. Peut-être Fields était-il tombé à l'eau, ou, pire, avait-il été attaqué par un voleur puis jeté dans le fleuve. Harry n'avait pas la moindre chance de le retrouver sous cette surface opaque.

À l'embouchure de l'affluent, l'eau sale ondulait et se mêlait à celle, plus propre, de la Seine.

Harry décida de retourner à l'hôtel de Bouillon.

Peut-être que Fields l'y attendait, lui raconterait joyeusement ses aventures nocturnes et lui expliquerait pourquoi il n'avait pas pu revenir plus tôt chez la duchesse.

33
Les paquets volumineux

Le ciel au-dessus de Londres était d'un bleu vif. S'y étiraient des nuages qui faisaient penser à autant de morceaux de gras arrachés à de la viande. Derrière Somerset House, la Tamise venait lécher la muraille anti-crue et s'écrasait contre ses briques, éclaboussant de fines gouttelettes les marches de l'escalier qui descendait jusqu'au fleuve.

Deux barques accrochées l'une à l'autre – celle de derrière s'enfonçant considérablement dans l'eau à cause des paquets qu'elle transportait – étaient solidement amarrées au *Folly*, un ancien canot d'apparat jadis dévolu au transport du roi mais devenu depuis un café flottant.

Deux individus étaient en train de décharger les paquets.

L'homme au menton pointu et au front barré d'un sourcil ininterrompu supervisait les opérations. Il parlait constamment, leur donnant des instructions extrêmement précises sur la manière dont ils devaient poser chaque paquet. Certains étaient si lourds qu'ils durent s'y mettre à trois pour les soulever. Leur contenu était dissimulé sous une toile épaisse qui étouffait le bruit métallique qu'ils produisaient lorsque les hommes peinaient sous leur poids.

Un voyage après l'autre, les trois hommes transportèrent les paquets à travers le jardin.

La façade sud de Somerset House était recouverte par un échafaudage ; on était en train de réparer le toit, d'y reposer des tuiles et de le replomber. On remplaçait également les vieilles pierres, que les vapeurs sulfureuses du charbon de mer avaient amollies et noircies, par de nouvelles, taillées sur place, et l'on retirait les cadres de fenêtres pourris afin d'en installer des neufs.

Adressant un hochement de tête aux fantassins de la reine réunis dans leur corps de garde, ils entrèrent dans la maison. Les soldats étaient habitués à voir des maçons ; à leur troisième passage, ils ne leur prêtèrent plus la moindre attention. S'ils s'étaient donné la peine de regarder de plus près, ils n'auraient vu que ce qui avait tout l'air d'être des échafaudages supplémentaires et des formes anguleuses qui étiraient la toile recouvrant les paquets.

Dans la maison, l'air était saturé de poussière ; elle se fixait sur toutes les surfaces existantes, s'immiçait jusque sous les draps qui protégeaient les meubles. Les hommes en sentaient le goût quand ils se passaient la langue sur leurs lèvres pour lécher la sueur qui leur coulait sur la bouche. Elle venait s'incruster dans leurs sourcils, sur leurs paupières, et envahissait les plis de leur visage.

Les autres maçons les saluaient d'un signe de la main, qu'ils leur retournaient gaiement ou en faisant semblant d'être harassés par la tâche qu'on leur avait ordonné d'accomplir, avec un regard qui voulait dire : on est trop occupés pour discuter. Des hommes travaillaient aux fenêtres, d'autres rénovaient les plafonds et d'autres encore repeignaient les lambris. Une équipe de charpentiers œuvrait à remettre en place les immenses portes de la grande salle, dont les nouveaux gonds étaient aussi longs que des avant-bras.

Celui qui dirigeait les travaux était là : un homme au visage gris et au dos voûté, dont les cheveux étaient attachés par un ruban. Ses yeux argentés les survolèrent au passage, mais il était trop occupé pour s'attarder sur leur présence.

Ils passèrent devant les appartements de la reine, situés à l'arrière de Somerset House et qui donnaient sur les jardins.

Plus haut dans la maison, il n'y avait plus de draps pour protéger les meubles. Le Parlement avait beau avoir vendu les biens de Charles Ier, chaque table était surmontée d'un bel objet, et chaque mur était orné d'un tableau ou d'un miroir au cadre doré.

Il fallut veiller à bien négocier l'étroit virage de l'escalier. Les trois hommes soulevèrent en même temps leur paquet, chacun suant à grosses gouttes.

« Continuez jusqu'au grenier », leur ordonna l'homme au menton pointu.

34
Le code improvisé

Quand arriva l'après-midi, Harry était convaincu que le colonel était mort. De retour de sa visite chez son amie, Marie-Anne écouta son récit avec une inquiétude grandissante. Elle ordonna à Mercier de partir avec deux valets de pied pour le faubourg Saint-Victor, pour aller voir du côté de l'abbaye. Peut-être Fields s'était-il trouvé désorienté, avait fait une crise d'apoplexie et avait été recueilli par les moines. Il leur faudrait aussi se renseigner à l'hôpital de la Pitié, qui accueillait les mendiants, les vieillards, les prostituées et leurs enfants. Lorsque Mercier afficha une moue dégoûtée, Marie-Anne le foudroya du regard, après quoi il inclina docilement les épaules.

Harry voulut les accompagner mais Marie-Anne lui dit, sur un ton aussi impérieux que celui avec lequel elle s'était adressée à Mercier, que, grâce à leur connaissance des lieux et à leur capacité à établir plus aisément le contact avec les personnes qu'ils interrogeraient, ses domestiques retrouveraient Fields bien plus vite que lui ne le pourrait jamais.

Si l'on devait toutefois retrouver Fields un jour.

Harry se retira donc dans sa chambre. Il essaya de s'allonger sur son lit, mais son corps refusait de demeurer immobile et il préféra aller déambuler dans le jardin. Seulement, les hautes haies qui l'entouraient provoquèrent chez lui une sensation d'enfermement. Ses pensées devinrent de plus en plus noires ; il imaginait le vieux Michael Fields en train de souffrir, gisant gravement blessé dans une ruelle après avoir reçu un coup de poignard en échange de sa bourse. Ou alors, il avait été assassiné par le même individu qui lui avait volé son pistolet.

Il se sentait inutile et coupable de ne rien pouvoir faire, mais il savait que Marie-Anne avait raison : ses propres chances de retrouver le colonel étaient des plus minces. Alors, comme le soir tombait, il quitta l'hôtel de Bouillon et effectua à pied le court trajet qui longeait la Seine jusqu'au collège des Quatre-Nations. Les lampistes étaient à l'œuvre, en train de grimper sur leur échelle, et, chaque fois qu'une lanterne s'allumait, une douce sphère de lumière brumeuse apparaissait dans l'air.

La bibliothèque Mazarine était le seul endroit de Paris où Harry avait le sentiment de se rapprocher de l'homme qui se faisait passer pour Hudson, surtout après le fiasco de la butte des Copeaux.

La Poterie n'était pas là. Un autre bibliothécaire, sans doute d'un rang inférieur, lut la lettre d'introduction de Marie-Anne et se ratatina à la vue du sceau des Bouillon. Par un ample geste du bras, il signifia à Harry que la bibliothèque était toute à lui.

L'échelle était toujours appuyée contre les étagères. Après que La Poterie l'avait poussée sur le côté, ils l'avaient remise à sa place afin de voir si un nain aurait pu s'en servir pour prendre le livre là où il se trouvait ordinairement.

Lors de sa dernière visite, le bibliothécaire avait précisé que l'endroit possédait deux premières éditions de l'*Advis pour dresser une bibliothèque*. C'était un de ces exemplaires qui avait disparu.

Seulement, il s'aperçut à présent qu'il n'y avait plus d'espace entre les livres.

Oui, ils étaient bien là, l'un à côté de l'autre, pareils aux jumelles de l'exhibition. Impossible de dire lequel des deux avait été l'exemplaire manquant, car leur reliure était faite du même cuir. Harry les emporta à une table de lecture. Le lustre suspendu au-dessus de lui se mit à vaciller, une légère brise soufflant dans la salle après qu'on eut ouvert une porte ailleurs dans le bâtiment.

Il ouvrit les livres et les examina attentivement afin d'y déceler d'éventuelles différences. Ils ne faisaient que cent cinquante pages chacun mais, avec deux exemplaires, cela représentait une tâche considérable. Une tâche qu'il accueillait d'ailleurs bien volontiers, car elle lui permettait de penser à autre chose que la disparition du colonel. Marie-Anne savait où se trouvait Harry ; si Fields revenait à l'hôtel de Bouillon, elle l'enverrait chercher.

Il inclina les livres afin de voir si la lumière révélait des rainures dans le papier, au cas où l'on aurait écrit par-dessus, ou bien des différences d'encrage. Il étudia les lettres, se demandant si l'une d'entre elles avait été modifiée. Lentement, il parcourut chaque page et chaque chapitre où était expliqué pourquoi il fallait s'intéresser aux bibliothèques, ce qu'il convenait de savoir concernant l'édification d'une bibliothèque, mais aussi le nombre nécessaire de livres ainsi que l'état dans lequel ils devaient être, comment se les procurer, l'endroit où les conserver, l'ordre dans lequel les ranger, quelles étaient les règles en matière d'ornements et de décoration, et le champ de connaissances que la bibliothèque devait embrasser.

Il ne remarqua aucune différence physique : les deux livres étaient aussi similaires que le permettaient la confection du papier et les caprices de l'encre d'imprimerie sur les feuilles, ou le fait que le cuir provenait de deux animaux différents. Aucun ne comportait de notes à la marge ou de passages soulignés. Harry était certain qu'aucun ajout n'avait été fait à l'un ou l'autre exemplaire depuis leur fabrication.

Une horloge sonna derrière le bureau du bibliothécaire. Harry s'aperçut que près de quatre heures s'étaient écoulées sans qu'on l'ait dérangé. La soirée était déjà bien avancée mais on ne lui avait pas demandé de partir. Il n'y avait personne d'autre dans la bibliothèque, sauf si l'on comptait les auteurs de tous ces ouvrages. Il s'était plus ou moins rendu compte qu'à un certain moment quelqu'un avait ouvert une porte ; plus tard, il avait cru entendre des pas, mais n'arrivait pas à se rappeler précisément quand. Ces pas avaient coïncidé avec le passage où Naudé discourait sur le fait que, si l'on ne dépensait pas des sommes inconsidérées pour leur reliure, on pouvait se procurer davantage de livres, car seuls les ignares estimaient la valeur d'un livre à sa couverture.

Harry constata que son français s'améliorait. Il avait à peine consulté la traduction de John Evelyn durant son examen car, ayant parfaitement mémorisé le contenu de son exemplaire d'*Instructions Concerning Erecting of a Library*, il arrivait à comprendre sans peine les arguments de Naudé. Si quelqu'un se servait de ces deux livres pour transmettre des messages, ce devait être en utilisant le positionnement des lettres ou des mots sur les pages. Le message était donc impossible à décoder à moins de posséder la même édition.

Le deuxième livre ayant été restitué, cela signifiait que le faux Hudson n'avait plus besoin de communiquer avec celui ou celle qui utilisait également ce code. Ou alors, il reviendrait à la bibliothèque pour s'en servir de nouveau.

Comme il n'y avait toujours personne d'autre dans la salle de lecture, Harry se rendit au bureau du bibliothécaire, où il trouva du papier et une plume. Il commença à écrire, en utilisant un système dans lequel il indiquait la page de l'*Advis pour dresser une bibliothèque*, puis le nombre de lignes en partant du haut, et le nombre de lettres en partant de la droite, en excluant les signes de ponctuation et les espaces.

Peut-être que celui qui faisait semblant d'être Hudson lui répondrait. Ou alors, se rendant compte que quelqu'un avait déchiffré son code, il changerait de mode de communication. À moins que ce soit un autre individu qui récupère le livre. Mais Harry estima cette possibilité suffisamment improbable pour l'écarter, surtout si la bibliothèque n'était pas encore ouverte au public.

Harry copia son code sur une deuxième feuille de papier.

Il en glissa une dans chaque exemplaire et remit ceux-ci en place.

Il sortit de la salle de lecture. L'endroit était entièrement silencieux, mais il ressentit comme un picotement ; il avait l'impression que quelqu'un était en train de l'observer.

35
L'assassin de la bibliothèque

Harry se réveilla de bonne heure, après avoir rêvé des jumelles qui crachaient des charbons ardents sur lui. Il quitta son lit et contempla l'aube depuis sa fenêtre qui, orientée plein nord, surplombait la Seine. Des empâtements de couleurs teintaient le ciel. La lumière du soleil levant grimpait le long du palais des Tuileries, de l'hospice des Quinze-Vingts et du Louvre, et faisait scintiller le Palais-Royal. Il regarda les ombres se modifier à mesure qu'elles épousaient l'inclinaison des toits et descendaient le long des murs.

Il distingua également à l'horizon une haute colline ; quand Mercier lui avait présenté ce qu'il voyait de sa fenêtre, il lui avait expliqué qu'elle avait pour nom le Chauve-Mont, car le sol y était bien trop pauvre pour qu'y pousse le moindre brin d'herbe. À son sommet se dressait le vieux gibet de Montfaucon qui, avec ses piliers en pierre et ses poutres de traverse, lignes noires se découpant sur le ciel rose, et ses croisées lugubres ouvertes à tous les vents où étaient pendus les criminels, ressemblait à une maison en ruine dont le temps et les intempéries avaient fini par mettre à bas le toit. Il n'avait – officiellement – pas servi depuis un demi-siècle mais on l'avait laissé là, comme un *memento mori* à l'intention des Parisiens.

Lorsque Harry était allé se coucher, Fields n'était toujours pas revenu. Il n'était pas non plus rentré pendant la nuit, car il l'aurait alors certainement réveillé. Harry alla malgré tout toquer à sa porte lorsqu'il quitta sa chambre.

L'ayant entendu faire, Mercier apparut dans l'escalier.

« Nous avons parlé à tous ceux qui se trouvaient à Saint-Victor », lui dit-il.

Pour la première fois, le majordome n'avait rien de cette arrogance à laquelle l'associait Harry. Il semblait sincèrement désolé de ne pas avoir retrouvé le colonel. Voyant le teint cireux de Harry, ainsi que ses yeux devenus caves à force d'inquiétude et de fatigue, Mercier s'inclina cérémonieusement.

« Ne faites pas encore le deuil de votre ami, monsieur. Il reste à Paris de nombreux endroits où l'on peut encore le trouver. Le fait qu'il ne soit pas là ne signifie pas qu'il soit mort.

– Je sais bien qu'il n'est absolument pas philosophique de présumer de sa mort, mais c'est pour moi l'explication la plus évidente à sa disparition. »

Pendant le petit déjeuner, Marie-Anne observa Harry picorer dans son poisson poché, dont il avait dégagé la colonne vertébrale et séparé la chair pâle des vertèbres aussi fines que de petites épingles. En somme, il le disséquait plus qu'il ne le mangeait.

« Je vais à nouveau envoyer Mercier faire des recherches, lui assura-t-elle. Vous devriez aller au Châtelet en informer le lieutenant général. La Reynie aura peut-être des nouvelles du colonel.

– Je vais m'y atteler dès ce matin », répondit Harry, peu enthousiaste, les yeux rivés sur son poisson.

Il était certain qu'aller voir La Reynie reviendrait à apprendre la mort de Fields. Il avait déjà remis cette idée à plus tard la veille au soir, préférant se rendre à la bibliothèque Mazarine.

Mais avant toute chose, il voulait précisément retourner à la bibliothèque, pour voir si son message codé se trouvait toujours à l'intérieur des livres ; c'était autant pour repousser la mauvaise nouvelle que pour savoir s'il avait enfin trouvé celui qui se faisait passer pour Hudson.

C'est ainsi que, sans surprise, il ne put résister à l'appel de l'escalier du collège des Quatre-Nations. En entrant dans la bibliothèque, il vit que s'y trouvaient déjà quelques lecteurs, chacun installé à une table : trois hommes et un jeune garçon, qui lui tournaient tous le dos. Harry se dit que le jeune garçon, coiffé d'une calotte semblable à la kippa d'un juif, attendait sans doute un bibliothécaire, peut-être son père. L'un des sous-bibliothécaires était occupé à installer des livres à l'autre bout de la salle. Cette fois-ci, M. La Poterie était là, en train d'écrire à son bureau en utilisant la plume qu'avait empruntée Harry le soir précédent.

Le bibliothécaire dressa la main en l'air, comme s'il prêtait serment.

« Vous allez être déçu. Le Naudé n'est pas revenu.

– Mais si, monsieur. Je l'ai vu ici hier soir. »

La Poterie secoua la tête avec emphase.

« J'ai regardé ce matin, il n'y a pas une demi-heure. Je n'ai pas pu m'en empêcher. Ce vol me trouble au plus haut point. »

Harry se dirigea vers l'étagère où se trouvait le livre et à côté de laquelle était toujours appuyée l'échelle. La Poterie quitta son petit bureau et le suivit en gonflant les joues pour exprimer son mécontentement.

Sur l'étagère, il n'y avait qu'un seul exemplaire de l'*Advis pour dresser une bibliothèque*.

Harry appuya sur ses lunettes, comme si c'était leur faute.

« Mais, il y en avait deux, ici même. »

Le vieux bibliothécaire le regarda d'un air incrédule.

Harry retira l'exemplaire unique.

« Je vous assure, monsieur. Je les ai tous les deux lus intégralement. »

Son code, avec les chiffres indiquant les numéros de page, les lignes et la position des lettres, était toujours glissé entre deux pages. Il le montra à La Poterie.

« Et, dans les deux, j'ai laissé ceci.

– Qui êtes-vous vraiment ? » Il appela son assistant, l'homme qui était en train de disposer les livres sur des rayons : « Sarazen ! »

Harry tenta de calmer le bibliothécaire en posant la main sur son épaule. La Poterie, les yeux écarquillés, recula ; il ne voulait pas que cet Anglais le touche.

Voulant les rejoindre, Sarazen, un grand jeune homme maigre, essaya d'enjamber la pile de livres qui se trouvait à ses pieds mais les fit tous tomber.

« *Messieurs !* » La Poterie héla les hommes assis aux tables de lecture. « *Cet homme est un malfaiteur ! Voulez-vous bien m'aider** *?* »

Harry n'arrivait pas à croire que le bibliothécaire puisse réagir ainsi. Il eut vite droit à une explication.

« Le lieutenant général La Reynie m'a demandé de vous surveiller ! Je comprends pourquoi, à présent, je comprends ! »

Les trois hommes encore assis à leur table se levèrent, un peu contre leur gré, et examinèrent attentivement Harry afin d'évaluer la menace qu'il représentait. Ils étaient des hommes de lettres, pas des hommes d'action, et passablement réticents à l'idée de s'impliquer dans ce genre d'histoires.

Le jeune garçon se trouvait maintenant à mi-chemin entre les tables et les portes de la salle de lecture.

Mais ce n'était pas un enfant. C'était un nain. Un homme qui devait sans doute avoir une cinquantaine d'années, au visage sillonné de rides, bronzé et parcheminé. Sa barbe, invisible avant qu'il se retourne, était mouchetée de blanc. Ses yeux bleu pâle regardaient fixement Harry. Aucune partie de son corps n'était disproportionnée, mis à part sa tête, légèrement trop grande, ce qui expliquait pourquoi, de dos, on pouvait si facilement le prendre pour un enfant.

Il avait dans les mains le deuxième exemplaire d'*Advis pour dresser une bibliothèque*, une plume et une feuille de papier.

Harry entendit dans son dos les pieds de Sarazen glisser sur le sol ciré.

Ignorant le véritable nom du nain, Harry cria :

« Capitaine Hudson ! »

De longs bras l'enserrèrent par-derrière. Pour un assistant bibliothécaire, Sarazen faisait preuve d'une force insoupçonnée.

Harry commença à se débattre pour se libérer.

« Je ne suis pas quelqu'un de dangereux ! »

Rien n'allait faire changer d'avis La Poterie : Harry était bel et bien un scélérat. Les ordres du lieutenant général et cette suspecte histoire de code en étaient la preuve. Il fit signe aux lecteurs de se dépêcher de leur venir en aide. Il pointa du doigt celui qui semblait le plus timide, un homme pâle et coiffé d'une perruque qui lui descendait trop bas sur le front.

« *Allez chercher la police* ! »

Le lecteur se faufila hors de la salle, soulagé de s'éloigner de toute cette agitation.

« Capitaine Hudson ! hurla à nouveau Harry tout en se baissant pour essayer d'échapper aux bras du sous-bibliothécaire. C'est sir Jonas Moore qui m'envoie ! »

L'homme reculait, en direction des portes.

« *Assassin* ! s'écria-t-il.

– Non, non, lui assura Harry, poussant de toutes ses forces pour se dégager de l'étreinte de Sarazen qui ahanait et suait, ne voulant pas laisser échapper sa proie. Je suis seulement venu ici pour vous retrouver.

– Vous m'avez retrouvé. Mais vous ne me tuerez pas. »

Sa voix était puissante et grave. Ce qui était assez étonnant venant d'une trachée aussi petite, se dit Harry.

Sarazen resserra sa prise.

Harry ne pouvait plus ni respirer, ni déglutir.

Il donna un coup de pied en arrière aussi fort qu'il le pouvait. Braillant de douleur, Sarazen lâcha prise pour empoigner son tibia.

Pouvant à nouveau respirer, Harry s'aperçut que La Poterie s'était réfugié derrière son bureau et brandissait son coupe-papier.

Un des lecteurs encore présents, un homme au visage doux qui portait des lunettes à verres épais, attrapa un livre, un *in-octavo* qui se trouvait sur une étagère, et le dressa devant lui, à la manière d'un petit *bouclier*, puis, à l'abri de cette protection, s'avança vers Harry.

Celui-ci entendit quelqu'un rugir dans son dos.

Sarazen s'était remis de sa douleur au tibia, du moins suffisamment pour se jeter à nouveau dans la bagarre.

Harry se mit à courir, à la fois pour échapper à un Sarazen enragé et pour rattraper le nain, qui se dirigeait vers la porte afin de s'échapper de la bibliothèque.

« Je ne vous veux aucun mal ! »

L'*in-octavo* apparut soudain dans le champ de vision de Harry, au moment même où le lecteur le lui abattait sur le visage.

Harry s'écroula, se tenant la joue. Ses lunettes tombèrent par terre, un des verres se cassa. Tout ce qu'il voyait – toutes les étagères avec tous leurs livres et les lustres accrochés au-dessus des tables – se brisa en une mosaïque de couleurs. Il se remit péniblement debout, mais un nouveau livre lui fonçait dessus, lancé cette fois-ci par le deuxième lecteur, enhardi par le geste du premier. Un coin de l'ouvrage lui percuta douloureusement l'oreille. Deux hurlements angoissés retentirent dans la salle. Il se rendit compte que le premier était le sien, étouffé comme s'il venait de très loin. L'autre avait été poussé par La Poterie.

« *Non, non. Pas les livres* !* »

Le premier lecteur ignora la supplique du bibliothécaire et envoya un autre livre. Harry le sentit venir et put s'écarter juste à temps, le laissant s'écraser contre un buste en marbre. Sonné, il parvint à ramasser ses lunettes cassées puis alla jusqu'à une des tables, qu'il renversa sur le côté, avant qu'un autre livre en heurte le plateau.

Le deuxième lecteur leva les bras en l'air et se mit à tirer énergiquement sur un des lustres. La petite chaîne se brisa, et il brandit le luminaire comme si c'était une arme.

« *Sarazen, verrouillez les portes* !* » hurla La Poterie à son assistant.

Pour accéder aux portes, Sarazen fit attention à contourner Harry. L'espace d'un instant, ce dernier fut stupéfait de voir qu'il suscitait une telle crainte chez le jeune assistant, avant de réaliser que tous ceux qui se trouvaient dans cette bibliothèque le prenaient pour un assassin. Certes, il n'avait pas sorti d'arme, mais, à leurs yeux, il restait un homme dangereux : un homme capable de vous briser le cou à mains nues.

Le faux Hudson était arrivé devant la porte.

Sarazen se posta fermement devant lui, afin de lui bloquer la sortie.

« *Non !*

– *Je ne suis pas un criminel !*

– *Mais vous êtes un témoin. Vous allez devoir parler à la police**. »

Sarazen verrouilla les portes et retira la clé, qu'il mit dans sa poche avec un soin exagéré.

« *C'est vous qu'il est venu assassiner**.

– Capitaine Hudson ! » cria Harry, qui s'abritait toujours derrière sa table. Sa pommette le brûlait, comme si elle était chauffée à blanc ; elle était sûrement cassée. La douleur était telle qu'il parlait avec difficulté. « Je vous appelle Hudson, car je ne vous connais pas d'autre nom. On a retrouvé le véritable capitaine Hudson. Il a été assassiné. Je n'ai aucune raison de penser que vous soyez impliqué dans ce meurtre. J'ai parlé à votre gouvernante, Mme Leach. Elle pense que vous êtes un homme bon. »

Pendant qu'il continuait à se protéger contre la menace de nouveaux jets de livres, les autres hommes demeuraient immobiles, écoutant la conversation qui se tenait entre la table renversée et les portes de la bibliothèque.

« Danby souhaite ma mort, répondit le petit homme.

– C'est sir Jonas Moore qui m'envoie. Et il ne m'a pas demandé de vous tuer.

– Alors posez vos questions, mais restez où vous êtes. »

Harry se risqua à lever la tête. Le deuxième lecteur agita sa lampe pour le dissuader d'en faire plus.

Harry resta derrière la table.

« Très bien. Que savez-vous du meurtre de Hudson ?

– Rien du tout. Je savais seulement qu'il avait disparu.

– Rien du tout ?

– Absolument rien. Priscilla m'a parlé de lui, mais j'ignorais tout de sa mort.

– Priscilla ? Mme Leach ? »

L'homme acquiesça.

« Elle savait que vous n'étiez pas Hudson, dit Harry.

– Elle l'a su tout de suite. Je crois qu'elle me préférait à l'original.

– Comment êtes-vous devenu Hudson ?

– J'ai été capturé par les barbaresques, qui s'obstinaient à croire que j'étais le nain de la reine car, comme vous le voyez, nous faisions plus ou moins la même taille. J'avais beau leur dire que ce n'était pas le cas, ils ne voulaient pas m'écouter. » Il fit une grimace. « Comme ils pensaient que j'étais Hudson, ils me traitaient plutôt bien ; je leur ai donc laissé croire que c'était le cas. Cela m'a aussi été d'une grande aide quand le roi a proposé de payer pour sa libération. J'avais enduré vingt cruelles années de captivité. À mon retour, j'ai ajusté mon histoire à celle de Jeffrey Hudson, faisant ainsi de nous un seul homme.

– Que savez-vous à propos du diamant ? »

Cette question parut totalement désarçonner le nain.

« Le Sancy. » La fébrilité de Harry était telle que sa voix se brisa. « Hudson l'a volé au cardinal Mazarin.

– Je vous assure, monsieur, que je ne sais rien du tout d'un quelconque diamant ni du meurtre de Hudson. »

Les portes de la salle de lecture se mirent à trembler ; on était en train d'essayer de les forcer à coups de pieds.

« *Police ! Ouvrez ces portes* !* »

Sarazen sortit ses clés d'un air triomphant. Les lecteurs, La Poterie et le sous-bibliothécaire avaient tous le visage rayonnant, rassérénés à l'idée qu'ils allaient survivre. Ils s'étaient imaginé qu'ils allaient finir assassinés, blessés ou, dans le meilleur des cas, témoins du meurtre de ce nain par la main d'un assassin anglais.

Quatre hommes de La Reynie, larges d'épaules, trapus et musclés, pénétrèrent en plastronnant dans la bibliothèque. Trois d'entre eux avaient sorti leur épée, et le quatrième, un capitaine, avait un pistolet à la main.

Le nain déguerpit aussitôt. À une vitesse extraordinaire, il escalada une échelle appuyée contre une étagère, puis parvint à sauter jusqu'au balcon qui se trouvait au-dessus du premier niveau de livres.

Le capitaine pointa son pistolet sur lui.

« Non ! hurla La Poterie, désignant Harry derrière la table renversée. *L'assassin est là* ! »

Dérouté, l'homme baissa son arme.

Sur le balcon, le nain grimpa, d'étagère en étagère, jusqu'au plafond de la salle de lecture et avança de côté. Arrivé au bout du balcon où il se trouvait, il sauta par-dessus le vide et se rattrapa à la rambarde du balcon suivant, évitant ainsi une chute vertigineuse. Il se remit ensuite à grimper en diagonale sur les étagères, jusqu'à atteindre une petite lucarne percée dans le plafond. Il avait sûrement acquis une telle agilité au cours de ses années en mer, à sauter dans la mâture.

Il savait de toute évidence à l'avance qu'il pourrait s'échapper par cet endroit, car il n'eut pas la moindre hésitation. Lorsqu'il poussa la lucarne, celle-ci s'ouvrit doucement, et il grimpa sur le toit. Son pied disparut, et la fenêtre se referma derrière lui.

La Poterie fut le premier à parler, lorsque les yeux ébahis de tous ceux qui se trouvaient là se détachèrent du plafond pour revenir à Harry. Le bibliothécaire le pointa à nouveau du doigt, pour bien le désigner à la police parisienne.

« *L'assassin* ! »

36
Le gibet de Montfaucon

En traversant le pont Saint-Michel, l'île de la Cité puis le pont au Change, l'équipée fut vite au Grand Châtelet. Harry avait les mains liées par une corde très serrée. De temps à autre, le capitaine lui décochait un coup de pied de la pointe de sa botte au creux du genou, toujours au même endroit, pour qu'il continue à avancer.

Voyant qu'on l'encourageait si vigoureusement à marcher, les passants se demandaient ce qu'avait bien pu faire Harry. Les hommes de la police s'étaient de toute évidence montrés plutôt rudes avec lui car il avait une joue enflée et sanguinolente. Peut-être l'os était-il cassé. Un de ses verres de lunettes était brisé. Quelque chose dans son apparence laissait subodorer qu'il s'agissait d'un étranger : la façon dont ses vêtements étaient taillés, la pâleur de sa peau. Et son manteau en cuir, qui n'était pas de confection parisienne.

« Conduisez-moi auprès du lieutenant général. Il sait qui je suis et que je ne représente pas une menace. »

Entendant Harry faire sa supplique en anglais, les hommes éclatèrent de rire, puis ils se moquèrent de son accent lorsqu'il s'y essaya en français.

« *Il vous interrogera quand il sera prêt**. »

Ils poussèrent Harry pour lui faire franchir la grande porte cloutée, puis le long couloir qu'ils avaient traversé, Fields et lui, pour gagner le bureau de La Reynie, lorsque celui-ci s'était fait passer pour un de ses officiers. Mais, au lieu de monter l'escalier, on obligea cette fois Harry à le descendre, afin d'accéder à une partie bien moins hospitalière du Châtelet. Il flottait autour de lui, pareille à du brouillard, une odeur d'humidité et de malheur. D'étroites meurtrières et quelques lanternes faiblardes apportaient un peu de lumière.

Il descendit une nouvelle volée de marches sombres dont la pierre avait été usée par plusieurs siècles de passages de malheureux prisonniers et de leurs gardiens. Les marches semblaient s'affaisser en leur milieu, comme épuisées. On conduisit Harry jusqu'à un cachot, dont la porte était grande ouverte. Le capitaine le poussa à l'intérieur.

« *Combien de temps devrai-je attendre ?* demanda Harry.

– *Une heure, un jour, ou une semaine**. »

On lui libéra les poignets. Le sang se remit à circuler en le picotant, ce qui le fit grimacer. La porte de son cachot se referma en claquant. Un geôlier était arrivé. Il fit glisser le verrou, puis jeta un regard narquois à travers le guichet et tapa sur la porte avec son bâton. Le sifflement de ses pas et de ceux des hommes de loi sur le sol en pierre devint de moins en moins fort tandis qu'ils laissaient Harry seul dans le silence de sa cellule.

Les murs recouverts d'un triste plâtre gris dégageaient une odeur aigre à cause de l'humidité. Par endroits, des trous laissaient entrevoir de vieilles briques, brisées là où la poignée de la porte heurtait le mur. On avait gravé sur le plâtre des mots, des gribouillis, des dessins. Des prisonniers qui tuaient le temps.

Harry traversa son cachot en frissonnant pour s'approcher de la fenêtre : une autre fente, horizontale celle-ci, près du plafond. Elle n'avait pas de barreaux ; elle était bien trop étroite pour qu'une personne puisse passer à travers. Il dut monter sur son lit pour voir sur quelle partie de Paris elle donnait.

Il aperçut les pavés d'une cour tranquille. Il distingua également l'église Saint-Jacques-la-Boucherie, avec sa tour pâle richement décorée. Derrière se profilait l'église Saint-Merri.

Et encore derrière, surplombant les toits du Marais, c'était la forteresse médiévale bâtie par les Templiers, que l'on appelait tout simplement le Temple.

À l'horizon, exactement au milieu de sa fenêtre, se dressait le Chauve-Mont. Et à son sommet, le gibet de Montfaucon.

37

Le cachot puant

Harry faisait les cent pas à l'intérieur de son cachot, changeant de direction, variant les itinéraires. À la fin de chaque traversée, il revenait à sa haute fenêtre pour inspirer l'air du dehors et nettoyer ses poumons empuantis.

Un seau en bois en décomposition fuyait dans un coin. Harry s'était tout d'abord refusé à s'en servir, pensant que La Reynie allait le convoquer d'un instant à l'autre. Les heures passant, il n'eut d'autre choix que de s'accroupir dessus. N'ayant rien pour s'essuyer, il se servit de sa main, pour ensuite frotter ses doigts sur les pavés qui se trouvaient devant sa fenêtre. Étant donné la déclivité du sol, il savait que la première averse ramènerait tout à l'intérieur. Les taches sur le mur témoignaient que les précédents occupants s'étaient déjà livrés à ce rituel.

La Reynie ne manquerait certainement pas de le libérer au plus vite : la présence d'un assassin dans la bibliothèque Mazarine lui serait immédiatement rapportée, et le lieutenant général savait que Harry n'en était pas un.

Mais le matin devint l'après-midi. L'après-midi devint le soir. Les nuages se mirent à couver les collines, réduisant le monde extérieur au Marais et au faubourg du Temple, par-delà l'endroit où se dressait autrefois l'enceinte qui protégeait Paris. Seuls des policiers passaient devant sa fenêtre.

On ne lui avait apporté ni eau ni nourriture.

Plus tard au cours de la soirée, la pluie se mit à tomber. Écouter le bruit de l'eau procura un petit moment de distraction à Harry, qui s'attacha à essayer de deviner, au son qu'elles faisaient, dans quelle direction allaient rebondir les gouttes, car chacune d'elles coulait selon un angle particulier en fonction de la forme du pavé sur lequel elle atterrissait. Il envisagea même d'essayer de boire ces gouttes, mais la couleur qu'elles prenaient en dévalant le mur l'en dissuada.

Un rat traversa en cavalant le rebord de son étroite fenêtre, s'arrêtant à mi-chemin comme s'il voulait le rejoindre, avant de se dire que ce n'était finalement pas une bonne idée.

Là-haut, du côté du poste de garde, une porte s'ouvrit dans un bruit métallique. Harry entendit des pas le long du corridor. Il se précipita vers la porte de son cachot pour regarder à travers le guichet. Il se mit à crier, mais ne reçut aucune réponse. Il vit s'approcher deux lanternes allumées, mais ne parvint pas à distinguer qui marchait derrière, jusqu'à ce qu'elles arrivent devant sa porte : c'était le vieux *geôlier** accompagné de deux policiers en train de soutenir un autre prisonnier qui boitait, la tête retombant sur sa poitrine. Au moment où les lanternes sortirent de son champ de vision, le geôlier frappa la porte de la cellule de Harry avec son bâton. Harry s'écarta en sursautant, mais put voir le prisonnier au moment où celui-ci passait devant le guichet.

C'était le majordome de la duchesse de Bouillon. Mercier avait le visage meurtri, les lèvres encroûtées par le sang qui avait coulé de son nez cassé. Ses cheveux, ordinairement si minutieusement apprêtés, étaient emmêlés et coagulés par encore davantage de sang.

« Mercier ! »

Le geôlier revint pour marteler une nouvelle fois sa porte.

« *Silence* ! »

Les quatre hommes continuèrent à avancer dans le couloir, jusqu'à ce qu'une autre porte claque.

« Mercier ! » hurla à nouveau Harry.

Mais, à nouveau, son appel resta sans réponse.

Il y avait certainement une seconde sortie de l'autre côté, qui permettait de regagner le poste de garde, car ni le geôlier ni les policiers ne repassèrent devant lui.

Était-ce à cause de Mercier que Harry se retrouvait en prison ? Le majordome avait-il, volontairement ou contraint et forcé, raconté à la police des mensonges à son sujet ? Il avait de toute évidence subi un interrogatoire brutal. Peut-être de la part de La Reynie lui-même.

Le soir devint la nuit. Il n'eut même pas droit à la lumière des étoiles, ni au clair de lune, car tout était caché par les nuages. Il n'y avait pas la moindre lanterne dans cette partie du Châtelet. Pas la moindre bougie réconfortante en train de vaciller à une fenêtre.

Dans cette obscurité totale, Harry s'allongea sur le lit, qui ne consistait qu'en quelques planches recouvertes d'une toile gluante.

Quelle information avait-on arrachée à Mercier pour que le lieutenant général le traite aussi durement ? Cela semblait être la seule explication possible au fait que Harry soit toujours enfermé dans ce cachot puant et noir comme le charbon.

Harry se roula en boule sur la toile visqueuse de son lit et se tourna sur le côté, face à la fenêtre. Il posa précautionneusement sa tête, avec l'impression que sa pommette s'était déplacée sous son visage. Il appuya légèrement dessus, afin de voir si elle était cassée ou non, mais la douleur le fit presque vomir. Après quoi il la laissa tranquille.

Les planches du lit avaient beau avoir été grossièrement sciées et attachées les unes aux autres, et la toile ne pas les amortir le moins du monde, il se laissa finalement emporter par le sommeil.

Les jumelles vinrent une nouvelle fois visiter ses rêves.

38
La rue Quincampoix

Le colonel Michael Fields connaissait bien cette partie de Paris. Elle n'avait pas beaucoup changé depuis l'époque des guerres civiles.

Il se revoyait, plus jeune, gravissant la pente si raide du pont Marie, sans que cela nécessite quasiment le moindre effort. Aujourd'hui, il lui fallait se reposer avant son ascension, et se reposer de nouveau après. Il avait l'impression que ses poumons ne voulaient qu'une seule chose : faire éclater ses vieilles côtes. Sa course, deux nuits plus tôt, après le spectacle de ces créatures aberrantes, l'avait pratiquement achevé.

Respirant avec difficulté, il marcha jusqu'à l'église Saint-Josse, où s'amorçait la rue Quincampoix. Il la remonta petit à petit, alternant efforts et repos, ses cuisses réclamant fréquemment une pause. La rue était vieille et étroite et l'on devinait le grand âge de ses maisons à leurs pierres croulantes. Les pavés étaient profondément marqués par les ornières creusées par les innombrables passages de charrettes. Il avait du mal à distinguer son chemin et il lui arriva plusieurs fois de trébucher. Seules quelques lanternes isolées étaient accrochées çà et là : chacune devenait une halte pour reprendre son souffle avant de continuer en direction de la prochaine.

Il vit la maison devant laquelle tout le monde passait sur la pointe des pieds. Personne ne voulait déranger l'homme tapi à l'intérieur, tel un crapaud malveillant.

Il déchiffra la plaque, polie, brillante : *M. Gabriel Nicolas de La Reynie, lieutenant général de Police.* Un haut mur avec une grande arche, suffisamment large pour laisser passer tout un attelage, indiquait que l'occupant de cette demeure était une personnalité bien plus importante que ses voisins.

Le colonel donna à la porte un coup retentissant qui ne laissait rien deviner de l'état de faiblesse dans lequel il se trouvait.

C'est le lieutenant général lui-même qui vint lui ouvrir, une bougie à la main et vêtu d'une chemise de nuit et d'une robe de chambre persane en soie puisqu'il s'apprêtait à aller au lit. Sans sa perruque blonde, il paraissait plus âgé et bien moins menaçant que dans son bureau au sinistre hibou.

Il l'emmena dans une pièce tapissée de livres et, une fois que les deux hommes se furent installés devant un feu sur le point de s'éteindre pour la nuit, La Reynie montra à Fields la lettre d'introduction du conseil de l'artillerie. L'épée que lui avait remise Fields était posée sur une table basse.

« Pourquoi ? demanda La Reynie. Pourquoi m'avoir donné cette lettre dans le fourreau de cette épée ? Je me suis souvenu de la façon dont vous l'aviez tapotée, et j'ai donc regardé à l'intérieur. »

En guise de réponse, Fields sortit le pistolet de Harry.

« Quatre coups à la suite », dit-il.

La Reynie soupesa l'arme. Elle était plus lourde qu'elle n'en avait l'air.

« Hunt a veillé à vous cacher la véritable nature de sa mission pour le conseil de l'artillerie, dit Fields. C'est un assassin. Il a déjà tué. Avec l'arme que vous tenez dans votre main. »

La Reynie examina les quatre canons du pistolet.

« C'est pour cela qu'il s'est rendu à la butte des Copeaux ?

– Ah, vos *mouches**. Il espérait y trouver le nain.

– Mais pour le tuer ?

– Il avait l'arme sur lui. Alors même que vous lui aviez interdit d'en porter une, quel que soit l'endroit de Paris où il se rendrait. »

La Reynie reposa le pistolet avec précaution, comme si cette arme avait été investie des desseins meurtriers de l'homme qui s'en servait.

« Je sais bien évidemment que sir Jonas est un homme dont il faut se méfier. Il nous arrive fréquemment de démasquer certains de ses pions. » Il se caressa le nez, plongé dans ses pensées. « Votre présence à l'*Exhibition de monstruosités** n'a pas été du goût de ses protagonistes ; ils vous ont chassés de là-bas, tous les deux.

– Ils cherchaient à protéger les leurs.

– Mais des centaines de personnes viennent assister à ce spectacle, qui prend chaque année ses quartiers sur la butte des Copeaux. Pourquoi vous ont-ils ainsi pris en grippe ? C'est la question que je me suis posée quand j'ai eu vent de cette affaire.

– Nous avons quitté la foule pour fouiller les lieux ; nous avons donc joué les importuns.

– Peut-être qu'après tout M. Hunt n'est pas aussi intelligent que cela.

– Oh si, il est intelligent. Après que vous nous avez interdit de poser à qui que ce soit des questions au sujet du nain, il s'est dit qu'il allait forcer celui-ci à se montrer.

– Il s'est totalement fourvoyé. L'homme qui se fait appeler Hudson ne participait pas au spectacle. Mais Hunt a découvert comment il communique : en se servant d'un livre qui explique le fonctionnement d'une bibliothèque. »

Fields acquiesça.

« Rédigé par le bibliothécaire du cardinal Mazarin. Je ne me souviens plus de son nom.

– Gabriel Naudé. Hunt pense qu'il utilise un code se basant sur l'emplacement des lettres et des mots dans cet ouvrage. Il a retrouvé sa cible à la bibliothèque Mazarine. Mes hommes l'ont arrêté avant qu'il ne puisse mener à bien son assassinat.

– Le nain a eu de la chance.

– Hunt a-t-il appris avec qui ce dernier communique ?

– Qui sait. C'est par nature un homme secret. Et c'est évidemment pour cette raison que sir Jonas a fait appel à ses services. Ainsi que pour les compétences qu'il a acquises au sein de la Société royale. Et c'est pour ses connaissances rares en matière de poisons que la duchesse de Mazarin l'a recommandé à sa sœur, la duchesse de Bouillon.

– Je suis déjà au courant. Son majordome nous a assez vite livré cette information. » La Reynie s'interrompit pour scruter le vieux colonel, qui se trouvait face à lui. « Dites-moi, car vous ne m'avez toujours pas donné d'explication : pourquoi m'avez-vous remis la lettre de l'artillerie ? Et pourquoi m'apportez-vous à présent ce pistolet ? »

Fields ne regarda pas le lieutenant général, mais l'intérieur de ses mains, et soupira.

« *Je me retrouve dans une situation difficile. Je cherche le meilleur pour chacun. C'est la solution que j'ai trouvée.*

– *Si vous êtes comme la plupart des hommes, vous souhaitez quelque chose en retour.*

– *Je considère en effet être comme la plupart des hommes. J'ai passé ma vie à me mentir, me croyant meilleur que le troupeau**. »

Fields se leva et lissa son manteau, prêt à partir.

« *Ma maison et la tranquillité, c'est tout ce que je désire**. »

Après avoir raccompagné Fields à la porte et l'avoir regardé repartir lentement en direction de la Seine, La Reynie, au lieu d'aller au lit, retourna dans la pièce où se trouvaient la cheminée et tous ses livres. Il alluma une nouvelle bougie et s'approcha d'une des étagères.

Il en sortit sa propre première édition de l'*Advis pour dresser une bibliothèque*. Puis il en sortit les notes qu'avait laissées Harry à l'intérieur des exemplaires de la bibliothèque Mazarine.

39
Le brutal interrogatoire

Harry fut réveillé par le cliquetis d'une clé tournant à l'intérieur de la serrure. La porte de son cachot s'ouvrit violemment, sa poignée effritant encore davantage les briques du mur. Sur le seuil se tenaient le capitaine qui l'avait arrêté à la bibliothèque et, à côté de lui, en train de se curer le nez tout en chiquant du tabac, l'adjudant qui était parti chercher La Reynie quand Fields et lui s'étaient présentés pour la première fois au Châtelet.

Harry avait eu tellement froid pendant la nuit que sa colonne vertébrale était bloquée. Pour quitter son lit, il dut rouler sur le côté et il ne put se mettre debout qu'en s'appuyant de toutes ses forces dessus.

Les deux hommes le regardaient d'un air absent; il n'y avait là-dedans rien qu'ils n'aient déjà vu.

Le capitaine s'avança à l'intérieur de la cellule et sortit une grosse et lourde paire de menottes qu'il attacha par-devant aux poignets de Harry.

« *Le lieutenant général veut vous interroger maintenant**. »

Les menottes étaient trop serrées et s'enfonçaient dans sa chair.

L'adjudant avait l'air déçu. Ce prisonnier était donc véritablement l'assassin dont on parlait dans tout le Châtelet, un homme que les Anglais avaient envoyé tuer l'un des leurs ? Reste que, quand Harry tendit les épaules, tentant d'insuffler un peu de vie dans ses muscles, il tressaillit et fit un pas en arrière.

Le capitaine jeta un regard de mépris à son collègue et traîna Harry hors de son cachot.

Ils lui firent monter l'escalier et traverser le Châtelet jusqu'au bureau du lieutenant général.

Un pied sur son fauteuil, les coudes appuyés sur sa cuisse relevée, La Reynie attendait derrière son bureau, avec à la main une élégante tasse en porcelaine remplie de café dont l'arôme emplissait toute la pièce.

Harry n'avait ni mangé ni bu depuis la matinée précédente et son petit déjeuner en compagnie de Marie-Anne où il avait avalé du poisson. Mais il avait l'impression que tout cela remontait déjà à une semaine, souvenir brumeux d'une certaine civilité. Malgré la cafetière qui fumait sur son bureau, La Reynie ne lui proposa pas de café. Non, il fronça les sourcils et pinça les lèvres, comme si Harry constituait une sorte d'énigme. Un intéressant casse-tête théorique.

Sur la table se trouvait un objet que Harry n'avait pas remarqué auparavant : un bâton de bois peint en blanc.

Le capitaine poussa Harry jusque devant le bureau de La Reynie ; il se retrouva trop près du feu pour que cela soit confortable. Ses lunettes cassées étaient sales, mais il ne pouvait pas les essuyer avec ses mains menottées. Curieusement, c'était cela qui le dérangeait le plus, car il tenait à tout prix à pouvoir voir distinctement La Reynie.

Le lieutenant général le salua en levant sa tasse et laissa échapper un long et lent soupir.

« Que savez-vous en matière de poisons, monsieur Hunt ? »

Harry connaissait quantité de poisons. C'est ce qu'il avait répondu à La Reynie au cours de leur première entrevue, lorsque celui-ci lui avait posé exactement la même question.

Il déglutit, opération que sa gorge desséchée rendait particulièrement difficile.

« Je connais des plantes, des gaz, des eaux fortes, qui doivent être utilisés avec précaution. Je ne comprends pas pourquoi vous me posez à nouveau cette question.

– Mais si, vous le comprenez parfaitement », répondit calmement La Reynie.

Harry parcourut l'intérieur de sa bouche avec sa langue, qui adhéra à ses gencives. Ses lèvres étaient craquelées et douloureuses.

« Je sais que tout Paris redoute les empoisonnements. Je sais que vous êtes chargé de découvrir les empoisonneurs.

– Vous savez également que la duchesse de Bouillon complote contre son mari.

– Il s'agit d'un faux témoignage que l'on a porté à son encontre par pure malveillance. »

La Reynie ricana.

« Vous *êtes* devenu son ami. Les nièces de Mazarin. Des femmes ensorcelantes, n'est-ce pas ? » Il nota le regard de Harry, mélange de dégoût et d'appréhension. « Vous vous trompez à mon sujet, car je ne crois pas à la sorcellerie. Quoi qu'il en soit, tout ceci est anecdotique. On m'a livré votre nom. Et on vous a accusé d'avoir accepté de vous mettre au service de la duchesse, qui souhaitait profiter de vos connaissances en matière de philosophie naturelle et de vos talents de chimiste.

– Ça n'est pas vrai !

– Vous niez tout cela ?

– Oui. Qui profère de pareilles accusations ?

– C'est ce qui explique votre présence chez elle, ainsi qu'à Paris, rétorqua La Reynie, ignorant la question de Harry. Une histoire plus crédible que celle consistant à être venu ici à la recherche d'un nain, ceci étant d'autant plus ridicule qu'il s'agirait de l'interroger au sujet du meurtre d'un autre nain. » La Reynie se tapota la tempe, en signe de moquerie. « Lorsque vous êtes venu ici, au Châtelet, pour la première fois, vous m'avez expliqué que c'était le conseil de l'artillerie qui vous avait envoyé. Vous ne m'en avez fourni aucune preuve. Dès lors, pourquoi ne croirais-je pas la personne qui, de son plein gré, et sans en tirer le moindre profit, m'a livré cette information ?

– Parce que c'est un mensonge. »

Harry avait l'impression que sa langue était un vieux morceau de cuir. Il comprit que si La Reynie l'avait délibérément laissé croupir un jour et une nuit sans boire ni manger dans son cachot, c'était pour le préparer à cet interrogatoire.

« C'est vous qui le dites. Je n'ai aucun moyen de le savoir.

– Je vous assure, lieutenant général, que je suis ici sur ordre de sir Jonas Moore. Ainsi que, comme vous l'avez découvert, de lord Danby. Tous deux veulent que je retrouve l'homme qui se fait appeler Jeffrey Hudson. D'après lord Danby, Titus Oates avait déclaré que ce dernier complotait contre notre roi. Je pensais que le deuxième Hudson pourrait savoir qui a tué l'original. Il n'en sait rien. C'est le seul fait que j'ai pu établir et qui m'ait apporté une quelconque satisfaction depuis mon arrivée à Paris.

– Pourquoi faire le voyage jusqu'à Paris pour interroger un homme au sujet d'un meurtre qui s'est produit parmi tant d'autres au cours de vos guerres civiles ? C'était il y a une vie.

– C'est sir Jonas qui m'en a donné l'ordre. Puis lord Danby. Et ce n'est pas un homme à qui l'on refuse des choses.

– Non, il y a une autre raison, répliqua La Reynie. Pourquoi êtes-vous venu ici ? Vraiment.

– C'est la vérité, monsieur. » Le poids des menottes devint soudain insupportable et, à cause de la chaleur du feu de cheminée, le front de Harry dégoulinait de sueur ; elle lui coulait dans les yeux, l'obligeant à les plisser sans arrêt. « Je suis venu à Paris pour retrouver le nain. J'ai tout d'abord pensé à interroger le capitaine de l'*Incassable,* le navire à bord duquel Hudson a effectué son ultime voyage pour l'Angleterre.

– Le capitaine Eugène de Beauchene. » La Reynie reposa sa tasse sur son bureau. « Il s'est tenu exactement là où vous vous trouvez maintenant. Une autre raison.

– Il n'y a pas d'autre raison.

– Vous vous attendez à ce que je vous croie ?

– Oui.

– Eh bien, c'est non ! »

La Reynie avait dit cela tristement, comme s'il avait placé de grands espoirs en son prisonnier mais venait de voir ceux-ci anéantis.

Être si près du feu devenait intenable. L'arrière des jambes de Harry était en train de rôtir. La douleur qu'il éprouvait à sa joue blessée le faisait pleurer.

La Reynie se rendit compte de sa détresse.

« Souhaitez-vous de l'eau ? »

Sans attendre la réponse de Harry, il fit signe à son capitaine d'aller en chercher.

Il n'était rien que Harry désirait davantage que de boire de l'eau, mais la peur que suscita alors chez lui le souvenir de Beauchene, forcé de boire plus qu'il ne pouvait en supporter, lui fit avoir un haut-le-cœur. Des filets de bave pendaient de ses lèvres. Il pouvait à peine se tenir debout. Ses jambes tremblaient, à cause de sa crainte de subir cet interrogatoire brutal, à cause de la chaleur du feu, à cause du manque de nourriture et d'eau.

Le capitaine revint avec un verre et un grand pichet.

« Buvez. Je vous en prie », dit aimablement La Reynie, comme s'il lui proposait son meilleur bordeaux.

Le capitaine versa de l'eau, chaude et trouble, du pichet, puis lui tendit le verre. Harry avança la tête pour attraper le bord entre ses lèvres. À cause de ses tremblements incontrôlables, de l'eau se renversa. Excepté celle qui coula le long de son menton et mouilla sa chemise, il avala tout le contenu du verre.

« En souhaitez-vous un autre ? »

La Reynie haussait les sourcils, pour souligner tout ce qu'il y avait de courtoisie dans sa question.

Harry recula aussi loin que possible du lieutenant général, jusqu'à presque finir dans la cheminée, loin du bras du capitaine qui lui tendait un deuxième verre d'eau mais l'attrapa de son autre main pour le ramener à sa place.

Tant que Harry n'eut pas avalé son deuxième verre d'eau, La Reynie ne dit rien. Le capitaine lui en versa un autre.

Tandis qu'une envie de vomir lui envahissait la bouche, Harry commença à le boire.

De l'intérieur d'une boîte en bois de cerisier qui se trouvait sur son bureau, La Reynie sortit une feuille de papier. Il franchit la distance qui les séparait, prit le verre de Harry et la brandit tout près de son visage, parfaitement conscient que ce dernier avait du mal à voir.

Finissant par reconnaître à travers ses lunettes maculées et cassées la lettre ornée du sceau du conseil de l'artillerie, Harry s'effondra presque de soulagement. C'était la lettre d'introduction qu'il avait perdue. Comment s'était-elle retrouvée entre les mains du lieutenant général ? Il n'en avait aucune idée et cela n'avait aucune importance. Des larmes de reconnaissance commencèrent à lui piquer les yeux. Il serait bientôt libéré de cette pièce, et de La Reynie, qui jouait si cruellement avec lui, essayant de lui soutirer des informations par la peur alors qu'il savait depuis le début que Harry était bien au service de sir Jonas.

« J'ai également une autre lettre, dit le lieutenant général en tendant à nouveau le bras vers sa boîte. Une lettre fort intéressante. Elle m'expose toutes vos compétences en matière de philosophie naturelle. Et m'apprend que vous avez déjà fait vos preuves comme enquêteur.

– Merci, répondit bêtement Harry, tout en levant ses avant-bras en direction des deux soldats qui se trouvaient dans le bureau afin qu'on lui retire ses menottes.

– Il s'agit de la réponse de lord Danby à ma propre lettre. » La Reynie commença à marcher autour de Harry, son capitaine s'écartant prestement à son passage. « Laissez-moi vous lire ce que Danby écrit à votre sujet : *M. Hunt n'a pas été en mesure de conserver sa place au sein de la Société royale, car la seule chose qu'il ait réussi à prouver est son incompétence. Fort heureusement pour lui, il a trouvé un emploi de remplacement au sein du conseil de l'artillerie, auprès de sir Jonas Moore, un homme bien connu de vous. J'ignore tout des desseins de Moore, mais je n'imagine pas qu'ils puissent être autres que malveillants. Je doute qu'ils soient en faveur du bien de nos deux nations, ou des relations que nous entretenons.* »

Une nouvelle fois, Harry était passé de la joie au désespoir.

« Pourquoi écrirait-il une chose pareille ?

– Parce que vous êtes venu pour assassiner le nain, pas pour l'interroger, et ce sur ordre du conseil de l'artillerie.

– Non, non… », protesta Harry. Une idée le frappa soudain. « Qui vous a remis la lettre du conseil ? »

C'était certainement Mercier, le majordome de Marie-Anne. Il l'avait trouvée à l'hôtel de Bouillon. Et c'est sous la torture qu'on lui avait extorqué cette lettre, ainsi que tous ces mensonges à propos des poisons.

La Reynie remit les deux lettres dans la boîte dont il referma doucement le couvercle.

« C'est votre compagnon, le colonel Michael Fields. Il a également confirmé que vous étiez à l'hôtel de Bouillon pour aider la duchesse. »

Harry le regarda comme s'il était sur le point de sombrer dans la folie, et sentit ses genoux se dérober.

« Je ne vous crois pas.

– Le colonel m'a donné la lettre du conseil, qu'il avait enroulée autour de la lame de son épée, au moment où il m'a remis son arme, ici même. Il m'a également dit que vous aviez promis de tuer le mari de la duchesse. Que vous alliez lui administrer la dose fatale en personne, et que même le plus savant des médecins croirait à une simple mort par apoplexie.

– Le colonel Fields est – à son propre détriment – l'homme le plus honnête que je connaisse. Pourquoi mentirait-il ? Je n'ai rien à voir avec le moindre empoisonnement, de qui que ce soit. »

Le capitaine s'apprêta à frapper Harry pour son insolence, mais La Reynie leva la main pour l'arrêter.

« Il est venu chez moi. Il m'a donné votre pistolet. »

Le visage de Harry continuait à afficher l'incrédulité la plus totale. La Reynie sortit le pistolet d'un tiroir de son bureau et le brandit devant lui, en équilibre sur la paume de sa main.

Harry avait l'impression qu'il n'y avait plus la moindre force dans ses os. Il n'arrivait pas à croire que le colonel ait pu faire une chose pareille. Il n'était pas mort, comme il l'avait cru ; non, il avait rendu visite – et menti – au lieutenant général.

Sa trahison n'avait aucun sens.

« Vous ne niez pas qu'il s'agisse de votre arme ? »

Il aurait pu le nier mais, au-delà du fait que c'était la parole du colonel contre la sienne, Marie-Anne avait vu son pistolet, de même que Mercier et tous les invités du salon de la duchesse. Harry dut reconnaître que Fields avait pris soin de s'en assurer.

« Il est à moi, admit Harry. Je l'ai apporté à Paris pour ma propre protection.

– Une arme impressionnante. Outre les poisons, vous êtes également un expert pour ce qui est des pistolets. Si j'ai bien compris, vous avez travaillé vous-même dessus, afin de l'améliorer.

– Il tire quatre coups avant d'avoir besoin d'être rechargé, répondit tristement Harry. J'ai mis quatre canons à la place du canon unique d'origine et repensé tout le mécanisme.

– Remarquable. L'arme d'un assassin.

– Je ne suis pas un assassin. »

La Reynie baissa le pistolet.

« Voici donc les accusations qui ont été portées à votre encontre. Premièrement, vous avez aidé la duchesse de Bouillon à préparer des poisons en vue d'assassiner son mari, le duc. Deuxièmement, vous êtes venu à Paris pour tuer l'homme qui porte le nom de Hudson, sur ordre du conseil de l'artillerie. Fort heureusement pour ces deux personnes, vos plans ont été découverts. Sir Jonas Moore n'aurait pas dû engager un rebut de la Société royale. Vous n'êtes pas vraiment qualifié pour le rôle qu'il vous a assigné.

– Aucune de vos accusations n'est vraie ! Vous pouvez me remplir d'eau jusqu'à ce que je déborde pour me faire avouer sous la contrainte, et je vous avouerai ma culpabilité, mais ce ne seraient encore que des mensonges.

– Malheureusement pour vous, Mercier, le domestique de la duchesse, souscrit à tout ce que m'a raconté le colonel.

– Vous l'avez brisé.

– Je l'ai convaincu. De dire la vérité. »

Du tiroir où il avait rangé le pistolet, La Reynie sortit une nouvelle lettre. Elle était marquée du sceau royal de Louis XIV.

« Une *lettre de cachet**, signée par notre souverain en personne. »

La Reynie prit ensuite le bâton blanc sur son bureau. Harry eut un mouvement de recul, levant les mains pour se protéger le visage. Le capitaine souriait de toutes ses dents, mais le lieutenant général affichait un air empreint d'une grande gravité.

Au lieu de le frapper, il tapota doucement l'épaule de Harry.

« Monsieur Henry Hunt, au nom du *roi** Louis XIV, vous allez être incarcéré à la Bastille, jusqu'à ce que nous ayons terminé notre enquête, et préparé votre procès. »

LIVRE III

Adam, ouvre maintenant les yeux,
Et vois d'abord les effets que ton péché originel a opérés
Dans quelques-uns de ceux qui doivent naître de toi,
Qui n'ont jamais ni touché à l'arbre défendu,
Ni conspiré avec le serpent, ni péché de ton péché.
Et cependant de ce péché dérive la corruption
Qui doit produire des actions plus violentes.

John Milton, *Paradis perdu* (Londres, 1667)

40
La lettre interceptée

Lord Danby était dans son bureau en train de déjeuner d'une tourte à la lamproie. Il avait déjà bu toute une bouteille de vin et se demandait s'il allait en ouvrir une seconde. Il se dit que non. Il voulait garder les idées claires car il devait cet après-midi interroger Titus Oates au sujet des nouvelles accusations que ce dernier avait portées à l'encontre de cinq jésuites : Thomas Whitbread, William Barrow, John Caldwell, John Gavan et Anthony Turner. Tous avaient participé à une réunion secrète de leur ordre à la White House Tavern, sur le Strand. Titus Oates se trouvait également là-bas et les avait écoutés tramer sans vergogne l'assassinat du roi. William Ireland et John Grove, présents eux aussi, avaient déjà été exécutés, mais on manquait de preuves à l'encontre des autres.

Seulement on avait, depuis, découvert toute une série de lettres particulièrement accablantes.

Danby s'essuya la moustache avec un coin de sa serviette. Il fallait mettre ces hommes à mort le plus vite possible, afin de dissuader les autres catholiques de s'en prendre à la personne du roi. Charles II, il le savait, n'avait que très peu confiance en Titus Oates. Il ne prenait pas vraiment non plus Israel Tonge au sérieux. L'obstination de Sa Majesté à vouloir étudier attentivement chacun de leurs témoignages mettait en péril sa propre sécurité. Le roi se laissait distraire par des détails, comme lorsque Oates et Tonge se contredisaient sur une question ou une autre. Il semblait ne pas avoir conscience de la dangerosité des menaces qui pesaient contre lui. Il continuait à s'adonner à ce jeu ridicule consistant à se promener dans Londres déguisé en William Jackson !

Fort heureusement, le roi avait Danby pour veiller à ses intérêts – lesquels étaient au bout du compte leurs intérêts à tous.

Il prit une autre bouchée de tourte.

L'idée d'une insurrection catholique le terrifiait. Non seulement les Anglais perdraient leur roi, leur religion, leurs libertés et se retrouveraient gouvernés par un pape – avec toutes les superstitions fanatiques que cela entraînerait –, mais lui, il perdrait absolument tout. Il avait épousé le parti d'Oates contre les catholiques. Jamais on ne le lui pardonnerait. On le condamnerait au bûcher car telle était la vicieuse propension de ces gens.

Des centaines d'autres personnes seraient également tuées. Ce serait le retour du règne de Marie Stuart.

En ces temps où certains étaient prêts à tout, on avait besoin d'hommes forts à la tête de ce royaume.

Il entendit, à l'extérieur de son bureau, la démarche si reconnaissable de Merritt. Le pas lourd de son homme de main dissimulait un esprit vif mais inconstant, intelligent mais irréfléchi. Merritt était dénué de profondeur, ce qui était bien utile, et pourvu d'un empressement des plus agréables à seconder son maître dans toutes ses machinations, même les plus exubérantes.

Merritt proclamait être un agnostique philosophe : pas au sens où sa philosophie l'aurait empêché de trancher sur l'existence de Dieu mais parce qu'il déclarait s'intéresser à toutes les philosophies, sans pour autant se rallier à aucune d'entre elles. Il pouvait discourir sur sa propre existence ou inexistence, et présenter des raisons pour et contre l'une comme l'autre ; expliquer qu'il existait bel et bien un monde extérieur ou alors que ce monde était entièrement imaginaire. Il pouvait citer en long et en large certains philosophes et invoquer leurs arguments selon une perspective ou une autre. Mais trancher sur quelle idée était la vérité ou s'approchait le plus de celle-ci ne l'intéressait pas le moins du monde.

Et pourtant, Merritt faisait preuve d'une troublante perspicacité quand il s'agissait de prédire le comportement des autres. C'est comme s'il était immédiatement en mesure de connaître leurs motivations, leurs conflits intérieurs et les différentes influences qui s'exerçaient sur eux. Aux yeux de Danby, cette prouesse était davantage une affaire de calcul que d'imagination. Merritt était l'homme le plus rapide qu'il ait jamais rencontré à évaluer les intérêts d'un prêt à un certain taux sur une certaine période. Cependant, si Danby se retrouvait à devoir le presser de prendre une décision relevant de son libre arbitre, Merritt ne pouvait que hausser les épaules en affichant un sourire bovin.

Que Merritt œuvre en faveur des protestants contre les catholiques, ou en faveur des catholiques contre les protestants, revenait au même. Dans son propre intérêt, il veillait toutefois, bien entendu, à ne pas passer pour un récusant. Avant de le rencontrer, Danby avait toujours pensé qu'il ne pourrait jamais faire confiance à un être sans religion, mais Merritt s'était révélé extrêmement fiable.

Comme Oates et Tonge, Merritt était un instrument efficace pour l'avancée de ses plans.

Et le voilà qui entrait, comme il le faisait toujours. Le coup à la porte. La petite pause. L'ouverture progressive de la porte. Le regard du mouton derrière sa clôture.

Danby y vit un prétexte pour ouvrir une deuxième bouteille.

« Un peu de vin, Merritt ?

– C'est très aimable à vous, milord. » Merritt avisa la bouteille vide et se dirigea vers sa compagne. « Puis-je ? » Il retira le bouchon de façon experte et, tout en versant le vin : « Nous avons intercepté une lettre qui ne manquera pas de vous intéresser. »

Bien sûr qu'elle l'intéresserait. Danby se fiait au jugement de Merritt. Il regarda la lettre que celui-ci lui tendait. La police parisienne. Le sceau de La Reynie.

« Pour sir Jonas Moore ? » Il retira la serviette qu'il avait nouée par-dessus sa chemise et la posa sur son repas, renonçant à près de la moitié de sa tourte. « Aux bons soins de l'ambassadeur de France.

– Qui reçoit la majeure partie de son courrier en retard », observa Merritt avec ironie.

Danby se leva et s'approcha de la fenêtre pour lire la lettre.

« Henry Hunt est en train de croupir à la Bastille. Je pense que le voilà donc suffisamment éloigné de nous. » Il pencha la tête d'un côté, puis de l'autre, considérant cette nouvelle information. « La Reynie informe sir Jonas de l'arrestation de Hunt pour espionnage au nom du conseil de l'artillerie, et parce qu'il le soupçonne d'avoir eu pour ordre de tuer le nain. La Reynie s'en prend à sir Jonas parce qu'il a envoyé Hunt à Paris. La lettre que je lui ai envoyée y a fortement contribué. En outre – ce qui est un supplément bienvenu –, Hunt est également écroué pour avoir tenté d'empoisonner le duc de Bouillon. Apparemment, il aurait aidé sa femme à concocter quelques poudres de succession. » Danby afficha un sourire sinistre. « Hunt se retrouve mêlé à tous ces empoisonnements parisiens. Le roi Louis l'a envoyé à la Bastille. Concernant Hunt, il a donc fait le travail à notre place. Nous ne voulons pas de lui à Londres, du moins pas avant la consultation catholique de la reine. C'est un homme trop dangereux. Rappelez-vous comment il a contrecarré les projets de lord Shaftesbury.

– Il n'est sans doute pas nécessaire que le lieutenant général reçoive une réponse de sir Jonas, suggéra Merritt.

– Ça n'est absolument pas nécessaire. » Danby tendit la lettre à Merritt. « Brûlez-la. »

Il était satisfait de son assistant. Il l'invita à finir sa tourte à la lamproie.

« Comment les choses avancent-elles à Somerset House ? La consultation est pour très bientôt. »

41
Le cachot de la Bastille

À son réveil, Harry se rappela où il était et poussa un grognement. Il avait la peau des poignets à vif à cause des frottements de l'acier. De ces fers partaient des chaînes qui l'attachaient au mur mais restaient suffisamment longues pour qu'il puisse aller jusqu'à sa fenêtre et effectuer un demi-cercle à l'intérieur de la pièce.

Lorsqu'il le fit, sa peine fut bien mal récompensée. Les barreaux de la fenêtre mesuraient plus de deux centimètres de diamètre. Installés à la verticale et à l'horizontale, ils formaient des carrés d'une dizaine de centimètres de côté. Il y avait trois grilles successives, agencées de façon à cacher ce que l'on pouvait voir à travers les deux autres ; cela rendait la pièce particulièrement sombre et on ne lui avait pas donné de bougie.

À la différence de celle du Châtelet, sa cellule se trouvait en haut d'une tour. Un grossier octogone dont aucun des murs ne faisait la même longueur. Son plafond particulièrement haut disparaissait dans l'obscurité.

C'est avec une grande joie qu'il avait constaté avoir droit ici à un vrai matelas, jusqu'à ce qu'il découvre que celui-ci grouillait de vers et de poux. Il l'avait traîné contre le mur et avait dormi sur le sommier en bois. Le reste du mobilier consistait en une table, avec un pichet et un pot en étain. Il y avait aussi une chaise que ses chaînes mettaient cruellement hors de sa portée, et qui avait été installée à cette place par un geôlier que cette simple démonstration de méchanceté remplissait de joie.

Il n'y avait pas de cheminée, seulement une dalle de pierre près du mur. Chaque jour, un geôlier apportait des bûches – du mauvais bois, humide, qui emplissait la cellule d'une fumée âcre – et après tout le mal que l'on s'était donné pour le faire partir, toute la chaleur du feu se perdait dans le toit.

Son arrestation lui semblait désormais un rêve nébuleux peuplé de fantômes, à l'image de ce nain qui avait décampé en escaladant les rayonnages de la bibliothèque Mazarine avant de disparaître par le plafond. Il y avait une chose qui lui prouvait que tout cela était réellement arrivé : sa joue, encore douloureuse, blessée par le livre qu'on lui avait violemment lancé dessus. Il la frotta, sentant sa barbe qui avait poussé depuis son arrivée à la Bastille. Il n'avait pas droit à un rasoir.

Il portait toujours les mêmes vêtements que lorsqu'il avait été arrêté. Il n'y avait pas de latrines, pas même un seau. Il utilisait un coin de la pièce, aussi éloigné de son lit que le lui permettaient ses chaînes, se servant du matelas infesté de vermine pour bien délimiter l'espace.

Harry était convaincu que l'air vicié de la cellule finirait par le tuer, mais aller à la fenêtre, c'était respirer l'air pestilentiel de l'extérieur, car les douves charriaient tous les immondices de la prison. Il était affligé d'une toux qui lui faisait mal aux côtes et avait sans cesse des haut-le-cœur, sa gorge étant constamment agitée de spasmes. Après plusieurs jours de ces secousses, il ne s'en rendait d'ailleurs pratiquement plus compte.

Au vu du trajet qu'effectuait le soleil, il savait qu'il se trouvait dans la partie est de la Bastille, dans une tour qui devait faire saillie sur le mur de la prison car, à travers les minuscules interstices qui demeuraient entre les barreaux, il avait vue sur le sud, vers la Seine. Des arbres s'alignaient de part et d'autre de la rue des Fossés-Saint-Antoine. Il pouvait également voir les toits du Petit Arsenal, ainsi que le Grand Arsenal, où Marie-Anne avait été interrogée par la Chambre ardente. De l'autre côté de la Seine, il reconnut la Bièvre et le Jardin du Roy, avec ses plantes disposées de façon si ordonnée. En haut du Jardin, il y avait la butte des Copeaux. Les tentes et les estrades de l'exhibition n'étaient plus là.

Tout en regardant ainsi Paris avec une profonde mélancolie, Harry mesurait le temps en suivant le déplacement des ombres des grilles de sa fenêtre sur le mur et en écoutant les bruits qui montaient des abords de la Bastille, de la porte Saint-Antoine et de la dense circulation des bateaux sur la Seine. Ou alors il parcourait l'arc de cercle que lui autorisaient ses chaînes, dans un sens puis dans l'autre. Chaque fois qu'il atteignait le mur qui mettait un terme à son voyage, il appuyait son front contre la pierre humide, respirait profondément, puis repartait. La nuit, comme il n'arrivait pas à dormir à cause des fers qui lui écorchaient les poignets, il se consolait en observant le mouvement des étoiles qui traçaient leurs courbes dans le ciel.

Il entendait, à l'intérieur de la prison, les geôliers monter les escaliers et fouler les différents planchers, tout cela s'accompagnant du cliquetis lugubre de la serrurerie. En plus d'une serrure actionnée par une clé, la porte de chaque cellule était pourvue d'un long verrou qui coulissait vers l'extérieur. À partir de ces différents bruits, il arrivait à se représenter les déplacements des geôliers, et dans quelle direction ils marchaient. Il essaya de deviner combien d'autres prisonniers souffraient comme lui à l'intérieur de ces murs ; il n'était pas autorisé à sortir de sa cellule pour faire de l'exercice et n'avait vu personne passer devant sa porte.

Comme il n'avait plus de montre, la sienne ayant disparu dès sa première nuit passée ici après qu'il l'avait bêtement laissée sur la table avant de se coucher, il ne lui restait qu'à compter le temps que mettaient les geôliers pour se rendre d'une tour à une autre, en écoutant le bruit de leurs pas sur le toit de son cachot. Il devait y avoir, au milieu du bâtiment, un pont qui en reliait les différents murs, en avait-il conclu. Il tendait l'oreille pour les entendre circuler aux étages inférieurs, et guettait également les craquements de plancher susceptibles d'indiquer la présence d'autres prisonniers au-dessous de lui. Leurs déplacements semblaient n'avoir aucune régularité.

Une fois, une alarme avait retenti, on avait sonné la cloche et un homme s'était mis à crier, mais le pas des geôliers ne s'était pas fait pour autant plus rapide, et il n'y avait pas eu suffisamment de bruits pour qu'il puisse reconstituer ce qui s'était passé. Peut-être une tentative d'évasion. Peut-être une tentative d'abréger l'exécution de l'arbitraire sentence du roi Louis.

Les repères de chacune de ces mornes journées étaient le petit déjeuner, le déjeuner et le souper. Le premier était servi vers 7 heures du matin : un gruau clair qu'on lui donnait dans un bol en bois, sans cuillère, le prisonnier n'ayant ainsi aucune chance de pouvoir se tailler les veines de désespoir ou de se fabriquer une arme. Harry sirotait ce gruau à contrecœur et l'avalait en sachant pertinemment qu'il n'allait pas tarder à le voir ressortir. Le déjeuner, avant midi, était une affaire bien plus somptueuse, généralement un moineau ou un pigeon et, peut-être, des légumes et un fruit. Puis c'était la longue attente jusqu'au soir où, aux alentours de 18 heures, une fois qu'on avait récupéré les assiettes de ses précédents repas, on lui proposait du pain de la veille. À deux reprises, il avait eu du fromage, et une fois, le même menu qu'au déjeuner, mais froid.

Malade comme il l'était, il ne gardait pas beaucoup de cette nourriture. Il devenait de plus en plus faible, de plus en plus maigre. Sans sa ceinture, qu'on lui avait retirée dès son arrivée, ses hauts-de-chausses tombaient : il devait les retenir avec la main quand il se déplaçait à l'intérieur de son cachot. Les os de ses poignets commençaient à ressortir, cognant de façon encore plus douloureuse contre ses fers.

Lorsque les geôliers lui apportaient son repas, il tentait de leur poser des questions sur ce qu'ils avaient éventuellement entendu dire au sujet de l'enquête de La Reynie concernant ses supposés crimes, ou bien il leur demandait s'ils savaient quelque chose à propos d'un procès à venir. Il y avait toujours deux hommes, parfois suivis de près par un gardien.

Ils le regardaient sans dire un mot, comme s'il était complètement fou.

Depuis sept jours qu'il se trouvait là, il n'avait absolument rien entendu à propos de ce qui se passait hors de la prison. Sa routine n'avait connu qu'un seul changement. Le cinquième jour, Harry avait à nouveau posé des questions. Le gardien, un homme au cou de taureau, au visage rude, et dont les cicatrices indiquaient qu'on lui avait par le passé tailladé le nez, lui avait asséné une claque sur l'oreille mais également donné une réponse, ou du moins quelque chose qui y ressemblait. Harry comprit suffisamment son français : « Tu es ici selon le bon plaisir du roi. Il n'a pas besoin de preuve, donc pas besoin d'un procès. Alors, inutile de se presser. »

Harry avait été extrait du monde. Il se demandait si quelqu'un savait au moins qu'il était à la Bastille. La Reynie avait-il informé Marie-Anne de son incarcération, ou de la situation de son majordome, Mercier ? Sir Jonas Moore ou lord Danby étaient-ils au courant ? Apparemment, qu'il soit sous les verrous arrangeait Danby. Sinon, il n'aurait jamais rédigé une lettre pareille. Harry réfléchissait encore et encore à la raison pour laquelle il en était arrivé là, essayant à nouveau de trouver quel pouvait être le lien entre Richard Merritt, Danby et l'assassin au front bizarre ressuscité.

Harry n'avait aucune nouvelle de sir Jonas depuis le matin où il avait embarqué pour la France. Pas une lettre, pas un mot pour lui demander si, après tout ce temps passé à Paris, il avait progressé dans sa recherche du faux Hudson. Rien qui indiquait qu'il ait entrepris quoi que ce soit pour le faire sortir de la Bastille.

Et que penser du colonel Fields, qui avait menti pour s'assurer de son emprisonnement ? La trahison de son vieil ami était presque impossible à croire mais, plus Harry prenait en considération les agissements de ce dernier, plus il était simple d'expliquer sa disparition après la mésaventure de la butte des Copeaux, tout comme ses récentes sautes d'humeur et ses silences si inhabituels.

Harry avait soupçonné le majordome de Marie-Anne d'avoir volé la lettre d'introduction du conseil de l'artillerie. Il avait estimé qu'on ne pouvait pas faire confiance à Mercier, mais il s'était tout bonnement laissé influencer par l'antipathie que ce dernier suscitait chez lui. Fields avait-il également porté de faux témoignages à l'encontre de Mercier ? Mercier se trouvait-il à la Bastille ? Peut-être qu'on avait continué à le torturer.

Harry ignorait s'il pourrait supporter une telle douleur. Dirait-il n'importe quoi pour sauver sa peau, même si cela signifiait faire subir la même chose à d'autres ? Il se souvint que Marie-Anne lui avait expliqué que la Voisin se maintenait justement en vie en accusant les autres.

Pensant ainsi à la torture, Harry plongea la tête entre ses mains et éclata en sanglots.

Il pleurait non seulement à cause de la situation dans laquelle il se trouvait, mais aussi à cause de l'homme qui avait été comme un père pour lui, qui l'avait initié à la nouvelle philosophie, lui avait donné un foyer. Et comment avait-il remercié M. Hooke ? En quittant la Société royale, uniquement pour une question d'argent, ainsi que pour une raison on ne peut plus mesquine : parce que son orgueil avait été meurtri après l'échec de son expérience à Gresham's. Il pleurait également à cause de Grace et de la façon si médiocre dont il s'était comporté avec elle. Parce que le blanc-bec qu'il était avait voulu impressionner la duchesse, Hortense Mancini ; parce que la réalité était qu'il désirait impressionner tous ceux qui se trouvaient au-dessus de lui. Il avait fait preuve d'un irrespect méprisable à l'égard de la femme qu'il aimait.

Robert Hooke et Grace étaient à Londres, à mener leur vie sans lui. Et lui, il était enfermé à la Bastille. Et il sanglotait, tout seul, dans son cachot, n'arrivant pas à comprendre comment il avait pu se comporter d'une façon si effroyable. C'était comme si un imposteur avait agi à sa place, à la manière de l'homme qui se faisait passer pour le capitaine Hudson.

En se posant de telles questions, Harry se torturait de façon bien plus efficace qu'aurait jamais pu le faire La Reynie. Il savait que, tant qu'il resterait enfermé dans ce cachot, il ne pourrait répondre à aucune d'entre elles, ni à des milliers d'autres.

Voulant chasser son désespoir, il s'obligea à réfléchir à d'autres sujets que ses propres tourments. À des questions de mécanique. De fabrication d'instruments. D'horlogerie. De cartographie du monde. De mathématiques, en se remémorant tout ce qu'il savait au sujet d'Euclide et de Descartes. D'architecture, de vol aérien et de fabrication de lampes. Il pensa à la navigation en mer, aux propriétés de l'air, aux tentatives de prévisions météorologiques et aux paysages qui changent avec le temps ; aux coquillages et à toutes les espèces de fossiles entreposées dans la réserve de la Société royale. Il réfléchit aux étoiles et aux mouvements des planètes ; à l'attraction gravitationnelle ; à l'électricité émise par la pression des os.

Les centres d'intérêt de Robert Hooke étaient devenus les siens. Il n'était qu'une pâle copie de son maître. Il se demanda ce qu'il pouvait revendiquer avoir lui-même accompli.

Harry n'avait pas de papier pour y coucher toutes ses pensées. S'il en avait eu, alors peut-être qu'elles n'auraient pas tourné en rond, encore et encore, au cœur de son auto-apitoiement. Il aurait pu les noter, puis cesser de s'en préoccuper. Si c'était le dernier endroit où il devait vivre, si c'était de ce cachot qu'on devait le sortir afin de l'exécuter – pour un crime qu'il n'avait pas commis –, il aurait aimé mettre ses désirs par écrit.

Et ses regrets aussi.

Le septième jour avançait lentement vers l'après-midi, exactement comme tous les autres jours, chaque heure traînant terriblement en longueur. Au déjeuner, il avait eu des rutabagas écrasés avec du jambon gras ; les geôliers avaient à peine ouvert la bouche. Ensuite, Harry s'était allongé sur les planches si inconfortables de son lit, fixant d'un air absent le sombre plafond, ni tout à fait éveillé ni tout à fait endormi, voyant des branches fantomatiques émerger des ténèbres.

Il fut réveillé par des bruits qu'il entendit derrière sa porte.

En une seconde, il fut assis et tendit l'oreille.

Les pas de cinq – ou bien six ? – personnes.

Il se dit que, parmi celles-ci, il y avait La Reynie qui venait enfin lui annoncer sa libération.

On tourna la clé dans la serrure. On fit glisser le verrou. Un homme qu'à sa mise on se serait plutôt imaginé au château de Versailles que dans une prison entra dans son cachot, suivi des deux geôliers et du gardien, tous soucieux d'impressionner le visiteur en faisant preuve du plus grand professionnalisme, car il s'agissait du capitaine François de Montlezun, gouverneur de la Bastille.

Il examina Harry, étudiant son visage maigre et pâle et sa barbe clairsemée. Que cet assassin anglais était petit, et frêle. Quelle créature insignifiante.

Il retourna à la porte et sortit, laissant Harry se demander pourquoi cet homme s'était donné la peine de venir l'examiner et ce que pouvait signifier sa visite.

Puis quelqu'un d'autre entra dans sa cellule. Quand Harry vit de qui il s'agissait, toute la pièce commença à tourner, à basculer et à s'étirer autour de lui. La dernière chose qu'il ressentit avant de perdre connaissance fut la sensation brûlante qui envahit sa gorge tandis qu'y remontaient le rutabaga et le jambon.

42
La robe extravagante

De fines gouttes de pluie lui tombent sur le visage. Il est dans une forêt, allongé sur le dos. Une clairière au milieu des arbres. Un lieu secret, caché du monde. En train de discuter tendrement avec Grace. Des rais de soleil aux arêtes tranchantes passent à travers les branches et viennent leur réchauffer le visage. Ce qu'il dit fait sourire Grace. Son visage est près du sien, et il est plein d'amour. Il sent la caresse de son souffle contre son oreille. Il hume son odeur, et celle de la terre sombre et humide sous leurs corps, qu'humecte légèrement l'herbe luxuriante.

Malgré le soleil, voici à nouveau la pluie. Elle ruisselle des cheveux de Grace, sur son visage, sur sa joue blessée. Il sent une goutte tomber sur son œil, la chasse d'un simple clignement…

« Haarrry ! Haarrry ! »

La clairière se met à scintiller et à se recroqueviller sur elle-même jusqu'à devenir une lueur vacillante au plus lointain de sa mémoire. Grace l'abandonne elle aussi, ne lui laissant que son parfum, qui sent encore si bon le savon, comme si elle sortait tout juste de son bain.

On introduisit doucement le bord du pot en étain entre ses lèvres, et une eau saumâtre se déversa sur ses gencives. Il sentit une main lui caresser le front.

Il se força à ouvrir les yeux le plus grand possible.

C'était Hortense Mancini, la duchesse de Mazarin, dont il sentait la main et le souffle. C'était son parfum qu'il respirait.

Elle semblait d'une indifférence rayonnante à tout ce qui l'entourait. Allait-elle disparaître, comme Grace avait disparu ?

Était-elle elle aussi le fruit de son imagination, amenée ici par ses rêves ?

Lisant dans ses pensées, elle replongea sa main à l'intérieur du pichet qu'elle avait posé par terre à côté d'elle et lui éclaboussa encore un peu le visage.

« Haaarrry, vous êtes parti bien loin. Vous pensiez que vous étiez avec Grace. Je vous ai entendu lui parler. Mais vous êtes ici, avec moi.

– Enfermé dans la Bastille, répondit-il avec toute l'intensité du désespoir qu'il éprouvait à se le rappeler.

– Vous devez vite reprendre vos esprits. Je n'ai pu négocier que dix minutes d'entretien avec vous. »

Au lieu des habits d'homme qui avaient habituellement sa préférence, Hortense portait des vêtements de femme. Une femme dont la seule et unique préoccupation aurait été d'étaler sa richesse – à un degré qui confinait à la folie. Elle était revêtue de bijoux : des colliers et des boucles d'oreilles, des bagues à chaque doigt ; l'image de la féminité aristocratique la plus outrée, comme si elle avait été trop paresseuse pour choisir, et avait donc préféré tout porter. Son jupon était blanc et excessivement broché de fils d'or. Un manteau en soie à motifs violet foncé et verts, auquel étaient accrochés des nœuds et des rubans qui s'agitaient constamment, faisait contraste avec un étonnant plastron jaune citron. Ce manteau flottait au-dessus d'un gigantesque vertugadin, pourtant passé de mode depuis des années. Ses cheveux étaient coiffés à la fontange, autour d'une armature métallique destinée à les maintenir ensemble et ornée d'encore davantage de rubans et de dentelles.

Le gouverneur glissa sa tête à travers la porte. Hortense lui fit signe de se retirer. Ne pouvant s'empêcher d'adresser un regard plein de surprise à son chef, le gardien au nez tailladé s'avança pour verrouiller la porte. Tous repartirent : le gouverneur, le gardien et les deux autres geôliers. Harry les entendit descendre l'escalier de la tour.

« Vous ne croirez pas combien m'a coûté cette entrevue avec vous, dit Hortense en souriant malgré la puanteur de la cellule et l'état misérable dans lequel se trouvait son interlocuteur. Et je ne parle pas seulement d'argent. J'ai bien l'impression qu'il y a des choses auxquelles le gouverneur attache bien plus de valeur que moi.

– Je n'ai commis aucun des crimes dont je suis accusé ! Aucun ! Je n'ai jamais eu pour ordre de tuer le nain ! Je n'ai pas aidé votre sœur à assassiner son mari. Je n'ai rien fait de tout ça !

– Je sais, je sais », l'apaisa Hortense.

Harry bafouillait, il semblait au bord de la démence.

« Marie-Anne n'aurait aucun intérêt à empoisonner son mari. Il est beaucoup plus simple pour elle de le saigner à blanc vivant que mort car, dans ce cas, elle devrait partager l'essentiel de sa fortune avec la famille du duc. Non, La Reynie croit ce qu'il a envie de croire. Il a lui-même rendu visite à Marie-Anne pour l'informer de l'incarcération de son majordome, toujours détenu au Châtelet. Il lui a expliqué que Mercier avait témoigné contre vous de son plein gré. Nous n'en croyons bien sûr pas un mot.

– Je l'ai vu. Il avait l'air d'avoir beaucoup résisté avant de céder.

– Nombreux sont ceux qui disent à La Reynie ce qu'il veut entendre pour éviter que leur courage soit mis à l'épreuve.

– Avez-vous des nouvelles du colonel ? La Reynie m'a dit que Fields lui avait raconté que j'étais un assassin, envoyé pour tuer l'homme qui se fait appeler Hudson et prêter main-forte à votre sœur contre son mari.

– Nous ne l'avons pas vu ni n'avons entendu parler de lui. J'en suis fort désolée, car je sais ce qu'il représente pour vous. Il est dur de voir celui que l'on aime vous trahir. »

Hortense serra la main de Harry entre les siennes ; la pression de ses bagues lui fit mal, mais il ne la retira pas. Ce contact humain avait pour lui quelque chose de miraculeux.

« J'ai une autre surprise pour vous. »

Harry se tourna, afin d'essayer de se lever de son lit en poussant sur ses bras.

« Vous travaillez à ma libération ? »

Hortense parut gênée.

« Seuls deux hommes peuvent décider de votre libération. Louis XIV et La Reynie. Marie-Anne est partie pour Versailles afin de déposer une demande officielle auprès du roi. Saviez-vous qu'il a jadis été amoureux de notre sœur Marie ? Il voulait l'épouser. Imaginez un peu ! Elle l'a éconduit. Espérons qu'il lui aura suffisamment pardonné pour écouter Marie-Anne.

– Quelle est cette surprise ? Dites-le-moi, s'il vous plaît. Je suis désespérément en quête de nouvelles.

– Vous vous sentez mieux ?

– Ma force. La nourriture. »

Harry avait conscience de l'impatience dont il faisait preuve face à toute l'attention qu'elle lui témoignait, et pensa à l'image qu'il devait renvoyer, celle d'une bête sauvage et non d'un homme.

Elle enjamba les chaînes de Harry et se dirigea vers la porte, d'un pas que l'immense circonférence de sa robe rendait mal assuré, afin de vérifier qu'aucun geôlier ne traînait de l'autre côté. Hortense était arrivée charmeuse et insouciante ; elle se montrait à présent quelque peu nerveuse. Elle ressemblait alors davantage à sa sœur Marie-Anne, se dit Harry, assis au bord de son lit, tout en se demandant ce qu'elle avait à lui dire.

Avançant lentement vers lui, elle eut l'air de s'apercevoir que sa robe traînait sur le crasseux plancher en chêne. Elle en releva l'ourlet. Peut-être s'était-il accroché à une écharde. Le sol était particulièrement irrégulier à certains endroits, surtout hors de l'orbite de sa chaîne. Mais elle continua à soulever le devant de sa robe. Harry se figea. Qu'était-elle en train de faire ? Ce n'était certainement pas là le motif de sa visite. Voilà qu'il pouvait voir ses genoux ! Il tenta de déchiffrer l'expression qu'affichait le visage d'Hortense, mais elle avait seulement l'air tendue. Tandis que la robe continuait à remonter, il vit ses cuisses. Ses jambes étaient fines et musclées. Elle posa fermement un pied, puis fit un pas de côté de l'autre, opérant ainsi un écart considérable. Elle ne l'avait pas regardé un seul instant, concentrée à enrouler dans ses bras le tissu de sa robe.

À l'intérieur de celle-ci, traînant derrière elle, il y avait un autre morceau de tissu qui se mit à bouger, apparemment tout seul, se soulevant de la même manière que la robe s'était soulevée.

De sous l'armature du vertugadin, émergeant d'entre ses jambes, apparut une tête, puis un corps : c'était le nain que Harry avait vu à la bibliothèque Mazarine.

Il rampa hors de sa cachette, puis se leva et s'inclina devant Harry.

Hortense les présenta.

« Monsieur Henry Hunt, M. Bartholomew Slough. Monsieur Bartholomew Slough, M. Henry Hunt.

– Monsieur Slough.

– Monsieur Hunt. »

Les deux hommes s'adressèrent un hochement de tête des plus formels. Ni l'un ni l'autre n'évoquèrent l'excentrique moyen de transport adopté par Slough, estimant que cela manquerait de tact. Hortense réarrangea sa robe autour de sa taille.

« Enchanté de faire votre connaissance, monsieur, dit Slough.

– De même, monsieur.

– La providence étant une créature des plus espiègles, nous voici réunis en d'assez étranges circonstances. Puisse du bien ressortir de tout cela.

– Il y a peu de bien à espérer ici, répondit Harry d'un air abattu. Il est peu de choses que nous puissions faire l'un pour l'autre.

– Oh, taisez-vous donc, Harry, le réprimanda Hortense, comme si le fait qu'il soit enfermé à la bastille Saint-Antoine n'était qu'un désagrément des plus mineurs. Vous faites partie d'un jeu bien plus important. C'est M. Slough qui me l'a dit.

– Et vous n'avez aucune idée des règles de celui-ci », ajouta joyeusement Slough.

Harry demeura bouche bée tant la chose lui semblait incroyable. Le subterfuge auquel ils avaient eu recours – et la peine que s'était donnée Hortense pour qu'ils accèdent à sa cellule – avait uniquement pour but de lui apprendre qu'il n'était qu'un pion ! Il ne le savait déjà que trop bien. Depuis qu'il avait entamé son imprudente quête d'un nain qui prétendait être un autre nain, on n'avait cessé de le lancer dans une direction puis dans une autre. Eh bien, ça y est, il l'avait trouvé. Son nom, apparemment, était Bartholomew Slough. Mais s'il l'avait trouvé, cela n'était absolument pas de son fait, ce qui ne lui procura qu'une joie limitée.

« Vous devriez vous réjouir des nouvelles que vous apporte M. Slough, dit Hortense. Votre captivité vous fait nourrir de sinistres pensées. »

Il s'était de nouveau laissé aller à la morosité. Il n'avait même pas pensé à la remercier d'avoir été prête à payer le prix réclamé par le gouverneur, quel que celui-ci ait pu être.

Il regarda plus attentivement Slough, dont le visage arborait les rides d'un homme qui avait bien vécu. Sa peau avait une teinte sombre, à jamais tannée par ses années en mer. Même dans l'obscurité de la cellule, il plissait les yeux, comme s'il était la vigie d'un navire cherchant à résister au soleil. Sa barbe, tachetée de blanc, était taillée en pointe vers l'avant. Elle était du même style que celle qu'arboraient les membres d'équipage du chebec de King's Lynn. Cet aspect exotique était renforcé par un petit tatouage qu'il avait sur la joue, à proximité de l'œil droit : une main noire, paume vers l'avant, comme une exhortation à s'arrêter. Une *khamsa*, une main de Fatma. Malgré ce tatouage, Slough portait également autour du cou un crucifix en or accroché à une chaîne. Il paraissait fort, suffisamment fort pour affronter n'importe quel être qui aurait fait deux fois sa taille. Et, puisqu'il avait anticipé combien il aurait chaud en étant introduit clandestinement à l'intérieur de la Bastille sous la robe d'Hortense, il n'avait ni perruque ni manteau.

« Comment se fait-il que vous soyez ici avec la duchesse ? demanda Harry d'une voix dont il ne chercha pas à dissimuler le ton soupçonneux.

– Après votre disparition, les recherches menées par sa sœur l'ont conduite à la bibliothèque Mazarine, répondit Slough. Je vois bien que vous êtes sceptique – oui, elle s'y est rendue en personne, pour vous. Je l'ai entendue demander à La Poterie s'il vous y avait vu. Il lui a fait le récit de votre arrestation. C'est le fait qu'elle ait protesté de votre innocence qui m'a poussé à vouloir la rencontrer, puis à vous rencontrer, vous, revenant ainsi sur ma première opinion vous concernant. En l'écoutant, j'ai pensé qu'elle pourrait être une alliée, ce qu'elle s'est avérée être. Je me suis présenté et me suis expliqué auprès d'elle, après quoi elle m'a emmené à l'hôtel de Bouillon.

– Où je venais tout juste d'arriver », intervint Hortense.

Slough lui adressa un signe de tête, qui fit s'agiter sa barbiche.

« Et c'est ainsi que nous nous sommes rencontrés.

– Je n'ai jamais été envoyé pour vous tuer, monsieur Slough », dit Harry, qui commençait à se sentir plus à son aise.

Les manières de Slough étaient, comme ses paroles, directes, dénuées de toute hésitation, et lui semblaient d'une absolue franchise.

« C'est ce dont m'ont assuré deux duchesses.

– Allez-vous tout m'expliquer ? Car, pour le moment, je suis dans la confusion la plus totale. »

En un clin d'œil, Slough se laissa tomber sur le sol pour s'asseoir en tailleur. Harry fit signe à Hortense d'en faire de même sur le lit mais elle déclina son invitation. La difficulté à adopter la position assise avec une robe pareille ne lui avait pas traversé l'esprit jusqu'à ce que, d'un geste, elle lui signifie la chose. Au lieu de cela, elle s'approcha de la porte, de façon à observer à travers le guichet ce qui se passait de l'autre côté. Harry choisit de rester lui aussi debout, faisant tinter sa chaîne tandis qu'il arpentait la pièce.

« Tout d'abord, je ne sais rien du diamant que vous recherchez tous les deux, commença Slough. Je n'ai jamais rencontré Jeffrey Hudson, et n'ai donc pas pu l'assassiner. Je reconnais avoir profité du vide qu'il avait laissé dans sa maison, où j'ai résidé après avoir été forcé de servir auprès des corsaires, il y a plus de dix ans de cela. C'était risqué, mais j'estimais être assez malin pour échapper au châtiment qui m'était promis si quelqu'un s'apercevait de ma supercherie. À Oakham, Dieu soit loué, j'ai rencontré Priscilla Leach, que la famille de Hudson avait autorisée à vivre là-bas car elle l'avait fidèlement servi. Ils n'avaient pas besoin de sa maison et n'avaient pas perdu l'espoir qu'il puisse revenir un jour. Priscilla et moi sommes immédiatement devenus amis. C'était comme si nous nous connaissions depuis l'enfance, nous nous sommes rendu compte qu'il nous était extrêmement agréable de vivre ensemble.

– Elle connaissait également le véritable Jeffrey Hudson depuis l'enfance », dit Harry.

Slough détourna les yeux d'un air légèrement coupable et changea de position sur le sol.

« Elle savait que je n'étais pas Hudson. Je n'ai pas tellement eu besoin de mentir, si ce n'est à quelques voisins. Pour ce qui était de sa famille, Hudson ne l'avait pas vue depuis ses neuf ans. Je justifiais le fait d'avoir grandi par la nourriture que j'avais consommée pendant ma captivité, en particulier une profusion de poisson. Ceux qui aimaient l'original avaient envie de croire qu'il avait bel et bien survécu et ont vu ce qu'ils voulaient voir. Ce récit les a fascinés. La nouvelle s'est propagée : Hudson était revenu, et j'avais beau vivre en reclus, je suis devenu un objet de célébration. Et de spéculations. C'est ainsi que, peu de temps après, j'ai été approché par les services de renseignement de Sa Majesté. J'ai d'abord travaillé pour ceux qui répondaient à sir Joseph Williamson, qui avait payé ma libération à la suite d'une décision du roi. Je suis ensuite passé sous les ordres de sir Jonas Moore et du conseil de l'artillerie. Comme vous l'êtes actuellement. Et un jour, c'est le lord grand trésorier Danby qui a lui aussi fini par avoir recours à mes services, par l'intermédiaire de son homme de confiance, Merritt.

– La sécurité du roi est assurée par des hommes qui tous se méfient les uns des autres », observa Hortense.

Slough haussa les épaules.

« Chacun se met en travers des ambitions de chacun. Il en a toujours été ainsi, j'en suis convaincu.

– J'ai rencontré tous ces gens, dit Harry. Sir Joseph Williamson est aujourd'hui le président de la Société royale. Sir Jonas en est le vice-président. Je me suis entretenu avec Danby à Whitehall ; c'est son homme de confiance qui m'a conduit à lui. Merritt est donc l'homme de grande taille dont nous a parlé Mme Leach et qui est venu vous voir à Oakham ? »

Slough hocha la tête.

« Danby se méfie tellement du courrier qu'il lui arrivait souvent d'envoyer Merritt en personne lorsqu'il avait des instructions à me donner.

– Qu'avez-vous fait pour ces gens, monsieur Slough ?

– J'ai travaillé comme agent de renseignement, et je suis loin d'être le seul. Sir Jonas me voulait parce que je connaissais bien la France, où j'avais vécu avant ma captivité. J'ai en effet estimé qu'il était préférable de vivre en France pendant que la guerre faisait rage en Angleterre. Danby s'intéressait quant à lui davantage aux catholiques. Il tenait absolument à ce que je sois à l'affût d'éventuels projets séditieux dans le Rutland, ainsi que dans le Norfolk. Il considérait cela comme un retour sur investissement après ma libération de chez les corsaires. Jeffrey Hudson était un catholique. J'ai dû moi-même faire semblant de l'être, afin d'incarner véritablement sa réplique.

– Vous avez appris les rites catholiques, afin de passer pour un catholique parmi les catholiques ? » lui demanda Harry.

Slough acquiesça.

« Pendant mon enfance, j'ai été élevé comme un seeker[1]. En Afrique, j'ai découvert la religion des Berbères, qui vénèrent

1. Groupe religieux dissident qui a rejoint le mouvement quaker.

la terre, les pierres et toute la vie qui nous entoure. Ils ont de nombreux dieux : Anzar, le dieu de la pluie, Gurzil, le dieu de la guerre, Ifru, la déesse qui a donné son nom à l'Afrique. À force de me mêler aux catholiques du Norfolk, j'ai fini par avoir un profond respect pour la façon dont ils pratiquent leur culte. J'ai gardé pour moi une grande partie de ce que j'ai pu entendre, n'y voyant que de simples bavardages, mais j'alimentais suffisamment Danby en informations car je ne voulais pas prendre le risque qu'il supprime ma pension. Comme je n'ai jamais entendu quoi que ce soit qui menaçait la vie du roi, tout cela ne troublait pas excessivement ma conscience. Et je menais une vie agréable, là-bas, en compagnie de Mme Leach, en envoyant mon rapport tous les mois. Ils faisaient rarement l'objet de questions.

– Comment avez-vous su que l'on avait découvert le véritable Hudson ? lui demanda Harry.

– Merritt est venu me voir. Sir Jonas Moore avait envoyé un messager en informer le roi, mais celui-ci transmettait également ses informations à Danby. Pourriez-vous cessez de marcher, monsieur Hunt ? Vous faites traîner vos chaînes. »

Harry retourna à son lit, réfléchissant à ce que Slough venait de lui dire.

« Vous saviez que vous ne pourriez plus vivre en vous faisant passer pour Hudson, et vous avez donc décidé de vous enfuir et de retourner en France.

– Non, c'est Danby qui m'a ordonné de partir, par l'intermédiaire de Merritt.

– Mais pourquoi la France ? Pourquoi Paris ? »

Slough le regarda, surpris.

« Mais, monsieur Hunt, je pensais que vous le saviez. Vous avez eu le livre. Vous avez deviné le code. J'ai lu le message que vous m'avez adressé en utilisant *Advis pour dresser une bibliothèque*. Votre système était différent du nôtre, mais je l'ai rapidement déchiffré.

– Vous l'aviez laissé sorti, sous la fenêtre de votre bibliothèque. C'est pour cela qu'il a retenu mon attention. »

Slough émit un sifflement de mécontentement, fustigeant ainsi sa négligence.

« Mes derniers moments là-bas ont été quelque peu précipités. J'ai à peine eu le temps de faire mes adieux à Priscilla. » Sa voix se chargea d'émotion au souvenir de cette séparation, et il s'essuya l'œil, celui qui se trouvait au-dessus de la petite main de Fatma. « Je suis venu à Paris pour retrouver le seul ami que j'ai ici. Un ami, je le dis, et un homme au service duquel je suis depuis que je suis devenu Jeffrey Hudson. Vous m'avez retrouvé. C'est ce qui m'a convaincu que vous étiez bien un assassin.

– Qui est votre ami à Paris ?

– Le lieutenant général de la police de Paris, Gabriel Nicolas de La Reynie. »

Harry le regarda, en proie à la confusion la plus totale.

« C'est avec La Reynie que communiquiez en utilisant le livre de Naudé ?

– Les nombres faisaient toujours partie d'un message, une liste de choses vues ou de choses à faire, donc camouflés de manière à sembler totalement innocents. La Reynie m'a trouvé une cachette dans les combles de la bibliothèque Mazarine.

– C'est vous que j'ai entendu le soir où j'étais seul dans la bibliothèque. C'est pour cette raison que vous pensiez que vous alliez être assassiné ? La seule chose que je savais, c'était que vous vous faisiez passer pour Jeffrey Hudson et que vous travailliez à la protection du roi. Mais vous aidiez les Français.

– Pas les Français, le corrigea sèchement Slough. La Reynie. Il ne faut pas les confondre, monsieur Hunt, car les idées d'un homme ne sont pas toujours en accord avec la politique de son pays. Danby voulait lui livrer de fausses informations, c'est donc ce que j'ai souvent fait, mais je plaçais le véritable message à l'intérieur du faux, en utilisant le code que j'avais mis au point avec le lieutenant général. »

Harry considéra avec répulsion l'homme qui était assis si tranquillement sur le sol de sa cellule.

« Vous servez La Reynie plutôt que notre roi ?

– Je n'œuvre pas contre les intérêts du roi. J'œuvre contre ceux qui projettent de commettre un meurtre. Des meurtres, devrais-je dire. J'ai parlé à La Reynie du plan de Danby. Le lieutenant général cherche à présent à le contrecarrer.

– Le plan de Danby ? De quoi parlez-vous ?

– Il doit y avoir une consultation catholique, à Somerset House, la demeure de notre reine Catherine de Bragance.

– Je sais. C'est M. Hooke qui supervisait les travaux là-bas, avant que je quitte l'Angleterre. »

Pour Harry, tout cela semblait remonter à une éternité. Toutes ces journées à voyager, à chercher le nain, à croupir en prison se fondaient en un vaste continuum où il avait été tenu éloigné de tout ce qu'il connaissait.

« Sa consultation peut mettre le feu aux poudres, expliqua Slough. Les témoignages de Titus Oates ont excité les protestants. D'autres se joignent désormais à lui, affirmant eux aussi avoir eu vent de complots catholiques contre le roi. Prance, Dugdale, Bedloe... Danby soutient tous ces gens, et les encourage. Le roi a malgré tout autorisé cette consultation, tout comme il autorise sa femme à accueillir des moines chez elle. Je pense qu'il cherche à apaiser celle-ci après que Oates a déclaré qu'elle faisait partie de ceux qui comptaient le prendre pour cible. Elle a invité des catholiques de toute l'Europe à y assister. Ils doivent discuter du meilleur moyen de rassurer les gens, de leur expliquer qu'ils ne constituent pas un danger pour eux, leur religion ou leur monarque. À mes yeux, le moment qu'elle a choisi est, quoi qu'il en soit, peu judicieux. Le roi ignore que son propre lord grand trésorier compte profiter qu'ils soient tous réunis au même endroit.

– En profiter ?

– Danby veut qu'ils meurent. »

Harry se mit à rire tant cette déclaration lui semblait absurde, ce qui lui provoqua encore davantage de spasmes, qui manquèrent de l'étouffer. Quand il eut repris son calme, il vit Slough, toujours assis en tailleur sur le sol, les yeux rivés sur lui.

« Je vous l'ai déjà dit, je menais une vie paisible à Oakham. Jusqu'à ce que Merritt me donne pour instruction d'héberger trois Français, tout cela afin de servir le plan de Danby.

– Mme Leach m'a parlé d'eux, dit Harry. Verdier, Boilot et Chasse.

– Oui. Chasse était leur chef. Un drôle d'air. Alors oui, je suis bien placé pour dire ça, n'est-ce pas ? Mais lui, ma vanité m'oblige à le déclarer, avait une allure encore plus singulière que la mienne. Il ressemblait plus à une bête qu'à un homme.

– Comment cela ? demanda soudain Harry, se rappelant les trois hommes qui se trouvaient avec Merritt à Billingsgate, dont l'un était un assassin qu'il connaissait sous le nom de Lefèvre.

– Eh bien, il entretient une relation des plus intimes avec son rasoir, car il prend grand soin de son menton. Ses sourcils se rejoignent, il a un tout petit front. Ses dents elles aussi sont étranges, elles ne se touchent pas. Ce n'est pas tant son apparence qui m'a troublé. Je suis prêt à accepter les gens tels que Dieu les a faits. C'est plutôt son regard : comme si les autres n'existaient pas pour lui. Il ne cligne jamais des yeux. Une fois que je l'ai eu remarqué, j'ai trouvé ça extrêmement perturbant.

– J'ai vu ce Sisyphe, murmura Harry. Je le croyais mort.

– Oh, il est tout à fait vivant. Il a investi ma maison. Priscilla et moi avons été très heureux de les voir partir. Mais je n'ai pas vraiment eu le temps de profiter de cette paix retrouvée, car c'est à ce moment-là que Merritt m'a appris que l'on avait retrouvé le cadavre de Jeffrey Hudson à l'écluse de Denver.

– Mais pourquoi ces Français sont-ils venus chez vous ?

– Ils avaient une machine, et Merritt m'a donné pour instruction de les aider à l'entreposer quelque part.

– Ont-ils l'intention d'utiliser cette... *machine*... pour tuer tous les catholiques présents à la consultation de la reine ?

– Je ne peux pas dire *tous*, mais certainement autant qu'ils le pourront. C'est dans ce but que Danby les emploie.

– Que pouvez-vous donc nous dire de plus à ce sujet ? »

Harry semblait toujours douter ouvertement de ce que Slough était en train de lui raconter.

Refusant de s'en offusquer, Slough répondit :

« J'ai vu des paquets, tous enveloppés de toile. Une fois qu'ils les ont eu cachés, ils n'arrêtaient pas de les surveiller ; ils ont même gardé ma clé, de sorte que je n'ai jamais pu savoir ce qu'ils avaient apporté.

– Leur machine, comme vous l'appelez, a été conçue pour faire quoi ?

– *Machine** est le mot que je les ai entendus employer, répondit Slough, toujours patient. Prononcé à la française, évidemment. Comme je vous l'ai dit, je n'ai pas pu l'examiner. Elle semblait consister en toute une série de tuyaux et de grandes plaques de métal.

– Vous souvenez-vous d'autre chose à son propos ?

– J'ai vu Chasse avec une grosse clé.

– Pour une porte ?

– Non, plutôt pour remonter une pendule. Une clé symétrique. »

Il effectua un mouvement de torsion avec la main, comme s'il tenait une clé en forme de T, dont la tige dépassait d'entre ses doigts.

Hortense regardait, inquiète, à travers le guichet.

« Monsieur Slough, notre temps est pratiquement écoulé. Le gouverneur va revenir. »

Slough se redressa, passant facilement de sa position en tailleur à la station debout.

« Ma conscience ne me permet pas de rester passif et de laisser ces meurtres se commettre, même si cela signifie chercher de l'aide auprès des Français. En Angleterre, personne ne m'aurait cru, puisqu'on avait découvert que je n'étais pas l'homme que je prétendais être. La Reynie n'aurait pas été considéré non plus comme digne de confiance. C'est un Français catholique. Qui, parmi tout le gouvernement du roi d'Angleterre, pourrait le croire ? Qui parmi ces gens ne croirait pas plutôt qu'il cherche à semer la discorde ? Surtout que Danby nierait tout. Danby est inattaquable, il a fait en sorte de se protéger contre toutes les accusations que La Reynie pourrait porter à son endroit.

– La reine le croirait, dit Harry.

– Vraiment ? demanda Slough. Il tient ses renseignements d'un nain discrédité. Je suis le seul à avoir parlé à La Reynie de ces trois assassins français. »

Harry se tourna vers Hortense.

« Elle voudra forcément s'assurer que les catholiques soient en sécurité sous son toit. Vous devez lui faire passer le message. Elle doit donner l'ordre que l'on se mette à la recherche de ce dispositif. Volumineux comme il est, il ne doit pas être difficile à trouver. »

Tout en commençant à rassembler le tissu de sa robe, Hortense répondit :

« Elle trouve que je suis trop proche de son mari, elle ne m'apprécie donc pas beaucoup, mais je vais lui en parler.

– Elle doit employer davantage de gardes afin d'écarter les inconnus de la consultation, dit Harry.

– Espérons qu'elle le fera, commenta Slough. Autrement, je crains que tous les catholiques présents à la consultation ne finissent assassinés. Au revoir, monsieur Hunt.

– Au revoir, monsieur Slough. »

Ils entendirent le bruit sourd de pas dans le corridor. Hortense souleva le devant de sa robe pour que Slough retourne à l'intérieur. Même si la duchesse ne le lui avait pas demandé, Harry se retourna.

Une fois que Slough fut à nouveau caché, Harry aida Hortense à bien remettre sa robe en place.

« Quand la consultation doit-elle avoir lieu ? demanda-t-il.

– Dans sept jours », répondit-elle.

43
Le messager privé

La Reynie voulait savoir la vérité.

Cherchant le réconfort auprès de ses livres, il était assis, seul, dans sa bibliothèque, chez lui, rue Quincampoix. Une unique bougie tremblotait dans son bougeoir, posé sur une étagère, derrière lui. Un feu avait été préparé par un domestique, auquel il avait ensuite donné pour instruction qu'on ne le dérange pas. Sur la table basse qui se trouvait à côté du fauteuil où il s'installait pour lire, il avait posé le pistolet de Harry.

Cet après-midi, il avait quitté le Châtelet plus tôt que d'habitude, mettant ce départ exceptionnellement précoce sur le compte d'une migraine. La vérité était qu'il avait reçu une lettre et que, après l'avoir lue, il avait essentiellement eu besoin de solitude ; de s'extraire quelque temps des pressantes affaires parisiennes, où tout était urgent, où tout le monde s'impatientait et débordait de fébrilité. Car les problèmes ne lui étaient soumis que lorsque ses subalternes estimaient qu'ils méritaient qu'on importune le lieutenant général.

Il avait besoin de réfléchir à ce qu'il devait faire concernant Henry Hunt. À présent, la nuit était tombée et il ne savait toujours pas quel rôle jouait, ou s'apprêtait à jouer, le jeune Anglais.

C'était un messager privé qui lui avait remis cette lettre. L'homme en question, coiffé d'un tricorne et dont l'apparence était excessivement soignée, lui avait assuré qu'il l'avait lui-même transportée depuis Londres : elle n'avait jamais quitté sa personne. Il l'avait récupérée des mains de son auteur, et avait insisté pour la remettre personnellement à La Reynie.

Cette lettre était une réponse à celle qu'il avait envoyée, également par messager privé. S'il avait utilisé la poste ou même le service du courrier de l'ambassade, il aurait couru le risque que sir Joseph Williamson ou lord Danby en aient connaissance. C'était plus qu'un risque : c'était quasiment une certitude. Il avait donc rédigé une lettre dont il espérait bien qu'elle finirait entre les mains de lord Danby afin qu'il la lise, bien qu'adressée à sir Jonas Moore, et qui racontait ce que le lord grand trésorier désirait le plus entendre. La Reynie n'avait toujours pas reçu de réponse du conseil de l'artillerie. Peut-être sir Jonas n'avait-il lui-même toujours pas reçu cette lettre, qui avait été, provisoirement, interceptée.

La Reynie se disait que le fait que Harry soit retenu à Paris devait tout à fait convenir à Danby. Sinon, pourquoi choisir des mots si accablants dans son courrier ? *J'ignore tout des desseins de Moore, mais je n'imagine pas qu'ils puissent être autres que malveillants. Je doute qu'ils soient en faveur du bien de nos deux nations, ou des relations que nous entretenons.*

Le lieutenant général connaissait bien le lord grand trésorier : ils avaient auparavant déjà échangé quelques feintes et quelques coups. Accabler ainsi Hunt semblait relever d'une stratégie bien trop voyante. Mais lui exposer aussi peu finement cette stratégie pouvait également être un moyen de le tromper. Un double bluff.

Il poussa un long et profond soupir ; l'air qu'il expulsa de ses poumons fit danser la flamme de la bougie.

Il n'avait aucune envie de faire le travail de Danby à sa place. Il avait envoyé à Robert Hooke une lettre dans laquelle il lui demandait davantage d'informations concernant son ancien apprenti.

Il avait pensé à son ami, Bartholomew Slough, extrêmement tendu depuis qu'il avait été démasqué, après qu'avait été découvert le cadavre du véritable Hudson. Tout ce à quoi tenait Slough, sa vie tranquille au cœur du Rutland, dans la petite ville d'Oakham, où il partageait l'existence de Priscilla Leach – un mariage qui ne disait pas son nom –, se trouvait bouleversé. Au début, il n'avait pas cru à ce que lui avait raconté le nain sur ces trois Français et leur mystérieux chargement. Il n'avait jamais entendu parler ni de Verdier, ni de Boilot, ni de Chasse. La description de l'homme répondant à ce nom lui disait toutefois quelque chose. La pilosité de son visage, ses traits qui rappelaient ceux d'un rongeur... Mais non, c'était impossible. Il était mort ; il avait été tué à Londres. Un de ses espions lui avait raconté qu'il avait tenté d'assassiner le roi d'Angleterre ; mais il s'agissait là davantage de ouï-dire que de preuves.

Danby avait ordonné à Hunt de se rendre à Paris, soi-disant pour retrouver Slough. Sir Jonas Moore lui avait donné la même mission. D'après le colonel Fields, c'était dans le but d'assassiner celui-ci. La Reynie était toutefois convaincu que ce n'était pas tout. Hunt lui cachait quelque chose, il le savait. Mais pour quelle autre raison était-il venu à Paris si, comme il le prétendait, il n'était pas un assassin ? Peut-être que ses soupçons à l'encontre de la duchesse de Bouillon l'avaient induit en erreur, et qu'il s'était embarqué sur une fausse piste. Mais, même si c'était le cas, l'aide et l'hospitalité qu'elle prodiguait à Hunt lui semblaient bien trop providentielles. Hunt était un assistant de la Société royale qui venait tout juste d'intégrer le conseil de l'artillerie. Elle était une *Mazarinette**. Il avait en outre appris que sa sœur, Hortense, la duchesse de Mazarin, venait tout juste d'arriver à Paris.

La Reynie se leva et ajouta une bûche dans la cheminée. Il resta un moment à regarder les étincelles jaillir, les flammes se lancer à la conquête du bois, les premiers signes d'embrasement, la lueur orange. C'était un printemps particulièrement rude, se dit-il, se réchauffant les mains, le froid ayant rendu l'extrémité de ses doigts totalement insensibles.

Il lui fallait retourner ce mystère, le saisir par l'autre extrémité. Ses réflexions actuelles ne le menaient nulle part où il ne soit déjà allé.

Partons donc du principe que Henry Hunt lui avait dit la vérité. Qu'il n'était pas un assassin, malgré tout ce que lui avait raconté Fields. Malgré l'arme modifiée qu'il avait apportée en cachette à Paris. Hunt avait reconnu que les améliorations étaient son œuvre, mais il ne s'en était pas servi. Il était certes étonnant qu'un homme qui revendiquait être un expérimentateur, formé selon les principes de la nouvelle philosophie, lesquels lui avaient été enseignés par le plus éminent des *fellows*, le célèbre Robert Hooke, ait en sa possession un pistolet aussi meurtrier. Mais mettons tout cela de côté.

Si Hunt n'avait pas pour mission d'assassiner Slough, alors cela signifiait que Fields lui avait menti. Mais pourquoi ?

Quand Fields était venu chez lui, rue Quincampoix, La Reynie lui avait demandé pourquoi il témoignait contre Hunt. Sa réponse avait été pour le moins étrange. Le colonel avait dit qu'il ne désirait qu'une chose : la paix. Un foyer et de la tranquillité. *C'est ma solution**, avait-il dit. L'homme lui avait semblé débordé par ses sentiments – et surtout en proie à une grande tristesse. Le lieutenant général regarda le fauteuil qui lui faisait face, celui où s'était assis Fields. Le coussin portait encore la trace de son poids.

Et que devait-il penser de cet homme qui avait caché qu'il parlait si bien français, jusqu'à ce qu'il voie La Reynie seul à seul ? Avait-il également menti à Hunt ? Et pourquoi l'avait-il fait alors même qu'il avait accompagné ce dernier à Paris, soi-disant pour l'aider ?

Peut-être que, comme Danby, cela arrangeait Fields que Hunt soit à Paris. Supposons donc que l'un comme l'autre ne voulaient pas de Hunt à Londres. Peut-être que Danby avait payé le vieux soldat pour s'assurer que Hunt reste à Paris ; Fields aurait donc menti pour servir son employeur.

Supposons à présent que Slough ait raison en affirmant que ces trois Français avaient pour cible la consultation catholique de la reine d'Angleterre.

Toutes ces hypothèses donnèrent le vertige à La Reynie. Elles étaient trop nombreuses à son goût. Mais il fallait bien les envisager s'il voulait voir les choses sous un jour nouveau. Il n'avait aucune envie de condamner inutilement un innocent, même si, bien entendu, il n'aurait eu aucun scrupule à le faire si cela avait été *utile*; seulement, le choix auquel il était confronté était tout autre.

Il se frotta le haut du nez et ferma fort les yeux. Voilà qu'il commençait réellement à avoir une migraine.

Il voulait des preuves. Des preuves indiscutables.

Il lut à nouveau la lettre qu'il avait dans la main, celle du responsable des expériences et secrétaire par intérim de la Société royale, M. Robert Hooke.

Et dans cette lettre, Henry Hunt n'avait droit qu'à des éloges. Le récit que faisait Hooke de son départ de la Société royale était plein de regrets, allant totalement à l'encontre de la version que lui avait livrée Danby. Hooke ne faisait que louer Hunt pour ses compétences en mécanique, sa vivacité, son caractère exemplaire. Il lui parlait des garçons vidés de leur sang et de la manière dont il avait sauvé la vie du roi d'Angleterre.

Et si Hunt était le seul être honnête parmi toute cette bande ?

Si La Reynie voulait le faire sortir de la Bastille, il lui faudrait aller voir le roi Louis, que son revirement ne manquerait pas de contrarier. Le monarque y verrait de l'indécision et serait également vexé qu'on lui demande d'annuler aussi vite sa *lettre de cachet**. La Reynie devrait réserver au moins une journée à l'aller-retour pour Versailles. Peut-être plus : le roi faisait parfois attendre ses ministres, et son lieutenant général, pendant plusieurs heures – voire plusieurs jours, s'ils étaient tombés en disgrâce – avant de leur accorder une audience. Une façon de leur rappeler son pouvoir.

La Reynie se rendit compte qu'il retenait son souffle. Il laissa ses poumons se vider, lentement, exhalant l'air vicié par le nez. Il ferait mieux d'aller dormir. Voir si, en rêvant, son esprit trancherait. En attendant, il allait assouplir le régime de détention de son prisonnier et informer le gouverneur que Henry Hunt n'était plus un prisonnier d'État. On lui retirerait ses chaînes. Il aurait le droit de faire de l'exercice. Il ne serait plus soumis aux restrictions de la Bastille, on lui restituerait donc sa bourse, avec tout son argent. Hunt pourrait alors commander de la nourriture, des vêtements et même des meubles, pour rendre son séjour plus confortable.

La Reynie appela son domestique afin qu'il aille porter le message à la Bastille.

44

La boîte en bois

Le geôlier lui retira ses fers et prit la chaîne qui les liait l'un à l'autre.

Les bras de Harry lui semblèrent soudain extrêmement légers. Il se sentit envahi par un soulagement béat, si intense qu'il en vit des étoiles. Il dut s'asseoir et fermer les yeux. Lorsqu'il les rouvrit, sa vision était troublée par ses larmes. L'homme le regardait avec sympathie, jusqu'à ce qu'il se rende compte de l'expression sévère qu'affichait son collègue.

L'autre homme, le gardien au nez tailladé, tendit à Harry une boîte en bois.

« *Vous avez des amis, l'Anglais**. » Il paraissait ne pas apprécier le fait que les gens puissent avoir des amis. « *De plus vous allez avoir un nouveau lit. Il arrivera bientôt. Un cadeau de votre amie la duchesse**. »

Il semblait également exaspéré par le pouvoir de la duchesse de Mazarin, quand bien même c'était sur le gouverneur qu'elle l'exerçait.

Lorsqu'ils furent sortis, en lui ayant également laissé un surplus de jambon, du chou bien dur, et en ayant veillé à bien verrouiller la porte derrière eux, Harry examina ses poignets. La chair profondément entaillée lui faisait atrocement mal ; elle exsudait un fluide de couleur jaunâtre à l'aspect écœurant. Il les nettoya avec l'eau trouble de son pichet, la douleur le faisant grimacer ; malgré tout, il se réjouissait qu'on lui ait enfin ôté les fers.

Après avoir lavé ses plaies aussi précautionneusement qu'il le pouvait, il les sécha avec l'ourlet de sa chemise, puis il examina la boîte que lui avait remise le geôlier.

Elle était lourde et cliqueta quand il la bougea. Elle avait un couvercle à charnière équipé d'un simple fermoir. Après avoir marqué une pause, se demandant de quel jeu sadique il pouvait bien s'agir, il souleva le couvercle avec précaution, s'attendant quasiment à ce que quelque chose en jaillisse violemment.

Ce n'étaient que du papier, des plumes en verre, un petit encrier, et un peu de sable pour sécher l'encre.

Pourquoi La Reynie avait-il donné l'ordre qu'on le traite avec davantage de mansuétude ? Il voulait certainement voir quel usage ferait Harry de ces plumes ou bien qui il chercherait à contacter. Tout ce que pourrait écrire Harry serait examiné à la loupe : ses lettres pourraient ne jamais parvenir à leurs destinataires. Mais, même dans ces conditions, qu'on lui permette soudain d'avoir de quoi écrire lui semblait un luxe somptueux, quelle que puisse être la raison pour laquelle on lui accordait ce privilège.

Harry prit une feuille de papier, ouvrit le flacon d'encre, y trempa sa plume et se mit à écrire.

M. Isaac Newton,
Ses appartements à Trinity College, Cambridge,
Angleterre

45

Le toit de la Bastille

Le plus humain des deux geôliers marchait juste derrière lui. Il avait dit à Harry de mettre son manteau, car il l'emmenait prendre l'air sur le toit de la Bastille. Le gardien, qui sentait fort le fromage bien fait dont il s'était délecté au déjeuner, ouvrait la marche. La lenteur de son pas exaspérait Harry : au bout du couloir, il y avait une volée de marches baignant dans la lumière d'un après-midi parisien. Tout pantelant qu'il était, il n'avait qu'une envie, c'était de se précipiter vers cet escalier, et de sentir la chaleur du soleil sur sa peau.

Le large dos du gardien progressait pesamment devant lui. Derrière eux, on était en train d'escorter à l'intérieur de la cellule de Harry un homme équipé de tout ce qu'il fallait pour lui construire un nouveau lit : de longs tasseaux, des entretoises et des draps. Harry bénéficiait à nouveau des instructions de La Reynie visant à adoucir son régime de détention et des effets de la si sensuelle personnalité d'Hortense sur le gouverneur.

Alors qu'ils passaient devant d'autres portes, celles de cachots aussi lugubres que le sien, il ne distingua aucun mouvement à travers leur guichet. Comme ils ne croisèrent aucun autre prisonnier que l'on emmenait comme lui faire de l'exercice, Harry n'avait toujours pas la moindre idée du nombre d'âmes qui pouvaient croupir avec lui entre ces murs. À ce qu'il voyait, la Bastille ne renfermait que lui.

Après une marche éreintante qui lui parut durer une éternité, ils atteignirent le haut de l'escalier, un bref couloir, puis le toit. Retrouver ainsi l'air du dehors fit aussitôt chanceler Harry. Il se sentit submergé par son souffle sur sa peau, les cheveux soudain ébouriffés, le cuir chevelu saisi de picotements, mais aussi par son goût et par sa fraîcheur sur ses yeux. Il dut s'appuyer contre le mur afin de ne pas tomber. La vue soudaine des toits de Paris, des murailles et des douves qui entouraient la forteresse et d'une escouade de soldats en train de marcher au pas tout en bas, devant la maison du gouverneur, à la manière des petites machines qu'avait évoquées La Reynie, lui donna le tournis.

Quoique parfaitement immobile, Harry eut la sensation d'être en train d'effectuer un saut périlleux. Sa respiration était précipitée, irrégulière, et son visage avait perdu toutes ses couleurs. Ses yeux se perdaient dans l'horizon, nulle part.

Le gardien regardait d'un air surpris cet assassin anglais qui se cramponnait au mur comme une fille que l'on venait de gifler. Le gentil geôlier s'accroupit face à lui.

« *Calmez-vous, calmez-vous** », lui dit-il doucement, comme s'il s'adressait à un cheval agité.

Il se mit à respirer profondément, de façon régulière, pour montrer à Harry ce qu'il devait faire. Ce dernier savait très bien comment respirer, mais ses poumons le trahissaient. Il essaya d'avaler, mais n'y arriva pas. La peur était nichée dans sa gorge comme si on l'y avait enfoncée avec le poing, ce qui le fit paniquer encore davantage. Tout en continuant à respirer profondément et lentement, le geôlier le tira par les épaules pour le remettre sur pied.

Harry enfonça un peu plus ses lunettes cassées sur son nez et ouvrit grand les yeux. Il vit le visage du gardien qui arborait une moue méprisante et, derrière lui, la moitié du toit de la Bastille. Au loin, les tours de Notre-Dame, qui dominaient tous les autres bâtiments de l'île de la Cité, encadraient la tête du gardien, telles les cornes du diable.

« *Vous êtes calmé, maintenant* ?

– *Oui, oui, merci*, marmonna Harry, un goût amer dans la bouche.

– *Alors. Votre promenade**. »

Ses deux accompagnateurs se mirent à marcher, et leur pas décidé entraîna Harry à leur suite. Ses jambes commencèrent à obéir aux instructions que leur donnait son cerveau. Il avança, n'osant pas regarder, tout en bas, le bastion triangulaire qui entourait la maison du gouverneur, avec ses jardins où tout était parfaitement aligné – une version miniature des Jardins du Roy, où Harry avait cherché le colonel.

Ils étaient en train de marcher sur le toit plat de la tour du Trésor, juste au-dessus de sa cellule. La distance qui les séparait de la tour de la Comté, à l'angle sud-est de la Bastille, équivalait au tiers de la longueur de la prison. Harry balaya du regard le bâtiment et ses remparts crénelés. Chaque tour était surmontée d'une petite tourelle en forme de cloche qui permettait d'accéder au chemin de ronde qu'empruntaient les soldats de la garnison pour aller de l'une à l'autre. Un pont enjambait le vide reliant le mur est au mur ouest, exactement comme l'avait deviné Harry en écoutant les déplacements des geôliers. Quelque peu nerveux, il estima que cette tour était facilement aussi haute que la tour Blanche, le donjon de la Tour de Londres, et mesurait donc une trentaine de mètres.

À l'est, on pouvait voir la rue de la Planchette et ses parcs à bois, où les troncs méticuleusement empilés semblaient sur le point de s'effondrer. Juste derrière se trouvait la caserne des Mousquetaires-Noirs, qui abritait le régiment ayant autrefois appartenu au cardinal Mazarin, avant d'être placé sous l'autorité du roi. Des uniformes écarlates sous des manteaux bleus étaient en train d'en arpenter la cour. Plus loin encore se déployait le faubourg Saint-Antoine, qui se dissolvait dans l'horizon. Longeant le fossé qui menait à la Seine, la rue de la Contrescarpe-Saint-Antoine était tranquille. Les bateaux agrégés autour de l'île Louviers se balançaient au gré des mouvements de l'eau, évoquant des porcelets en train de téter leur mère.

Harry respirait à nouveau normalement et ses joues avaient repris des couleurs. Il adressa au geôlier un hochement de tête reconnaissant. Le gardien poussa un grognement moqueur et fit signe à Harry de se dépêcher, au moment même où, derrière eux, la lumière du soleil se voilait momentanément. Cela se passa si vite qu'aucun des trois hommes ne comprit véritablement ce qui s'*était* passé avant qu'il ne soit déjà trop tard. Quelque chose avait jailli de la porte par laquelle ils étaient arrivés sur le toit, accompagné d'un curieux bruit ressemblant à un battement d'ailes.

Quand la chose se mit à courir dans leur direction, les gardes levèrent les bras afin de se défendre contre cette effrayante créature.

La créature fixa Harry d'un regard dément, tout en fonçant dans tous les sens ; d'un coup en arc de cercle d'une de ses longues ailes, elle précipita le gardien dangereusement près du parapet ; il manqua de passer par-dessus mais s'accrocha à un créneau avant de retomber les quatre fers en l'air.

La créature avait une tête d'homme, derrière laquelle flottaient des cheveux blonds. Elle déposa aux pieds de Harry un paquet contenant de longues baguettes et du taffetas.

C'était l'homme dont il avait cru qu'il venait lui livrer son nouveau lit.

« Monsieur Besnier ! »

Jacob Besnier grommela un bref salut, puis se prépara à repousser le deuxième garde, en utilisant son aile comme un poignard et en le forçant à reculer jusqu'aux créneaux, qui le séparaient du grand vide.

De l'autre côté du pont, on se mit à appeler des renforts. Des silhouettes commencèrent à émerger par la porte étroite d'une des tourelles en forme de cloche. À l'autre bout de la prison, sur la tour de la Bertaudière, Harry vit deux hommes s'agenouiller et épauler leur fusil, mais, aussi nerveux qu'hésitants, ils n'osèrent pas tirer, ne voulant pas risquer de blesser leurs collègues.

Harry ramassa en toute hâte la première aile, la déballa, séparant le tissu et les baguettes, puis l'attacha à son bras. Il essaya de se remémorer la démonstration qu'avait faite Besnier dans le jardin de Marie-Anne, mais le contraste considérable qu'il y avait entre la sérénité du salon et le branle-bas de combat qui régnait sur le toit de la Bastille était tel qu'il venait tout juste de comprendre ce que l'inventeur voulait qu'il fasse.

L'aile était pourvue de simples courroies en cuir, d'attaches et d'une poignée, mais il s'avéra nettement plus compliqué de glisser son pied dans l'autre extrémité du dispositif, à l'intérieur d'une autre courroie agencée comme un étrier. Harry dut laborieusement retirer son avant-bras des autres courroies, pour d'abord placer son pied et ensuite serrer à nouveau les courroies autour de son bras. Comme il tremblait violemment, la manœuvre s'avéra particulièrement difficile. Il fit la grimace quand une lanière de cuir lui érafla le poignet, entaillant la plaie que lui avaient faite les menottes.

Installer la seconde aile fut cependant encore plus compliqué, l'autre bras étant entravé par la rigidité de la première, à quoi s'ajoutait le fait que le gardien s'était relevé et faisait tout pour l'en empêcher. Il parvint même à attraper l'extrémité d'une baguette qui faisait toute la longueur de l'aile. Harry le menaça d'effectuer le même mouvement de balayage par lequel Besnier l'avait précipité à terre. Le gardien renonça et recula, préférant attendre prudemment les renforts.

D'autres silhouettes en uniforme approchaient. Le second geôlier se tenait près de l'extrémité du mur extérieur, cherchant à savoir s'il devait attaquer Besnier, rester là où il se trouvait en espérant qu'on allait l'oublier, ou s'enfuir le long du mur crénelé. Besnier s'avança vers lui, ses deux ailes pointées dans sa direction, menaçant de le forcer à battre en retraite.

« Non, non ! hurla Harry. C'est un homme gentil. *Un homme gentil* !* »

Harry parvint à enfiler la deuxième aile, mais eut du mal à nouer la courroie autour de son bras. Besnier s'approcha de lui, son propre dispositif de vol cliquetant bruyamment. Il devait s'être suffisamment éloigné du geôlier car un des hommes de la garnison se risqua à tirer. La balle s'écrasa dans le mur, juste à côté de Harry. Un éclat de pierre vint se ficher dans son menton.

« *Vite, vite, vite** ! » psalmodiait Besnier pour lui-même tandis qu'il tirait sur les courroies de Harry et en fermait les boucles, les resserrant d'un coup sec et douloureux.

Une autre balle ricocha sur le chemin de ronde. Les deux geôliers s'écartèrent lentement, chacun dans une direction différente, afin de laisser le champ libre aux tireurs.

Besnier serra une dernière courroie.

« *On y va** ! »

Il se mit à courir, sans se retourner pour voir ce que faisait Harry, son appareil de vol rendant ses mouvements tout sauf naturels mais semblables à ceux d'un automate qui se serait dirigé à grandes enjambées vers la tour de la Comté. Harry le suivit, se demandant pourquoi ils n'avaient pas tout simplement sauté du toit de la Bastille là où ils se trouvaient, pour atterrir dans le faubourg Saint-Antoine.

« Plus vite ! hurla Besnier, qui regardait toujours devant lui, se concentrant uniquement sur l'endroit du mur d'où il comptait sauter. Aussi vite que vous pouvez ! »

De nouveaux coups de feu. Harry baissa la tête mais continua à courir. Ils avaient presque atteint la tour de la Comté. Harry pouvait voir la Seine, qui serpentait au milieu de Paris.

« Vous vous souvenez ? Je vous ai montré ! » cria Besnier comme ils atteignaient le rempart sud.

Sans s'arrêter, il bondit sur le mur, puis s'élança loin du parapet, dans le vide.

Un nouveau coup de feu projeta un gros éclat de pierre pas loin de l'oreille de Harry. S'il avait eu assez de temps pour réfléchir à la folie du geste de Besnier, l'acte de foi qu'avait été son saut du haut du mur, Harry aurait ralenti et mesuré la totale absurdité qu'il y avait à le suivre. Mais la balle le fit accélérer presque avant qu'il l'ait entendue ou ait réfléchi à la chose.

Il était debout sur le parapet. Les soldats de la garnison accouraient dans sa direction, de tous les recoins de la prison, de chaque tour de la Bastille. Certains s'agenouillèrent pour avoir leur arme bien en main. Un nouveau coup fut tiré.

Avant qu'il ait pu se jeter lui-même loin du mur, le vent le déporta sur le côté. Il trébucha, ses pieds glissèrent sur la pierre, les panneaux en taffetas se déployèrent et, prenant de l'air, se gonflèrent. Il sentit ses pieds se soulever ! Ça y est, il était passé par-dessus bord ! Il tomba, tomba, ayant le sentiment que son estomac était en train de se retourner sous l'effet de l'accélération.

Le sol fonçait à toute vitesse dans sa direction.

46

Le ciel de Paris

Il tombait, à la verticale ; le mur de pierre rugueux de la prison, les fenêtres de la tour de la Comté n'étaient plus qu'un brouillard. Son instinct le poussa à agiter frénétiquement les bras et les jambes ; or, attachés au dispositif volant de Besnier, ses membres acquirent spontanément des mouvements parfaitement coordonnés ; son corps commença à s'incliner pour se retrouver peu à peu à l'horizontale. Le souvenir du salon de Marie-Anne vint s'imposer dans son esprit et il tendit éperdument les bras en direction de la Seine. Quand ses ailes de taffetas subirent la poussée de l'air, sa chute s'interrompit si brutalement qu'il eut l'impression que le choc allait lui déchirer les épaules. L'une de ses ailes menaça de virer et de passer sous son ventre, ce qui l'aurait entraîné dans une vrille désastreuse ; mais il parvint à la tendre, à nouveau, devant lui, aussi loin qu'il le pouvait, luttant de toutes ses forces pour la maintenir droite.

Il se retrouva alors porté par une rafale de vent qu'avaient captée ses petites ailes.

Puis, une deuxième rafale l'éloigna du mur de la Bastille mais le fit brutalement virer. Il parvint à ajuster sa position, et put se maintenir à l'horizontale, sur le ventre, bras et jambes tendus, afin de donner à ses ailes le maximum de prise au vent possible. Il sentait les panneaux de taffetas gagner de la portance et réussit à les faire pivoter de manière à cesser de tomber, et il se mit alors à planer, le corps légèrement incliné, flottant sur l'air qui tourbillonnait autour de la prison.

Une balle tirée du haut des remparts siffla tout près de lui. Il écarta la tête, ce qui le fit encore une fois fondre brusquement en piqué, comme s'il allait traverser le coussin invisible qui le retenait. Il parvint à jeter un coup d'œil en arrière, vers le parapet ; des hommes étaient postés aux créneaux.

Ils pointaient leurs armes sur lui.

À nouveau des tirs.

Une balle chauffa l'air juste à côté de lui, passant si près qu'il crut avoir été touché. Il se demanda alors ce qui arriverait si une balle perçait l'une de ses ailes. Le tissu commencerait-il à se déchirer à partir du point d'impact ? Cela entraînerait-il une seule ou plusieurs déchirures ? Et le dispositif tiendrait-il suffisamment pour le retenir, ou du moins l'empêcher d'atterrir violemment en se fracassant sur le sol ?

Harry s'était encore éloigné du mur. Il lui était désormais impossible de distinguer les geôliers des soldats de la garnison, tous furieux – laisser s'échapper un prisonnier du roi de la plus sûre de ses prisons promettait d'avoir pour eux de terribles conséquences.

Un peu plus loin devant lui, et sur sa gauche, Besnier était en train de descendre en piqué tout en suivant l'axe du fossé malodorant de l'Arsenal, par lequel arrivait l'eau de la Seine. Harry, ayant effectué un saut légèrement plus oblique, se trouvait à présent au-dessus des vergers de l'hôtel Saint-Pol, et planait en direction du couvent des Célestins. Voyant les hautes tours du palais s'approcher à toute vitesse, il chercha désespérément la poussée d'air qui lui permettrait de remonter, en se servant des courants ascendants qui tourbillonnaient entre les bâtiments. Grâce à une brusque torsion du corps, qui lui fit perdre dangereusement de l'altitude, il parvint à passer entre deux tours, ses pieds manquant d'accrocher le faîtage du toit du couvent.

Au moment où il s'écartait de celui-ci, il fut heurté de plein fouet par l'air frais de la Seine. Il monta en flèche, mais pressentit qu'il allait certainement décrocher, retomber d'un coup à la verticale, voire faire une culbute en arrière, cette ascension aussi rapide que rectiligne menaçant ainsi de se terminer par un inévitable saut périlleux. Ayant besoin de mettre à profit la plus grande surface de tissu possible pour se maintenir en l'air, il projeta à nouveau les bras en avant, sentant les baguettes, les courroies et les boucles se tendre au maximum. L'effort fit gémir tous les muscles de son dos, tandis que chacune de ses côtes s'écartait de ses voisines. Il resta à planer sur place, comme si l'appareil de Besnier se demandait ce qu'il devait faire de lui, jusqu'à ce qu'une nouvelle poussée d'air le propulse en avant.

Il survolait à présent la Seine, suffisamment près pour voir ses vagues lancer de petites éclaboussures blanches. Il passa au-dessus du pont de Grammont, qui reliait le quai des Célestins à l'île Louviers, puis des bateaux regroupés au port Saint-Paul et, enfin, du pont Marie.

Ses yeux avaient beau être remplis de larmes à cause du froid, il put voir que les rues étaient quasiment désertes. On devait être dimanche, se dit-il. À la Bastille, le temps avait cessé de s'écouler comme il en avait l'habitude. Dans un cachot noir et puant, les jours et les nuits finissaient par se confondre inextricablement. Même lorsque Hortense était venue le voir avec Bartholomew Slough, son manque de curiosité avait été tel qu'il ne lui avait pas demandé quel jour on était.

Devant lui s'étendaient les berges du fleuve, une langue de terre boueuse où étaient amarrés des bateaux. Du côté de l'Hôtel de Ville, il aperçut un panache noir se découpant sur l'horizon. De la fumée. Quand le vent changea de direction, il crut entendre des applaudissements, mais tout cela était trop lointain pour qu'il en soit certain.

La surface du fleuve se rapprochait. S'il tombait dans l'eau, pourrait-il se libérer de l'appareil volant avant de se noyer, emporté par le poids de tout cet attirail ? Il n'y avait aucun moyen de desserrer les courroies pendant qu'il était en vol. Il avait besoin de la terre ferme pour achever son ultime descente et réussir son atterrissage, mais il risquait de se briser les os. Et le vent ne le ramenait pas vers la berge.

Les quelques personnes qui se trouvaient sur le quai Saint-Paul commençaient à le remarquer. Certains le montrèrent du doigt et le regardèrent. D'autres se mirent à courir, effrayés par cette apparition tombant du ciel.

Le fleuve faisait un coude. Harry n'était plus au-dessus de l'eau, mais bel et bien au-dessus de la terre. Il fallait que ce soit ici. Il ramena ses ailes sur le côté et les fit pivoter afin que le tissu n'ait plus de prise au vent.

Il commença à descendre à toute vitesse.

Les dix mètres d'altitude devinrent cinq mètres.

Trois mètres.

Deux mètres.

Sa chute sembla redoubler de vitesse jusqu'à ce qu'il touche le sol, très violemment. Dans la position qui était la sienne, bras et jambes tendus, il lui était impossible d'atterrir sur les pieds, le premier impact fut donc pour une de ses épaules, le deuxième pour son flanc, le troisième pour sa tête. Et enfin, à force de frotter contre les pavés, son corps s'immobilisa.

47
L'homme volant

Avec d'infinies précautions, Harry fit bouger ses bras et ses jambes, un membre après l'autre. Ayant conclu qu'il n'avait rien de cassé, même si son épaule le lançait douloureusement, il roula sur le côté de façon à se retrouver sur le dos, puis, lentement, il commença à défaire les boucles pour détacher ses ailes, froissées par l'atterrissage.

Une fois qu'il eut retiré la dernière courroie, il se débarrassa du panneau de taffetas et se dépêcha de se libérer de tout son attirail. Il se releva et se retrouva debout, tremblant, face à la foule en train de se rassembler; il toucha du bout des doigts l'entaille qui lui barrait le front, à l'endroit où celui-ci avait heurté le sol. Il vit ses lunettes qui scintillaient par terre et se pencha pour les récupérer. Par miracle, elles n'avaient subi aucun dégât supplémentaire. Du sang lui gouttait dans les yeux; il les ferma un bref instant pour s'en débarrasser et surtout pour pouvoir bien distinguer les gens qui se trouvaient autour de lui, afin de savoir s'ils se montraient amicaux ou hostiles.

Ils étaient tous si troublés qu'aucun d'entre eux n'avait encore fait un pas vers lui, leurs visages étant l'incarnation même de la circonspection. La curiosité l'emportait presque sur la peur tant ils désiraient savoir si c'était un homme ou un animal qui venait de descendre du ciel. À moins que ce soit un démon. Ou un ange.

Ce qu'ils voyaient, c'était un jeune homme maigre et crasseux, à la barbe clairsemée et aux lunettes cassées, qui saignait de la tête et de l'épaule, vêtu d'un manteau de cuir usé dont la manche s'était déchirée en raclant le sol.

Malgré les exhortations de sa femme, un homme sortit de la foule pour s'approcher de lui. Un deuxième regardait dans toutes les directions, cherchant désespérément un représentant des forces de l'ordre qui pourrait prendre les choses en main. D'autres gens commençaient à arriver des bâtiments alentour, de l'île Saint-Louis, en traversant le pont Marie, de la place Monfils, de la place aux Veaux ou des immeubles de la rue de la Mortellerie. Tous avaient assisté au moins à la conclusion mouvementée du vol qu'avait effectué Harry depuis la Bastille. Quasiment déserte avant son atterrissage, la rue se retrouva vite bondée.

L'homme qui s'était approché de lui, bien enrobé et coiffé d'un bonnet de laine rouge, continua à ignorer les supplications de son épouse et voulut toucher au tissu de l'appareil volant de Besnier, avec la plus grande prudence, car il savait qu'il pouvait être encore brûlant après un tel vol. Ayant compris que ce n'était que du taffetas, il souleva une des baguettes. Devinant, à partir de la forme de l'aile, comment le tout fonctionnait, il poussa un long sifflement, émerveillé par le cran dont avait fait preuve Harry en se risquant à voler avec un tel attirail et une surface de tissu si réduite. Il se retourna vers ceux qui se trouvaient derrière lui, lesquels multipliaient les gestes d'incrédulité, comme si la simplicité de ce qu'ils voyaient rendait la chose d'autant plus bizarre : un simple engin fait de bois, de toile et de cuir, auxquels s'ajoutaient quelques pièces de cuivre et d'acier.

Mais celui qui l'avait manœuvré, c'était autre chose. Extraordinaire. Incroyable. Héroïque.

L'homme bien enrobé éclata en brèves saccades d'un rire tonitruant, puis se retourna pour s'adresser à toute la foule d'une voix forte, rappelant à Harry le chauve de l'exhibition. Il ôta son bonnet rouge pour l'agiter pendant qu'il parlait.

« *Regardez ! Un simple mortel. Un homme, tout comme nous**. »

D'autres s'avancèrent pour observer l'appareil cassé, mais aussi pour examiner Harry, et même le toucher. Ils tirèrent sur son manteau, certains même sur la peau de son visage afin de se prouver qu'il n'était pas fait de l'étoffe des anges. Une vieille femme lui agrippa la main, pensant que son contact pourrait guérir sa maladie, jusqu'à ce qu'une autre la repousse.

« *Je l'ai vu ! Il a volé depuis la Bastille**. » Un homme qui ressemblait à un écureuil, coiffé d'une perruque rousse, venait de jouer des coudes pour s'extraire de la foule. Il continua d'une voix haut perchée et surexcitée : « *Il s'est évadé* !* »

L'homme enrobé se tourna à nouveau vers Harry.

« *C'est vrai ? Vous étiez un prisonnier du roi* ?* »

Harry sentit sa poitrine se nouer et serra machinalement les poings. Que faire ? Jusqu'où devrait-il aller pour conserver sa liberté ? Était-il prêt à se battre pour elle ? À se battre contre ces gens ? Ils n'avaient aucune idée de qui il était, ni de pourquoi il avait été incarcéré, ni du crime qu'il était censé avoir commis selon le roi et La Reynie.

Le premier homme à s'être approché de lui, qui s'était lui-même désigné comme le meneur du groupe, fixa le visage de Harry, le scrutant au fond des yeux, comme si c'était ainsi qu'il connaîtrait la vérité. Harry le regarda à son tour, puis regarda tous ceux qui étaient réunis en cercle tout autour de lui et l'observaient avec curiosité. Il soupira et baissa la tête, examinant les pavés. Peut-être qu'il y en avait un qui ne tenait pas bien : il pourrait le ramasser, frapper quelques têtes. Ou il pourrait utiliser une baguette de l'appareil volant, se montrer aussi déterminé que l'avait été Besnier avec ses geôliers sur le toit de la Bastille. Il soupira une nouvelle fois. Bien sûr, il n'allait rien faire de tout cela. Il y avait trop de gens, et ils ne méritaient pas qu'il s'en prenne à eux. Que savaient-ils des machinations de La Reynie ?

« *Oui, c'est vrai, monsieur**. »

Il leva les mains pour montrer qu'il n'allait pas leur faire de mal.

Entendant son accent, l'homme sursauta et plissa les yeux.

« *Vous n'êtes pas de Paris. Vous n'êtes pas français !*

– Je me nomme Henry Hunt. Je suis anglais. De Londres. Je n'ai commis aucun crime. »*

L'homme hocha la tête tout en affichant un air sévère et fit un signe à deux de ses amis qui se trouvaient dans la foule, et avec lesquels il avait assisté à l'atterrissage de Harry. Ils étaient eux aussi coiffés de bonnets rouges.

L'homme à la perruque rousse pointa un doigt tremblant vers l'homme enrobé.

« *En cherchant à le protéger, vous vous opposez au roi.*

– Nous allons l'emmener au Châtelet. C'est La Reynie qui décidera. »*

L'homme enrobé s'inclina, et l'autre toucha sa perruque rousse en signe d'approbation, se rengorgeant et content de lui, car il avait accompli son devoir de bon sujet.

Les trois hommes escortèrent Harry à travers la foule, qui s'écarta à leur passage. L'homme à la perruque rousse s'apprêtait à les suivre, mais un grognement du meneur l'en dissuada. Harry déglutit. Les hommes qui l'emmenaient semblaient coriaces et leur chef avait l'air peu conciliant. Personne d'autre ne parut disposé à les suivre. C'était manifestement de l'homme enrobé qu'il fallait se méfier.

Les trois hommes ne le retenaient pas ; c'était inutile car Harry n'avait opposé aucune résistance. Il marchait, tête baissée, le sang brouillant sa vision, complètement démoralisé. Hortense, Marie-Anne et Jacob Besnier avaient fait tout ce qu'ils pouvaient pour l'aider à s'échapper de la Bastille. Ils auraient tous pu se faire arrêter et Besnier avait même risqué sa vie.

Pour rien.

Désespéré, il se retourna pour regarder l'appareil volant du serrurier, qui n'était plus qu'un amas de débris gisant sur les pavés, entouré d'un cercle de curieux. Deux jeunes hommes le ramassèrent, l'un tentant de s'attacher à une aile, l'autre essayant de comprendre ce système de courroies et de boucles et comment il avait pu transporter un homme, fût-il aussi mince et insignifiant que cet Anglais, des remparts de la Bastille jusqu'au quai de la Seine.

Au lieu de continuer sur la rue de la Mortellerie, les trois hommes lui firent traverser le pont Marie, de chaque côté duquel se dressaient de hautes maisons, afin de gagner l'île Saint-Louis.

Après s'être demandé pourquoi ils n'avaient pas pris le chemin le plus direct, Harry leur posa la question.

« Vous n'êtes pas au courant, l'Anglais ? lui répondit le meneur dans un anglais teinté d'un fort accent. Il y a une exécution place de Grève. C'est aujourd'hui qu'on brûle la Voisin, l'empoisonneuse. Ça prendrait une éternité de vous faire traverser la foule. »

Harry se souvint du panache de fumée qu'il avait vu, du ciel, du côté de l'Hôtel de Ville. Si les rues étaient aussi calmes, ce n'était pas parce qu'on était dimanche, mais parce que la plupart des Parisiens était allés assister à la mort de Catherine Monvoisin. Il se demanda ce qu'il en était des trois hommes qui l'accompagnaient. Pourquoi n'étaient-ils pas là-bas, de même que tous ceux qui s'étaient rassemblés autour de l'endroit où il avait atterri ?

La rue des Deux-Ponts était parfaitement droite. À l'endroit où elle croisait la rue Saint-Louis, les deux artères divisaient l'île en quatre quarts bien nets ; Harry se rendit compte que celle-ci avait été aménagée de façon géométrique. Les bâtiments, construits tout récemment, étaient tous en pierre et en ardoises, afin de résister au feu. Comme ce qu'avait voulu faire Robert Hooke à Londres.

Il était soulagé que M. Hooke ne le voie pas dans un tel état : en loques, pitoyable et sur le point de retourner en prison.

48
L'araignée mécanique

Tout là-haut, dans les combles de Somerset House, sous le faîtage, Boilot se tenait le dos appuyé contre les poutres. N'ayant aucun endroit où accrocher sa lanterne au-dessus de lui, il devait la tenir lui-même et vérifier essentiellement au toucher si le raccord était parfaitement hermétique ; il la déplaça le long de l'arête, afin de voir si celle-ci laissait par endroits passer la lumière. Il serra la dernière vis, pesant de tout son poids sur sa clé. Toutes ces vis ressemblaient à autant de têtes faisant saillie le long de chaque arête. En sueur à force de se livrer à cette tâche monotone qu'était le resserrage des boulons, et comme il commençait à avoir le dos endolori à force d'être obligé de se tenir penché, il inspecta à nouveau le raccord entre les deux plaques de métal. Aucune lumière ne passait à travers, aucun espace ne les séparait, les équerres ne s'étaient pas déformées.

Satisfait, il descendit de son échelle, les muscles raidis par tout ce travail.

Les trois Français examinèrent ce qu'ils venaient de fabriquer. Six plaques de métal carrées constituant un gros cube dont les arêtes mesuraient près d'un mètre quatre-vingts. Les étais et les entretoises qui le soutenaient, solidement boulonnés à la charpente, semblaient particulièrement robustes.

L'homme que Harry connaissait sous le nom de Lefèvre, mais Bartholomew Slough et Priscilla Leach sous celui de Chasse, poussa un grognement, à travers lequel il semblait manifester son contentement, car les deux autres se penchèrent vers le sol pour passer à la suite des opérations. Le sol de la salle de classe désaffectée où ils se trouvaient était jonché de longs tuyaux, la plupart en cuivre, certains en plomb, qui serpentaient au milieu de meubles cassés et poussiéreux. Verdier souleva un de ces tuyaux et le passa à Boilot, qui le fixa méthodiquement au mur, avant de le joindre à un autre tuyau qui épousait la pente du plafond puis faisait un coude pour être raccordé à un robinet d'arrêt installé sur le côté du réservoir en métal. À coups de marteau, ils enfoncèrent ensuite dans l'autre extrémité de ce tuyau un embout conique et scellèrent la jointure entre celui-ci et le premier avec du plomb fondu.

Ils installèrent et relièrent encore d'autres tuyaux qui descendaient le long du mur depuis le réservoir.

Lefèvre, qui travaillait vite, avec dextérité et sans jamais prendre de pause, s'attelait aux tâches les plus délicates, que lui avaient volontiers laissées les deux autres, sachant l'exigence qu'il s'imposait à lui-même et ce qu'ils avaient à faire de leur côté.

Sans à peine échanger un mot, les trois hommes continuèrent à s'activer, tandis que les heures s'écoulaient dans cette étouffante salle d'école mansardée. Ils pouvaient entendre les coups et les bruits sourds témoignant de toute la frénésie des derniers travaux en cours. On s'attendait à ce que la reine arrive de Newmarket d'un instant à l'autre. Les maçons s'étaient vu offrir des sommes particulièrement généreuses pour terminer leur ouvrage au plus vite, lequel était plutôt bâclé et réalisé assez grossièrement ; pour un œil non averti, cependant, tout semblait parfait, et les surfaces on ne peut plus lisses et brillantes. Un examen plus approfondi aurait révélé des arêtes irrégulières, des fixations manquantes et du plâtre mal préparé.

Mais dans la salle d'école, sous les combles, tout était effectué avec la plus grande précision. Lorsque les trois hommes eurent terminé, des tuyaux partaient de tous les côtés du réservoir, à la base duquel s'alignait un rang de robinets.

L'ensemble ressemblait à une araignée mécanique géante.

Lefèvre – car c'était lui, pas de doute possible; même à la simple lumière de la lanterne, la ressemblance était indéniable – fit le tour de l'araignée pour vérifier chaque robinet un par un. Puis, se dirigeant vers la pile de matériel posée sur le sol, laquelle avait considérablement diminué depuis leur arrivée, il prit une boîte. Il en sortit ce qui ressemblait à une cage en métal dans laquelle on aurait pu mettre un oiseau, mais qui renfermait à la place une horloge au mécanisme particulièrement élaboré : des rouages, des engrenages et des ressorts. Il la posa sur le réservoir, auquel il la fixa grâce à quelques boulons supplémentaires.

Juché au sommet de l'échelle, il se pencha le plus près possible de la cage. En équilibre précaire, le haut du corps appuyé sur le réservoir, il remonta le mécanisme en procédant à une série de brusques et brèves rotations, la poignée étant particulièrement difficile à tourner, tout cela les deux pieds sur le dernier barreau de l'échelle et une main agrippée à la plus haute poutre du toit.

Le ressort fut enfin tendu au maximum. Il secoua ses mains pour en chasser la raideur. Après avoir minutieusement examiné le mécanisme – tous ses ressorts et tous ses cliquets, toutes ses roues et tous ses pignons –, réglé une dernière fois le ressort de suspension et essuyé, par superstition, le balancier, il actionna le pendule.

L'horloge se réveilla, se mit en mouvement, les rouages cliquetant en douceur. L'aiguille des minutes entama son premier tour de cadran, entraînant à sa suite l'aiguille des heures, un peu moins volontaire.

Sans quasiment cligner des yeux, Lefèvre observa l'horloge pendant une bonne minute, avant de se résoudre à la laisser. Lentement, il redescendit l'échelle. Il rejoignit Verdier et Boilot, et tous trois levèrent la tête pour contempler leur machine – dont le cœur venait de se mettre à battre et dont tous les tuyaux, jaillissant de son corps pour se déployer sur les murs du grenier, constituaient les pattes et les antennes – et ses robinets, raccordés aux rouages complexes de l'horloge.

Ils regardèrent aussi la plate-forme accrochée au-dessous, suffisamment large pour accueillir un homme.

Puis ils se remirent au travail ; à présent, ils devaient dissimuler la machine.

49
Les bonnets rouges

Ils ne prirent pas le pont de la Tournelle de l'autre côté de l'île, mais tournèrent à droite pour suivre le quai.

« Vous ne m'emmenez pas au Châtelet ? leur demanda Harry, inquiet et complètement dérouté par le tour si confus que prenaient les événements.

– Calmez-vous, l'homme volant », lui répondit le Parisien enrobé au bonnet rouge. Il partit dans une succession de brefs éclats de rire, si bruyants qu'ils firent mal aux oreilles de Harry. « Nous n'avons aucune sympathie pour La Reynie et aucune affection pour la Bastille. Le roi s'en sert pour que nous continuions à nous aplatir devant lui et à nous soumettre à tous ses désirs. » Il regarda autour de lui, puis se pencha vers Harry en prenant des airs de conspirateur. « Je m'appelle Guillaume Theriot.

– Et moi Henry Hunt, comme je vous l'ai déjà dit. Mais on m'appelle généralement Harry.

– Nous voici hors de vue de ceux qui, là-bas, dans la foule, pourraient ne pas partager notre avis. Le petit *rouquin**, par exemple. Si vous vous êtes échappé de la Bastille, alors vous allez avoir les policiers de La Reynie aux trousses, et aussi toute la garnison de la prison. Et peut-être même, à l'heure qu'il est, les mousquetaires noirs. »

Un des deux hommes qui l'accompagnaient, celui qui était le plus petit mais semblait le plus menaçant et demeurait tellement imperturbable que Harry se disait qu'il s'agissait certainement d'un ancien soldat, se racla la gorge.

« *Nous y retournons. Nous restons là. Nous continuons**. »

Il avait énuméré d'une voix basse et pressante les possibilités qui s'offraient à eux en levant un doigt à chacune de ses propositions.

Les Français discutèrent entre eux, ce qui permit à Harry d'apprendre que l'homme taciturne s'appelait Gauthier, et l'autre, plus jeune et plus mince, Dragaud.

« Où comptez-vous aller ? » demanda Theriot à Harry, une fois leur conciliabule terminé.

Harry réfléchit pendant un moment.

« Je ne peux pas retourner là où je séjournais avant mon arrestation. Ce serait dangereux pour les gens qui sont là-bas, et qui sont mes amis.

– Nous allons leur porter un message. Il est tout à fait possible qu'ils ne sachent même pas que vous avez été enfermé à la Bastille.

– Ils le savent. Ils sont venus me voir. »

Theriot eut l'air stupéfait.

« Vous avez de la chance. D'autres croupissent là-bas sans qu'on ait de nouvelles d'eux pendant des années. Vous poseriez la question au roi, les yeux dans les yeux, qu'il ne vous dirait pas si votre père, votre sœur ou votre fils est retenu là-bas. C'est ainsi que notre sécurité est assurée. Uniquement par *caprice** du roi. »

Et si c'était un piège que lui tendait La Reynie ? se demanda Harry. Peut-être que Theriot était une de ses *mouches**, un espion de la police. Regardant le visage rougeaud de l'homme, et surtout ses yeux, qui brillaient d'excitation, Harry n'arrivait pas à y croire.

« Voulez-vous bien leur faire passer un message ? À l'hôtel de Bouillon, sur le quai Malaquais. »

Gauthier dansa d'un pied sur l'autre, mal à l'aise.

« *La Voisin est morte aujourd'hui** », dit-il.

Theriot haussa les épaules.

« *Je sais. La duchesse est soupçonnée, elle aussi** », répondit-il. Il se mordit machinalement l'intérieur de la joue, puis son attention se porta à nouveau sur Harry. « Vous avez des *fréquentations intéressantes**.

– C'est pour ça que l'on m'a enfermé à la Bastille. Mais elle est innocente, tout comme moi, de tout ce qui peut avoir trait à ces empoisonnements. »

Theriot regarda ses camarades.

« *Dragaud, tu vas chez la duchesse**, ordonna-t-il. Quant à vous, monsieur Hunt, je pense que nous vous avons suffisamment aidé. »

Harry lui serra la main.

« Merci, monsieur Theriot. *Merci**. » Il l'attira à lui, à la française. « Je crois que je ne pourrai jamais assez vous remercier. »

Theriot se mit de nouveau à rire, de façon plus mesurée. Dragaud les quitta et franchit le fleuve en empruntant le tout nouveau pont de la Tournelle. Harry, Theriot et Gauthier le regardèrent marcher le long de la Seine, jusqu'à ce qu'il disparaisse derrière les maisons qui se dressaient à côté de l'École de médecine.

Ils attendirent son retour avec inquiétude, arpentant l'île Saint-Louis de long en large afin de ne pas éveiller les soupçons. Trois hommes immobiles auraient davantage attiré l'attention. Tremblant à cause du froid, Harry tenait son manteau en cuir tout déchiré roulé en boule, en se frottant les bras. C'est Theriot qui lui avait dit de l'enlever, sans quoi il risquait d'être aussitôt reconnu car il le portait au moment de son arrestation et quand il avait sauté du mur de la Bastille. Il donna également à Harry son bonnet rouge pour parfaire son déguisement.

Attendant le retour de leur ami avec de plus en plus de fébrilité, les deux Français commencèrent à s'inquiéter pour lui. Lorsque Harry tenta d'entamer la conversation, ils le rabrouèrent tout de suite. Gauthier n'arrêtait pas de fumer, remplissant continuellement sa pipe. Ses dents de devant avaient fini par épouser la forme du tuyau.

Au bout d'une heure, Dragaud revint dans la voiture du duc de Bouillon. Ils entendirent le pas lourd des sabots des quatre chevaux marteler les pavés du quai au moment où l'attelage tournait pour les rejoindre, après avoir passé le pont. Penché à la fenêtre, Dragaud leur fit un signe de la main. Les trois hommes coururent jusqu'à la voiture.

Dragaud sauta à terre et ouvrit la porte. Harry les remercia tous de l'amitié dont ils avaient fait preuve à son égard.

« Au revoir, homme volant, dit Theriot. C'est une journée que je raconterai à mes enfants. »

Harry l'étreignit à nouveau, puis fit de même avec Dragaud et Gauthier, avant de monter dans la voiture de la duchesse.

À l'intérieur, il y avait Bartholomew Slough. Mais aussi Denis Papin.

50
La fuite de Paris

Ils ne pouvaient pas retourner à l'hôtel de Bouillon, les hommes de La Reynie s'y trouvant déjà, en train de fouiller la maison à la recherche de Harry. La police avait informé Marie-Anne que sa sœur avait été appréhendée. La Reynie souhaitait en effet interroger Hortense. Elle n'était apparemment pas en état d'arrestation, mais ce serait le cas si elle renâclait. D'après ce que savaient Slough et Papin qui se partagèrent le récit des événements, on l'avait emmenée au Grand Châtelet. Moustapha s'y trouvait également en ce moment même, venu apporter des provisions à sa maîtresse, afin de rendre son séjour là-bas plus agréable.

« La duchesse de Bouillon vous adresse ses adieux, dit Slough, et vous souhaite bonne route.

– Qu'en est-il de son domestique, Mercier ? demanda Harry. Il a été libéré ?

– Ils lui ont brisé les épaules, répondit Slough d'un ton lugubre. Il est revenu chez la duchesse. »

Anticipant le fait que la police penserait qu'ils fileraient plein ouest, ils décidèrent de prendre la direction du nord afin de gagner Dunkerque.

La joue de Harry le faisait toujours souffrir, tout comme son menton dans lequel s'était enfoncé un éclat de pierre au moment où il avait essuyé un tir sur le toit de la Bastille. Ses poignets continuaient à suinter à cause des menottes, et son coude et son épaule, dont la peau était à vif depuis qu'il avait atterri sur les pavés du quai Saint-Paul, étaient particulièrement sensibles. Se rendant compte qu'il avait encore le bonnet de Theriot sur la tête, il s'en servit pour essuyer le sang coagulé dans ses cheveux.

Ce sang le fit penser à Jacob Besnier. Il se demanda où ce dernier avait atterri, et espéra que ses retrouvailles avec la terre ferme avaient été plus tendres que les siennes. Il devrait le remercier pour son aide et le courage dont il avait fait preuve en venant ainsi à son secours.

Approchant du marché des Halles, le cocher éloigna la voiture d'un attroupement, ignorant s'il s'agissait de commerçants souhaitant protéger leurs étals contre ceux qui comptaient faire la fête après l'exécution de la Voisin, ou de policiers.

Tandis que leurs têtes dodelinaient, épousant le roulis de la voiture, Harry regarda Denis Papin, assis en face de lui. À la vue de ses cheveux et de ses habits parfaitement ordonnés, il fut submergé de honte, car lui-même ne ressemblait plus qu'à un de ces pauvres hères, réduits à mendier en frissonnant sous les porches des maisons parisiennes.

En proie à tout un imbroglio d'émotions, Harry avait du mal à parler.

Papin avait été son concurrent au poste de responsable des expériences, et son rival pour gagner le cœur de Grace Hooke. Il était plus grand que Harry, plus musclé et – comme avait pris bien soin de lui préciser Grace – il avait un visage plus avenant. Et voilà qu'il apprenait que Papin était, à la demande de M. Hooke, venu à Paris pour l'aider à s'extirper des griffes de la justice française. Ce qui n'était pas sans risques pour le huguenot qu'il était.

Papin se pencha en avant et serra légèrement le genou de Harry.

« Vraiment heureux de vous voir, *Arry* », dit-il.

À cause de son accent, il oubliait toujours le H. Avant que leur amitié ne se ternisse, ils trouvaient très amusant que ni l'un ni l'autre ne soit capable de prononcer correctement le nom de son camarade.

Harry chercha quelque chose à dire.

« M. Hooke était au courant de mon incarcération ? »

Papin hocha énergiquement la tête.

« Il a reçu une lettre de La Reynie et a alors su que vous aviez des ennuis. Lord Danby vous a calomnié auprès du lieutenant général, n'est-ce pas ? Il semblerait que La Reynie n'ait pas confiance en lui. Il souhaitait avoir une autre version des faits. Je l'ai vu hier, quand je lui ai remis personnellement la réponse de M. Hooke.

– Vous êtes venu m'aider, alors même que j'étais à la Bastille. »

Harry eut honte de la jalousie qu'il avait éprouvée.

« Je n'en savais rien jusqu'à ce que la duchesse de Bouillon me l'apprenne, répondit Papin à Harry sur un ton espiègle et avec un sourire en coin. J'aimerais penser que je serais venu même si je l'avais su, mais qui sait ? Peut-être que non. »

Harry lui rendit un sourire épuisé.

« Je pense que si, Denis. Je pense que si. »

Slough prit un coussin qu'il posa à côté de Harry. Celui-ci le regarda, plein de gratitude, puis s'en saisit pour le mettre derrière son dos, se tortillant de façon à lui donner la forme qu'il souhaitait.

« Jusqu'où nous accompagnez-vous, monsieur Slough ? demanda-t-il.

– Eh bien, pour commencer, jusqu'à Dunkerque, répondit le nain. Là-bas, je vous aiderai à trouver un bateau. Nous avons besoin d'un homme de confiance pour nous faire traverser.

– "Nous" ? Vous ne retournez pas à Paris ?

– Je n'en ai pas l'intention. Je vais venir avec vous, pour vous aider. »

Harry s'avança sur la banquette, s'éloignant du confort du coussin.

« Vous semblez en savoir plus que moi concernant mon avenir. M'aider à quoi, monsieur Slough ? »

Une petite secousse de sa barbiche en pointe témoigna de la déception de Slough.

« Eh bien, de ce dont nous avons parlé à la Bastille. Nous devons empêcher la chose d'advenir. Et je crois, que, tous ensemble, nous pouvons y arriver. »

51

La grande chevauchée

Parcourir les quelque trois cents kilomètres qui séparaient Paris de Dunkerque allait leur prendre au moins cinq jours, selon les caprices du temps et les chevaux qu'ils réussiraient ou non à se procurer. Après avoir emprunté pendant un long moment la voie romaine qui traversait la forêt de Chantilly, ils descendirent de la voiture de Marie-Anne au relais de poste de Thiers-sur-Thève et dirent au revoir au cocher.

Ils passèrent, moyennant finance, la nuit chez une famille de la ville, dont la petite maison se trouvait non loin des ruines de l'ancien château. Le couple avait le sentiment de ne jamais en faire assez pour ses hôtes qui, en échange de leur hospitalité, leur avaient donné plus d'argent qu'ils n'en avaient vu en un an. Leur fils, un petit garçon à l'air particulièrement sérieux, ne quittait pas ces visiteurs des yeux – et tout particulièrement Bartholomew Slough, un nain à la peau couleur noisette avec une main de Fatma tatouée sur la joue – comme s'ils arrivaient tout droit de la planète Jupiter.

Le mari se rendit à l'auberge voisine, où il leur trouverait des chevaux, leur expliqua-t-il ; il leur demanda d'ailleurs encore un peu d'argent à cette fin. Il revint avec trois belles bêtes ; les voyageurs dormirent d'un sommeil profond, heureux d'avoir échappé à la police pendant au moins une journée et de voir assuré leur transport du lendemain.

Après le petit déjeuner et une fois leurs chevaux sellés, ils firent leurs adieux à la petite famille. La femme glissa de force un paquet contenant de la nourriture dans les mains de Papin, allant presque jusqu'à l'embrasser, avant que son mari ne s'interpose.

Harry serra la main du fils comme si c'était un adulte, le faisant rire pour la première fois depuis qu'ils s'étaient rencontrés. Après quoi Slough tira une pièce de monnaie de l'oreille du garçon, ce qui provoqua un second éclat de rire.

Selon Slough, ils avaient pris un trop gros risque en s'accordant ainsi du repos au lieu de continuer à voyager de nuit. Ils auraient dû ne pas s'arrêter avant le petit matin, grommela-t-il, et camper dans les bois. Cela avait donné aux hommes de La Reynie le temps de faire circuler l'information et de lancer des effectifs supplémentaires à leur recherche. Ils n'étaient encore qu'à une cinquantaine de kilomètres de Paris. Peut-être que La Reynie avait même deviné depuis le début qu'ils se dirigeraient vers le nord. Grâce aux chevaux frais de ses relais, la poste était en mesure de faire parcourir à une lettre plus de cent kilomètres en une seule journée ; et la police pouvait couvrir la même distance, car elle avait le droit de réquisitionner les chevaux servant au courrier.

S'ils parvenaient à atteindre la ville de Péronne, au bord de la Somme, Slough serait plus rassuré. Elle était à mi-chemin ; deux jours supplémentaires les trouveraient au port de Dunkerque. Cela voulait dire qu'il n'y aurait pas de pauses, que ce soit pour eux ou pour les chevaux.

Les kilomètres s'enchaînaient sous les sabots ; un voyage fastidieux sur des routes mouchetées de soleil qui leur fit traverser la forêt d'Ermenonville et où chaque *mile* était indifférenciable du précédent. Harry souffrait d'avoir trop mangé dans la petite maison ; cette nourriture s'avérait bien trop riche après les misérables repas de la Bastille. À midi, ses crampes d'estomac étaient devenues presque insupportables et perdurèrent même après qu'il eut vomi son souper, son petit déjeuner et le rapide repas composé de tranches de viande fumée qu'ils s'étaient partagées et avaient mangées sans descendre de cheval.

Pour cesser de penser à tous ses tourments physiques, Harry se mit à réfléchir de nouveau à l'inexplicable trahison du colonel et à la lettre que Danby avait adressée à La Reynie, tout en se disant qu'à Paris il n'avait pas fait le moindre progrès pour ce qui était de retrouver le Sancy.

Papin fit tourner son cheval pour s'approcher de celui de Harry, jusqu'à ce que leurs genoux se touchent.

« Les hommes de La Reynie peuvent être n'importe où. Nous ne pouvons pas nous arrêter. »

Harry le fixa d'un regard absent, ne ressentant rien d'autre que de l'épuisement et de la douleur.

« Je ne peux pas rester avec vous.

– Nous n'allons pas vous abandonner.

– Non, dit Slough par-dessus son épaule, chevauchant devant eux. Pour vous garder avec nous, nous vous attacherons à votre cheval. » Il ralentit et, quand il se retrouva à la hauteur de Harry, du côté opposé à Papin, il le regarda de la façon le plus neutre possible. « J'ai vu des hommes apparemment brisés accomplir de grands exploits. J'ai vu des hommes affaler des voiles en pleine tempête alors qu'ils étaient tellement malades qu'ils tenaient à peine debout. Pourquoi y arrivaient-ils ? Je vais vous le dire. » Et sans attendre de réponse : « Parce qu'ils n'avaient pas le choix.

– Je vous promets que j'y arriverai, monsieur Slough.

– Savez-vous pourquoi ils n'avaient pas le choix, monsieur Hunt ? poursuivit Slough, ignorant l'assurance de Harry. Parce que la vie des autres dépendait d'eux. C'était à leurs yeux une cause plus grande qu'eux-mêmes.

– Pour leur bateau et son équipage, répliqua Harry. Vous faites ici allusion aux catholiques.

– Nous devons avertir la reine et la convaincre de l'existence de ce complot contre sa vie et celle de tous ses invités. Elle fait confiance à Danby, elle croit qu'il la protège. Elle le voit comme un ami alors qu'il est en réalité son ennemi mortel.

– Je doute que je puisse la faire changer d'avis et la dresser contre Danby.

– Vous pouvez certainement la convaincre de faire chercher la machine. » Il sentit que Harry demeurait dubitatif. « Moi, personne ne me croira. Un imposteur qui a prétendu être un homme dont on vient de découvrir qu'il a été assassiné il y a trente ans ! Mais, vous, vous jouissez de toute la confiance de M. Hooke et vous travaillez toujours pour sir Jonas Moore. »

Harry acquiesça, essayant de se tenir droit sur sa selle, de garder les yeux ouverts et de conserver dans son estomac le peu qu'il contenait encore.

« Nous ne pouvons pas nous reposer si nous voulons arriver à Londres à temps, le pressa Slough. Vous devez le faire, monsieur Hunt. Vous devez trouver cette force en vous.

– De la même façon que vous avez réussi à voler, dit Papin. Vous avez dû avoir terriblement peur. »

Harry tourna brusquement la tête. Il n'avait jamais parlé à Papin de sa peur du vide.

« Grace m'a tout raconté, dit Papin au vu de la réaction de son ami. Et pourtant, vous avez sauté du toit de la Bastille. Vous avez fait ce saut, Harry.

– Il y avait des balles qui fusaient de partout, répondit Harry. Je n'avais pas tellement le choix.

– Vous avez volé jusqu'aux berges de la Seine. »

Voyant l'expression pleine d'encouragement de Papin et Slough, Harry se souvint des maisons, tout au-dessous de lui, de sa chute, puis du moment où il avait repris le contrôle de la machine volante de Besnier, de celui où il avait failli s'écraser sur le toit d'un bâtiment – un couvent, très probablement – et des efforts qu'il avait dû faire pour s'assurer de ne pas finir dans le fleuve. Il n'avait pas ressenti la moindre once de peur. Il n'avait pensé qu'à sa propre survie, à accomplir les gestes nécessaires pour atterrir vivant. La hauteur ne l'avait pas du tout préoccupé – il n'avait tout simplement pas eu le temps d'y penser.

« En vérité, nous n'avons pas le temps pour toutes ces discussions, leur dit-il. Accélérons. »

Ils passèrent la deuxième nuit à Péronne, dans une auberge où ils changèrent de chevaux. Ce fut Papin qui négocia, mais le patron ne sembla pas tellement apprécier ce jeune homme, qu'il regarda même d'un air soupçonneux. Ils se demandèrent s'il avait entendu parler d'un Anglais qui s'était évadé, car il leur réclama à chacun leur nom et, quand Papin répondit à la place des autres, il sembla encore plus irrité. Papin les affubla de noms français; le patron montra clairement qu'il n'y croyait pas du tout mais accepta plutôt volontiers la gratification qu'ils lui versèrent.

Le lendemain matin, ils achetèrent pour Harry de nouveaux vêtements chez un tailleur de la ville. Papin le persuada de choisir une chemise ornée de rubans, comme le voulait la mode. Ils lui trouvèrent également de nouvelles bottes. Mais, au grand dégoût de Papin, Harry refusa de remplacer son manteau auquel, malgré toutes ses balafres, il était particulièrement attaché.

Être vêtu de nouveaux habits et monter un cheval frais remonta le moral de Harry et lui donna du courage pour effectuer le trajet du jour. Ils ne seraient pas à Dunkerque le soir même, mais ils espéraient pouvoir atteindre Lille, ancienne place forte bourguignonne que les Français n'avaient reprise que récemment aux Espagnols.

L'absence de policiers ne les rendait pas moins nerveux, bien au contraire, et plus le temps passait, plus ils devenaient inquiets et tendus. Ils ne parlaient pas, se concentraient sur la route qui se déroulait devant eux, chacun noyé dans l'hébétude que causait l'incessant roulement des sabots et la fatigue suscitée par le fait de devoir serrer les cuisses contre leur selle. Ils avaient laissé les forêts derrière eux et traversaient désormais de vastes plaines, dont les champs de terre noire rappelaient les Fens du Norfolk. Le vent soufflait sans interruption, les chevaux baissaient la tête pour y faire face, tandis que chaque cavalier s'inclinait sur l'encolure de sa monture pour s'en abriter.

Chaque fois qu'approchait un cheval ou une voiture, ou même une simple charrette, ils craignaient qu'il s'agisse des hommes envoyés pour capturer à nouveau Harry et arrêter ses éventuels complices.

Chevaux et attelages passaient, les voyageurs se saluaient d'un hochement de tête comme cela se faisait au sein de la confrérie des routes et, au crépuscule, ils arrivèrent à Lille. Les formes complexes de la nouvelle citadelle de Vauban, bâtie sur la zone marécageuse qui s'étendait à l'ouest de la ville afin de la rendre encore plus difficile à prendre d'assaut, rappelèrent à Harry les gravures de flocons de neige, anguleux et géométriques, que l'on trouvait dans la *Micrographia* de Hooke. De la légère élévation où ils se trouvaient, il put voir l'intérieur du bâtiment : des pentagones concentriques que complexifiait l'ajout d'ouvrages à cornes et de lunettes de fortification, l'un à l'intérieur de l'autre, chacun protégeant le suivant, et devenant de plus en plus petits jusqu'au cœur même de la forteresse, où il n'y avait plus qu'un terrain nu, comme si tout l'édifice ne défendait en réalité rien du tout.

La ville était elle aussi protégée par encore davantage de murailles et de bastions, mais les trois hommes ne se virent poser aucune question en arrivant à ses portes, aucun escadron de soldats n'étant là pour les arrêter ou leur demander leurs documents de voyage. Ils s'aventurèrent à l'intérieur, où on leur indiqua une auberge qui pourrait leur procurer des chevaux.

Ils n'étaient plus qu'à environ quatre-vingts kilomètres de Dunkerque ; le voyage serait donc relativement court le lendemain mais, là-bas, il leur faudrait trouver un bateau. Slough tenait absolument à ce qu'ils embarquent de nuit. Avec suffisamment d'argent, on pouvait trouver un transport nocturne, sans que l'on vous pose de questions.

La consultation catholique était dans trois jours.

52
La taverne de Dunkerque

Dunkerque, qui n'était à l'origine qu'un petit port de harenguiers, accueillait désormais les navires des corsaires qui, avec le soutien de leur roi, attaquaient quiconque transportait un butin dont il pouvait être intéressant de s'emparer. En 1658, la ville avait été reprise aux Espagnols par les soldats français et anglais, alors alliés. Mazarin avait honoré l'accord qu'il avait conclu avec Cromwell, en cédant le port au Commonwealth. Lorsque Charles II était remonté sur le trône, il l'avait revendu à la France pour un demi-million de livres. Il attendait toujours que son cousin lui verse l'argent.

Comme à Lille, c'était Vauban qui avait conçu les fortifications de la ville. On avait l'impression qu'une pluie de triangles s'était abattue sur l'ensemble du port, dont l'entrée était protégée par une toute nouvelle citadelle. Deux jetées parallèles de mille deux cents mètres de long constituaient un chenal par lequel les navires pouvaient entrer et sortir en toute sécurité. L'endroit ayant été déclaré port franc par Louis XIV, tous les marchands étaient exemptés de taxes, ce qui en faisait un lieu extrêmement animé. Des travaux étaient encore en cours pour agrandir le port, où l'on continuait à creuser le passage entre les deux jetées afin de l'adapter à des navires toujours plus gros ainsi qu'aux bâtiments de la marine française.

Tandis que Harry, Papin et Slough galopaient vers le nord, le vent se faisait de plus en plus fort. Lorsqu'ils pénétrèrent dans Dunkerque, les bourrasques envoyaient claquer les volets des maisons et les enseignes se balançaient furieusement contre les murs. La pluie se mit à tomber, glaciale et inquisitrice, fouillant l'intérieur de leurs manteaux pour se frayer un chemin jusqu'à leur col de chemise. Malgré le temps, les rues proches du port étaient envahies de gens qui couraient sous la pluie, semant autant d'éclaboussures à leur passage.

Slough connaissait très bien les lieux, y ayant fréquemment fait escale du temps où il était avec les corsaires, qui venaient régulièrement pour affaires, vendant parfois des marchandises prises de force à des navires qui venaient tout juste de larguer les amarres. Il expliqua à ses deux compagnons qu'ils ne devaient pas courir le risque de se rendre sur le port même, car il était plus que probable que la circulation à l'intérieur du chenal soit étroitement surveillée et que les forces de l'ordre y soient aussi nombreuses que vigilantes, exemption de taxes ou non. Une importante garnison avait ses quartiers dans la citadelle, et le port était doté de sa propre police, conçue sur le modèle de celle de La Reynie. On pouvait par ailleurs être certain que le lieutenant général disposait lui-même d'agents sur place et que l'on avait pris soin de leur envoyer un message pour les mettre en alerte. Les capitaines de navire avaient certainement déjà été invités à faire attention à des voyageurs suspects cherchant à gagner les côtes anglaises.

Slough – dont la petite taille et l'allure ne suscitaient aucunement la curiosité des habitants de Dunkerque, que l'étrangeté ne troublait en rien – les conduisit à une taverne au sud du grand marché, près du pont de la citadelle. La pluie s'était alors transformée en grêle, et de petites chevrotines blanches leur lacéraient vicieusement la peau.

Lorsqu'ils entrèrent à l'intérieur, la chaleur de l'endroit leur explosa au visage, et à peine eurent-ils fermé la porte derrière eux qu'ils se mirent à suer à grosses gouttes. Un des murs était occupé par un énorme four, une diabolique créature en fer qui crachait de l'air chaud comme si elle respirait. L'odeur du porc en train de rôtir rendit à nouveau Harry nauséeux, et il dut s'arrêter de marcher pour garder l'équilibre.

Il pensait aux derniers instants de la Voisin, à sa chair qui se détachait en fondant.

Une fois qu'il se sentit mieux, il suivit de près Slough et Papin. Pour approcher du comptoir, ils durent bousculer différents clients mais aucun ne se plaignit, tout le monde sachant parfaitement comment fonctionnait l'endroit. L'établissement était rempli de marchands, de marins, de soldats de la garnison, d'ingénieurs, de maçons et d'individus ne reconnaissant aucune autorité ni aucun drapeau. La taverne résonnait de conversations en diverses langues; Harry n'avait jamais vu un endroit aussi cosmopolite; chacun y paraissait différent de tout le monde, pratiquement personne n'aurait pu y rencontrer son semblable.

Ne doutant pas un instant qu'il allait trouver un navire dont le capitaine serait prêt à les emmener, Slough partit se renseigner.

Papin obtint assez rapidement qu'ils soient servis, commanda de la bière diluée, prenant une pinte pour Slough, puis ils se faufilèrent jusqu'à une sorte de clairière entre différents groupes de buveurs. Ils restèrent là, debout, continuant à transpirer à cause de la formidable température qui régnait dans la taverne.

« Nous allons sans doute finir tous les deux par rôtir, Harry, observa Papin, les joues rouges, essuyant son nez humide. Comme ce pauvre cochon à l'intérieur de son four.

– Je suis déjà à moitié cuit », répondit Harry, essayant de ne pas regarder le cochon.

Ses nouveaux habits étaient bien trop chauds pour cet endroit, le coton de sa chemise à rubans bien trop épais. Il tenait son manteau à la main. Tous ceux qui se trouvaient là, quelle que soit la manière dont ils étaient habillés, suaient abondamment. Il était à l'affût de quelqu'un qui s'apprêterait à se lever de son siège, car il voulait désespérément s'asseoir. Ses cuisses et son dos lui faisaient mal après tous ces kilomètres à cheval. Il aurait aimé profiter d'un lit, mais Slough exigeait qu'ils prennent un bateau dès ce soir.

Mais non, se rendit-il compte, ce n'était pas Slough mais lui-même qui l'exigeait. Il devait se rendre au plus vite en Angleterre, à Londres, pour avertir la reine. M. Hooke avait supervisé les travaux récemment entrepris à Somerset House, sa résidence, et elle le connaissait. Avec lui, Harry aurait la possibilité de la rencontrer, afin de l'informer de tout ce que lui avait raconté Slough.

Il sentit un coup de coude dans son dos et se décala pour laisser passer le client qui le lui avait donné. Comme il se retrouva pressé contre Papin, les deux hommes durent tenir leur verre de côté pour éviter de le renverser. L'homme qui était derrière lui était un peu maladroit, car il sentit une nouvelle fois son coude.

« Je suis désolé, Denis. Je ne crois pas avoir jamais vu un endroit aussi bondé. »

Le visage à quinze centimètres du sien, Papin le regarda en affichant une expression qu'il ne parvint pas à déchiffrer. Il devait être épuisé lui aussi, se dit Harry, car il avait effectué le voyage de Londres à Paris, pour faire ensuite demi-tour, n'ayant passé qu'une seule et unique nuit à l'hôtel de Bouillon.

Il sentit une fois encore un coup de coude. Tous les autres clients faisaient preuve d'une certaine courtoisie envers leurs congénères, une nécessité quand on se retrouvait ainsi compressés les uns contre les autres.

Il se retourna, les joues rouges, davantage du fait de son agacement que de la chaleur du four.

Un homme, beaucoup plus grand que lui, le regardait.

« Je vous ai donc trouvés, dit Moustapha. Et j'ai aussi trouvé un bateau. »

53
La mer déchaînée

Ayant effectué le voyage seul depuis Paris, Moustapha les avait donc devancés en arrivant à Dunkerque au cours de l'après-midi. Il avait négocié avec le capitaine d'un bateau de pêche, qui avait accepté de les prendre à son bord. Ils partiraient du port de Gravelines, à une quinzaine de kilomètres de Dunkerque. Ils devaient le retrouver à minuit.

Moustapha les avait vus arriver mais, avec la tempête et tout le monde qui se ruait dans tous les sens pour tenter d'y échapper, ils avaient été presque impossibles à suivre. Il avait exploré les rues et essayé d'autres tavernes avant celle-ci, où il avait enfin repéré Harry grâce à la boule de cuir brun qu'il tenait sous son bras.

Il les informa aussitôt de ce qui s'était passé à Paris. Sa maîtresse, Hortense, convaincue par le récit de Slough, s'apprêtait à regagner l'Angleterre mais La Reynie l'en avait empêchée car il souhaitait l'interroger. Ce qu'elle lui avait répondu devait avoir été suffisamment convaincant car il l'avait laissée quitter le Châtelet.

La Reynie avait par ailleurs promis à la duchesse qu'il ne se dresserait pas en travers du chemin de Harry. Ce dernier était libre de quitter la France. S'ils n'étaient pas tombés sur la police, c'était donc parce qu'elle n'était pas après eux.

« On ne peut pas pour autant faire confiance à La Reynie, dit Moustapha à Harry avant que celui-ci se réjouisse trop de cette nouvelle. Il cherche encore à obtenir des preuves incriminant la duchesse de Bouillon.

– Souvenez-vous aussi de ce qu'il a fait à Mercier, dit Papin d'un ton sinistre. Il peut tout à fait avoir des hommes à lui ici, à Dunkerque, ou même à Gravelines. »

Ils furent rejoints par Slough qui avait entendu la fin de leur conversation.

« Ses *mouches** n'infestent pas seulement Paris. »

Après avoir quitté la fournaise qu'était la taverne et pris de nouveaux chevaux, ils arrivèrent aux alentours de 10h30 à l'embouchure du chenal de Gravelines. Autre port puissamment fortifié, Gravelines était un jouet passant des mains des Anglais à celles des Français, et ayant appartenu quelque temps aux Espagnol entre les deux; le port était désormais de nouveau une possession de la France, mais pour combien de temps encore?

Slough parla en espagnol aux quelques personnes sur le quai : des pêcheurs de nuit attrapant avec habileté les truites qui sautaient de la mer. Il leur demanda où se trouvait le capitaine Peras.

On leur indiqua un petit bateau de pêche d'une dizaine de mètres de long. Gréé au tiers, avec une voile principale presque carrée, il était sale et semblait avoir beaucoup servi. Son nom était peint sur l'étambot : *Luz de la Luna.*

Peras, qui avait de longs cheveux noirs noués dans le dos par un ruban, se faisait apparemment du souci à cause du temps. Slough eut beau insister lourdement, et le capitaine voir se dresser devant lui l'imposant Moustapha, il n'en démordait pas : il ne les emmènerait pas ce soir, sauf s'ils consentaient à ses nouvelles exigences, soit trois fois le montant convenu. Le nain affirma que la somme prévue était déjà suffisante, même en cas de tempête. Il n'avait d'ailleurs pas cru au prix réclamé par le capitaine quand Moustapha le lui avait dit.

Harry, comprenant que Slough était en train de marchander avec l'homme, lui secoua le bras.

« Payez-lui ce qu'il veut. Nous devons partir maintenant si nous voulons arriver à Londres avant la consultation. »

Slough renonça à se battre avec le pêcheur.

« Bien sûr, dit-il à Harry, avant de sortir l'argent supplémentaire de la bourse que lui avait donnée Marie-Anne et de le remettre au capitaine. *Mis disculpas, señor Peras.* »

Alors qu'ils gagnaient lentement la haute mer, de violentes rafales de vent se mirent à ballotter le *Luz de la Luna*, qui tangua avant de s'immobiliser. Le gréement grinçait, tremblait, et les mâts gémissaient sous la pression qui s'exerçait sur eux.

Harry commença à être parcouru de violents frissons. À présent, la chaleur de la taverne lui manquait. Le seul abri qu'il y avait sur ce bateau était la cale, qui était remplie de balles de laine. Peras se mettrait à pêcher une fois qu'il les aurait livrées, et préférait que ce soit sa laine qui reste au sec plutôt que ses passagers.

La tempête les malmenant de plus belle, le grésil se mit à les fouetter, les meurtrissant de points de douleur glacés. La mer se balançait à vous rendre malade. C'est Moustapha qui en paraissait le plus affecté : sa peau noire avait viré au gris et il était penché par-dessus bord, faisant ses adieux au contenu de son estomac.

Le *Luz de la Luna* grimpa soudain une vague, demeura quelques instants au sommet, bloqué par le vent, comme s'il réfléchissait au meilleur chemin à emprunter pour en rejoindre le creux, puis retomba violemment, sa proue disparaissant dans la mer déchaînée, avant d'escalader à une vitesse phénoménale la vague suivante, qui semblait presque verticale.

Tout cela n'avait pas tellement l'air d'inquiéter Peras, relativement jeune pour posséder son propre navire. Il s'était davantage inquiété pour sa bourse, pensa Harry juste avant de se retrouver face au ciel alors qu'ils gravissaient un nouveau mur d'eau. Le capitaine et ses trois hommes d'équipage regardaient en souriant leurs passagers ballottés sur le pont.

Ils reconnurent toutefois un authentique marin en Slough. Ce dernier conservait une immobilité quasi parfaite, occupé à chiquer nonchalamment du tabac, le bras agrippé à une ligne et anticipant les rafales, même les plus soudaines. De tous, c'était le seul que cela n'embêtait pas d'être trempé. Comme la tempête empirait, Peras le mit à contribution : le nain allait escalader les lignes pour aider ses hommes tandis que lui se consacrerait exclusivement à maintenir le cap du navire. Slough les aida volontiers, arrisant les voiles pour que le vent ne les arrache pas mais veillant à en laisser suffisamment. Pendant qu'il s'affairait auprès de l'équipage, les autres passagers se cramponnaient à tout ce qu'ils pouvaient avoir sous la main afin de ne pas se retrouver précipités dans la Manche. Le vent semblait changer de direction selon son bon plaisir.

« Combien de temps cela nous prendra-t-il dans ces conditions ? » hurla Harry à Slough qui passait devant lui.

– Le vent nous pousse bien gentiment, répondit Slough, que Harry n'avait jamais vu aussi heureux. Et plutôt en direction de la côte anglaise, ce qui tombe vraiment bien. Nous arriverons là-bas au matin. »

Harry recracha de l'eau salée.

« À l'aube ? »

Slough regarda le ciel, puis la mer qui bouillonnait. Les deux coins de ses lèvres descendirent en une moue dubitative.

« Un peu plus tard. » Il fit un clin d'œil à Harry. « Pensez surtout à vous accrocher à quelque chose, monsieur Hunt. Vous seriez difficile à repêcher par cette tempête. »

Les vagues submergeaient le pont, le rendant particulièrement glissant. Comme il avait vu Slough le faire, Harry enroula une ligne autour de son avant-bras. Il s'accroupit contre un des bords du bateau, se recroquevillant à l'intérieur du petit abri que lui fournissait celui-ci, pensa à Grace Hooke, probablement en sécurité et bien au chaud chez son oncle, à Gresham's. À moins qu'elle soit en ville. Peut-être en compagnie d'un admirateur.

Il n'avait pas encore interrogé Denis Papin. Un bateau de pêche au milieu d'une mer en furie n'était pas le meilleur endroit pour le faire.

Au bout de trois heures de voyage, le vent forcit encore, ce que jamais Harry n'aurait cru possible. Faisant à présent un bruit incessant, il emplissait le moindre recoin de son esprit, emportant de son hurlement la moindre pensée que le jeune homme pouvait avoir à propos de son pays. Avant que Slough ou les autres membres d'équipage n'aient pu la rattraper, la voile principale fut arrachée, la corne se mit à tournoyer autour du mat et finit par le briser en deux en un hurlement strident. Les morceaux se retrouvèrent alors à pendre de travers, accrochés à leurs lignes, se balançant au gré des mouvements du bateau.

Slough sortit un couteau de sa ceinture et coupa les lignes, faisant ainsi retomber la corne dont il passa un bout à Moustapha, qui avait toujours le visage grisâtre à cause du roulis. Ils posèrent le morceau de bois sur le pont, où il ne risquerait plus de leur cogner la tête.

Peras se gratta le menton. Ils allaient devoir se fier à leur voile latine et prendre le risque d'augmenter la surface des focs. La marée allait leur être d'une faible utilité : le flot les emmènerait trop au nord, le jusant trop au sud, et ils se retrouveraient prisonniers d'une trajectoire en arc de cercle, si tant est qu'ils parviennent simplement à avancer.

La tempête était maintenant si féroce qu'il était impossible à ceux qui étaient à bord d'entendre ce que les autres leur disaient. Peras enchaîna les gestes frénétiques pour donner des instructions à Harry et Papin à qui il signala que le navire s'enfonçait dans l'eau. La mer était en train de pénétrer à l'intérieur du bateau, à travers la coque dont le bordage s'écartait tandis qu'elle se tordait sous l'assaut des vagues. Il ouvrit l'écoutille de la cale et, leur donnant sa lanterne, ordonna aux deux hommes de descendre à l'intérieur. Des seaux en bois rugueux roulaient sur le plancher de la coque – parler de faux pont aurait été exagéré. Peras avait beau l'avoir nettoyé après sa dernière pêche au filet, l'endroit empestait. Harry regarda plein de ressentiment le capitaine repartir. Ils auraient tout à fait pu s'installer là, en bas, avec la laine, mais Peras les avait obligés à rester là-haut, à la merci de la tempête. L'eau qui s'écoulait à travers le calfatage du bateau se déversait de façon inquiétante entre les planches, se mettant quelquefois véritablement à jaillir lorsque le *Luz de la Luna* était assailli par une nouvelle vague. La mer rugissait contre la coque, mince barrière qui les séparait du néant.

Le bateau n'ayant pas de pompe, les deux hommes durent faire une courte chaîne avec les seaux pour évacuer l'eau sur le pont. Tour à tour, ils furent celui qui était à l'écoutille et celui qui restait en bas à remplir son seau d'eau pour le remonter à son partenaire. Ils ne pouvaient toutefois pas faire grand-chose contre les quantités qui se déversaient dans la cale. Alors qu'il était en train d'écoper en bas, Harry vit un nouveau jet d'eau transpercer la coque. Il cria à Papin d'aller chercher Moustapha.

Celui-ci se glissa précautionneusement à travers l'étroite écoutille, le visage renfrogné, les yeux d'un jaune terne, surtout à la lumière de la lanterne qui se balançait au-dessus d'eux. Il se mit au travail, attrapant un autre seau, titubant tandis que le bateau se balançait sur les vagues, heurtant les parois de ses épaules et trébuchant sur les balles de laine, tout cela en s'efforçant de garder son seau bien droit. Alors que Harry et Papin devaient passer leur seau à leur partenaire en hauteur, Moustapha se contentait de soulever directement le sien à hauteur du pont, sur lequel l'eau déversée se hâtait de regagner la mer.

Le reste de la nuit se passa ainsi à écoper frénétiquement, jusqu'à ce que le jour vienne embrumer le ciel : un gris laiteux s'avança depuis l'horizon et s'immisça à travers les nuages qui filaient au-dessus d'eux. Pendant les quatre premières heures du jour, ils continuèrent. Moustapha travaillait comme un forcené, ne s'arrêtant que pour vomir copieusement sur la coque. En voyant l'état de la laine de Peras, Harry ne put s'empêcher d'éprouver une espèce de satisfaction mauvaise. Avec Papin, ils parvinrent à suivre la cadence de Moustapha. Ils étaient tellement absorbés par leur tâche qu'ils n'entendirent pas un nouveau morceau de bois se briser en éclats, au-dessus, sous l'assaut de la tempête. Un foc avait été arraché, entraînant avec lui ses cordages et le beaupré, le tout se retrouvant propulsé dans la mer.

Ils étaient si concentrés qu'il leur fallut un certain temps avant de se rendre compte que le bateau ne tanguait plus aussi violemment et que le tumulte général s'était atténué.

La coque avait également de moins en moins tendance à se tordre. Les trois hommes ralentirent leur travail à mesure que l'invasion de l'eau connaissait elle aussi une accalmie. Puis ils essayèrent de sortir par l'écoutille. Leurs membres étaient tellement épuisés que Slough dut les tirer vers le haut en les agrippant de ses mains solides comme le fer. Lui aussi avait été considérablement occupé, leur assura-t-il; il avait dû aider l'équipage à dompter le *Luz de la Luna*, afin de l'empêcher de tourner comme un cheval désarticulé. Le pont était jonché de tout un amas de cordages traînant çà et là, au milieu de morceaux de mâts cassés que l'on n'avait pas eu le temps de remiser comme il fallait et qui roulaient constamment d'un bord à l'autre.

Le navire continuant malgré tout à être secoué, Harry dut s'accrocher à une ligne pour ne pas tomber, mais les montées et les descentes étaient désormais plus régulières, comme s'ils chevauchaient un gigantesque animal. Au loin, il discerna une bande pâle à peine visible qui s'étirait dans le ciel. Il crut apercevoir une lumière qui les éclairait, comme pour les inviter à rentrer dans leur patrie.

C'était l'Angleterre.

54
La pluie anglaise

Le *Luz de la Luna* réussit tant bien que mal à atteindre l'abri qu'offraient les falaises. Le vent soufflait toujours fort mais s'était suffisamment calmé pour qu'ils puissent, grâce à la seule voile qu'il leur restait, naviguer doucement le long de la côte en quête d'un port.

Peras, qui ne savait pas vraiment où ils se trouvaient, n'arrêtait pas de répéter : « *Canal de la Mancha* », comme s'il maudissait la Manche. Il savait que la tempête les avait envoyés bien trop au nord. Ce fut Slough qui, le premier, reconnut l'île de Thanet, avec ses basses falaises de craie qui épousaient les contours sinueux de la côte proche de Broadstairs et St Peters, et la plage en pente douce de Ramsgate.

Au sommet d'un cap – nommé le North Foreland, leur apprit Slough –, ils distinguèrent une maison, construite principalement en bois et dont la présence semblait incongrue en haut de ce perchoir. Sur son toit était fixée une grande lampe en verre destinée à éloigner les navires des marécages du banc de Goodwin. C'était cette lumière qu'avait vue Harry.

Ils pouvaient débarquer à Broadstairs et gagner Londres à cheval ou bien demander à Peras de contourner le cap et continuer jusqu'à la Tamise. Slough lui posa la question, même s'il savait très bien quelle serait sa réponse : son navire était trop endommagé pour continuer à naviguer et la nuit allait bientôt tomber. Peras allait emmener le *Luz de la Luna* dans le petit port de Broadstairs.

C'était de toute évidence le meilleur endroit où séjourner pour effectuer les réparations. Dans le chantier naval situé à l'ouest de la ville, un navire en construction était, hormis l'église, la plus haute structure du paysage. Se dirigeant uniquement grâce à sa voile latine, Peras amena son petit bateau de pêche jusqu'au débarcadère en bois qu'il heurta de plein fouet, la mer étant toujours relativement agitée. Slough l'aida à s'amarrer.

Harry sauta du *Luz de la Luna* et traversa la jetée branlante, qui vibrait sous les assauts du vent. La pluie continuait à tomber, désormais sous la forme d'une bruine fine et glaciale. Papin, Moustapha et Slough, qui salua Peras comme cela se faisait entre marins, le suivirent jusqu'à la terre ferme. Harry n'avait pas dit au revoir au pêcheur. Choisissant d'oublier qu'il lui en voulait de les avoir obligés à rester sur le pont plutôt que dans la cale avec la laine, et qu'il le soupçonnait d'avoir demandé à ses passagers d'écoper afin d'éviter cette peine à ses hommes, Harry se retourna et lui fit un signe de la main. Peras les avait malgré tout ramenés chez eux. L'Espagnol ne lui répondit que par un bref salut.

Enfin, Harry se tenait sur la terre ferme. Se tournant pour regarder les autres, ceux qui lui avaient permis de s'échapper de Paris, il s'agenouilla, puis leva le visage vers le ciel. Papin, en riant, le rejoignit et saisit la tête de Harry entre ses mains.

« Vous êtes chez vous !

– De la pluie anglaise », répondit Harry, que cette idée proprement absurde fit sourire.

Il se leva et poussa un cri de joie, jusqu'à ce que le vent lui coupe le souffle, le laissant pantelant. Il rendit son rire à Papin et se mit à exécuter une série de pas chassés en une folle danse, à laquelle se joignit son ami français. Deux petits garçons, qui jouaient au bord de la mer.

Moustapha, qui se sentait bien plus à l'aise sur la terre ferme, les regarda en souriant. Mais Slough s'approcha d'eux, la mine particulièrement sévère. Face à une telle marque de désapprobation, les deux hommes cessèrent leurs facéties.

« Vous pensez à votre propre bonne fortune, dit Slough. Je ne vous en ferai pas le reproche. Mais vous devez à présent penser aux gens que nous sommes venus sauver. La route est encore longue jusqu'à Londres. »

Ils gravirent les marches taillées dans la falaise pour gagner la ville. À un maréchal-ferrant qui travaillait encore malgré l'heure tardive, ils demandèrent où ils pourraient se procurer des chevaux. L'homme leur indiqua la maison seigneuriale, où ils achetèrent trois bêtes sans payer plus que le tarif habituel, alors même que le fait qu'ils en avaient désespérément besoin sautait aux yeux.

Harry se retrouvait à nouveau sur une selle.

Cent cinquante kilomètres jusqu'à Londres. Une soirée et une nuit de chevauchée intense, en espérant que les montures tiendraient.

La consultation catholique débutait le lendemain.

LIVRE IV

Hunc spiritum, incognitum hactenus, novo nomine gas voco.
[Cette vapeur jusqu'alors inconnue, je l'appelle gaz.]

Jan Baptista van Helmont, *Ortus medicinae*
(Amsterdam, 1652)

55
La grâce misécordieuse

On était venu tôt pour être suffisamment près du *Tyburn Tree*. Aussi près que possible même, car cinq hommes devaient être exécutés aujourd'hui. Pendus, avant que l'on se déchaîne sur leurs dépouilles qui seraient éviscérées, écartelées et décapitées. Au moment où arrivèrent les condamnés – de nouveaux catholiques sanguinaires démasqués par Titus Oates, le sauveur de la nation –, l'homme qui conduisait la charrette dut forcer les spectateurs à s'écarter.

Le nœud coulant déjà autour du cou et les mains liées, les cinq hommes se tenaient obstinément droits – même s'ils étaient encore tous en faute, car aucun n'avait reconnu sa culpabilité.

En entendant les dernières paroles de ces hommes qui se préparaient à comparaître devant Dieu, certains, parmi la foule, se mirent à les huer, mais la plupart des spectateurs se penchèrent en avant, voulant écouter ce que ces scélérats avaient à dire pour leur défense.

Le dernier termina son discours. On attacha les cordes aux poutres de la potence, triangle horizontal soutenu par de solides poteaux. Au moment où le bourreau ouvrait la bouche pour donner ses instructions à l'homme qui retenait la charrette, on entendit un cri strident.

« Une grâce ! »

Un cheval et son cavalier étaient en train de fendre la foule.

On leur céda le passage. Certains commencèrent à craindre que l'exécution n'ait pas lieu. D'autres trouvaient la chose divertissante, car inhabituelle. Et enfin, il y avait ceux qui éprouvaient secrètement comme un sentiment de reconnaissance, parce qu'ils partageaient la religion des cinq condamnés, ou parce qu'ils étaient convaincus qu'ils étaient innocents.

Un capitaine lieutenant des fantassins du roi, qui avait galopé depuis Whitehall, agita frénétiquement une feuille de papier.

« La grâce du roi ! »

Le bourreau, le visage recouvert de sa cagoule et son couteau à la main, la lui arracha des mains et la lut en entier.

Le quintette de la charrette le regardait attentivement, chacun s'interrogeant sur son sort.

« Vous êtes tous graciés, tous, haleta le capitaine lieutenant. Par notre gracieux roi. »

Le bourreau tenait la feuille devant lui et vérifia une nouvelle fois. Il choisit ses mots avec soin, mais l'on devinait que son visage devait trahir son mécontentement.

« Le roi est miséricordieux. Il vous demande seulement de reconnaître votre culpabilité et de dire tout ce que vous savez du complot ourdi contre lui. »

Les caprices du destin firent tristement sourire Thomas Whitbread, William Barrow, John Caldwell, John Gavan et Anthony Turner. Se contentant d'échanger quelques regards et sans prononcer le moindre mot, ils se concertèrent sur ce qu'ils devaient faire. Ce fut rapide. Ils s'étaient apparemment bel et bien mis d'accord, car la foule les vit hocher la tête et se tenir à nouveau parfaitement droits.

Le bourreau se tourna vers la foule, qu'il réduisit au silence en levant la main.

C'est Thomas Whitbread qui parla au nom du groupe, de sa voix puissante et profonde.

« Nous ne pouvons mentir devant Dieu. Nous ne pouvons donc pas sauver nos vies, car comment mettre en balance notre enveloppe charnelle et notre âme immortelle ? Vous devez nous tuer, bourreau, bien que nous soyons innocents du crime de vouloir nuire à Sa Majesté. Nous... Aucun d'entre nous... n'a connaissance du moindre complot. »

Tous les cinq affichaient la même expression : celle de la sérénité. Le bourreau était un peu désarçonné. Il avait rarement vu des hommes aller aussi paisiblement à la mort.

Il fit signe à l'homme de faire avancer la charrette.

56
Les difficiles retrouvailles

Tandis qu'elle précédait Harry dans l'escalier, Grace ne prononça pas un mot. Même pas pour lui demander pourquoi il avait cogné si fort à la porte.

Elle portait des hauts-de-chausses et une chemise d'homme. À part ses cheveux qui flottaient librement et la propreté éclatante de sa chemise, qui l'éblouit quand elle s'assit sur la banquette installée sous la fenêtre, elle était exactement comme le jour de leur retour de King's Lynn, quand Harry l'avait vue pour la dernière fois, avant qu'elle disparaisse, coiffée du tricorne de Papin, au milieu de la foule de Cornhill, et que le bras droit de Danby ne l'emmène à Whitehall.

Robert Hooke était assis à sa table à manger, occupé à écrire son journal ; il devait rattraper son retard car il en négligeait la rédaction depuis près d'une semaine. Mal à l'aise, Harry se tint face à lui, de l'autre côté de la table qui se dressait massivement entre eux.

Les yeux gris métal de Hooke étaient aussi peu accueillants que ceux de Grace. Le savant avait beau avoir demandé à Papin de partir pour Paris porter secours à Harry, il semblait à présent relativement hostile. Au lieu de le saluer, il attendit qu'il s'explique.

« Monsieur Hooke. »

Après sa traversée de la Manche et sa nuit de galop depuis Broadstairs, Harry parlait d'une voix étranglée ; la tête encombrée de mucosités, il avait du mal à respirer ou à déglutir.

« Monsieur Hunt, répondit-il d'un ton aussi glacial que son regard.

– Denis Papin m'a retrouvé et m'a aidé à revenir ici. Merci pour tout ce que vous avez fait. J'aimerais avoir le temps de vous faire le récit de mon séjour en France, mais ce temps me manque. J'ai à nouveau besoin de votre aide.

– J'estime que vous avez déjà soumis notre amitié à rude épreuve. » Hooke referma son journal en le faisant claquer. « Peut-être davantage qu'elle ne pouvait le supporter. »

Harry dansait d'un pied sur l'autre tant il était épuisé. Se radoucissant un peu, Hooke lui fit signe de s'asseoir. Harry tira une chaise de sous la table et se laissa tomber dessus.

« Vous sentez atrocement mauvais, observa Hooke.

– J'ai galopé toute la nuit depuis l'île de Thanet. » Harry recula légèrement sa chaise. « J'ai eu connaissance d'un plan visant à attenter à la vie de la reine. Mais je n'ai pas suffisamment d'influence pour la convaincre de l'existence de celui-ci. »

Hooke regarda Grace avec incrédulité, comme si c'était elle qui avait mis ces idioties dans la tête de Harry. Il ne lui avait toujours pas pardonné d'avoir suivi son ancien élève dans les Fens. Qu'elle ait depuis adopté le port de vêtements masculins continuait à l'agacer au plus haut point. Qui pourrait bien vouloir épouser une telle créature, qui s'habillait entre les deux sexes ?

« Paris vous a rendu peureux, comme tout Londres semble l'être ; voilà que vous voyez des complots là où il n'y en a pas, répondit Hooke. J'ai entendu parler des empoisonnements, cette obsession française.

– La consultation de la reine est menacée. J'ai appris qu'on allait utiliser contre elle tout un dispositif, une machine, que l'on a introduite à Somerset House, dit Harry.

– Je croyais que vous aviez plus de jugeote que cela.

– C'est l'homme que j'avais l'ordre de rechercher qui m'a convaincu de la chose.

– Celui qui se fait passer pour le capitaine Hudson ? demanda Grace, prenant ainsi la parole pour la première fois depuis l'arrivée de Harry.

– Son nom est Bartholomew Slough. » Harry risqua un sourire mais n'y parvint pas et celui-ci se termina en une grimace de lassitude. « Il m'a décrit la machine qui a été entreposée chez Hudson. Vous vous souvenez, c'est sa gouvernante qui nous en a parlé.

– Je m'en souviens, oui. C'est à moi qu'elle a tout raconté », répondit froidement Grace.

Harry recula à nouveau sa chaise, prêt à se rapprocher d'elle, mais, sentant sa propre odeur, il y renonça.

« Je sais très bien que Mme Leach ne m'en aurait jamais parlé, pas plus qu'au colonel Fields, si vous n'aviez pas été là.

– Grace m'a dit que vous lui aviez fait parcourir le Norfolk de long en large, dit Hooke comme s'il parlait des terres inexplorées de la *Terra Australis*. Et que l'on vous a montré les restes du capitaine Hudson. Une surprise que de le découvrir dans cet état, indubitablement, car personne ne savait qu'il était mort.

– J'ai trouvé son remplaçant à Paris. M. Slough m'a aidé à fuir la France.

– Vous avez dû vous enfuir ? » Les sourcils de Hooke étaient tout proches du sommet de son crâne. « Vous avez eu des ennuis, je le sais. J'ai reçu une lettre du lieutenant général de la police de Paris qui souhaitait savoir qui vous étiez. »

Harry répondit à Grace plutôt qu'à Hooke.

« Le colonel a menti à la police en racontant que j'avais été envoyé pour tuer M. Slough et aider à mettre au point un empoisonnement. Une trahison que je n'arrive toujours pas à m'expliquer.

– Vous vous trompez ! »

Grace détourna la tête, pour signifier qu'elle refusait cette idée.

« C'est la vérité, Grace. C'est à cause de son témoignage qu'on m'a jeté en prison. Mais ça n'a à présent plus d'importance, car M. Slough m'en a dit davantage sur les trois Français. C'est lord Danby qui les a envoyés chez lui.

– Danby ? bafouilla Hooke. Des Français ? Dans quel but ?

– Pour assassiner la reine, je vous l'ai dit. Slough ne sait pas à quoi sert cette machine. La seule chose qu'il ait vue, ce sont des plaques de métal et des tuyaux.

– Il faut que son cerveau soit aussi enfiévré que le vôtre pour croire à cette histoire. Écoutez-vous ! Danby ne complote pas contre la reine ! Il est passionnément loyal envers le roi. Jamais il n'assassinerait sa femme.

– La reine Catherine est catholique, dit Grace. Danby serait peut-être capable de le faire s'il pensait que cela rendait service à la nation. »

Harry lui lança un regard plein de reconnaissance, qu'elle fit semblant de ne pas remarquer.

Hooke demeurait inflexible.

« Grace, je vous en conjure, faites attention. Vous risquez de sombrer dans la même folie démente que Harry. » Il se leva brusquement pour mettre fin à la conversation. « Ce dont vous avez surtout besoin, Harry, c'est de repos. Vos nerfs sont tendus à l'extrême. Vous êtes en plein délire. Regardez-vous. Vous n'êtes pas à la hauteur de la fonction que vous a assignée sir Jonas. Je pense que vous étiez bien plus heureux lorsque vous travailliez ici à Gresham's.

– Monsieur Hooke, je vous supplie de m'écouter. Je ne vous le demanderais pas si je ne considérais pas que c'était la vérité et si je ne pensais pas que vous pourriez convaincre la reine de permettre, au moins, que l'on fouille sa maison. Je crois qu'elle est en danger – mais ce que je crois n'a pas d'importance, n'est-ce pas ? Que *vous* me croyiez ou non n'a pas d'importance. L'histoire de M. Slough n'est peut-être qu'une fiction sortie de son cerveau fêlé, et je serais donc idiot de lui faire confiance. Je vous demande seulement de parler à la reine. Si M. Slough a tort, les conséquences n'en seront pas désastreuses, n'est-il pas vrai ? Mis à part en ce qui concerne ma réputation, qui est déjà en lambeaux. Nous n'aurons fait que la déranger, ainsi que les hommes auxquels elle aura ordonné de procéder aux recherches. Mais s'il y a bel et bien une machine, nous aurons sauvé la vie de gens qui, autrement, auraient fini assassinés. »

Hooke poussa lentement sa chaise sous la table, la plaçant de manière qu'elle soit parfaitement parallèle au rebord.

« C'est plutôt avec le roi que je suis en relation. Je n'ai rencontré la reine Catherine qu'en de rares occasions, je ne la connais donc pas particulièrement bien.

– Vous avez supervisé les travaux de rénovation de Somerset House.

– On ne discute pas avec la reine de la meilleure façon de peindre un lambris. Je lui ai à peine parlé, hormis pour échanger une plaisanterie ou deux.

– Le roi est à Newmarket, mon oncle, dit Grace. Vous ne pouvez pas vous adresser à lui. »

Hooke se tourna brusquement vers sa nièce, mais elle continua, imperturbable.

« Je l'ai lu dans la *Gazette*. Il est allé là-bas à la demande de lord Danby, soi-disant pour sa sécurité. »

Hooke lâcha une espèce de bruit pour lui signifier toute l'exaspération qu'elle suscitait chez lui.

« Il cherche à mettre le roi à l'abri du danger. Comme vous pouviez vous y attendre, Harry, si vous souhaitez fouiller Somerset House, vous devez vous adresser au nouveau juge de paix, sir John Reresby.

– Nous ne pouvons pas nous fier à lui, répondit Harry. Pas plus qu'à aucun représentant de la magistrature, car ce sont eux qui cherchent à incriminer les catholiques.

– "Nous" ? » Hooke semblait profondément mécontent et oscillait d'un pied sur l'autre. « Rien que des suppositions, Harry. Vous ne m'avez toujours pas convaincu. »

Grace quitta la fenêtre pour s'approcher de son oncle.

« Il n'y a certainement aucun mal à demander à parler à la reine ? » Cette fois-ci, Harry réussit à sourire, ce qu'elle tint de nouveau à ignorer par un rapide mouvement de tête. « Si jamais on ne trouve rien, vous pourrez toujours prendre vos distances avec Harry, en vous excusant platement de lui avoir fait perdre son temps, et votre nom ne sera pas entaché. »

Hooke se moucha bruyamment.

« Ou alors, continua Grace, ne pourriez-vous pas simplement aller là-bas en qualité de superviseur des travaux ? Dites-lui que vous devez inspecter une dernière fois sa demeure avant ce soir et l'arrivée des invités de la consultation.

– En disant que je n'aurai pas la conscience tranquille si je ne passe pas tout en revue une dernière fois ? » demanda Hooke en les regardant tous les deux, chacun à leur tour.

Grace et Harry acquiescèrent.

« Mentir à la reine ? »

Ils acquiescèrent de nouveau. Hooke se détourna d'eux, affichant un air de dégoût.

« Et qu'en serait-il de ma conscience, alors ?

– Qu'en serait-il si elle était assassinée, et ses invités aussi ? lui demanda Harry.

– La nouvelle de la consultation s'est propagée, répondit Hooke. Des gens prévoient de manifester contre la présence de catholiques. Les soldats de la reine monteront sévèrement la garde.

– Ils surveilleront l'extérieur et non pas l'intérieur de la maison. »

Hooke leva les yeux au ciel, puis fit retomber ses épaules.

« Je vais vous accompagner à Somerset House. »

Harry s'étrangla d'émotion et se leva pour serrer la main de Hooke, mais ce dernier lui fit signe de reculer.

« Mais, avant toute chose, vous devez prendre un bain. Vous ne pouvez pas rencontrer la reine en empestant comme ça. Mary va faire chauffer de l'eau.

– J'ai également besoin de nouvelles lunettes. Je devrais aller chez moi – il faudrait que je parle à Mme Hannam – mais je n'ai pas le temps.

– Il y a des verres à l'atelier.

– Sir Jonas ne pourrait-il pas vous aider lui aussi ? demanda Grace. Sa voix serait utile pour convaincre la reine.

– Pouvez-vous lui faire porter un message ? lui demanda Harry. Peut-être y consentira-t-il, en effet. Même s'il doit avoir à présent une piètre opinion de Slough.

– Je vais aller moi-même à la Tour, répondit-elle. Je peux lui faire part de vos pensées bien mieux que n'importe quel messager. »

Hooke fut profondément offusqué par ce que venait de dire sa nièce mais comprit que rien ne pourrait la faire changer d'avis.

« Un paquet est arrivé pour vous », informa-t-il Harry. Il renifla et désigna le fatras d'objets qui se trouvait sur sa table et sous lequel était enseveli une boîte, emballée dans du papier brun. Un cube de quinze centimètres sur quinze. « Ça vient de Cambridge. »

Harry le ramassa et le soupesa. C'était lourd.

« De la part de M. le professeur lucasien Isaac Newton. » Il le reposa. « En vérité je n'ai pas de temps pour ça », dit-il en balayant le paquet d'un revers de main.

57
La maison de la reine

Grace lui ayant interdit de se présenter devant la reine vêtu de son manteau de cuir marron, Harry ne portait qu'un gilet par-dessus sa chemise, et des hauts-de-chausses, le tout emprunté à Hooke. Il avait toujours aux pieds ses nouvelles bottes françaises, même si elles étaient encore humides du bain qu'elles avaient pris à bord du *Luz de la Luna*.

Après avoir effectué le trajet jusqu'à Somerset House en bachot, Harry et Hooke entrèrent dans la maison de la reine par l'arrière du bâtiment en traversant les jardins. Les haies projetaient des ombres noires sur le gazon méticuleusement tondu, que la lumière du soleil striait de rais d'un vert cireux. Avec ses buissons et ses arbres taillés en topiaire géométrique, le parc était un morceau de nature domptée et confinée.

La façade de la demeure, rénovée et repeinte, resplendissait. On était en train de rapporter les dernières pièces de l'échafaudage au bord du fleuve.

Le garde qui était en train de patrouiller comprit vite qu'il s'agissait d'une affaire urgente lorsque, hors d'haleine, ils lui expliquèrent pourquoi ils devaient voir la reine.

Il les emmena à l'intérieur; ils passèrent devant le corps de garde installé à l'arrière de la maison puis poursuivirent leur chemin vers la partie avant du bâtiment, soit un long périple au cours duquel ils empruntèrent divers corridors et escaliers tout en prenant peu à peu de l'altitude, car la maison épousait la pente du terrain qui montait depuis le fleuve. Les travaux que Hooke avait supervisés étaient à présent terminés. Une armée d'ouvriers avait été remplacée par une armée d'hommes et de femmes de ménage qui s'affairaient à tout balayer et tout épousseter. L'air était envahi par l'odeur de la cire et de diverses huiles, tout ce qui était en bois ayant été soigneusement poli jusqu'à briller aussi parfaitement qu'un miroir. Après avoir battu dans le jardin les tapis que l'on avait mis à l'abri le temps des travaux, on était à présent en train de les lisser sur les planchers.

Le garde leur ordonna d'attendre dans un salon dont les fenêtres surplombaient le Strand. La pièce était pratiquement aussi grande que le salon de Marie-Anne où trônait le clavecin à la décoration licencieuse.

Pendant le temps où ils attendirent, les deux hommes ne parvinrent pas à tenir en place.

Harry et Hooke pouvaient sentir l'odeur de viandes en train de rôtir, mais aussi de différents jus et sauces des plus élaborés. Le bruit métallique des casseroles et les voix d'hommes au comble de la tension leur parvenaient à travers les murs. Ils virent des gardes vêtus de divers uniformes, dont les propres fantassins du roi, traverser la galerie. Certains considérèrent leur duo d'un œil soupçonneux.

Enfin, le maître de la maison de la reine fit son apparition. S'avançant vers eux d'un air suffisant, se tenant aussi droit qu'il en était capable, il semblait suspendu à un fil invisible. Il se posta devant eux mais ne dit rien, gardant les lèvres pincées comme si parler était au-dessous de sa condition.

Hooke se leva pour le saluer, signifiant d'un geste à Harry qu'il devait l'imiter. Harry s'exécuta, même s'il ne voyait pas pourquoi cet homme méritait une telle déférence. Pour lui, c'était un domestique, ni plus ni moins.

« Nous devons organiser une fouille, expliqua Hooke au maître, qui répondit en balayant du regard toute l'effervescence qui les entourait, parvenant ainsi à exprimer tout à la fois son estime à l'égard de sir Hooke et sa conviction qu'il n'était absolument pas nécessaire de fouiller la maison. La vie de la reine est menacée. »

Le maître prit un air grave de circonstance.

« Ainsi que celle des gens qui seront réunis ici ce soir. »

Le maître afficha un sourire bienveillant, comme s'il leur pardonnait leurs nombreux péchés.

« Il est possible que nous perdions notre temps. Nous nous efforcerons de ne pas vous faire perdre le vôtre. Nous permettriez-vous d'inspecter nous-mêmes la maison ? »

Le maître effectua, grâce à un subtil rétrécissement du cou, le plus imperceptible hochement de tête qu'il lui était possible. Hooke, qui avait l'habitude de cet individu, se tourna vers Harry.

« Parfait ! Merci infiniment. Venez, Harry. Votre souhait est exaucé. Maintenant, mettons-nous au travail. »

Le maître tendit ses doigts en direction de la galerie, leur indiquant par là que la voie était libre.

Ils se regardèrent. Pas besoin de voir la reine, donc. Cela se passait plus facilement que ce à quoi ils s'attendaient. Mais aucun d'eux n'avait véritablement anticipé les événements : par où devaient-ils débuter ?

« Commençons par là où les gens vont se réunir, dit Harry après réflexion.

– La grande salle », répondit Hooke, qui se dirigeait déjà vers celle-ci.

La grande salle : la salle dans laquelle avaient été exposées les dépouilles des rois et des reines, mais aussi celle d'Oliver Cromwell ; la salle où avaient lieu des conférences, où se déroulaient les bals masqués et où, enfant, le capitaine Jeffrey Hudson avait été offert à la reine Henriette-Marie à l'intérieur d'un gâteau.

Son sombre plancher de chêne semblait imprégné du prestige de ceux qui l'avaient foulé. Au-dessus d'eux, le haut plafond était orné de panneaux finement ouvragés. Sur toute la longueur de la pièce, deux alignements parallèles de piliers circulaires soutenaient des balcons. Ces piliers étaient ornés d'animaux gravés dans le bois, en train de courir et de s'emmêler dans les branches, regardant bouche bée et silencieusement Harry et Hooke.

À chaque extrémité de la pièce se trouvait une grande cheminée aux airs de caverne où l'on avait déjà installé quantité de petit bois, et à côté de laquelle on avait disposé des piles de bûches pour la soirée.

La salle comprenait plusieurs portes : celle, gigantesque, à deux battants par laquelle ils étaient entrés, et celles, plus petites, qui permettaient d'accéder aux balcons.

Deux ouvriers étaient en train de régler au mieux la porte principale maintenue ouverte par de longs étais en cuivre, tandis qu'un troisième était occupé à remplacer la serrure.

La salle était aménagée pour un banquet, avec de longues rangées de tables. Celle de la reine était dressée sur une estrade, et sa chaise consistait en un petit trône doré. Règle en main, les domestiques préparaient l'emplacement de chaque invité, se reculant pour vérifier que chaque assiette, chaque verre et chaque couvert était parfaitement aligné avec ceux du voisin. On attendait au moins quatre cents invités, estima Harry. Malgré toutes les tables mises en place pour accueillir un aussi important nombre de convives, une grande partie du parquet était dégagée ; tandis qu'ils marchaient dessus, les bottes humides de Harry se mirent à couiner sur le bois soigneusement ciré.

D'épaisses nappes en lin couleur crème pendaient pratiquement jusqu'au sol. Harry les désigna du doigt à Hooke. Ils se dirigèrent vers la table la plus proche et soulevèrent l'ourlet pour regarder au-dessous.

« Vous ! » les tança un domestique qui marchait d'un pas précipité dans leur direction.

Un autre le rejoignit de l'autre bout de la pièce en agitant les bras d'un air furieux.

« Nous avons l'autorisation, les rassura Hooke. De la part du maître. » De toute évidence, aucun des deux hommes ne le reconnaissait ni ne le croyait. « Je suis Robert Hooke, de la Société royale pour l'enrichissement de la science naturelle. C'est moi le responsable des travaux de rénovation qui ont été effectués ici. »

Les deux domestiques semblaient indécis.

« Pourquoi un homme comme vous inspecterait les tables de notre dîner ? » demanda l'un d'eux.

Toujours agenouillé à l'endroit où il avait regardé sous l'alignement de tables, Harry préféra dire les choses franchement.

« On nous a dit que la vie des invités était menacée. »

Les domestiques échangèrent un regard paniqué.

« Une espèce de machine, continua Harry, conscient que même lui aurait du mal à croire à ce qu'il était en train de raconter. Nous ignorons à quoi elle ressemble, ou même ce qu'elle fait. Il pourrait s'agir d'une fausse information. Mais nous ne pouvons pas nous permettre de courir ce risque. » Il se releva et regarda les deux hommes droit dans les yeux. « Auriez-vous noté quelque chose d'inhabituel ? Quoi que ce soit ? »

Sa voix avait changé. Hooke, qui l'avait parfaitement remarqué, l'observa avec un intérêt renouvelé. Le garçon qu'il avait connu jadis n'était plus vraiment là, comme si tout ce que Harry avait vécu en France l'avait transformé. Il semblait plus confiant, plus sûr de lui, plus à l'aise quand il s'agissait de s'adresser à de tels individus.

« D'inhabituel ? répondit le second domestique. À part vous deux, non, à vrai dire. »

Harry lui sourit, comme si, malgré le profond sérieux dont faisait preuve son interlocuteur, il partageait et appréciait une plaisanterie.

« Il n'y a ici rien qui ne devrait pas s'y trouver, insista le même domestique.

– Alors, où peut-elle bien être ? demanda Hooke à Harry. Nous nous trouvons indubitablement ici à l'endroit où les invités sont le plus en danger.

– C'est la place de la reine, là-bas, qui doit être visée, si ce que m'a raconté M. Slough est vrai. »

Harry et Hooke se dirigèrent vers la table principale, suivis à distance par les deux domestiques. Ne sachant pas véritablement comment réagir face à ces deux intrus qui s'apprêtaient à inspecter l'endroit où la reine devait prendre place, ils résolurent de les surveiller d'un œil circonspect.

Encore une fois, ce fut Harry qui s'accroupit pour examiner au-dessous de la table. Il tira deux chaises afin d'observer leur assise, mais les domestiques décidèrent qu'ils en avaient déjà assez supporté. Ils avaient mesuré l'écart entre les sièges avec la plus grande précision et voir leur travail ainsi ruiné était trop difficile à endurer. Ils vinrent se poster devant Harry en affichant un air menaçant, mais il les ignora et poursuivit ses recherches. Leur attitude hostile s'avérant inefficace pour faire cesser ces agissements, l'un des domestiques envoya son collègue chercher de l'aide.

Hooke paraissait extrêmement mal à l'aise ; il craignait que la reine finisse par apprendre qu'ils étaient en train d'excéder son personnel et d'interférer dans les préparatifs de la soirée, ce qui ne manquerait pas de l'incommoder au plus haut point. Harry se mit à ramper allègrement sous la table. Il ne vit rien qui n'aurait pas dû s'y trouver, et surtout rien qui aurait ressemblé à une *machine* – puisque tel était le mot qu'avait employé Bartholomew Slough. Il ressortit en se frottant les genoux, même si le plancher avait été ciré jusqu'à ce que sa surface soit aussi lisse qu'un verre de lunette.

Il regarda le plafond. Il était tellement haut qu'il était difficile de l'examiner avec précision, mais il ne distingua rien de suspect. Au-dessous des lustres accrochés à intervalles réguliers étaient dressés de frêles escabeaux, aussi hauts qu'ils semblaient instables. Ils lui rappelèrent les allumeurs de lanternes parisiens et les échelles appuyées contre les grandes étagères de la bibliothèque Mazarine. Il avisa le plus proche, en haut duquel un homme était en train d'installer de nouvelles chandelles, tandis qu'un de ses collègues maintenait l'escabeau, un arrangement auquel Harry n'aurait pas confié sa vie.

« Nous sommes chargés d'assurer la sécurité de la reine, leur expliqua-t-il. Auriez-vous vu quelque chose, quoi que ce soit, qui vous ait paru étrange ? »

L'homme le regarda du haut de son perchoir, une dizaine de chandelles dans les mains.

« Je n'ai rien vu, monsieur, à part tous ces préparatifs. »

Son collègue hocha la tête avec enthousiasme pour témoigner qu'il pensait comme lui.

« Venez, Harry, dit Hooke. Il n'y a rien d'anormal ici. Pas plus que, je le soupçonne, dans le reste de la maison.

– Mais nous devons vérifier l'endroit au complet. »

Hooke sourit tristement.

« Bien sûr. »

Passant devant une cheminée, Harry s'avança à l'intérieur de l'âtre et jeta un coup d'œil dans le conduit, en faisant attention à ne pas déranger les bûches qui attendaient d'être allumées. La seule chose qu'il vit fut une troublante obscurité.

Secouant la tête, il rejoignit Hooke qui lui faisait signe qu'ils devaient s'en aller. Ils se dirigèrent vers la porte, Harry continuant à regarder les murs. Il ne vit rien qui ne semblait pas à sa place parmi tous les équipements et tous les meubles, toutes les boiseries raffinées et tous les piliers richement décorés. Lorsqu'ils atteignirent les portes – les trois hommes qui y travaillaient n'étaient plus là –, Harry se retourna pour parcourir à nouveau la pièce du regard et, tandis qu'il reculait, il se cogna à un autre domestique.

« Monsieur Hooke. Monsieur Hunt. Sa Majesté désire s'entretenir avec vous. »

Ce domestique était apparemment d'un rang élevé, car sa livrée était plus que richement décorée et son chapeau brillait somptueusement. Il les fit sortir de la grande salle, traverser toute une enfilade de pièces et descendre un petit escalier, au pied duquel les attendait l'homme qui avait communiqué silencieusement avec eux dans la galerie et leur avait accordé la permission de fouiller les lieux. Le maître se joignit ainsi discrètement à leur petit groupe, sans qu'aucun d'eux s'arrête de marcher. Ils débouchèrent dans une cour en contrebas, où l'homme sortit une clé qui leur permit de traverser une nouvelle succession de pièces, plus petites, aménagées à une échelle plus humaine. Toujours silencieux, il leur fit signe d'entrer dans une salle étroite dont les fenêtres donnaient sur le jardin et le grand coude de la Tamise.

À leur droite se profilait la gigantesque masse de l'abbaye de Westminster et, à leur gauche, Harry put voir jusqu'au pont de Londres, lointain et gris.

« Monsieur Hooke ! Monsieur Hunt ! Bonjour à vous, messieurs. »

Ces paroles avaient été prononcées avec les voyelles toutes lancastriennes que l'on associait à sir Jonas Moore, qui était en train de se lever, l'air inquiet, d'un canapé installé au fond de la pièce. Il serra la main des deux hommes, puis attendit, plein d'espoir, que Harry lui raconte tout.

« Vous m'avez demandé de trouver l'homme qui se faisait passer pour le capitaine Hudson. Je l'ai trouvé, à Paris. Il m'a convaincu qu'il existait un complot contre la réunion de ce soir.

– Et donc contre la reine. Mlle Hooke m'a informé de la chose, répondit sir Jonas. Cet homme a beau être un traître, il a votre oreille. Grace m'a également dit que vous soupçonniez le lord grand trésorier Danby d'être impliqué dans cette affaire.

– Je pense que ce plan est le sien et que son homme de main, Merritt, exécute ses ordres. »

Sir Jonas ne parut ni surpris ni choqué.

« Danby s'est entretenu avec vous, d'après mes souvenirs. Vous me l'aviez dit avant de partir pour la France. » Il jeta un coup d'œil à Hooke. « Nous avons soupçonné Danby de bien des choses, mais ce serait là son projet le plus dément.

– Je n'ai aucune preuve, dit Harry.

– Ça ne m'étonne pas. Danby est un homme prudent.

– Nous devons chercher la machine.

– Absolument, convint sir Jonas. À ce sujet, il faut que je décide de ce que je vais faire du nain.

– Ne parlez pas de lord Danby à la reine, dit Hooke en posant sa main sur le poignet de Harry. Elle n'en croirait probablement pas un mot et pourrait refuser de nous laisser poursuivre nos recherches. »

Au lieu de se contenter de patienter, les trois hommes profitèrent du moment que dura leur attente pour fouiller la pièce dans laquelle ils se trouvaient. Harry se demanda à haute voix s'il pouvait s'agir là – les appartements privés de la reine – d'un lieu propice à un attentat. Encore une fois, ils examinèrent les murs, regardèrent sous les meubles, dans la cheminée, vérifièrent les fenêtres et le plancher ; encore une fois, ils ne trouvèrent rien qui soit susceptible de constituer une menace.

« Monsieur Hooke. Sir Jonas. Quel plaisir de vous revoir. »

Les trois hommes – Harry, qui était en train d'inspecter un des chandeliers accrochés au mur ; sir Jonas, de regarder sous le canapé sur lequel il s'était assis ; et Hooke, de jouer avec le mécanisme d'une fenêtre en en faisant vibrer le cordon – se retournèrent en sursautant.

À la porte se tenait une femme petite et svelte aux cheveux noirs, suivie d'un capitaine des fantassins.

C'était Catarina Henriqueta de Bragança, la femme du roi.

Appelée plus communément la reine Catherine.

Aux yeux de Harry, elle avait le visage d'une personne malheureuse ; comme si, malgré sa richesse, elle avait été déçue par la vie. Ses yeux étaient noirs et graves : Harry comprit immédiatement qu'il ne fallait pas la sous-estimer.

En échange d'une aide militaire au Portugal contre l'Espagne, Charles II avait reçu Tanger, les Sept Îles de Bombay, le droit de commercer librement avec les Indes orientales, deux millions de couronnes portugaises, et Catherine.

Lorsqu'elle avait quitté Lisbonne pour l'Angleterre, la tempête qu'avait essuyée son navire au cours du voyage jusqu'à Portsmouth ainsi que l'absence de son mari à son arrivée avaient annoncé la couleur de ce que serait leur mariage. Bien qu'elle n'ait pas réussi à donner un héritier au trône, et bien que Charles entretînt ouvertement des maîtresses avec lesquelles il avait eu plusieurs enfants, ils avaient fini par se prendre d'affection l'un pour l'autre. Dans le cadre de l'accord qui présidait à leur mariage, elle pouvait exercer librement son culte ; Charles avait insisté pour lui accorder ce droit, passant outre l'indignation de ses conseillers et même les mises en garde prétendument fondées qu'avait pu lui présenter Titus Oates.

C'est pour cette raison qu'il lui avait permis d'organiser sa consultation catholique, même au plus fort du complot papiste.

Hooke et sir Jonas firent chacun une ample révérence, imités par Harry.

Elle entra dans le cabinet, les regardant avec circonspection.

« Votre Majesté, dit sir Jonas. On raconte que des menaces pèseraient sur votre consultation.

– Le peuple se rassemble déjà à l'extérieur. Il ne voit pas cette réunion d'un bon œil. »

Elle avait un accent si prononcé que Harry eut du mal à la comprendre.

« À l'intérieur, Votre Majesté, répondit sir Jonas. À l'intérieur.

– Nous avons entendu dire que l'on voulait vous prendre pour cible, lui dit Hooke.

– "Nous" ? »

Elle regardait ostensiblement Harry.

Sir Jonas s'inclina à nouveau, pour s'excuser. Le visage habituellement grisâtre de Hooke rougit de gêne.

« Que Votre Majesté accepte mes excuses. Puis-je vous présenter M. Henry Hunt ? Anciennement mon apprenti à la Société royale, il est à présent au service de sir Jonas pour le conseil de l'artillerie.

– Tout à fait, ajouta sir Jonas. C'est M. Hunt qui a eu connaissance de cette information ; il a eu vent de trois Français qui auraient ourdi un complot contre votre consultation.

– Votre Majesté, dit Harry. J'ai entendu parler d'une machine qui allait être utilisée contre vous. Elle est cachée quelque part à l'intérieur de Somerset House. Nous ne pouvons pas la chercher seuls – il désigna les trois personnes qui étaient en train de s'adresser à elle – car nous manquons de temps. Il y a trop de pièces. »

La reine s'approcha de la fenêtre et regarda la Tamise d'un air maussade.

« Je ne serais donc même pas en sécurité ici, chez moi ? Depuis que Titus Oates m'a accusée de vouloir empoisonner mon mari – et qu'on l'a cru lui et non pas moi –, j'ai bien l'impression que tel est le cas. C'est pourquoi j'ai déjà ordonné que l'on fouille la maison. Ce que nous avons fait, n'est-ce pas, capitaine MacWilliam ? »

L'officier aux cheveux roux et à la peau pâle qui se tenait à l'entrée confirma ses dires d'un hochement de tête.

Elle les invita à s'asseoir.

« Dites-moi ce que vous savez au sujet de ces Français. » Elle fit signe à un domestique d'apporter du thé. « Où avez-vous entendu parler de ce complot contre moi, monsieur Hunt ? Je vous préviens, je n'ai pas de temps à perdre avec les histoires de Titus Oates, qui voit des complots là où il n'y en a pas. Je suis d'un naturel méfiant. Et aujourd'hui plus que jamais.

– À Paris, Votre Majesté, répondit Harry. De la bouche d'un homme nommé Bartholomew Slough. Il s'est enfui là-bas pour sa sécurité, se croyant en danger à cause de ce qu'il savait. C'est un ami du lieutenant général de police de Paris, M. La Reynie.

– La Reynie ? Mais il pense que la moitié de Paris cherche à assassiner l'autre. Vous avez, à ce que je vois, succombé vous aussi à l'engouement des Français pour l'*affaire des Poisons**. Comment ce Slough a-t-il pu entendre les propos de ces hommes ?

– Il vivait à Oakham, dans le Rutland, et les a surpris en train d'évoquer un complot contre vous alors qu'ils séjournaient chez lui. »

La reine était toujours debout, les bras croisés. Voyant qu'elle n'était pas convaincue par son récit, Harry se fit plus pressant.

« M. Slough a même vu la machine qu'ils avaient apportée. Mais elle n'était pas encore assemblée, et ses pièces étaient cachées ; il n'a donc pas la moindre idée de sa fonction.

– Alors il ne l'a pas vue du tout ! De plus, pourquoi se donner tant de mal ? Pourquoi ne pas, par exemple, me tirer dessus pendant que je prends l'air dans mon jardin ? Ou me poignarder en plein cœur à St James's Park, quand je m'y promène à cheval ?

– Ce n'est pas seulement votre vie qui est menacée, mais celle de tous vos invités. Les comploteurs savent que la maison sera fouillée. Je pense que la machine est conçue de manière qu'on ne la trouve pas. C'est pourquoi nous devons chercher, et chercher encore. »

Le thé arriva sur un plateau en argent où étaient disposés une théière, de fines tasses en porcelaine, du sucre, des cuillères et quelques macarons. Catherine s'assit sur un canapé et versa elle-même le thé, cérémonial qu'elle accomplit avec le plus grand soin. Elle tendit à chaque homme sa tasse comme s'il s'agissait d'une relique. Hooke refusa un macaron, gêné à l'idée de manger devant Sa Majesté. Harry en prit un mais ne put l'avaler, toujours indisposé par son régime alimentaire de la Bastille.

La reine sirota son thé, fixant implacablement Harry alors qu'elle s'adressait à Hooke.

« Comme mon mari, je vous tiens en haute estime car vous êtes un homme sensé. Et voilà pourtant que vous m'amenez *cet* homme. Tout cela n'est certainement qu'une pure fiction, n'est-ce pas ? »

Hooke ne répondit pas, et se tut pendant si longtemps que la reine fut sur le point de le prier de s'exprimer. Sir Jonas ne semblait pas froissé qu'elle ne lui ait pas signifié qu'elle le tenait lui aussi en haute estime, mais se pencha pour entendre la réponse de son ami. Harry réalisa que sa respiration devenait de plus en plus forte à ses propres oreilles. Il sentait son sang battre avec insistance à l'intérieur de son cou.

« Votre Majesté, finit par dire Hooke. Je crois que M. Hunt est convaincu de l'authenticité de ce complot. »

Il s'interrompit pour réfléchir à nouveau. Le visage de la reine témoignait à présent que ce faible soutien à Harry et sa mise en garde ne l'avait toujours pas convaincue.

Puis il se produisit quelque chose de totalement inhabituel : Hooke se mit à arborer un large sourire, allant même jusqu'à révéler ses dents, soit une extravagance à laquelle Harry n'avait sans doute jamais assisté.

« Ne vous méprenez pas, poursuivit Hooke. J'ai une confiance absolue s'agissant de ce que vous dit M. Hunt. Il aura étudié avec la plus grande méticulosité l'information qu'il a entendue, ainsi que la personnalité de l'homme qui lui a parlé de cette machine. Il a eu, je le sais, le temps de réfléchir à cette information. Il a aussi, je le sais, énormément souffert pour revenir à Londres afin de vous la transmettre. Je serais proprement stupéfait si ce qu'il raconte n'était pas la vérité. Mais tout cela n'est qu'accessoire. Nous *devons* fouiller votre maison, car ne pas le faire est proprement inconcevable. Qu'en serait-il si, quelque part dans cet endroit, est bel et bien tapie une machinerie conçue pour vous tuer tous et que nous ne cherchions même pas à la découvrir ? »

58
La fouille des soldats

On avait mis à disposition de Harry une dizaine des fantassins de la garde personnelle du roi parmi ceux que ce dernier avait dévolus à la sécurité de la consultation. Il les emmena fouiller la partie des caves située sous la grande salle. Il restait convaincu que c'était cette pièce qui serait la cible de l'attentat contre les catholiques puisque c'est là que se trouverait la plus grande concentration d'invités. Cela arriverait soit par en haut, soit par en bas; il était désormais sûr que la machine n'était pas cachée dans la grande salle elle-même.

Les soldats examinèrent en tâtonnant les murs rugueux de la cave à la recherche d'une pierre descellée et firent de même avec les dalles du sol. Ils enfoncèrent leurs lanternes dans les recoins les plus sombres et soulevèrent tout ce qui était susceptible de recouvrir quelque chose. Quel que soit l'endroit qu'ils examinaient, ils n'arrêtaient pas de maugréer entre eux. Ils étaient en train de froisser leurs uniformes et avaient de la poussière plein les yeux. Seulement, la reine leur avait ordonné d'aider cet étrange duo – le vieil homme au dos tordu et le petit jeune qui ressemblait à un gamin que l'on n'aurait pas nourri depuis un mois et qu'une simple pichenette aurait mis à terre –, auquel elle avait accordé encore plus de pouvoir qu'à sir Jonas.

Les soldats ne savaient pas vraiment ce qu'ils étaient censés trouver. Les deux hommes qui les commandaient avaient vaguement parlé d'une machine. Le regard des fantassins témoignait clairement de leur mécontentement. Notant leur manque d'enthousiasme, Harry leur demanda de chercher de plus belle, pour leur reine, mais cela ne fit ni chaud ni froid à plusieurs d'entre eux, jusqu'à ce qu'il leur rappelle à quel régiment ils appartenaient et que la reine était la femme du roi. Il aurait aimé pouvoir leur en dire davantage, leur expliqua-t-il, mais il ne savait que ce qu'il savait, et cela suffisait. Il les vit échanger des regards entre eux, ce qui ne les empêcha pas de se mettre à explorer les caves avec une énergie renouvelée, renversant des tonneaux, tirant des rideaux et scrutant les espaces auparavant cachés.

Après environ une heure de recherches, les soldats sortirent de la cave, le visage strié de traces noires à force de s'être essuyé la figure avec les doigts. Ils se faisaient du souci pour l'état dans lequel se trouvaient leurs uniformes si peu de temps avant la consultation, sachant que leur colonel exigeait qu'ils se présentent sous leur meilleur jour.

Ils entrèrent dans la cuisine, ouvrirent tous les placards, dont ils sortirent toutes les casseroles. Les cuisiniers les regardaient d'un air franchement hostile en serrant fort leurs couteaux. Dans la buanderie, on arracha par erreur de vieux tuyaux en orme dans lesquels l'eau avait cessé de circuler depuis plus de cinquante ans et qui faisaient partie de l'ancien réseau de plomberie. Sir Jonas mena les recherches dans la cour supérieure, et même dans le corps de garde, qui avait toujours été occupé par les soldats. Puis ce fut la salle d'attente qui se trouvait à côté, les appartements privés et la salle d'apparat de la reine. Harry emmena quelques hommes fouiller les dépendances installées le long de Duchy Lane, la remise à carrosses et les écuries, ainsi que les divers autres entrepôts de la partie ouest de la maison. Le groupe de Hooke explora quant à lui la partie est et la chapelle de la reine, à la grande consternation du chapelain qui était en train d'y prier, en quête d'un peu de calme avant la consultation.

Tout le monde se retrouva ensuite au premier étage pour se lancer dans la tâche délicate qu'allait être la fouille des chambres, dont beaucoup étaient déjà occupées par des invités venus des quatre coins du royaume ; certains arrivaient même de l'étranger.

Les couloirs se retrouvèrent bientôt remplis de tous ces hôtes attendant que les soldats aient fini de soulever les lits, de faire pivoter les armoires et d'ouvrir les coffres.

Du fait du nombre de pièces et de la nécessité de les fouiller toutes sans exception, les soldats avaient des manières plutôt expéditives. Il s'ensuivit plusieurs esclandres, mais ils se montrèrent inflexibles. On n'allait pas arrêter les recherches. Inexorablement, ils exploraient la moindre partie de la demeure, tapant sur les murs, donnant des coups de pied dans les plinthes, testant les lambris; ils découvrirent même une porte secrète dont tout le monde ignorait l'existence et qui menait à des pièces depuis longtemps abandonnées.

C'était désormais le tollé général dans toute la maison. Les soldats avaient offensé les invités mais aussi les domestiques qui essayaient de tout nettoyer. Plusieurs membres de la maisonnée de la reine étaient en larmes; même les hommes. La consultation n'était que dans quelques heures, et voilà que plusieurs semaines d'organisation et de préparatifs se trouvaient sabotées en l'espace d'un après-midi. Le majordome en chef soupçonna le capitaine MacWilliam de tirer un certain plaisir de tout ce désordre et l'accusa de ne pas respecter le règlement de la maisonnée de la reine. Ses sous-majordomes et lui allèrent même jusqu'à constituer une barrière humaine pour s'opposer aux soldats, mais ceux-ci leur hurlèrent de se disperser.

« Si nous ne cherchons pas, il pourrait ne plus y avoir de maisonnée, répondit MacWilliam au majordome. Ni de reine. »

Le majordome en colère fit appel à la reine elle-même mais elle le renvoya à M. Henry Hunt. Harry se retrouvait provisoirement à diriger l'ésotérique et complexe communauté de Somerset House; il était un commandant en proie à une grande hostilité, méprisé en raison du bouleversement qu'il provoquait, mais soutenu par la force des fantassins. Sa voix devint plus ferme; ses prises de décision et la cadence de ses ordres de plus en plus rapides.

Une fois toutes les pièces fouillées, il réunit ses hommes et leur donna pour mission de calmer les invités et le personnel, leur ordonnant également de réinstaller tous les meubles qu'ils avaient déplacés, de regarnir tous les tiroirs qu'ils avaient vidés et de remettre en place tous les accessoires qu'ils avaient dérangés. Sans oublier toutes les décorations et les tableaux à raccrocher aux murs. Il avait à présent près de quarante hommes sous ses ordres, tous beaucoup plus heureux de faire de l'exercice que de simplement surveiller les choses, ce qui allait à l'encontre de leur tempérament naturellement débordant d'énergie.

Avec un petit nombre d'hommes, dont le capitaine MacWilliam, il monta dans les combles. Ceux-ci étant en partie occupés par les appartements des domestiques, il y eut à nouveau des protestations. La plupart des mansardes faisaient uniquement office de débarras. Il fallut toutes les inspecter.

L'une d'elles était une ancienne salle de classe. Quelques tables pour enfants faisaient face au bureau du maître. Il y avait des ardoises et des craies, du papier et des plumes, de petits encriers, des étagères chargées de livres d'histoire et d'atlas, et un boulier cassé depuis bien des années. Au mur était accrochée une grande carte du monde, brunie sous l'effet du temps.

Cette salle de classe se trouvait directement au-dessus de la grande salle. Des traces indiquaient que des gens en avaient foulé le plancher, et il y avait également des empreintes de main dans la poussière. De toute évidence, l'endroit avait déjà été fouillé. En outre, il avait été rénové à l'occasion des travaux, car les murs avaient été tout récemment enduits de plâtre et le plafond venait d'être repeint. À nouveau, ils cherchèrent la mystérieuse machine dont avait parlé Bartholomew Slough, mais ne trouvèrent rien.

N'ayant plus de pièces à fouiller, Harry regarda, vaincu, MacWilliam, occupé à gratter de la peinture sur la manche de son manteau. Il ordonna de fermer les portes des pièces mansardées, puis descendit l'escalier des domestiques.

Il devait informer la reine que toutes leurs recherches et toutes les perturbations qu'ils avaient infligées aux préparatifs de sa consultation, et qu'elle avait autorisées uniquement après qu'il avait affirmé avec insistance qu'il fallait croire le récit de Bartholomew Slough, n'avaient abouti absolument à rien.

59
La grande humiliation

Robert Hooke et sir Jonas accompagnèrent Harry devant la reine Catherine. Constatant à quel point le jeune homme était mortifié, celle-ci se montra compréhensive et bienveillante, même si sa bouche était légèrement tordue en une moue sévère. Harry comprit qu'elle voulait le voir partir. Il fallait calmer ses invités ; la rumeur ne cessait de se propager qu'ils étaient menacés d'être assassinés et que les soldats étaient à la recherche d'une espèce de *machine* – la chose étant proprement inévitable puisqu'ils avaient tous vu leurs chambres être mises sens dessus dessous. Mais qu'était censée faire cette machine ? Personne ne le savait, mais chacun était prêt à faire part de ses propres hypothèses. Certains affirmaient qu'elle avait été conçue de manière à détruire la maison jusqu'à sa dernière pierre ou à mettre le feu aux convives attablés et à les faire cuire alors même qu'ils seraient en train de manger.

Les invités se sentirent eux-mêmes accusés, s'imaginant que les soldats étaient à la recherche de la première chose susceptible de les incriminer en tant que participants à un complot jésuite.

Chose étrange, Harry ne se sentait pas aussi lamentablement humilié qu'après son échec face aux *fellows* à Gresham's. Peut-être était-ce l'ampleur de son erreur qui lui engourdissait l'esprit et l'empêchait d'en avoir honte. Ou alors était-ce le signe que le cours des dernières semaines avaient transformé l'homme qu'il était.

Le roi allait évidemment entendre parler de tout cela. Il allait s'assurer que Harry n'ait plus sa place au conseil à l'artillerie, voire à Londres. Sir Jonas s'efforçait de ne pas croiser son regard, préférant contempler la ville. On ne pouvait douter qu'il serait d'accord avec le roi, voulant se dissocier de ce fiasco, surtout que celui-ci s'ajoutait au fait, plutôt embarrassant pour lui, que l'un de ses espions s'était révélé un imposteur. Harry espérait que M. Hooke ne pâtirait pas d'avoir été associé à lui ni de l'avoir soutenu dans la recherche de cette machine imaginaire.

Il avait beau penser à tout cela pendant que les trois hommes traversaient le jardin pour regagner les quais, il n'était pas totalement déprimé. Harry continuait à considérer qu'il avait fait ce qu'il fallait.

Il avait anticipé le fait que Slough puisse se tromper ainsi que les conséquences de cette potentielle erreur, mais il avait bel et bien pris les mesures nécessaires pour sauver la reine et ses invités.

Ce que pouvaient penser les autres n'avait pas vraiment d'importance.

Il ressentait même une forme de satisfaction. Alors que leur bachot tanguait sur la Tamise, sa bouche se fendit en un sourire quand il considéra l'énormité de ce qu'il venait d'accomplir. Hooke le regardait, inquiet, pensant qu'il était en état de choc : son cerveau avait gravement souffert des épreuves qu'il avait subies en France ainsi que de son épuisant voyage de retour jusqu'à Londres, ce à quoi il fallait ajouter le fait qu'il avait quasiment saboté tous les préparatifs de la consultation de la reine.

« Venez chez moi, Harry. Mary nous préparera à dîner. Nous allumerons un bon feu et boirons mon meilleur brandy. Grace sera là. Je suis sûr que vous avez beaucoup de choses à vous dire tous les deux.

– Merci, monsieur Hooke. Je vous suis bien volontiers. »

Ils quittèrent le bachot et sir Jonas les salua froidement avant de poursuivre son chemin vers la Tour. Ils remontèrent Fish Street Hill, passèrent devant le monument au Grand Incendie, continuèrent jusqu'à ce que la rue devienne Grace Church Street, puis Bishopsgate Street, qui les emmena à Gresham's College. Harry se rappela toutes les fois où il avait fait ce trajet au côté de Hooke en tant qu'apprenti, puis en tant qu'opérateur de la Société royale et enfin, et avec quelle fierté, en tant qu'observateur. Il avait abandonné l'homme qui avait fait de lui ce qu'il était, qui lui avait révélé tant de choses sur le monde et ses secrets, et ce uniquement par appât du gain. Penser à cela lui fit mal, mais il savait qu'il était dur avec lui-même.

Il était également parti pour d'autres raisons. Pour l'aventure. Pour l'indépendance. Pour se prouver quelque chose à lui-même : qu'il pouvait tracer son propre chemin dans la vie sans la main de Hooke pour guider ses pas. Et aussi pour montrer à Grace qu'il était capable de s'affirmer. Lorsqu'ils étaient dans les Fens avec le colonel Fields, elle l'avait accusé de trop vouloir faire bonne impression à ceux qui étaient au-dessus de lui. Grace comprendrait qu'il avait agi comme il l'avait fait avec les meilleures intentions du monde, et que ces mêmes intentions l'avaient amené à commettre des erreurs. Grace ne lui reprocherait pas ses erreurs. Elle considérerait qu'elles émanaient d'un noble sentim...

Il gonfla les joues. Grace ne ferait rien de tel. Elle l'enverrait au diable, comme l'imbécile qu'il était.

Hooke avait lu dans ses pensées.

« Allons, Harry, lui dit-il pour le réconforter, vous me semblez bien mélancolique. Avec force sommeil et nourriture, vous aurez, d'ici environ une semaine, retrouvé votre ancienne constitution et votre équilibre mental. »

Quand ils arrivèrent dans la cour carrée, Harry vit que la porte d'entrée de chez Hooke était grande ouverte, comme pour l'accueillir à nouveau : un fils prodigue qui devait faire pénitence mais qui serait rendu au confort et à la sécurité de son amitié avec son maître.

Mary Robinson se tenait à l'extérieur ; extrêmement agitée, elle était en train de parler avec Walter Pope, professeur d'astronomie à Gresham's, qui habitait à l'autre bout du collège. Son visage poupin était rouge et sa peau luisante – Harry se dit qu'elle venait de préparer à manger dans la cuisine de Hooke.

Mais elle semblait terrifiée. Elle avait les yeux écarquillés et levait bizarrement les mains, comme si elle ne savait pas quoi faire de celles-ci.

« Grace a disparu, leur dit-elle d'une voix chevrotante. Elle a été enlevée. »

60
Le choix cruel

Mary avait repéré des étrangers en train de rôder à différents endroits de la cour carrée. Trois hommes, dit-elle. Pope les avait vus, lui aussi. Le membre de ce trio qui avait le plus attiré leur attention était un Méphistophélès aux dents longues et acérées. Les deux individus qui l'accompagnaient avaient une apparence moins démoniaque, plus quelconque : l'un était plus grand que l'autre, qui avait le teint plus hâlé.

Ils s'étaient tous les trois rués sur Grace au moment où elle était sortie de chez Hooke, il n'y avait pas cinq minutes de cela. Tandis que l'un engageait avec elle une conversation, apparemment parfaitement amicale, les deux autres l'avaient attrapée par-derrière.

« Les avez-vous entendus parler français ? demanda Harry.

– Je ne peux pas vous dire, répondit Pope, que cette question rendit perplexe. Je n'ai rien entendu de ce qu'ils disaient. Le plus inquiétant était résolument un étranger, car je n'ai jamais vu un type comme lui. »

Aussitôt sûr et certain de l'identité de ces hommes, Harry ignora le raisonnement bancal de Pope.

« Il y en a un qui sera facile à identifier, dit Mary, dont la voix tremblait toujours. Car Grace s'est battue avec lui et lui a griffé la figure. » Elle fit glisser son doigt sur son visage, de la tempe au menton. « Il saignait. » Sa voix se brisa. « Mais il ne l'a pas lâchée.

– Était-ce celui à l'air bestial ? » lui demanda Harry.

Elle secoua la tête.

« Un des deux autres qui étaient avec lui. Le plus gros.

– Par où l'ont-ils emmenée ? » demanda Hooke d'une voix étranglée.

Mary leur indiqua le passage qui se trouvait au pied des appartements du savant et menait à la salle de lecture du collège puis à la loge du concierge.

« Je les ai suivis dans la cour jusqu'à Bishopsgate, où ils l'ont mise dans une voiture et sont partis en direction du fleuve.

– Et *vous*, qu'avez-vous fait quand ils ont emmené Grace ? » demanda Harry à Pope sur un ton accusateur.

Penaud, celui-ci répondit :

« J'ai protesté, Harry. Ils étaient trois. J'étais seul. » Sa voix prit un ton indigné. « Je ne pouvais rien faire de plus. »

Harry ravala ce qu'il s'apprêtait à lui rétorquer. Il se montrait injuste. Pope était âgé, plus vieux que Hooke. On ne pouvait attendre d'un astronome qu'il l'emporte sur d'infâmes Français.

« Ils ont fait tout ça en un rien de temps, dit Mary. Nous leur avons couru après, mais à peine avions-nous rattrapé leur voiture qu'ils ont lancé leurs chevaux. L'instant d'après, ils avaient disparu. »

Elle avait dit tout cela en ayant elle-même encore peine à y croire.

Harry songea qu'ils avaient dû croiser leur voiture en remontant Bishopsgate. Pendant qu'il était tellement occupé à s'apitoyer sur son sort après le désastre de Somerset House. La scène n'avait même pas laissé de trace dans son esprit.

Il se tourna vers Hooke, dont le visage avait perdu les rares couleurs qui pouvaient l'orner.

« Ce sont les hommes dont M. Slough dit qu'ils veulent assassiner la reine. Je les ai déjà vus. Ils m'ont poursuivi jusqu'au port quand je suis parti pour la France.

– Mais comment connaissent-ils Grace ?

– C'est le bras droit de Danby qui a dû leur parler d'elle. Il était avec eux à Billingsgate. Danby sait qui elle est. Je me souviens qu'il m'a interdit de l'emmener en France, au cas où elle aurait voulu m'accompagner.

– Ont-ils attendu en espérant qu'elle se montre, ou savaient-ils qu'elle allait sortir ? Mary, est-ce que Grace avait rendez-vous avec quelqu'un ?

– Je n'en sais rien, répondit Mary. Elle se montrait assez secrète, ces jours-ci.

– La vie de la reine est donc certainement toujours en danger, dit Harry. Sinon, pourquoi ces hommes auraient-ils enlevé Grace ?

– Ils veulent nous éloigner d'eux pendant qu'ils poursuivent leur plan. C'est pour cela qu'ils ont pris ma nièce. » Hooke tremblait. « Leur machine nous a échappé. Elle est là-bas, à Somerset House.

– Ils nous forcent à faire un choix, répondit Harry, accablé. La vie de Grace contre celle de la reine.

– Et de tous ses invités. »

Hooke se baissa pour s'asseoir sur le muret de la colonnade qui bordait la cour carrée.

« Que faire, monsieur Hooke ? demanda Harry. Grace est votre nièce. La chair de votre chair. »

Hooke semblait dans un état second.

« Elle n'est qu'une seule vie. Nous devons retourner à Somerset House. Nous devons tout faire pour contrecarrer leur plan. »

61
Les amis dissemblables

Au crépuscule, la Tamise semblait d'une profondeur insondable. À bord de son bachot, Harry observait le reflet de la lune zigzaguer sur la surface de l'eau en perpétuel mouvement. De temps en temps passait un poisson ; les bulles qui remontaient de ses ouïes ressemblaient à des billes de verre.

Légèrement ballotté par le roulis, il eut soudain la sensation qu'il était immobile et que c'était Londres qui se balançait et tanguait tout autour de lui, aussi fragile et instable que son embarcation sur les vagues.

Ce n'était pas la sensation de vertige à laquelle il était accoutumé mais plutôt celle d'un lien, plus profond que jamais, avec la ville qu'il considérait comme son foyer. Et quelque part dans cette ville, il y avait Grace Hooke, il en était certain. Il pensa à Mme Hannam, qui affirmait avec tant de conviction pouvoir sentir le colonel Fields même lorsqu'il était loin d'elle, un bien curieux mécanisme de télépathie.

L'enlèvement de Grace confirmait que l'attentat contre la reine était une réalité.

Il n'y avait eu aucun message. Aucune instruction. Harry n'avait aucune idée de l'endroit où il pourrait se mettre à la chercher. Et il n'avait pas le temps pour cela. Pas s'il devait retourner à Somerset House.

La nuit, claire et froide, était complètement tombée lorsque Harry débarqua aux Hungerford Stairs ; il avait estimé qu'il était moins probable que les espions le guettent à cet endroit que s'il avait emprunté le débarcadère plus fréquenté de Whitehall. Le ruban brumeux de la Voie lactée traçait un arc au-dessus de lui.

Harry remercia le batelier, qui était d'une corpulence rassurante. Il traversa le marché désert, coupa par Scotland Yard jusqu'à Charing Cross, puis Pall Mall où les gens marchaient une lanterne à la main. Ici, pas d'éclairage public comme à Paris. Il arriva devant les vieux bâtiments Tudor du palais Saint James, la demeure que le roi prêtait à Hortense Mancini.

Quand il frappa à la porte, Moustapha vint lui ouvrir et le fit entrer.

Hortense l'attendait dans le vestibule ; ils avaient communiqué par messagers interposés, lesquels avaient dû traverser Londres de part en part. Elle savait qu'il n'avait pas réussi à trouver la machine et lui pressa le bras en signe de consolation.

Elle avait beau avoir été détenue au Grand Châtelet, avoir voyagé dans des conditions encore plus précipitées que Harry afin d'être de retour à temps pour la consultation – elle avait, il est vrai, eu droit à une traversée plus calme –, Hortense était on ne peut plus soignée. Sa peau olivâtre, qu'elle n'avait pas fardée de blanc, était sans défaut. Ses yeux semblaient encore plus sombres que dans ses souvenirs. Elle portait une robe d'un turquoise profond, auquel étaient assortis les rubans qui ornaient la grande perruque blanche dont elle était coiffée.

« Nous avons un costume pour vous, Harry. Moustapha est allé le chercher cet après-midi. Il devrait plutôt bien vous aller, même si vous avez encore rétréci depuis la dernière fois que je vous ai vu.

– Tout comme vous, puisqu'il n'est plus nécessaire de cacher M. Slough, répondit-il.

– Il est ici, en train de se préparer.

– Je ne me prépare pas, car je suis fin prêt ! »

On entendit un pas lourd descendre l'escalier. Apparut Bartholomew Slough, resplendissant de soie et de satin, tout en pourpre et mauve. Son visage brun noisette, avec sa main de

Fatma qui traçait une silhouette plus foncée sur sa peau, ressortait d'autant plus sous sa perruque poudrée.

Hortense recula alors que Harry, Moustapha et Slough s'étreignaient les uns les autres, heureux d'être à nouveau réunis après leur périlleux voyage depuis la France. Elle fit semblant d'être jalouse d'avoir été laissée de côté, jusqu'à ce qu'elle leur présente à chacun ses joues pour qu'ils les embrassent, devant se baisser pour Slough.

« Oh, j'ai failli oublier, dit-elle à Harry une fois leurs effusions terminées. La Reynie m'a remis ceci afin que je vous le donne. »

Elle sortit d'une armoire un paquet enveloppé dans du papier. En le déchirant, Harry vit qu'il s'agissait d'un livre : *Discours de la méthode. Pour bien conduire sa raison, et chercher la vérité dans les sciences*, de René Descartes.

« Un cadeau ou un message ? demanda Hortense.

– Les deux, je suppose. » Il posa le livre sans l'avoir ouvert. « Il faut que je vous parle de Grace. Elle a été enlevée.

– Lord Danby ? supputa Slough.

– C'est pour m'empêcher d'aller à la consultation, j'en suis sûr. Cet après-midi, j'ai fait fouiller tout Somerset House avec M. Hooke. Nous n'avons rien trouvé. »

Il les regarda plein d'espoir, comme s'ils pouvaient lui dire quelque chose qui ne lui aurait pas déjà cent fois traversé l'esprit.

Hortense posa la question qui leur était venue en tête à tous.

« S'il n'y a rien là-bas, alors pourquoi ont-ils enlevé Grace ?

– Ils ont toujours l'intention d'assassiner la reine, dit Slough.

– Et veulent que Harry leur laisse le champ libre », ajouta Moustapha.

Harry acquiesça d'un air abattu.

« Mais, que va-t-il advenir de Grace ? »

Ils se regardèrent tous, sans dire un mot.

Harry s'éclaircit la gorge.

« Si je vais à Somerset House, j'ai peur que les individus qui projettent d'assassiner la reine tuent Grace.

– La reine et tous ses invités », dit Slough.

Hortense saisit la main de Harry.

« Grace est une vie en péril contre celle de beaucoup d'autres.

– C'est ce qu'a dit M. Hooke, malgré la douleur qu'il éprouve à l'idée de la perdre.

– Vous devez, vous aussi, sacrifier votre bonheur, de même que sa vie, dit Slough d'un air sombre. Elle ne vaut pas toutes celles de la consultation. »

Moustapha versa un verre de vin à Harry et insista pour qu'il le boive.

« Vous ne pouvez pas savoir s'ils vont la tuer. Ils cherchent seulement à vous mettre à l'écart. »

Harry ne partageait pas sa certitude. Il dut se forcer à concentrer toute son attention sur la consultation.

« Redites-moi, monsieur Slough. Quelle est cette machine que vous avez vue ?

– Comme je vous l'ai dit, je n'ai aucune idée de comment elle peut fonctionner. De grandes plaques de métal, carrées. Et des tuyaux. Et d'autres formes, cachées par la toile.

– J'ai réfléchi à ces carrés. Vous avez dit que leurs côtés faisaient la taille d'un homme. »

Hortense regarda les hommes qui se trouvaient devant elle et ne put empêcher ses lèvres de tressauter. Elle avait sous ses yeux un parfait échantillon de tailles humaines : son serviteur Moustapha, qui dépassait tout le monde, Harry, qui avait la taille la plus moyenne qui soit, et Bartholomew Slough, qui lui arrivait à hauteur des hanches.

Devinant ce qu'elle était en train de se dire, Slough lui adressa un haussement de sourcil narquois.

« Un homme grand. Près d'un mètre quatre-vingts.

– Je me suis demandé si elles n'étaient pas conçues pour être assemblées de manière à former un cube, dit Harry. Les tuyaux pourraient donc partir de ce cube.

– On pourrait tout aussi bien les placer côte à côte, à plat », dit Hortense.

Harry lui concéda ce point d'un haussement d'épaules.

« Mais si elles s'assemblent, observa Slough en acceptant l'idée de Harry, afin de former une sorte de boîte, que pourrait contenir cette boîte ? Je vous rappelle qu'elle a pour but de tuer les invités de la consultation.

– Du poison, alors ? suggéra Hortense.

– Si cette boîte doit être remplie d'un liquide, dit Harry, elle serait d'un poids prodigieux. Un mètre cube d'eau pèse mille kilos. » Il fit un rapide calcul. « Un cube d'un mètre quatre-vingts de côté rempli d'eau, pèserait environ six tonnes. Il n'y avait rien d'aussi lourd dans votre maison d'Oakham. Comment auraient-ils pu le transporter ?

– Sans doute l'ont-ils rempli plus tard, dit Hortense. Peut-être à Londres.

– C'est également ce que j'ai pensé.

– Ou alors il ne contient pas de liquide. Il pourrait contenir de la poudre. » Hortense frotta ses doigts l'un contre l'autre pour signifier de petits grains. « Ça reste lourd.

– Ou un gaz toxique, dit Slough.

– Comment un tel cube a-t-il pu échapper à nos recherches ?

– Vous n'avez rien à vous reprocher, Harry, le rassura Hortense.

– Il est là-bas. J'en suis certain, dit Slough. Et nous devons l'empêcher de fonctionner.

– Nous allons vous déguiser, dit Hortense à Harry. Jamais ils ne vous reconnaîtront.

– Jusqu'à ce que nous les ayons arrêtés », dit Moustapha.

L'horloge d'Hortense qui se trouvait dans le vestibule leur indiqua qu'il était 19 heures. La consultation débutait dans une heure.

62
La duchesse impatiente

Le nombre exceptionnel d'attelages allant dans la même direction sur le Strand ne pouvait échapper à personne. Une fois qu'ils arrivèrent à l'endroit où la rue se rétrécissait, au niveau de l'Exeter Exchange, ils n'avançaient plus que par à-coups. En attendant de traverser la foule des manifestants rassemblés devant Somerset House, les carrosses restaient bloqués, à Temple Bar à l'est, à Charing Cross à l'ouest et jusqu'à Covent Garden au nord.

Mais il était tout bonnement impensable qu'Hortense Mancini et sa suite arrivent à pied.

Pour faciliter le passage, on avait envoyé encore davantage de fantassins du roi depuis le Savoy Hospital, tout récemment transformé en caserne. Pendant qu'ils attendaient, Harry et ses compagnons en virent passer plusieurs escouades.

Assis à l'intérieur du carrosse d'Hortense, Harry n'arrivait pas s'habituer à ses hauts-de-chausses. La manière dont ils glissaient contre sa peau lui semblait totalement anormale. Il trouvait le costume qu'elle lui avait fourni si agréable qu'il avait l'impression de connaître un nouvel état d'existence. Avant de porter de la soie, il ne s'était jamais représenté à quel point ses propres vêtements étaient rêches et inconfortables.

Le pantalon et le manteau dont on l'avait vêtu étaient couleur chocolat. Son gilet était d'un argent éclatant. Sa chemise était également en soie, d'un blanc crémeux, et accompagnée d'une cravate rouge. Ses nouvelles chaussures, trop serrées et ornées d'énormes boucles carrées, brillaient comme du jais poli. Son visage poudré était pâle. Hortense lui avait dessiné un cœur noir sur la joue, afin d'accentuer son déguisement, avait-elle dit, même si cela ne lui plaisait pas tellement. Cette insouciance lui paraissant peu adaptée à ce que serait cette consultation, une réunion où l'on discuterait de la façon dont les catholiques devaient réagir face à la législation qui limitait leurs droits ainsi qu'aux accusations que Titus Oates portait à leur encontre. Elle avait ignoré ses protestations. En revanche, elle était passablement insatisfaite de ses lunettes ; leur monture était trop rudimentaire, mais ils n'avaient pas pu en trouver qui auraient été davantage adaptées à l'occasion. Et sans celles-ci, Harry ne voyait pratiquement pas à quatre mètres.

Hortense soupira. Une expiration aussi longue que chargée d'impatience. Elle avait manifestement quelque chose à dire et ruminait la meilleure façon de le formuler. Sa main droite était serrée et elle la cogna contre sa cuisse comme si elle frappait à une porte.

« Et le Sancy ? » demanda-t-elle enfin, alors qu'ils avançaient, un mètre après l'autre, n'effectuant qu'un seul et unique tour de roue avant que le cocher doive de nouveau s'arrêter. Elle regarda Harry d'un air irrité, décontenancée de voir que sa question semblait le surprendre. « Ma sœur m'a dit que vous ne vous êtes pas montré particulièrement intéressé quant à savoir où il se trouvait. Vous ne l'avez pas cherché à Paris.

– Je pensais que trouver le remplaçant du capitaine Hudson me mènerait au diamant. Ça n'a pas été le cas.

– Vous n'avez évidemment pas oublié mon offre ?

– Je n'ai pas vraiment eu le temps d'y réfléchir.

– Si vous le trouvez, je ferai de vous un homme riche.

– À Paris, j'ai cherché M. Slough. Ces derniers jours, c'est la consultation qui a été au cœur de mes pensées. À présent, je me fais en outre du souci parce que Grace a été enlevée par ces Français. »

Hortense resta silencieuse, à se mâchouiller l'intérieur des joues. Les trois hommes qui étaient avec elle devinèrent facilement qu'elle continuait de penser au Sancy.

Finalement, Slough prit la parole, brisant un silence qui commençait à devenir pesant.

« Nous devons nous assurer que ces Français ne parviennent pas à leurs fins.

– Oui. Nous pourrons parler du diamant plus tard », dit Harry, regardant par la fenêtre dont la vitre tremblait.

Hortense fronça les sourcils avec mécontentement.

« Vous ne voulez pas en parler, même maintenant, alors que nous sommes en train d'attendre ?

– Non.

– Pour un philosophe naturel, vous manquez étonnamment de curiosité. »

Pour la première fois du trajet, Harry sourit.

63
La consultation catholique

Des fantassins se dressaient de part et d'autre de la route, entre leur carrosse et les manifestants qui hurlaient sur le trottoir. Comme il ne pouvait voir que sur les côtés, Harry avait du mal à se faire une idée de ce qui se passait autour d'eux, de ce qu'étaient en train de faire les soldats ou les protestants qui, offensés par la consultation, conspuaient la religion catholique. Certains, parmi la foule, se mirent à insulter Catherine : « Catin papiste ! Mère des abominations ! » Mais leur sort fut vite réglé ; on les éloigna de force ou on les réduisit au silence par quelques coups de crosse de mousquet.

D'autres manifestants appelaient les soldats à les rejoindre. Un homme se rua sur le carrosse d'Hortense, en hurlant « Mazarin, la salope de Rome ! », avant d'être repoussé par un soldat.

Harry était certain d'entendre la voix d'Israel Tonge, qui dominait la clameur de la foule : « Des papistes assoiffés de sang protestant ! Combattez leur fanatisme baaliste ! Guettez la putain de Babylone ! » Il chercha le vieux prêcheur des yeux mais ne le vit pas. Il ne repéra pas non plus Titus Oates, mais là où se trouvait l'un, l'autre n'était généralement jamais loin.

Soudain, une pierre fit voler en éclats la vitre à côté de laquelle était assis Harry. Il se leva pour retirer, avec l'aide d'Hortense, les éclats de verre de son costume.

C'est au moment où leur carrosse tourna pour franchir les grilles de Somerset House qu'ils virent enfin la façade de la demeure, dont toutes les fenêtres éclaboussaient de lumière. L'entrée était surmontée d'une grande arche de part et d'autre de laquelle partaient perpendiculairement deux séries d'arcades constituant un passage à colonnades. Autrefois, le bâtiment avait été symétrique mais, après qu'Anne, l'épouse de Jacques Ier, eut dépensé des fortunes pour y faire des travaux, après que le Parlement en eut fait son siège durant les guerres civiles et après qu'un incendie ou deux s'y furent déclarés, il s'agissait désormais d'un assortiment hétéroclite d'ailes, de piliers, de frontons, de tours qui jaillissaient çà et là, d'extensions et d'appentis. Ses différents toits étaient en outre orientés, dans le plus grand désordre, dans toutes les directions.

Des carrosses faisaient la queue dans la cour et, au vu des visages des cochers, éclairés par leur lanterne, on devinait combien ils étaient mécontents. Les valets de pied de la reine s'occupaient de les faire avancer dans le sens des aiguilles d'une montre afin de faciliter la circulation. Chaque avancée correspondait à la longueur d'un carrosse et de ses chevaux, après que celui qui se trouvait en tête eut évacué ses passagers. Les invités descendus de leur véhicule se retrouvaient assistés par d'autres valets de pied, tous en proie à la plus grande fébrilité à cause des protestations qui grondaient à l'extérieur et de la grande fouille de l'après-midi. Ils examinaient les invités à la recherche de signes susceptibles de révéler qu'ils pouvaient causer un tort quelconque.

Lorsque leur carrosse arriva en tête de file, Moustapha, qui n'était que déploiement de soie – long manteau rouge foncé et cravate extravagante –, sortit le premier afin d'aider Hortense. Puis Slough sauta à terre et regarda partout autour de lui, les fenêtres, les toits et les excroissances des murs, comme s'il évaluait la meilleure façon de les escalader. Derrière lui, Harry sortit précautionneusement de la voiture, continuant à se débarrasser des éclats de verre.

Les énormes portes d'entrée étaient ouvertes, mais le capitaine MacWilliam, qui avait fouillé la maison avec Harry et Hooke, montait la garde. Une vingtaine de ses hommes se tenaient à ses côtés, sous les arches. Coiffés de leurs tricornes noirs, vêtus de leurs manteaux rouges, de leurs bas et de leurs hauts-de-chausses bleu-gris, ils constituaient une barrière particulièrement intimidante. Ils étaient tous armés ; Harry vit des épées, des pistolets et des mousquets pourvus de baïonnettes.

Ceux qui arrivaient sans être encore au courant de la rumeur selon laquelle une menace pesait sur eux furent vite informés des raisons de ce renforcement des mesures de sécurité. Certains, apeurés, restaient dans la cour, ne sachant plus vraiment s'ils devaient s'aventurer à l'intérieur. Déstabilisés par la manifestation qui sévissait à l'extérieur et tous ces soldats à l'air sinistre, d'autres décidèrent de remonter aussitôt dans leur voiture pour repartir vers le Strand.

Tous les arrivants durent se soumettre à un examen minutieux de la part des soldats. Les convives furent invités à remettre leurs armes. Toute une collection d'épées et de poignards, et même de pistolets, se retrouva ainsi entreposée dans un grand coffre ouvert, dressé sur une table à côté du mur. Quiconque se plaignait se voyait pris à part et admonesté par MacWilliam qui manifestait relativement peu de déférence, même à l'égard des personnalités les plus titrées.

Les invités, tremblant dans leurs plus beaux atours, ne pouvaient qu'approuver le lourd rituel qui les attendait. Ils n'avaient pas le choix s'ils souhaitaient assister à la consultation. Les soldats expliquaient qu'ils suivaient là les instructions de la reine en personne.

Après qu'ils eurent passé l'inspection, MacWilliam fit entrer le groupe de Harry, qu'il n'avait pas reconnu sous toute cette soie, sa poudre et le cœur qui ornait sa joue. Ils tombèrent aussitôt sur le maître de la maison de la reine. Un assistant lui tendit une liste ; c'était un homme trop important pour se souiller les doigts en la tenant lui-même.

Harry baissa les yeux pour regarder la soie fine de ses hauts-de-chausses, ses chaussures magnifiquement cirées et son manteau à la décoration chargée.

Hortense lui toucha la main.

« Vous êtes méconnaissable, le rassura-t-elle. Mon neveu. » Elle lui sourit, avant de tuer cette expression dans l'œuf, son visage arborant l'impassibilité d'un masque. « Laissez-moi parler. »

Il déglutit et gonfla sa mince poitrine, espérant ainsi donner l'impression qu'il était parfaitement à l'aise.

La liste fut consultée avec ostentation, même si le maître l'avait tout de suite reconnue car il s'agissait d'Hortense Mancini, duchesse de Mazarin. Il savait très bien ce qu'il en était des sentiments de la reine à son égard, mais Catherine l'avait invitée, de catholique à catholique, choisissant d'ignorer la liaison qu'elle avait eue avec son mari.

Le maître soumit Harry à un examen réprobateur. Ce dernier, qui rougit sous sa poudre blanche, se dit qu'il était offensé par le cœur sur sa joue. Slough affecta d'ignorer le maître, regardant par-dessus et derrière lui, comme si agir de la sorte leur conférait une importance égale.

« Mes domestiques, Moustapha et Bartholomew, dit Hortense d'une voix traînante. Mon neveu, Sébastien Espinasse. »

Où était-elle allée chercher ce nom, Harry n'en avait aucune idée, mais elle l'avait dit avec une grande facilité. Il allait néanmoins devoir le porter, comme on porte un chapeau : il serait donc Sébastien pour la soirée.

« Mon neveu, dit-elle en réponse au sourcil interrogateur du maître, venu de Paris pour visiter Londres.

– *Vous êtes le bienvenu à la maison de la reine, monsieur Espinasse*. »

L'espace d'un instant, Harry se figea, autant surpris par le fait que le maître ait pris la parole que par son usage du français, puis il lâcha :

« *Je suis arrivé récemment à Londres. En fait, aujourd'hui. Merci. Merci*. »

Le maître fronça les sourcils, se posant des questions sur son accent.

« Il voyage à travers l'Europe, expliqua Hortense. À dépenser les derniers sous de son père, hein, Sébastien ? »

Le froncement de sourcils du maître s'approfondit davantage, les plis se rejoignant au milieu de son front. Harry espérait qu'il n'était pas au fait des subtilités de l'arbre généalogique de la famille Mancini.

« Vous trouvez Londres dans un grand état d'agitation, monsieur. J'espère que vous n'aurez pas une trop mauvaise opinion de notre ville. »

Harry le regarda bêtement, comme s'il ne comprenait pas.

Hortense lui traduisit la chose en français.

Le maître de la maison de la reine jeta un coup d'œil à son assistant, qui haussa presque imperceptiblement les épaules. Il y avait de la place pour cet invité imprévu : ils avaient vu certains convives faire demi-tour. Et ceux qui attendaient derrière commençaient à s'impatienter.

Le maître hocha la tête : il les laissait passer. Hortense ouvrit la voie.

Une fois qu'ils eurent pénétré dans la vaste entrée, des domestiques vinrent prendre leurs manteaux et leurs capes. Des plateaux d'argent chargés de hors-d'œuvre et de boissons flottaient au milieu de la foule, portés par d'autres valets. Tout était servi dans la plus fine des porcelaines et le verre le plus délicat. Les invités avançaient lentement en direction de la grande salle dont on voyait, au fond, les immenses portes. Un orchestre jouait discrètement de la musique de chambre, sans toutefois couvrir les conversations. Celles-ci semblaient tendues : les hôtes étaient nerveux, s'étant réunis là malgré les menaces dont ils étaient la cible, non pas pour faire des mondanités ou fêter quelque chose, mais pour discuter stratégie.

Comment devaient-ils résister aux attaques portées par ceux qui étaient sous la coupe de Titus Oates, ainsi que par toute la clique de ses complices, tous les jours plus nombreux et prêts à se parjurer pour incriminer les catholiques ? Comment pouvaient-ils espérer apaiser des forces qui se servaient de cet homme comme d'un instrument pour les réprimer ? Quelles étaient les dernières nouvelles concernant la menace qui pesait sur eux ce soir ? Des recherches avaient été effectuées cet après-midi, savait-on. On n'avait rien trouvé, mais les invités demeuraient tout de même inquiets. Ceux qui étaient arrivés ce soir en carrosse avaient été témoins de l'agressivité des manifestants ; quant à ceux qui étaient arrivés plus tôt, avant que la foule ne se réunisse, ils pouvaient à présent entendre les cris pleins de colère que l'on poussait sur le Strand.

À l'appel d'un léger mouvement de perruque d'Hortense, un valet à l'air débordé leur proposa des verres de vin. Slough avait repéré un plateau sur lequel étaient habilement empilés une infinité de gâteaux. Pour attirer son attention, il dut tirer sur la jambe du domestique, lequel, plein de tact, détourna le regard lorsqu'il en prit trois. Comme il le regardait manger, il vint à l'esprit de Harry que la nourriture pourrait être empoisonnée, mais tous ceux qui étaient en train de grignoter et de boire autour de lui étaient toujours debout, et ce qu'avait vu Slough était bel et bien une machine.

Tout en mâchant, ce dernier balayait attentivement la pièce du regard : Harry avait deviné qu'il les soupçonnait de ne pas entièrement le croire, même s'ils l'avaient accompagné de leur plein gré.

Il posa sa main sur l'épaule de Slough, puis la retira, pensant au fait qu'un homme aussi petit pourrait trouver cela condescendant.

« Je vous crois, lui dit-il. La machine est ici, quelque part.

– Je sais, répondit Slough, ne manifestant aucun signe indiquant qu'il appréciait la sollicitude de Harry. Nous devons la trouver, sinon peut-être que, demain matin, tous les gens que nous voyons là seront morts. »

Ils franchirent les gigantesques portes de la grande salle au milieu du flot des invités. Harry pensa à un sablier : les gens qui entraient par ces portes étant les grains de sable s'écoulant par son orifice à mesure qu'approchait le moment, de plus en plus imminent, où ils allaient mourir.

Aucun moyen de savoir quand ni comment le massacre allait commencer. Harry avait l'intuition que ce serait pour plus tard, une fois que tous les invités seraient arrivés. Peut-être quand ils seraient à table, en train de manger. Quelle que soit cette machine, avoir pris la peine de l'apporter à Londres, de la construire et de la cacher quelque part à l'intérieur de Somerset House, était le signe d'une volonté d'anéantissement total.

Il s'agissait de faire autant de morts que possible.

La salle contenait actuellement environ deux cents personnes, estima Harry. Soit près de la moitié des couverts. L'essentiel des invités progressait vers le fond de la salle, là où la reine Catherine, entourée de diverses personnes, était assise et leur faisait face.

64

L'oppressante obscurité

L'obscurité l'oppressait de toutes parts. Grace la sentait lentement ramper sur elle, suinter sur elle, l'envahir tout entière. Elle la pénétrait par les oreilles, par le nez, coulait de ses paupières, épaisse comme de l'huile. Il y avait ce courant d'air froid qui parcourait sa peau en tourbillonnant, et ce silence si profond que ses oreilles lui jouaient des tours. Elle avait l'impression de pouvoir entendre l'air palpiter contre ses tympans.

Son corps était totalement raidi. Comme si le moindre mouvement allait le briser. Lorsqu'elle essaya malgré tout de bouger, ce simple effort lui donna le vertige, la sensation d'être accrochée sur une roue qui tournait lentement, sa tête au centre, ses talons sur le bord extérieur. La chose sur laquelle elle était étendue bougeait en même temps qu'elle, se mettait à tourner elle aussi. Elle tendit ses bras de chaque côté, pour voir si ses mains entraient en contact avec quelque chose de solide, mais elle les trouva si lourds qu'elle ne put les soulever.

Quand l'homme avait pressé sa main sur sa bouche, elle avait pensé qu'il voulait la contraindre au silence, mais c'était à partir de là que cette torpeur s'était emparée d'elle. Le poids de sa main chaude et répugnante, au goût étrange, amer, et qui sentait comme l'alcool d'opium que préparait son oncle.

La seule chose qu'elle était capable de bouger étant ses doigts, elle en enfonça l'extrémité dans le sol à la texture rugueuse. De la pierre, recouverte de limon. Ce nouvel effort l'ayant épuisée, elle relâcha ses mains.

Une larme coula lentement sur l'arrondi de sa joue pour finir dans les replis de son oreille, lui chatouillant la peau.

Dans la voiture, deux hommes l'avaient maintenue au sol, jusqu'à ce que ses muscles soient vidés de toute force et qu'elle se retrouve totalement impuissante face à eux. Elle en avait griffé un. Au souvenir du sang de l'homme, elle fut envahie d'une satisfaction glaciale qui vint s'immiscer au cœur de sa peur.

Le deuxième ressemblait à peine à un homme. Plutôt à un rongeur. Une chauve-souris, plus précisément.

Un troisième homme devait conduire l'attelage, conclut-elle.

Y avait-il aussi un quatrième homme ? Elle n'en était pas sûre, car elle ne se souvenait pas l'avoir vu, mais plutôt d'avoir senti sa présence.

La peur du noir commença à se faire plus oppressante que celle d'avoir été enlevée par des hommes violents, et elle se mit à frissonner. Elle n'avait aucune idée de ce qui l'attendait. Tout ce qu'elle savait de son avenir se résumait à ce lent tournoiement dans les ténèbres et à la fatigue qui lui paralysait les membres.

En plus de l'odeur des doigts de l'homme – impossible de savoir si l'odeur était encore là, ou si elle n'était qu'un souvenir – elle en sentait d'autres. Celle de l'humidité. Et une autre encore, malsaine, de moisi. L'odeur de la maladie.

Elle chercha à écarter cette pensée.

Mais cette pensée, rien ne pouvait l'en débarrasser ; c'était l'odeur de la mort.

65
L'allié douteux

La reine Catherine ne manifestait aucun signe d'inquiétude. Peut-être était-elle un peu plus pâle que cet après-midi, se dit Harry, et ce malgré la chaleur qui régnait dans la salle grâce à ses deux grandes cheminées. Sans doute était-ce aussi l'éclat de la lumière qui lui donnait ce teint blême : toutes les chandelles des lustres, méticuleusement mises en place par les hommes qu'il avait interrogés sur leurs escabeaux branlants.

Les invités étaient agglutinés autour d'elle, attendant que ses assistants les signalent à son attention. Il la vit changer d'expression au moment où elle aperçut Hortense Mancini : une ombre fugace traversa son visage pour s'évanouir aussi vite qu'elle était apparue, laissant la place à un sourire excessivement radieux et un regard pleinement concentré sur la personne en train de lui parler.

D'autres fantassins se tenaient debout derrière elle. Harry en reconnut quelques-uns qui avaient participé à la fouille. Leurs uniformes étaient aussi propres qu'ils pouvaient l'être; on leur avait donné de nouveaux rubans à nouer au-dessus des genoux, et tous les éléments en cuivre brillaient comme si c'était la première fois qu'on les arborait. La plupart était armés de mousquets prolongés d'une baïonnette et deux d'entre eux étaient dotés d'une platine à silex. Toute cette artillerie était certainement davantage pour la galerie, se dit Harry, parfaitement conscient du chaos que cela provoquerait s'ils se mettaient à tirer dans la foule. Un sergent arborant une écharpe écarlate tenait une hallebarde dont la pointe féroce était dressée vers le plafond. Le colonel du régiment était présent lui aussi, juste derrière la reine; il était coiffé d'une énorme perruque qui lui tombait sur les épaules, elle-même surmontée d'un chapeau orné d'une plume; ses bas de soie jaune le distinguaient du reste de ses hommes.

Les invités avaient beau être tous richement apprêtés après s'être donné toutes les peines du monde pour choisir les vêtements et les bijoux qu'ils exhiberaient à cette consultation, c'était le groupe d'Hortense qui attirait le plus les regards. Harry se sentait particulièrement embarrassé et mal à l'aise tandis qu'il marchait aux côtés de ses compagnons : la duchesse, flamboyante, son serviteur africain Moustapha et un nain au teint hâlé dont la démarche chaloupée donnait l'impression qu'il se pavanait, non sans une certaine arrogance. Avec le cœur peint sur son visage, Harry aurait été nettement plus à sa place dans un bal masqué ou à une fête. Il avait en outre le sentiment que sa peau commençait à considérer ses vêtements comme des intrus qui l'irritaient, rejetant les beaux atours qu'on avait loués pour lui.

Ils se joignirent au mouvement de ceux qui s'avançaient vers la reine. Harry était sûr que Catherine les avait à nouveau regardés, toujours avec cette même moue désapprobatrice.

Il sentit une présence dans son dos, une ombre qui se projetait sur lui. En se retournant, il se trouva face à la grande silhouette cadavérique de Richard Merritt.

Son cœur se serra. Ils étaient déjà démasqués.

« Il faut que je vous parle », dit Merritt sur un ton pressant en lui agrippant le bras.

Son visage luisait de sueur, on voyait que le col de sa chemise était trempé, et pourtant il portait toujours sa longue cape violette.

Harry fit semblant de ne rien comprendre.

« Sébastien ? »

Hortense fixa l'inconnu du regard, ayant immédiatement deviné que sa présence était synonyme d'ennuis.

« *Pardonnez-moi, monsieur*, dit Harry. *Je ne parle pas anglais**.

– C'est donc que vous avez oublié. Quand vous avez quitté ces rivages pour la France, peut-être ? dit Merritt. Allons, monsieur Hunt ; nous sommes ici entre adultes. »

Harry l'ignora pour continuer à se diriger vers la reine, se demandant dans quelle mesure Merritt était prêt à perturber la consultation. Il regarda autour de lui pour voir si le sbire de Danby était venu accompagné, peut-être même par les trois Français, qu'ils pourraient ainsi faire expulser de la maison. Les gardes ne prêtaient aucune attention à lui, concentrés sur les autres invités qui faisaient leur entrée dans la salle. Lorsque des regards se portaient dans leur direction, ils étaient réservés à Hortense et à Slough. Si Merritt n'avait pas les soldats à son service, si Lefèvre et ses hommes n'étaient pas présents, alors qui d'autre pouvait être son ou ses complices ? Danby lui-même n'était pas là. Le lord grand trésorier se tenait à distance de l'exécution de son propre plan.

« Monsieur Merritt, dit froidement Harry.

– Je sais que vous savez ce qui se trame ici », lui dit Merritt à l'oreille. Son haleine exhalait la maladie. Et son visage inondé de sueur semblait également celui d'un homme malade, et non d'un invité réchauffé par les flammes des cheminées. Harry essaya de reculer, mais Merritt s'agrippait toujours fermement à lui. « Le complot contre la consultation. Parce que vous avez retrouvé M. Slough.

– Il m'a tout raconté, répondit Harry. Je me demande ce que vous, vous en savez. »

Merritt désigna un pilier qui leur procurerait un semblant d'intimité. Slough les suivit ; Hortense et Moustapha continuèrent à faire la queue au milieu de ceux qui attendaient de saluer la reine, se disant qu'ils attireraient trop l'attention si tout leur groupe s'écartait.

Debout à côté du pilier où une fouine gravée dans le bois donnait l'impression d'être sur le point de lui bondir sur le dos,

Merritt balaya toute la salle du regard. Un flot incessant de nouveaux invités passait les portes.

« Danby est fou ! » Il jeta un œil autour de lui ; les oreilles étaient promptes à vous entendre lorsque vous parliez mal du lord grand trésorier. « Nous devons l'arrêter. Seriez-vous prêts à m'aider ? Il se sert de Français.

– Les hommes avec lesquels je vous ai vu à Billingsgate ? demanda Harry. Et qui ont séjourné chez M. Slough ? »

Merritt répondit par un hochement de tête frénétique, les yeux exorbités.

« L'un d'eux s'appelle Lefèvre, dit Harry. Un homme que j'ai vu mourir.

– *C'est* Lefèvre. Il n'y a rien chez lui qui indique qu'il soit mort. » Il esquissa un sourire embarrassé. « Les morts ne se relèvent pas, sauf si c'est Dieu qui leur en donne l'ordre.

– Il a l'intention d'utiliser une machine, dit Slough.

– Danby l'a engagé pour tuer ici le plus de catholiques possible. Tous, s'il le peut. En utilisant un gaz. »

Merritt n'arrêtait pas de jouer avec sa cape, à laquelle il se cramponnait si fort qu'il en avait les jointures des mains toutes blanches.

La chose était donc confirmée : l'homme était bien Lefèvre – mais comment était-ce possible ? Et ce qui était bien un cube, comme l'avait supposé Harry, renfermait un gaz mortel.

« Où est Grace Hooke ? demanda-t-il d'un ton impérieux.

– J'ai entendu Danby parler d'elle avec Lefèvre. Je suis vraiment désolé, mais j'ignore absolument où elle se trouve.

– C'est pour m'empêcher de venir ici qu'ils l'ont enlevée ?

– Lord Danby est prêt à tout. Il cherche à protéger son plan par n'importe quel moyen. C'est pour cela qu'il a tout fait pour que vous restiez à Paris. »

Harry l'observa avec méfiance.

« Et vous ? Vous ne cherchez pas, vous aussi, à tuer ces gens ?

– J'ai travaillé pour Danby pendant des années. Je l'ai aidé à accomplir bien des choses – dont certaines, j'en suis sûr, que vous n'approuveriez pas – mais je ne peux pas le soutenir dans cette affaire-là. Et je ne peux pas non plus agir seul contre lui.

– Où est-elle ? Où est cette machine ?

– *Ça*, je ne les ai pas entendus en parler.

– Vous n'en avez vraiment pas la moindre idée ? »

Merritt leva ses mains ouvertes et fit une grimace par laquelle il exprimait toute sa contrition.

« Pourquoi Danby voudrait-il assassiner la reine ? demanda Harry.

– Pour mieux contrôler le roi.

– Et pourquoi tuer également toutes les personnes qui sont ici ?

– Elles menacent tout ce qui a de l'importance aux yeux de Danby : le culte protestant et l'indépendance vis-à-vis de la France. Le roi dépend de son cousin français pour ce qui est de ses finances parce que le Parlement refuse de lui donner de l'argent. En échange, Louis influe sur la façon dont nous sommes gouvernés. » Merritt s'essuya le front de sa main osseuse. « Si nous voulons défaire Danby, nous devons trouver cette machine et la détruire avant qu'elle fasse son œuvre.

– "Nous", dites-vous ? La vérité est que je n'ai aucune confiance en vous, monsieur Merritt.

– Et comment pourriez-vous avoir confiance en moi ? J'ai contribué à mettre en place cet acte de traîtrise et me suis assuré que Lefèvre puisse venir à Londres, pour accomplir les volontés de lord Danby. Lefèvre est un expert en poisons, c'est donc l'homme parfait pour ce complot. Il a conseillé la Voisin elle-même.

– J'ai assisté à la mort de la Voisin quand je me suis échappé de la Bastille, murmura Harry presque pour lui-même, se rappelant le panache de fumée dans le ciel parisien. Pourquoi Lefèvre et ses hommes haïssent-ils les catholiques au point de vouloir les assassiner en masse ?

– Vous vous attendez à ce que je vous réponde que ce sont des huguenots, n'est-ce pas ? Qu'ils cherchent à se venger de la répression qu'ils ont subie ? Seulement, il n'en est rien. Ce sont des catholiques. La plupart des hommes oublient leur religion si on leur offre suffisamment d'argent. Je n'ai jamais eu de tels scrupules auparavant. Mais, vous le voyez bien, j'ai retrouvé mes esprits. Je n'ai rien contre la reine Catherine. Je n'ai pas envie de voir tous ces gens mourir. Mon âme éternelle serait vouée à l'enfer ! D'ailleurs, il n'y aura pas que la reine et les invités que vous avez vus jusqu'à présent. On attend également Jacques, le frère du roi. Danby compte le tuer lui aussi.

– Pourquoi nous dire cela à nous, monsieur Merritt ? demanda Slough. Pourquoi ne pas aller voir la reine et tout lui raconter ?

– Pour la même raison que vous, répondit Merritt. Elle ne me croirait pas. C'est un complot bien trop énorme. Jamais vous ne pourrez convaincre tout ce monde, surtout vous, monsieur Hunt, qui avez déjà fouillé Somerset House. Les soldats n'en voudraient pas entendre un mot. Et des hommes armés de mousquets ne seront pas d'une grande utilité contre du poison. »

Merritt sourit tristement, affichant une expression étrange, comme s'il était désolé pour Harry.

Harry et Slough se regardèrent. Cette histoire de complot visant à empoisonner toute la consultation semblait avoir rendu Merritt à moitié fou. Ils n'avaient cependant aucun doute quant à la véracité de ce qu'il venait de leur raconter, comme au fait qu'effectivement personne ne le croirait. Même si tout ce qu'il avait dit était la vérité.

Harry entendit le bruit qui emplissait la salle gagner en volume, mais ne quitta pas son interlocuteur des yeux, car il continuait à douter de lui. Que faire ? Devait-il unir ses forces à celles de Merritt pour affronter Danby ou bien le considérer comme un menteur ?

« Est-ce que Lefèvre est là, à Somerset House ? Et ses hommes ?

– Eh bien, monsieur Hunt, c'est là la beauté de son plan... ou plutôt, devrais-je dire, toute son iniquité. Ils n'ont pas besoin d'être ici. Le gaz sera libéré tout seul. C'est à cela que sert la machine. »

La rumeur qui résonnait dans la pièce était en train de se transformer en un véritable brouhaha.

Harry se retourna pour regarder derrière lui.

Le frère du roi, Jacques, duc d'York, venait de faire son entrée.

66
L'affable jésuite

Les invités s'écartèrent pour laisser passer le duc d'York et sa suite, qui avançaient en direction de la reine Catherine. Il était accompagné d'au moins dix personnes, dont deux hommes à la carrure proprement extraordinaire qui ne pouvaient être là que pour le protéger. Il avait eu vent de cette histoire de menace, comme désormais tous ceux qui se trouvaient à Somerset House, et s'approchait de sa belle-sœur en écartant les bras pour lui manifester toute sa sollicitude.

Jacques n'était pas aussi fin que son frère et avait le teint plus rougeaud. Le courage dont il avait fait preuve en combattant le Grand Incendie de Londres lui avait gagné l'admiration du peuple. Cette affection s'était toutefois vite dissipée lorsque l'on avait exigé de lui qu'en qualité de lord grand amiral il se soumette au Test Act, autrement dit qu'il dénonce comme une superstition le concept de transsubstantiation et le sacrement de l'eucharistie. Il avait refusé. Sa foi romaine était alors devenue connue de tous.

À ses côtés marchait sa femme, la catholique Marie de Modène. C'était sa seconde épouse; elle avait la moitié de son âge, et semblait incroyablement jeune. À Londres, on la surnommait la « fille du pape ». Elle avait une élégance aussi folâtre que décontractée. Harry put voir que ce dernier point était tout à fait du goût d'Hortense.

Catherine se leva pour les accueillir, leur souhaitant la bienvenue à sa consultation. Toute cette effervescence autour de la reine provoqua un regain de tension chez les soldats. Un des hommes qui accompagnaient le duc et la duchesse était un jésuite, vêtu de la soutane et de la barrette de son ordre, tous deux du noir le plus profond.

Lorsque l'homme se retourna, Harry s'aperçut à sa grande stupéfaction qu'il s'agissait de Denis Papin.

Slough le reconnut lui aussi et se tourna vers Harry pour lui faire le plus énorme des clins d'œil. Bientôt, les convives seraient invités à s'installer à table, et le repas commencerait. Si Papin se retrouvait à faire partie de la suite du duc et si près de la reine, c'était certainement que Hooke lui avait demandé de se joindre à eux, afin de tenter de les protéger.

Harry se dit qu'il devait aller voir Papin pour lui répéter ce que Merritt leur avait raconté à propos du gaz.

Il se tourna vers l'homme de main de Danby.

« Nous devons à nouveau fouiller la maison.

– Je vous aiderai, si vous me laissez faire.

– Qu'avez-vous entendu dire au sujet du gaz ? Par exemple, est-il plus léger ou plus lourd que l'air ?

– Est-ce qu'il tombe ou est-ce qu'il monte ? Je vois où vous voulez en venir... Je suis désolé, monsieur Hunt, je vous aiderais davantage si je le pouvais. »

Harry inclina la tête, noyé dans ses pensées.

« Le gaz pourrait être plus léger que l'air ; auquel cas il monterait à travers ces lattes. »

Celles du plancher en chêne ne semblaient pas être séparées par le moindre interstice, mais peut-être que cela ne suffirait pas à empêcher un gaz de passer.

« Ou alors, le poison est plus lourd que l'air, et dans ce cas, il tombera. L'un comme l'autre sont plus probables que la possibilité qu'il traverse les murs, ce qui impliquerait un moyen de libérer le gaz latéralement. Hormis celui qui entre par les portes, il n'y a pas de réel courant d'air dans cette salle. »

Slough perçut les réflexions de Harry comme de l'indécision.

« Nous devons à nouveau fouiller les caves. »

Ils rejoignirent Hortense et Moustapha. Hortense consentit volontiers à ce que son domestique les aide à chercher la machine. Elle allait rester dans la grande salle à l'affût des premiers signes d'empoisonnement et tâcher d'éloigner les gens de la source de celui-ci le cas échéant. C'est uniquement quand la machine serait enclenchée que les gens croiraient enfin à son existence.

Harry, Slough, Moustapha et Merritt se dirigèrent vers la porte principale.

Ils furent rattrapés par Denis Papin. Il était vêtu d'un ferraiolo et muni un long bâton, pour mieux guider son troupeau. L'air sévère sous son chapeau noir, il s'inclina devant eux, comme s'il se montrait simplement courtois envers des invités qui s'apprêtaient à franchir la porte en même temps que lui.

« C'est bien que vous soyez là, Denis, murmura Harry. Mais vous courez un grand danger. Ils ont prévu d'utiliser du gaz.

– Je n'ai rien remarqué de suspect. » Il joignit ses mains et les serra. « Je vais rester auprès du duc et de la reine, afin de les aider si je le peux. »

Harry, Slough et Moustapha s'inclinèrent respectueusement devant ce jésuite, soldat de Dieu. Il leur adressa un signe de croix et retourna auprès du duc d'York.

Alors qu'ils quittaient la grande salle et tous les invités qui s'y trouvaient, un serviteur leur courut après pour leur demander s'ils avaient besoin d'aide. Savaient-ils que la maison était équipée de toilettes à chasse d'eau, basées sur l'*angrez* français ? Harry le remercia, puis ils continuèrent à marcher pour gagner le cœur de la maison.

D'après ce que se rappelait Harry des fouilles de l'après-midi, la porte qui menait aux caves se trouvait près des escaliers réservés aux domestiques. Cela signifiait qu'il leur faudrait passer devant les cuisines, dont les portes étaient grandes ouvertes et où, dans un incessant fracas métallique de casseroles et de couteaux acérés, étaient en train de s'affairer des commis au visage rouge exécutant les ordres de cuisiniers au visage tout aussi rouge. Certains s'agitaient dans tous les sens tout en réussissant à ne pas se rentrer dedans. D'autres étaient penchés sur leur plan de travail, en train de plumer des volailles, de trancher, de hacher, de mélanger ou de brandir des poêles, des cuillères, des râpes et diverses sortes de lames. Un chien tournebroche trottait à l'intérieur de sa roue pour faire rôtir du gibier.

Au moment où les quatre hommes passaient devant la porte, un cuisinier, à la main duquel pendouillait un porcelet, hurla après eux. L'ignorant, ils continuèrent à avancer le long du couloir, dont le sol glissait à cause des projections de jus et de graisse.

Ils arrivèrent devant la porte qui menait aux caves. Harry essaya de l'ouvrir, mais elle était fermée à clé.

« Il n'y a pas d'autre moyen d'accéder aux caves ? » lui demanda Slough.

Harry repensa à la laborieuse exploration effectuée l'après-midi même avec Hooke, le capitaine MacWilliam et ses hommes.

« Si. Il doit y en avoir un. La lumière du jour y entrait, par un soupirail. » Comme celui de sa cellule du Châtelet, se souvint-il, soit un peu plus qu'une fente au niveau du sol. « Ça doit être du côté ouest du bâtiment. » Il comprit ce que suggérait Slough. « Vous pourriez passer à travers en cassant le carreau.

– Nous pouvons enfoncer cette porte, dit Moustapha.

– Nous attirerions l'attention de la moitié de la maison, dit Harry. La reine m'a fait promettre de ne pas remettre les pieds chez elle. Le capitaine des fantassins me connaît et me chasserait d'ici. »

Slough s'éclipsa, cherchant un moyen de sortir sans avoir à repasser par la porte d'entrée où se trouvaient les gardes et le maître de la maison de la reine.

« Pourquoi n'irais-je pas chercher là-haut, pendant que vous attendez M. Slough ? suggéra Moustapha. Il est inutile que nous restions tous les deux ici.

– Je préfère que nous restions ensemble au cas où Lefèvre et ses hommes seraient cachés quelque part.

– Je suis certain qu'ils ne sont pas ici », chercha à le convaincre Merritt.

Harry le regarda, encore méfiant.

«Vous ne me faites toujours pas confiance. Je comprends pourquoi. »

Merritt s'assit sur une marche de l'escalier, désert depuis que tous les domestiques s'affairaient auprès des invités.

« Nous allons attendre M. Slough ici », lui dit Harry.

67
La cave obscure

Mais Slough ne revint pas. Harry essaya à nouveau d'ouvrir la porte en la soulevant par la poignée. Elle refusa de sortir de ses gonds et encore davantage de se dégager de son verrou. Il regarda à travers le trou de la serrure, s'efforçant de distinguer l'intrication complexe de ses gorges.

« Moustapha, pourriez-vous retourner à la cuisine ? J'ai besoin d'une baguette, d'un fil de fer ou peut-être d'une lame très fine. » Face au regard dubitatif du domestique, Harry se montra plus insistant : « Dites que vous vous êtes perdu, ou que vous cherchez la duchesse.

– Je ne pense pas que les cuisiniers voudront de moi dans leur cuisine. » Moustapha nota le regard déterminé de Harry. « Je vais essayer. »

Se retrouvant seul avec Richard Merritt, toujours assis dans l'escalier, Harry put sentir l'odeur de transpiration de ce dernier, particulièrement âcre, surtout dans l'espace confiné où ils se trouvaient.

« Pourquoi n'enlevez-vous pas votre cape ? lui demanda-t-il.

– J'ai gardé mon épée, pour ma propre protection, et je ne veux pas que les soldats s'en aperçoivent. Vous avez vu Lefèvre. Vous savez à quel point cet homme est dangereux. Vous croyez même qu'il est revenu d'entre les morts.

– Il y a quelques instants de cela, vous étiez certain qu'il n'était pas là. »

Harry aspirait plus que tout au réconfort d'une arme. Mais s'il se retrouvait à devoir affronter Lefèvre et ses hommes, il doutait de sa capacité à pouvoir les tenir à distance avec un poignard ou une épée; et un pistolet ne le protégerait pas contre trois assassins. Il aurait voulu avoir le sien, celui qui tirait à répétition et qui, supposait-il, était à présent entre les mains du lieutenant général La Reynie, à Paris.

S'il était arrêté par les soldats, le fait qu'il soit armé le rendrait éminemment suspect. Et comme tous les invités avaient été priés de laisser leurs armes à l'entrée, ils le prendraient pour le comploteur qu'ils recherchaient.

« Comment avez-vous fait pour la faire passer malgré les gardes ? demanda-t-il à Merritt. Ils fouillaient tout le monde quand nous sommes entrés.

– Je suis arrivé avec lord Danby, ils m'ont donc considéré comme dépositaire d'une certaine autorité. Il est venu plus tôt au cours de la soirée, sous le prétexte d'adresser à la reine ses meilleurs vœux pour sa consultation. »

Il fut interrompu par un léger coup porté de l'autre côté de la porte de la cave.

« Monsieur Slough ? siffla Harry à travers le bois.

– Bien, je suis à l'intérieur, lui répondit une voix étouffée. Je ne vois aucun moyen d'ouvrir cette porte à part la forcer.

– Moustapha est parti chercher un outil pour la crocheter, lui précisa Harry.

– Les autres portes qu'il y a ici sont fermées elles aussi.

– Ce sont les soldats qui les ont fermées, au cas où il y aurait bel et bien un attentat contre la reine. C'est la première fois que vous venez là, vous pourriez voir quelque chose qui nous a échappé. Rappelez-vous : un cube, dont les arêtes font la taille d'un… d'un homme grand.

– Ne tergiversez pas avec ce genre de sujets, monsieur Hunt. J'ai l'habitude d'être petit. »

Malgré la situation dans laquelle ils se trouvaient et la menace qui pesait contre la reine, Harry ne put s'empêcher de sourire.

« Oui, monsieur Slough, vous êtes petit. Je m'y suis habitué moi aussi.

– Le fait de ne pas avoir de lumière me gêne considérablement.

– Nous devons vous en trouver et ouvrir cette porte. »

Merritt tira le bras de Harry.

« Votre Africain ne revient pas. »

Harry se retourna pour regarder la petite partie du couloir qui menait à la cuisine.

« Ce n'est pas *mon* Africain, monsieur Merritt. Restez ici, je vous prie. Je vais voir ce qui est arrivé à Moustapha. »

68

Les cuisiniers soupçonneux

Alors qu'il empruntait à nouveau le couloir, Harry se rendit compte que tous les préparatifs qui agitaient la cuisine semblaient s'être interrompus ; des éclats de voix s'étaient substitués aux bruits métalliques : on était en train de hausser le ton et de se quereller.

Il arriva à la porte de la cuisine. Moustapha était là, cerné de toutes parts par les cuisiniers. Ils lui hurlaient dessus et s'approchaient lentement de lui tandis qu'il cherchait à les raisonner. Aucun d'eux n'avait lâché son ustensile, et toute une collection de couteaux tranchants, de cuillères, de fouets de bouleau et de casseroles était braquée sur lui.

Un homme trapu à l'air particulièrement intraitable et qui, vu le ton apeuré dont les autres s'adressaient à lui, était certainement le chef de cuisine, ordonna à un marmiton d'aller informer les soldats de ce qu'ils venaient de découvrir : un comploteur. Harry dut s'écarter pour laisser passer le garçon, qui partit en trombe.

Le voyant entrer, Moustapha le montra du doigt à tous ces cuisiniers extrêmement nerveux qui, tous en même temps, tournèrent vers Harry leurs visages furieux et accusateurs, rougis par la chaleur.

« Moustapha, dit Harry d'un ton agacé, en s'efforçant d'adopter l'élocution des gens bien nés. Ta maîtresse se demande où tu étais passé.

– S'il vous plaît, monsieur, dites à ces gens que je suis le serviteur de la duchesse. Aucun d'eux ne me croit.

– C'est la vérité, annonça Harry à des visages dubitatifs. C'est le domestique de la duchesse de Mazarin.

– Alors il n'a rien à faire dans notre cuisine, lui répondit le chef cuisinier. Dites-nous pourquoi il est là, parce que ce qu'il nous a raconté ne nous a pas vraiment convaincus. »

Ce qu'il allait leur dire devrait concorder avec le récit de Moustapha. Harry chercha de l'aide dans le regard de son ami acculé.

« Je leur ai dit que le chien de la duchesse avait disparu, dit Moustapha.

– Tu n'as pas encore retrouvé Poodle ? » Harry regarda les cuisiniers d'un air désolé. « Nous l'avons cherché partout.

– Il n'avait pas l'air de chercher un animal. » Le chef cuisinier croisa les bras d'un air belliqueux. « Il cherchait quelque chose sur nos tables. »

L'homme avait beau être grisonnant, sa corpulence demeurait impressionnante. Et lorsque ses avant-bras étaient pressés l'un contre l'autre, ils acquéraient un volume inquiétant. Les autres cuisiniers se consultèrent entre eux, l'air dubitatif.

« Vous vous devez d'être vigilants, cela ne fait aucun doute, dit Harry d'un ton affable. Les soldats nous ont mis en garde contre des étrangers qui cherchent à nous faire du mal. Mais, tous les invités ayant été fouillés, et avec des militaires en si grand nombre, je suis sûr qu'il ne va rien arriver.

– Ici, en cuisine, nous n'avons entendu que des rumeurs, dit un cuisinier, que son chef étrilla du regard.

– Les soldats ont fouillé toute la maison cet après-midi, avec M. Robert Hooke », ajouta un autre.

Pas un mot de son assistant, M. Henry Hunt.

« M. Robert Hooke, de la Société royale ? » s'informa Harry.

Ils furent plusieurs à acquiescer.

« Un homme de grande réputation. S'il y avait quelque chose à trouver, il l'aurait trouvé.

– Il n'y avait pas d'explosifs, ni rien indiquant que quelqu'un se cachait quelque part, intervint un troisième cuisinier.

– La reine et ses invités sont donc en sécurité, j'en suis sûr. » Harry s'interrompit quelques instants, se demandant s'ils n'auraient pas vu quelque chose de suspect. « L'un d'entre vous aurait-il des raisons de penser le contraire ?

– Cet Africain n'a rien à faire dans notre cuisine. » Le chef cuisinier décroisa les bras et saisit fermement Moustapha par l'épaule. « Sinon, tout ça, ce ne sont que des ragots. Je n'en crois pas un mot. » Il parla dans l'oreille de Moustapha. « Va-t'en, et laisse-nous travailler. » Prenant Harry pour un gentilhomme, il se montra plus déférent à son égard. « Emmenez-le avec vous, monsieur, s'il vous plaît, et retournez auprès des autres invités. » Il fit signe à deux de ses hommes. « Assurez-vous qu'ils retrouvent bien leur chemin. »

Les deux cuisiniers les suivirent de près, tandis que Harry et Moustapha empruntaient à nouveau le couloir en direction de la grande salle. Harry se retourna pour jeter un regard à la porte de la cave, derrière laquelle Slough était vraisemblablement toujours en train d'attendre qu'ils reviennent.

Aucun signe de Richard Merritt dans l'escalier.

Alors qu'ils rejoignaient les convives, Moustapha donna un coup de coude à Harry. Après s'être assuré que les cuisiniers les avaient laissés, il lui montra les clés qu'il avait subtilisées dans la cuisine.

69

Le sergent bien bâti

Ils zigzaguèrent entre les invités pour rejoindre Hortense, qui se trouvait seule à côté d'un pilier.

« Vous avez perdu votre chien, l'informa Harry.

– Quelle triste nouvelle, répondit-elle. Je l'aimais tellement.

– Moustapha a été pris à partie par les cuisiniers ; ils croyaient qu'il allait empoisonner notre dîner.

– Et donc, vous leur avez dit que vous étiez à la recherche de mon chien.

– M. Slough a réussi à pénétrer dans la cave, mais nous n'avons pas pu le suivre.

– Vous l'avez perdu lui aussi ?

– Il est en train de fouiller en bas, j'en suis sûr.

– Il saura se sortir de là, dit Moustapha. C'est un homme plein de ressources. »

Un sourire satisfait aux lèvres, il montra à Hortense le gros trousseau de clés qu'il avait volé à la cuisine. Une de ces clés leur permettrait certainement d'accéder aux caves.

« Cachez-moi ça ! »

Hortense se rapprocha de son domestique, le dissimulant à la vue de deux gardes qui étaient en train de se diriger vers eux d'un pas rapide, accompagnés d'un cuisinier.

À leur tête marchait le sergent à la hallebarde, un homme grand et bien bâti.

« Votre serviteur s'est rendu à la cuisine, dit-il. Gardez-le auprès de vous, s'il vous plaît. »

Devant la façon dont le sergent venait de s'adresser à elle, Hortense prit un air indigné.

« Il s'acquittait d'une commission pour moi.

– Il y avait également ce monsieur. »

Il désigna Harry.

« Mon neveu est parti à la recherche de mon domestique. Il n'y a rien à leur reprocher, à l'un comme à l'autre. » Elle fit glisser sa langue sur ses dents. « Si vous devez être en colère contre quelqu'un, ce sera donc contre moi. »

Se rappelant aussitôt les bonnes manières, le sergent s'inclina devant la duchesse.

« Je vous présente mes excuses. Ces histoires de menaces pesant contre cette consultation m'ont rendu quelque peu brutal.

– On le trouve suspect », dit le cuisinier qui n'en démordait pas.

Le sergent lui adressa un regard noir et se tourna à nouveau vers la duchesse.

« Puisque vous vous portez garant de lui, je suis certain que nous n'avons rien à craindre.

– C'est mon neveu. Le fils de ma sœur. M. Espinasse. »

Elle semblait assez séduite par ce sergent, par la manière dont il emplissait son uniforme, sa courtoisie recouvrée et son indéniable bonne éducation.

Harry se demanda d'ailleurs pourquoi il n'était pas officier, et s'il n'avait pas été dégradé pour avoir commis une faute ou quelque chose de ce genre. Peut-être sa famille avait-elle traversé des moments difficiles et qu'il n'avait donc pas les moyens de s'acheter une commission.

« Il est venu visiter Londres, poursuivit Hortense. Il a grandi en France, dans un petit village nommé Veauce. Il a voyagé dans toute l'Europe, à l'ouest jusqu'à Madrid, au sud jusqu'à Athènes, à l'est jusqu'aux Carpates, et au nord jusqu'à la Laponie.

– Un grand voyageur », répondit le sergent en adressant un sourire carnassier à Hortense.

Harry aurait préféré que celle-ci n'ait pas autant l'habitude de parler à tort et à travers.

« Il n'est pas du tout français, déclara le cuisinier. Je l'ai entendu parler dans la cuisine. »

La bouche de Harry s'assécha soudain. Il n'avait effectivement pas cherché à parler français dans la cuisine. Il ne s'était jamais imaginé que ces deux mondes, celui des cuisiniers et celui des invités, entreraient ainsi en collision.

« Son anglais est excellent, comme on peut s'y attendre compte tenu de son éducation et de ses voyages. » Hortense rejeta la tête en arrière, ce qui fit vaciller sa perruque. « Ai-je vraiment besoin de vous expliquer cela, à vous ? »

Le sergent posa la main sur le bras du cuisinier.

« Laissons-les tranquilles. Je leur ai dit de ne plus s'approcher de la cuisine. »

Il s'inclina une nouvelle fois et éloigna le cuisinier, qui continua à les fixer, plein d'agressivité.

Harry, Hortense et Moustapha les regardèrent se frayer un chemin à travers les invités qui entraient dans la grande salle ou attendaient d'être présentés à la reine. Harry sentit la panique envahir sa poitrine : le sergent n'était pas retourné à la place qu'il occupait tout à l'heure auprès de la reine. Non, il était en train de s'entretenir avec son colonel ; puis il sortit par la grande porte.

« Cet homme se méfie, observa Moustapha. Je pense qu'ils vont revenir. »

Harry acquiesça, persuadé qu'ils avaient été démasqués.

« Oh non, dit Hortense. Voilà que la reine demande à nous voir. »

70
L'appel de la reine

Les spéculations allaient bon train. Quelque chose d'exceptionnel venait de se passer. Non seulement la reine s'était levée de son trône doré, mais elle était descendue de son estrade. Elle avait envoyé le colonel des fantassins chercher la duchesse de Mazarin. Les gens s'écartèrent à son passage, lui aménageant une véritable avenue. Toutes ces histoires de complot ayant mis leurs sens en alerte, les invités étaient à l'affût de tout ce qui pouvait arriver.

Ils regardèrent le colonel parvenir à la hauteur du groupe de la duchesse et leur faire signe de se diriger vers l'estrade.

Hortense, Harry et Moustapha durent avancer au milieu d'une foule inquisitrice. La reine se rassit et regarda froidement la duchesse, la maîtresse occasionnelle de son mari et la femme qu'il avait autrefois voulu épouser. Le duc d'York et son épouse ne la quittaient pas non plus des yeux.

« Bienvenue, Hortense. »

Catherine semblait fébrile.

Hortense s'acquitta très docilement d'une révérence, sa tête allant presque jusqu'à toucher ses genoux. Et, tandis qu'elle était toujours prosternée devant elle, Catherine reprit :

« Je ne peux faire autrement que de me demander pourquoi vous provoquez un tel émoi dans ma maison ?

– Mille excuses, Votre Majesté, répondit Hortense quand elle se fut relevée. Vos cuisiniers ont trouvé mon domestique dans leur cuisine. Ils l'ont pris pour un comploteur. Je les ai rassurés. »

Catherine plissa les yeux. Son aversion à l'égard d'Hortense n'échappa à personne, même pas à ceux qui se trouvaient tout au fond de la salle.

« Quelle raison avait-il de se trouver dans mes cuisines ? »

Hortense jeta un coup d'œil gêné à Harry et Moustapha.

« Il était à la recherche de mon chien.

– Vous avez amené un chien ? »

Hortense fixait le sol, offrant un fac-similé d'embarras absolu.

Le colonel toussa dans son mouchoir.

« Puis-je, Votre Majesté ?

– Bien sûr, colonel Sackville. »

Sackville s'avança, prenant soin de ne pas passer devant la reine, et s'adressa, très lentement, à Moustapha.

« Tu sais que nous sommes là pour nous prémunir contre les gens qui ont pour dessein d'attenter à la vie de la reine ? C'est la raison pour laquelle mes hommes sont ici, mais aussi dehors, dans la rue, afin d'assurer sa protection.

– Oui, oui, je sais cela, répondit Moustapha aussi docilement qu'il le pouvait.

– Pourtant, *tu* t'es éloigné des autres invités. » Sackville parlait d'une voix particulièrement intimidante. « Tu es allé dans la cuisine de la reine. Tu savais certainement que tu allais éveiller les soupçons ?

– J'aurais dû y penser.

– Oui, tu aurais dû, mon garçon ! » dit triomphalement Sackville, comme s'il venait de remporter un débat d'une importance majeure. Il inclina la tête vers Hortense. « C'est là toute la difficulté qu'il y a à élever les gens de sa race. Ils sont très efficaces pour ce qui est du travail, mais ils ont constamment besoin de conseils. » Son ton se fit plus doux. « Tout comme avec les enfants, on ne peut pas faire confiance aux Africains pour penser par eux-mêmes. »

Hortense fit onduler son cou comme un serpent, et réduisit l'espace qu'il y avait entre Sackville et elle jusqu'à ce qu'ils soient si proches l'un de l'autre qu'il en éprouva de la gêne. Plus grande que lui, elle plongea ses yeux dans les siens. Ils étaient devenus entièrement noirs et ses joues étaient rouges de colère.

Moustapha fit un pas en avant et, à la grande surprise de la reine et de Sackville, ainsi que de tous ceux qui se trouvaient suffisamment près pour le voir, il glissa doucement ses doigts dans ceux d'Hortense. Elle repoussa violemment sa main, mais recula pour se retrouver à une distance plus conventionnelle du chef des fantassins.

« Veuillez, s'il vous plaît, pardonner mon étourderie », dit Moustapha.

Catherine décocha un regard plein de sévérité à Sackville. Elle regrettait de l'avoir autorisé à prendre la parole. Il avait tout l'air d'être un individu arrogant et inconséquent. Elle avait beau profondément détester la duchesse, elle ne voyait pas la nécessité de les insulter, elle ou son serviteur.

« As-tu retrouvé le chien de ta maîtresse ? demanda-t-elle à Moustapha.

– Non, Votre Majesté. »

Tenant à passer inaperçu, Harry était resté à l'écart de cet échange, douloureusement conscient qu'il était vêtu de soie argentée et qu'il avait un cœur peint sur le visage. Derrière la reine et le suffisant Sackville, il put voir la pointe de la hallebarde du sergent revenir dans la salle, avec son porteur, mais aussi le capitaine MacWilliam.

Il sentit son cœur sombrer.

Cette fois-ci, ils ne s'en tireraient pas par une simple conversation.

71
L'uniforme du capitaine

MacWilliam s'inclina devant la reine, mais ne manifesta pas la même déférence à l'égard d'Hortense Mancini.

« Mon sergent me dit que c'est vous qui avez envoyé votre domestique à la *cuisine.* »

Il avait dit cela comme si elle avait demandé à Moustapha de nager jusqu'au Svalbard.

« Tout va bien, MacWilliam, dit le colonel Sackville. Il s'agit d'une affaire réglée. »

Le salut qu'adressa MacWilliam à son commandant ne fut que de pure forme.

« Mais lui, qui est-ce ? demanda-t-il en pointant Harry du doigt.

– J'ai déjà tout expliqué, dit Hortense d'un ton virulent. C'est mon neveu. M. Sébastien Espinasse. »

MacWilliam, sceptique, pencha la tête en arrière.

« Est-il anglais ? Est-il français ? On ne comprend pas si c'est l'un ou l'autre. J'ai discuté avec le maître de la maison. La duchesse lui a dit que son neveu était français. Lorsqu'il lui a posé des questions en français, il a répondu en français. Puis, lorsqu'il s'est adressé à lui en anglais, il a été incapable de lui répondre. Pourtant, dans la cuisine, où il était censé venir chercher le domestique de la duchesse, il s'est exprimé en anglais. » Il regarda la reine dans les yeux. « Sans le moindre accent français.

– Qui est ce jeune homme, Hortense ? »

Catherine avait à présent renoncé à tout semblant de formalité.

« Votre Majesté…, répondit piteusement Hortense. Je ne peux pas vous mentir comme j'ai menti à vos hommes. Nous cherchons, nous aussi, à vous protéger. »

Harry s'inclina le plus bas qu'il pouvait.

« Votre Majesté, je suis Henry Hunt. Cet après-midi, je suis venu avec M. Hooke, et nous avons fouillé votre maison. Avec vous, capitaine MacWilliam.

– Par le sang du Christ ! » MacWilliam avait les yeux rivés sur le visage fardé de Harry. « Jamais je n'aurais… »

Il pâlit, se rendant compte qu'il venait de jurer devant la reine.

Catherine balaya ses excuses blêmes d'un geste de la main. Elle regarda longuement Harry, peinant à concevoir que l'assistant famélique de Hooke, qui avait fouillé sa maison en quête d'un complot, et cet homme qui circulait parmi ses invités sous l'apparence d'un gentilhomme catholique n'étaient qu'une seule et même personne.

« Cet après-midi, vous m'avez fait perdre mon temps en voulant à tout prix me raconter votre histoire de machine, le tança-t-elle. Vous avez lancé toute la maisonnée à sa recherche, perturbant par là même nos préparatifs. Vos recherches ont troublé mes invités et les ont grandement incommodés. Ce soir, vous avez menti pour entrer ici, en vous déguisant. Capitaine, veuillez escorter ces gens jusqu'à la sortie. Je pourrai ensuite enfin me consacrer pleinement à notre consultation. Hortense, notre amitié était des plus ténues ; la voici à présent réduite à néant. »

Catherine leur tourna le dos. Deux dames d'honneur, chacune vêtue d'une robe portugaise colorée, se placèrent devant elle afin d'empêcher quiconque d'essayer de la faire changer d'avis.

« Il y a trop de manifestants sur le Strand, dit MacWilliam. Nous allons les emmener jusqu'au fleuve en passant par le jardin. »

Il regarda le colonel Sackville, moins en quête d'une confirmation que pour le mettre au défi de donner un contrordre.

« Très bien, capitaine, convint Sackville. Exécutez les ordres de la reine aussi rapidement que vous le pourrez. »

MacWilliam, suivi de son sergent, guida l'indigne trio vers la sortie. Les invités qui s'étaient agglutinés autour de l'estrade afin de saisir le plus de bribes de conversation possible les laissèrent passer. Harry, Hortense et Moustapha durent essuyer leurs regards unanimement hostiles même si la plupart de ces gens n'avaient aucune idée de la nature du contentieux. La nouvelle se propagea depuis ceux qui s'étaient trouvés à portée de voix. Quand elle eut fait le tour de la pièce, presque tout le monde était convaincu qu'il s'agissait là des comploteurs dont parlait la rumeur. Mais tout de même pas la duchesse de Mazarin ? Leur incrédulité n'avait d'égal que leur soulagement.

Ils étaient en sécurité.

Les conspirateurs avaient été démasqués et étaient conduits vers la sortie.

Au moment où ils franchissaient les portes de la grande salle, Denis Papin leur adressa un signe de croix.

Bartholomew Slough était encore à Somerset House, quelque part, peut-être dans les caves. Papin et lui pourraient continuer les recherches et trouver la machine de Lefèvre.

Comme il marchait derrière MacWilliam, Harry remarqua qu'il arborait un uniforme différent de celui qu'il avait porté dans l'après-midi ; son manteau était d'un rouge plus foncé. Celui qu'il avait porté durant la fouille avait dû s'abîmer.

Harry ferma les yeux. Il serra le poing et se frappa – violemment – le front. Il n'arrivait pas à croire à quel point il était stupide. Il se souvenait d'avoir vu la manche de MacWilliam maculée de peinture. La peinture d'un des murs de la toute dernière pièce qu'ils avaient fouillée, une vieille salle de classe, sous les combles. Il était alors trop fatigué ; la chose lui avait totalement échappé. Quand on avait multiplié les expédients afin de terminer les travaux à temps pour la consultation, pourquoi peindre une pièce qu'aucun invité ne verrait ? On avait également procédé au plâtrage de ce mur, plâtrage bien trop parfait, à la différence de la plupart des travaux de la maison, effectués à la va-vite.

« Capitaine MacWilliam, dit-il. La machine est dans le grenier. Dans la salle de classe. »

MacWilliam ralentit à peine.

« Cela suffit, Henry Hunt. Nous en avons assez entendu de votre part. »

Le capitaine et le sergent, rejoints par d'autres gardes, les escortèrent derrière la maison, à travers les jardins jusqu'à l'escalier qui menait au fleuve, et les regardèrent embarquer à bord d'un bachot.

Le batelier les emmena jusqu'au milieu de la Tamise, là où le courant était le plus fort et le plus rapide en direction de l'est.

72
Le mur mouvant

Quand elle se réveilla, le corps totalement raidi par le froid, Grace se rendit compte qu'elle s'était retournée pendant son sommeil. Elle pouvait donc à nouveau bouger. Elle avait la figure pressée contre le sol. La surface humide sur laquelle elle était étendue était couverte de petits cailloux et de morceaux d'argile dont les pointes lui picotaient la peau.

Elle put s'étirer le dos ; sentant alors ses muscles se relâcher, elle laissa échapper un cri. Petit à petit, au prix de la plus grande des volontés, elle parvint à se retourner de nouveau. Après quelques minutes de repos, elle réussit à s'asseoir. Tout cela lui donna la nausée. Elle haletait, tandis que ses poumons se remplissaient d'un air vicié et malodorant.

Cette odeur lui donnait envie de vomir.

Elle écouta l'obscurité. Elle n'entendit absolument rien mais était certaine de sentir une présence. Comme un sixième sens qui percevait un autre être humain à proximité. Mais qui que soit cette personne – qu'elle soit dans le noir avec elle ou de l'autre côté d'un mur –, elle ne l'aidait pas. Elle se contentait d'attendre.

Mais qu'attendait-elle ?

Elle frissonna au souvenir de l'homme à l'unique sourcil et aux dents pointues. Son haleine sentait le fer rouillé. Il avait un regard tout à fait étrange : il ne clignait jamais des yeux, comme s'il vous scrutait au plus profond de votre être, pour découvrir et étudier vos pensées, vos sentiments les plus intimes. Grace se demanda s'il était là, à attendre, à côté d'elle. Que ses yeux préfèrent l'obscurité, dans laquelle ils seraient parfaitement capables de la voir, ne l'aurait pas étonnée. Il ne semblait pas vraiment humain.

Le peu qu'il restait dans son estomac remonta jusqu'à sa gorge. Elle recracha un liquide amer, qui éclaboussa le sol.

Elle n'avait aucune idée des dimensions de l'endroit où elle était. Rien n'indiquait où pouvait se trouver une porte – pas le moindre rai de lumière qui en aurait marqué les contours – ou même qu'il y ait une porte. Ou, s'il y avait une porte, si elle était verrouillée ou ouverte.

Elle avait beau ne rien voir, elle se dit qu'il lui fallait malgré tout explorer cet endroit.

N'étant pas certaine d'avoir la force de se relever, elle tendit les bras au-dessus d'elle, mais elle eut soudain peur de toucher quelque chose faisant office de toit ; cette idée la fit paniquer. Ses mains ne sentirent rien d'autre que l'air moite.

Avec hésitation, elle se mit à ramper, assise, se poussant vers l'arrière en enfonçant ses talons dans le sol et en pliant les genoux. Elle luttait contre les effets de la substance que les hommes lui avaient pressée sur la bouche. Elle chercha à nouveau à sentir ce qu'il y avait au-dessus de sa tête en agitant ses bras dans le noir. Comme ils ne rencontrèrent que le vide, elle se releva, en tremblant, afin de pouvoir se tenir debout. Elle n'y arriva pas totalement ; elle dut à nouveau s'accroupir, une main posée par terre pour garder son équilibre.

Elle avança ainsi en titubant, un petit pas traînant après l'autre, une main tendue en avant, l'autre touchant le sol, jusqu'à ce qu'elle sente un mur face à elle.

Lorsqu'elle appuya sa main dessus, sa surface bougea légèrement. Elle poussa plus fort et le sentit à nouveau bouger. Elle entendit le bruit d'une chose qui glissait sur une autre. Elle parcourut doucement la surface du mur avec la main. Elle tomba sur quelque chose d'arrondi, à la texture rugueuse et bosselée. Tout comme le sol, cette chose était humide et visqueuse à force d'avoir passé du temps dans cet endroit.

Et elle n'était pas la seule de son espèce. Il y en avait d'autres. Elle pouvait les sentir et parvint aussi à les faire bouger.

À part ce bruit de glissement, elle n'entendait toujours rien. Ses mouvements n'avaient pas alerté la présence qu'elle sentait. Ou, du moins, la présence n'avait pas réagi. Elle tira sur d'autres de ces étranges objets. L'un d'eux se souleva, se détachant facilement. Il était long. Plus long que son avant-bras. Parvenant à passer ses doigts derrière, elle en traça le contour. Elle tira à nouveau dessus et le dégagea du mur.

Elle sentit son poids.

Dans son esprit, elle se représenta l'objet qu'elle tenait à la main. Elle en avait déjà vu ; son oncle lui en avait montré.

C'était un fémur humain.

73
L'inexplicable frisson

La lune éclairait la cathédrale Saint-Paul encore en construction. Le monument au Grand Incendie et toutes les flèches des églises étaient autant d'hétéroclites pointes d'argent se détachant sur un ciel piqué d'étoiles. Le pont de Londres se déployait au-dessus du fleuve comme si on avait jeté une gigantesque cape en travers de celui-ci.

Quand ils arrivèrent à l'endroit où la Fleet se jetait dans la Tamise, le courant fit tanguer leur bachot.

Hortense tira sur l'épaule de Harry.

« Nous devons de nouveau essayer.

– Mais comment pénétrer à l'intérieur, maintenant ?

– Nous allons trouver un moyen. Nous ne pouvons pas abandonner ces gens à leur destin si celui-ci est de finir empoisonnés. »

Elle tremblait : elle n'avait pas récupéré sa cape. Harry, lui aussi privé de manteau, avait la chair de poule sous sa chemise en soie. Seul Moustapha portait encore son manteau rouge, qu'il n'avait pas enlevé.

Avec l'ourlet de sa robe, Hortense frotta vigoureusement le visage de Harry. Le cœur peint sur sa joue devint une tache informe avant de disparaître petit à petit, en même temps que la poudre.

« Batelier ! dit-elle en prenant sa voix la plus impérieuse. Au pont de la Fleet ! »

Virer pour s'engouffrer dans le canal de la Fleet revenait à tomber dans un trou, tant il y faisait noir. Il n'y avait quasiment personne dans les environs, et le quai tout nouvellement construit était presque désert. On ne distinguait que deux lanternes, portées par des marcheurs solitaires, rentrant sans doute chez eux après avoir passé la soirée dans une taverne d'Alsatia.

Le batelier devait redoubler d'efforts car il prenait le canal à contre-courant. Ils passèrent devant la prison de Bridewell et son millier de détenus, puis devant Green's Rents et continuèrent jusqu'à ce qu'ils atteignent le pont de la Fleet. Ils remercièrent le batelier, le payèrent, et remontèrent Fleet Street dans le noir.

Près de l'église Sainte-Bride, qui accueillait de nouveau des fidèles mais était encore dépourvue de flèche, Harry fut parcouru par un frisson de terreur qui remonta et descendit le long de son échine comme si la Mort en personne venait de lui taper sur l'épaule. C'était parce qu'ils étaient près du cimetière, se dit-il, bien qu'ordinairement ce genre d'endroits ne le rendît pas aussi nerveux, même la nuit.

« Tout va bien, Harry ? » lui demanda Hortense.

Harry s'arrêta quelques instants pour reprendre ses esprits. Les fenêtres noires de l'église lui semblaient d'une profondeur insondable, comme si elles cherchaient à l'engloutir.

« Je suis fatigué, c'est tout », répondit-il.

Moustapha et Hortense n'en crurent pas un mot, mais ils continuèrent à remonter Fleet Street au pas de course, et passèrent sous le tout nouveau Temple Bar qui marquait la limite ouest de la ville. En dépit des comploteurs jésuites qui menaçaient Londres, les poternes n'étaient pas gardées. Tous les soldats se trouvaient plus à l'ouest, assignés à la protection de la consultation.

Lorsqu'ils arrivèrent devant Somerset House, les grilles étaient fermées. À travers les barreaux, ils pouvaient voir les fantassins armés de leurs mousquets à baïonnette. La ligne de soldats postés devant la façade s'était étoffée, enrichie par ceux qui avaient patrouillé dans les rues. Toutes les voitures étaient reparties. Une petite foule de manifestants était encore là, leur clameur moins soutenue puisqu'il n'arrivait plus d'invités. Le sol était jonché de détritus et de pavés descellés.

« Nous ne pouvons pas entrer par-devant », dit Moustapha, alors qu'ils longeaient les grilles.

– Non, convint Hortense. Nous sommes trop reconnaissables. Mais Harry le peut. Moustapha, donne-lui ton manteau. »

Harry échangea son gilet contre le manteau de Moustapha, même si celui-ci était beaucoup trop grand pour lui. Cela modifiait considérablement son apparence, l'argent étincelant de son gilet laissant la place à un rouge sombre.

« MacWilliam pourrait être là, dit Harry en repliant les manches du manteau. Il me reconnaîtrait immédiatement. Il est possible d'entrer en passant par Duchy Lane. Quand nous avons fouillé les entrepôts et les écuries cet après-midi, j'ai remarqué qu'il y avait un mur assez bas.

– Le mur qu'escaladait le roi pour ses rendez-vous galants avec la duchesse de Richmond, précisa Hortense. Faites attention aux soldats une fois que vous l'aurez franchi. »

Ils trouvèrent l'endroit qu'ils cherchaient ; c'était tout à fait ce qu'il leur fallait. Bien que le mur ne soit pas spécialement plus bas qu'ailleurs, ses briques usées fournissaient des prises relativement commodes.

« Vous aurez besoin de ceci », dit Moustapha à Harry qui s'apprêtait à entamer son escalade.

C'étaient les clés de la cuisine. Le manteau qu'on lui avait prêté étant dépourvu de poches, Harry déchira un ruban de sa chemise pour les attacher à sa ceinture. Une fois qu'il fut presque arrivé en haut du mur, il jeta un coup d'œil par-dessus pour repérer d'éventuels gardes qui rôderaient dans le coin, puis il adressa un au revoir de la main à Hortense et Moustapha.

Pour la troisième fois de la journée, Harry se trouvait donc dans les jardins de Somerset House. Il chercha le chemin qui passait entre les écuries et les entrepôts ; il l'avait repéré dans l'après-midi, pendant la grande fouille ; seulement, dans le noir, tout était différent. Il devait également retrouver Bartholomew

Slough, puis Denis Papin, afin de se rendre avec eux au grenier. Il était maintenant convaincu que la menace se trouvait en haut de la maison.

Il entendit les chevaux s'agiter dans les écuries ; il avait fait du bruit et cela les rendait nerveux, à tel point qu'ils donnaient des coups de sabot dans les cloisons de leurs stalles. La seule chose qu'il espérait, c'était que cela n'attire pas l'attention des soldats ou d'un quelconque serviteur de la reine.

Il arriva au bout des écuries et courut jusqu'à la chapelle. Trouvant un coin parfaitement obscur, hors d'atteinte des lumières de la maison, il s'assit et parcourut le jardin du regard.

Le moindre de ses muscles lui réclamait du repos. Il aurait été tellement simple de s'asseoir là, et de s'endormir. Il avait tenté tout ce qu'il pouvait. Ne plus bouger… espérer tout simplement que Bartholomew Slough se trompait…

Il était sur le point de s'endormir. Il ouvrit grand la bouche, fit bouger sa mâchoire d'un côté puis de l'autre, prit une profonde inspiration et écarquilla le plus possible les yeux.

Des bribes de conversation lui parvinrent de l'autre bout du jardin. Ceux qui parlaient étaient dissimulés par une haie. Des invités qui prenaient l'air.

Les premiers repas avaient-ils été servis ? Harry essaya de calculer le temps qui s'était écoulé depuis leur expulsion de Somerset House. C'était particulièrement difficile. Il n'avait plus de montre depuis qu'on lui avait pris la sienne à la Bastille.

Les invités étaient toujours vivants. Il était donc encore temps de trouver la machine de Lefèvre.

74

Le retour à l'intérieur

Dans la cave, Slough était parvenu à trouver son chemin jusqu'à la porte qui se situait à proximité de la cuisine. Pour arriver au même endroit, Harry devrait traverser le jardin. Il espérait que Slough avait réussi à rebrousser chemin et supputait qu'il avait terminé ses recherches et n'avait rien trouvé. Il était bien sûr tout à fait possible qu'il ait été, lui aussi, repéré, comme Moustapha et lui-même, qu'on l'ait considéré comme suspect et chassé de la maison. Ou alors, ce qui était encore plus probable, qu'on l'ait arrêté comme faisant partie de ceux qui projetaient de tuer la reine et ses invités.

Caché derrière son muret, Harry regarda par-delà la chapelle et prit conscience de la taille de l'édifice qui se dressait devant lui. Même si Slough continuait à chercher la machine ou Lefèvre et ses hommes afin de les neutraliser, il était parfaitement possible qu'il ne parvienne pas à le retrouver à l'intérieur étant donné la multitude de corridors et de pièces que comptait le bâtiment.

Il ne fallait pas non plus oublier Denis Papin, déguisé en jésuite. Harry s'était réellement trompé à son sujet : Papin s'était révélé un allié fidèle, sur lequel on pouvait compter. Mais quelle aide pourrait-il lui apporter dans une maison fourmillant de soldats ?

Et Richard Merritt ? Harry ne l'avait pas revu depuis qu'il était parti sauver Moustapha des griffes des cuisiniers suspicieux. Était-il toujours à l'intérieur de Somerset House, cherchant, comme il l'avait dit, à contrecarrer le plan de Danby ?

Harry n'aimait pas cet homme, mais était-ce une raison pour ne pas lui faire confiance ? Peut-être Merritt avait-il au moins dit la moitié de la vérité, servant ainsi ses propres intérêts, comme le font la plupart des hommes quand ils parlent d'eux-mêmes.

Deux fantassins du roi gardaient la porte qui se trouvait en haut de l'escalier menant à l'intérieur de la maison. Harry devrait également passer devant le corps de garde dévolu aux soldats de la reine.

Les lumières de l'intérieur projetaient des rais lumineux sur les pelouses; clarté et obscurité, tels les barreaux d'une prison. Harry quitta son abri derrière la chapelle et, se tenant le plus penché qu'il le pouvait, emprunta une bande sombre, espérant échapper à la vue des soldats. Il atteignit le mur latéral de la maison, au pied duquel on avait déposé du gravier. Il eut beau marcher le plus doucement qu'il lui était possible, le crissement des cailloux lui parut terriblement bruyant. Il n'arrivait pas à croire qu'aucun invité, aucun soldat ne le repérerait.

Il s'arrêta et attendit à nouveau, pensant qu'il allait d'un instant à l'autre entendre le bruissement de lourdes bottes foulant le gravier. Comme personne n'arrivait, il poursuivit prudemment son chemin, à la recherche du long soupirail par lequel Slough était descendu dans les caves. La maison était tellement vaste que, même après avoir passé l'après-midi à la fouiller, il était très difficile d'en visualiser l'intérieur quand on se trouvait dehors. Harry se représenta le trajet qui menait de la grande salle à la cuisine, puis jusqu'à la porte de la cave. Il ne devait plus être très loin.

Quelque chose effleura son visage et, par réflexe, il poussa un cri. C'était une branche de mûrier, qui lui grattait le front. Il écarta les autres branches pour continuer à avancer. Là, juste au niveau du sol, se trouvait le soupirail qu'il cherchait. On en avait retiré la vitre, qui était posée de travers contre le mur.

Se penchant pour regarder à l'intérieur de la cave, il aperçut une lumière faiblarde, qui se déplaçait lentement. Il distingua également la silhouette d'un homme.

« Monsieur Slough ! » chuchota Harry à travers le soupirail.

La lumière avança dans sa direction. Slough avait trouvé une lanterne dans la cave. Son visage avec la main de Fatma sur la joue émergea de l'obscurité tandis qu'il montait sur une table installée sous le soupirail.

« J'ai intégralement fouillé ces caves, dit Slough. Je suis certain qu'il n'y a rien ici.

– La machine se trouve dans les combles, j'en suis sûr, répondit Harry. On a rénové et repeint une pièce tout là-haut. Bêtement, je n'ai pas trouvé cela étrange. Je pensais que vous seriez parti.

– C'est ici qu'on garde le vin. Et ils ont eu besoin de venir en reprendre. J'ai dû me cacher. Qu'est-ce qui vous est arrivé ? Vous en avez mis, du temps.

– Nous avons été chassés de la maison par la reine. J'ai laissé Moustapha et Hortense dans la ruelle.

– Vous avez changé de manteau, observa Slough, qui semblait trouver que c'était là une bonne idée.

– Et j'ai des clés, dont l'une, je suppose, pourra ouvrir la porte de la cave. » Harry les fit cliqueter à sa ceinture. « Ensuite, nous pourrons retourner à l'intérieur de la maison.

– Ils ne trouvaient plus leurs clés. Je les ai entendus se plaindre. Cela nous ferait ressortir trop près de la cuisine. Les cuisiniers risqueraient de vous reconnaître.

– Alors le seul autre moyen, c'est de passer par les portes de derrière, avec les autres invités.

– En se mêlant à eux ? demanda Slough, pensif. Personne ne me soupçonne, j'en suis certain, parce que personne ne m'a vu.

– Le maître de la maison se souviendra que vous étiez avec la duchesse. Nous devons rester loin de lui. »

Harry tendit le bras à l'intérieur de la cave obscure. Slough lui attrapa la main, très poliment, et se balança avec agilité afin de ressortir par le soupirail.

« Remettons la vitre en place, dit Harry. Au cas où un soldat tomberait dessus. »

Quand ils eurent terminé, ils longèrent le mur jusqu'à ce qu'ils atteignent le coin de la maison. Un groupe d'invités était en train de revenir des jardins. Ils les regardèrent monter les marches et rentrer à l'intérieur, après que les soldats les eurent examinés de près avant de les laisser passer. Harry et Slough échangèrent un hochement de tête entendu.

Ils comprirent que c'était le bon moment et quittèrent leur cachette. Ils saluèrent joyeusement un couple qui était en train de se diriger vers la maison en foulant le gazon, et dont les habits indiquaient qu'ils n'étaient que de simples bourgeois, le mari sans doute un marchand. Ce couple était accompagné d'un jeune homme à l'air passionné, coiffé d'une longue perruque noire, et qui était en train de s'épancher sur les calomnies de Titus Oates et d'exprimer son indignation quant au fait que le Parlement ait jugé bon de fermer les yeux sur les incohérences flagrantes des preuves fournies par ce dernier.

Harry les rejoignit, Slough les suivant de près.

« Oates a menti en disant que le juge de paix sir Edmund Bury Godfrey a été emmené hors d'ici après avoir été assassiné, dit Harry d'une voix sonore en désignant la maison, pour être ensuite jeté dans un fossé à Primrose Hill. »

Les trois invités regardèrent ce nouveau venu vêtu d'un long manteau rouge qui les avait rejoints depuis les ténèbres. Chose étrange, il était accompagné d'un nain tenant une lanterne.

Le jeune homme les regarda d'un air ravi, car ils semblaient tout aussi enclins que lui à faire leur miel des conspirations.

« Trois hommes ont été pendus pour cela, et le chapelain de la reine est tombé en disgrâce !

– Je sais que ce n'est pas vrai, dit Harry. Parce que je l'ai vu mort sous le pont de Londres, accroché aux roues hydrauliques de Morice.

– C'était sir Edmund ? » La femme du marchand parut profondément bouleversée. « C'est la première fois que j'entends ça.

– Croyez-moi », répondit Harry d'un ton sinistre, faisant baisser sa voix d'une octave alors qu'ils se trouvaient au pied des marches qui menaient aux portes de derrière. Slough acquiesça en secouant vigoureusement la tête. « J'étais là, continua Harry, et j'ai vu distinctement son visage, avant qu'ils le recouvrent. »

Le marchand eut l'air effaré.

« Ils ont gardé ça secret.

– Comme vous le dites, monsieur, acquiesça Slough. Il est dans l'intérêt du Parlement de ne pas divulguer ce genre d'informations.

– Le fait de ne pas divulguer ces informations nuit aux catholiques », ajouta le jeune homme.

Le couple parut soulagé lorsque ce dernier les contourna pour jeter son dévolu sur Harry et Slough, en qui il voyait un auditoire plus à l'écoute. Lorsqu'ils franchirent les portes – adressant un signe de tête aux soldats préposés à leur surveillance pendant que la femme les bénissait d'assurer leur protection –, on ne pouvait plus arrêter le jeune homme, qui promit à Harry que l'avenir allait révéler quel escroc des plus pernicieux était Oates, que tous ses parjures voueraient à la damnation éternelle. Harry et Slough restaient focalisés sur lui, leurs yeux ne quittant pas un seul instant son visage empli de ferveur, tandis qu'ils passaient devant le corps de garde.

Harry savait qu'ils devaient rester hors de vue du capitaine MacWilliam. Hortense lui avait essuyé la figure et le cœur noir qui était peint dessus, signe éminemment reconnaissable, avait disparu. Mais MacWilliam connaissait son visage, car il l'avait vu l'après-midi même, sans tout ce camouflage. La reine le reconnaîtrait elle aussi. Il repensa à la colère froide qu'elle avait montrée quand elle avait eu la certitude qu'il s'était trompé au sujet de la machine de Lefèvre.

Il devait retrouver Denis Papin. Ils allaient encore essayer, tous les trois. Ils devaient gagner les mansardes, au-dessus de la grande salle. Si c'était du poison qui devait être utilisé, celui-ci était destiné à se répandre depuis les hauteurs sur les invités.

75
La machine révélée

La lumière de sa lanterne s'attarda sur le plâtre lisse. L'enduit avait été parfaitement appliqué. Personne n'aurait pu imaginer que ce faux plafond dissimulait une machine. Il n'y avait pas non plus la moindre trace des tuyaux qui partaient du réservoir, descendaient à travers les murs et traversaient le plancher pour déboucher sur la salle qui se trouvait au-dessous.

Richard Merritt jura. Il avait beau avoir déplacé le bureau du maître pour monter dessus, le plafond restait hors de portée, même quand il essayait de le toucher avec son épée. Cherchant une nouvelle fois à percer celui-ci, il tendit le bras en prenant son élan, mais au moins quinze centimètres séparaient le panneau de bois peint de la pointe de son arme. Il chercha quelque chose qui lui permettrait de gagner ces quelques centimètres. Il illumina de sa lanterne les recoins les plus obscurs de la salle.

Il aperçut plusieurs vieux livres qui moisissaient dans un coin : il allait les empiler.

Il les ramassa et les posa sur la table, de manière à édifier une tour instable.

Même s'il avait quitté sa cape, tous ces efforts le faisaient suer à grosses gouttes ; il remonta sur la table. Il posa un pied sur la pile de livres afin de vérifier s'ils n'allaient pas tous se mettre à glisser quand il grimperait dessus.

Il transféra son poids sur sa petite tour de papier ; un pied, puis l'autre, et il leva lentement son épée jusqu'à ce qu'elle touche le plafond. Convaincu qu'il allait tomber tant sa position était précaire, il parvint toutefois à garder son équilibre en appuyant sur son épée. Il appuya encore davantage. La pointe transperça le panneau installé sous le faîtage. Il la retira et fit, juste à côté, un autre trou. Chaque fois qu'il en perçait un nouveau, un doigt de clair de lune s'immisçait à l'intérieur de la pièce depuis la lucarne que le faux plafond avait dissimulée.

Il était resté avec Harry Hunt jusqu'à ce que le jeune homme lui dise – sur un ton qu'il avait trouvé passablement arrogant – d'attendre devant la porte de la cave. Hunt était alors reparti vers la cuisine. Merritt l'avait vu en sortir avec le Noir et deux cuisiniers en colère. Il les avait suivis jusqu'à la grande salle, où ils avaient parlé avec la reine. Il se mit à sourire en repensant à la façon dont la duchesse s'était fait ignominieusement expulser de la consultation en compagnie de Hunt et de son Africain. Un jésuite qui avait eu pitié de leur disgrâce les avait même bénis quand ils étaient passés devant lui.

Henry Hunt n'étant plus là, c'était à lui de libérer le poison.

Il avait réussi à percer toute une série de trous dans le plafond, mais il lui fallait à présent quelque chose qui lui permette d'en faire un bien plus gros. Il devrait ensuite se hisser jusqu'à la machine, installée à plus de trois mètres et demi de hauteur. Il descendit de sa pile de livres et observa la manière dont les poutres étaient agencées. La lueur vacillante de sa lanterne éclaira la plus grosse, qui faisait toute la largeur de la salle et à laquelle était accolé le panneau installé par les trois Français.

Il entendit des applaudissements étouffés à travers le parquet. À l'étage au-dessous, dans la grande salle, un orateur venait de finir son discours – Merritt n'arriva pas à savoir de qui il s'agissait. Mais c'était une voix d'homme, il en était certain. Peut-être le nouveau chapelain de la reine, ou alors un des nombreux dignitaires catholiques invités à participer à l'événement.

Cela n'avait pas tellement d'importance. Tous ces gens seraient bientôt morts, à condition qu'il réussisse à grimper jusqu'à la machine.

Dans un coin, une table d'écolier, qui semblait minuscule par rapport à celle sur laquelle il se tenait, lui permettrait de faire un plus gros trou. Il l'attrapa ; elle était ridiculement légère. Il la posa sur le bureau et grimpa de nouveau sur la pile de livres. Puis il empoigna la petite table et la lança contre le plafond, au-dessus de sa tête. Elle s'écrasa contre le panneau, avec fracas mais sans l'entamer. Il parvint à la rattraper avant qu'elle ne retombe par terre. Il ne pouvait pas se permettre d'être entendu par ceux qui se trouvaient au-dessous. Il était trop près du but.

À présent, tout son visage ruisselait de sueur. Lorsqu'il souleva à nouveau la petite table au-dessus de lui, elle manqua de lui glisser des mains. Il la lança contre le faux plafond et réussit cette fois-ci à faire un trou dans le panneau. Il recommença. Il était dans une position particulièrement instable. La table avait beau ne rien peser, ses muscles ne tardèrent pas à le brûler. Il avait mal au cou à force de regarder en l'air.

Enfin, le dernier morceau du faux plafond tomba. La machine lui apparut dans son intégralité. Tapie sous le faîtage, fixée à des poutres installées spécialement pour l'occasion, ses tuyaux jaillissant de sa base, pareils aux racines d'un arbre. Et à l'intérieur de sa solide cage, son horloge dont le *tic-tac* résonnait dans toute la pièce.

Mais la machine demeurait encore hors de sa portée. Il essuya son front moite avec sa manche. Parviendrait-il, malgré son poids, à se hisser sur la poutre ? Chaque chose en son temps. D'abord, trouver un meuble. Une autre table sur laquelle grimper. Le long du couloir, il y avait d'autres mansardes, qui servaient de logements aux domestiques. Certaines étaient, comme cette salle de classe, abandonnées depuis des années.

Merritt jeta un œil dans le couloir. Au-delà de la lumière de sa lanterne, tout n'était qu'obscurité et silence. Les soldats préféraient former un cercle défensif autour de la reine plutôt que de s'aventurer dans les endroits les plus reculés de la maison. Il tenta sa chance avec la pièce d'à côté, mais la porte était fermée. La clé que lui avait donnée Lefèvre pour la salle de classe ne fonctionnait pas. Il essaya la suivante, commençant à s'impatienter, et secoua un peu la porte. Fermée, elle aussi. Il en essaierait encore une, puis il tâcherait d'enfoncer les portes. C'est Henry Hunt qui, après que les soldats avaient fouillé les mansardes, avait dû ordonner de toutes les fermer à clé.

La porte suivante était tout au bout du couloir. Elle était plus petite que les autres, pour épouser la pente du toit. Il put entendre le bourdonnement d'un nouveau discours prononcé à l'étage au-dessous et attendit que les intonations de l'orateur indiquent qu'il était sur le point de finir. Ces catholiques aimaient le son de leur propre voix. L'homme, dont il n'arriva pas non plus à deviner l'identité, continua à ronronner pendant une éternité.

Enfin, des applaudissements. Profitant de la couverture que lui offrait leur bruit, il recula de deux pas puis courut vers la porte, manquant de s'écrouler lorsqu'elle céda sous son poids.

La pièce sentait l'humidité à cause de l'eau qui gouttait du plafond. C'était parfait : il y avait une armoire, de fabrication rudimentaire, parce que faite pour un domestique. Il la traîna hors de la pièce en lui faisant racler le plancher. Il se demanda si quelqu'un l'entendait. Mais même si c'était le cas, au moment où les gardes seraient parvenus à trouver leur chemin jusqu'ici, il aurait déjà libéré le poison.

Ce n'était pourtant pas lui qui était censé le faire. C'est ce que lui avait assuré Danby. Mais, trouvant leur plan bien trop tarabiscoté, il avait joué la prudence et était resté à l'intérieur de Somerset House. Lefèvre pensait que Hunt allait trouver la machine. Au lieu de cela, il avait été renvoyé de la maison.

Une fois surmontée de la table d'écolier, l'armoire était assez haute pour lui permettre d'atteindre la poutre. Il la plaça à côté du bureau du maître, sous la machine.

Il crut avoir entendu quelque chose. Il ne pouvait pas être découvert là, pas maintenant, pas au moment de leur triomphe.

Il écouta à nouveau. Des pas, ça ne faisait pas l'ombre d'un doute, des pas dans l'escalier. Il y avait plusieurs personnes.

Merritt fonça jusqu'à la porte. Pas d'erreur possible. Trois hommes étaient en train de monter dans les combles. Certainement des soldats. Il verrouilla la porte de la salle de classe. Peut-être qu'ils essaieraient toutes les autres avant d'arriver à celle-ci. Dès qu'ils seraient sur le palier, ils verraient celle qui était cassée, ce qui allait sans doute accaparer leur attention. Il monta sur le bureau puis, tandis que ses poumons sifflaient, réussit à grimper au sommet de l'armoire. Se hissant sur la petite table, il enroula un bras, puis un pied autour de la poutre, sa tour de fortune commençant à se balancer dangereusement. Tendant la jambe, il parvint à enfourcher la poutre puis, accroché à celle-ci, à se déplacer. Là-haut, à côté de la machine, il avait l'impression d'être à un point nettement plus élevé que deux fois la taille d'un homme. La chute serait douloureuse, peut-être même lui briserait-elle les os. Il continua à avancer le long de la poutre. Il pouvait presque toucher la machine. Il avait l'impression que le *tic-tac* de l'horloge avait pris possession de son crâne.

Quelqu'un essaya d'ouvrir la porte de la salle de classe. Puis, quelques instants après, elle s'ouvrit à la volée ; un jésuite et un soldat firent irruption à l'intérieur de la pièce. Non, ce n'était pas un soldat, c'était Henry Hunt vêtu d'un manteau rouge, accompagné du jésuite qu'il avait vu en bas. Ils furent rejoints par le nain qui portait une lanterne. Bartholomew Slough.

Merritt fronça les sourcils, essayant de comprendre comment Hunt et Slough avaient fait pour se retrouver en compagnie d'un jésuite.

« Monsieur Hunt ! s'écria-t-il. Aidez-moi ! J'ai trouvé la machine. »

Harry le regarda d'un air totalement perdu, haletant après sa course dans l'escalier.

« Vous l'avez arrêtée, monsieur Merritt ?

– Je l'ai seulement découverte. Je n'ai aucune idée de comment elle fonctionne. Elle est munie d'une horloge. »

Celle-ci indiquait 21 h 55.

Papin regarda le cadran.

« S'il y a une horloge, cela veut certainement dire que le poison doit être libéré à une heure précise.

– Lefèvre a dit 22 heures, j'en suis certain, leur expliqua Merritt.

– C'est vrai ? demanda Harry. Ce n'est pas ce que vous avez dit tout à l'heure.

– C'est en voyant l'horloge que je m'en suis souvenu. »

Papin regarda Merritt, plein de méfiance.

« Elle n'est peut-être pas réglée pour libérer le poison à l'heure pile.

– Si vous grimpez ici, nous pourrons l'examiner ensemble.

– Pourquoi avez-vous fermé la porte à clé, monsieur Merritt ? lui demanda Harry.

– J'ai cru avoir entendu des soldats. Je les ai vus vous escorter hors de la maison. J'ai pensé qu'ils allaient m'arrêter.

– Et qu'ils vous prendraient également pour un comploteur ? dit Slough en caressant la pointe de sa barbiche.

– Nous pourrions nous aussi vous prendre pour un comploteur, ajouta Harry.

– Je vous en prie, rejoignez-moi, répondit Merritt. Vous êtes un expert en mécanique, vous connaissez ce genre d'appareils. Vous êtes plus en mesure que moi de sauver tous les catholiques qui sont en bas.

– Je ne vous crois pas, monsieur Merritt. Je pense que vous êtes ici pour tuer ces catholiques. Vous êtes ici pour enclencher la machine. »

Harry se tourna vers Papin, qui était en train de dévisser l'extrémité de son bâton qu'il pointa ensuite en direction de Merritt.

« Descendez de là, dit Harry. Sinon nous allons vous tirer dessus. »

Sur son perchoir, Merritt soupira.

« Vous commettez une grosse erreur. Enfin, ça n'a aucune importance. Vous ou moi devons arrêter cette machine. Si vous me ne croyez pas, alors c'est à vous de le faire. » Merritt regarda Papin presque en souriant. « C'est avec cette chose que vous tenez là que vous me menacez ? »

Un trou apparut dans la poutre, juste au-dessus de sa tête : une balle, tirée dans le plus grand silence par le pistolet à air comprimé de Papin.

« J'ai eu tort de douter de votre arme, dit Merritt. Je descends. »

Il glissa le long de la poutre, s'éloignant de la machine qui les surplombait.

« Vite, s'il vous plaît », aboya Slough. Si le poison devait être libéré à l'heure pile, ils n'avaient que quatre minutes pour comprendre comment désamorcer la machine. « Harry, je peux monter là-haut en un clin d'œil. Voulez-vous que je sois vos mains, pendant que vous me direz comment faire ?

– Je pense être plus familier que vous des mécanismes d'horlogerie. Je peux monter là-haut. »

Merritt acheva sa descente de l'armoire, atterrit sur le bureau puis sur le plancher. Alors qu'il essuyait le plâtre de ses vêtements, il jeta discrètement sur eux un regard narquois, comme s'il préparait une plaisanterie machiavélique.

« Eh bien, monsieur Hunt, vous vous êtes désigné pour jouer ce rôle. Vous devez à présent sauver la consultation. »

76
Le *tic-tac* de l'horloge

Harry monta sur le bureau, grimpa en haut de l'armoire, puis sur la table d'écolier et se hissa sur la poutre. La grande aiguille avança jusqu'à 21 h 57. Un tuyau long et fin était arrimé derrière l'horloge et disparaissait au milieu d'un enchevêtrement d'autres tuyaux qui partaient de la base du cube, à laquelle était suspendue une étroite plate-forme permettant d'accéder à tout un alignement de robinets d'arrêt. Elle était accrochée au moyen de deux ressorts, ce qui était relativement étrange. Mais avec le *tic-tac* qui continuait, ce n'était pas le moment de s'intéresser à ce genre de question.

Il était impossible de se tenir assis sur la poutre car elle était trop proche du toit. La lune brillait à travers la lucarne, enrobant la machine d'une lueur métallique. Harry voyait à présent distinctement tous les tubes qui sortaient du réservoir et disparaissaient dans les murs.

Bien sûr qu'il aurait dû se demander beaucoup plus tôt pourquoi on avait rénové cette partie des combles alors que pas un visiteur ne se rendrait là-haut, mais on avait fait des travaux dans pratiquement toute la maison. Et, à la fin de l'après-midi, il était si fatigué qu'il avait accueilli de trop bonne grâce la fin des recherches. Si seulement Hooke avait été avec lui. Il se serait immédiatement rendu compte que l'on avait ici même, dans le grenier de Somerset House, procédé à des rénovations auxquelles il n'avait jamais donné son aval.

Il baissa les yeux pour regarder Merritt, que Papin tenait toujours en joue avec son arme à air comprimé. S'il avait partie liée avec Danby, pourquoi avait-il brisé le faux plafond ? S'il savait que la machine n'avait besoin que de son horloge pour enclencher son mécanisme, pourquoi ne s'était-il pas contenté de la laisser libérer son poison à l'heure sur laquelle elle était réglée ?

Si cette heure était 22 heures, alors il fallait faire vite, se dit Harry.

L'horloge se trouvait à l'intérieur d'une cage en métal. Il n'y avait pas suffisamment d'espace entre les barreaux pour y insérer un outil permettant de la casser ou de la bloquer. Il regarda aussi loin qu'il pouvait derrière la cage, demandant à Slough de déplacer sa lanterne pour pouvoir mieux y voir. Là non plus, il n'y avait pas suffisamment d'espace pour qu'il puisse y glisser ses doigts et l'arracher du réservoir auquel elle était boulonnée. Un tuyau reliait l'horloge au panneau avec les robinets. Il essaya de le tordre, mais le tuyau tint bon. Harry se dit que même si, en le cassant, il risquait de libérer le gaz empoisonné, il y avait malgré tout plus de chances d'arrêter la machine en le faisant qu'en s'abstenant.

Il ne lui restait plus que deux minutes.

Il frappa le tuyau avec son pied. Le tuyau ne bougea pas. Harry se pencha sur sa poutre afin de bénéficier de plus d'élan pour son prochain coup de pied. Il essaya de nouveau, mais le tuyau ne lâcha pas.

Au-dessous de lui, la porte de la salle de classe s'ouvrit violemment. Deux mousquets pénétrèrent dans la pièce, l'un braqué sur Slough, l'autre sur Papin. Le deuxième mousquet vira rapidement vers le haut, car l'homme qui se trouvait derrière avait repéré Harry niché sur sa poutre.

Les nouveaux arrivants étaient trois fantassins : les deux porteurs de mousquets et, derrière eux, le capitaine MacWilliam.

MacWilliam inspecta la pièce, essayant de comprendre ce qui s'y passait. Un jésuite était en train de pointer un bâton sur l'homme de confiance de Danby. Le nain de la duchesse était juché sur une table. Et Henry Hunt faisait l'équilibriste sur une poutre, à côté d'un appareil qui ressemblait à une araignée métallique géante, dont les pattes s'enfonçaient dans les murs.

« Alors, il y a bien une machine, dit MacWilliam.

– Vous l'avez donc trouvée, Harry, constata un autre homme qui entra à la suite des soldats.

– Dissimulée derrière un panneau de bois et du plâtre, monsieur Hooke, répondit Harry, soulagé de voir que son ancien maître accompagnait le capitaine et ses hommes, faute de quoi on pouvait faire confiance à MacWilliam pour mal interpréter sa présence tout là-haut. Comment nous avez-vous trouvés ?

– Les invités ont dit qu'ils entendaient des bruits au-dessus d'eux, répondit Hooke. La reine m'a demandé d'aller voir ce qu'il en était.

– Vous étiez là toute la soirée ?

– Après nos recherches de cet après-midi, Sa Majesté m'a invité à revenir. Au cas où il se produirait quelque chose d'incongru. »

Harry tendit les mains vers la machine qui se trouvait devant lui.

« Eh bien, je dirais que quelque chose d'incongru est en train de se produire. »

Hooke esquissa un sourire maussade, parcourant de ses yeux gris le réservoir, l'ensemble de ses tuyaux et l'horloge.

« Avez-vous compris le fonctionnement de ces robinets d'arrêt ?

– Pas encore. »

Harry donna un nouveau violent coup de pied dans le tuyau qui partait de l'horloge.

« Je vois que Denis est en train de braquer son arme.

– M. Merritt est au service de Danby. Je pense qu'il a essayé d'enclencher cette machine pour libérer le poison dans la grande salle. »

Il tira sur le tuyau, essayant de comprendre comment l'horloge était reliée au réservoir.

Merritt, qui se tenait à côté de la carte pendue au mur, l'arme à air comprimé toujours pointée sur sa poitrine, haussa docilement les épaules.

« C'est moi qui ai parlé du plan de lord Danby à M. Hunt. Je lui ai parlé de la machine, et lui ai expliqué qu'elle avait pour fonction d'empoisonner la consultation. »

En entendant parler d'empoisonnement, les deux soldats reculèrent, effrayés. MacWilliam les rappela à l'ordre.

« Restez en place ! rugit-il.

– Il ne faut pas faire confiance à Merritt, dit Harry.

– Je n'en ferai rien, lui assura Hooke. Nous étudierons ultérieurement le rôle qu'il a joué dans cette affaire. Nous devons d'abord, et toutes affaires cessantes, neutraliser cette machine. »

L'horloge continuait à tourner, imperturbable. Plus que trente secondes avant qu'elle atteigne 22 heures.

« Si c'est le mécanisme de l'horloge qui libère le poison, dit Hooke en s'approchant du bureau du maître, alors je vais devoir vous rejoindre là-haut. Car je me permets de suggérer que mes connaissances en matière d'horlogerie sont supérieures aux vôtres.

– Si, comme l'affirme M. Merritt, elle doit libérer le poison à 22 heures, nous n'avons pas le temps pour cela. »

Harry décocha un nouveau coup de pied dans le tuyau. Cette fois-ci, le métal se gondola légèrement en couinant. Plus que dix secondes. Il avança sur la vieille poutre pour se rapprocher, et entreprit de taper à nouveau de toutes ses forces sur le tuyau.

Pour tous ceux qui se trouvaient là, subjugués par son implacable rotation, la grande aiguille de l'horloge parut ralentir tandis qu'ils la regardaient. Cinq secondes. *Tic-tac, tic-tac, tic-tac,* et le bruit des coups de Harry sur le tuyau.

L'aiguille des minutes se mit en place, pile au-dessous du chiffre XII.

Ils attendirent, retenant tous leur souffle.

Rien.

Aucun *clic* ou vrombissement de la part de la machine. Aucun mouvement d'engrenage ou de levier.

Pas de libération de gaz toxique. Le dernier coup de pied de Harry avait suffisamment tordu le tuyau pour qu'un seul coup supplémentaire le détache de son support. Il tapa à nouveau dessus et le tuyau tomba par terre, aux pieds de Denis Papin.

Merritt esquissa, lentement, son habituel sourire penaud.

« Lefèvre avait dit 22 heures, je vous assure. »

Le tuyau n'était plus là, mais Harry ne comprenait toujours pas comment le mécanisme de l'horloge était relié au réservoir. Aucune trace de tige ou de levier.

« Rien ne relie donc l'horloge au reste de la machine ? demanda Hooke à Harry.

– Rien.

– Étrange.

– Peut-être n'ont-ils pas eu le temps de la terminer et ont-ils dû cacher leur travail avant la consultation.

– Nous sommes sauvés. » Le capitaine MacWilliam, le visage blême et en sueur, avait l'air rassuré. « La machine ne fonctionne pas. »

Hooke demeurait perplexe.

« Le tuyau était solidement fixé. Nous avons tous vu à quel point Harry a eu du mal à le séparer de l'horloge. Ils ont eu suffisamment de temps pour faire cela.

– Pourquoi prendre autant de soin à le fixer, s'il ne servait à rien ? » demanda Slough.

Harry et Hooke se regardèrent l'un d'en bas, l'autre de sa poutre, haussant tous les deux les sourcils. En effet, pourquoi ?

« Harry, vérifiez les robinets et regardez ce qu'il y a dans le réservoir, lui ordonna Hooke. Peut-être que, de même que l'horloge n'avait pas de raison d'être, il n'y a pas non plus de poison. »

Harry avança doucement le long de la poutre jusqu'à ce qu'il ait atteint l'endroit où il pourrait lancer ses jambes et atteindre la plate-forme accrochée au réservoir. Avant de se laisser tomber dessus, il regarda le dessus du cube. Il tapa du poing sur le métal, qui résonna comme une cloche fêlée. Le métal était particulièrement épais, il ne l'avait absolument pas entamé. Il ne s'agissait manifestement pas d'un couvercle que l'on pourrait soulever.

Il n'y avait pas la moindre charnière et absolument rien qui ressemblait à une poignée. Une série de boulons parfaitement alignés le long de chaque arête fixait la plaque supérieure aux autres plaques, de la même manière que celles-ci étaient fixées entre elles.

« Je ne peux pas dire s'il y a ou non quelque chose dedans. »

De la grande salle s'éleva, étouffé par le plancher, le bruit d'une nouvelle salve d'applaudissements. Les discours continuaient. Harry se dit que d'autres soldats n'allaient pas tarder à arriver car cela faisait un petit moment que MacWilliam s'était absenté.

Il se dégagea de la poutre et atterrit sur la plate-forme métallique. Elle se mit à se balancer, les deux ressorts par lesquels elle était accrochée s'allongèrent, s'adaptant à son poids. Il se pencha pour examiner la rangée de robinets d'arrêt, afin de voir si quelque chose les contrôlait. Il tendit la main pour en essayer un, se demandant s'ils n'étaient pas, eux aussi, là uniquement pour faire illusion.

Au moment où sa main l'attrapa, quelque chose commença à gargouiller à l'intérieur du réservoir. Il sentit la poignée du robinet vibrer, puis se mettre à tourner. Il avait beau la tenir fermement, elle continua à tourner, sans s'arrêter, même lorsqu'il essaya de la tirer dans le sens inverse.

Le grondement s'amplifia. Les tuyaux se mirent à leur tour à vibrer. Quelque chose venait d'être libéré à l'intérieur, quelque chose qui coulait du réservoir.

Bouche bée, l'air stupide, Harry se tourna vers Hooke. Ses membres refusaient d'obéir à son cerveau qui leur ordonnait de quitter la plate-forme.

« Harry ! s'écria Hooke. La plate-forme… Ses ressorts… vous avez libéré le poison ! »

77

La machine à poison

« Que faire ?

– Vous devez fermer les robinets. »

Hooke n'était pas simplement en train de dire à Harry ce qui était une évidence ; il cherchait surtout à mettre de l'ordre dans ses propres idées. Il était là, les yeux rivés sur la machine, à se frotter les mains l'une contre l'autre, comme s'il était en train de se les laver.

Harry tentait frénétiquement de tourner les robinets, mais aucun d'entre eux ne voulait pivoter. Une fois qu'il les eut tous essayés, il regarda derrière ; ils étaient installés à l'intérieur d'un solide boîtier métallique. S'il s'attaquait à ce boîtier, il risquait de libérer le poison dans la salle de classe.

Au moindre de ses pas, la plate-forme se mettait à osciller. Il avait mal au cœur et ne se sentait pas loin de s'évanouir, mais ce n'était pas à cause de la plate-forme qui bougeait ou de sa peur du vide. C'était parce qu'il savait que c'était précisément le poids de son corps sur cette plate-forme qui avait enclenché la machine. Il se stabilisa en s'appuyant contre le réservoir qui ne cessait de vibrer tandis que la chose qui se trouvait à l'intérieur descendait dans les murs à travers tous ses tuyaux. Il colla son oreille au métal. Un gaz était censé ne pas faire de bruit, non ? Il pouvait bien y avoir un sifflement s'il était sous pression, mais, là, on avait plutôt affaire à une sorte de ruissellement, de grondement.

Que se passait-il à présent, au-dessous d'eux, dans la grande salle ? Il tendit l'oreille à l'affût de cris ou de hurlements, mais n'entendit qu'un brouhaha de conversations. Les participants à la consultation n'avaient pas encore conscience de tout ce qui venait de se mettre en branle au-dessus de leurs têtes.

La machine était lancée, et il ne pouvait rien y faire. Merritt savait depuis le début comment elle fonctionnait et, quand il avait vu Harry se faire expulser de la maison, il avait essayé de monter sur la plate-forme afin de l'enclencher lui-même.

Non… Ça n'était pas possible. Il commença à suffoquer.

« Harry ? Ça n'a pas l'air d'aller ? » cria Hooke, l'air désespéré.

Le réservoir devait avoir une fuite quelque part.

Les deux soldats commencèrent à reculer, s'approchant de la porte, loin de la machine. MacWilliam les empêcha d'aller plus loin, en mettant ostensiblement la main sur la poignée de son épée. Il ordonna à l'un d'eux d'aller trouver le colonel Sackville et de prévenir tous ceux qui se trouvaient en bas que le poison avait été libéré. Le soldat qui restait là avala sa salive et jura entre ses dents.

« Monsieur Merritt, dit Harry, la voix étranglée par ce qu'il commençait à comprendre. La plate-forme a-t-elle été conçue pour moi ? »

Merritt le regarda d'un air inexpressif.

« Vous étiez un fil de la trame. Vous prendre pour davantage que cela serait fort présomptueux de votre part. Lefèvre a conçu la plate-forme de manière qu'elle soit activée par un certain poids. Il espérait que ce soit vous qui monteriez dessus, mais ce n'était pas une obligation. Danby lui a déconseillé de recourir à un tel plan, qu'il trouvait trop complexe. En ce qui me concerne, je pensais que vous la déclencheriez – j'aurais dû parier là-dessus. Votre nature obstinée fait de vous quelqu'un d'éminemment prévisible. J'avais commencé à avoir quelques doutes, mais vous voilà. Le plan a parfaitement fonctionné, après un ou deux accrocs.

– Je me souviens du visage de Lefèvre, à Billingsgate. Il semblait avoir une animosité personnelle à mon égard.

– Ne vous chagrinez pas. Il déteste tout le monde. »

Harry commença à descendre de la plate-forme.

« Partez avec les soldats, dit-il sur un ton pressant à Hooke. Prévenez la maison. Faites sortir tout le monde. Monsieur Slough, accompagnez-les. »

Hooke avait son air obstiné et semblait sur le point de protester.

« Allez-y, monsieur Hooke ! Je vais essayer d'arrêter cette machine. Il est inutile que qui que ce soit reste avec moi. »

Harry avait presque atteint l'extrémité de la poutre et descendit la jambe pour la poser sur le sommet de l'armoire.

« Harry ! » Le visage de Hooke avait presque viré au blanc. « Il y a certainement une autre solution. Réfléchissons… si tous les invités évacuent la grande salle, nous pouvons laisser le poison se propager. Laissez-moi examiner la machine. Peut-être qu'un élément vous a échappé. »

Une fois qu'il eut rejoint tout le monde sur le plancher, Harry regarda Hooke et sembla reconsidérer la situation. Il tendit la main pour serrer celle de son maître, qui leva instinctivement la sienne. Harry le poussa alors violemment vers MacWilliam.

« Allez, monsieur Hooke, dit MacWilliam, le rattrapant et l'empêchant de tomber. Nous devons éloigner les invités du danger. »

Harry regarda Merritt.

« Lefèvre avait prévu tout cela, n'est-ce pas ? »

Merritt sourit d'un air presque embarrassé.

« Bien sûr. Maintenant que la machine est lancée, il sera bientôt impossible de sortir de la grande salle. »

78

Les portes bloquées

« Dieu vous vienne en aide, Harry, dit Hooke. Nous nous sommes fort mal comportés avec vous au Bell's, et je le regrette.

– Ce n'est pas le moment, monsieur Hooke. D'ailleurs, c'est déjà oublié. »

Slough lui aussi prit congé.

« Bonne chance à vous.

– Merci, monsieur Slough. Vous avez été pour moi ces derniers jours un véritable ami. »

Hooke et Slough s'engouffrèrent au pas de course dans le couloir des combles, laissant les autres dans la salle de classe.

« En avez-vous entendu assez, capitaine MacWilliam ? »

D'un hochement de tête, Harry désigna Merritt, qui observait tout ce monde comme s'il trouvait leur comportement particulièrement intéressant et étrange.

« Oui. Il sera pendu pour l'aide qu'il a apportée à ces Français.

– Il a exécuté les ordres du lord grand trésorier. »

MacWilliam eut alors l'air totalement désarçonné.

« Je n'en savais rien. Danby est certainement beaucoup trop puissant pour répondre de tout ça.

– Il devrait rester ici, dit Papin, son pistolet à air comprimé toujours braqué sur Merritt. Il en sait davantage sur cette machine qu'il ne le prétend.

– Je ne dirai rien, leur rétorqua Merritt. Je me fiche d'être ici ou ailleurs. Nous sommes tous voués à mourir. »

MacWilliam et le soldat qui était encore là suivirent le chemin de Hooke et Slough, laissant Harry, Papin et Merritt seuls avec la machine.

« Denis, dit Harry, vous seriez plus utile en bas pour faire sortir tout le monde de la grande salle.

– Non, les soldats peuvent s'en occuper. Je reste ici. » Papin affichait un air résolu. « Ensemble, nous pouvons neutraliser cette machine.

– Vous savez que le gaz nous tuera à l'instant même où nous l'inhalerons ? leur demanda Merritt sur un ton extrêmement poli.

– Non, je ne le sais pas, répondit Harry sur un ton résolu. Je ne suis sûr de rien. Sauf que je dois essayer de l'arrêter. »

Harry s'empara de l'épée de Merritt et se hissa à nouveau sur le bureau, puis sur l'armoire et la table d'écolier et fut de retour sur la poutre. Il entendait vibrer les tuyaux de la machine : quelque chose était en train de circuler à l'intérieur. Il se remit à taper sur le réservoir. Le métal était trop épais pour qu'on puisse le percer, il en était convaincu. Et si Papin utilisait son pistolet à air comprimé, le poison s'échapperait par le trou mais les tuerait avant qu'ils n'aient véritablement pu mettre la machine hors d'usage. Il brandit l'épée.

« Je vais essayer avec les tuyaux.

– Si vous en percez un, n'allez-vous pas succomber au poison avant de pouvoir casser les autres ? » lui demanda Papin.

Harry poussa un grognement de désespoir.

« Nous devrions casser un tuyau chacun, suggéra Papin. Cela devrait au moins nous permettre de ralentir la libération du poison. Et s'il n'agit pas sur nous immédiatement, alors nous pourrons en casser un autre. »

Harry examina fiévreusement les nouvelles poutres installées perpendiculairement à l'ancienne, et sur lesquelles on avait posé des briques assemblées à la va-vite avec du mortier afin qu'elles supportent le réservoir.

Il leva les yeux vers la lucarne. Elle se trouvait presque à l'aplomb du cube. Il se rappela que lorsqu'il était arrivé ici, l'après-midi même, avec M. Hooke, il avait vu que l'on transportait des morceaux d'échafaudage sur les escaliers menant au fleuve.

La façade de Somerset House avait été totalement rénovée, les pierres réparées ou remplacées, le stuc comblé et repeint, et une grande partie du toit était neuve.

C'est depuis le toit que les assassins avaient rempli le réservoir.

Il essaya de se rappeler les visages des hommes qui transportaient les éléments, mais il n'y arriva pas. Peut-être était-il passé juste à côté de ceux qui avaient mis en place ce réservoir et ses tuyaux.

Il n'avait pas vu Lefèvre, ça, il en était sûr, car il l'aurait immédiatement reconnu.

Harry regarda à nouveau le cube de métal, étudiant la façon dont il était installé. Peut-être que s'ils réussissaient à le faire bouger et tomber par terre, ils pourraient empêcher le poison d'être libéré dans la grande salle.

« Pouvez-vous monter jusqu'ici, Denis ? »

Papin passa le pistolet à air comprimé et la lanterne à Harry. Merritt ne représentait plus aucun danger : il n'avait pas d'arme. Qu'il reste ou non dans le grenier n'avait désormais aucune importance. Mais il semblait curieux de voir ce qui allait se passer, car il se tenait là, à les regarder, appuyé contre la vieille carte du monde.

Une fois que Papin l'eut rejoint sur la poutre, Harry retourna sur la plate-forme, qui se mit à se balancer tandis que les ressorts s'ajustaient à son poids. Puis il grimpa sur la poutre qui se trouvait de l'autre côté.

« En tapant sur ces briques, nous pourrions faire tomber le réservoir. Si nous réussissons à le faire basculer, il devrait tomber entre ces poutres. »

Papin considéra la distance qui séparait les poutres, puis la taille du réservoir.

« Je ne suis pas sûr qu'il pourra passer à travers, quelle qu'en soit l'inclinaison.

– Je ne vois aucun autre moyen de neutraliser la machine. »

Le mortier n'était pas complètement sec. Quelques violents coups de pied sur les briques suffirent à les desceller. Ils parvinrent à les retirer, s'affairant chacun d'un côté du réservoir. Des crochets en fer avaient été boulonnés aux poutres, mais le poids du réservoir arracha les vis. Ce fut le côté de Harry qui céda le premier; le réservoir basculait. Il eut la présence d'esprit de s'écarter au moment où le cube versa devant lui. Papin termina son travail de l'autre côté. Le réservoir tomba à travers le trou qui séparait les deux poutres mais resta aussitôt bloqué entre celles-ci. Papin avait vu juste : il ne passerait pas. Ils appuyèrent dessus, mais le cube était bien trop lourd pour eux. Impossible de le faire bouger.

Ils tentèrent de le secouer en adoptant la même cadence, mais tous leurs efforts furent vains.

« Seriez-vous prêt à nous aider ? demanda Harry à Merritt. Si vous le faites, peut-être bénéficierez-vous d'une certaine clémence.

– Je serai pendu, quoi que je fasse, répondit Merritt.

– Alors, faites ce qui est juste. Aidez-nous. »

Merritt parut réfléchir sérieusement à la question, en se tapotant la bouche avec le doigt, mais fit ensuite un bruit pour signifier son mépris.

« Je vais assister à la chose jusqu'à son terme. »

Ils entendirent un bruit de bottes à l'extérieur de la salle. Quelqu'un qui grimpait l'escalier et traversa le couloir à toute vitesse.

Le soldat que le capitaine MacWilliam avait envoyé prévenir les invités entra, reprenant son souffle.

« Tout le monde est dans la grande salle. Les portes ont été verrouillées, et nous n'arrivons pas à les ouvrir !

– Qui les a fermées ? » lui demanda Harry.

L'homme semblait au bord des larmes.

« Eh bien, personne. C'est comme si elles s'étaient fermées toutes seules. Nous avons essayé de les débloquer, mais nous n'y sommes pas arrivés.

– Qui a essayé ?

– Moi et une dizaine de gardes. Nous n'avons rien pu faire. »

Harry regarda la machine. Était-elle reliée aux portes ? C'était impossible. Comment aurait-on pu installer un tel mécanisme à l'intérieur même de la structure de la maison ? Les portes devaient être dotées d'un autre mécanisme. Il avait vu les hommes qui travaillaient sur celles-ci. Il était passé tout près d'eux, mais les avait à peine regardés.

« Où est M. Hooke ? » Même s'il les sentait parfaitement trembler, il avait l'impression que ses membres étaient paralysés. Non seulement il avait mis la machine en marche, mais il avait envoyé M. Hooke dans la grande salle. « Et M. Slough ?

– J'ai vu M. Hooke entrer à l'intérieur, ça j'en suis certain. Il doit toujours y être. Avec la reine, le duc d'York, et plus d'une centaine de personnes. »

79

La voix familière

Le mur était constitué d'ossements. Ils semblaient recouverts de mousse. Ils étaient gluants. Il y avait des crânes : les phalanges de Grace s'enfonçaient dans des orbites vides.

Elle attrapa un maxillaire dont elle parcourut les dents du bout des doigts. Autrefois, ces dents avaient mordu dans une pomme ou avaient éclairé d'un sourire joyeux la personne aimée, pensa-t-elle.

Grace continua à longer le mur, avançant prudemment dans l'obscurité absolue.

Enfin, elle cessa de sentir sous ses doigts cette innombrable quantité d'os, remplacée par la texture plus rugueuse et plus rassurante de la brique. Elle continua à marcher, arriva à un angle, tourna, et longea encore le mur en quête d'une porte. Elle trébucha sur le sol irrégulier, qui semblait être de la terre plutôt que des carreaux ou des dalles.

Progressant lentement, la paume de sa main continuant à glisser sur les briques, elle buta sur la première marche d'un escalier. Il était en pierre, et ses marches assez raides. Et peu nombreuses : une dizaine, tout au plus. En haut, elle se retrouva sur un petit palier avec une rampe de chaque côté. Sa main heurta un montant de porte. Elle tendit la main à la recherche d'une poignée, contre laquelle s'écorchèrent ses jointures.

Elle s'essaya prudemment à la secouer.

« Eh bien ! Vous voici réveillée », dit, de l'autre côté, une voix familière.

80
L'assassin bestial

Harry et Papin redoublèrent d'efforts et appuyèrent à nouveau sur le réservoir. Harry tenta d'enrôler le soldat pour qu'il vienne les aider, mais celui-ci regarda les deux hommes, puis le réservoir et recula, estimant que ses chances de survie étaient meilleures en bas. Son mousquet se coinça dans la porte qui se referma en claquant derrière lui.

Tout en maudissant tous les dieux auxquels il pouvait penser, Harry pressa son dos contre le cube, poussant sur ses jambes, essayant de toutes ses forces de le soulever, de le bouger, de le faire glisser entre les poutres. S'il tombait sur le sol, alors il pourrait se briser, ce qui mettrait fin à l'écoulement mortel du poison dans la salle qui se trouvait sous leurs pieds.

Merritt était toujours là. Il regardait, derrière eux, le ciel nocturne à travers la lucarne. Difficile de dire s'il s'amusait ou non, tant son visage était impassible.

Harry n'avait pas le temps de réfléchir à la manière dont fonctionnait l'esprit de cet être. Merritt ne ressemblait à aucune des personnes qu'il connaissait, lesquelles se seraient enfuies ou se seraient mises à paniquer, ou alors l'auraient aidé, après avoir changé d'avis et saisi toute la cruauté d'un massacre d'une telle ampleur.

En réalité, ce n'était pas le ciel qui intéressait Merritt. Il venait de voir le visage de Lefèvre. La lanterne dans la mansarde illuminait ses traits si particuliers. Le Français à tête de bête les observait à travers la vitre : Henry Hunt était sur la plate-forme, avec un jésuite, en train d'essayer de détruire sa machine.

Harry reporta ses efforts sur la poutre qui supportait le réservoir et qui avait commencé à se fissurer au moment où le cube de métal s'était affaissé. Il se mit debout sur cette poutre et commença à sauter dessus du mieux qu'il pouvait, le manque d'espace au-dessus de lui rendant la chose particulièrement difficile. C'est seulement lorsque Papin lui murmura de regarder la lucarne qu'il vit Lefèvre.

Harry se hissa de l'autre côté du réservoir de façon à pouvoir bien voir la fenêtre. L'assassin pressait son visage contre la vitre.

Lorsqu'il vit Harry le regarder à son tour, Lefèvre ouvrit la bouche et se mit à mordre dans le vide. Harry pouvait voir ses dents étrangement pointues, son front lourd et ses yeux qui ne clignaient jamais, noirs dans le halo de la lanterne.

Harry sentit un frisson parcourir tout son corps.

Papin ramassa le pistolet à air comprimé là où il l'avait posé et le pointa vers la lucarne.

« Non ! hurla Harry. Il sait où se trouve Grace. »

Papin baissa son arme.

Lefèvre prit ce mouvement comme un signal pour ouvrir la lucarne. Ils entendirent le cadre grincer et les charnières gémir. Il passa sa tête par la fenêtre, suspendu à l'envers, puis tordit le cou pour les regarder. Ses yeux se posèrent sur Merritt. Sa voix sembla remplir toute la pièce. Grave, avec un accent difficile à identifier.

« Henry Hunt est-il monté sur la plate-forme ? »

Merritt acquiesça vigoureusement, la présence de Lefèvre semblant lui avoir redonné vie.

Les yeux du Français se fermèrent de satisfaction. Puis ils se rouvrirent d'un coup pour se fixer sur Harry.

« Vous avez donc tué tous ceux qui sont en bas. Et je vais tuer votre femme.

– Où est-elle ? demanda Harry. Où est Grace ? Elle n'a aucun rôle dans cette histoire.

– Je lui ai donné un rôle. Un rôle qu'elle joue admirablement. Celui de la victime innocente. »

Ses yeux passaient rapidement tour à tour de Papin à Harry. Chacun ressentait la peur de l'autre.

« Vous allez mourir ici, Henry Hunt. Mais votre seule mort ne vaut pas la vie de mon frère. »

Jacques Lefèvre retira sa tête de la fenêtre du grenier et disparut sur les toits de Somerset House.

81

Le gaz mortel

Merritt avait à nouveau son sourire embarrassé.

« Son jumeau ? demanda Harry.

– Oui, son jumeau.

– Je pensais qu'il s'agissait du même homme.

– Évidemment ; ils sont absolument identiques. Mais ils n'ont pas du tout le même caractère. Son frère a fait son chemin dans la vie en devenant soldat et assassin. Celui qui a conçu cette machine est davantage quelqu'un comme vous, monsieur Hunt. Un philosophe naturel. Il s'agit plutôt d'un *théoricien*.

– Mais un assassin, malgré tout.

– Depuis la mort de son frère – dont vous avez été à ses yeux l'instrument –, son esprit s'est tourné vers le meurtre. »

Ce n'était pas le moment de penser à Lefèvre, ni même à Grace, prisonnière de ses hommes. Seulement, Harry avait beau s'efforcer de le chasser de son esprit et se concentrer à nouveau sur un moyen d'empêcher le poison d'être libéré dans la grande salle, son corps ne le laissait pas l'oublier ; depuis qu'il avait entendu la voix de Lefèvre, qu'il avait appris dans quel but celui-ci avait construit cette plate-forme à ressorts et comment il avait anticipé ses moindres faits et gestes – que ce serait lui qui monterait dessus et déclencherait la machine –, il n'arrêtait pas de trembler.

Merritt ne comptait pas non plus le lui faire oublier.

« Lefèvre aura sa revanche, que vous viviez ou que vous mouriez. Si vous survivez, vous aurez toutes ces morts sur la conscience. Il considérera cela comme un prix à payer parfaitement raisonnable. »

Harry fit un signe à Papin, et ils donnèrent, véritablement de toutes leurs forces, un nouveau coup de pied dans la poutre. Le bois se fendit, projetant plusieurs esquilles tandis que la poutre semblait s'affaisser. Harry était certain que le cube avait basculé encore un peu plus.

Pas de doute possible : le réservoir était bel et bien en train de verser.

La poutre se fendit davantage et commença à se plier, avant de céder enfin en émettant un bruit perçant.

Le cube en métal bascula et tomba.

Ils aperçurent Merritt, qui les regardait d'en bas, bouche bée, essayant d'évaluer à quelle distance il devrait s'écarter.

Dans un fracas colossal, le réservoir atterrit sur le plancher de l'ancienne salle de classe; ses tuyaux furent arrachés du mur, entraînant avec eux le plâtre qui les recouvrait, qui vola en éclats avant de retomber sur le sol dans un nuage de poussière.

L'un des côtés du cube s'était fendu. Les boulons qui maintenaient ensemble les plaques d'une arête avaient lâché.

À travers la fente, des granules bleus commencèrent à s'échapper du réservoir. Au contact de l'air, chacun de ces granules sembla se ramollir avant de se volatiliser, dégageant alors une vapeur bleue. D'autres granules s'écoulaient des tuyaux qui s'agitaient dans tous les sens à l'endroit même où ils avaient été arrachés du réservoir. La brume envahit bientôt tout le sol, ondulant comme une vague, jusqu'à atteindre les murs et la porte qui s'était refermée lorsque le soldat les avait quittés.

« Plus lourd que l'air, donc, put observer Harry, tout en regardant avec horreur le gaz bleu se propager dans toute la pièce.

– La salle en sera bientôt remplie », dit Papin d'une voix rauque.

À travers le brouillard, ils purent voir Merritt chercher à s'éloigner du gaz. Mais la brume le rattrapa. Ses yeux se mirent à gonfler de manière grotesque.

Il haletait, ses poumons cherchant à attraper de l'air, mais il ne faisait qu'aspirer encore plus de gaz. Il essaya d'atteindre la porte, de l'ouvrir pour échapper au poison, mais il n'y parvint pas.

Il tomba sur les genoux, secoué de haut-le-cœur, agitant les mains devant son visage pour essayer d'éloigner le gaz de sa bouche.

Merritt savait lui-même que c'était parfaitement inutile, Harry en était convaincu, mais il continuait malgré tout à battre vainement des mains, au moment où sa respiration s'arrêta.

Il tourna sur lui-même, tomba en avant, et quitta la vie étendu de travers sur le sol.

82

Les dernières pensées

La brume montait. Elle recouvrait désormais le vieux bureau dont ils s'étaient servis pour escalader l'armoire afin d'accéder à la machine de Lefèvre.

Conscient qu'il s'agissait là de ses derniers instants, Harry pensa à Grace. Quand il l'avait vue à Gresham's College, il avait espéré qu'ils pourraient encore avoir un avenir tous les deux – ensemble. Même si cela n'avait duré qu'un bref instant, elle s'était montrée plutôt chaleureuse avec lui.

Sa tête commença à le lancer. Le gaz était en suspension au-dessous d'eux – était-il déjà en train d'affecter son esprit ? Il n'arrivait pas à savoir ce qu'était ce poison. Il n'avait jamais rien vu de pareil.

Ils avaient mis trop de temps à faire tomber le réservoir. Ce même gaz devait être en train de faire son chemin en serpentant jusqu'aux invités de la consultation. Combien de ces granules bleus avaient été déversés dans la grande salle ?

Combien de personnes étaient déjà mortes, et combien encore allaient mourir ?

Harry pensa aussi à Robert Hooke. De maître à apprenti, leur relation était rapidement devenue plus semblable à celle unissant un père à son fils. Les pensées de Hooke allaient souvent à toute allure et il pensait que Harry suivait le rythme. Lorsqu'il se rendait compte de son erreur, il redoublait de patience, redescendait au niveau de son apprenti ; il se montrait très attentif à son égard, lui montrait les choses, les lui réexpliquait. Quand Harry avait eu fini d'apprendre ce que Hooke avait à lui enseigner et s'était alors mis à suivre ses propres idées, il avait décelé un peu de jalousie chez son vieux maître. Harry eut un pincement au cœur. Hooke était un homme compliqué, chez qui le souci du bien-être de son apprenti se manifestait souvent sous la forme d'une certaine irascibilité.

Harry avait été l'élève du plus grand philosophe naturel d'Angleterre. Peut-être le plus grand d'Europe, car qui d'autre que Robert Hooke était si compétent dans autant de disciplines ?

Même au moment de sa mort par empoisonnement, dans l'ancienne salle d'école mansardée de Somerset House, Harry ressentit un élan de fierté.

83
Le puits sans fond

« J'étais contre Dieu. J'ai connu des gens, surtout pendant les guerres, qui allaient jusqu'à nier Son existence. Comme je voyais Son œuvre partout, je ne pouvais pas être d'accord avec eux, mais, puisqu'Il permettait l'existence de tant de souffrances dans le monde, je L'estimais bien loin d'être parfait.

– Qu'est-ce qui vous a ramené à Lui, Michael ? demanda Grace à travers la porte. Car vous vous êtes bien fait pasteur.

– Pasteur anabaptiste, oui, un courant que la religion préférée de ce pays considère avec le plus grand mépris. » Le vieux colonel parlait lentement et était constamment obligé de reprendre son souffle. « Le temps a été un baume qui a su atténuer mon amertume, mais moins que ne l'a fait l'amitié entre les hommes. Quand j'ai rejoint les niveleurs, j'ai découvert un tel souci de l'autre que j'ai pu me départir de ces sombres pensées. Car c'est Dieu qui avait créé ce lien entre nous. J'imagine qu'il y a aussi le fait qu'en temps de paix, je n'étais plus perpétuellement confronté au spectacle de la souffrance. J'ai été témoin de choses atroces pendant les guerres. J'en ai aussi commis, je ne peux le nier. Elles m'ont laissé autant de cicatrices que les blessures que j'ai reçues. »

Grace était assise sur le palier en haut de l'escalier, dans une obscurité que ne troublait que la faible lumière d'une lanterne qui filtrait à travers la porte. Fields ne l'avait pas ouverte ; Grace se disait que c'était peut-être parce qu'il avait trop honte de se retrouver face à elle. Elle n'arrivait pas à croire qu'il ait pu se joindre aux hommes qui l'avaient enlevée, qui étaient sans doute ceux que Bartholomew Slough avait hébergés à Oakham à l'époque où il menait la vie de Jeffrey Hudson.

À Gresham's – impossible de savoir à quand cela remontait, si c'était une affaire d'heures ou de jours, car son sommeil avait été des plus profonds –, Harry avait parlé d'une machine, et dit que la vie de la reine était en danger.

Grace savait pourquoi on l'avait enlevée : pour essayer de faire plier la volonté de Harry.

Il allait tout faire pour les empêcher d'arriver à leurs fins, elle en était certaine.

« Il y a une raison égoïste pour laquelle je suis revenu à Dieu, continua Fields. Et ça n'a pas été la moindre, même si j'ai honte de le reconnaître. Ma solitude. Être pasteur me tenait sans cesse occupé, m'empêchait de penser à la noirceur qui m'entourait et dans laquelle j'étais bien trop enclin à me noyer. Je risquais de sombrer dans un puits sans fond. Au moment où les guerres touchaient à leur fin, je suis tombé amoureux d'une femme nommée Abigail Creed. J'ai remercié Dieu de me permettre d'éprouver un sentiment si fort. *La haine excite les querelles, mais l'amour couvre toutes les fautes.* Ah, Abigail… Je n'ai jamais trouvé quelqu'un qui puisse la remplacer dans mon cœur ; jusqu'à ce que je rencontre Elizabeth Hannam. Après tant d'années de solitude, je me suis considéré comme l'homme le plus chanceux de ce monde. »

Quand le colonel eut fini de parler, Grace avait la gorge nouée et les larmes aux yeux.

« C'est pour cela que vous faites ce que vous faites. Que vous avez accompagné Harry dans les Fens, puis en France. Que vous vous êtes assuré qu'il finisse en prison à Paris. Et que vous avez amené les Français jusqu'à moi, pour m'enfermer dans cette crypte.

– J'en suis désolé, Grace.

– Vous avez trahi vos amis, Michael.

– Je n'ai pas tant menti qu'orienté légèrement la vérité dans une certaine direction. »

Grace expira brutalement par le nez pour manifester son scepticisme.

« Si je voulais que Harry reste en France, c'était en partie pour son bien. Je savais qu'il chercherait à déjouer le complot contre la consultation catholique et s'exposerait alors au danger. Et surtout – et c'est là une raison aussi vile que méprisable –, je savais qu'il découvrirait la vérité à mon sujet.

– Ce que j'avais soupçonné est donc vrai, Michael.

– Pensez-vous que Harry le sache, lui aussi ? dit Fields dans un souffle, comme si Grace lui avait décoché un coup en plein dans la poitrine.

– J'en suis sûre, oui.

– Vous ne pouvez pas le dire à Elizabeth, car celui lui briserait le cœur. Pourriez-vous lui raconter une version qui me soit plus favorable ? »

Grace changea de position sur les pierres froides du palier.

« Quand Harry vous a parlé de la lettre de sir Jonas, vous avez tout fait pour l'accompagner. Vous vouliez l'empêcher de trouver l'assassin du capitaine Hudson.

– Vos scrupules vous gênent, Grace. Vous ne pouvez pas vous résoudre à dire la chose.

– Je constate que non, en effet.

– Quand y avez-vous pensé pour la première fois ?

– Quand nous étions à Cambridge.

– Si tôt ?

– Vous vous souvenez du moment où vous nous avez dit que toutes les villes étaient semblables : une rivière, un pont et une église ? Vous nous avez expliqué que l'association des comtés de l'Est avait son siège à la Bear Inn, près du Sidney Sussex College. Comment pouviez-vous le savoir, si vous n'y étiez jamais allé ? Immédiatement après, vous avez pris soin de nous montrer que vous vous étiez égaré. Je pense que vous vous étiez rendu du compte de votre faux pas. Lorsque Harry et vous êtes partis pour Paris, j'ai encore davantage réfléchi à la question. Bien sûr, je n'en ai jamais eu la certitude avant d'entendre votre voix de l'autre côté de cette porte.

– C'est à Cambridge que j'ai reçu mes ordres. De la bouche même du comte de Manchester.

– Il vous a parlé du Sancy et vous a envoyé à la recherche du capitaine Hudson. Vous l'avez retrouvé et vous l'avez assassiné.

– Quelle tonalité dramatique, Grace. Vous oubliez que c'était la guerre.

– C'est facile à dire, mais ce meurtre vous a toujours hanté, n'est-ce pas ? Sinon, pourquoi seriez-vous allé dans le Norfolk avec Harry ?

– Pour aider un ami, peut-être.

– Non, ce n'était pas pour cela. Vous connaissiez Cambridge. Vous connaissiez aussi King's Lynn. Le vieux marin qui nous a dirigés vers le Kontor, celui dont nous avons su plus tard qu'il était Japhia Bennett, vous a reconnu, même s'il vous a pris pour un royaliste. Rien de plus normal, puisqu'il vous avait vu en compagnie du nain de la reine.

– Cela ne constitue pas une preuve, même pour la Cour du banc du roi.

– Vous ne vous adressez pas à la Cour du banc du roi. Ici, c'est à moi que vous parlez.

– Conformément à mes ordres, je suis allé en France, à la recherche de Hudson. Je l'ai retrouvé à Paris et ai fait semblant de devenir son ami. Nous avons embarqué ensemble à bord de l'*Incassable* pour regagner l'Angleterre.

– Vous l'avez tué avec le boulet de canon. »

Fields fut pris d'un rire aussi triste que silencieux, donnant l'impression à Grace qu'il se trouvait loin d'elle et qu'ils étaient séparés par bien plus que l'épaisseur d'une porte.

« Hudson refusait de me révéler où se trouvait le diamant. J'avais essayé de me montrer amical. Ce nain n'était pas un naïf, je lui reconnais ça. Il s'est défendu avec acharnement. Je ne m'attendais pas à une telle résistance de la part d'un être si petit.

Il avait le boulet de canon dans son sac. Il l'a lancé sur moi. Un moyen de protection efficace, car il m'a cassé le bras, qui ne s'en est jamais vraiment remis. Je l'ai plaqué sur le fond du bateau et lui ai brisé la tête avec le sac. » Fields fut pris d'une quinte de toux qui mit un certain temps à se calmer. « C'était la guerre. Un soldat se battant contre un autre soldat. L'un a été vaincu, il est mort ; l'autre, vainqueur, a survécu. Une histoire qui s'est répétée maintes et maintes fois.

– Si c'était véritablement ce que vous croyiez, vous n'auriez pas fait tant d'efforts pour nous cacher la vérité. Vous avez constamment remis en question les raisonnements de Harry, pour le déstabiliser. Il y a certainement une autre raison qui vous a poussé à dissimuler le fait que vous aviez assassiné Hudson. Vous n'avez jamais retrouvé le diamant. Ni pour le Parlement, ni pour vous-même. Est-ce pour cela que votre culpabilité vous suit partout et pèse tant sur votre âme ? Avez-vous désiré ce diamant par cupidité ? Vous n'avez pas tant déçu le comte de Manchester que vous vous êtes déçu vous-même.

– Des conjectures, Grace, seulement des conjectures. Et puis quelle importance, de toute façon, après tant de temps ? Mes aspirations de jeune homme ne sont qu'une curiosité historique. Pourquoi continuer à insister sur ce sujet ?

– Votre échec à trouver le Sancy est la raison pour laquelle vous avez accompagné Harry dans les Fens. Mais pourquoi vous êtes-vous allié à ces Français ? Pour écarter Harry de vous ? »

Un long silence précéda la réponse de Fields.

« Vous savez, j'ai une question à vous poser, Grace… Avez-vous jamais considéré que Harry était un ange ? »

Même dans les ténèbres de la crypte, l'idée fit presque rire Grace.

« Je l'ai considéré comme beaucoup de choses, mais jamais comme un ange.

– Un Samaël. Un ange noir… ou l'instrument de Dieu, peut-être. Je n'arrivais pas à croire qu'il devait se rendre à l'écluse de

Denver, à l'endroit même où j'avais tué Hudson. Ni qu'il me demandait de venir avec lui. J'ai cru qu'il m'avait déjà démasqué. J'ai eu l'espoir qu'à travers Harry, Dieu m'offrait la rédemption, ou au moins la nullification, mais telle n'était pas Sa volonté.

– À l'écluse de Denver, vous auriez pu nous avouer que vous aviez tué Hudson. Comme vous dites, c'était une histoire de deux soldats en temps de guerre. Mais vous n'avez pas osé. Je pense que vous aviez peur de perdre ce qui compte le plus pour vous. Bien plus que n'importe quel diamant. Vous aviez peur de perdre Elizabeth Hannam. »

Fields se mit à nouveau à tousser, et se racla bruyamment la gorge.

« Pendant notre périple dans les Fens, j'ai tenté d'envoyer Harry sur une fausse piste. Je me rends compte que j'aurais alors dû me montrer plus méfiant en ce qui vous concerne. Si j'avais trouvé une autre solution, c'est à celle-ci que j'aurais eu recours... Mais tout ce que j'entreprenais ne faisait que renforcer la détermination de Harry à trouver le remplaçant du nain. Même lorsque le lieutenant général de la police de Paris lui a interdit de poursuivre ses recherches. Ange ou pas, c'est un individu persévérant... » Le colonel respirait avec de plus en plus de difficulté. « Une part de la récompense qu'offrait la duchesse pour retrouver le diamant m'aurait apporté une certaine aisance pour le restant de mes jours. Cela aurait également apporté une certaine aisance à Mme Hannam... À mes yeux, nul ne le mérite plus qu'elle... Mais cela n'a aucune importance. Nous n'avions pas besoin de cela, car nous nous étions trouvés l'un l'autre. Il n'est rien que je supportais moins que l'idée de la perdre... Voyez-vous, je n'ai aucune preuve, aucun morceau de papier, qui puisse attester que j'avais bel et bien reçu l'ordre de chercher le Sancy... De toute façon, je doute qu'un tel document m'aurait épargné la potence. J'imagine que la Cour du banc du roi brûlerait de l'envie de juger le vieux niveleur qui a assassiné le nain de la reine... J'ai tué Hudson dans un accès de rage, là-bas, dans cette chaloupe, quand j'ai découvert qu'il n'avait pas le diamant sur lui. Depuis, je me suis toujours senti coupable de cela... Qui plus est, si j'avais pu trouver un moyen de garder le diamant pour moi sans que le Parlement découvre mon vol, je l'aurais fait. Le péché d'avarice, Grace, pèse lourdement sur l'âme. Je pourrais plaider la légitime défense, je suppose, comme dirait M. Hobbes. » Fields se mit de nouveau à rire, ce qui se transforma en une violente quinte de toux. « Je n'ai pas lu Hobbes, bien sûr... Harry m'en a parlé... C'est Hudson qui m'a frappé en premier... »

Grace l'entendit grogner, d'effort ou de douleur ; puis ce fut sa respiration et tous les bruits qu'il faisait en se mettant laborieusement debout.

« *Le Seigneur, notre Dieu, est rempli de compassion et de pardon. Pourtant, nous nous sommes révoltés contre lui.* Je n'ai jamais su avant... où se trouvait le Sancy. Je ne l'ai jamais vu... même en suivant Hudson quand il est retourné en Angleterre. Je n'ai jamais eu aucun moyen de savoir s'il l'avait emporté... ni même s'il l'avait jamais eu en sa possession. »

Grace se pencha en avant dans l'obscurité, appuyant son front contre la porte.

« "Avant" ? Voulez-vous dire que, maintenant, vous le savez ?

– Après avoir assisté de près à l'enquête de Harry, je suis aussi proche de la certitude... que peut l'être un homme... quand un homme ne peut pas être sûr que le soleil se lèvera demain. »

Elle entendit ses pas hésitants s'éloigner de la porte – et d'elle.

84
Les mains secourables

Le rectangle de ciel nocturne flottait douloureusement hors de leur portée. Maintenant que le réservoir était tombé, ils n'avaient plus aucun moyen d'accéder à la lucarne depuis leur poutre.

Le nuage bleu montait jusqu'au milieu de l'armoire, les attendant au cas où ils s'aventureraient à redescendre. Les poutres que Lefèvre et ses hommes avaient installées sous le réservoir avaient été englouties dans la brume. Aucun moyen de les récupérer pour combler l'espace qui les séparait de la lucarne.

« Je peux vous porter, dit Papin. Vous n'avez qu'à monter sur mes épaules.

– Mais comment vous ferai-je passer ensuite ?

– Vous tendrez les bras et je m'y accrocherai.

– Nous savons tous les deux que vous seriez bien trop loin. Je tomberais par la lucarne. De même, si c'est vous qui tendez les bras, c'est vous qui tomberez.

– Il y en aurait au moins un de nous deux qui survivrait. »

Papin avait les yeux humides. Harry n'arrivait pas à savoir si c'était à l'idée de l'abandonner, à celle de rester mourir ici ou sous l'effet du brouillard.

Harry était sûr de pouvoir en sentir l'odeur, et avait un goût amer dans la bouche.

« Je vais vous porter, Denis, dit-il d'un ton résolu. Peut-être que le gaz va rester là où il est et ne pas remplir toute la pièce.

– L'un comme l'autre sont hautement improbables. C'est moi qui vais vous porter. Ensuite, vous devrez retrouver Grace avant que Lefèvre ne la tue.

– Je pense que c'est vous qu'elle aime. »

Papin le regarda, stupéfait.

« Moi ? Non, non. Vous vous méprenez totalement.

– Je ne suis pas aveugle. Je vous ai vus ensemble.

– C'est mon amie. Seulement mon amie. Je... »

Papin s'arrêta de parler, regarda fixement Harry, mais ne dit rien. De nouvelles larmes se mirent à couler de ses yeux ; il les essuya avec colère.

Harry le regarda bouche bée. Et ce fut l'illumination. Il repensa à toutes les fois où Papin avait tendu la main vers lui, l'avait touché. Il s'était dit que c'était parce qu'il était français, que c'était comme cela que faisaient les étrangers.

« Denis, dit-il sèchement. Montez sur mes épaules... »

Du verre se brisa au-dessus de leur tête, un bruit aussi soudain que brutal. Des éclats acérés tombèrent de là-haut, puis transpercèrent le gaz bleu pour s'écraser au sol. Les deux hommes baissèrent la tête puis regardèrent à nouveau en direction de la lucarne. Le ciel nocturne s'obscurcit un instant ; ils distinguèrent une silhouette, puis apparut le visage de Bartholomew Slough.

Il les regarda, plein de malice, et sauta de la lucarne pour atterrir gracieusement sur la poutre.

« Vous allez monter sur *ses* épaules, monsieur Hunt ! Et tendre la main à Moustapha. Ensuite, monsieur Papin, vous pourrez grimper sur *mes* épaules. »

De longs bras puissants descendirent de la lucarne.

Utilisant la pente du plafond pour se stabiliser, Harry posa ses pieds sur les épaules de Papin, tandis que celui-ci s'accroupissait pour accueillir son poids.

« Vous êtes bien en place ? »

Harry hocha la tête.

« Mais comment allez-vous vous échapper de cet endroit, monsieur Slough ?

– Vous pourrez me regarder faire, une fois que vous serez en sécurité sur le toit. »

Papin se releva, supportant tout le poids de Harry et appuyant ses mains sur la pente du toit; seule la pression de ses paumes l'empêchait de basculer dans le brouillard qui avait désormais atteint le haut de l'armoire.

Les mains de Moustapha se saisirent de celles de Harry, manquant de les broyer tandis qu'il le tirait vers le haut. L'estomac de Harry se noua au moment où ses pieds quittèrent les épaules de Papin et s'agitèrent dans le vide. Moustapha ahana puissamment tout en s'éloignant de la lucarne, marchant à reculons sur les ardoises du toit. Harry entendit le raclement inquiétant de ses pieds qui glissaient mais le domestique resta debout.

Ça y est ! Il était dehors ! Délivré du gaz toxique, sous un ciel plein d'étoiles. Moustapha le poussa sans cérémonie sur le côté et retourna s'allonger devant la lucarne.

Papin apparut, soulevé par Slough et tenu à bout de bras par Moustapha. Il grimpa fébrilement sur le toit, le teint livide.

« Il arrive parfois à un nain d'être suffisamment grand ! » leur cria Slough d'en bas.

Harry s'agenouilla près de la lucarne; la silhouette du nain se découpait sur le gaz bleu, si épais qu'il ressemblait davantage à un liquide, remplissant langoureusement l'espace et donnant l'impression de se servir des murs pour se hisser dans leur direction. Sa surface mouvante montait jusqu'aux cuisses de Slough.

« Vite, monsieur Slough ! Remontez ! »

Slough baissa les yeux en direction de ses jambes qui étaient en train de disparaître, puis regarda tout autour de lui, ne sachant pas vraiment comment il allait faire. Il s'agrippa à la poutre coudée qui épousait la pente du toit puis évalua la distance qui le séparait de la lucarne.

« Je n'y arriverai pas. »

Il leva les yeux vers ses compagnons et haussa les épaules, comme si tout cela n'avait pas tellement d'importance. Le brouillard lui arrivait à présent jusqu'à la taille. Il leur adressa à chacun un petit mouvement de barbiche et un semblant de salut.

« Vous devez au moins essayer, monsieur Slough ! cria Harry.

– Si je dois mourir ici, répondit Slough, appelez-moi au moins par mon prénom.

– Bartholomew, vous ne pouvez pas vous contenter de simplement attendre la mort. »

Slough examina à nouveau la poutre. Il enfonça ses doigts dans le fil du bois, en quête d'une prise digne de ce nom. En pressant ses mains de part et d'autre de la poutre, il souleva ses pieds qui frottèrent le bois mais qui, la poutre étant collée au plafond, ne bénéficiaient d'aucun point d'appui.

Il regarda à nouveau en direction de la lucarne, l'air empli de désespoir, le visage rouge et les yeux exorbités à cause de l'effort qu'il devait fournir pour rester accroché à la poutre.

« Moustapha, faites-moi descendre », demanda Harry.

Moustapha n'hésita pas une seconde. Se laissant glisser le long des bras du domestique, Harry passa par la lucarne, jusqu'à être seulement accroché aux mains de ce dernier, ses jambes pendant à nouveau dans le vide.

« Attrapez mes pieds !

– Je ne pourrai pas les atteindre. Si je lâche cette poutre, je tombe.

– Moustapha ! »

Moustapha réussit à s'engager davantage à l'intérieur, faisant descendre encore un peu plus Harry, qui ne pouvait absolument pas voir derrière lui, ni au-dessous de lui, et en aucune façon Bartholomew.

« Un peu plus à gauche », dit celui-ci.

Le nain sauta de sa poutre et se raccrocha aux chevilles de Harry, qui sentit alors soudain un poids lui étirer la colonne vertébrale et vider ses poumons.

Slough, Moustapha et Harry se mirent tous les trois à rugir tandis qu'ils faisaient tous les efforts du monde pour ne pas briser la chaîne humaine qu'ils formaient. Harry se balançait, Slough agrippé à lui. Le nain réussit à grimper un peu plus haut sur ses jambes et à nouer ses bras autour de celles-ci. Harry priait pour que ses hauts-de-chausses en soie ne lâchent pas et que Slough puisse maintenir son étreinte.

Moustapha poussa un nouveau rugissement et s'éloigna de la lucarne. Papin enserra sa taille avec ses bras et le tira en arrière. La tête de Harry se rapprocha du toit et il retrouva à nouveau l'air frais de la nuit. Moustapha et Papin tirèrent Harry, auquel était toujours cramponné Slough, hors de la pièce empoisonnée.

Assis sur les ardoises du toit en pente, Slough lissa ses vêtements et adressa un signe de tête à chacun de ses compagnons.

« Merci, dit-il. À présent, nous devons nous rendre dans la grande salle et ouvrir ces portes. »

85

La grande salle

Ils suivaient Slough sur le toit, mais les chaussures que l'on avait prêtées à Harry ne lui offraient que peu d'adhérence sur les ardoises. À un moment où il se retrouva particulièrement en péril, Moustapha dut le rattraper par le coude afin de l'aider à rétablir son équilibre. Lorsqu'il eut atteint la balustrade qui se déployait le long de la façade, et après avoir jeté un coup d'œil pour vérifier s'il se trouvait au bon endroit, le nain sauta par-dessus celle-ci. S'accrochant comme si de rien n'était et avec un seul bras à une gargouille, il leur fit signe de le suivre et amorça la descente. Ses compagnons l'imitèrent, avec nettement moins d'enthousiasme. Harry eut la certitude de sentir la gargouille, vieille et rongée par les intempéries, bouger sous sa main. Il se força à respirer le plus naturellement possible au lieu de se laisser aller à haleter de façon irrégulière et précipitée comme il avait envie de le faire.

Leur indiquant patiemment les endroits où leurs pieds trouveraient une prise, Slough leur montrait la voie. Harry n'osa pas regarder la cour, tout en bas, lorsqu'il se retrouva à franchir le rebord d'une fenêtre pour atteindre un volet, qui lui permit de se balancer au-dessus du vide et d'atterrir sur une pierre angulaire en saillie. Sa perruque en tomba par terre. Il avait oublié qu'il l'avait encore sur la tête.

« C'est comme une échelle », lui assura Slough, tandis que Harry s'apprêtait à descendre le long de l'angle du bâtiment.

Slough descendait, remontait, allait d'un côté puis de l'autre, continuant à leur indiquer par où passer, les exhortant à se dépêcher tandis qu'ils tâtonnaient prudemment à la recherche de prises ou enfonçaient leurs doigts dans les fentes qu'ils trouvaient entre les briques.

Après avoir précautionneusement descendu la dernière pente du toit qui servait à protéger de la pluie l'entrée principale de Somerset House, ils se laissèrent tomber sur la terre ferme, particulièrement bienvenue. Moustapha, le teint aussi gris qu'à bord du *Luz de la Luna*, semblait le plus soulagé de tous.

Harry était heureux que son corps ne l'ait pas trahi. Depuis son envol de la Bastille, sa peur si handicapante du vide semblait s'être considérablement atténuée pour devenir une appréhension plus raisonnée des hauteurs.

Aucun soldat n'était là pour leur bloquer le passage. Ils devaient tous être à l'intérieur, enfermés dans la grande salle avec les invités ou bien en train d'essayer d'y pénétrer afin de les libérer. Dans le grand coffre de fer qui se trouvait à côté de la porte, Harry, Slough, Papin et Moustapha prirent chacun une des armes confisquées aux invités à leur arrivée. Ils entrèrent dans la maison, traversèrent le vestibule jusqu'à la grande salle. Ils virent alors les cuisiniers en train de se démener pour essayer de forcer les gigantesques portes à l'aide de leurs fendoirs et de leurs couteaux. Le bois avait beau être abîmé, il avait jusqu'à présent résisté à leurs assauts.

« Quelqu'un a changé la serrure, dit l'un d'eux, comme s'il n'y croyait pas.

– Où sont tous les soldats ? demanda Harry à un des cuisiniers qui, à coups de marteau à viande, était parvenu à arracher la poignée d'une porte qu'il avait maintenant dans la main, sachant pertinemment que tous ses efforts n'avaient servi à rien pour ce qui était de les faire entrer à l'intérieur.

– Dedans, pour la plupart. » Il montra la porte. « Il y en a qui sont montés là-haut, voir du côté des balcons. Là aussi, les portes sont bloquées.

– Les gens ont crié des choses à propos de poison, lui dit un autre. À l'intérieur. »

Même si le bruit des ustensiles de cuisine rendait la chose particulièrement difficile, Harry tenta d'écouter ce qui se passait dans la grande salle. Il n'entendit aucun cri indiquant que les invités étaient en train de s'écraser les uns les autres contre la porte afin d'essayer de sortir. N'y avait-il de l'autre côté qu'une pièce remplie de cadavres ?

Il avait vu à quelle vitesse était mort Richard Merritt.

Il chercha les gonds, se demandant s'ils pourraient essayer de soulever les portes, mais ils se trouvaient de l'autre côté : elles s'ouvraient vers l'intérieur.

Les cuisiniers continuaient à s'acharner sur les portes, les martelant ou cherchant à percer le moindre endroit que les autres les laissaient atteindre.

Le chef cuisinier se tenait légèrement en retrait, serrant dans sa main un couteau à l'air particulièrement dangereux. Il avait renoncé à l'idée de s'en servir contre la porte.

« Dites à vos hommes de concentrer leurs efforts sur une seule et unique partie de la porte, lui suggéra Harry. Autour de la serrure. »

Le chef cuisinier le regarda d'un air suspicieux – ce nouveau venu lui disait quelque chose – mais comprit que c'était une bonne idée. En quelques mots, il ordonna à ses hommes, dont le visage était désormais empreint d'une véritable sauvagerie, de s'organiser autrement.

Le bois pâle ne tarda pas à se fendre sous ces assauts plus concentrés. Tous les cuisiniers se mirent à entailler cette cicatrice nouvelle, et à y enfoncer leurs lames afin de faire levier jusqu'à ce que le bois commence à se fissurer. Cette vieille porte, faite du teck le plus dur qui soit, leur opposait une résistance acharnée et, chaque fois qu'un cuisinier battait en retraite, épuisé, un autre s'avançait pour le remplacer. Papin leur demanda de s'écarter puis tira les dernières munitions de son pistolet à air comprimé sur le trou. Tandis que la cicatrice devenait une fissure, qui se transforma en une ouverture, ils se mirent tous à donner des coups de pied dans la porte. Enfin, elle commença à bouger et à trembler à l'intérieur de son cadre. Galvanisés, ils redoublèrent d'efforts. Le bois finit par voler en éclats, dans un craquement assourdissant, et l'une des portes s'ouvrit.

« N'avancez pas ! leur ordonna Harry. La pièce est remplie d'un gaz toxique ! »

Le gaz se mit à ramper dans leur direction : une épaisse brume bleue, menaçante, qui se déversait par la porte désormais grande ouverte et envahit le couloir. Harry jeta un coup d'œil à l'intérieur de la pièce, en vain ; on n'y voyait absolument rien.

« Ne le respirez pas. Nous avons vu un homme mourir. »

Harry, comme tous les autres, recula le long du couloir, afin de rester hors de portée du nuage mortel, qui se dévidait dans leur direction, comme une créature s'étirant à son réveil.

Ils continuèrent à reculer ; Harry se dit qu'ils avaient commis une erreur en libérant ainsi le poison dans le reste de la maison. Ils se rabattirent quasiment jusqu'aux cuisines. Mais le gaz bleu qui, au départ, s'élevait jusqu'au-dessus des portes, était incontestablement en train de perdre de l'altitude. Sa pesante progression ralentit, jusqu'à ce que, presque imperceptiblement, le nuage cesse totalement d'avancer.

« Ouvrez toutes les portes et toutes les fenêtres, dit Harry à la cantonade. Allez à la buanderie. Et dans les chambres. Récupérez autant de draps que vous le pourrez. Et où sont toutes les housses, qui recouvraient les meubles pendant les travaux ? Nous allons pouvoir disperser ce nuage. »

En regardant à nouveau dans le couloir, il vit qu'aucun invité n'était encore sorti de la grande salle. Personne n'en émergeait en titubant et en toussant à cause du poison. Il exhorta les cuisiniers à se dépêcher mais, au fond de lui-même, il savait que c'était inutile. Le gaz avait fait son œuvre et tué tous ceux qui se trouvaient à l'intérieur. Il fut saisi d'un irrépressible sanglot, qui demeura coincé dans sa gorge. Il y avait toutes ces vies perdues, dont celle de la reine, mais c'était bien la mort de Robert Hooke qui l'affectait le plus. Il allait terriblement lui manquer.

Tous leurs efforts pour neutraliser la machine et s'échapper de la salle de classe n'avaient servi à rien.

Le fracas des fenêtres et de chaque porte donnant sur l'extérieur que l'on était en train d'ouvrir, puis le spectacle des cuisiniers agitant les draps le réconforta légèrement. S'ils parvenaient à sauver une seule vie, si une seule personne avait survécu parce qu'ils avaient empêché davantage de poison de se déverser du réservoir, alors toutes leurs peines auraient servi à quelque chose. Et puis, à la réflexion, il n'aurait pu agir autrement ; son sens moral ne pouvait l'amener à faire autre chose que tenter de sauver les invités.

Les cuisiniers s'étaient noué des tissus autour du visage, après les avoir mouillés aux robinets de la cuisine. Personne ne savait si c'était efficace contre le poison, mais cela paraissait la chose à faire. Les plus courageux se précipitèrent vers le nuage, munis de leurs draps. Pas de doute, le gaz bleu se dissipait, et le courant d'air provoqué par l'ouverture de toutes les fenêtres le faisait ramper au sol et le déportait vers les jardins ; mais tout ce processus restait extrêmement lent.

Lorsque les hommes commençaient à tousser à cause du poison, ils revenaient respirer un air non vicié dans la cuisine tandis que d'autres cuisiniers partaient les remplacer. Des serviteurs supplémentaires étaient arrivés, ainsi que les soldats qui étaient restés postés hors de la grande salle. Ils n'avaient pas réussi à forcer les portes qui donnaient sur les balcons. Elles étaient toutes solidement verrouillées. Tirer dessus n'avait servi à rien, pas plus que de les taillader à coups d'épée. Même essayer de les enfoncer avec des meubles avait été inutile. Ils étaient donc redescendus pour aider les cuisiniers, qu'ils avaient découverts en train d'affronter le brouillard à l'aide des draps.

On alla chercher encore d'autres housses. Le brouillard bleu était déjà moins épais. Le courant d'air qu'ils avaient créé continuait à l'aspirer hors de la grande salle, et les hommes le chassaient du couloir.

Il était bel et bien en train de s'évanouir, donnant l'impression de se recroqueviller sur le sol.

Harry put enfin revenir à hauteur des portes, dont l'une était à présent grande ouverte. À l'intérieur de la salle, une nuée bleue flottait encore vaguement dans l'air, comme une légère brume matinale en suspension; il se risqua malgré tout à entrer. Il s'était lui aussi couvert la bouche d'un linge humide, ne sachant pas du tout si cela le protégerait, mais l'urgence le projeta en avant, à l'intérieur de la pièce où la reine avait tenu sa désastreuse et tragique consultation.

Nul ne gisait près de ces portes contre lesquelles les invités, pris de panique, auraient dû venir s'écraser pour tenter de s'enfuir. Pas le moindre cadavre non plus sur l'immense parquet. Il vit des chaises et des tables, des bouteilles et des verres renversés partout sur le sol.

Où étaient-ils tous passés ? Cette pièce avait été pleine à craquer. Où se trouvait M. Hooke ?

Des volutes de brume semblaient s'accrocher aux piliers. Les animaux gravés dans le bois – des souris, des fouines, des furets, des visons et des martres des pins, qui se balançaient aux branches – regardaient tous Harry d'un air stupide, n'ayant aucune conscience de ce dont ils venaient d'être témoins.

En observant le plafond, on pouvait voir les trous par lesquels s'étaient déversés les granules bleus empoisonnés.

Il entendit arriver derrière lui ses amis Bartholomew Slough, Denis Papin et Moustapha. Des cuisiniers, des serviteurs et des soldats entrèrent à leur tour, ayant terminé de disperser le brouillard. Ils regardèrent tout autour d'eux, se retournant pour examiner chaque coin de la pièce. Ils cherchaient les invités.

Où étaient-ils, tous ?

Lorsqu'ils arrivèrent au centre de la salle, avançant prudemment, redoutant toujours ce qu'il restait de brume et prêts à courir vers l'extérieur s'ils commençaient à se sentir mal, ils entendirent un claquement de mains. Puis, quelqu'un d'autre se mit à applaudir; puis encore un autre.

De plus en plus d'applaudissements. Ça venait d'au-dessus, des balcons. Quand ils levèrent les yeux, des gens commencèrent à apparaître derrière les balustrades.

Bientôt, ils virent près de quatre cents personnes, toutes debout et en train de les applaudir. Puis ce furent les cris de joie, qui devinrent si fort qu'ils leur firent presque mal aux oreilles. Les invités tapaient du pied par terre et des mains sur les balustrades, si bien que le bruit devint tonitruant.

Harry tourna sur lui-même, fouillant désespérément du regard les balcons qui se trouvaient de chaque côté de la salle.

Là, à côté de la reine Catherine, du duc d'York et de sa femme Marie, en train d'applaudir aussi fort que les autres, se tenait Robert Hooke.

86
Les remerciements sincères

La première chose qu'avait faite Hooke, en redescendant vers la grande salle avec le capitaine MacWilliam et pendant que Slough allait chercher une solution à l'extérieur, avait été d'ordonner aux domestiques et aux soldats qu'ils avaient croisés de récupérer tous les escabeaux dont on s'était servi pour allumer les lustres et de les rapporter à l'intérieur. Certains convives avaient même pensé qu'on allait les divertir en les faisant assister à une expérience.

C'était la solution à laquelle s'était raccroché Hooke, car il avait calculé qu'il serait impossible de vider la salle de tous ses occupants avant que les portes se ferment et il souhaitait éviter à tout prix un mouvement de panique dont les conséquences promettaient d'être désastreuses. Il avait en outre supputé que, le réservoir ayant été installé dans la salle de classe qui se trouvait au grenier, le poison, quel qu'il soit, était destiné à leur tomber dessus. Il en avait par conséquent déduit qu'il était plus lourd que l'air, même s'il n'avait pas prévu qu'il prendrait la forme de granules qui libéraient du gaz au contact de l'atmosphère.

Lorsque les portes s'étaient brutalement refermées, les invités avaient beau s'être acharnés à tirer dessus, de plus en plus nombreux, il avait été impossible de les faire bouger.

Mais Hooke avait eu raison : le gaz était resté au niveau du sol, comme dans le grenier, avant de se propager lentement, recouvrant d'abord le plancher, puis commençant à s'élever au contact des murs.

Lorsque les granules s'étaient mis à leur tomber dessus depuis le plafond, la panique s'était emparée des invités. Hooke avait expliqué à la reine ce qui était en train de se passer. C'est elle qui avait alors ordonné aux invités de gagner les balcons dans le plus grand calme. Seulement, une fois au pied des escabeaux, les gens avaient commencé à se battre, chacun voulant être le premier à grimper. MacWilliam et ses hommes avaient agi pour que l'ascension se fasse de la façon le plus ordonnée possible.

« Vous les avez tous sauvés, monsieur Hooke.

– Non, Harry. Le gaz est pratiquement arrivé à hauteur des balcons. Il est monté jusqu'à nos pieds. Si Denis et vous n'aviez pas cassé le réservoir au moment où vous l'avez fait, il aurait rempli toute la pièce, et nous serions tous morts.

– Jacques Lefèvre s'est montré trop méticuleux. Il a calculé la quantité exacte de poison dont il aurait besoin pour remplir la grande salle, sans s'imaginer qu'une partie pourrait se perdre.

– Jacques Lefèvre ? Ce n'est pas Pierre ?

– Pas le temps, monsieur Hooke. »

S'il les avait laissés faire, Harry aurait été félicité personnellement par chaque invité de la consultation. La reine Catherine commença à s'excuser d'avoir douté de lui et à le remercier, mais il l'interrompit poliment.

Il devait retrouver Lefèvre ; Grace était toujours entre ses mains.

87
Les femmes frissonnantes

Une fois sorti de Somerset House, Harry sentit l'air froid sur sa peau. Il avait passé l'essentiel de la soirée à transpirer et voilà qu'à présent la nuit le faisait frissonner. Il était là, dehors, avec ses bas et ses stupides chaussures qui lui avaient donné des ampoules aux orteils.

« Qu'allez-vous faire maintenant ? » demanda Slough.

Papin et Moustapha étaient là eux aussi.

« Jacques Lefèvre est revenu. Il a voulu savoir si son plan avait fonctionné : si j'avais bel et bien libéré le poison. Si je ne l'avais pas fait, il s'en serait chargé lui-même, j'en suis sûr, en passant par la lucarne. Il voudra aussi vérifier si les invités de la reine sont morts. Il n'est pas loin d'ici. J'en suis certain.

– Grace pourrait se trouver n'importe où dans Londres, dit Papin.

– Elle est près d'ici. Je le sais. » Il y avait dans ses paroles plus d'assurance qu'il n'en éprouvait lui-même. Il avait *su* qu'il allait mourir dans la salle de classe du grenier. Il avait *su* que tous les invités de la consultation étaient morts. Mais, heureusement, il s'était trompé. Le pressentiment qu'il avait à présent était-il donc d'une nature différente ? Une autre forme de prescience ? Il *savait* que Grace n'était pas loin. Mais n'était-ce pas simplement l'espoir qui le lui soufflait ?

Papin regarda Slough d'un air dubitatif ; le nain tourna la tête. Moustapha semblait être le seul à croire ce que leur racontait Harry.

Ce dernier se mit à marcher et ses amis lui emboîtèrent le pas. L'éclat de la lune était si fort qu'elle illuminait la cour de mille feux. Ils se voyaient distinctement les uns les autres. Il se retourna pour regarder Somerset House, espérant presque voir Lefèvre encore sur le toit, peut-être à côté d'une gargouille. La gargouille à laquelle il s'était accroché ? Harry ne parvint pas à retrouver le chemin qu'ils avaient emprunté pour descendre du toit. En y repensant, qu'ils aient réussi à arriver sains et saufs jusqu'en bas lui semblait totalement incroyable.

Ils franchirent les grilles et s'engagèrent sur le Strand. Tous les manifestants étaient partis. La rue était quasiment déserte à part une voiture très en avance qui venait chercher des participants à la consultation, le cocher n'ayant pas la moindre idée de ce qui venait de se passer à l'intérieur. Aucun des invités de la reine n'était encore parti ; ils se trouvaient toujours dans la maison de la souveraine, en train de revivre leur quasi-mort et leur sauvetage apparemment miraculeux, se remémorant avec fascination les différents événements de la soirée, comme si les raconter à nouveau en renforçait l'authenticité.

De l'autre côté de la rue, deux femmes attendaient ; elles frissonnaient, comme Harry. Au vu de leur apparence, on se serait plutôt attendu à les croiser du côté de Covent Garden.

Harry traversa la rue pour les rejoindre. Elles le dévisageaient d'un œil malicieux, se demandant laquelle il allait choisir. Peut-être les deux à la fois, puisque c'était un gentilhomme. Il avait apparemment déjà eu droit à un début de soirée très animé car il avait perdu sa perruque et son manteau était froissé et couvert de poussière. Il y avait pire manière de finir la nuit qu'en leur compagnie. Il n'était pas seul, même si ses compagnons étaient un nain et un jésuite. Mais il y avait aussi un Africain, et il était magnifique.

« Auriez-vous vu un homme d'une apparence toute particulière ? leur demanda Harry après avoir échangé quelques civilités. Vous comprendrez ce que je veux dire si c'est le cas, car on ne peut pas le rater.

– Depuis un quart d'heure on n'a vu personne », répondit une des deux femmes, un petit peu plus âgée que son amie, bien qu'elles fussent toutes les deux encore assez jeunes. Harry se dit qu'elle était jolie malgré les plaques qui lui couvraient le visage. « On attend la fin de la consultation.

– Qui avez-vous vu il y a un quart d'heure ? »

L'autre jeune fille poussa un gros soupir ; il leur faisait perdre leur temps. Son amie considéra toutefois Harry avec un regain d'intérêt. Il ne comptait pas avoir recours à leurs services, c'était évident, il n'y avait donc pas d'argent à se faire, mais elle appréciait la façon dont il s'adressait à elles. Comme à ses égales, sans prendre les grands airs propres à sa classe.

« La dernière personne que j'ai vue était une dame. Je me souviens d'elle parce qu'elle attendait toute seule.

– Avec une robe turquoise ? Et une grosse perruque blanche ? »

La fille acquiesça.

« Vous la connaissez ?

– Oui. Quelle direction a-t-elle prise en partant ? »

Les femmes indiquèrent toutes les deux l'est, vers Temple Bar et Fleet Street.

Après les avoir remerciées, Harry traversa à nouveau la rue.

Qu'est-ce qui avait amené Hortense à partir du côté de Fleet Street ? Elle vivait à Saint James ; elle n'était donc pas rentrée chez elle.

« Vite ! dit-il aux autres. Suivons-la. »

Plus tôt, au cours de la soirée, après qu'Hortense, Moustapha et lui avaient été expulsés de Somerset House, ils étaient retournés à la maison de la reine en remontant le canal de la Fleet en bachot. Au moment où ils étaient passés devant l'église Sainte-Bride, il avait été envahi par une terreur inexplicable. Cette sensation avait été si intense qu'elle lui avait donné le vertige.

Il accéléra le pas.

« Où allons-nous ? lui demanda Papin en se pressant pour tenir le rythme.

– C'est difficile à expliquer – ce n'est absolument pas rationnel de ma part – mais je suis certain que Grace se trouve tout près d'ici. »

88
L'intuition irrationnelle

L'église Sainte-Bride se dressait face à eux, juste derrière le Bell's, la taverne où, après son expérience ratée, Harry avait beaucoup trop bu en compagnie des *fellows*. Ils s'étaient moqués de lui. Même M. Hooke. La fierté de Harry en avait été tellement blessée qu'il avait décidé de quitter la Société royale pour le conseil de l'artillerie. S'ils n'avaient pas ri de lui, peut-être ne se serait-il pas retrouvé ici ce soir. Grace serait saine et sauve et il serait avec elle. Mais peut-être aussi, se dit-il, que quatre cents catholiques auraient trouvé la mort à la consultation de la reine. Qui pouvait deviner le cours qu'auraient pris les événements, l'un découlant de l'autre, comme lorsqu'une boule de billard en frappe une autre et l'envoie dans une nouvelle direction ?

Tandis qu'ils approchaient de l'église, Harry ne ressentait plus rien de la terreur qu'il avait éprouvée tout à l'heure ; seulement la conviction qu'il avait raison. Durant tout son apprentissage, Robert Hooke n'avait cessé de le mettre en garde contre ce genre de sentiment. La nouvelle philosophie avait pour principe de s'appuyer non pas sur l'intuition mais sur les preuves sensorielles. La connaissance du monde devait avoir pour assise l'observation et non pas le mystère. Ce que l'on pouvait mesurer, ce que l'on pouvait dénombrer et ce dont d'autres pouvaient être témoins. C'était là tout l'objet des démonstrations hebdomadaires de Gresham's College.

Harry savait que M. Hooke aurait cherché à expliquer son sentiment. C'était quelque chose de présent dans son esprit, quelque chose dont il avait été témoin sans s'en rendre compte, qui le poussait à croire que Grace se trouvait à l'intérieur de cette église.

Ça n'avait aucune importance. Harry devait chercher quelque part, et il n'avait que cette sensation, d'où qu'elle vienne, pour le guider.

Il perçut un bruit devant lui et leva la main pour que les autres s'arrêtent. Il écouta attentivement, n'entendant que sa respiration et celle de ses amis.

« Il y a eu un bruit ; ça venait de la porte, chuchota-t-il.

– Je n'ai rien entendu du tout, répondit Slough.

– Jetons un œil, dit Moustapha.

– Moustapha ? »

Une voix s'adressait à eux depuis l'obscurité.

« Maîtresse, répondit Moustapha.

– J'ai quitté la grande salle pour partir à votre recherche, quand M. Hooke est arrivé », leur dit Hortense, émergeant du porche de l'église. Elle avait enlevé sa perruque, trop voyante. « J'ai vu un homme descendre du toit de Somerset House. Je l'ai suivi jusqu'ici. Il a disparu. J'ai fait le tour de l'église. » Elle les regarda. « C'est terriblement étrange. Je le voyais très clairement devant moi. Puis il n'a plus été là.

– Vous pensez qu'il est entré dans l'église ? lui demanda Harry, à qui elle semblait un peu honteuse.

– Je n'ai pas regardé à l'intérieur. » Elle attrapa le bras de Harry. « Il m'a dévisagée. Il ne clignait pas des yeux. Il m'a fait peur. » Elle semblait stupéfaite : elle n'avait pas l'habitude d'avoir peur. « La façon dont il est descendu le long du mur de Somerset House n'avait rien de naturel.

– Vous auriez dû voir M. Slough, dit Moustapha.

– Qu'en est-il de tous les gens là-bas ? demanda Hortense. Vous avez trouvé la machine ?

– Oui, nous l'avons trouvée.

– Harry les a tous sauvés, dit Papin.

– C'est M. Hooke qui les a tous sauvés, déclara Harry. Et vous en avez fait autant que moi dans le grenier, Denis.

– Vous faites les modestes, observa Slough. J'ai quant à moi bien l'intention de dire à tout le monde le rôle que j'ai joué dans ce sauvetage.

– Nous devons retrouver Grace, les pressa Harry. Lefèvre a menacé de la tuer. Entrons. »

89
La lumière aveuglante

Assise sur les marches, Grace avait de plus en plus froid. Mais ce froid avait fini par dissiper totalement la léthargie dans laquelle elle avait sombré après son enlèvement.

Combien de temps allaient-ils la garder ici, en bas, en compagnie des ossements des morts ? S'ils avaient voulu la tuer, ils l'auraient certainement fait au moment où ils s'étaient emparés d'elle à Gresham's, non ?

Si Harry avait déjoué leur attentat contre la reine et sa consultation, qu'allaient-ils faire d'elle ?

Michael Fields n'avait plus prononcé un mot. Elle n'avait pas arrêté de le supplier de la délivrer, mais ses prières étaient restées sans réponse. Elle avait tambouriné à la porte, mais il n'avait pas réagi.

Alors qu'elle était à nouveau plongée dans ses pensées, l'image de Harry lui apparut distinctement à l'esprit. Sa gorge se noua. Le reverrait-elle un jour ?

Harry était la personne qu'elle connaissait le mieux.

Même son père et sa mère étaient à ses yeux des êtres impénétrables. Ils s'étaient acquittés de leurs devoirs de parents, mais leurs aspirations et leur vision du monde demeuraient pour elle un mystère. Son père, maire de Newport, sur l'île de Wight, était parvenu à dissimuler sa mélancolie jusqu'à ce qu'il se pende au bout d'une corde. Selon sa mère, c'étaient les dépenses liées à sa fonction qui l'avaient poussé à accomplir ce geste ; il avait par ailleurs contracté des dettes en secret. Grace savait que son oncle lui avait prêté de l'argent pour lui venir en aide, mais il n'avait pas pu le sauver de lui-même. Son oncle, lui aussi, était un homme secret. Il voulait ce qu'il y avait de mieux pour elle, elle le savait, mais l'idée qu'il se faisait de son bonheur ne correspondait pas à la sienne. Il agissait par devoir envers sa famille, voulant à tout prix faire d'elle un bon parti. Comme si elle était sa propriété, à céder au plus offrant.

À présent, elle se retrouvait prisonnière dans une crypte sombre et glacée, dans laquelle l'avaient jetée des Français, grâce à l'aide de Michael Fields, qu'elle croyait son ami. C'était comme si son corps ne lui avait jamais véritablement appartenu, qu'il avait constamment été utilisé ou considéré comme une monnaie d'échange par d'autres. Par des hommes.

Harry exprimait plus librement ses pensées et, voulant tout partager avec elle, il l'écoutait avec un infini respect. Il était stupéfiant de constater combien peu d'hommes se comportaient ainsi. Denis Papin s'efforçait de l'écouter, mais il avait malgré tout sa part d'égoïsme. Tôt ou tard, il ramenait toujours la conversation à lui. Car il désirait quelqu'un. Il désirait quelqu'un qu'il ne pourrait jamais avoir.

Quelqu'un qu'elle ne voudrait jamais qu'il ait.

Harry s'intéressait à ce qu'elle pensait, et non pas à ce qu'elle pensait de lui. Il n'avait pas besoin qu'elle soit un miroir humain lui renvoyant une version gratifiante de lui-même. Il semblait inlassablement fasciné par ce qui la stimulait, par ce qu'elle désirait, et pouvait se montrer infatigable dans ses questions. Comment réagissait-elle à telle sensation ou à telle idée ? Il voulait savoir comment elle vivait ce monde. Toute cette attention qu'il lui prodiguait pouvait avoir quelque chose d'étouffant. Elle avait parfois l'impression qu'il l'étudiait comme un de ces bibelots de la réserve de la Société royale, parmi les fossiles, les coquillages ou les têtes réduites.

Elle se promit, si jamais elle devait le revoir un jour, de le laisser l'étudier autant qu'il le souhaiterait. Elle regrettait tellement qu'ils se soient disputés. La manière dont Harry s'était comporté avec la duchesse l'avait mise en rage. Et cette rage l'avait amenée, par peur de le perdre, à chasser de sa vie la chose qu'elle désirait le plus.

Des pas. Si le colonel était parti, il était à présent de retour.

« Michael ? » dit-elle à travers la porte.

Mais elle fut soudainement prise de doutes et resta silencieuse.

Les pas s'arrêtèrent, puis les pieds tournèrent sur le carrelage en crissant. À nouveau des pas.

Ils s'approchèrent de la porte. Puis s'arrêtèrent à nouveau. Elle entendit des gens discuter, mais leur conversation était trop basse pour qu'elle puisse en distinguer le contenu.

Grace inspira brusquement, puis retint sa respiration. Elle s'aperçut que ses mains tremblaient.

« Qui est là ? demanda-t-elle. Allez-vous me relâcher ? »

La conversation s'interrompit, mais elle ne reçut aucune réponse. Le silence qui régnait derrière la porte devenait oppressant. Outre ses mains, c'étaient désormais ses bras et ses jambes qui tremblaient. Pourquoi était-elle si terrifiée ? C'était à cause de l'incertitude. À cause du fait de ne pas savoir. Elle aurait été bien plus apaisée si elle savait qu'on allait finir par la tuer.

On introduisit une clé dans la serrure et elle l'entendit tourner. Elle recula, posant son pied sur l'escalier.

La porte s'ouvrit : un rectangle de lumière aveuglante et une lanterne qui se balançait.

Comme la douleur provoquée par la luminosité s'apaisait et que les yeux de Grace s'adaptaient, elle distingua la silhouette d'un homme. Elle vit qu'il s'agissait d'un des individus qui l'avaient enlevée à Gresham's et l'avaient amenée ici. Celui qui semblait être leur chef. L'homme velu, aux sourcils épais et au menton pointu.

Il s'avança sur le palier.

90
La lame scintillante

Le moindre muscle de son corps tremblait. Elle se sentit prise d'étourdissement, comme si elle allait s'écrouler. La lanterne projetait un jaune maladif sur les ossements : des centaines de crânes et de fémurs, méticuleusement empilés contre les murs. Pour être ressuscités à la fin des temps, certains vestiges doivent survivre. Les crânes et les fémurs sont les os qui durent le plus longtemps; voilà pourquoi c'étaient eux que l'on avait prélevés dans les tombes pour les entreposer dans la crypte.

La salle dévolue à tous ces ossements n'était pas aussi grande que Grace se l'était imaginé. Elle repéra l'endroit où elle s'était cognée la première fois : le fémur qu'elle avait attrapé gisait sur le sol. Elle cherchait désespérément un moyen de s'échapper, une autre porte, mais il n'y en avait pas. Il lui faudrait donc avant toute chose emprunter l'escalier que l'individu était à présent en train de descendre. Mais là-haut, il y avait très probablement ses deux acolytes, ainsi que Michael Fields, leur allié.

La lanterne brillait d'un tel éclat que le visage de l'homme semblait une ombre, ce qui ne l'empêcha pas d'entrapercevoir ses dents étrangement pointues et très écartées.

Elle devait maîtriser ses tremblements.

L'homme n'était ni particulièrement grand, ni particulièrement large d'épaules, mais il semblait musclé, et une force intimidante se dégageait de la souplesse de ses mouvements.

Il descendit la dernière marche, puis s'arrêta de nouveau. Peut-être qu'il n'était jamais venu ici car il souleva la lanterne afin d'éclairer toute la pièce. Ou alors il le fit par sadisme, pour qu'elle distingue bien tous ces ossements.

Sa vision se brouilla. Elle essuya l'eau de ses yeux. Elle ne pleurerait pas devant cet homme.

Il fit un pas en avant, marchant droit sur elle. Lorsqu'elle se retrouva acculée contre le mur et qu'il lui fut impossible de reculer, il posa sa lanterne par terre.

« Allez-vous me laisser partir ? » lui demanda-t-elle d'une voix aussi tremblante que son corps.

Elle n'allait pas lui permettre de s'emparer à nouveau d'elle sans résister.

« Pas possible », répondit Lefèvre.

Il porta la main à sa taille et tira un poignard du fourreau accroché à sa ceinture. Il le tourna dans un sens puis dans l'autre, à la lumière de la lanterne, afin qu'elle en voie bien la lame. Il avança vers elle, fit le dernier pas qui les séparait. Grace se pressa contre le tas d'ossements ; plusieurs tombèrent en heurtant bruyamment le sol.

Elle vit la lame scintiller une dernière fois tandis qu'il la brandissait au-dessus de lui, la tenant à deux mains ; puis il l'abattit sur sa tête.

L'acier heurta aussitôt l'os, puis le perça de toute la longueur de la lame.

Grace faillit lâcher le crâne qu'elle avait attrapé et tenait par les orbites, mais parvint à le garder en main jusqu'à ce qu'il eût fini d'y enfoncer son couteau. Lefèvre poussa un grognement lorsqu'elle se mit à le tourner, lui tordant ainsi le poignet. Sa lame était si profondément enfoncée qu'il en perdit l'équilibre. Grace tendit à nouveau le bras vers le mur d'ossements et saisit un autre crâne. Elle l'abattit de toutes ses forces sur la tête de Lefèvre, si violemment que le vieux morceau d'os se brisa, des esquilles lui piquant les mains, avant qu'elle le lâche.

Lefèvre, tombé à genoux, comme en prière, leva vers elle des yeux où se mêlaient l'hébétude et la surprise.

Grace attrapa un fémur et le lui balança sur la tempe. Il s'écroula en avant et son visage s'écrasa contre le sol. Elle entendit ses dents pointues se briser.

Tenant fermement l'os et ramassant la lanterne de Lefèvre, elle contourna son corps, s'attendant à le voir se relever d'un bond et s'attaquer de nouveau à elle.

Mais il n'y eut pas un mouvement, à part celui de son sang qui se répandait sur le sol de la crypte.

91
Le rayon orange

Regardant derrière elle pour bien vérifier que Lefèvre ne bougeait plus, Grace se mit à gravir l'escalier. Avec prudence, elle franchit la porte pour se retrouver dans une petite sacristie située à l'extrémité est de l'église, sous la tour.

Quand elle en sortit, elle vit le clair de lune briller à travers la rosace, inondant les tribunes et les colonnes de sa lumière argentée. Le silence était tel qu'elle était sûre que tout le monde l'entendrait marcher sur les tomettes. Elle retira ses chaussures pour que ses pas soient le plus légers possible.

Restant à l'abri dans l'obscurité, elle avança lentement sous la tribune qui longeait le mur ouest, passa devant l'escalier en colimaçon de la chaire et s'efforça de faire en sorte de ne pas pouvoir être vue de la nef. Elle ne connaissait pas cette église, il lui fallait donc deviner où se trouvaient les portes. Peut-être seraient-elles fermées lorsqu'elle essaierait de les ouvrir. Elle ne pouvait supporter l'idée de se trouver à nouveau cloîtrée ici, avec l'homme au visage de bête qui gisait dans la crypte.

La lueur de la lune donnait un aspect inquiétant à l'alignement des rudimentaires bancs de chêne qui occupaient le milieu de l'église. Grace les parcourut du regard, en quête du moindre signe de présence des autres hommes qu'elle avait entendus.

Apparut le contour d'une épaule, l'épaule de quelqu'un assis sur un banc de l'autre côté de l'allée centrale. Le reste du corps de l'homme – car au vu de sa taille, elle était sûre que c'en était un – demeurait plongé dans l'obscurité. Elle ferma fort les yeux, puis les rouvrit. L'épaule, que la lumière de la lune avait illuminée d'argent, avait disparu. Elle fixa du regard l'endroit où elle l'avait vue jusqu'à ce que le nuage qui avait tout assombri finisse par s'en aller.

Elle vit à nouveau l'épaule. Puis ce fut le profil d'un visage.

Grace savait que l'homme pouvait parfaitement la voir de là où il se trouvait, mais il n'esquissa pas un geste.

Que faire ? Elle se surprit presque à sourire en se rendant compte qu'elle avait emprunté cette phrase à Harry.

Si l'homme la voyait, il pourrait facilement se lever de son banc et lui barrer la route. Pouvait-elle se mettre à courir pour le dépasser ? Elle avait une arme : le fémur de la crypte. Elle le serra fermement, prête à s'en servir de nouveau.

L'homme ne bougeait absolument pas.

Grace traversa l'allée et avança, très doucement, entre les deux rangées de bancs. La lumière de la lune faiblit pour revenir de plus belle, éclairant la tête de l'homme, et son oreille, à laquelle manquait la partie supérieure.

Le regardant, emplie de tristesse, elle tendit la main pour lui toucher le visage. La peau était froide. Ses yeux étaient grands ouverts. Elle se retourna pour se figurer quelle avait été la dernière chose qu'il avait regardée. À travers la fenêtre, au-dessus de la table de communion et de son retable, elle vit la lune ; le nuage diffractait sa lumière, transformant l'argent en arc-en-ciel.

Elle trouva que l'orange était la plus éclatante de toutes les couleurs. Elle espérait que le vieux parlementaire s'était dit la même chose.

Elle s'assit à côté de lui et lui prit la main.

De l'autre, Fields tenait son *Livre de la prière commune*, celui que lui avait offert Elizabeth Hannam. L'ouvrage était très abîmé à force de l'avoir accompagné dans ses voyages, et plusieurs pages étaient cornées. Son gros index était coincé entre deux d'entre elles ; elle lui ôta le livre des mains pour prendre connaissance du dernier texte qu'il avait lu.

Frères et sœurs bien-aimés, les Écritures nous mènent dans différents endroits pour reconnaître et confesser nos multiples péchés et faiblesses, et nous ne devons pas les dissimuler ou les cacher à notre Dieu tout-puissant, notre Père qui est aux cieux, mais les confesser avec un cœur humble, modeste, repentant et obéissant afin que nous puissions obtenir Son pardon dans Son infinie bonté et miséricorde.

Grace était encore assise à côté de lui lorsqu'arrivèrent, tous en même temps, Harry, étrangement accoutré d'un manteau rouge beaucoup trop grand pour lui, son ami Denis Papin, qui portait la tenue noire des jésuites, ainsi que la duchesse et son serviteur Moustapha.

Il y avait également quelqu'un qu'elle n'avait jamais vu auparavant : un petit homme, vêtu d'un fin costume de soie et qui avait un étrange tatouage sur la joue. La paume d'une main, comme une exhortation à arrêter son chemin.

Même à la lueur de la lune, elle se dit que ce visage avenant ne pouvait appartenir qu'à un homme d'une grande bonté.

92
Le chagrin de la dame

« Je ne vous crois pas », dit Elizabeth Hannam, basculant la tête en arrière comme pour s'éloigner de lui.

Elle était assise dans son salon, face à Harry. Elle avait le visage écarlate et respirait avec difficulté.

« Je suis absolument désolé, répondit Harry, mais c'est la vérité. On l'a retrouvé dans l'église Sainte-Bride. On n'aurait pu souhaiter un aussi saint lieu. Il était assis sur un banc, les yeux tournés vers la fenêtre. L'âge, je suppose, et les poumons.

– Pourquoi n'est-il pas tout de suite venu me voir après son retour de France ?

– Je ne comprends toujours pas pourquoi il se trouvait là-bas. » Harry tendit la main pour toucher celle d'Elizabeth, mais elle la retira brutalement. « Je voudrais ne lui avoir jamais demandé de m'accompagner quand je suis parti retrouver sir Jonas. Et je voudrais qu'il n'ait jamais accepté de venir. »

Des larmes faisaient scintiller les yeux d'Elizabeth.

Michael Fields était censé devenir son mari. Elle avait commencé à s'inquiéter à son retour du Norfolk, car ses difficultés respiratoires et sa toux s'étaient aggravées, et elle s'était encore davantage inquiétée lorsqu'il était reparti pour la France. Encore une fois, il avait, par bonté d'âme, ignoré ses faiblesses, voulant aider Harry. Il avait décidé d'y aller, et l'avait payé de sa vie.

« Le corps que nous sommes partis examiner s'est avéré être celui du capitaine Jeffrey Hudson, continua Harry, un fidèle serviteur de la dernière reine, Henriette-Marie. Hudson a été assassiné pour un diamant qu'il avait volé à la France, à l'époque des guerres civiles. Michael m'a aidé à le chercher dans les terres inondées de l'écluse de Denver. Je n'aurais jamais dû le laisser faire car sa santé en a été par la suite gravement affectée. Il n'était plus le jeune homme qu'il avait été, et je pense qu'il oubliait cela lorsque nous voyagions ensemble. Pendant notre séjour en France, il est devenu de plus en plus faible. J'ai dû le laisser à Paris quand je suis revenu, car il me fallait rentrer de toute urgence. »

Harry s'était montré bien peu attentionné, pensa amèrement Elizabeth, en se servant ainsi de Michael comme d'un instrument pour l'aider à faire le travail du conseil de l'artillerie. Peut-être qu'au bout d'un moment, la colère qu'elle éprouvait à son encontre s'apaiserait-elle, à mesure que s'atténuerait la douleur que suscitait chez elle la mort de Michael. Mais cela prendrait du temps, elle le savait.

Harry se pencha en avant, voulant à nouveau lui toucher la main. Cette fois-ci, elle se leva de sa chaise afin de s'éloigner pour de bon et se dirigea vers la cheminée, là où le colonel avait l'habitude de fumer sa pipe.

Harry se demanda ce qu'il pouvait lui dire de plus. Grace lui avait raconté la conversation qu'elle avait eue avec Fields à Sainte-Bride, juste avant sa mort. Elle lui avait parlé des soupçons qu'elle avait commencé à avoir à Cambridge et lui avait dit qu'il lui avait confirmé avoir tué Hudson.

Mme Hannam était en train de s'adresser à lui. Harry recentra son attention sur elle et se rendit compte qu'elle s'était mise à pleurer.

« Je m'estimais tellement chanceuse, lui dit-elle. Il était d'une telle *noblesse*. Je n'arrivais pas à croire qu'il puisse être amoureux de quelqu'un comme moi. » Son émerveillement lui fit secouer la tête. « Vous savez, je pouvais sentir sa présence, même quand il était loin. Je *savais* qu'il était dans la voiture quand je suis venue vous accueillir au poste de Cornhill. Je *savais* qu'il avait des ennuis, lorsque vous étiez tous les deux à Paris. Croyez-vous en un tel lien entre les gens, Harry ? Si fort qu'ils peuvent sentir la présence l'un de l'autre, même si des kilomètres les séparent ? »

Elle le regarda, le nez rouge, les paupières gonflées, attendant désespérément qu'il réponde oui.

Lorsqu'il était enfermé à la Bastille, Harry avait pensé à Grace, la désirant plus que n'importe quoi au monde. Il savait exactement combien Elizabeth avait aimé Michael Fields, car la même passion l'habitait.

« Vous l'avez senti, Mme Hannam. J'en suis sûr. » Il se leva à son tour et lui passa son mouchoir afin qu'elle s'essuie les yeux. « Il va me manquer. Vous avez raison, c'était un être plein de noblesse. Personne ne dira jamais le contraire. »

Il jeta un coup d'œil à sa petite horloge sur le mur, l'horloge lanterne en cuivre qu'il avait améliorée en y ajoutant un pendule doté d'un mécanisme à ressort.

Il était près de 18 heures. Il avait pris des dispositions pour réunir les *fellows* au Gresham's College.

93
L'examen scrupuleux

La première chose que fit Harry en arrivant chez Robert Hooke fut d'embrasser Grace.

La seconde fut de mesurer une nouvelle fois l'objet qu'Isaac Newton lui avait envoyé de Cambridge, comme il l'avait déjà fait plus tôt dans la matinée. L'objet en question n'étant pas parfaitement régulier, il le tourna dans un sens puis dans l'autre, gagné par une certaine appréhension. S'étant finalement décidé sur ses dimensions et les ayant scrupuleusement notées dans son nouveau carnet, un cadeau de Grace, il le plongea dans l'eau, moyen on ne peut plus simple d'en calculer le volume en observant la quantité de liquide déplacée.

Il réfléchit en se mâchant le pouce. Puis il le pesa, comme il l'avait également déjà fait un peu plus tôt, en utilisant une balance de Hooke. Là encore, il nota le résultat.

Il caressa le cuir doux de la couverture de son carnet. Qu'il ait décidé de laisser Grace entre les mains de Lefèvre et ses hommes pour sauver tous les participants de la consultation catholique de Somerset House avait certainement amené celle-ci à douter de lui. Il aurait voulu ne pas avoir à choisir et venir également à son secours, comme un héros de conte de fées, mais c'était impossible.

Il savait que le colonel Fields avait souffert des choix qu'il avait dû faire. Il avait agi par amour.

Mais Fields avait laissé Grace en proie au danger. Et cela, le cœur de Harry n'avait pas encore la force de le lui pardonner.

Le capitaine Hudson avait tué un homme en duel, après quoi le diamant avait disparu. Bien sûr, le Parlement voulait mettre la main sur le Sancy. Le bénéfice à l'avoir en sa possession aurait alors été double, car le camp du roi en aurait été privé. C'est pourquoi on avait envoyé Fields le récupérer. Il savait donc parler français, sans quoi on ne l'aurait jamais choisi pour cette mission. Au salon de Marie-Anne, il avait d'ailleurs témoigné d'une grande aisance en discutant avec ses invités, même s'il avait pris soin de faire semblant d'avoir besoin d'un interprète.

Si le vieux marin de King's Lynn s'était souvenu de Fields comme d'un royaliste, c'était parce qu'il avait prétendu l'être quand il avait embarqué à bord de l'*Incassable* avec Hudson. Son capitaine, à la mémoire abîmée par le mercure, pensait avoir croisé Fields au port de Saint-Martin-de-Ré. Le colonel avait beau affirmer tout ignorer de l'*Incassable* et de la taille de ses canons, c'était bien sur son navire que Beauchene l'avait rencontré.

Convaincu que Harry allait découvrir la vérité sur la mort de Hudson et qu'une fois cette vérité découverte, sa culpabilité signerait la fin du rêve qui était le sien de partager sa vie avec Elizabeth Hannam, Fields s'était efforcé de l'induire en erreur.

Il avait volé la lettre d'introduction du conseil de l'artillerie, probablement pendant que Harry dormait. Lorsque La Reynie les avait autorisés à continuer leur enquête même s'ils n'avaient pas leurs documents, Fields avait insisté pour que Harry fasse une démonstration de son pistolet au salon de Marie-Anne, dans l'espoir que des témoins puissent le dénoncer. Après que La Reynie leur eut interdit de poursuivre leurs recherches, Harry était allé voir si Hudson ne se trouvait pas à l'*Exhibition de monstruosités**. Fields, de plus en plus inquiet, s'était servi du fait que Harry possédait un pistolet pour le dépeindre comme un assassin expérimenté. Il avait également raconté à La Reynie qu'il allait aider Marie-Anne à empoisonner son mari.

Ramené au souvenir de son crime par l'enquête de Harry, rongé par la culpabilité et se cramponnant désespérément à l'idée qu'il s'était faite de ses vieux jours, Fields était allé jusqu'à aider

Jacques Lefèvre à enlever Grace. C'est lui qui l'avait identifiée pour les Français à Gresham's, toujours dans l'espoir que Harry abandonne ses recherches.

Fields ne savait certainement pas que leur plan consistait à assassiner tous les participants à la consultation. Harry ne pouvait se résoudre à le croire. Il se demandait si Fields n'avait pas sombré dans la folie, car il s'était toujours montré l'homme le plus juste qu'il ait jamais connu. Peut-être sa maladie, son essoufflement, avaient-ils affecté son esprit. Son cerveau aurait manqué d'air.

Fields avait oublié qui il était.

Harry était toujours assis à la table lorsque Hooke arriva, imprégné de l'odeur du Garraway's.

« Des lettres du roi Louis XIV ayant été découvertes en sa possession, Danby a été mis en accusation, annonça-t-il. Elles prouvent qu'il a mené des négociations secrètes avec les Français, et ce sans la permission du roi, troquant ainsi l'amitié de l'Angleterre contre de l'argent. Tout le monde en parle au Garraway's. Il est en train de croupir dans la Tour. »

La flamme du triomphe illuminait ses yeux. Danby avait engagé Lefèvre, qui avait capturé Grace et menacé sa vie.

Elle avait dû se battre pour lui échapper.

« Je me demande de quelles lettres il s'agit, dit Harry.

– Vous le savez très bien. C'est votre ami, *Monsieur de Paris**, qui a concocté tout cela.

– J'ai reçu un message de sa part, codé à partir d'un livre qu'il m'a envoyé. Il a bénéficié de l'appui du roi de France. Louis veut que Danby soit puni pour le rôle qu'il a joué dans l'attentat contre la consultation. Et sir Jonas a veillé à ce que les lettres soient découvertes.

– Danby est également accusé d'incompétence, après avoir échoué à empêcher le complot contre la reine.

– En vérité, il n'a pas échoué à l'empêcher. Il l'a commandité.

– Il n'y aura aucune preuve de cela. Danby est un homme prudent. Son sbire, Merritt, est mort, et les trois Français ont disparu. La Reynie a fait tout ce qui était en son pouvoir. »

Lorsque les hommes du conseil de l'artillerie de sir Jonas avaient pénétré dans la crypte de l'église Sainte-Bride, Lefèvre n'était plus là. Ils n'avaient découvert qu'une grande quantité de sang. Ses hommes avaient dû venir et l'escamoter. D'après Grace, il était peu probable qu'il ait survécu. Tous les soldats avaient été mobilisés pour fouiller Londres mais, jusqu'à présent, on n'avait retrouvé ni lui ni ses hommes. On avait seulement découvert le cadavre d'un vieux gardien, repêché dans la Tamise, près de Limehouse ; un meurtre, apparemment.

« Le témoignage de Bartholomew Slough ne sera pas suffisant contre Danby, dit Harry, même avec le soutien de sir Jonas. Il s'est fait passer pour le capitaine Hudson. Il a également communiqué avec La Reynie, partageant avec lui ses renseignements sur les catholiques. Il a cherché à bien faire, mais le tribunal estimera qu'il a fait preuve de duplicité. »

Hooke nota une amertume inhabituelle dans la voix de Harry. Il appuya sa main sur l'épaule du jeune homme.

« Ne me dites pas que tout cela vous surprend. Comme toujours, la vérité sera légèrement arrangée.

– Décomposée, plutôt, pour être réassemblée d'une manière totalement différente.

– Vous y avez quelque peu participé, avec la version de l'histoire que vous avez choisi de livrer à Mme Hannam. Vous l'avez vue ? » Comme Harry hochait la tête, il continua : « Le roi modifie les événements selon ce qui sert au mieux ses intérêts. Il punit malgré tout Danby, comme le fait son cousin. Ne vous mettez pas à broyer du noir, Harry. Vous aurez toujours droit à la gratitude de ceux que vous avez sauvés. »

Au lieu de répondre, Harry ramassa l'objet de Newton. Un peu plus tôt, il s'était senti euphorique à la perspective de sa démonstration à venir mais, à présent, il n'éprouvait qu'un ennui las. Peut-être était-ce l'épuisement ressenti dans son corps qui poussait ainsi son esprit à la mélancolie.

Hooke regarda son horloge nocturne.

« Presque 19 heures. Vous avez été particulièrement secret. Je me demande bien ce que va nous révéler votre expérience.

– Descendons à l'atelier, monsieur Hooke, et vous pourrez observer la chose. »

94
Le fourneau de Gresham's

Les *fellows* attendaient dans l'atelier de ferronnerie de Gresham's, une des salles qui se trouvaient au-dessous de la réserve. On comptait parmi l'assistance tous ceux qui s'étaient moqués de Harry au Bell's : Wren, Aubrey, Wylde, Colwall, Henshaw, Croone, Hill et Hoskyns. Sir Jonas Moore était là lui aussi et affichait un air particulièrement jovial. Denis Papin s'était débarrassé de son déguisement de jésuite. Harry lui adressa un signe de la main et les deux hommes se sourirent, heureux que leur amitié soit demeurée indemne.

Ce n'était pas là le cadre des réunions régulières du collège et Harry avait demandé qu'elle ne soit pas consignée dans les *Philosophical Transactions*, la revue de la Société royale. Tous les *fellows* étaient, comme il se doit, éminemment intrigués, et s'étaient présentés très en avance.

Sir Christopher, qui avait discuté le matin même avec le roi au Bureau des Travaux, avait même jugé bon d'inviter celui-ci, mais Sa Majesté était attendue à Somerset House, car il avait redécouvert qu'il aimait sa femme.

Harry avait convié la duchesse de Mazarin à assister à la démonstration ainsi que son serviteur Moustapha et un certain M. Bartholomew Slough ; et pourtant aucune de ces personnes ne faisait partie des *fellows*. Les ronchonnements que suscitait l'idée d'une femme assistant à une réunion de la Société royale, même si celle-ci n'avait rien d'officiel, avaient cessé dès qu'Hortense avait fait son entrée, en tenue de cavalière, les jambes admirablement moulées dans son pantalon. À côté d'elle, ce qui ne manquait pas de troubler tout autant les *fellows*, était assise Grace Hooke, qui semblait presque totalement remise de son évasion de la crypte de Sainte-Bride, laquelle ne datait que de trois jours.

Tous ceux qui se trouvaient là avaient le visage rougi à cause de la chaleur que dégageait un fourneau dont un jeune garçon du collège, rappelant beaucoup Harry au début de son apprentissage auprès de Robert Hooke, était en train d'actionner les soufflets.

Harry n'avait apporté qu'un seul et unique objet. Il regarda tout le monde, toussa pour s'éclaircir la gorge et commença à leur raconter une histoire alambiquée, parfaitement invraisemblable, au sujet d'un nain nommé Jeffrey Hudson, si petit qu'il avait été présenté à la reine précédente à l'intérieur d'un gâteau. À l'époque des guerres civiles, il avait déjà atteint l'âge d'homme et s'était fait soldat. Il avait remporté un duel contre un adversaire qui l'avait gravement sous-estimé.

Les duels étant interdits en France, Hudson s'était enfui en Angleterre, mais avait été assassiné à son retour. On le soupçonnait d'avoir emporté alors le plus gros diamant d'Europe : le Sancy, que la reine avait vendu à l'oncle d'Hortense Mancini, le cardinal Mazarin, afin de financer l'armée de son mari. Hudson avait été tué par un homme au service du comte de Manchester, lequel voulait s'emparer du diamant au profit du Parlement.

Harry brandit l'objet qu'il avait si soigneusement pesé et mesuré. Fidèle à lui-même, il avait été, au dernier moment, envahi par le doute.

À présent, il était sûr de lui.

C'était le boulet de canon retrouvé sur les restes de Hudson, qu'il avait transporté dans un sac en toile et qu'on lui avait écrasé sur la tête, lui brisant ainsi le crâne.

Pourquoi Hudson transportait-il un tel boulet ? Pendant son séjour à la Bastille, Harry s'était posé la question. La façon dont les lambeaux de toile avaient adhéré à celui-ci indiquait qu'il se trouvait à l'intérieur du sac de Hudson, et n'avait pas simplement été posé dessus, comme l'avait d'abord cru Harry. Grace avait confirmé ses spéculations quand elle lui avait raconté la conversation qu'elle avait eue avec Michael Fields à Sainte-Bride. Mais pourquoi dans le sac ? Pour s'en servir comme d'une arme, s'était dit Harry, afin de se protéger... jusqu'à ce qu'il se souvienne des paroles de Michael Fields à l'écluse de Denver : *Ils étaient plus lourds dans mes souvenirs.*

Harry passa ses mains sur le fer rouillé et grêlé. Le boulet était de facture grossière. Fabriqué à la va-vite. Il le plaça ensuite dans un creuset large et peu profond qu'il tendit à l'apprenti.

Il adressa un signe de tête au jeune garçon, qui ouvrit le fourneau. L'apprenti eut besoin de toutes ses forces pour parvenir à placer à l'intérieur de la fournaise, à l'aide de pinces aussi longues qu'incommodes, le creuset que le poids du boulet rendait particulièrement lourd.

Après que Harry eut refermé le fourneau, tous les spectateurs durent attendre, et attendre encore, l'apprenti ayant reçu de nouvelles instructions et s'étant remis à actionner les soufflets afin que la flamme conserve la même intensité. Puis Harry jugea qu'il s'était écoulé suffisamment de temps.

Il prit les pinces pour retirer le creuset du fourneau. Il le posa sur le sol de l'atelier, sentant ses sourcils se froncer sous l'effet de la chaleur.

La plupart des spectateurs avaient deviné de quoi il s'agissait, Hortense la première. Tous quittèrent leur chaise et s'avancèrent pour se rassembler autour du creuset, la duchesse de Mazarin s'approchant encore plus que les autres.

À l'intérieur du creuset, environné d'un air chaud et scintillant, dans une mare orange de fer en fusion, flottait le Sancy.

NOTE DE L'AUTEUR

Le « complot papiste » et l'affaire des Poisons ont été des affaires relativement complexes, dans lesquelles de nombreuses personnes ont été impliquées. Les interprétations qui en ont été faites à l'époque et ultérieurement ont souvent été contradictoires. C'est pourquoi j'ai ressenti le besoin de simplifier et d'omettre certains éléments ; j'ai ainsi rapproché certains événements dans le temps, ou même modifié l'ordre dans lequel ils s'étaient déroulés.

J'ai aussi inventé des choses.

J'ai, au cours de mes recherches, consulté différents ouvrages. Pour ce qui est de l'histoire du Sancy, *The Sancy Blood Diamond* de Susan Ronald constitue une lecture aussi agréable qu'instructive. Le récit des malheurs de Harry à la Bastille doit beaucoup à l'ouvrage de Simon-Nicolas-Henri Linguet, *Mémoires sur la Bastille*. Je me dois également de mentionner *The Affair of the Poisons* d'Anne Somerset (lequel est sous-titré « Meurtres, infanticides et satanisme à la cour de Louis XIV » ; que demander de plus ?). J'ai aussi utilisé des extraits des derniers discours de différents catholiques condamnés par les « preuves » de Titus Oates et ses collaborateurs. Pour ce qui est du complot papiste, *The Popish Plot* de J. P. Kenyon est d'une clarté exemplaire.

Lorsque le capitaine Jeffrey Hudson était enfant, il a *bel et bien* été présenté à la reine Henriette-Marie dans un gâteau. Il a *bel et bien* tué un homme en duel. À son retour de captivité entre les mains des pirates barbaresques, il avait *bel et bien* grandi. (Je vous laisse chercher vous-même les explications qu'a données

Hudson à ce phénomène.) Le fait que cet Hudson plus grand était un autre homme est une invention de ma part. Pour la biographie de Hudson, je recommande l'excellent *Lord Minimus* de Nick Page, qui, et c'est agréable, est un tout petit livre.

La philosophie naturelle de Harry Hunt est parfois en avance sur son temps. Si elle avait réussi, son expérience de pressage des os aurait pu entraîner, bien plus tôt qu'elle n'a eu lieu, la découverte de la piézo-électricité, celle qui permet à nos écrans tactiles de fonctionner, et que l'on attribue généralement aux frères Curie, vers les années 1880. Il semblerait que Harry n'ait pas repris son expérience, de même qu'il est arrivé de nombreuses fois à Robert Hooke de ne pas persévérer dans les siennes.

Jacques Lefèvre a de son côté découvert relativement tôt le cyanure d'hydrogène. Devenu plus tard tristement célèbre pour être un des ingrédients du Zyklon B, il a été fabriqué pour la première fois à partir du pigment bleu de Prusse par Carl Wilhelm Scheele, en 1782, bien qu'il eût été découvert en 1752 par Pierre Macquer.

Des expériences de vol ont *bel et bien* été menées à cette époque par le courageux serrurier parisien Jacob Besnier.

À cette époque, on fêtait habituellement, en Grande-Bretagne, la nouvelle année le 1er janvier – le journal de Robert Hooke en est un bon exemple –, mais l'année civile ou légale commençait le 25 mars, le *Lady Day*, où l'on célèbre l'Annonciation. On se servait de la double datation pour éviter toute confusion ; c'est pourquoi la lettre de sir Jonas Moore est datée du 15 mars 1678/79.

Il est très difficile d'établir un « taux de change » précis entre la monnaie de la fin du XVIIe siècle et celle d'aujourd'hui. On peut utiliser différentes valeurs, comme le salaire annuel moyen, le prix du pain ou le prix moyen d'une maison, tout cela a changé au fil du temps. Au moment où nous écrivons ces lignes, la Banque d'Angleterre suggère qu'un penny de l'époque valait 94 pence actuels. Le professeur sir Roderick Floud propose un chiffre beaucoup plus élevé, entre 4 et 5 livres.

REMERCIEMENTS

J'adresse tous mes remerciements à ceux qui ont lu les différentes versions de mon manuscrit, et m'ont fait part de leurs réactions, de leurs avis et de leurs encouragements.

Merci à Rob Little, Sonia Little et Kate Lloyd (ma patiente épouse), qui ont lu les premières versions et m'ont donné des conseils. Rachel Gyte, Pascal Lelièvre, Gregory Moutry et Anne Schiller m'ont aidé pour ce qui avait trait au français et à Paris. Barrie Upton, du Sealed Knot, m'a fourni des renseignements au sujet des *First Foot Guards*, les fantassins du roi. Bill Gregory m'a apporté son aide pour les questions métallurgiques. Le professeur sir Roderick Floud, historien de l'économie et ancien doyen de Gresham's College, m'a renseigné sur la valeur de l'argent à l'époque de la Restauration.

Je remercie également Dennis Johnson, Valerie Merians, Carl Bromley, Michael Barson, Sammi Sontag, Emily Considine, Amelia Stymacks, Beste M. Dogan et Peter Kranitz de chez Melville House Books.

Merci aussi à Sonia Land et Gaia Banks de chez Sheil Land Associates. Gaia a soutenu mes écrits avec une énergie et un soin extraordinaires.

Le premier livre de cette série, *La Société royale*, a bénéficié de la générosité d'autres auteurs : Piers Alexander, Andrew Child, Lee Child, Catherine Cooper, Martin Edwards, Jemahl Evans, Joseph Finder, Christopher Fowler, A. J. Griffiths-Jones, Janice Hallett, Felicity Hayes-McCoy, Dan Mayland, Adrian McKinty,

Leonora Nattrass, Cate Quinn, Andrew Taylor, A. J. West et Julian Woodford. J'adresse enfin tous mes remerciements aux critiques de journaux et de magazines en ligne, ainsi qu'aux nombreux blogueurs qui ont contribué à le faire connaître.